KB252972

겐지이야기 제 3 권

무라사키 시키부 / 田溶新 완역

NANAM
나남출판

겐지이야기 제3권

차 례

제1부

제 2 부

제 3 부

제 3 부

제3부는 제2부와는 달리 우치천변(宇治川邊)과
허전한 낙북소야(洛北小野)의 쓸쓸한 마을을
무대로 하고 있다. 결실을 보지 못하고
무너져 버리는 훈(薰)중납언과 우치의
팔의궁(八의宮)의 아씨들과의 이야기로
시작된다. 처음부터 불교에 깊이 물든 인물들이
나온다. 훈은 세속적으로는 당대 제일의
귀공자로서 임금도 촉망하고 있어 벼슬이
대납언 겸 우대장에 이른다. 그러나 이 글은
그것과는 다른 각도, 내면에서 훈을 보고
있는 것 같다. 겐지 생애의 이면을 겉으로
드러낸 것 같은 성격의 인물이다. 인간의
이루어지지 못할 사랑이 차례로 그려져 있고,
불도에 들어서기 일보 전에서 고민하는 모습이
담겨 있다.

42. 내궁 (匂宮*)

대강 줄거리

훈 나이 14세부터 20세.

겐지의 사후에 그 자취를 생각나게 하는 사람은, 겨우 삼의궁과 여삼의궁의 젊은 군인 훈뿐이었다. 내궁은 이조원에서 기거하고 있었다. 여일의궁은 육조원에서 살고, 이의궁도 석무의 차녀에게 장가 들어 같은 집을 향리의 집으로 삼고 있었다. 석무는 딸의 사위로 내궁을 바라고 있었지만, 내궁은 그럴 마음이 없었던 모양이었다. 낙엽의궁은 일조궁을 떠나 지금은 육조원의 동북 저택에 살고, 화산리는 이조동원, 여삼의궁은 삼조궁에 옮겨와 있었다.

훈은 특히 냉천원과 추호중궁의 마음에 들어, 관례도 냉천원에서 치르고, 중장이 되었다. 원의 저택 대옥에 방을 마련해 주고, 냉천원의 아씨 이상으로 소중히 다루고 있었다. 어머니 여삼의궁도 훈에게 의지하고, 금상의궁들도 훈을 따르고 있어, 그는 쉴 겨를도 없었다. 그런데 훈은 자신의 출생에 관한 의문에 쌓여 괴로워하고 있었다. 젊은 여승 모습인 모궁에게 물으면 알게 될 것이지만, 물어볼 수도 없다고 생각했다. 지금의 임금, 후의궁(명석중궁), 석무 모두가 각자의 처지에서 훈을 소중하게 대하고 있었다. 훈은 몸에서 풍부한 향기가 배어 나왔는데, 내궁은 그것이 부러워서 옷에 향기를 쬐곤

---

* 이 권부터, 주로 다음 세대의 주인공의 동정이 그려져 있다. '향기 나는 내의 병부경궁'이라고 원문에 나온다. '匂'는 日字로, 의역(意譯)하여 '내'로 한다. 니오오미야(におうみや)라 읽는다.

했다. 이 두 사람을 사위로 삼기를 바라는 권문들이 많았지만, 내궁은 냉천원의 여일의궁에게 관심을 보이고 있었다. 한편, 훈은 출가하려는 뜻이 있어서 결혼할 마음이 없었지만, 임시로 만나는 상대는 많았다. 이따금의 만남에 만족하지 못한 중류의 딸들이 삼조궁에 섬기러 와서는, 도리어 애달프게 생각하고 있었다.

석무는 두 군들을 의식하여, 전시 소생의 육의군을 낙엽의궁에게 의탁해, 훌륭한 아씨로 키우려고 애쓰고 있었다.

궁중에 활쏘기 내기가 있어, 대장을 겸하고 있는 석무는 육조원에서 연회를 준비했다. 내궁과 훈도 석무의 강권으로 출석하였고, 화려한 연회가 시작되었다. 술자리에서도 흐트러지지 않는 훈을, 석무는 환락에 끌어들이려고 안간힘을 썼다.

1. 겐지의 사후, 내궁과 훈의 세평이 훌륭하다.

이 세상의 빛[1] 이었던 분이 돌아간 후, 그 모습을 이어받을 만한 사람은 여러 자손들 중에도 좀처럼 없는 것 같았다. 퇴위한 임금의 일을 말하는 것은 황송한 일이지만, 임금의 삼의궁도, 그리고 이 궁과 같은 집에서 자랐던 훈(薰) 도, 각기 기품이 높고 너나할것없이 보통 아닌 용모였지만, 보기만 하여도 눈부실 정도는 아닌 것 같았다. 그저 세상 보통의 인물보다 훌륭하고 기품 있게 보였다. 그 위에 가문도 그토록 대단하니, 세인이 존경하는 것은 돌아가신 아버지의 젊었을 때 위세보다도 낫

---

1) 빛나는 겐지(源氏)를 가리킴. 겐지 나이 53세에 출가하여 차아원(嵯峨院)에 은둔하였지만, 얼마 안 있어 죽은 것 같다. '환상' 권에서 '내궁' 권까지에 8년의 공백이 있다. 후세 사람은 그사이의 일들을 속편으로 하여 보충하였다. '팔교'(八橋), '앵인'(櫻人), '차아야'(嵯峨野 上·下), '소수'(巢守), '삽즐'(揷櫛), '조전'(釣殿) 의 여승(女僧),' '종다리새끼'의 각 권이었는데, 현재 모두 산일(散逸) 되었다.

다는 세평이 있을 정도였다. 자의상이 특별히 귀엽게 키워 온 삼의궁은 이조원에서 살고 있었다. 21세인 동궁은 귀하신 분에 맞게 특별히 다루어졌다. 임금과 후도 상의궁을 몹시 귀여워하여 소중하게 보살피고 있었다. 궁중에서 살게 하려고 하였지만, 장본인은 마음이 쓰이지 않는 이조원이 더 지낼 만하다고 생각하고 있었다. 관례를 치른 후로는 병부경궁이라 불렸다.

2. 금상의 황자들과 석무의 자녀들.

금상의 제1황녀로 자의상이 양육하였던 여일의궁은, 육조원 남쪽의 동쪽 대옥에서 자의상이 살아 있을 때의 방을 그대로 사용하고 있었다. 아침 저녁으로 자의상을 회상하며 그리워하고 있었다. 금상의 제2황자인 이의궁도 같은 저택의 침전에서 때때로 쉬곤 했다. 궁중에서는 매호(梅壺)를 대기실로 썼다. 그는 운거안 소생인, 석무의 가운데 아씨를 본처로 삼아 지내고 있었다. 다음 동궁으로 예정된 분으로 신망과 인품이 뛰어났다.

석무에게는 운거안 소생과 등전시 소생과 함께 6인의 딸이 있었다. 맏딸 아씨는 동궁에게 시집 가서, 경쟁상대도 없는 상태로 섬기고 있었다. 그 다음 다음의 아씨들은 차례대로 각기 비(妃)가 되리라고, 세상 사람들은 짐작하고 있었다. 명석중궁도 그렇게 말씀하고 계시는데, 이 병부경궁인 내궁은 전연 그런 생각을 가지고 있지 않았다. 자신의 마음에서 우러나온 결혼이 아니면 흥미가 없다고 생각하는 것 같았다.

"꼭 그렇게 정해져 있는 것도 아닌데."

석무 대신도 이렇게 침착하게 하고 있었지만, 그래도 임금으로부터 그러한 말씀이 있을 경우에는 거절하지 않겠다는 각오로 정성 들여 딸을 키워 오고 있었다. 등전시 소생인 육의군이라는 분은 다소라도 내로라 하고 자신을 가지고 있는 친왕이나 당상관들의 들뜬 마음에 불을 지르는 사람이 되어 있었다.

3. 겐지의 애인들의 그 후의 동정과 석무의 배려.

여기저기 가지각색으로 모여 살고 있던 겐지의 애인들은 눈물을 흘리면서 여생을 보낼 집에 각각 옮겨 살고 있었다. 화산리(花散里)는 겐지가 출가하였을 때 분배받은 이조동원에 살고 있었다. 입도의궁, 즉 여삼의궁은 삼조궁에서 살았다. 지금의 후의궁, 즉 명석중궁은 평소에 궁중에만 있어서, 육조원은 허전하고 인기척이 적어졌다.

'다른 사람의 일이지만 옛날에는 열심히 손질하고 꾸미던 저택이 사람의 손길이 닿지 않아 볼품없이 되어가는 것을 보니 세상에 살고 있는 동안만이라도 이 육조원이 황폐해지지 않도록 사람의 그림자가 끊어지지 않게 하고 싶다.'

석무 대신은 이렇게 생각했다. 동북의 거리에는 저 낙엽의궁을 옮기고, 삼조전, 즉 운거안(雲居雁)2)과 이쪽을 15일 간격으로 꼼꼼히 왕래했다.

훌륭하던 이조원과 세상이 떠들썩하게 칭송했던 육조원의 봄의 저택도, 그저 이 명석중궁의 자손을 위한 것이었다고 생각될 만한 정황이었다. 명석의군은 여러 친왕들을 돌보면서 그들을 상대해 주고 있었다. 석무는, 어느 분의 일이라도 돌아간 부군의 생전의 의향과 조금도 다름이 없도록 어버이를 대신하여 돌보아 드리고 있었다. 자의상이 만일 이분들처럼 이 세상에 살아 계셨으면, 얼마나 있는 힘을 다해서 돌보아 드렸을까, 최후까지 자기가 특별히 호감을 가지고 있다는 것을 알아줄 기회도 안 주시고 돌아가신 것이 유감이었다. 석무는 언제까지라도 자의상을 회상하고 있었다.

세상에는 겐지를 그립게 생각하지 않는 사람이 없었다. 어느 일에나 이 세상은 그저 불이 꺼진 것처럼 보람이 없다고 한탄하게 되었다. 더욱이 이조원과 육조원의 사람들, 그리고 여러 애인들과 명석중궁 소생의

---

2) 운거안은 화를 내어 친정에 가 있었으나, 지금은 삼조전에 돌아오고, 낙엽의궁을 인정하였다. 사건의 자세한 경위는 밝히지 않았지만, 오히려 10년의 세월이 흘렀다는 것을 실감 나게 한다.

궁들은 새삼스레 말할 것도 없었다. 훌륭하기만 했던 겐지의 추억은 접어 두고라도, 저 자의상의 인품을 마음속에 간직하면서 매사 생각하지 않는 때가 없을 정도였다. 봄꽃이 한창일 때는 하루 해가 길지 않기 때문에, 도리어 세상으로부터 찬양받는 것이었다.

4. 훈이 냉천원과 중궁의 총애를 받고 영진하다.

이품의궁인 여삼의궁의 젊은 군 훈은, 겐지가 바라던 대로 냉천원이 훈의 형임을 알고 있어서 각별히 마음을 써서 키워 왔다. 추호중궁도 황자3)가 태어나지 않아서 허전한 생각이 들었던 차에, 기꺼이 후견역을 맡으며 마음으로부터 의지하고 있었다. 관례도 냉천원에서 치르게 했다. 훈은 14세로, 2월에 시종(侍從)이 되었다. 가을에는 우근중장(右近中將)이 되어, 조정에서 하사하는 서위(敍位)들도 걱정할 일 없이 급히 승진시켜 제 구실을 하게 했다. 살고 있는 저택에서 가까운 대옥에 방을 마련하고, 설비 같은 것을 냉천원이 손수 살폈다. 젊은 하녀들이나 밑에서 섬기는 시동(侍童)과 하녀들도 훌륭한 사람만을 뽑아 모아, 여궁의 의식보다도 호화롭게 갖추었다. 원과 중궁을 섬기고 있는 하녀들 중에도 용모나 기품이 호감을 주는 사람은 다 대옥의 편으로 돌려서, 훈이 이 집안을 마음에 들어하도록 모든 배려를 아끼지 않았다. 돌아간 치사의 대신4)의 따님인 홍휘전여어(弘徽殿女御) 소생으로 냉천원의 여일의궁이 오직 한 분 있어서 그 이상 없이 소중하게 양육하였었는데, 훈은 그분에게도 지지 않았다. 추호중궁의 총애가 해가 지날수록 깊어 간 것은 그 때문일 것이다. 5) 다른 사람들이 보기에는 지나치다 싶을 정도였다.

---

3) 냉천원에 남자가 태어나지 않는 것은 겐지의 불륜으로 보아서, 위를 일대로 끊으려는 작가의 의도인 것 같다.

4) 옛날의 두중장. 여기서 처음으로 고인이 되었다는 것을 알 수 있다.

5) 훈에 대한 냉천원의 총애가 깊었던 것은, 훈의 양모인 추호중궁에 대한 냉천원의 총애 때문일 것이라는 의미.

5. 훈이 출생의 비밀을 직감으로 알아내 고민하다.

훈의 모궁인 여삼의궁은 오로지 불도의 근행에 열중하고 있었다. 달마다의 염불이나 연 2회의 팔강, 또 때때로 귀중한 불사를 열곤 했지만, 심심하고 적적한 나날이었다. 모궁은 훈을 도리어 어버이처럼 의지하고 있는데, 훈은 그것을 몹시 안타깝게 여기고 있었다. 한편 원도 금상의 임금도 옆에 불러서 놓아주지 않고, 동궁, 이의궁, 삼의궁도 좋은 놀이 상대로 생각하여 따라다녀서, 모궁을 찾을 틈도 없었다. 훈은 그것이 괴로워서 자신의 몸이 둘이었으면 좋겠다고 생각할 정도였다.

훈은 어렸을 때 하녀들의 소곤거리는 소리를 들어, 자기의 출생의 비밀을 어렴풋이 감지하고 있었다. 때때로 진상이 의심스러워서 쭉 마음에 걸렸지만, 물어볼 사람이 없었다. 일의 일부분이라도 자기가 알고 있다는 것을 모궁이 아시면 기절할 이야기여서, 밤낮 마음에만 걸려 있었다.

“대체 어떻게 되었던 것일까? 어떤 인과로 이렇게 불안한 생각이 줄곧 따라다니는 신상으로 태어났을까? 선교태자(善巧太子)6)가 출생의 비밀을 자신에게 물어서 알았다고 하는데, 나도 태자 같은 지혜를 가지고 있었으면 ….”

훈은 혼잣말로 한탄했다.

〈마음에 걸리는군. 대체 누구에게 물어보면 좋은가? 어떤 까닭으로 처음도 또 장래도 모르는 신세가 되었을까?〉

그러나 이 물음에 답할 사람은 아무도 없었다. 내 마음에 어떤 병이 있는가 하고 생각하는 것도 괴로웠고, 그저 무언가 원망스러웠다.

‘이처럼 여자의 전성기에 여승의 모습이 된 모궁은 대체 어느 만큼의 도심(道心)이 있어 갑자기 불교에 들어갔을까? 생각지도 않은 일이 있어, 세상을 근심이 많은 곳이라고 깨달은 계기가 있었을 것이다. 세상 사람들도 그 비밀을 주워들어 모르고 있을 리가 없을 것이다. 역시 숨겨

---

6) 구이태자(瞿夷太子)라고도 함. 구이태자는 석가(釋迦)의 아들 나후라(羅喉羅). 나후라는 어머니 구이(瞿夷)의 태(胎) 내에 있은 지 육 년, 부친의 출가 후 탄생하여 실자(實子)인가 아닌가 의심을 받았다.

꺼리는 이야기여서, 나에게만 경위를 가르쳐 주지 않는 것이다.ˊ 모궁은 자나깨나 근행하고 있는 듯이 보이지만, 의지할 곳 없이 가엾기만 하다. 그까짓 여자의 몸으로 깨달은 정도로는, 탁한 것에 물들지 않고 연꽃의 이슬처럼 맑은 마음으로 극락왕생하기도 어려울 것이다. 여인의 다섯 가지 장애[五障][7]도, 역시 불안한 모양이다. 내가 어머니의 뜻을 도와서, 하다못해 후생만이라도 행복하게 하여 드리고 싶다.ˊ

훈은 바라고 있었다.

ˊ돌아가셨다고 하는 백목이라고 하는 분도, 언제까지 번뇌를 끊지 못하고 있는 것이 아닐까?ˊ

내세에 다시 태어나서라도 만나보고 싶었다. 관례도 왠지 마음이 내키지 않았지만, 끝내 거절하지는 못했다. 세상에서 다들 소중하게 다루었기 때문에, 눈부실 정도로 화려하게 살고 있었지만, 그것도 전혀 마음에 들지 않았다. 매사 남의 눈에 띄지 않게 사양하고만 있었다.

임금도 모궁과의 관계 때문에 깊이 마음을 써서, 훈을 각별히 대하고 있었다. 명석중궁도 육조원에서 궁들과 같이 자라며 뛰어 놀던 때의 대우를 거의 바꾸지 않고 있었다.

"불쌍하게 내 만년에 태어나서, 어른이 되는 것을 끝까지 보지도 못하는 것은 ⋯."

겐지가 이렇게 한탄하던 것을 회상하여, 매우 소중한 분이라고 생각하고 있었다. 공식적으로는 어머니가 다른 형제간인 석무대신도, 훈에 대해서는 정성을 들여 극진하게 보살피고 있었다.

6. 훈의 품위가 겐지를 능가하여 몸에서 향기가 나다.

옛날 빛나는 군이라고 불리던 겐지는 둘도 없는 임금의 총애를 입었지만, 질투하는 사람이 옆에 있었고 외가의 후견도 없어 외로웠었다. 그러나 겸손하고 사려가 깊고 모나는 일 없이 편안히 지냈으므로, 자신의 눈부실 정도로 훌륭한 것도 눈에 띄지 않도록 처신하였다. 그러나 겐지가

---

7) 여자의 몸에 성불을 방해하는 다섯 가지 장애가 있다는 불교의 설(說).

모반의 죄를 지었다고 수마로 유적당하는 대단한 소동을 일으켰어도, 결국은 무사하게 헤어나고 출가하여, 차아야(嵯峨野)에서 불도 수행의 시기도 놓치지 않았었다. 겐지는 어느 일에도 느긋하고 온당하게 마음을 썼었다. 그런데 훈은 아주 젊었을 때부터 이미 세상의 신망이 높았다. 그 이상이 없을 만큼 자부하는 마음을 굳게 지니고 있었다. 아마도 필연적인 전세의 인연으로, 실제 이 세상의 사람으로 태어나지 않고, 명색뿐인 임시의 세상8)에 묵고 있는 것처럼 보일 정도였다. 용모도 확실하게 어디어디가 특히 훌륭하다든지, 굉장하게 보이는 곳도 없었다. 다만 부드러운 성품이 상대편을 압도했고, 마음속이 바닥을 모를 정도로 깊어서 다른 사람하고는 아주 달랐다.

훈의 몸에서 나는 향은 이 세상의 향내라고 생각되지도 않았다. 이상하리만큼 멀리 떨어진 곳까지 향기가 떠돌아다녀서, 정말 백 보 밖까지 향기가 날 것 같은 느낌이었다. 저처럼 훌륭한 신분이면 누구라도 몸차림을 아무렇게 하거나 평범한 외양으로 있을 리가 없었다. 여러 가지로 다른 사람보다 빼어나려고, 몸치장에도 마음을 썼다. 당연한 일이다. 그러나 훈은 사람 눈을 피하여 들르는 곳에서도 곧 그 사람이라고 알 수 있는 향내가 떠돌아서, 숨기려 하여도 그럴 수가 없었으므로, 귀찮게 생각되어 좀처럼 의복에 향을 쪼이지 않았었다. 향을 넣어 두는 궤짝에 두었던 여러 가지 향내도 훈의 경우에는 말할 수 없는 향기가 보태어졌다. 뜰 앞의 매화 향기도 가볍게 소매를 스치면, 봄눈의 물방울에도 곧잘 젖어서 몸에 스며들었다. 마음을 북돋아 주는 바람도 각별하여, 가을 들에 그 주인도 모르게 벗어 놓은 것 같은 가을 들녘의 난초도, 본래의 향내는 약해지고, 꽃을 꺾는 훈에 의하여 한층 더 향내가 훌륭해지는 것이었다. 〔이 권은 훈의 몸에서 나는 향내가 이상한 것이라 하여, 후세의 위작이라는 설이 있다.〕

---

8) 불보살이 잠시 태를 빌려, 인간세계에 태어났다.

7. 내궁이 훈과 경쟁하다.

이렇게 신비롭게 배어 있는 훈의 향기를 상대로 병부경궁인 내궁은 다른 것보다도 경쟁하려는 생각이 들었다. 특별히 빼어난 향을 모조리 쬐고, 조석으로 열심히 훈물을 조합하였다. 뜰 앞에 심은 화초 가운데, 봄 매화 화원에서, 그리고 가을에는 사람들이 찬양하는 마타리나, 수사슴이 서로 친하게 지내는 듯한 싸리의 이슬에서, 거의 마음을 떼지 않고 향기를 채취했다. 늙음을 잊게 하는 국화 외에 색이 바래 가는 난꽃과 볼품 없는 오이풀[吾亦紅] 같은 것에서도, 정말 멋이 없게 서리를 맞아 마를 때까지 내버려두지 않고 향을 채취했다. 일부러라고 보일 정도로, 사물의 향기를 사랑하는 취미를 풍류롭게 지니고 있었다. 이런 까닭으로, 사람들은 내궁이 다소 지나치게 유약하고 자기의 기호에 파묻혀 있다고도 생각했다. 옛날의 겐지는, 무슨 일에나 이렇게 하나의 일에 얽매여, 이상하리만큼 열중하는 일은 없었다.

원중장(源中將) 인 훈은 평소 이 내궁과 가까웠는데, 관현의 놀이 등에도 서로 경쟁하듯 피리를 불곤 했다. 젊은이끼리 어떻게 해서라도 서로 지지 않으려고 하는 것도 당연한 일이다. 세상 사람들은 ‘정취가 풍부한 병부경궁,’ ‘향기 나는 중장’ 이라고 듣기 싫을 정도로 소문을 내었다. 그 무렵 예쁜 딸을 가진 귀한 집에서는, 가슴을 설레면서 청혼하는 이도 있었다. 내궁은 호색적이어서 제각기 마음이 끌리는 분에게 구애하며 본인의 인품이나 용모 등을 염탐하고 있었으나, 특별히 집착을 가지고 있는 여인은 없었다. 다만 냉천원의 여일의궁에 대해서는 이렇게 생각했다.

‘이분의 사위가 되어서라도 만나고 싶다. 그 정도의 일은 있을 것이 틀림없다. ’

그도 그럴 것이, 어머니 여어가 아주 정중하고 그윽한 분인데다, 아씨궁의 인품은 세상에 드물 정도로 훌륭하다고 소문나 있었다. 더구나 조금이라도 옆에서 시중들고 있는 하녀들이 일이 있을 때마다 여일의궁의 상세한 상황을 내궁에게 알려 드리고 있어서, 점점 참지 못하게 보고 싶어했다.

8. 훈이 염세의 마음이 깊고 여성관계에 소극적인 태도를 보이다.

훈은 세상이 멋없는 곳이라고 깊이 깨달은 것 같았다.

'섣불리 여자에게 집착하는 마음을 일으키면 미련이 남아서 이 세상을 떠나기 어려워질 것이다.'

이렇게 생각하니, 귀찮게 될 여인에게 관계하는 것은 조심하자고 단념하고 있었다.[9] 당장 마음을 빼앗기는 일이 없는 동안만 깨달은 체하고 있는 것일까? 더구나 어버이가 허락하지 않을 것 같은 일은 생각조차 하지 않았다. 훈은 19세가 되던 해에 삼위재상(三位宰相)이 되고, 지금처럼 중장도 겸하였다. 임금이나 중궁의 특별한 대우로, 신하로서는 누구에게도 손색이 없는 훌륭한 신망을 모으고 있으나, 심중에는 제 신상에 관해 깨달은 바 있어, 왠지 모르게 슬퍼하고 있었다. 경박한 연애에 빠지는 일은 처음부터 좋아하지 않았다. 언제나 침착하고 조심스러운 태도였으므로, 노숙한 마음씨의 분이라고 누구에게나 인정받고 있었다.

훈은 내궁이 해가 지날수록 더욱 집착하고 있는 냉천원의 아씨와 같은 집에서 지내고 있어서, 어느 계기가 생길 때마다 듣기도 하고 보기도 하고 있었다.

"소문대로 정말 그윽하고, 나무랄 데가 없는 태도를 지녔다. 같은 값이면 정말 이런 분하고 같이 사는 것이 생애를 즐겁게 지낼 수 있을 것이다."

그렇게 생각하는 때도 있었다. 그러나 냉천원은 그밖에 대개의 것은 차별 없이 귀여워하면서도 아씨궁과의 거리는 언제나 되도록 떨어지게 하고 있었다. 그것도 사리에 맞는 일이고 또 귀찮은 생각도 들어, 훈은 군이 교제하려고 가까이에 가지도 않았다. 만일 예상도 안 했던 생각이 일어나면, 모든 면으로 아주 괘씸한 결과가 생기게 될 것이었다. 그것을 잘 알고 있었기 때문에, 세정에 밝은 사람처럼 가까이하지도 않았다.

훈 자신은 이렇게 사람에게 찬양받기 위해서 태어난 것 같은 인품이었

---

9) 훈은, 출가의 방해가 되는 양가의 딸과의 결혼은 단념하였지만, 하류인 하녀들과의 사랑은 즐기고 있었다.

으므로, 그 때문에 평범한 이야기를 건넬 여인에게도, 정말 자기를 상대도 않는다고 느끼도록 냉대하지는 않았다. 또한 금방 매력에 이끌리는 용모와 성품을 지녔기 때문에 자연히 때때로 피상적인 애인도 많았지만, 허풍스런 대우는 하지 않고, 사람 눈에 띄지 않게 대하면서도 인정미가 없지 않게 응대했다. 그것이 상대에게는 안타까운 일이어서, 그만 훈에게 이끌려서 삼조궁으로 모여드는 여인도 많이 있었다. 훈에게 박정한 꼴을 당하는 것이 남의 눈에는 괴로운 일로 보이지만, 인연이 끊어져 버리는 것보다는 낫다고 생각했다. 불안을 참지 못하고, 그렇게까지 하지는 않아도 될 신분의 여인조차 덧없는 인연을 마음에 의지하고 있는 일도 많았다. 야박한 꼴을 당한다 해도, 역시 훈은 여자의 마음을 끄는 사람이었다. 보는 것만으로도 보람이 있는 인품이어서, 한번 만나본 사람은 누구라도 다 제 마음에 속았다는 식으로 그렇게 참으면서 하루하루를 지내고 있었다.

9. 석무가 육의군을 낙엽의궁의 양녀로 하다.

'모궁이 살아 있는 동안은 아침 저녁 언제나 옆을 떠나지 않고 뵙고서, 문안 드리는 것을 그런 대로의 효도로 ⋯.'

훈은 이렇게 생각하고, 말로도 했었다. 석무 대신도, 여럿 있는 딸들을 하나는 중장에게, 다른 하나는 궁에게 드리려고 바라면서도, 말을 꺼내기 어려워했다.[10] 아무래도 서로 잘 아는 사이여서 어떨까 하고 생각되었지만, 이 군들을 제외하고는 세상에 비교할 다른 사람을 찾아내기는 어려우리라고 고심하고 있었다. 버젓한 본처 소생의 여군보다도, 등전시 소생의 육의군이 아주 빼어나게 예뻤다. 성미도 무엇하나 부족한 점이 없이 성장한 분으로, 세상의 평판이 그에 못 미치는 것 같아 안타깝게 여기고 있었다. 낙엽의궁이 돌보아 줄 아이도 없어, 어딘가 불만스럽게 지냈으므로, 석무는 그 쪽에 떠맡겨서 겐지가 명석의 아씨를 자의상 님

---

10) 내궁은 냉천원의 여일의궁에 빠져 있고, 훈은 어머니만 생각하고 있으며, 결혼을 내켜하지 않는다는 것을 헤아려서 석무는 말을 않는다.

과 양육한 것처럼 키웠다.

'기회가 닿으면 은근하게 그 사람들에게 한번 보이자. 그러면 반드시 언제까지라도 잊지 못할 것이다. 여자의 좋고 나쁨을 아는 사람은, 각별히 마음에 둘 것이다.'

이렇게 생각하여, 너무 엄격하게는 다루지 않았다. 현대풍으로 취미가 다양하고 풍류를 즐기는 여자로 키웠다. 사람들이 마음에 들 만한 것을 매우 많이 받아들여 사는 곳도 알맞게 꾸몄다.

10. 훈이 육조원의 활쏘기 내기 연회에 초대되다.

활쏘기 내기가 끝난 후 벌어질 잔치는 육조원에서 정성 들여 준비하여 친왕들도 초대할 계획이었다. 당일에 친왕들 중 어른들은 모두 참내했다. 중궁 소생의 황자들은 누구라고 할 것도 없이, 다 기품이 높고 아름다웠다. 이 내궁은 그 중에서도 아주 뛰어나서, 단연 훌륭하게 보였다. 넷째 황자로 상륙(常陸)의궁이라고 불리는 갱의(更衣) 소생의 분은, 그렇게 생각해서인지 그 인품이 남보다 떨어졌다.

예전과 같이 왼편이 일방적으로 이겼다. 여느 때보다 경기가 일찍 끝나서, 석무 대장은 퇴출하였다. 내궁, 상륙의궁, 중궁소생의 다섯째 궁을 초대하여 같은 수레에 타고 퇴출하였다. 훈은 진 편이어서 몰래 퇴출하려는 것을 이런 말로 만류했다.

"친왕들이 돌아갈 때 배웅으로 같이 가지 않겠는가?"

자식들인 위문독, 권중납언, 우대변 등 그밖의 당상관들도 다들 같이 타고, 서로 권하여 육조원으로 갔다. 도중에 조금 시간이 걸리는 동안 눈이 내려와 풍치도 훌륭한 황혼 때였다. 피리소리를 아름다운 가락으로 높이 불면서 저택에 들어왔다. 실제로 이 세계 말고, 어떤 극락정토에 이렇게 마음을 즐겁게 해주는 곳이 있을까 생각되었다.

침전 남쪽 조붓한 방에 여느 때와 같이 남향으로 중장, 소장이 나란히 자리에 앉고, 북향으로 이들과 마주하여, 연회 때 같이 온 사람들이 앉는 자리에 친왕들이나 당상관들의 자리가 있었다. 주연이 시작되어 무언지 흥취가 높아졌을 때, '구자'(求子 : 춤의 곡)를 춤추었다. 모여든 무인의 소매가 일제히 뒤집히는 날개바람에, 뜰 앞 가까이의 고운 매화꽃 향기가 근처 일면에 쫙 퍼졌다. 예전과 같이 훈의 향기가 한층 더 두드러져, 어쩐지 황홀하게 느껴졌다.

"봄밤의 어두움은 분별할 수 없어 애가 타지만, 이 향기는 정말 다른 사람과 닮은 데가 없는 것입니다."

살며시 조금 엿보던 하녀들도 이렇게 칭찬해 마지 않았다. 석무대신도 훈을 보고서, 정말 훌륭하다고 생각했다. 용모도 마음 씀도 오늘은 여느 때보다 더 특별히 점잖고 겸손했다. 이것을 본 석무는 말했다.

"우방(右方)의 훈 중장도 같이 소리를 내지 않겠는가? 몹시 손님처럼 너무 근엄하지 않은가?"

훈은 거절하지 못해, 정도에 맞게 '신이 계시는'을 노래 불렀다.

43. 홍매 (紅梅[*])

대강 줄거리

훈 나이 24세의 봄.

안찰대납언은, 옛날의 두중장인 고 치사의 대신의 차남이자 백목의 아우이다. 본처가 죽고, 지금은 고 형병부경궁의 본처였던 진목주와 재혼하여 그녀를 본처로 두고 있었다. 대납언에게는 전처 소생의 아씨 대군과 중의군 두 사람과, 진목주 소생의 아들 대부의군이 있었다. 진목주는 형병부경궁과의 사이에 태어난 아씨 궁의분을 데리고 있어, 이 아씨도 대납언의 저택에서 살고 있었다.

세 사람의 아씨들의 치마 입는 의식이 연이어 있은 후에, 이들에게 구혼하는 사람이 여럿 있었고, 임금과 동궁으로부터도 그럴 의향이 전달되었다. 임금에게는 명석중궁이, 동궁에게는 석무 우대신의 대군이 섬기고 있었으나, 대납언은 그것에 거리낄 수만은 없다고 결심하여 대군을 동궁에게 바쳤다. 진목주는 어머니로서 함께 참내했다. 그 부재중에 중의군과 궁의분이 사이 좋게 지내고 있었다. 대납언은 궁의분을 자기 아이와 같이 생각하여, 그 용모를 보려고 생각했다. 궁의분은 겨우 들릴락 말락 대답을 할 뿐이고, 모습을 보이려고도 하지 않았다.

대납언은 중의군을 어떻게든지 내궁에게 보내리라고 생각하여, 홍

---

* 안찰대납언이 노래를 홍매(紅梅)의 가지에 첨부하여 내궁에 준다. 안찰대납언을 이후로 홍매대납언이라 부른다. 붉은 매화라는 뜻. 고오바이(こうばい)라 읽는다.

매에 노래를 첨부하여 내궁에게 보냈다. 그러나 내궁은 마음이 내키지 않았다. 내궁은 궁의분에게 깊은 관심을 보였다. 궁의분은 자기 신세를 생각하고 결혼하는 것도 거의 체념하고 있었으나, 내궁은 자주 글을 보내왔다. 대납언의 의중을 알고 있는 진목주는 당혹해하고 있었다. 좋은 혼처라고는 생각하나, 내궁은 호색한 분이며 우치의 팔의궁의 아씨에게도 마음이 쏠려 있다는 소문을 듣고 있었다. 그러나 자주 오는 글에 모르는 척하는 것도 황송하다고 생각해, 때로는 모군이 대신 답장을 드리기도 했다.

1. 안찰대납언과 진목주, 그 아이들의 일.

그때보다도 3, 4년 후, 안찰대납언(按察大納言)[1] 이라 부르는 분은 고치사의 대신의 차남이고, 죽은 위문독인 백목의 바로 아래 아우였다. 아이 때부터 영리하고, 화려한 것을 좋아하는 성격의 분이었다. 세월과 더불어 출세도 하고, 이전보다 더 멋지게 세상 사는 보람을 느낄 만큼 나무랄 데 없이 살고 있었다. 임금의 총애도 아주 대단했다. 본처가 두 분 있었는데, 처음부터 있던 분은 돌아가고, 지금은 수흑 태정대신의 딸인 진목주(眞木柱)가 남아 있다. 그녀는 예전에 수흑의 집을 떠나기 어려워하던 아씨였다. 처음 조부 식부경궁의 주선으로 고 병부경궁 친왕에게 시집 갔었고, 친왕이 돌아간 후로는 대납언이 남몰래 사귀고 있었는데, 오랜 세월이 지나 세상에 알려졌다. 아이는 돌아간 처 소생의 두 분만이 있었으나, 그것을 서운하게 생각하고 신불에 빌어 지금의 처 소생으로.

---

1) 백목의 아우. 동자 전상으로 처음으로 등장하고, 변소장, 좌대변을 지나 현재에 이른다. 후에 우대신이 된다. 홍매우대신이라 통칭한다. 평소 음악에 뛰어나고 미성 (美聲) 의 귀인으로 알려졌다. 잘 자기를 억제하고 냉정하게 몸의 처신에 특별히 마음을 썼다.

남군 한 분이 생겼다. 고 병부경궁과의 사이에 궁의분이라는 여군이 한 분이 있었다. 이 분도 차별대우를 하지 않고, 서로 사이 좋게 지내고 있었다. 그러나 각각 아씨 전속의 하녀들이 각기 편을 들어, 불상사가 일어나는 일도 가끔 있었다. 진목주는 성격이 밝고 현대적인 사람으로, 결점이 드러나지 않도록 잘 꾸몄다. 자신에게는 괴로운 일이라도, 될 수 있는 한 온화하게 귀를 기울이고 다시 생각하는 성품이므로, 듣기 싫은 소리도 들려오지 않고 남의 눈에도 좋게 보였다. [2]

2. 대군이 동궁에 들어오다.

아씨들은 비슷한 나이 또래여서 차례로 성인이 되어, 각각 치마를 입었다. 일곱 칸 침전으로 넓게 꾸며, 남면에는 대납언과 대군이, 서쪽에는 중의군, 동쪽에는 궁의분이 각각 살고 있었다. 보통 생각하기에 궁의분은 아버지 궁이 돌아가 가여운 처지였지만, 여기저기의 유산도 많고 집안에서 대접과 살림을 그윽하고 고상하게 보살펴 주어서, 그 모습은 나무랄 데가 없었다.

이렇게 소중하게 키워 오고 있다는 것이 자연히 소문이 나서, 결혼을 신청하는 사람이 많았다. 임금이나 동궁으로부터도 의향이 있다는 말을 듣고 있었다.

'주상에게는 명석중궁이 계시어 그 위세에 어깨를 나란히 할 수 있는 이는 없을 것이다. 그러나 그렇다고 해서, 처음부터 뒤떨어진다는 생각으로 비하만 하고 있다면, 입내한 보람도 없는 일일 것이다. 또 동궁에게는 우대신 석무의 따님인 여어가 있어, 혼자서 단연 타를 압도하고 시중들고 계시므로, 경쟁하기 어렵다는 생각이 들지만, 꼭 그렇게만은 말할 수 없을 것이다. 신분이 나아지기를 바라는 딸을 가지고 있으면서, 궁살이를 단념한다는 것은 옳지 않을 것이다.'

---

2) 진목주의 재등장이 당돌한 감이 있다. 명랑한 성격이라 하지만, 오랜 고생을 한 것으로는 부자연스럽다. 신불에 빌어 아이를 낳았다는 것도 통속적이고, 문장의 이완과 더불어 이 권에는 의심스러운 점이 많다.

그는 이렇게 결심하여 대군을 동궁에게 드렸다. 대군은 17, 8세쯤으로, 귀엽고 부드럽고 예뻤다.

중의군도 언니에 이어서 기품이 높고 청초한 분위기를 지녔다. 조용한 모습은 언니보다도 훌륭하고 예뻤으므로, 상대가 신하라면 시집 보내기도 아까운 정도였다.

'내궁이 만일 생각이 있으면 ….'

이런 기대를 하고 있었다. 내궁은 이 대납언의 젊은 군인 대부의군을 궁중 같은 데서 만나면, 옆으로 불러서 가만히 놓아두지 않고 남색관계의 상대역으로 삼고 있었다. 이 대부의군은 정말 영리하고, 눈언저리나 이마를 보면 장래가 촉망되었다. 내궁이 말했다.

"아우와 만나는 것만으로는, 생각이 가라앉지 않을 것 같다. 대납언에게 말씀 드려 주게."

그 소식을 듣고 대납언은 방긋이 웃으며, 생각했다.

'정말 기다린 보람이 있었다.'

"남보다 뒤떨어지는 궁살이보다는, 이 병부경궁에게 드리고 싶다. 소중한 사위로 마음껏 대접해 드리면, 내 명도 연장될 것 같다."

대납언은 먼저 대군을 동궁에게 드릴 일을 서둘렀다.

'춘일의 명신(春日의 明神)에 황후는 반드시 등원씨(藤原氏)에서 나와야 한다는 신탁의 일도 내가 살아 있는 동안에 실행하여, 홍휘전여어의 일로 괴로워하면서 돌아가셨던 아버님의 마음을 위로하고 싶다.'

그는 마음속으로 기원하면서, 대군을 동궁에게 드렸다. 총애를 혼자서 받고 있다는 말을 사람들이 소문내고 있었다. 이러한 일에 익숙하지 않아서, 확실한 후견인이 없이는 어떨까 걱정이 되어, 진목주가 함께 궁중에 출사하여 정성껏 보살펴 주고 있었다.

3. 대납언이 의붓딸에게 관심을 갖다.

저택 안은 허전하고 할 일도 없었다. 중의군은 언제나 언니와 같이 지내고 있었기 때문에, 몹시 쓸쓸하게 생각에 잠겨 있었다. 궁의분도 이 아씨와 서로 서먹서먹한 사이는 아니어서, 저녁에는 가끔 같은 장소에서 잤다. 쌍륙, 바둑 등 대수롭지 않은 놀이도 이분을 스승으로 생각하여 같이 배우거나 놀거나 하였다. 궁의분은 몹시 낯을 가려서, 어머니 진목주마저도 맞대 놓고 앉아 있는 적이 좀처럼 없었다. 지나칠 정도로 겸손하게 거동하고는 있지만, 성미나 태도는 적극성이 없는 것도 아니었다. 사람을 끌어들이는 인정미가 있는 점은 역시 누구보다도 훌륭했다. 대납언은 이렇게 동궁 곁으로 입내하는 여러 가지 일 때문에 자기 아이들의 일에만 매달려 있는 것을 미안스럽게 여겼다.

"당신에게 적당한 생각이 있으면, 결정하는 대로 나에게 말하여 주십시오. 제 아이들과 같이 돌보아 드리겠습니다."

이렇게 모군에게 말했다.

"저 애는 전혀 결혼 같은 것은 염두에도 없는 듯하니, 섣불리 남편을 갖게 되면 불행해질 것입니다. 저 애의 운명에 맡기고서, 제가 이 세상에 살아 있는 동안은 돌보아 드리겠습니다. 제가 죽은 후를 생각하면 불쌍하고 마음이 걸리지만, 그때에는 여승이라도 되는 것이 좋겠지요. 자기도 모르는 사이에 세상의 웃음거리가 되는 경솔한 짓은 하지 않고 지냈으면 합니다."

이렇게 진목주는 말하며 눈물을 머금으니, 남다른 저 분의 성미를 비난할 수 없었다.

대납언은 어느 아이나 차별 없이 어버이답게 대하고 있지만, 저 분의 얼굴을 보려는 생각이 들었다.

'내게 숨기는 것이 한심하다.'

이렇게 원망스럽게 생각했다. 몰래 볼 수는 없을까 하고 자주 들여다보았다. 그러나 언뜻 보기조차 어려웠다.

"어머니가 안 계실 동안은 내가 대신 돌보아 드려야겠지만, 어머니와는 다르게 서먹서먹하게 생각하는 것 같아서 한심스럽다."

대납언은 이렇게 말하고 고운발 앞에 앉아 있었으니, 대답소리도 들릴락 말락 했다. 그 소리나 태도로 보아서 용모나 인품이 얼마나 기품 있고 아름다운지 짐작할 수 있었다. 자기 딸이 다른 사람에게 지지 않는다고 자랑하고는 있었지만, 더 자세히 알고 싶었다.

'정말 누구라도 이 아씨에게는 도저히 이기지 못할까? 이런 일이 있으니까, 세상 교제가 많은 궁중에서는 귀찮은 일이 일어나기도 한다. 비교할 사람이 없다고 생각했다가도, 그 이상으로 훌륭한 사람이 자연히 있을 수 있는 것이다.'

이 아씨의 일은 더 깊이 알아야겠다고 생각하였다.

"몇 달 전부터 왠지 어수선해서, 오랫동안 거문고소리도 못 들은 채 지내 왔다. 서쪽에 있는 중의군은 비파에 정신을 쏟고 있다. 정말 연습하면 잘 타게 될 것이라고 생각하는 것일까? 비파는 어지간한 기량으로는 좋지 않은 음색이 나는 법이다. 어차피 같은 지붕 밑에 살았으면, 마음을 써 가르쳐 주었으면 좋겠다. 나는 이렇다 하게 공부한 악기도 없었지만, 그 옛날 음악이 성했던 시대에 관현의 합주에 참가한 덕으로, 음색의 좋고 나쁨을 아는 분별력쯤은 갖게 되었다. 그러니 전혀 문외한이라고는 할 수 없다. 너는 마음놓고 타는 것은 아니지만, 때때로 들려주는 비파의 음색에 옛날을 생각한다. 돌아간 겐지의 전승을 받은 분으로는, 우대신 석무가 지금 세상에 남아 있다. 원중납언 훈이나 병부경궁 내궁은 무슨 일이든 간에 옛사람에게 지지 않으리라고 생각되고, 정말 전세의 인연이 특별한 사람들이다. 그 중에서도 관현의 방면은 특별히 뛰어나다. 발목(撥木) 처리가 조금 약한 듯한 것이 도저히 우대신에게는 못 미치지만, 너의 거문고소리는 그야말로 썩 잘 닮았다. 비파는 누르는 품이 조용한 것이 좋다고 하지만, 버팀기둥을 세우면 발목의 모양이 달라져서 부드럽게 들린다. 여자가 타기에는 도리어 그것이 재미있다. 자, 타지 않겠는가? 거문고를 가지고 오너라."

하녀들도 익숙해서 숨어 있는 자는 거의 없었다. 몹시 젊은 상급 하녀 중에 대납언에게 얼굴을 보이고 싶지 않은 사람만이 깊숙한 곳에 숨어 앉아 있었다.

"시중들고 있는 사람마저 이렇게 쌀쌀하면 못 쓴다."

대납언은 화를 내었다.

4. 대납언이 홍매를 빙자하여 내궁에게 의중을 전하다.

대부의군이 궁중에 참상하려고 숙직차림으로 와 있었다. 깔끔히 묶은 각발(角髮)보다도 더 예쁘게 보여, 대납언은 몹시 귀엽게 여겼다. 그 젊은 군에게 대납언은 여경전(麗景殿)에 있는 대군에의 전언을 부탁했다.

"너에게 여어의 돌봄을 맡기고 오늘밤은 참내를 않겠다, 몸이 좋지 않다고 전해 주려무나."

"피리를 조금 공부하여라. 툭하면 주상 앞의 관현의 놀이에 부름을 받게 되니, 황송하기 그지 없는 일이다. 아직 아주 미숙한 피리인데…"

대납언은 아씨에게 이렇게 말하고는 쌍조(雙調)를 불게 하였다. 아씨가 아주 재미있게 불었으므로, 격려의 말을 해주었다.

"점점 듣기 괴롭지 않게 되는 것은, 이 근처에서 나도 모르는 사이에 합주하고 있었던 때문이구나. 부디 더욱 비파에 맞게 불어라."

아씨는 귀찮아 하면서도, 손톱으로 정말 능숙하게 조금 탔다. 대납언도 익숙하게 휘파람을 불어 가락을 맞추었다.

대납언은 이 침전의 동쪽 끝에 추녀 가까이에 있는 홍매가 아름답게 피어 있는 것을 보고서 말했다.

"뜰 앞 꽃의 풍치는 고운 마음씨가 있어서이다. 내궁이 궁중에 있는 모양이다. 가지 하나 꺾어 드려라. 색도 향기도 '아는 사람은 안다,'"

"으음, 빛나는 겐지라고 불리던 저 분이 젊은 대장이었던 시절, 나는 아직 아이였지. 이 아이처럼 하고 또래에 끼여들어 친하게 지내게 해준 것을 언제나 그립게 생각한다. 내궁과 훈들을 세상 사람들도 아주 특별한 분들이라고 말하고 있고, 정말 칭찬을 받으려고 태어난 사람마냥 하고 있지만, 저 분과 비교하면 그래도 부족하다. 이런 생각이 드는 것은 역시 유례 없이 그립게 여기는 눈으로 호의적으로 본 때문일까? 나 같은 보통 사람도 저 분의 일을 생각하고 있으면 언제나 가슴이 답답하여 슬퍼진다. 가까이에 있던 사람이 뒤에 살아 남아서 우물쭈물하고 있는 것은, 오래 사는 괴로움도 보통이 아니라는 생각이 든다."

대납언은 왠지 모르게 차분하고 쓸쓸한 생각으로, 지나온 날을 되돌아보며 눈물을 머금고 있었다.

때가 때여서 기분을 참지 못하였을까, 대납언은 꽃을 꺾게 하여 대부의군을 급히 내궁에게 보냈다.

"할 수 없다. 그리운 분의 남겨 놓은 것으로는, 지금은 이 궁만이 있을 따름이다. 부처님이 돌아간 후에 아난(阿難)이 빛을 발했다고 하는데, 그것을 부처님이 재래한 것이라고 의심하였던 현명한 고승이 있었다는데…. 이 세상의 빛을 잃고서 어둠 속을 헤매는 이 마음을 개이게 할 곳으로 알고, 성가시겠지만 편지를 올려라."

〈바람이 향기를 실어 보내는 정원 매화에, 꾀꼬리가 찾아오지 않을 리가 있겠습니까? 이렇게 편지를 드리니 호의적인 답장을 기대하고 있습니다. 〉

대납언은 분홍 종이에 경쾌하게 쓰고, 이 군의 회지(懷紙) 속에 같이 접어 넣어서 심부름을 시켰다. 대부의군은 어린 마음에도, 정말 내궁과 친하게 지낼 수 있게 되었다고 생각하여 급히 궁중으로 왔다.

5. 내궁이 대부의군과 얘기하다.

내궁은 명석중궁의 윗방으로부터 숙직소에 물러나 있었다. 전상인들 여럿이 모여서 전송하는 중에, 대부의군을 발견하고 물었다.

"어제는 왜 그렇게 일찍 퇴출하였는가? 오늘은 언제 왔는가?"

"일찍 퇴출하고 나서 나중에 후회하였습니다. 궁님이 아직 궁중에 계시다는 말을 사람들한테 듣고 급히 참상하였습니다."

대부의군은 아이답기는 하나 유창하게 말했다.

"궁중이 아닌 마음 편한 이조원에도 때때로 놀러오너라. 젊은이들이 여러 명이나 모여 있는 곳이다."

내궁이 이 군 혼자만을 특별히 가까이에 불러 사이 좋게 얘기하고 있어서, 다른 사람들은 근처에 오지도 못하고 따로따로 퇴출했다. 주변이 조용해졌을 때 내궁이 물었다.

"동궁으로부터는 조금 말미를 얻게 되었지? 전에는 정말 하루 종일 옆을 떠나지 못하게 하였는데, 대군한테 총애를 뺏겨서 난처하게 되었지."

"언제나 옆을 떠나지 못하게 하여 퍽 괴로웠습니다. 이것이 궁편이었더라면 ···."

대부의군은 잠자코 앉아 있었다. 궁이 말했다.

"누님은 나를 아직 어른이 덜 되었다고 포기하였다. 무리도 아니다. 그러나 나는 역시 재미가 없었다. 같은 혈통으로 고풍인 궁의분은 나의 일을 생각하지 않는가 하고, 남몰래 말씀드려 다오."

대부의군이 그 기회에 매화를 드렸더니, 궁은 방긋 웃으며 말했다.

"사랑을 구하는 말을 한 뒤라면 의리적인 답장이어서 분했을 텐데 ···."

편지를 내려놓지도 않고 들여다보고 있었다. 가지가 뻗은 모습이라든지, 꽃송이라든지, 색과 향기가 모두 보통 것이 아니었다.

"화원에 피어 있는 홍매는 그 색과 향기가 백매에 떨어지는 것 같지만, 아주 훌륭하게 두 가지를 겸하여 갖추고 피었구나."

좋아하는 꽃을 드린 보람이 있게, 궁은 자꾸만 칭찬했다.

"오늘 밤은 숙직인 것 같다. 그대로 이쪽에서 자고 있으렴."

내궁이 놓아주지 않으므로, 군은 동궁에 참상도 못했다. 내궁은 꽃도 부끄러워할 정도로 향기가 나서, 그 옆에 재워 주는 것을 어린 마음으로 매우 기쁘게 생각하고 있었다.

"이 꽃의 주인인 궁의분은 어째서 동궁에 가지 않았는가?"

"모릅니다. 사물을 잘 이해하는 분에게라고 말하는 것을 들었습니다."

안찰대납언은 자기의 친자식을 생각하고 있었다고, 대부의군의 말을 들어 짐작했지만, 자기 생각은 다른 분에게 기울어져 있어서, 이 답장에는 똑똑히 말할 수가 없었다. 다음날 아침 대부의군이 퇴출할 때, 궁은 어떻게 되어도 좋다는 생각으로 되풀이하여 말했다.

" 〈꽃의 향기에 유혹되어 버리는 것이 나였다면, 풍문이라고 잠자코 듣고 흘려 버려도 되는 것입니까? 그러나 나에게는 맞지 않는 일이므로,

모처럼의 말이지만 ···. 〉

　이제부터 노인들에게 참견시키지 말고, 그대가 남몰래 ···."

　이 대부의군도, 궁의분을 더욱 소중하고 애정이 두터운 사람으로 생각했다. 도리어 이복의 아씨들은 얼굴을 내놓기도 하여 보통의 오누이처럼 지내고 있으나, 어린 마음에도 궁의분은 아주 조심스럽고 침착한 점이 있어 나무랄 데가 없는 인품이라고 여겼다. 어떻게 해서라도 이분을 보람 있는 신분으로 해 드리고 싶다고 여기고 있었다. 대군이 아주 화려하고 돋보이게 처신하고 있는 것을 경사스러운 일로 여겼지만, 이분의 일은 정말 어딘지 불만스러워 유감된 일이라고 생각했다. 그런 대로 이 내궁을 어떻게 주선하여 드리려고 생각하니, 이것은 즐거운 꽃의 사자가 될 기회인 것 같았다.

6. 대납언이 내궁에게 다시 소식을 보내다.

　대부의군은 어제 편지의 답장을 대납언에 보여 드렸다.

　"얄미운 말투로군. 너무 지나치게 풍류를 좋아하고 있다고 소문난 것을 듣고 있는데, 석무 우대신이나 내 눈앞에서는 부지런한 척하며 생각을 억제하고 있는 것이 우습다. 호색인다운 충분한 조건을 갖추고 있는 인물인데, 억지로 착실한 사람인 것처럼 꾸미는 것도, 다른 사람 눈에 별로 감탄할 것이 못되는데."

　이렇게 험담을 하였다. 그러나 오늘도 대부의군이 방문하는 기회에 말했다.

　" 〈본래부터 향기가 좋은 당신 소매가 닿으면, 꽃도 말할 수 없이 훌륭하다는 명성을 받게 되겠지요. 당신이 건너오면 딸도 한층 더 평판이 높아집니다. 〉

　호색적인 말이지만. 어쩐지 황송하게 되었습니다."

　이렇게 진지하게 말씀 드렸다. 진실한 일로 꾸미려고 하는 것 같아 마음이 내키지는 않았지만, 내궁은 역시 가슴이 두근거렸다.

　〈꽃의 향기가 높은 묵는 곳을 찾아가면, 호색한 사람이라고 나무랄 것

입니다. 비난을 받는 것도 난처한 일입니다.〉

전번과 다름없이 마음을 터놓지 않고 답장을 한 것을, 대납언은 어처구니없는 일이라고 생각했다.

7. 대납언과 진목주, 내궁의 일을 상의하다.

본처 진목주는 퇴출하여, 대납언에게 궁중에서의 일을 이야기하다가 말했다.

"대부의군이 전날 밤 숙직을 하고 돌아왔을 때에 향내가 매우 좋게 나는 것을 남들은 보통 사람의 냄새라고 생각하였는데, 동궁은 곧 알아차리고, '병부경궁 가까이에 갔었군.[3] 그 때문에 나를 싫어하였군' 하며 모습을 살피면서 불만의 말을 하여 흥미 있었습니다. 여기서 궁에게 편지를 보내셨나요? 그렇게는 안 보였는데."

"그렇습니다. 궁이 매화를 좋아하기 때문에, 저쪽 추녀의 홍매가 만개했기에, 보아 넘기기가 아까워서 꺾어 드렸습니다. 궁의 잔향은 참으로 각별한 것이군요. 궁에서 근무하고 있는 부인들도 저렇게 향을 쪼이기는 어렵습니다. 원중납언 훈은 이러한 풍류의 향을 쪼일 필요도 없이 타고 났으니 세상에 다시없는 일입니다. 정말 전세의 인연이 얼마나 좋았던 보답이었을까 궁금해집니다. 같은 꽃이라도, 매화는 원래 내력이 중요한 것입니다. 저 궁이 칭찬하는 것도 당연한 일입니다."

대납언은 꽃에 비유하여 궁의 일을 말하였다.

8. 내궁이 궁의분에게 집착하다.

궁의분은 사물을 분별할 수 있을 만큼 성인이 되었으므로, 어떤 일이나 잘 이해하고 귀담아들었다. 남자와 사귀어 세상 사람들처럼 처의 생활은 안 하리라고 하여, 결혼할 생각이 전연 없었다. 세상 사람들도 행세하는 사람에게 가까이하려는 마음 때문인지, 본처 소생의 분들에게는 열심히 사랑을 호소하거나 하여, 당세풍으로 화려한 것도 많았지만, 궁

---

3) 동궁과 대부의 군은 남색 관계에 있었으므로, 대부의군의 마음이 변한 것을 불만으로 여겼다.

의분은 무엇이나 간에 조용하고 소극적이라는 말을 인편으로 듣고, 내궁
은 자기에게 맞는 사람이라고 생각했다. 그래서 마음속으로 꼭 성사되기
를 바랐다. 내궁은 대부의군을 곁에 두고 남몰래 편지를 주고받았지만,
대납언은 내궁을 중의군의 사위로 굳이 희망하고 있었다. 궁이 그런 생
각을 가지고 의향을 말해오기를 바라면서, 상황을 엿보며 기대를 하고
있었다. 진목주는 그것이 미안하게 생각되었다.

"무리한 일을 하여, 이렇게 전혀 그런 기색도 없는 사람에게 쓸데없는
말을 이것저것 하여 보는 것은 보람도 없는 일입니다."

이렇게 말했다.

아주 한마디 대답도 없었는데, 궁은 고집을 세우고 단념할 것 같지가
않았다.

'사양할 필요가 있을까? 궁의 인품은 바라는 바대로이고, 꼭 주선하여
드리려는 생각이 들기도 한다. 장래의 희망이 있는 분으로 보이는 곳도
있다.'

진목주는 이런 생각이 드는 때도 있었다. 그러나 궁이 대단한 호색한
이라서 몰래 다니는 곳도 많다는 것을 알고 있었다. 특히 팔의궁(八의
宮)의 아씨에게 열중하여 자주 다닌다고들 이야기하고 있었다. 믿지 못
할 정도의 바람기가 있는 것이 영 마음에 걸렸다. 본 마음으로는 벌써
단념하고 있었다. 다만 황송한 생각이 들어, 쓸데없는 참견 같았지만,
모군으로서 때에 따라 몰래 답장을 쓰는 일도 있었다.

44. 대의 내 (竹河*)

대강 줄거리

훈 나이 14, 15세부터 23세.

수흑과 옥만 사이에는 좌근중장, 우중변, 등시종 등 남자아이 3인과, 대군, 중의군 등 여자 2인이 있었지만, 수흑이 죽은 뒤 세상과의 교제도 드문 집이 되어 있었다. 임금과 냉천원 쌍방으로부터 아씨를 보내라는 말씀이 있어, 옥만은 결단을 내리지 못하고 있었다. 석무의 아들 장인소장도 열심히 구혼하였지만, 옥만은 수흑의 뜻을 이어받아, 또 전에 냉천원의 뜻에 배반하였던 일이 있어, 대군을 원에게 바치려고 했다.

정월, 옥만의 집에 석무와 안찰대납언이 찾아왔다. 늦게 혼자서 찾아온 훈은, 경쾌한 젊음으로 하녀들의 인기를 모았다. 20일이 지나서, 훈은 옥만의 저택에서 장인소장과 만났다. 소장은 훈이 사람들로부터 극구 칭찬을 받는 것에 질투를 느꼈다. 훈과 옥만의 막내아들 시종은 노래를 증답했다.

3월 벗꽃이 한창일 때, 옥만의 자녀들은 망부 수흑을 그리워했다. 두 사람의 아씨가 벗꽃을 내기에 걸고 바둑을 두는 장면을 장인소장이 몰래 엿보았다.

냉천원의 독촉을 받고, 옥만은 대군의 참상을 서둘렀다. 소장의

---

* 등시종(藤侍從)이 노래한 최마락(催馬樂)의 '죽하'〔竹河 : 대의 내〕에 관해서, 훈과 시종 사이에 오고간 노래의 증답에 나온다. '竹河'를 다케카와(たけかわ)라 읽는다.

초조함과 비탄은 말할 것도 없었다. 사람들의 낙담도 아랑곳없이 냉천원의 사람이 된 대군은, 원의 총애를 얻었다. 오빠인 좌근중장이나 우중변은, 임금의 뜻을 따르지 않았던 모친을 책망했다. 대군은 곧 임신했다.

다음해 봄 남자 답가에서, 훈은 앞에서 노래를 부르는 역을 맡았다. 원의 특별한 대우가 있어 대군의 신변에 가까이 갈 수 있었던 훈은 남몰래 사모하는 마음을 품고 있었다. 대군은 여궁을 낳았다.

임금의 간절한 소망으로, 옥만은 중의군을 입내시키기로 하였다. 명석중궁과의 마찰을 피하여, 상시를 물려준다는 형식을 밟았다. 그녀는 아직 꺼지지 않은 냉천원의 연정에 시달려서, 대군으로부터도 멀리 떨어져 있으려고 했다. 대군은 그런 모친을 원망했다. 대군은 또 남궁을 낳았으나, 주위의 질투가 심하여서 마음이 편한 날이 없었다. 옥만은 이제는 후회하는 수밖에 없었다. 중납언에 승진 인사로 찾아온 훈에게도 투덜댔다. 이웃에 있는 홍매 우대신(안찰대납언) 집안이 번창해 가는 것을 보며, 이런저런 생각에 잠겼다. 마음먹은 대로 승진하고 연애에 제정신을 잃고 있는 소장에 대하여, 옥만은 날카롭게 비판했다.

1. 서두, 수흑대장 댁의 하녀들.

이 이야기는, 겐지의 일족에서 떨어져 나간, 후의 태정대신인 수흑대장의 저택에서 섬기고 있던 하녀들 중, 그다지 눈에 띄지 않게 아직 살아 남아 있던 사람들이 자진해서 얘기한 것이다. 자의상에게 인연이 있는 하녀의 얘기하고는 비슷하지 않은 점이 많았다.

"겐지의 자손의 얘기를 들으면, 그 중에 거짓말 같은 얘기가 섞여 있는 것 같은데, 그런 얘기들은 우리보다 나이 많고 정신이 흐려진 사람이 함부로 지껄인 것은 아닐까요?"

여자들은 이렇게 의심스럽게 여겼다. 대체 어느쪽이 진실한 것이었던 가?

2. 수흑 사후, 찾아오는 손님도 드물어지다.

상시(常侍)의 소생으로 고 수흑의 아들 셋, 딸 둘이 있었다. 그분들을 각각 소중히 키우려고 마음먹고 세월이 지나는 것도 초조하게 생각하고 있었는데, 나리 수흑은 어이없게 돌아가시고, 꿈처럼 허망한 생각이 들었다. 일찍 그만두려고 서둘렀던 상시 궁살이도 그대로 둔 채로 있었다. 사람의 마음이라는 것은 그저 그때의 정세에 따르는 것이어서, 저처럼 기세가 높았던 대신이 돌아간 후로는, 집안에 있던 보물이나 여기저기의 영지 같은 경제적인 여건은 달라진 것이 없었지만, 전체 가세는 일변하여 저택 안은 조용하고 쓸쓸해져 갔다. 옥만에 가까운 친, 인척들은 여럿이 세상에 위세를 떨치고 있었지만, 고귀한 분들과의 교제가 원래 별로 없었던 데다가 돌아간 나리가 인정미 없고 다소 변덕스러운 성미여서 사람들이 어렵게 여겼던 탓일까, 옥만은 누구와도 친하게 편지를 주고받지도 못했다. 육조원 겐지는 매사 옛날대로 소중한 분으로 생각하여, 유산 상속의 문서에도 중궁의 다음에 써 놓아서, 석무 우대신 등은 도리어 친한 마음을 가지고 적당할 때마다 문안 왔다.

3. 대군이 임금, 냉천원, 장인소장 등으로부터 청혼을 받다.

남군들이 관례를 치르고 각각 어른이 되었다. 남편 사후로는 허전하고 슬픈 나날이었지만, 그 중에 제 몫을 하게 될 것에 틀림없었다. 그러나 옥만은 고민하고 있었다.

'아씨를 어느 분에게 드려야 옳은가.'

임금께서도, 꼭 궁살이를 해주었으면 좋겠다는 희망을 전해왔다. 수흑이 생전에 바라던 것이므로, 임금은 그때부터의 세월을 세어서 완전한 성인이 되었을 것이라고 말씀하셨다. 옥만은, 지금은 더욱 비할 수 없는 명석중궁의 기세에 눌려 다른 사람은 없는 것과 마찬가지인데, 그 맨 끝

자리에 끼어서 쌍심지를 켜고 임금을 기다리고 있는 것은 재미없는 일이라고 생각했다. 그렇다고 아예 그 축에도 못 끼는 상황으로 지내는 것 또한 걱정이라고 생각하여 갈피를 못 잡고 있었다.

냉천원으로부터는 아주 정성 어린 말씀이 있었다. 옥만이 예전에 임금의 뜻에 등졌던 것이나 마찬가지였던 박정한 거동에 대해서 새삼스럽게 푸념하며, 진지하게 말씀하셨다.

"지금은 그 때보다도 한층 나이 들어 아무 재미도 없다고 생각하여 내버려둔 채 돌보지 않더라도, 하다못해 안심할 수 있는 어버이라고 생각하여, 내게 주지 않겠는가?"

'어떻게 하면 좋을까? 나는 정말 운이 나빠, 본의 아니게 멋없는 여자라고 생각하게 했던 것이 부끄럽고 황송한 일이지만, 지금에 와서는 겨우 다시 생각하여 주시게 될지도 모른다.'

옥만은 마음을 결정하지 못하고 있었다.

맏딸 대군(大君)은 용모가 아주 뛰어나다는 평판으로 결혼을 청하는 사람이 많았다. 석무 우대신의 아들 장인소장은 운거안 소생으로, 형님들 이상으로 소중하게 길러진 청년이었다. 인물도 무척 뛰어난 사람인데, 이분이 유독 열심히 대군에게 청혼하고 있었다. 양친 어느쪽으로나 연계가 있는 사이여서, 이 군들이 사이 좋게 찾아올 때에는 서먹서먹하게 대하지 않았다. 이쪽 하녀들에게도 언제나 친하게 옆에 와서, 의중을 호소하는 데도 편리하였다. 밤이나 낮이나 근처를 떠나지 않고 무어라고 전언하는 것을 옥만도, 성가시긴 하나 있을 법한 일이라고 생각하고 있었다. 모친인 운거안으로부터의 편지도 자주 옥만에게 왔다.

"아직 제 몫을 할 사람이 아닙니다만은 너그러이 보아주십시오."

부친인 석무 대신도 이렇게 부탁하고 있었다. 상시는 아씨를 평범한 데로 시집 보내려는 생각은 전혀 없었다. 둘째딸 중의군(中의君)이라면, 장인소장이 조금 더 시간이 지나서 신분상 세상 체면에도 균형이 맞을 때가 되면, 그것도 괜찮으리라고 생각하고 있었다. 한편 소장은 허락이 안 날 경우에는 훔쳐내[1] 기라도 할 듯이, 지나치게 골똘히 생각하고 있었다. 전혀 상응하지 않는 혼담이라고는 생각하지 않았지만, 여자편에서 허락하지 않는 동안에 어떤 잘못이 일어나면 세상에 부끄러운 일이라고 생각했다.

"잘 주의하여, 잘못이 일어나지 않도록 하여 주게."

중개하는 하녀들에게도 이렇게 말했는데, 소장은 이것에도 기가 꺾여 성가신 일이라고 생각했다.

4. 옥만이 훈을 겐지의 유품으로 친하게 여기다.

겐지의 자손으로 여삼의궁에게서 태어난 훈은, 냉천원이 아들과 같이 생각하여 소중하게 키워 온 사위 시종(四位 侍從)이었다. 그때 14, 5세쯤으로, 아이답고 어린 것이 당연한 나이인데도 마음쓰는 것이 어른처럼 빈틈이 없었다. 인품도 좋고, 사람들보다 빼어난 장래가 지금부터 역력히 보였다. 옥만은 사윗감으로라도 돌보아 드렸으면 하고 생각하고 있었다. 이 저택은 여삼의궁의 저택과 바로 이웃에 있어, 훈은 적당한 때마다 옥만의 아이들의 초청으로 건너와 노는 일이 있었다. 그윽하고 고상한 대군과 중의군들이 있는 곳이어서 젊은 남자들은 마음을 안 쓰는 사람이 없었고, 자주 나 보란 듯이 멋 내고 출입을 했다. 언제나 이 저택을 떠나지 않으려는 장인소장이 대표적인 인물이었다. 그러나 정말 누구라도 기가 죽을 것 같이 훌륭하고 부드러운 인품으로는, 이 사위 시종 훈과 닮은 사람이 없었다. 겐지의 혈연이라고 생각하여 각별한 눈으로 보아서일까, 자연히 세상에서 소중하게 환대받는 사람이었다. 젊은 하녀들은 하나 같이 이 두 사람을 칭찬하여 마지않았다.

"정말 빼어난 사람이지요."

옥만도 이렇게 말하며 친밀감을 느낀 듯이 말했다.

"육조원이 내게 마음 쓴 것을 생각하면 마음에 위로가 되기보다는 슬픈 것만이 생각나지만, 그 유가족으로 생각할 사람은 바로 이 사람뿐이

---

1) 사실로 당시에는 아직 약탈혼의 자취가 있었다. 이야기책에는 여자를 훔쳐내는 얘기가 많다.

다. 우대신 석무는 어마어마한 신분으로 있어, 특별한 기회가 아니면 뵙기조차도 어렵다.”

옥만은 훈을 형제처럼 생각하고 있어, 아마 그도 그런 마음일 것이라고 생각했다. 세상 사람들처럼 색정적인 면이 있는 것도 아니고, 그저 침착하게만 있는 것을 여기저기의 젊은 하녀들은 섭섭하고 무언가 부족하게 생각했다. 무엇인가 말을 걸기도 곤란하게 생각하고 있었다.

5. 석무가 신년 하례차 옥만을 방문하다.

정월 초 옥만의 형제인 안찰대납언, 즉 ‘고사’를 불렀던 분과 등중장, 즉 고 대납언의 장남으로 진목주와 동복인 분이 찾아왔다. 석무 대신도 아들 여섯을 모두 데리고 건너왔다. 석무는 용모를 비롯하여 무엇 하나 빠진 곳이 없는 인품으로 세상의 성망도 높았다. 아들들도 각각 산뜻한 인상에다 나이에 비해서는 어울리지 않게 관직도 높아서 아무 걱정도 없는 것 같았다. 그런데 장인의군만은 특별하게 대접받고 있는 모양인데도, 평소 침울한 듯 걱정거리가 있어 보였다.

석무는 평소와 다름없이 휘장을 사이에 두고 이야기했다.

“이렇다 할 기회가 없으면, 자주 찾아와서 얘기를 듣지도 못하고 있습니다. 나이 41세가 된 지금 궁중에 가는 것 이외에는 외출도 내키지 않아 이렇게 나들이하는 것도 익숙하지가 않습니다. 예전 이야기라도 해 드리려 했는데, 대개 그대로 지나쳐 버리곤 했었습니다. 무슨 일이 있으면, 사내아이들을 불러서 시키십시오. 꼭 그 성의를 알아주실 수 있게 가르치고 있습니다.”

“지금은 48세로 이렇게 늙어, 사람 축에도 못 드는 저를 한 사람 몫으로 쳐 주시니, 돌아간 분의 일들도 더욱 못 잊게 됩니다.”

옥만은 이런저런 이야기하는 계제에, 주작원께서 말한 것을 넌지시 입에 올렸다.

“확실한 후견이 없는 사람이 사귀며 살아가는 것은, 도리어 보기 흉한 것이라고 여겨집니다. 여러 가지 생각에 갈피를 못 잡고 있습니다.”

"주상의 말씀도 있는 것으로 들었는데, 주상과 주작원의 어느쪽으로 결정하였습니까? 원은 자리를 떠난 후로는 전성기를 지난 것으로 생각되겠지만, 세상에 유례가 없는 훌륭한 모습은 언제까지라도 젊어 보입니다. 나에게도 버젓하게 키운 딸이 있었으면 짝지어 주고 싶었습니다. 그런 생각은 하면서도 마음에 걸리는 분들이 있는데, 냉천원의 후비에 끼어 외로이 지낼 것 같아 유감으로 여기고 있습니다. 그런데, 여일의궁의 여어[2]는 허락하신 것입니까? 먼젓번 사람들도 그런 걱정이 있어 단념하였던 것입니다."

"다름 아닌 그 여어가, '시간을 주체할 수 없이 무료하게 지내므로, 원과 의논하여 주선하여 드려 마음을 달래어 드렸으면 합니다만' 이라고 권하여 주셨습니다. 어떻게 할까 하고 생각하던 중이었습니다."

이분 저분 여기에 모여서 삼조궁으로 왔다. 주작원과 예전부터 교분이 있었던 분들이나 육조원에 관련된 사람들이, 지금도 역시 저 입도의궁을 그냥 지나치지 못하고 참상한 것 같았다. 이 저택의 좌근중장, 우중변, 시종의군 등도, 그대로 석무를 수행하여 같이 왔다. 그들을 모두 데리고 다니는 석무의 위세는 각별하였다.

6. 훈이 저녁때 옥만 댁을 찾다.

저녁때가 되어 사위 시종 훈이 들렀다. 성인이 된 젊은 군들은 다 훌륭하게 보였다. 그 중 한 발 늦게 도착한 훈은 더욱 사람의 넋을 뺄 만큼 각별했다. 언제나 그랬듯이 금방 열중하는 젊은 하녀들은, 듣기 거북한 말들을 했다.

"역시 특별하다."

"이 저택의 아씨 옆에는 꼭 이분을 나란히 앉게 하고 싶다."

---

2) 여일의궁(女—의宮)의 모친인 여어. 홍휘전여어. 석무의 아버지 겐지와 홍휘전여어의 아버지 태정대신과는, 중년 이후 입후(立后) 싸움에 사이가 좋지 않았다. 홍휘전여어는 아버지의 영향도 있어, 다음 후비들의 입내, 참원에 신경질이 되었을 거라고 짐작되어, 석무는 특히 그 점에 마음을 썼던 것 같다. 잘못하면 여어와 자매인 옥만 사이에 싸움이 벌어지게 된다.

정말 실제로 젊고 경쾌하고 부드럽고 아름다운 모습이었다. 몸을 조금 움직일 때에 떠도는 향기는 세상의 보통 향내가 아니었다. 어떤 아씨라도 세상 일에 눈을 뜬 이라면, 정말 여느 사람들보다 훌륭하다고 납득할 것이었다.

상시의군은 염송당(念誦堂)에서 오라고 부르므로 훈은 동쪽의 계단으로 올라가 출입구의 고운발 앞에 앉았다. 뜰 앞 바로 곁에 있는 어린 매화가 금방 벌어질 듯 봉우리를 맺었고, 꾀꼬리의 첫울음도 한가로이 들렸다. 정말 호색적인 마음을 북돋아 주게 하는 풍치였다. 하녀들이 농담을 하면, 말수도 적게 그윽한 태도로 대답했다. 하녀들은 그것을 야속하게 생각했다. 재상의군이라고 불리는 상급 하녀가 노래를 불렀다.

〈손으로 꺾으면 더 좋은 향기가 퍼질 것입니다. 좀더 적극적으로 꽃잎을 열어 주십시오. 첫 매화의 당신이여.〉

훈은 괜찮은 솜씨라고 생각했다.

"〈다른 데서는 가지와 잎이 떨어져 나간 죽은 나무라고 타박하겠지요. 마음속에는 색과 향이 한창인 첫 매화의 꽃인데.〉

그런 뜻이라면 소매로 한번 건드려 보십시오."

훈이 농담으로 말하여 보았더니, '정말은 색보다도 향기 쪽이'라고, 저마다 소매를 끌어당기기라도 할 듯한 모습으로 다들 훈의 옆에 붙어 다녔다.

옥만은 안쪽으로부터 무릎걸음으로 나와서 작은 소리로 꾸짖는 모양이었다.

"곤란한 사람들이군요. 주눅들 만큼 충직한 사람에게 희롱을 걸다니. 정말 뻔뻔스럽다."

'충직한 사람이라고 이름이 붙어 있었다니! 정말 한심하다.'

훈은 이렇게 생각하며 앉아 있었다. 주인 측의 수혹의 삼남인 등시종은 동자 전상도 아직 안 했는데, 인사차 여기저기 돌아다니지도 않고 거기에 와 있었다. 천향(淺香)색의 네모난 쟁반 두 개에 과일과 술잔을 내놓았다.

"석무대신은 나이를 먹어 감에 따라 돌아간 겐지와 꼭 닮아 간다. 이 군은 꼭 닮은 데라고는 없는데, 견실한 외모와 아름다운 태도가 돌아간 원의 한창때를 자연히 연상시킨다. 바로 이런 모습이었을 것이다."

옥만은 이렇게 회상하여 눈물을 흘렸다. 훈이 돌아간 다음에도 남아도는 향기를 사람들은 허풍스럽게 칭찬하였다.

7. 정월 하순, 훈이 옥만 댁을 찾다.

훈은 충직한 사람이라는 별명을 몹시 한심한 것이라고 생각했다. 20일이 지나서 매화가 한창인 때였다.

'풍류를 모르는 남자라고 세평이 나는 것도 반갑지 않다. 한번 호색적인 사람을 흉내 내어 볼까.'

훈은 등시종의 처소로 건너갔다. 중문을 들어서니, 바로 그때와 같은 평상복 차림의 사람이 서 있었다. 몸을 숨길까도 생각하였는데 누가 소매를 잡고 만류하였다. 자세히 보니 언제나 이 저택을 배회하고 있는 장인소장이었다. 침전의 서쪽으로부터 비파와 쟁의금소리가 들려와서, 마음도 까닭 없이 흥분되었을 것이다.

"남의 눈에 띄면 보기 흉할 것 같다. 어버이가 허락 않는 일을 마음에 둔다면 무거운 죄가 될 것이다."

훈은 이렇게 생각하였다. 거문고소리도 멈추었다. 훈이 부탁했다.

"좀 안내하여 주십시오. 나는 이곳 사정을 잘 모릅니다."

둘은 같이 서쪽의 건너는 곳 앞에 있는 홍매나무 곁으로 갔다. 최마락의 '매화 가지'를 읊조리고 다가섰다. 홍매의 꽃보다도 향기가 더욱 뛰어났다. 여닫이문을 밀치고 보니, 하녀들이 화금을 썩 잘 합주하고 있었다. 여자의 거문고로는 여(呂)의 가락을 합주하기가 어려운 법인데, 참 대단한 솜씨라고 생각했다. 되풀이하여 또 한번 노래하니, 그것에 맞춘 비파소리도 다시없이 화려하게 들려왔다. 취미도 풍부하게 지내는 집이라고 마음이 끌려서, 오늘 저녁은 조금 느긋하게 농담도 주고받았다.

하녀들이 고운발 안에서 화금을 하나 더 내놓았다. 두 사람은 서로 양보하며, 손을 대지 않았다. 옥만이 권하는 말을 했다.

"전부터 고 치사의 대신의 거문고 소리와 닮았다는 말을 들어왔으니까, 그것을 듣고 싶습니다. 오늘 저녁은 꾀꼬리에 유혹되었다고 생각하시고 부디 천천히 ….."

수줍어하며 바라보고만 있을 때도 아니라는 생각에 못 이기는 체 한 곡 탔다. 그 음색은 정말 울림도 풍부하게 들렸다.

"언제나 뵙고 친하게 지낼 수 있는 아버지는 아니었어도 이 세상에 안 계신다고 생각하니 몹시 쓸쓸합니다. 우연한 기회에 생각나게 되면, 정말 사무치게 슬픈 생각이 듭니다. 도대체 이 군은 이상하리만큼 고 백목 대납언의 모습과 아주 닮았고, 특히 거문고소리는 꼭 그대로라고 생각됩니다."

옥만은 이렇게 말하며 울고 있었다. 나이 든 탓으로 눈물을 잘 흘리는 것일까?

장인소장도 아주 아름다운 목소리로, 최마락의 '이 저택은'의 일절을 불렀다. 만사 알아서 하고 주제넘은 일을 하는 일도 없어서 자연히 서로의 흥을 돋우며 연주하고 있었다. 주인 등시종은 고 수흑대신과 닮아서인지, 이러한 방면의 일은 서툴러서 술잔만 권하고 있었다.

"적어도 축언이라도 해야 할 것이 아닙니까?"

이렇게 힐책당하자, 아직 미숙하지만 최마락의 '대의 내'(竹河)를 사람들에게 맞추어 재미있게 불렀다. 발 안에서 술잔이 나왔다.

"술이 지나치면 마음속에 숨겨 둔 것을 끝내 숨기지 못하고, 괘씸한 일을 저질러 버린다고 듣고 있습니다. 대체 나를 어떻게 하려는 겁니까?"

이렇게 말하고, 바로는 받지 않았다. 속옷에 걸쳐 입은 웃옷에 사람의 향기가 살며시 배어 있는 겉옷을 마침 있는 대로 몸에 걸어 주었다.

"무슨 일입니까?"

훈은 이렇게 물으며, 훈은 그것을 등시종의 어깨에 걸어 주고 돌아왔다. 주인이 다시 만류하며 되돌려 주려고 하자, 훈은 이렇게 말했다.

"물을 주는 역[水驛][3]에서 밤이 새 버릴 것 같습니다."

그리고는 도망치듯이 돌아와 버렸다.

8. 장인소장이 훈을 부러워하다.

장인소장은 훈이 이렇게 때때로 들르는데, 모두 이 사람에게 호의를 갖고 있는 것 같다고 느꼈다. 자기는 더욱 내세울 것이 없다고 마음이 약해져서 유감스럽게 생각했다.

〈지금 사람들은 모두 다 꽃에 마음이 팔렸을 것이다. 나 혼자만 봄 밤의 어두움에 헤매고 있다.〉

이렇게 탄식하며 서 있는데, 발 안에 있던 하녀의 대답이 들려왔다.

〈때에 따라 감흥을 돋우게도 되는 것입니다. 좋은 매화 향기에만 마음이 팔리는 것은 아닙니다.〉

이튿날 아침, 훈의 처소로부터 주인 시종의 곁으로 편지가 왔다.

"어젯저녁에는 정말 칠칠치 못한 모습을 보였습니다만, 여러분은 어떻게 생각하셨습니까?"

아마 보아주었으면 하는 사람이 있는 것 같았다. 가나(假名)가 많이 섞인 글의 끝에는 이렇게 적혀 있었다.

〈'대의 내'를 조금 불렀는데 그 중에, 나의 깊은 마음속을 알아주셨습니까?〉

침전에 가지고 가서, 다 같이 보고 있었다. 옥만도 함께 읽었다.

"글씨체가 정말 아름답다. 전생이 어떤 인과로 어쩌면 벌써부터 이렇게도 다 완성된 사람일 수 있을까? 훈이 8살 때 아버지 원이 돌아가시고, 모궁이 야무지게 키우지도 못하였을 텐데, 역시 누구보다도 빼어난 인연인 분으로 보인다."

상시의군 옥만은, 이쪽 젊은 군들의 붓글씨가 미숙하다고 말하여, 부끄러움을 느끼게 하였다. 답장은 아주 유치한 솜씨로 적어 보냈다.

"어젯저녁, 물을 주는 역이라고 말씀하시고 돌아가신 것을, 모두 의아

______
3) 답가 때 사람들이 돌아다녀 물이나 술을 대접받는 곳.

하게 생각하고 있습니다.

〈'대의 내'를 부르고, 밤이 새기 전에 돌아가기를 서두른 그 깊은 마음을 어떤 것이라고 헤아려야 할까요?〉"

이 노래를 계기로 하여 훈은 이 등시종의 방에 건너와서, 속마음을 넌지시 비추었다. 훈은 장인소장이 걱정한 대로, 이 저택의 누구에겐가 마음을 붙이고 있었다. 시종의군도 젊은이의 마음으로, 가까운 친척으로 자나깨나 사이 좋게 있으려고 생각하고 있었다.

9. 벚꽃 아래서 장인소장이 아씨들의 바둑을 엿보다.

3월이 되었다. 갓 피는 벚꽃도 있고, 그 중에는 하늘을 덮을 만큼 흐드러지게 피는 벚꽃도 있었다. 어디나 꽃이 한창이었다. 바쁜 일도 없이 저택 마루 끝에 나와 보고 있어도 비난할 사람이 없었다. 아씨들은 그때 18, 9세쯤이었을까, 용모도 심성도 모두 아름다웠다. 언니 대군은 눈에 띄게 얼굴에 기품이 있는 당세풍의 인물이었고, 정말 신하와 결혼하기에는 알맞지 않은 듯이 보였다. 벚꽃색의 웃옷에 노란 겉옷과 계절에 맞는 색깔이 살짝 겹쳐진 옷단까지 풍미가 가득 담겨 매력이 뚝뚝 떨어질 것 같았다. 게다가 교양 있는 태도가 깊이 두루 미치고, 누구나 기가 죽을 정도로 풍취까지 갖추고 있었다. 다른 한 분 중의군은 엷은 홍매의 옷에 머리도 예뻤고, 버들가지처럼 나긋나긋하고 정숙해 보였다. 정말 날씬하고 부드럽고 침착한 모습으로 사려 깊은 듯한 느낌은 뛰어났지만, 주위에 빛나는 아름다움은 언니편이 각별하다고 생각되었다.

그들은 바둑을 두느라 서로 마주 앉아 있었다. 머리칼이 난 언저리와 옷에 걸려 있는 머리채가 참으로 훌륭하였다. 아우 등시종은 승부의 심판역을 맡아서, 가까이에 대기하고 있었다. 형들이 조금 얼굴을 내고는 말하였다.

"시종에게는 누이의 배려가 특별하였군. 바둑 입회를 허락받았으니."

그는 한몫을 하는 어른처럼 무릎을 꿇고 앉아 있었다. 아씨들의 옆에서 시중들고 있는 하녀들이 멈칫멈칫 앉음새를 고치고 있었다.

"궁살이가 바빠져서 시종에 선수를 빼앗겼다. 정말 본의가 아니었다."

좌근중장(左近中將)은 이렇게 푸념을 했다. 그 아우 우중변이 말했다.

"변관(弁官)은 그 이상으로 사사로운 일을 하기는 소홀하게 될 텐데, 그것을 그렇게 간단히 내버려두어도 좋은 것인가?"

바둑 두는 것을 중지하고 두 사람이 같이 부끄러워하는 모습은, 참으로 아름답게 보였다.

"궁중의 언저리를 출입하지만, 돌아가신 아버지가 생존하여 계셨으면 얼마나 좋을까 하는 생각이 들 때가 많아서."

중장은 이렇게 말하며, 눈물을 머금고서 아씨들을 바라보았다. 27, 8세쯤으로 모두 훌륭하게 갖추어진 청년들이었다. 그들은 이 아씨들의 신상을 어떻게든 돌아가신 아버지가 예전에 결정했던 대로 보살펴 주겠다고 생각하고 있었다.

뜰 앞의 여러 가지 꽃나무 중 색깔이 예쁜 벚꽃나무를 꺾게 했다.

"다른 곳의 벚꽃하고는 아주 비교도 안된다."

아씨들은 이렇게 칭찬하고 있었다.

"아직 어렸을 때, 이 꽃이 서로 자기 것이라고 다투었던 일이 기억 난다. 돌아가신 나리가 보시고, 언니의 꽃이라고 판정을 내렸었다. 또 어머니는 아우의 나무로 정하였다. 이 나는 무어 울거나 소리를 지를 일은 아니었는데, 그때는 속으로 불만이었다. 이 벚꽃나무가 어느새 늙은 나무가 된 것도, 지나 버린 세월을 생각하게 한다. 어느덧 여러 사람이 먼저 가는 바람에 내 몸의 푸념도 마침내 참지 못하게 된 것이다."

중장은 이렇게 울면서 웃으면서 말을 하고, 여는 때보다도 오래 앉아 있었다. 남의 사위가 되었기에, 처의 집에 살고 있어서 지금은 충분히 시간을 내어 건너올 수도 없었지만, 꽃에 마음을 두고 좌정해 있었다.

상시 옥만은 이렇게 성인이 된 청년들의 모군으로는 보이지 않을 만큼 젊고 아름다워서, 오히려 한창때의 용모로 보였다. 냉천원은 상시의 모습을 아직도 마음에 두고, 예전 일을 그립게 생각하고 있었다. 무슨 핑계로든 한번 만나보려고 생각한 끝에, 아씨를 굳이 소망했던 것이다. 그러나 원으로 들어가는 것에 대해서는 오빠들이 이렇게 만류하는 말들을 했다.

"역시 아무런 보람도 없어지게 될 일입니다. 누가 생각하더라도, 모든 일은 시대의 추세에 따르는 것이 당연합니다. 정말 언제까지라도 우러러 뵈었으면 싶은 원의 모습은 과연 세상에 둘도 없이 훌륭한 것이지만, 이미 한창때를 지난 감이 있습니다. 거문고, 피리의 가락, 꽃의 색, 새소리도 시절에 맞아야만 비로소 사람의 마음에도 남을 것입니다. 동궁이면 어떻겠습니까?"

"글쎄 어떨까? 처음부터 석무 대신의 장녀라는 어엿한 분이 나란히 할 사람도 없이 버티고 있을 텐데, 어설픈 모습으로 시중을 드는 것은 세상의 웃음거리가 되지 않을까 꺼려진다. 나리가 만일 생존해 계시다면, 각자 먼 장래의 운은 알 수 없겠지만, 당장은 궁살이할 보람이 있게 조처하여 주실 텐데."

이 말에 모두 다 왠지 가슴이 미어지는 것 같았다.

중장들이 떠난 후, 아씨들은 중도에서 그만두었던 바둑을 계속했다. 예전부터 다투었던 벚나무를 내기의 상품으로 걸었다.

"세 번 중 두 번 이긴 분에게 꽃을 양보하기로 합시다."

두 사람은 서로 농담을 주고받고 있었다. 날이 어두워지자, 마루 끝 가까이에 나와서 바둑을 두고 있었다. 발을 걷어올리고, 하녀들이 서로 양쪽의 편을 들어 승리를 빌었다. 그때 마침 장인소장은 시종의군의 방에 와 있었으나, 좌근중장, 우중변의 형들이 데리고 나가서 방은 비어 있었다. 게다가 복도의 문이 열려 있어서, 가만히 다가서서 엿볼 수 있었다. 이렇게 좋은 기회를 만난 것은, 마치 부처님이 모습을 보였을 때 우연히 곁에 있게 된 것만 같았다. 모두 덧없는 연정 때문이었다. 저녁 안개에 쌓여 희미했지만, 잘 응시하고 보니 벚꽃색의 모습이 대군이라는 것을 알 수 있었다. 져 버린 꽃의 유물로 보아도 좋을 만큼 아름답게 빛나는 모습이어서, 저 분이 다른 사람과 결혼하게 되는 것은 참지 못할 일인 것만 같았다. 젊은 하녀들의 너그러운 모습도 저녁노을에 빛나서 아름답게 보였다. 바둑은 오른편 중의군이 이겼다.

"고려(高麗)의 난성(亂聲)4)이 늦군요."

이렇게 신명이 나서 떠드는 사람도 있었다.

"원래 오른편에 속해 있었는데, 서쪽의 방 가까이에 서 있는 나무를 일부러 왼편의 것으로 하고…. 오랫동안의 언쟁이 그 때문에 일어난 것입니다."

오른편은 기분이 좋은 듯이 중의군의 편을 들었다. 소장은 무슨 이야기인지는 알아듣지 못했지만, 재미있다고 생각했다. 자기도 옆에서 말을 걸까도 생각했지만, 느긋하게 있는 곳에 아는 체하는 것도 어색할 것 같아 그 자리를 떠났다. 그러나 이러한 우연한 기회는 다시 없을 것 같아 그늘을 따라 몸을 움직이며 틈을 엿보면서 우물쭈물하고 있었다.

아씨들이 꽃의 언쟁을 하며 해를 보내는 중에, 바람이 거칠게 부는 저녁때가 되었다. 꽃이 펄럭이며 져 흩어지는 것이 섭섭하고 아쉽게 여겨졌다. 진 편의 대군 아씨가 말했다.

〈벚꽃을 날리는 바람 때문에 생각이 가라앉지 않습니다. 제멋대로의 꽃이라고 알고는 있지만.〉

진 편의 재상의군이 응원했다.

〈피었다 싶으면 곧 져 버리는 꽃이니까, 져서 꽃을 빼앗긴다 해도 한스럽지는 않습니다.〉

오른편 이긴 쪽의 아씨가 노래했다.

〈꽃이 바람에 지는 것은 세상에 언제나 있는 일로 진귀한 것도 아니지만, 가지 째 색이 쇠퇴하는 나의 꽃을 아무렇지도 않게 보고 있을 수는 없을 겁니다. 떼를 쓰지 마십시오.〉

이분의 하녀인 대보의군은 화답했다.

〈그런 마음이 있는 연못의 물가, 오른편에 떨어지는 꽃이여, 물거품이

---

4) 고려악(高麗樂)의 난성(亂聲). 고려악은 우악(右樂)으로 오른편이 이겼을 때에 연주된다. 왼편이면 당악(唐樂). 난성은 승부가 났을 때 징, 북으로 알리는 것을 말한다. 이 말은 오른편 하녀들의 이겼을 때의 농담.

되어서라도 우리편으로 가까이 오너라. 〉

이긴 편의 여동이 뜰에 내려가 꽃 아래를 걸어다니며, 떨어진 꽃잎을 많이 주워 가지고 왔다.

〈벚꽃은 하늘의 바람에 떨어지지만, 우리들의 것이라고 생각하여 긁어 모았습니다. 〉

이에 왼쪽의 여동이 응수했다.

“〈벚꽃의 향기를 여러 곳에 흐트러지지 않게 하려고 그것을 죄다 덮어 숨길 수 있는 소매를 가지고 있을까요? 욕심을 내어도 보람이 없을 것입니다. 〉

마음이 좁은 것 같습니다. ”

10. 대군이 원에 들어가기로 결정되다.

이러는 동안에 세월이 덧없이 지났다. 장래의 일이 걱정되어, 상시의 군 옥만은 이것저것 고심하고 있었다. 원으로부터는 편지가 거의 날마다 오고 있었다.

“나를 남처럼 여기십니까? 주상은 내가 당신에게 쓸데없는 이야기를 늘어놓아 일을 방해하고 있다고, 얄밉다고 합니다. 농담이라도 괴롭습니다. 어차피 오시려면, 지금 당장에 결심하십시오. ”

홍휘전여어가 이렇게 진지하게 말했다.

“그렇게 될 전세의 인연인 것이다. 정말 이렇게까지 꼼짝 못할 정도로 말씀하시는 것도 황송한 일이다. ”

이렇게 옥만은 생각했다. 세간 같은 것은 전부터 많이 준비되어 있어, 하녀들의 의복이나 그밖의 자질구레한 것들을 준비했다.

이 일을 듣고서 장인소장은 죽고만 싶었다. 그는 어머니인 운거안을 책망했다. 이 푸념을 듣는 것도 지긋지긋하였다.

“몹시 쑥스러운 일입니다만, 넌지시 원하는 바를 말씀드리는 것은 아주 어리석은 어버이 마음의 미혹 때문입니다. 짐작되는 것이 있으면 우리의 생각도 살펴서서, 지금부터라도 본인의 마음이 안정되도록 도와주십시오."

이런 편지를 장인소장은 보냈다.

"괴로운 일이 되었다."

상시 옥만은 이렇게 탄식하고서 말했다.

"중대한 일을 놓고 선뜻 결정하지 못할 때에, 원께서 무리하게 재촉을 하시니, 아무리 궁리해도 좋은 수가 떠오르지 않았습니다. 만일 진실하게 그렇게 할 예정이었으면, 잠시 동안 기다려 주십시오. 안심할 수 있도록 해 드리고 싶습니다. 그러시는 편이 세상 체면상으로도 무난할 것입니다."

원에 시집 보내는 것을 끝내고 나서, 중의군을 장인소장에게 보내려고 생각하였다.

"양쪽을 동시에 혼인시키는 것은, 틀림없이 자랑하기 위해 한 것처럼 보일까 봐 곤란할 것이다. 소장은 아직 관위 같은 것도 낮으니까."

옥만은 이렇게 생각하고 있었지만, 남자 쪽에서는 결코 그렇게 생각을 바꿀 것 같지가 않았다. 흘끗 본 얼굴모습이 눈앞에 어른거려, 어떤 기회에든 다시 한 번만 만나보려는 생각뿐이었다. 그런데 이렇게 희망이 무너져서 끝없이 한탄했다.

11. 장인소장이 훈의 편지를 보고, 중장의군에게 호소하다.

장인소장은 보람 없는 푸념이라도 들어주기를 바라고, 여느 때처럼 등시종의 방에 와 있었다. 그런데 때마침 훈의 편지를 보고 있는 중이었다. 편지를 숨기려 들었지만, 소장은 짐작되는 바가 있어 억지로 뺏었다. 어떤 사정이 있는 것처럼 보이면 곤란할 것 같아, 별로 숨기려고도 하지 않았다. 그 편지에는 이렇다 할 말은 없었고, 다만 아씨의 일이 원망스럽다고 넌지시 적혀 있었다.

〈냉담한 대우를 받아 지나가는 세월을 헤아리면서, 원망스럽게 봄이 끝나 버렸습니다.〉

'다른 사람은 이렇게도 여유를 보이며 체면을 살려 그윽하다는 듯 행동을 하는데, 나는 주눅이 들어 정말 세상의 웃음거리가 된 것이 아닌가? 그것도 하나로는 누구의 눈에나 익숙해져서 업신여김을 당하는 짓을 하여 버렸다.'

이런 생각에 장인소장은 가슴이 아파져서 아무 말도 못하였다. 여느 때처럼 단골인 중장이란 하녀의 방으로 갔지만, 여기도 예전과 다름없이, 새삼스럽게 어떻게 될 것도 없으리라고 탄식할 뿐이었다.

"이 답장을 내시지요."

등시종은 이렇게 말하며 어머니의 처소로 갔다. 소장은 아주 화가 나서 마음이 가라앉지 않고, 젊은 기분으로 골똘히 생각에 잠겨 있었다.

주워담을 수 없을 만큼의 불평을 하고 한탄하는데, 중장은 중개하려 했다가 무심코 농담도 못할 정도로 애처로워서, 변변히 답변도 하지 못했다. 소장은 저 아씨가 바둑의 입회를 한 저녁때의 일을 이야기하고, 아주 진지한 얼굴로 말했다.

"하다못해 저 정도의 일을 꿈에라도 다시 한번 보고 싶다. 이제부터는 무엇을 목표로 살아가야 좋은가? 이렇게 이야기할 수 있는 세월도 얼마 남지 않을 것 같아서다. 정이 없는 사람도 차분하게 그리워진다는 말은 진실한 얘기였다."

아무리 그립다고 해도 그것을 아씨에게 전할 방법도 없었다. 마음을 가라앉히려고 하는 말은 조금도 기쁘게 받아들여지지 않을 것 같아서, 중장이란 하녀는, 그것도 당연한 일이라는 생각이 들었다.

'정말 저 저녁때 아씨가 똑똑히 보였기 때문에 이렇게 어찌할 수 없을 정도로 보고 싶은 생각이 점점 심해진 것 같다.'

"이런 얘기를 들으면, 얼마나 괘씸한 분이었나 하고 더욱더 당신을 싫어할지도 모릅니다. 애처롭다는 생각조차도 없어졌습니다. 정말 방심하지 못할 생각을 했군요."

중장은 오히려 거꾸로 비난하였다.

"아니 무어, 어떻게 되어도 좋다. 어차피 이미 끝나 버린 이 몸이어서 무서운 것도 없어졌다. 그때 아씨가 바둑에 진 것이 아주 애처로웠었다.

어째서 나를 불러들이지 않으셨을까? 눈짓으로 가르쳐 드렸으면 승부거리도 안되었을 것을.

〈그저, 어째서일까, 제 몫도 못하는 주제에 남에게 지지 않으려 하다니 일이 생각대로 되지 않았습니다. 〉"

중장이 방긋 웃고 대답했다.

〈무리한 말씀입니다. 실력으로 결정되는 승부인데, 어떻게 생각 하나로 결정이 나겠습니까. 〉

소장은 원망스러웠다.

〈불쌍히 여겨, 무슨 수를 가르쳐 주십시오. 생사조차 당신에게 맡겼으니까. 〉

울고 웃고 하며 밤새 잠자리에서 하는 얘기를 나누었다.

12. 4월 1일, 소장이 봄을 아끼는 노래를 보내다.

다음날로 4월이 되었다. 형제인 젊은 군들이 들뜬 모양으로 궁중에 들어가는데, 소장만이 혼자 초연히 생각에 잠겨 있었다. 어머니인 운거안은 눈물에 젖어 있었다.

"냉천원의 귀에라도 들어가면 곤란한 것이기 때문에 도저히 이쪽 사정을 굳이 얘기할 필요가 없었다고 생각했다. 지금 생각하면 실수를 저질렀다. 뵐 때에도 결국 말씀을 못 드렸다. 나 자신이 굳이 청하였으면, 아무래도 그렇게 짓밟아 버리지는 못하였을 것을."

석무대신도 이렇게 말하며 안타까워했다. 그런데 소장은 늘 그랬듯이 이렇게 말씀을 올렸다.

〈꽃[대군]을 보고, 당신의 일만을 계속 생각하다가, 봄은 지나가 버렸습니다. 여름으로 들어간 오늘부터는, 언제나 탄식만 하며 괴로워할 것입니다. 〉

옥만의 앞에서 상급 하녀들은, 이 상사병 환자가 불쌍하게 있는 것을 알려 드렸다.

"생사를 저에게 맡긴다고 말하던 때의 얼굴 모습은, 입에 발린 말뿐이 아니라 정말 괴로운 것처럼 보였습니다."

중장의 분은 이렇게 말했다. 옥만도 애처롭게 생각했다.

'대신이나 본처의 생각도 있는 것이니까, 아무래도 소장의 소원이 그렇게 깊은 것이라면.'

옥만은 대군 대신 중의군을 드리려고 생각하였다. 대군은 원으로 들어가기로 결정이 되어 있었기 때문이다.

"상대가 아무리 훌륭하더라도 신하에게는 결코 시집 보내지 말라고, 돌아간 나리가 결정하였던 것인데, 내가 고의로 막고 있다고 생각하는 것은 의외다. 그러나 원으로 들어가는 것도, 앞으로 장래가 돋보이지는 않는데."

이런 생각을 하고 있을 때, 하녀들이 이 편지를 보고 불쌍하게 생각하였다. 소장에의 답장으로는 이렇게 썼다.

〈오늘 처음, 당신의 노래로 알았습니다. 하늘을 쳐다보는 척하고 있으면서도, 사실은 연정으로 꽃에 마음을 옮겨 놓고 계셨다는 것을. 〉

"아이구, 불쌍도 해라. 농담으로만 돌리고 있으니."

하녀들이 이렇게 말하였지만, 번거롭다고 여겨 다시 쓰지도 않았다.

13. 대군이 원으로 들어가다.

옥만은 9일에 아씨를 시집 보냈다. 석무 대신은 수레나 전구의 사람들을 많이 보냈다. 운거안도 원망스럽게 생각은 했지만, 오랫동안 그렇게 친하지도 않았는데 이번 일 때문에 빈번하게 편지를 주고받다가 돌연히 그만두는 것도 이상하게 생각할 것 같아, 선물로 훌륭한 여자 의복들을 보냈다.

"김이 빠진 사람처럼 맥이 빠져 있는 동안에, 이번의 경사를 듣지 못하였습니다. 저에게 알려주지도 않은 것은 서운합니다."

편지로 이렇게 썼다. 너그러운 문면이지만, 소장의 일을 풍기고 있는 것을 보니 불쌍한 생각이 들었다. 석무 대신으로부터도 편지가 있었다.

"내가 직접 들여다보아야 할 텐데, 꺼리는 것이 있어서. 무슨 일에라도 도와 드리라고 자식들을 보냈습니다. 사양 말고 심부름시키십시오."

석무대신은 소장의 형 원소장 등을 보냈다.

"다정한 마음이 있는 분이다."

상시 옥만은 고마워했다. 홍매대납언의 저택으로부터도 사람들이 탈 수레를 보내왔다. 본처는 수흑의 딸인 진목주였으므로, 양친의 어느쪽으로나 사이 좋게 지낼 분이었는데, 실제로는 그렇지도 않았다. 수흑의 전처 소생인 등중납언만은 몸소 와서, 좌근중장이나 우중변과 같이 행사를 맡아 하였다. 나리가 생존해 있었으면 하는 생각에, 어느 일에나 가슴이 미어지는 것 같았다.

장인소장은 오늘도 하녀에게 비통한 말을 하고, 이렇게 썼다.

"이제 이것으로 마지막인가 생각하고 체념하였던 내 명이, 아무래도 너무나 슬픕니다. 하다못해 불쌍하게 생각한다는 한마디라도 말하여 주셨으면, 목숨이 그것에 매달려 조금이라도 살아 남을는지 모릅니다."

그것을 아씨의 곁으로 가지고 갔다. 대군과 중의군이 다정하게 이야기를 하며 이별을 몹시 슬퍼하고 있었다. 이제까지 자나깨나 쭉 같이 있었고, 중간의 문 하나로 칸을 막아 방이 서와 동으로 나뉘어 있는 것조차도 안타까워했었다. 서로의 방을 오가며 사귀어 왔었는데, 이제부터는 헤어지는 것이 슬프기만 했다. 특별히 공을 들여 준비하고, 몸단장을 훌륭하게 해 드린 아씨의 모습은 참으로 예뻤다. 돌아간 나리가 생각도 하고 늘 말씀으로도 했던 것을 생각하며 차분하게 생각에 잠겨 있을 때에, 소장의 편지를 보게 되었다. 석무대신과 본처 두 분이 다 저처럼 건재하고 전도에 아무런 불안도 없는 사람인데, 왜 이런 터무니없는 일을 말하는지 이상하게 느껴졌다. 목숨도 마지막이라고 적혀 있는 것을 보며, 본심으로 그런 소리를 한 것인지 의아했다. 이 편지의 끝에 이렇게 썼다.

"〈무상한 이 세상에서, 불쌍하다는 한마디 말도 어떤 분을 향해서 말해야 할지 모르겠습니다.〉

불길한 것을 말하기 때문에 조금은 이해할 것도 같습니다."

"별지에 청서하여 주어라."

이렇게 말하는 것을, 하녀는 그대로 드렸다. 소장은 그것을 대단히 기쁘게 생각했다. 더구나 오늘이라는 날을 생각하니 더욱 눈물을 금할 수 없었다.

소장은 곧 되돌려서 트집을 잡는 것 같이 썼다.

"당신 이외의 어느 누구의 이름이 소문에 오르는 것도 아닐 것인데."

"〈세상에 살아 있는 동안은 죽는 것도 생각대로는 되지 않는 것인데, 이대로 못 들은 것으로 되어 버리는 것입니까? 당신의 '불쌍하다'는 한마디를. 〉

하다못해, 내 무덤5) 위에라도 말하여 주실 것으로 생각하신다면, 한결같이 죽음을 서두르게 될 것입니다만."

"좋지 않은 답장이구나. 다시 쓰지 않고 그대로 전해 주었기 때문일 것이다."

아씨는 아주 괴로운 얼굴로 아무 말도 하지 않았다.

나이 든 하녀나 여동은 보기에도 무난한 사람을 골랐다. 의식은 대체로 입내 때와 별로 다른 점이 없었다. 옥만은 제일 먼저 여어의 분에게 건너와서 이야기를 했다. 밤이 깊어지자 냉천원의 앞에 나아갔다. 53세인 추호중궁과 여어들은 다들 나이를 먹어 늙었는데, 이 아씨는 여자의 한창나이로 정말 귀엽고 볼품이 있었다. 그 모습을 보고서는 몹시 기뻐하였다. 아씨는 각별하게 총애를 받았다. 보통의 신하들처럼 마음 편히 거동하고 있는 원의 모습은, 도리어 정말 나무랄 데 없이 보기에 좋았다. 상시의군 옥만을 잠시라도 궁중에 머무르게 하고 싶었으나, 곧장 살그머니 퇴출하여 버려서 유감이기도 하고 한심하다고도 여겼다.

14. 훈의 미련과 장인소장의 낙담.

냉천원에 방을 가지고 있고, 추호중궁의 양자인 훈을 원은 낮이나 밤이나 앞으로 불러서, 옆을 떠나지 못하게 하였다. 정말 예전에 빛나는

---

5) 오(吳)의 계찰(季札)은, 자기의 검(劍)을 갖고 싶어하는 서(徐) 나라의 임금의 마음을 짐작하여, 임무를 마친 후에 헌상하려고 생각하였는데, 귀도에 서나라에 오니 임금은 벌써 죽었었다. 계찰은 그 무덤 근처의 나무에 검을 걸고 떠났다(史記, 吳世家).

겐지가 클 때보다도 못지않은 총애였다. 원의 안에서는 어느 분이라도 친하게 지낼 수 있었기 때문에 자유로이 출입하여 사귀고 있었다. 대군에게도 그저 호의를 가지고 있는 척하면서, 내심으론 나 자신을 어떻게 보고 있을까 궁금하게 생각했다.

저녁때 등시종과 같이 여기저기를 거닐었다. 저 분 방 가까이에 있는 오엽송에, 등꽃이 곱게 피어 늘어져 있었다. 연못물 근처의 돌에 앉아서 이끼를 방석 대신 깔고 바라보고 있었다. 노골적으로 말하지는 않았지만, 뜻대로 안되는 세상을 넌지시 원망했다. 훈이 노래했다.

〈만일 자기가 손을 댈 수 있다면, 소나무보다 훌륭한 등꽃의 그 고운 색을, 그저 멀리서 바라보기만 하고 말겠습니까?〉

등꽃을 쳐다보는 얼굴이 이상하게도 착잡하고 애처로웠다. 이번 일은 자기로서는 본의 아닌 결과였음을 넌지시 말하였다. 등시종이 답했다.

〈그 등꽃은 나에게는 똑같은 혈연이 있는 사이지만, 그렇다고 해서 나의 마음대로는 안되었습니다.〉

그는 진지한 젊은이여서, 무척 애달프게 생각하고 있었다. 훈은 자제하지 못할 정도로 정신을 빼앗기지는 않았으나, 유감이라고는 생각했다.

한편, 소장의군 쪽은 지나치게 골똘히 생각하고 있었다. 어떻게 하면 좋은지도 분별하지 못할 정도로 마음을 누르지 못하고 괴로워했다.

"대군 대신 중의군이라도 …."

사랑을 고백해온 사람들 중에는 이렇게 생각을 바꾸는 사람도 있었다. 소장의 일을 모친이 불평하는 것을 들었기 때문에, 옥만은 중의군 쪽을 생각하고 넌지시 말을 했었다. 그러나 소장은 이제는 아예 찾아오지도 않았다. 원에는 우대신 집의 젊은 군들도 전부터 친하게 사후하고 있었지만, 이 아씨가 시집간 후로 소장은 좀처럼 오지도 않았다. 간혹 전상에 오는 것을 허락한 사람만의 방에 얼굴을 내밀어도, 시무룩하게 있다가 도망치듯이 퇴출하였다.

15. 임금의 불만에, 좌근중장이 모친을 나무라다.

임금은 고 수혹대신이 바라던 대로 결정을 내리고도, 이렇게 예상에 어긋나게 궁살이를 하는 까닭이 무엇인지 궁금하여, 좌근중장을 불러 사정을 물어보았다.

"주상의 기분이 매우 좋지 않았습니다. 세상 사람도 내심으로는 머리를 갸우뚱할 것에 틀림없습니다. 제가 전부터 말씀 드리지 않았습니까? 그런데 어머님의 생각이 달라져서 이렇게 결심하셨으니 무어라고 말씀 드리기는 어렵습니다만, 주상으로부터 이런 말씀도 있어서 우리들의 장래가 재미없게 될 것 같습니다."

중장은 아주 불쾌한 얼굴로 상시의군에게 투덜댔다.

"그런 말을 해도 소용없지 않습니까. 나도 그런 정도로 급하게 그렇게 결정한 것도 아닙니다. 후견이 없는 궁살이라는 것은 궁중에서는 어중간하여 모양 사납지만, 원이라면 이제부터는 마음 편하게 있을 모양이니 그쪽에 맡기자고 한 것입니다. 형편이 나쁠 것 같으면 있는 그대로 충고도 하지 않고서, 다들 지금에 와서는 아주 태도를 바꾸어서, 우대신님6) 까지도 내가 잘못하였다고 이상하게 생각하고 있어 괴롭습니다. 이렇게 된 것도 모두 전세의 인연인 것입니다."

옥만은 모가 나지 않게 말을 하고, 마음 상하게 여기지도 않았다.

"그 예전부터의 숙연이라는 것은 눈에 안 보이는 것입니다. 주상이 의아스럽게 말씀하신 것을, 이것은 인연을 맺는 것과는 다른 것이라고, 어떻게 새삼스럽게 주상할 수 있습니까? 명석중궁에게 걱정을 끼친다고 하면, 그러면 원의 홍휘전여어는 어떻게 생각하여야 합니까? 후견이니 뭐니 하여 전부터 사이 좋게 지내고 있더라도, 이제부터는 그렇게만은 안 될 것입니다. 아무튼 어떻게 되는가를 구경하여 봅시다. 잘 생각하여 보십시오. 주상에게는 중궁이 있다 하여, 다른 사람이 시중 드는 것을 사양할 것입니까? 예로부터 주군을 섬기는 것이 좋은 것은, 무엇보다도 그

---

6) 석무 부부가 동시에 청혼하였는데 들어주지 않아서, 실연한 내 자식이 불쌍하여 문득 옥만에게 욕이 나왔다. 그것이 인편으로 옥만에게 들려왔다.

것이 제일 마음이 편하여 그런 것입니다. 원의 여어의 경우, 무언가 조그만 문제가 있어 불쾌하게 생각하는 것이라도 있으면, 이러한 궁살이는 잘못된 것이라고 세상에서도 이러쿵저러쿵할 것입니다."

두 사람이 같이 말하니, 옥만은 정말 괴로웠다. 그러나 실제로는 원의 물샐틈없는 사랑이 그야말로 해와 달이 지날수록 더해만 갔다.

대군은 7월쯤 회임이 되었다. 기분이 좋지 않은 것 같아 정말로 사람들이 여러 가지 귀찮을 정도로 마음을 써 주었다. 원이 어째서 이런 분을 무책임하게 그대로 내버려둘 수 있겠는가? 원은 자나깨나 관현놀이를 시켰다. 훈을 옆 가까이에 불러들여, 거문고소리 같은 것을 듣고 있었다. 저 '매화 가지'에 맞춘 중장이란 분의 화금도, 언제나 불러내어 타게 하고 있었다. 훈은 그것을 듣고 있으면 조용한 마음으로 있지 못했다.

16. 훈과 장인소장이 남답가에 참가하다.

그 해도 가고, 정월 14일 남답가(男踏歌)가 열리게 되었다. 전상하는 젊은이 중에 예능에 정통한 사람이 많았던 때였다. 그 중에서도 빼어난 사람을 고르는데, 훈은 오른쪽의 가두(歌頭)가 되었다. 장인소장은 악사 중에 끼어 있었다. 14일의 달이 밝고 아름답게 구름도 없이 맑은 가운데, 그들은 임금의 앞을 물러나와 냉천원으로 갔다. 홍휘전여어와 이 어식소 대군도, 원의 저택에 방을 만들고 답가를 구경하였다. 당상관들이나 친왕들이 동행하여 왔다. 석무 대신과 치사의 태정대신 일족 이외에는, 눈부시게 아름다운 사람이 없는 때였다. 임금의 앞에 있는 것보다도 이 원의 쪽이 더욱 긴장되는 각별한 장소라고 생각하고, 누구라도 한층 더 마음을 썼다. 그 중에도 장인소장은 어식소가 꼭 보고 있을 것이라는 생각에, 마음을 달려서 가슴이 가라앉지 않았다. 아무 윤기도 없이 보기 흉한 풀솜도, 그것을 머리에 꽂은 사람에 따라 다르게 보이고, 모습도 소리도 흥미를 돋우었다. '대의 내'를 부르고 계단의 옆으로 춤을 추며 가까이에 갔을 때, 언젠가 밤에 열렸던 덧없는 놀이 때의 일이 생각났다. 춤을 제대로 못 추지 않나 하는 걱정으로 눈물을 머금고 있었다. 일행이 추호중궁의 앞에 왔을 때, 원도 거기로 건너와서 보고 있었다. 달은 밤이 깊어 감에 따라 부끄러울 정도로 대낮보다 밝게 비쳤다. 소장은 어식소가 어떤 마음으로 보고 있을까 하고, 그것만이 걱정되었다. 춤추는 것도 건성으로 비틀거려 돌았고, 술잔도 자기 앞으로만 모이는 듯하여 면목 없다고 생각했다.

훈은 밤새 여기저기를 돌아다녀 아주 피로했다. 몸이 고단하여 누워 있을 때 냉천원으로부터의 부름이 있었다.

"으음, 괴롭다. 잠시 동안 쉬고 있었는데 ….''

훈은 툴툴거리면서 참상하였다. 원은 임금의 앞에서 어떤 일이 있었느냐고 물었다.

"가두는 전부터 나이 든 사람이 맡아 하였는데, 그것에 뽑힌 것은 여간한 솜씨가 아니라고 짐작된다."

원은 귀여워 못 견디겠다는 표정이었다. 답가 때 부르는 '만춘락'(萬春樂)을 읊조리면서 어식소의 방으로 건너가서 훈은 그 수행원으로 따라갔다. 구경하러 온 하녀들 집의 사람이 많이 있어 평소보다 북적거렸고, 주변의 모습도 활기찼다. 훈은 건너는 문에 걸터앉아서 소리를 들어 알고 있던 하녀들에게 무어라 말을 걸었다.

"전날 밤 달그림자는 쑥스러울 정도로 밝았었지요. 장인소장이 달빛 아래에 눈부신 얼굴로 있었는데, 그 모습도 계수나무(달의 다른 이름) 그늘에서 대군에게 부끄러워하고 있는 것은 아니겠지요? 구름 위(냉천원) 근처에서는 그렇게는 안 보였는데요.''

하녀들 중에는 애처롭게 듣고 있는 사람도 있었다.

"밤의 어두움은 아무런 보람도 없었지요. 향기는 숨기지도 못했고, 게다가 달빛에 빛나는 모습도 역시 당신의 모습이 각별하다고 다들 느꼈습니다.''

이렇게 치켜세웠다. 발 안에서 하녀가 노래를 불렀다.

〈'대의 내'를 부른 저 밤의 일이 생각나십니까? 그립게 생각날 만한 일은 없었지만.〉

유치한 노래였지만, 훈은 문득 눈물이 나왔다. 자기 생각에도 정말 어설픈 마음으로 보이지 않는 것이 분명했다. 훈이 노래했다.

〈세월이 흘러, 나에게 안겨 주었던 기대가 허물어졌다. 저 '대의 내'를 불렀던 밤, 세상은 괴로운 것이라고 똑똑히 깨달았다. 〉

무엇인가 차분하게 생각하는 그의 모습을 보고, 하녀들은 그 취지를 알았다. 사실 마음을 쏟아 장인소장처럼 한탄하지는 않았지만, 인품 때문인지 아무래도 더욱 애처롭게 보였다.

"무심코 지나친 말이 나오면 곤란합니다. 그러면 이만 실례합니다."

훈이 자리를 떴을 때, 원이 자신이 있는 쪽으로 오라고 불렀다. 멋쩍다고 생각하면서도 참상했다.

"고 육조원 겐지가 답가의 다음날 아침에, 여자들 쪽으로 가서 관현의 놀이를 한 것이 몹시 재미있었다고 우대신 석무가 말했다. 무엇이든 저 분의 후계자가 될 만한 사람은 없는 세상이 되어 버렸다. 저 때에 육조원에는 정말 예능의 달인이라고 할 수 있는 여인들까지 많이 모여 있었으니, 조그만 연예라도 얼마나 흥취가 있었을까?"

원은 옛일이 사무치게 그리워했다. 수많은 거문고의 가락에 맞추어, 쟁의금은 어식소에게, 비파는 훈에게 주었다. 자신은 화금을 타서, '이대궐'을 합주했다. 어식소의 쟁의금 거문고 소리는 아직 미숙한 곳도 있었지만, 아주 잘 길들여져 있었다. 당세풍으로 노래나 곡을 정교하고 아름답게 연주하여 거의 완벽하게 들려왔다. 어딘지 불안한 곳이라든지, 사람에 뒤져 있는 곳이 없는 것 같았다. 용모도 아주 아름다워서 지금도 역시 마음이 끌렸다. 이런 기회는 자주 있었지만, 훈은 아무리 친숙해져도 무례하게 구는 법이 없었다. 또 허물 없이 불만을 말하지도 않았다. 그때그때 생각하는 것이 이루어지지 않는 슬픔을 넌지시 말해 봐도, 그것을 어식소[대군]가 어떻게 받아들일지 알 수 없었던 것이다.

17. 대군이 여궁을 출산하다. 중의군이 상시가 되다.

어식소 대군이 4월에 여궁을 낳았다. 특히 눈에 띄는 화려한 행사는 없었지만, 원의 의향에 따라 석무 대신을 비롯하여 출산을 축하하는 사람이 많았다. 옥만이 꼭 안고 귀여워하는 중에, 빨리 돌아오라는 말씀이 자주 있었다. 50일의 축하가 있을 무렵 원으로 돌아갔다. 자식은 홍휘전 여어 소생인 여일의궁 혼자인데다, 세상에도 드물 정도로 귀엽게 생긴 아이를 보고 원은 아주 기쁘게 생각했다. 지금까지보다도 더 이쪽에만 와 있었다.

'사실 이렇게 하지 않아도 될 텐데.'

여어 측근의 하녀들은 이렇게 생각하여 심중은 평온하지 않았다. 그런 생각을 말하는 사람도 있었다.

장본인인 여어와 대군은, 경솔하게 특별히 사이가 나빠질 일을 하지는 않았다. 그러나 시중 드는 하녀들간에는 다투는 일도 자주 일어났다. 장남인 좌근중장이 말한 것이 그대로 되었다.

"이렇게 지독한 말을 듣고 있으면, 결과가 어떻게 될 것인가? 세상의 웃음거리가 되어 비참한 처사를 당하지 않으면 좋으련만. 주상의 생각이 옅은 것은 아니지만, 오랫동안 시중들고 있는 분들이 미운 사람이라고 정나미를 떼어 버리면 괴로울 것이다."

옥만도 이러면서 가슴 아파했다. 그때에 임금은 가끔씩 불쾌하게 여기고는, 자주 그 취지를 입 밖에 내었다. 그 소문을 들어서 견딜 수 없이 괴로워했다. 그래서 중의군은 공직(公職)의 형식으로 궁살이를 시킬 예정으로, 상시의 직을 물려주었다. 조정에서는 그렇게 쉽게는 허락하지 않아서, 연래 그럴 셈으로 있으면서도 그 동안 사퇴하지 못했다. 그러나 고 수흑대신의 마음속을 헤아려, 전례에 따르게 되었다. 이렇게 되는 것이 중의군의 숙연인지, 그 때문에 오랜 소원이었던 상시의 사임이 이루어졌다.

이렇게 중의군이 거리낌없이 궁살이를 할 수 있는 것은 다행이었지만, 또 다른 것이 마음에 걸렸다.

‘장인소장의 일을 모친인 운거안이 특별히 부탁했었는데, 기대해도 좋다고 넌지시 얘기한 것을 상대방이 어떻게 생각하고 있을까?’

옥만은 우중변을 시켜, 아무 다른 뜻이 없다는 뜻을 석무 대신에게 말씀 드렸다.

“주상께서 그런 말씀을 하셔서, 무턱대고 높은 곳만을 목표로 궁살이를 시키려 한다고 세상 사람들이 소문내고 있어 정말 곤란해하고 있습니다.”

“주상의 의향에 관해서는, 화를 내신 것도 당연한 것이라고 듣고 있습니다. 공공연한 근무라도, 궁살이를 하지 않으면 좋지 않습니다. 곧 결심하여야 할 것입니다.”

이번에는 또 중궁의 비위를 맞추고 나서 출사하였다.

“수흑대신이 만일 생존해 있다면, 이 쪽이 압도당하는 일은 없었을 텐데.”

옥만은 가슴에 와 닿는 슬픈 생각에 잠겨 있었다. 임금은 언니의 용모가 아름답기로 소문난 것을 익히 듣고 있어서, 그 대신 이분을 보낸 것을 서운하게 생각했다. 그러나 이분도 교양이 깊고, 그윽하게 거동하며 섬기고 있었다.

옥만은 모습을 바꾸어 여승이 되려고도 생각하였지만,

“어식소와 상시로 여기저기에 섬기고 있는 누이들 때문에, 후생의 근행을 하더라도 침착하게 할 수는 없을 것입니다. 어느쪽도 이제는 안심이라고 조금 더 확인하고 나서, 누구에게도 이러니저러니 말을 듣지 않고 지낼 수 있게 되면, 수행에 전념하십시오.”

이런 자식들의 만류에 단념하였다. 옥만은 궁중에 때때로 몰래 들어올 때도 있었다. 원의 청혼이 지금도 생각나서, 그래야 할 경우에도 전혀 참상하지 않았다. 무어라도 역시 황송한 예전의 일을 생각해서, 사죄하는 마음으로 사람들의 반대를 무릅쓰고, 딸을 원에 오게 하였었다. 지금 자기마저도, 비록 농담으로라도 젊은 기분을 낸다는 소문이 떠돌기라도 하면, 그거야말로 아주 부끄럽고 민망한 것이 된다고 생각했다. 그러나 내심 그러한 꺼리는 점이 있다는 말은 어식소에게도 털어놓지 못했다.

"오래 전부터 돌아가신 아버지는 나를 특히 소중히 하셨는데, 어머님은 동생에게 벚꽃나무를 주시는 등 조그만 일에도 편애하셨었다. 그것이 지금도 남아 있어 내 일을 별로 생각도 않는다."

대군은 이를 원망스럽게 생각하였다. 원도 더한층 원망스럽게 여기며, 목적으로 하였던 옥만이 오지 않은 것을 불평했다.

"나 같은 늙은이에게 당신을 맡겨 놓고…, 경시당하는 것도 당연하다."

원은 옥만을 그리워하는 마음이 자꾸 더해져 갔다.

18. 대군이 남아를 낳아서 사람들에게 미움을 사다.

5년이 지나서, 어식소는 또 남아를 낳았다. 옆에서 시중들고 있는 추호중궁과 홍휘전여어에게는 여러 해 동안 이러한 일이 없었는데, 귀한 숙연이었다고 세상 사람들은 떠들어 댔다. 원은 더구나 더없이 신기하고 사랑스럽게 생각하여, 지금의 궁을 애지중지했다. 퇴위하지 않았더라면 얼마나 보람이 있었을까? 지금은 무엇이나 경쟁할 만한 처지도 아니어서 정말 유감으로 생각했다. 여일의궁을 몹시 소중하게 키웠으나, 이렇게 귀여운 여아와 남아가 잇따라 태어났으므로, 그 총애도 또한 각별했다. 홍휘전여어도 이렇게 도를 넘으면 안 좋은 일이 될 것이라 생각하여, 마음이 평온하지 않았다. 자꾸 마음에 걸리는 것이 생겨서, 자연히 사이도 서먹서먹해졌다. 사람들은 하찮은 남녀의 사이에도 처음 얻은 부인을 편드는 것이 관습이었다. 원 내의 사람들은 위아래를 가릴 것 없이, 오랜 세월 존귀한 신분으로 지내 왔던 분에게 도리가 있다고 하면서, 작은 일이라도 이쪽 분에게 좋지 않게 말했다.

"그것 보시오. 말씀 드린 것이 틀린 데가 있나요?"

오빠 되는 좌근중장과 우중변들도 이렇게 나 보란 듯 말했다. 옥만은 그런 말을 듣는 것도 괴로워서 후회했다.

'이런 고생을 안 하고 남 보기도 좋게 유유히 지내는 사람도 많은데…. 궁살이 같은 것은 생각도 말았어야 했다.'

19. 장인소장이 아직도 대군을 그리워하다.

전에 대군에게 사랑을 호소했던 사람들은 각각 출세하여, 만일 사위가 되었더라도 보기 싫게는 안되었으리라고 생각되는 사람이 많이 있었다. 그 중에 젊고 섬약하게 보이던 훈은, 지금은 재상중장(宰相中將)이 되어 있었다.

"내여, 훈(薰)이여."

이렇게 듣기 싫을 정도로 입을 모아 칭찬받는 모양이었다. 확실히 인품이 신중하고 그윽하여, 이렇다 할 친왕들이나 대신들이 사윗감으로 생각하여 말을 건다고들 하는데, 본인은 그런 이야기를 들으려고도 하지 않았다.

"그 당시에는 너무 젊어서 믿음직하지 않았지만, 이제는 훌륭한 어른이 된 것 같은데요."

이렇게들 소문을 내고 있었다.

장인소장으로 있던 사람도, 지금은 삼위중장(三位中將)이 되어 평판도 좋았다.

"얼굴 모습도 나무랄 데가 없었지요."

심술궂은 하인들이 뒤에서 소곤거렸다.

"까다로운 지금의 경우보다는,"

이렇게 말하는 사람도 있어, 정말 불쌍한 처지가 된 것 같았다. 이 중장은 가슴에 맺혔던 사랑하는 마음이 아직도 그대로 남아 있어, 운이 나빴던 것을 한탄하거나 정이 없었던 상대방을 원망하곤 했다. 좌대신 딸을 얻었지만, 마음은 거의 그에 없었고, '길의 끝인 상륙(常陸 : 동국 지명)'이라고 장난 삼아 쓰거나 읊조리는 것은 무슨 생각이 있어서였던가?

어식소는 마음고생으로 괴로운 세상이 싫어져 친정에 퇴출하는 일이 많아졌다. 옥만은 소망대로 되지 않은 이 모습을 섭섭하게 생각했다. 궁중에 들어간 중의군은, 도리어 화려하고 편안하게 지내고 있었다. 인품도 고상하고 그윽하다는 세평을 들으며 섬기고 있었다.

20. 훈이 옥만을 찾아가다.

좌대신이 돌아가서 석무는 우대신에서 좌대신으로 승진하였다. 홍매 대납언은 좌대장을 겸하고 있었는데, 이번에 우대신이 되었다. 차례로 사람들이 승진하여, 훈은 중납언에, 장인소장은 참의가 되었다. 기쁜 일을 만난 사람들은 이 일족을 빼놓고는 없는 때였다. 훈은 신임의 인사차 돌아다니는 길에 옥만의 집에 왔다. 거처의 앞 뜰에서 감사의 말씀을 올렸다. 옥만은 그를 대면하고서 말했다.

"이렇게 풀이 우거지기만 한 덩굴풀의 문을 지나가 버리지 않고 찾아와 주셨군요. 무엇보다도 옛일7)이 생각나서."

그 목소리는 기품이 있고 마음을 돋우는 인정미가 있어, 더 듣고 싶다고 생각했다.

'언제까지라도 젊게 계신 분이다. 이러니까 냉천원은 원망하는 생각이 사라지지 않았던 것이다. 그 동안에 꼭 성가신 일이 일어날 것이다.'

훈은 이렇게 혼자서 생각했다.

"축하할 일은 그렇게 대단한 것으로 생각지도 않지만, 무엇보다 먼저 뵙고 싶어서 찾아왔습니다. 지나쳐 버리지 않았다고 말씀하신 것은, 무소식이기 쉬웠던 무례를 책망하고 말씀하신 것입니까?"

"오늘은 늙은이의 푸념을 들어주어도 좋은 때가 아니라 삼가고 있을 작정이 있었는데, 일부러 들르는 일이 좀처럼 없어서 뵙기가 어렵군요. 이런 말은 장황하게 될 뿐입니다. 원들에 섬기는 분들이, 주위와 사귀는 것을 몹시 괴롭게 여겨서 어느 편에도 들지 못하고 의지할 곳 없이 지내 왔습니다. 홍휘전여어와 추호중궁편에서도 불쾌하더라도 너그러이 보아 주실 줄 알고 나날을 보내고 있습니다. 그런데 어느 분이나 예의를 모르고, 용서할 수 없는 사람이라고 생각하시는 것 같습니다. 정말 어떻게 하여야 할지 이 이상 견디기가 어렵습니다. 대군 소생의 궁들은 저렇게 원의 옆에 있고, 정말 섬기기 어렵게 여긴 장본인은, 하다못해 친정에서

---

7) 옥만은, 훈이 인사차 온 것도 겐지가 자기를 양녀로 하였던 덕이라 생각하였다.

쉬라고 퇴출시켰지만, 퇴출하면 또 듣기 싫은 소리가 들리기도 합니다. 주상도 좋지 않다고 생각하여, 그런 말씀을 하시는 것 같습니다. 혹시 기회가 있으면, 넌지시 주상에게 말씀 드려 주십시오. 장래의 희망을 갖고 궁살이를 시켰던 그때에는, 어느 분에게나 스스럼없이 마음 편히 기댈 수 있었지요. 그런데 지금은 이런 나쁜 결과가 되어, 분별없고 분수를 몰랐던 저의 생각을 책할 수밖에 없습니다.”

옥만은 이렇게 말하고 울어 버렸다.

“결코 그렇게 괴로워하실 것은 없습니다. 이런 궁살이가 심적으로 힘이 드는 것은 예로부터 당연히 여겨 왔습니다. 퇴위하여 조용하고 눈에 안 띄게 지내므로 모두 편안한 것처럼 보이지만, 내심으로는 제각기 어찌 경쟁심이 없겠습니까? 남이 보면 아무 일도 아닌 것 같아도 막상 장본인이면 원망하게 되고, 또 전혀 상관없는 것에도 화를 내게 될 것입니다. 그것이 다 여어나 후에게 있을 법한 버릇이겠지요. 설마 그런 정도의 옥신각신도 없으리라고 생각하여 결심을 했던 것은 아니겠지요? 그저 평온하게 행동하고, 가만히 지켜보시는 것이 좋을 것입니다. 남자인 내가 공공연히 주상할 성질의 것도 아닙니다.”

훈은 아주 담박하게 말했다.

“뵙게 된 기회에 불만을 늘어놓았는데 시원스레 판정을 내리는군요.”

웃으면서 말하고 있는 옥만의 모습은, 딸의 모친이라기엔 너무 젊고 부드러운 느낌이었다.

‘어식소도 이런 기분으로 계실 것이다. 애인인 우치(宇治 : 지명)의 아씨에게 마음을 빼앗긴 것도, 이러한 모습에서 운치를 깨달았던 탓일 것이다.’

훈은 이렇게 생각하며 앉아 있었다.

상시 중의군도 요즘 퇴출중이었다. 여기저기의 방에 나뉘어서 살고 있는 모습은, 대체로 재미있고 한가하고 우아했다. 잡일에 구애받지 않는 생활을 하며, 이쪽이 부끄러울 정도로 그윽하게 행동하고 있었다. 훈은 자연히 정신을 차리지 않을 수 없어, 한층 더 조심스럽게 무난한 태도를 보였다.

'이런 사람을 사위로 삼았으면.'

옥만은 이런 생각으로 있었다.

21. 홍매 저택의 큰 잔치.

홍매 우대신의 저택은 바로 이 저택의 동쪽 이웃이었다. 대신의 신임의 큰 잔치가 있어서 군들이 많이 모여 있었다. 병부경궁인 내궁은, 석무 대신 저택의 활쏘기 내기에서 이긴 편이 낸 잔치나, 씨름 절회의 잔치에 참석한 것을 생각했다. 그래서 오늘 잔치의 영광스러운 빈객으로 초대받고도 나오지 않았다. 고상하고 소중하게 키워 온 중의군과, 궁의 분들은 정말 각별히 마음을 써서 꼭 궁에게 드리고 싶다고 바라고 있었지만, 궁의 편에서는 어떤 까닭인지 그런 생각조차 안 했던 모양이었다. 훈이 더욱 나무랄 데가 없이 훌륭하게 성인이 되자, 홍매 대신도 진목주도 훈에게 더욱 마음이 가는 것이었다.

이웃 저택에서는 오가는 수레의 소리나 전구의 소리들도 이렇게 활기찬데, 무의식 중에 수혹 생존 때의 일이 회상되어 쓸쓸히 생각에 잠겨 있었다. 옥만은 생각했다.

"형병부경궁이 돌아간 후 얼마 안되어 이 홍매대납언이 다니기 시작한 것을, 정말 들뜬 일인 것처럼 세상 사람들이 나쁘게 말하였다. 그러나 그 생각이 쭉 바뀌지 않고 지금 이렇게 지내 온 것은, 이러니저러니 말은 들어도 역시 기쁜 일이다. 남녀의 사이는 모르는 것이다. 무엇을 기준으로 하면 좋은지 모르겠다."

22. 옥만이 재상중장의 모습을 보고 한탄하다.

석무 좌대신 집의 아들인 장인소장이었던 재상중장은, 큰 잔치 다음 날 저녁때에 이쪽으로 왔다. 어식소인 대군이 친정에 내려와 있다고 생각하니 한층 가슴이 두근거렸다.

"조정으로부터 제 구실을 할 수 있는 사람이라고 인정받은 것을 축하하는 것은 별것 아니라고 생각합니다. 대군을 사모하였던 것이 이루어지지 않는 한스러움은, 세월이 지날수록 더해 가는 듯합니다."

눈물을 닦는 것도 고의적인 것처럼 보였다. 27, 8세 전후로 지금이 한창인 아름답고 화려한 용모였다.

"문제투성이의 아이들이 세상을 쉽게 생각하고 우쭐해 가며, 관위 같은 것을 아무것도 아니라고 생각하며 지내는 것은! 돌아가신 나리가 살아 계셨으면 여기서 이렇게 무료하게 노는 아이들을 위해 적절한 일을 찾아 주려고 머리를 썼을 것인데."

옥만은 이렇게 말하고 울었다. 아들들은 우병위독(右兵衛督 : 종4위 하, 장남)과 우대변(右大弁 : 종4위 상)으로, 두 사람 다 비참의(非參議)였다. 재상중장이 참의인데, 자기 아이들은 자격이 있으면서도 참의가 되지 못한 상황이었다. 옥만의 삼남인 시종은, 이 즈음 근위중장 겸 장인두인 두중장(頭中將)이라고 불리고 있었다. 나이는 관위에 비하여 떨어지지 않지만, 모친은 다른 사람보다 승진이 더디다고 한탄하고 있었다. 재상의군은, 무언가 그에 어울려서 …. 〔이 권은 화려한 청혼담 같지만, 거꾸로는 망부의 유지에 맞추려고 노력하여 고생하는 미망인의 이야기이다.〕

45. 다리 아씨 (橋姬*)

대강 줄거리

훈 나이 20세부터 22세.

그 무렵, 세상으로부터 잊혀진 친왕이 있었다. 두 사람의 아씨를 남기고 본처가 죽은 후로는 처를 다시 얻을 생각도 않고, 아씨들에게 거문고나 비파를 가르치면서 심심함을 달래며 살고 있었다. 이 친왕은 겐지의 아우 팔의궁이었는데, 냉천원의 동궁 시절 홍위전대후의 지지를 받아 동궁 폐립의 음모에 이용되었다. 겐지가 복귀한 후로는 도리어 세상으로부터 버림받을 운명을 감수할 수밖에 없었다. 경의 저택이 불탄 후로는, 우치의 산장에 들어앉아 살고 있었다. 경에서 찾아오는 이도 없는 채로, 재가승의 나날을 보내고 있었다. 훈은 냉천원에 사후하는 우치산의 아사리로부터 팔의궁의 신심이 깊은 것을 듣고, 곧 불법을 배우기 위해 우치에 다니기 시작하였다. 팔의궁과 훈은 서로 가까운 법우가 되었다.

늦가을, 팔의궁이 산중에 은거 수행하러 간 사이에, 때마침 훈이 그곳에 갔다. 훈은 새벽 달 아래 아씨들이 거문고와 비파를 합주하는 모습을 엿보았다. 그 밤은 아버지 궁 대신에, 대군이 훈을 응대하였다. 그 후 변이라 부르는 노하녀가 나와, 울면서 옛날의 이야기를 했다. 전에 시중들었던 백목의 유언을 훈에게 전하고 싶다는 것이었

---

* 우치(宇治)를 찾아간 훈이 대군에게 보낸 노래에 나온다. 다른 이름은 우바새(優婆塞 : 속인이면서 불교를 믿는 남자)이다. 교희(橋姬)를 하시히메(はしひめ)라 읽는다.

다. 주위를 꺼리며 훈은 다시 올 것을 약속하고 경으로 돌아왔다.

대군과 노래를 교환한 훈은, 곧 그녀에게 마음이 끌렸다. 팔의궁은 법우로서 훈을 믿고, 자기 사후의 일을 부탁하려고 생각했다. 한편, 훈으로부터 우치의 아씨 얘기를 듣고 마음이 움직인 내궁은, 성자처럼 행동하는 훈을 놀렸다.

초겨울, 훈은 다시 우치를 찾아갔다. 지난번 밤의 거문고소리를 시작으로 하여, 아씨의 일을 넌지시 얘기했다. 팔의궁은 후생의 수행에 걸림돌이 되는 아씨의 후견을 훈에게 의뢰했다. 밝을녘 훈은 변을 불러, 자기의 출생에 따라다니는 옛 얘기를 시켰다. 훈은 휴지처럼 된 글주머니를 받았다. 돌아간 생부 백목의 친필을 보고 충격을 받았으나, 모친인 여삼의궁의 무심한 모습이 애처로워 쏟을 곳을 모르는 슬픔을 혼자 가슴속에 감추고 있었다.

1. 불운한 팔의궁.

그 무렵, 세상으로부터 잊혀진 옛 친왕이 있었다. 어머니의 친정도 고귀한 집안으로, 전에는 황태자가 되거나 임금이 될 각별한 자리에 오를지도 모른다고 신망이 높았었다. 그러나 홍휘전대후가 이 팔의궁을 세우려고 하였다가 실패한 후로는 세상으로부터 차디 찬 처우를 받고, 그때부터는 화려한 옛 모습을 잃게 되었다. 후견하던 분들도 목표가 빗나가자, 각자 이런저런 사정으로 말미를 얻어 몸을 빼거나 세상을 피해 버렸다. 이 궁은 공사 양면으로 의지할 데를 잃고, 완전히 세상으로부터 고립되었다.

본처는 예전 대신의 딸이었다. 그들은 슬프고 허전한 나날을 보내고 있었다. 어버이들이 걸었던 기대를 회상하면, 의외로 괴로운 생각이 드는 것도 많았다. 오랫동안 부부 사이가 둘도 없이 화목한 것을, 무정한

이 세상에서 그나마 위로로 삼으면서 서로 의지하며 살고 있었다.

2. 본처가 사망하여 팔의궁이 두 아씨를 양육하다.

몇 핸가 지나는 동안에도 자식이 태어나지 않아, 그들은 어딘지 부족하고 불안하게 생각했다.

"쓸쓸하고 심심하게 지내는 하루하루의 위로로 어떻게든 귀여운 아이가 있었으면 …."

궁은 때때로 그 바라는 바를 넌지시 얘기도 하였는데, 뜻하지 않게 아주 귀여운 여자 아이가 태어났다. 그들은 이 아이를 한없이 사랑스럽게 생각하고 소중하게 키웠다. 그러는 중에 잇따라 임신이 되어서 이번에는 꼭 남자였으면 좋겠다고 바라다가, 다시 여자 아이를 낳았다. 아이는 무사히 태어났지만, 본처는 몹시 앓다가 죽어 버렸다. 궁은 너무한 일이라는 생각에 어찌할 바를 모르고 있었다.

팔의궁은, 생각했다.

"보기 흉하고 참기 어려운 것이 많은 세상이지만, 지나는 세월을 간신히 버텨 살아왔었다. 내버려둔 채 출가해 버리기 어려운 처의 용모와 인품에 만류되어, 그것을 굴레를 쓰듯이 이때까지 지내 왔었다. 이렇게 혼자 뒤에 남아서는 더욱 쓸쓸하고 따분한 삶이 될 것이다. 어린아이를 남자 손 하나로 키워 나가는 것도, 친왕이라는 신분의 몸으로는 쉽지 않은 일이다. 남의 눈에도 아주 어리석게 보이고 체면도 서지 않을 것이다."

마음을 정해 출가의 뜻을 이루고 싶은 생각도 들었지만, 돌보아 줄 사람도 없이 아이들을 남겨 두지 못하여 망설이고 있었다. 그러는 동안에 두 아씨들은 점점 커 가고, 자태나 얼굴 모습이 나무랄 데 없이 성장했다. 궁은 그것을 조석의 위안거리로 삼고, 어느덧 세월을 잊은 나날을 보내고 있었다.

본처의 임종 무렵, 나중에 태어난 아이를 옆에서 돌보던 사람들은, 혼잣말을 했다.

"저런, 때가 때인 만큼 한탄스럽기도 해라."

그렇지만, 마음을 쏟아 돌보는 것은 아니었다. 본처는 임종 때에, 이미 제정신을 잃은 상태에서도 남은 아이를 아주 불쌍하게 생각했다.

"그저 이 아이를 나의 유물처럼 여기고 귀엽게 돌봐 주십시오."

본처는 궁에게 간청했다. 궁은 전세의 인연도 한심스럽게 생각되었지만, 한편 이렇게 생각했다.

'이렇게 정해진 운명이었을 것이다. 임종 때까지 정말 불쌍하게 여겨 마음에 걸린다고 말씀하셨으니까.'

이러면서 이 아이를 더욱 사랑하게 되었다. 얼굴 생김새는 정말 사랑스러워, 어쩐지 무서울 정도로 훌륭해 보이는 분이었다. 언니는 성품이 정숙하고 깊은 맛이 있는 분인데, 용모나 태도도 기품이 높고 그윽했다. 친절하게 돌보아 드리고 싶고, 고귀한 혈통이라는 느낌은 언니 쪽이 더했지만, 궁은 어느 쪽이나 똑같이 소중하게 키우려고 했다. 그러나 경제적으로는 생각대로 안되는 일이 많았다. 세월이 지남에 따라 저택 안은 점점 쇠퇴하여 가기만 했다. 시중 드는 사람도, 의지할 보람이 없다는 생각이 들어 견디지 못하고, 차례차례 말미를 얻어 뿔뿔이 떠나갔다. 저 불행한 사건1) 때문에 신원이 확실한 사람을 고를 만한 여유도 없었던 탓으로, 아우인 중의군의 유모로는 인정이 없는 사람이 결정되었다. 유모는 결국 순진한 어린이를 내버려둔 채 나갔으므로, 궁이 혼자서 키우게 되었다.

그래도 넓고 취향을 돋운 저택으로, 연못이나 가산이 서 있는 모양만은 옛날과 다름이 없었다. 이미 몹시 황폐해졌는데, 궁은 부질없이 바라보며 생각에 잠겨 있었다. 사무 보는 사람들도 견실한 사람이 없어서, 손질하는 이도 없이 풀은 무성하게 자라났다. 추녀의 넉줄고사리풀도 내로라 하는 얼굴로 온통 퍼지고 있었다. 계절 따라 피어나는 꽃이나 단풍의 색깔을, 본처와 같이 볼 때는 재미도 있어 근심되는 것도 얼버무렸었는데, 지금은 더욱 쓸쓸하여 의지할 곳도 없었다. 궁은 모시고 있는 부

---

1) 탄생과 더불어 유모도 결정이 된다. 이 경우 본처 사망이라는 생각 밖의 사태여서, 충분한 고려 없이 천박한 성품인 유모가 결정되었을 것이다.

처님의 장식에 특별히 공을 들여, 자나깨나 근행에 여념이 없었다.

본의 아니게 이런 굴레에 빠져 있는 것은 유감스러운 일로, 자기 마음대로 안되는 전세의 인연 때문이라고 생각했다. 하물며 새삼스럽게 어떻게 새로이 처를 맞이할 수 있을까 하고 생각하면서, 세월이 지나감에 따라 속세의 일은 체념하여 버렸다. 마음만은 아주 성자처럼 되어, 본처가 죽은 후로는 보통 사람과 같은 생각을 잠시라도 일으키는 일이 없었다.

"어떻게, 그렇게까지 할 필요가 있겠습니까? 이별한 당장의 슬픔은 세상에 없는 것으로 생각될 테지만, 시간이 지나면 그렇게만은…, 역시 세상은 보통대로 마음을 쓰며 살게 되어 있는 것입니다. 그래야 이렇게 보기 흉하게 된 저택도 자연히 정비되는 것이 아니겠습니까?"

이렇게 사람들은 권고하였다. 이것저것 지당한 말들이었다. 궁과 결혼하려는 사람도 많았지만, 궁은 귀담아듣지도 않았다.

궁은 염송의 사이사이에, 이 아씨들을 놀이상대로 했다. 차례로 성장함에 따라, 거문고를 가르치고 바둑을 두고 편(偏) 붙이기 등 유희를 했다. 두 사람의 인품을 보면, 큰 아씨는 기품이 높고, 교양이 있으며, 사려가 깊고 듬직하게 보였다. 작은 아씨는 순진하고 가련한 모습으로, 사양하는 것이 몸에 밴 것 같았다. 다들 귀엽고, 각각 훌륭한 분이었다.

3. 봄날, 궁과 아씨들이 노래를 주고받다.

봄의 화창한 햇살에, 연못 물새들이 날개를 퍼덕이며 각자 지저귀고 있었다. 평소에는 아무것도 생각하지 않고 지나쳤었지만, 자웅이 떨어지지 않고 있는 것이 부럽게 보였다. 아씨들에게 거문고를 가르치고 있었다. 아주 귀여운 모습으로, 어린 나이인데도 각각 거문고소리가 차분하고 재미있게 들렸다. 궁은 눈물을 머금고, 말했다.

"〈아비 새를 버리고 어미 새가 떠나간 후, 물새 새끼가 덧없는 이 세상에 어떻게 남겨져 버렸을까?〉

슬픈 생각이 끊이지 않는구나."

이러면서 눈물을 닦았다. 얼굴 모습이 아름다운 궁이었다. 이 몇 해

동안 근행으로 살이 빠지고는 있었으나, 그 때문에 도리어 기품이 높고 우아하게 보였다. 아씨들을 보살펴 주느라고 부드러운 평상복을 입고 매만지지 않은 모습은 보기 그윽한 풍취였다.

대군 아씨가 벼루를 가만히 끌어당겨, 습자하듯이 마구 쓰는 것을 보고 종이를 주면서 말했다.

"여기에 쓰거라. 벼루에 쓰는 것이 아니다."

그러자, 부끄러워하며 이렇게 썼다.

〈어느 사이에 이렇게 컸을까 생각하니, 불행한 물새 같은 운명을 알 수 있습니다.〉

잘 지은 노래는 아니었지만, 때가 때인 만큼 마음에 스며들었다. 필적은 앞으로 부쩍 늘 거라고 생각되었으나, 아직 이어 쓰는 것은 서투른 나이였다.

"작은애도 같이 써 보아라."

이쪽은 더욱 어려, 오래 걸려서 썼다.

〈눈물을 흘리면서 날개 속에 품어 길러 주신 부군이 없었더라면, 나는 부화하지 못한 알처럼 되어 버렸을 겁니다.〉

낡은 옷을 입고, 옆에서 시중 드는 사람도 없어 쓸쓸하게 보이지만, 각각 너무나 귀여운 모습이었다. 궁이 어찌 차분하고 애통하게 생각하지 않을 수 있겠는가? 경서를 한 손에 쥐고 독송하면서, 다른 한편으로는 악보로 노래를 불렀다. 대군에게는 비파, 중의군에게는 쟁의금을 가르쳤다. 언제나 합주하면서 배우는 것이므로, 듣기 싫기는커녕 오히려 아주 귀를 즐겁게 하였다.

4. 팔의궁의 정쟁에 얼룩진 비운의 반생.

팔의궁은 아버지 임금 동호제에게도, 대신가 출신의 어머니 여어에게도 일찍 여의고, 이렇다 할 든든한 후견인도 없었다. 학문 같은 것도 깊게는 공부하지 않았다. 더구나 속세에서 처신해 갈 마음의 준비 같은 것을 어떻게 알았겠는가? 팔의궁은 고귀한 인물이라고 말하는 이들 중에서도 놀랄 만큼 기품이 높고 순진한 모습이어서, 여자 같다는 평을 듣기도 했다. 옛날부터 전해 내려오는 보물이나 조부 대신의 유산 등이 많았었지만, 어디로 사라졌는지 모두 잃어버리고 화려한 세간살이만이 남아 있었다. 참상하여 안부를 묻거나, 마음을 쓰는 사람도 없었다. 특별한 할 일도 없이 아악료(雅樂寮)의 악사(樂師)[2]들 중 우수한 사람들을 불러 놀이에 정신을 쏟아 가며 성인이 되었으므로, 그런 방면에서는 무척 빼어나 있었다.

궁은 겐지 나리의 배다른 아우였으므로, 홍휘전대후가 한참 위세를 떨쳤을 때 이 궁을 냉천원 대신 동궁으로 세우려고, 있을 수 없는 간계를 꾸며 편을 들었던 큰 사건이 있었다. 궁은 본의 아니게 겐지와의 교제가 멀어지게 되었다. 이제는 자손의 세대가 된 이 세상에서, 그는 더욱 보통의 교제도 나누지 못했다. 또 이 몇 해 동안은 이런 재가승(在家僧)이 되어 있어서, 이미 다 끝난 것이라고 일체의 희망을 버리고 있었다.

5. 저택에 불이 나서 우치로 이주하다.

이렇게 지내는 동안에 살고 있던 저택이 불에 탔다. 궁은 이 일로, 괴로운 일만이 많은 이 세상을 더욱 한심하고 어이없게 생각하게 되었다. 경에는 옮겨살 만한 적당한 저택도 없어서 우치(宇治)[3]라는 곳에 있는 경치 좋은 산장으로 이사했다. 전혀 가망 없는 것으로 단념하였던 이 세상이었지만, 아주 경의 밖으로 떠나 살게 된 것이 몹시 슬펐다.

어살[網代][4]을 맨 곳이 가까이에 있는지, 물소리가 귀에 따갑게 들려오고 있었다. 강가에서 조용하게 수행하려는 희망에는 적합하지 않은 곳이었지만, 어쩔 수 없는 일이었다. 꽃이나 단풍이나 물의 흐름에도 마음

---

2) 아악료에서 악사라고 불리는 직명은, 가사(歌師) 4인, 무사(舞師) 4인, 적사(笛師) 2인, 당악사(唐樂師) 12인, 고려악사(高麗樂師) 4인, 백제악사(百濟樂師) 4인, 신라악사(新羅樂師) 4인, 기악사(伎樂師) 1인, 요고사(腰鼓師) 2인(職員令).

3) 평안시대(平安時代)는 귀족들의 별장지로 되어 있고, 또 장곡사(長谷寺) 참배의 경로가 되었다. 경으로부터 반나절 거리.

4) 아지로(あじろ)라 읽는다. 고기를 잡으려고 그물 대신으로 물에 말뚝을 많이 박고 잘게 엮은 발을 친 장치.

을 달래고, 의지하면서 더욱 생각에 잠겨 있었다. 이렇게 세상과의 교제를 끊고 들어앉아 있는 산야의 끝에도, 돌아간 본처와 같이 있었다면 얼마나 좋을까 하고 늘 생각하고 있었다.

〈같이 살던 저 분도, 살고 있던 저택도 연기처럼 사라졌는데, 어째서 나 혼자만이 살아남았을까?〉

궁은 사는 보람도 없다는 생각에 가슴이 미어졌다.

더구나, 이 산 너머 또 산을 넘어야 하는 궁벽한 집에 찾아올 사람도 없었다. 밑에서 일하는 천한 사람이나 시골냄새가 나는 산사람들만이 이따금 찾아와서 돌보아 드렸다. 봉우리의 아침이슬이 걷히지 않는 것 같은 나날을 보내고 있었다. 이 우치산에, 성자처럼 지내고 있는 스승이 될 만한 아사리가 있었다. 그는 불교에 관한 학문이 아주 해박하고, 세상의 신망도 가볍지 않았다. 그러나 공공연한 불사에는 좀처럼 참석하지 않고 은둔해 있었다. 그런데 이 궁이 이렇게 가까이에 살면서, 쓸쓸한 일상을 보내고 있다는 것을 알게 되었다. 귀한 수행을 쌓아올리면서 경문을 읽고 공부하는 것을 기특한 일이라고 여겨, 언제나 궁에게 참상하고 있었다. 이제까지 배우고 깨달은 것을 심원한 도리로 설명해 주고, 이 세상이 일시적이며 덧없다는 것을 깨우치고 있었다.

"마음만은 극락의 연화 위에 앉은 기분입니다. 탁하지 않은 연못에도 살 수 있다고 생각하지만, 정말 이 어린아이들을 뒤에 남겨 놓고 가는 것이 마음에 걸려 출가도 못하고 있습니다."

궁은 이렇게 심중을 격의 없이 이야기했다.

6. 아사리가 팔의궁의 삶을 냉천원과 후에 얘기하다.

이 아사리는 냉천원에도 친히 사후하여, 경문 등을 가르쳐 드리는 사람이었다. 경에 나온 김에 그는 원에게 왔다. 언제나처럼 적당한 경전을 놓고 대화하는 기회에 아사리가 말했다.

"팔의궁은 아주 총명하시어, 불교 경전의 학문에도 조예가 깊습니다. 적당한 전세의 인연이 있어, 이 세상에 태어난 분이 아닌가 생각됩니다.

마음속으로부터 속념을 버리고 수행하고 계시는 모습은, 진실한 성자의 마음씨로 보입니다.”

“아직 모습을 바꾸지는 않았지? 여기의 젊은이들이 속성(俗聖)이라고 부르고 있다니. 감개무량하다.”

그때 19세인 훈도 원 앞에 대기하고 있었다.

‘나야말로 이 세상이 아주 덧없는 것임을 잘 알고 있으면서도, 근행 같은 것을 따로 눈에 띄게 열심히 하지도 않고, 쉽사리 세월을 지내 왔다.’

훈은 남몰래 후회했다.

“속세에 있으면서 성자가 되려는 궁의 각오는 어떤 것입니까?”

훈은 꼼짝 않고 귀를 기울여 듣고 있었다.

“출가하려는 뜻은 전부터 가지고 있었는데, ‘지금은 불쌍한 딸들을 생각하니, 마음에 걸려 출가 의지가 둔해진다’라고 한탄하고 있었습니다.”

중의 몸이면서도 음악을 즐기는 아사리여서, 아씨들의 연주에 대해 한마디 했다.

“이 아씨들이 거문고를 합주하며 노는데, 강물의 물결소리와 경쟁하듯 정말 풍치가 있게 들렸습니다. 극락이 바로 이런 것인가 생각될 정도입니다.”

이렇게 극찬하였다. 원도 웃음을 띠우면서 말했다.

“그런 성자 밑에서 키워 온 딸이라면, 속세에서는 서먹서먹하리라는 생각이 든다. 어쨌든 감탄할 일이다. 그 아씨들의 장래가 마음에 걸려 곤란한 모양인데, 만약 잠시라도 내 쪽이 더 오래 살아 남게 된다면, 그때에는 내게 맡겨 주지 않겠는가?”

이 원은 열 번째 황자였다. 주작원이 겐지에게 맡긴 입도의궁을 생각했다. 그리고 이런 생각이 문득 떠올랐던 것이다.

‘그 아씨들을 맡고 싶다. 심심한 때에 함께 놀이할 상대로.’

훈은, 수행하고 있는 친왕의 상황을 뵙고 싶다는 생각이 강해졌다. 그래서 아사리가 산으로 돌아갈 때에 이렇게 부탁했다.

“꼭 참상하여 이것저것 가르침을 받을 수 있을는지, 우선 넌지시 속마음을 알아보아 주십시오."

7. 원의 사자가 팔의궁을 면회하다.

원은 전언을 보냈다.

"감개무량한 생활의 모습을 인편으로 들었습니다.

〈속세를 싫어하는 내 마음은 우치산으로 통하고 있습니다만, 뵙지 못하는 것은 당신이 몇 겹의 구름으로 사이를 떼어놓으신 까닭입니까?〉"

아사리는 이 사자를 앞세우고 팔의궁의 처소로 왔다. 그다지 높지 않은 신분으로, 문안이 있어도 좋은 사람의 사자가 좀처럼 없는 산그늘의 곳이었다. 아주 희귀한 일로 반갑게 마중하였다. 알맞은 음식을 내고, 성의껏 환대하였다. 궁은 답장으로 겸손하게 적었다.

〈속세를 아주 떠나서 마음 조용히 수행하고 있습니다. 세상은 괴로운 것이라서 우치산의 임시 주거에 살고 있습니다.〉

원은 이 편지를 보고, 애처로운 생각이 들었다.

'역시 지금도 이 세상에 미련이 남아 있었는가?'

아사리는, 훈이 신심 깊은 듯이 보였다는 것을 말하고 궁에게 소식을 전했다.

"'경문들의 진수를 터득하려는 소망은 어렸을 때부터 마음에 있었는데, 부득이 속세에 얽매여서, 공사간에 바쁜 나날을 보내고 있습니다. 새삼스럽게 들어앉아 경문을 배우거나 읽거나 하기도 어렵습니다. 이렇다 할 것이 없는 이 몸이어서 세상을 등지고 살려고 해도, 누구에게 삼가야 할 처지는 아니지만, 어쩐지 게을러져 속사에 매여 지내 온 것입니다. 정말로 유례없는 일상을 보내고 있다는 것을 인편으로 듣고 안 이상, 이렇게 마음으로부터 부탁합니다'라고 열심히 이야기했습니다."

"세상을 임시의 것이라고 깨닫고 싫다는 마음이 생기는 것은, 자기의 몸에 불행이 있을 때입니다. 그것이 세상을 한탄스럽게 깨닫는 계기가 되어, 비로소 구도하는 마음도 생길 것입니다. 나이가 젊어 세상 일이 마음대로 되고, 무엇이나 부족하게 생각할 것도 없는 신상인데, 그렇게 후세의 일까지도 마음에 두는 것은 기특한 일입니다. 나의 경우는, 이렇게 될 운명이었던 것 같습니다. 그저 이 세상을 싫어하며 떠나라고 특별히 부처님이 권유했던 관계로, 자연히 조용하게 수행하려는 소망이 채워지게 되었습니다. 여생이 얼마 안되는데도, 확실한 깨달음도 얻지 못한 채 지나가 버릴 것 같습니다. 과거도 미래도 좀처럼 찾아내지 못한다고 통감하게 됩니다만, 저분은 도리어 이쪽이 부끄러워할 정도로 법의 벗으로 있는 것 같습니다."

궁은 이렇게 말하고, 편지를 교환하고, 훈 자신도 이곳에 찾아왔다.

8. 훈과 팔의궁의 친교가 시작되다.

직접 찾아와 보니, 정말 듣는 것보다 훨씬 가슴에 스며들게 쓸쓸한 것을 느낄 수 있었다. 풀로 엮어 임시로 거처하는 집이어서 그런지 매우 간소한 살림이었다. 같은 산촌이라도 마음이 끌리는 조용한 곳도 있으련만, 여기는 정말 거친 물소리와 파도의 소리 때문에, 사색이 뚝 끊어져 버리기도 할 것 같았다. 밤이면 안락한 꿈을 꿀 수도 없을 것 같이 무시무시한 바람이 불어제쳤다.

"성자연한 분을 위해서는 이러한 주거가 도리어 이 세상에의 집착을 끊는 계기로 작용하기도 하겠지만, 여군들은 대체 어떤 생각으로 지낼까? 세상 보통 여자들 같은 부드러운 맛이 없는 것은 아닐까?"

훈은 미루어 헤아릴 수 있을 것 같았다.

부처를 모셔 놓은 방과의 경계로는 맹장지만을 세워 두고 있었다. 호색적인 마음이 있는 사람이라면, 사모한다는 짓거리로 구애하며 마음을 시험해 보고 싶어질 것 같았다. 역시 무어라고 해도, 어떤 분일까 마음이 끌리는 것 같았다. 그러나 이렇게 생각을 바꾸었다.

'그런 속세의 연애의 미혹을 버리려고 산속 깊이 찾아왔다. 이 본의에 배반하여서까지 색정적인 말을 함부로 하여 희롱하는 것도 내 뜻에 어긋나는 것이 아닌가?'

궁의 모습이 정말 마음을 치는 듯하여, 정성 들여 문안 드렸다. 자주 찾아오는 동안에, 훈은 바라던 바대로 궁과 친교를 나누게 되었다. 궁은 재속의 몸인 채로 산에 들어앉아 수행하는 깊은 의의나 경문의 일 같은 것을, 특별히 아는 척하지 않으면서 친절하게 가르쳐 주었다.

성자처럼 하는 사람, 학문이 깊은 법사 등이 세상에는 얼마든지 많지만, 그들은 너무나 거북하고 가까이 가기가 어려웠다. 덕이 있는 승도나 승정 같은 신분의 사람은, 각별히 무뚝뚝하기 마련이었다. 도리를 물어 밝히려고 하여도 과장된 듯한 느낌을 받는 일이 많았다. 또 그렇지 않은 신분의 불제자는 계율을 지키는 고마움은 있어도, 인품이 천하고 말씨도 점잖지 않은 경우가 흔했다. 예의범절을 모르면서 익숙한 척하는 사람은 아주 불유쾌했다. 그런 상대라면, 낮에는 공사로 바쁘게 지내다가 조용한 저녁때 옆으로 불러서 얘기하기에는 마음이 내키지 않은 경우가 많았다. 이 궁은 아주 기품이 높기는 하나 경제적으로 애처롭게 살고 있었다. 같은 부처의 가르침이라도 몸 가까이의 비유를 섞어서 잘 설명하여 주었다. 각별하게 깊은 깨달음은 아니었지만, 고귀한 사람이 사물의 본래 취지를 터득한 점에서 보통 사람과는 아주 달랐다. 점점 친해져서 훈은 궁과 늘 같이 있고 싶어졌다. 바빠서 뵙지 못하는 날이 겹치면 그리운 마음이 솟아났다.

이 군이 이렇게 존경하는 까닭으로, 냉천원에서는 편지를 띄웠다. 이때까지 오랫동안 좀처럼 소문 없이 쓸쓸하기만 하던 주거에, 이제 겨우 사람 그림자가 오가게 되었다. 때때로 문안 오는 사자도 매우 정중했다. 훈도 그럴듯한 기회가 있을 때마다, 풍류의 면에서도 또 생활의 면에서도 성의를 다해 돌보아 드린 것이, 대강 3년쯤 되었다.

9. 훈이 팔의궁의 부재중 산장을 찾다.

늦가을, 사계절마다 개최되는 염불회의 시기가 되었다. 이 강가의 어살의 물결도 이 무렵에는 더욱 시끄러워서, 궁은 아사리가 사는 절로 옮겨서 7일 동안 근행하고 있었다.

아씨들은 아주 불안하고 심심한 가운데 나날을 보내고 있었다. 훈은 새벽달이 막 떠오르는 때에 팔의궁을 찾았다. 미행차림으로, 동행하는 사람도 간략한 옷차림으로 초라하게 하고 건너왔다.

강물의 이쪽 언덕에 있었으므로, 배를 타는 것도 번거로워 말을 타고 갔다. 산길로 접어드니 점점 안개가 짙게 끼어 길도 잘 보이지 않았다. 잡목 속을 헤쳐 나가는데, 아주 거친 바람이 불어왔다. 조용히 떨어지는 나뭇잎의 이슬이 몹시 차가웠다. 옷이 흠뻑 젖었다. 이런 밤중에 다니는 일은 좀처럼 없었던 훈의 마음에는, 동시에 불안함과 흥미를 느꼈다.

〈산에서 내려부는 바람에 견디지 못하고 흩어져 내리는 나뭇잎의 이슬보다도, 이상하게 여린 내 눈물이다.〉

산에 살고 있는 사람들이 눈을 뜨면 귀찮을 것 같아, 수행자에게 전구 소리도 내지 않게 했다. 섶나무 울타리 사이를 헤치면서, 자그마한 강의 흐름을 건너가는 말발굽소리도 사람의 귀에 들리지 않도록 조심했다. 그러나 역시 숨길 수 없는 향기만은 바람이 부는 대로 떠돌아서, '주인 모르는 향'에 놀라서 눈을 뜨는 집들도 있었다.

가까이 가는 사이에, 무슨 악기인지 분간 못할 합주가 몸에 스며들도록 쓸쓸하게 들려왔다.

'언제나 이렇게 놀이를 하고 있다고 들었지만, 기회가 없어서 팔의궁의 유명한 거문고소리도 못 들었다. 좋은 계제다.'

훈은 이렇게 생각하면서 들어갔다. 비파가 울리고 있었다. 황종조(黃鐘調)에 가락을 맞춘, 보통의 짧은 곡조였지만, 장소가 장소인 만큼 자주 듣지 못하는 신기한 느낌이 들었다. 켜 돌리는 발(撥)의 소리도 무언가 아름답고 맑은 감흥을 돋우었다. 쟁의금도 차분하게 고운 울림으로 띄엄띄엄 들려오고 있었다.

잠시 멈추어 서서 몸을 감추고 가만히 귀를 기울이는데, 기척을 알아차린 숙직인이 예의범절을 차리지 않고 나왔다.

"염불회의 일로 다른 곳에 계십니다. 팔의궁님에게 군이 오셨다는 편지를 올리겠습니다."

"아니 됐다. 7일간에 한하여 근행하는 것을 방해하는 일은 좋지 않다.

이렇게 젖은 몸으로 찾아와서 헛되이 돌아가는 괴로움을 아씨에게 말씀
드려 다오. 불쌍하다고만 말하여 주시면, 그것으로 만족할 것이다."

숙직인은 못생긴 얼굴로 빙긋 웃고 말했다.

"말씀 드리기로 하겠습니다."

"조금 기다려라. 몇 해 전부터 소문으로만 듣고 있던 거문고 연주솜씨
를 벼르던 끝에 듣는 것은 좋은 기회이기도 하다. 잠깐 동안 숨어서 들
을 수 있는 그늘진 곳은 없을까? 걸맞지 않게 지나치게 가까이로 갔다
가, 타는 것을 그만두어 버리면 아주 유감스러운 일이니까."

훈의 모습이나 얼굴 생김이 하잘것없는 사람의 마음에 비하면 아주 빼
어나서, 숙직인은 황송한 일이라고 생각했다.

"아무도 듣지 않을 때에는 아침 저녁 이렇게 재미있게 타고 있지만,
경 쪽에서 하인이라도 와 있으면 소리도 내지 않습니다. 궁께서는 이렇
게 아씨가 계시는 것을 아예 숨기고, 세상 사람에게 알리지 않겠다고 말
씀하시곤 합니다."

훈은 미소을 띠며 말했다.

"쓸데없이 숨겨 놓는군. 그렇게 숨겨 놓아도 누군가 세상에 드문 예쁜
분의 이야기를 캐어 알아낼 것인데. 아무튼 좋으니 안내해 다오. 나는
호색적인 생각과는 인연이 없는 사람이다. 이렇게 살고 있는 모습이 아
무래도 특별하니, 정말 보통 사람으로는 보이지 않는다."

"죄송합니다. 사리분별도 못한다고 나중에라도 꾸중을 들을 것이 뻔합
니다."

숙직인은 아씨들의 뜰 앞에 대나무 울타리를 둘러, 아주 특별히 외부
와 차단하고 있는 취지를 알려 드리고, 훈을 근처로 데리고 갔다. 같이
간 사람을 서쪽 복도로 불러들여 숙직인이 대접하였다.

10. 훈이 달 아래서 아씨의 모습을 엿보다.

훈은 아씨의 방으로 통하는 울타리문을 조금 밀어 열고 들여다보았다.
달빛 아래로 안개가 자욱하게 끼어 있는 경치를 바라보며, 하녀들이 발

을 낮게 걷어올린 채 대기하고 있었다. 삿자리에는 홀쭉하게 마른 여동이 하나 있었고, 추워 보이는 하녀들도 있었다. 안에 있는 사람 가운데, 한 사람은 기둥에 조금 감추어진 채, 비파를 앞에 놓고 발목(撥木)을 손으로 더듬으면서 앉아 있었다. 구름에 숨어 있던 달이 갑자기 밝게 비치며 나왔다.

"부채가 아니라, 이것으로도 달은 불러올 수 있을 것 같습니다."

중의군은 이렇게 말하고, 발목에서부터 눈을 떼고 잠깐 달을 쳐다보았다. 그 얼굴은 대단히 귀엽고 윤이 나게 아름다웠다. 물건에 의지하여 누워 있는 분은, 거문고에 기대어서, 방긋이 웃으며 말했다.

"저녁 해를 불러 되돌리는 발목이라는 말은 들어보았지만, 색다른 것을 생각해내는군요."

그 모습은, 조금 더 묵직하고 소양이 있어 보였다.

"거기까지는 안되더라도, 이것도 달에 인연이 없는 것은 아닙니다."

마음을 터놓고 편안하게 가벼운 대화를 나누고 있는 두 사람의 모습은 멀리서 상상했던 것과는 달리, 가슴에 스며드는 듯 다정하고 흥미를 돋우었다. 젊은 하녀들이 읽는 옛이야기에도 이런 아씨의 이야기가 나오는데, 설마 그런 일은 없을 것이라고 나도 모르게 반감을 가졌었다. 그런데 정말 사람 눈에 안 띄고 풍미가 깊은 것도 있을 수 있는 세상이로구나 하고 마음이 움직였다.

안개가 잔뜩 끼어 있어, 얼굴은 똑똑히는 볼 수 없었다. 다시 달이 떠올랐으면 하고 있었는데, 안쪽에서 누군가 온 것 같다고 알리는 사람이 있었던 모양이었다. 발을 내리고 다들 들어가 버렸다. 당황하는 모습도 없이 편안한 태도로 가만히 들어가 버린 두 사람은 옷 스치는 소리도 없이 정말 부드럽고 기특하게 느껴졌다. 기품이 높고 우아한 그 모습을, 훈은 차분하고 감개무량하게 생각했다.

훈은 가만히 거기서 물러나와, 수레를 끌고 오라고 경으로 사자를 보냈다. 아까 본 숙직인에게 말했다.

"나쁜 때에 왔었지만, 그것이 도리어 즐겁구나. 생각했던 것도 조금 위안이 되었다. 이렇게 내가 왔다는 취지를 말씀 드려 다오. 축축한 이슬에 몹시 젖어 있어야 했던 원망도 들려 드리고 싶은데."

숙직인은 아씨에게 그 취지를 말씀 드렸다.

11. 훈이 대군과 대면하여 교분을 청하다.

대군은 이렇게 모습을 보여 버렸다는 것은 생각도 못하고, 마음놓고 타고 있던 합주를 들은 것이 아닌가 하여 몹시 부끄러워하고 있었다.

"이상하게도 향기 높게 바람이 불고 있었는데, 생각지도 않은 때여서 전혀 알지 못했다니 멍청한 일이었다."

어떻게 하면 좋을지 몰라 당황하고 있었다. 훈의 인사를 중개하는 사람도, 아주 서투른 사람이었다. 무엇이나 때와 장소에 따라서 처신해야 한다는 생각과 아직 안개 때문에 잘 보이지 않을 것이라는 판단으로, 아씨는 아까처럼 고운발 앞으로 걸어나와 무릎을 꿇고 앉았다. 산골살이에만 익숙해 있는 젊은 하녀들은 응대할 말도 생각나지 않았다. 방석을 내는 것도 어색하기 짝이 없었다.

"이 고운발 밖에서는 쑥스럽습니다. 일시의 얕은 생각만이었다면, 이렇게 찾아오지도 못할 험한 산길입니다. 그랬는데도 이것은 의외의 처사입니다. 이렇게 이슬에 젖으면서도 몇 번이나 거듭 찾아오는 동안에, 아무리 무어라 해도도 알아주실 것이라고, 그것을 의지하고 있었습니다."

훈은 이렇게 아주 고지식하게 말했다.

재치 있게 응대할 젊은 하녀도 없어서 대군은 정말 꺼져 들어갈 정도로 부끄럽게 처신하고 있는 것도 몹시 멋쩍었다. 안쪽에서 자고 있는 나이 든 하녀를 깨우느라 시간이 걸렸는데, 일부러 시간을 끄는 것처럼 여겨질까 마음이 괴로웠다.

"아무것도 분별 못하고 있는데, 까닭을 아는 것처럼 어떻게 말씀드렸으면 좋겠습니까?"

대군은 이렇게 그윽하고 정중한 목소리로 말했다. 소리를 죽여서 분간 못할 정도로 들릴락 말락 들려왔다.

"실은 잘 알고 있으면서도, 사람의 괴로운 마음을 모르는 척하는 것도 이 세상의 관습이라는 것을 알고 있습니다. 그러나 다름 아닌 당신까지도 너무 시치미를 떼고 그렇게 말하시니, 섭섭하게 생각됩니다. 드물게 매사를 깨닫고 있는 궁이 아침 저녁 이야기하는 것은 어떤 일이나 깨끗하게 꿰뚫어 보고 있을 것이라고 헤아려집니다. 이렇게 감내하지 못하는 깊은 마음을 판단할 수 있어야만, 깨달은 보람이 있다고 합니다. 세상 보통의 색정적인 일과는 다르다고 생각하실 수는 없습니까? 그런 방면의 일은, 각별히 권하는 사람이 있어도 결코 그쪽으로 나부끼지 않는 완고한 사람입니다. 그 동안에 문의하시면 아시게 될 겁니다. 그저 부질없이 지내고 있는 세상 이야기를 들어줄 상대로 의지하고 싶습니다. 또 이렇게 세상과 떨어져 생각에 잠긴 듯 지내고 있는 마음을 달랠 수 있도록, 편지를 주시는 정도로 친하게 대해 주시면 얼마나 기쁘겠습니까."

훈이 정성을 다하여 말했으므로, 대군은 기가 죽어 대답하기 어려웠다. 깨우게 한 늙은 노녀가 나왔으므로, 거기에 맡겼다.

12. 늙은 하녀 변이 훈에 응대하다.

의외로 사양도 않고 말하는 목소리가 들려왔다.

"어허, 황송해라. 실례되는 자리로군요. 고운발 안에 들어오게 하였으면 좋았을 것을! 젊은이들은 알맞은 정도로 대접해 드리는 것을 모르는 것 같아요."

아씨들은 거침없이 말하는 늙은 목소리가 쑥스럽게 여겨졌다.

"어떻게 된 것입니까? 이 세상에 살고 있는 사람들과는 다른 고귀한 신상으로, 당연히 참상하여야 할 사람마저 문안 오거나 마음에 두는 일이 점점 적어지는 상황입니다. 그런데 당신의 둘도 없는 후의는, 나 같은 사람의 마음에도 뜻밖이라 놀라고 있습니다. 젊은 아씨들도 그것은 잘 알고 있을 것인데, 말씀 드리기가 그렇게 어려운 것입니까?"

아주 염치도 없이 익숙하게 말하는 것이 얄밉게도 생각되지만, 말씨는 대단히 버젓하고 소양을 갖춘 목소리였다. 훈이 말했다.

"아주 의지할 데가 없는 기분이었는데, 즐겁게 얘기하는 중개인이군요. 무슨 일이나 확실히 알고 있는 것이 더 이상 없게 마음 든든합니다."

물건에 의지하고 있는 훈의 모습을 하녀들이 휘장의 끝에서 보니, 조금 물건이 분별되어 가는 밝을녘에, 남의 눈을 피하고 있는 것 같은 평복차림이 아주 몹시 젖어 있었다. 거기에 무어라 말할 수 없는, 이 세상 것이라고는 생각되지 않는 향기가 이상하리만큼 주변에 가득 차 있었다.

이 노인은 그만 울고 말았다.

"외람된다고 나무라지나 않을까 참고 있었지만, 슬픈 옛이야기들을 어떻게라도 누구에겐가 말씀드리고 싶었습니다. 그 일단이라도 넌지시 알려 드리려고, 오랜 세월 동안 염송하고 기도하였던 보람이 있어서인지, 참으로 좋은 기회로군요. 그런데, 재빨리 넘쳐 나오는 눈물에 눈도 어두워져서 도저히 말씀드릴 수가 없습니다."

몸을 들썩이고 있는 것은 대단히 슬퍼 보였다. 정말 늙은이는 눈물을 잘 흘린다고 생각하며, 훈은 잠자코 있었다. 그러나 정말 이렇게까지 생각하고 있는 것도 수상쩍다고 생각했다.

"여기에 이렇게 오는 일이 몇 번 있었습니다만, 당신처럼 일의 내용을 알고 있는 사람도 없었습니다. 이슬이 깊은 길을 오직 혼자서 젖은 채로 돌아갔었습니다. 그러나 오늘은 좋은 기회라고 생각되니 모두 얘기해 주십시오."

"이러한 기회는 좀처럼 없을 것입니다. 또 있다 해도 목숨이란 내일을 모르는 것이어서 기대할 것도 못 되니까. 그러면 그저 이런 늙은이가 세상에 있었다는 것만이라도 기억하여 주십시오. 여삼의궁의 거처에서 시중들고 있던 소시종(小侍從)이라는 분은 이미 죽었다고 듣고 있습니다. 그 옛날 친하게 지내던 또래도 대개는 세상을 떠났습니다. 이 나이가 되고서도 저 멀리 시골에서 연고를 더듬어 상경하여 와서 이 5, 6년 동안 여기서 이렇게 시중들고 있습니다. 당신은 모르셨겠지만, 그 사이 홍매 대납언이란 분의 형인 백목우위무독이 돌아가셨습니다. 어떤 때에 그분의 소문이라도 들은 일이 있습니까? 돌아가신 지 아직 얼마 되지 않은 것처럼 느껴집니다. 그때의 슬픔은 아직 소매가 마르지 않을 정도인데, 손가락을 꼽으니 어느덧 먼 옛일이 되었습니다. 이렇게 성인이 되신 것을 보니 꼭 꿈만 같습니다. 저 백목권대납언의 유모였던 사람은 이 변(弁)[5]의 어머니였습니다. 아침 저녁으로 옆 가까이에서 시중들고 있었는데, 아무에게도 알리지 못하고 그렇다고 가슴 하나에 묻어 둘 수도 없는 일을 변변치 못한 저에게 때때로 실토했습니다. 앓다가 이제 최후가 가까운 임종 때에 불려가서, 약간의 유언을 들었습니다. 꼭 들려 드릴 말이 하나 있지만, 여기까지 말했으니 나머지도 듣고 싶으면, 곧 천천히 전부 얘기하기로 합시다. 젊은이들도 꼴사납게 주제넘다고 나를 험담하고 있는 모양인데, 그것도 또한 당연한 일로 여겨져서 ….”

그러고는 변은 입을 다물었다.

13. 훈이 변과 재회를 약속하다.

훈은 미심쩍고 꿈꾸는 듯했다. 그렇지 않으면 무당에게서 묻지도 않은 황당한 얘기를 듣는 것 같았다. 좀처럼 있을 수 없는 이야기라고 생각했다. 가슴이 조이도록 항상 마음에 두었던 일을 말하므로, 정말 그 이후의 이야기가 듣고 싶었다. 그러나 사람 눈도 많고, 이 사람과 만나자마자 옛이야기를 밤새워 듣는 것도 예의에 어긋난다는 생각이 들었다.

“이것이라고 확실히 생각나는 것은 없습니다만, 옛일을 듣는 것은 까닭 없이 슬픈 생각이 듭니다. 그러면 꼭 그 나머지를 들려주십시오. 안개가 걷히면 쑥스러운 추한 꼴을 하고 있어, 무례하다는 나무람을 들을 것 같아 마음에 걸립니다.”

이렇게 말하고 일어섰는데, 저 궁이 수행하고 있는 절의 종소리가 조그맣게 들려오고, 언저리에 안개가 짙게 깔려 있었다.

---

5) 이 노녀가 변(弁)이라고 불린다는 것이 여기서 비로소 나왔다. 먼저의 소시종과는 종자매의 관계다.

14. 훈과 대군이 노래를 증답하다.

훈은 봉우리에 겹겹으로 싸인 구름 속의 궁에게로 생각이 달려갔다. 몇 겹인가 사이가 벌어져 있어 대단히 슬프게 생각되었다. 그리고 역시 이 아씨들의 일이 애처로웠다.

"깊은 생각이란 생각은 모조리 맛보고 있을 것이다. 이렇게 아주 은거하고 있는 것도 무리가 아니다.

〈이 새벽에 집으로 향하는 길이 보이지 않을 정도로, 찾아온 진미산(槇尾山)은 안개가 깊이 끼어 있습니다.〉

불안한 것이기도 합니다."

돌아오는 길에 훈은 차마 떠나지 못하여 주저하고 있었다. 이런 귀인을 언제나 보아 온 경의 사람들도 각별하다고 생각할 만한 모습인데, 이런 산골 사람의 눈에는 어떻게 둘도 없는 훌륭한 분으로 비치지 않을 수 있겠는가? 대답의 중개가 잘될 것 같지 않은 얼굴이어서 아씨는 예에 따라 아주 겸손하게 답했다.

〈구름이 걸려 있는 봉우리의 험한 길을, 가을 안개까지 한층 더 사이를 떼어놓은 것 같습니다.〉

조금 한탄하고 있는 그 모습은, 알 듯 모를 듯 사람의 가슴에 다가오는 것 같았다.

유별스러운 풍치를 찾을 수 있는 산골언저리도 아니었지만, 모든 것이 정말 애처롭게 느껴졌다. 근처가 밝아져 오는데, 정말 노골적으로 얼굴을 드러내는 것도 부끄러웠다.

'섣불리 듣지 않는 편이 나았었다. 중간까지밖에는 듣지 못한 그 뒤의 여러 이야기들은. 조금 더 친하게 된 후에 원망도 하자. 그래도 이렇게 세상 사람과 같이 다루어 주는 것은 천만 뜻밖이다. 일을 알지 못하는 분이라고 원망할 수도 있는데.'

훈은 이렇게 생각하며, 숙직인이 마련하여 놓은 서면에 나와 생각에 잠겼다.

'어살에 사람들이 떠들고 있는 듯하다. 그러나 빙어(氷魚)도 가까이에

오지 않는 것일까, 경기가 나쁜 모양이다.'

같이 간 사람들이 어살을 자세히 알고 있어서, 그러한 이야기들을 나누고 있었다. 볼품없는 몇 척의 배에 섶나무를 베어 싣고, 다들 생업에 왔다갔다하며 덧없이 물 위에 떠 있었다. 누구라도 생각해 보면 이 세상은 다 비슷하게 무상한 모양이었다. 자기만은 물에 뜬 것처럼 안정되지 않은 몸은 아니었다. 훌륭한 건물에서 안정된 생활을 했다는 생각이 들었다.

벼루를 끌어당겨 저쪽에 노래를 보냈다.

"〈우치의 다리 아씨[6]의 마음을 살펴서, 얕은 여울을 떠 가는 배의 장대 물방울에 뱃사람이 소매를 적시는 것처럼, 나도 눈물에 소매가 젖어 버렸습니다. 〉

틀림없이 당신도 생각에 잠겨 있겠지요."

훈은 숙직인에게 편지를 갖고 가게 하였다. 그는 정말 추위로 소름이 끼친 얼굴을 하며, 가지고 갔다. 아씨의 답장은 종이에 쪼인 향기가 보통의 것이어서 부끄럽게 여겼지만, 이런 때에는 곧 답장을 드리는 것이 무엇보다 낫다고 생각했다.

"〈삿대를 교대로 저으면서 왕래하는 우치의 사공은, 아침 저녁 삿대의 물방울로 소매가 썩을 것입니다. 나도 아침 저녁의 눈물로 같은 처지입니다. 〉

이 몸까지도 떠서."

아주 곱게 씌어 있었다. 나무랄 데 없이 빼어난 것이라고 여겨, 훈은 떠나고 싶지 않았다.

"수레를 가지고 왔습니다."

사람들이 이렇게 말하므로, 훈은 숙직인을 불러 말했다.

"궁이 산사에서 돌아올 때쯤 해서 꼭 다시 찾아올 것이다."

젖어 버린 옷 몇 벌은 다 이 사람에게 벗어 주고, 훈은 가지고 온 평

____

6) 아씨를 교희(橋姬 : 우치교의 여신)로 비유하였다.

상복으로 갈아입었다.

15. 훈이 귀경 후 내궁에게 고백하다.

변의 얘기가 마음에 걸려, 잊혀지지 않았다. 전부터 상상했던 것보다도 훌륭하고 풍치 있던 아씨들의 모습도 눈앞에 어른거려, 역시 등질 수 없는 세상이라고 자신의 의지의 약한 것을 뼈저리게 느꼈다. 훈은 편지를 썼다. 사랑의 편지 같지 않게 두꺼운 흰 종이에 정성 들여 붓을 고르고, 먹물의 진하기도 알맞게 썼다.

"무례가 될 것 같아, 까닭 없이 중간에서 그만두고 다 말씀드리지 못한 것이 아쉽습니다. 얼마간 아주 조금만 말씀드렸듯이, 이제부터는 고운발 앞에 가는 것을 마음 편하게 허락해 주십시오. 궁이 산사에 머무는 것이 끝날 날짜를 알고 있으니, 안개에 파묻혀 침울하던 생각을 걷게 하려고 합니다."

아주 고지식하게 썼다. 좌근장감이라는 사람을 사자로 정했다.

"저 노인을 찾아서 편지를 전하도록 해라."

훈은 숙직인이 몹시 추운 듯이 방황하던 것을 생각해서, 큰 음식을 담은 그릇을 여러 개 준비하여 주었다.

다음날, 저 절에도 사자를 보냈다.

'산에 들어앉아 있는 승려들은, 요새 같은 폭풍에는 아주 불안하고 괴로울 것이다. 궁도 그렇게 머물고 있는 동안에도 보시가 필요할 것이다.'

훈은 이렇게 짐작하여, 비단과 풀솜 등을 많이 보냈다. 궁은 근행이 끝나고 산을 떠나는 아침에는 불도를 닦은 승려에게 풀솜, 비단 가사, 옷 등을 모두 한 벌씩 공양했다.

숙직인은 훈이 벗어 던진 아름다운 약식복과 훌륭한 흰 능직의, 말할 수 없이 부드러운 향기가 밴 옷을 그대로 입고 있었다. 그래도 사람이 바뀌는 것은 아니어서, 만나는 사람마다 어울리지 않는 소매의 향기를 수상히 여기거나 칭찬하는 것이 도리어 거북하였다. 마음대로 행동도 못하고, 정말 기분 나쁠 정도로 사람이 놀라던 그 향기를 없애려고 애써 보았다. 그러나 굉장히 짙은 잔향이어서, 도저히 씻어낼 수 없어서 애먹었다.

훈은 하나도 나무랄 데가 없는 아씨의 답장을 감개무량하게 들여다보고 있었다. 하녀들은 팔의궁에게, 이런 편지가 있었다는 것을 말씀드렸다.

"무어 사랑의 편지처럼 다루는 것은 오히려 좋지 않을 것이다. 보통의 젊은이하고는 성품이 달라서 내가 죽은 뒤의 일도 한마디 넌지시 희망한 바도 있으니, 그럴 셈으로 마음에 두고 있을 것이다."

궁은 산사에 넘칠 만큼 많은 선물을 보내온 데 대하여, 사례의 편지를 전했다.

'내궁에게 이 일을 말해 볼까? 깊은 산골에 사는 여자를 만나면, 그 좋은 점이 더욱 돋보이는 법이라고, 그런 대로 꿈을 그리고 있는 것을 본 적이 있다. 그런 생각을 돋우는 얘기를 해서, 마음을 살펴보자.'

훈은 우치에 오려고 이렇게 생각하여 조용한 저녁때에 찾아왔다.

훈은 늘 하듯이 서로 여러 이야기를 나누는 계제에, 우치의궁의 일을 화제에 올렸다. 자기 눈으로 본 새벽의 광경을 자세하게 말했더니, 궁은 한결같이 흥미를 보였다. 과연 예상한 대로라고 생각하며, 훈은 더욱 마음이 기울어지게 계속 얘기하였다. 내궁이 물었다.

"그래서 그 보내왔다는 답장은 왜 내게는 보여주지 않았습니까? 그것이 나였다면 ….”

"그도 그렇습니다. 궁 자신도, 정말 여러 가지 많은 경험을 하셨을 것입니다. 그런데 편지의 일부분이라도 보여주지 않았지 않습니까? 저쪽은 나 같이 전혀 세상을 모르는 자가 독점하려 한다고 해서 그리 될 사람들도 아닙니다. 꼭 보여 드리려고 생각합니다만, 대체 어떻게 거기에 가실 것입니까? 가벼운 신분인 사람이야말로 사랑을 하려면 얼마든지 가능합니다. 조용히 남몰래 하는 사랑은 재미있는 일이 많이 생기는 모양입니다. 알맞게 볼품이 있을 법한 여인이 무언가 근심스러운 모습을 하고, 남의 눈에 띄지 않는 산촌 구석에 숨어 사는 일도 흔히 있는 것입니다. 내가 얘기한 곳은, 아주 세상과는 동떨어진 성자의 거처입니다. 그 딸도 재치 없는 사람일 것이 뻔하여, 3년이란 오랜 동안에 걸쳐 내심 깔보아 말씀조차 드리지 않았습니다. 그런데, 희미한 달빛 아래 본 용모는 나무랄 데가 없는 것이었습니다. 그 태도라든지 용모라든지 모든 것이 이상적이라고 생각되었습니다."

나중에 내궁은 몹시 질투가 났다.

'보통 여자에게는 마음을 움직이지도 않을 것 같은 사람인데, 이렇게 깊이 생각하고 있는 것을 보니 어지간한 분인 모양이다.'

내궁은 꼭 아씨를 만나보겠다고 생각했다.

"그러면, 더 자세하게 상황을 탐색해 보십시오."

그는 이렇게 상대에게 권하고는, 격식이 정해진 자신의 고귀한 신분이 새삼 갑갑하고 지겹게 여겨질 만큼 초조해하고 있었다. 훈은 그것이 우스워서 일부러 말했다.

"아니, 아무래도 의미가 없을 것 같습니다. 잠깐 동안 이 세상에 마음을 뺏기지 않으려고 하는 이 몸이어서, 장난 삼아 하는 일조차 사양하고 있지 않습니까? 그런데 만일 자기 마음을 억누르지 못하게 되면, 정말 크게 낭패할 것입니다."

"거 참, 허풍을 떨기는. 언제나 성자인 체하는 말투, 어떻게 되는지 지켜볼 것입니다."

내궁은 웃으며 말했다. 훈은 마음속으로는 하녀 변이 넌지시 말한 것들이 더욱 가슴에 사무치게 슬펐다. 아름답고 무난한 아씨들의 일도 실은 조금도 마음에 머무르지 않았다.

16. 훈이 아씨의 후견을 부탁받다.

10월 5, 6일쯤에 훈은 우치에 왔다.

"무엇보다 어살은 이 계절에 보는 것이 좋습니다."

이렇게 말씀 드리는 사람들이 있었지만, 담담하게 대답하였다.

"무어. 그 빙어는 아니지만, 하루살이와 무상함을 다투는 마음으로는 어살의 구경도 별것 아닐 것이다."

그리고는 언제나처럼 조용히 집을 나왔다. 몸 가볍게 삿자리로 지붕을 한 우차를 타고, 일부러 명주의 평복과 졸라매는 바지를 입었다.

팔의궁은 기쁘게 마중하여, 장소에 알맞은 음식 등을 취향 있게 준비했다. 해가 져 버렸으므로, 불을 가까이에 켜 놓고, 아사리에게 하산을 청하여 전부터 읽고 있던 경문의 본의에 대해 강의를 받고 있었다. 잠시도 잠들지 못할 정도로, 강바람이 아주 심하게 불고 있었다. 나뭇잎이 져 흩어지는 소리나 강물의 울림 같은 것도, 풍치가 좋다는 것을 넘어서 무섭고 불안하게 느껴졌다.

새벽도 가까워졌다고 생각될 때, 훈은 지난번 새벽의 일이 생각났다.

"지난번 안개가 자욱하던 새벽녘에, 정말 좋은 음악소리를 아주 조금 귀로 들었습니다. 그 나머지를 더 들려주셨으면 하고, 언제까지나 그것만을 바라고 있었습니다."

"이 세상의 색에도 향기에도 미련을 버린 후로는, 예전에 들어 알고 있는 것도 모두 잊어버려서 ⋯."

궁은 이렇게 말하면서도 사람을 불러 거문고를 가져오게 하였다.

"전혀 어울리지 않는 것이 되어 버렸습니다. 같이 타 주신다면 그 소리에 이끌려서 생각나는 것도 있을 것 같습니다."

궁은 비파를 끌어들여 손님에게 권하였다. 훈은 그것을 잡고 가락을 맞추었다.

"조그맣게 들은 것과 같은 음이라고는 도저히 생각이 안됩니다. 거문고소리는 울림의 차이라고만 생각하였는데 ⋯."

훈은 마음놓고 타려고도 하지 않았다.

"허어, 이것은 짓궂군요. 그렇게 귀에 들어 둘 정도로 잘 타는 솜씨가 어떻게 이 산골에 전하여 왔을까요? 어림없는 말입니다."

궁이 이렇게 말하며 거문고를 타니, 그 소리가 정말 몸에 스며들도록 쓸쓸하게 들렸다. 봉우리의 솔바람이 그 소리를 더욱 돋보이게 하는 것 같았다. 궁은 거의 잊어버린 것처럼, 풍치 있는 곡을 한 곡을 타고 그만 두었다.

궁이 말했다.

"이 근처에서 생각지도 않게, 때때로 희미한 쟁의금 소리를 들을 수 있습니다만, 소양이 있는 것 같기는 해도 오랫동안 마음에 두는 일이 없었습니다. 생각이 나는 대로 각자 타고 있는 것 같습니다. 강의 물결만이 가락을 맞추고 있을 겁니다. 물론 박자 같은 것도 제대로 맞추지 못할 거라고 생각합니다만."

"타 보아라."

궁은 저쪽의 아씨들에게 이렇게 권하였다.

'생각지도 않게 마음놓고 타고 있는 것을 엿들으신 것만도 부끄러운데, 정말 꼴사납게 될 것이다.'

두 사람은 이런 생각으로 각자 안으로 들어가 버렸다. 몇 번이나 권하였지만, 이것저것 사절하는 말을 하고 그대로 누워 버려서 훈은 아주 유감으로 여겼다.

그럴 때에도 궁은 이렇게 이상하게 세상에 익숙하지 않은 사람으로 지내고 있는 아씨들을 부끄럽게 여기고 있었다.

"세상 사람들에게 알리지 않겠다고 생각하며, 이때까지 키워 왔습니다. 오늘인지 내일인지 모르는 내 몸의 여생을 생각하니, 확실히 나보다도 오래 살아 있을 사람들이 걱정입니다. 아무래도 낙박하여 길거리를 헤매지는 않을까, 이것만이 정말 이 세상을 떠날 때의 굴레라고 생각됩니다."

훈은 무척 애처롭게 생각하였다.

"각별히 후견인다운 사람은 못 되지만, 남남처럼은 안되게 생각하여 주십시오. 잠시라도 오래 살아 있는 동안은, 약속해 드린 것은 틀림이 없도록 하겠습니다."

"정말 기쁜 일입니다."

궁은 진심으로 그렇게 생각했다.

17. 훈이 백목의 유서를 받다.

그 밤이 밝을 무렵 팔의궁이 근행하는 동안에, 훈은 변을 불러내어 만나보았다. 아씨의 후견으로 시중들고 있는 늙은 하녀였다. 나이도 60에 가까웠으나, 도회지풍으로 교양이 있어 보이는 사람이었다. 변은 돌아간 백목이 항상 괴롭게 생각에 잠겨 있다가, 병에 걸려 돌아간 자초지종을 얘기하며 한없이 울었다.

"정말, 남의 신상으로 들어도 차분하게 마음을 치는 옛이야기입니다. 오랫동안 마음에 걸려서 꼭 알려고 했습니다. 대체 일의 시작은 어떤 것이었는지, 부처님에게 그 진상을 똑똑히 가르쳐 주십사고 기도한 보람이 있었나 봅니다. 이렇게 꿈이라고 생각될 정도로, 마음을 졸였던 옛이야기를 생각지도 않은 기회에 들어 알게 된 것입니다."

훈도 눈물을 금할 수가 없었다. 훈은 계속 말을 이었다.

"그래도 이렇게, 그 당시의 진상을 알고 있는 사람도 남아 있었군요. 예상 밖의 것이라고, 또 부끄러운 것이라고도 생각되는 일의 경위이지만, 당신 외에 또 듣고 전하여 온 사람이 있습니까? 오랫동안 전혀 듣지 못하였던 사실입니다."

"소시종과 변 이외에는 알고 있는 분은 또 없을 것입니다. 한마디도 남에게 이야기하지 않았습니다. 이렇게 의지할 곳도 없는 천한 신분입니다만, 낮이나 밤이나 그분 옆에 시중들고 있어서 자연히 일의 대강도 알게 되었습니다. 백목 나리가 마음에 묻어 두기 어려웠을 때에는, 오직 두 사람을 통하여 어쩌다 여삼의궁과의 편지를 주고받을 때도 있었습니다. 황송한 일이어서 자세하게는 말씀드리지 않겠습니다. 임종 때가 되어 유언한 것이 있는데, 나 같은 신분으로는 어떻게 해야 할지 몰라서 마음에 걸렸습니다. 어떻게 하면 훈 나리에게 전해 드릴 수가 있을까 하고, 효험도 확실하게 기대할 수 없는 기도에 매달렸었습니다. 부처님이란 확실히 이 세상에 계신가 봅니다. 보여 드려야 할 것도 있습니다. 이제 어쩔 수 없이 태워 버릴까도 생각했었습니다. 이렇게 조석 사이에도 사라져 버릴 것 같은 몸인데, 그대로 두었다가 혹시 사람 눈에 띄는 일이 있을까 걱정스러웠습니다. 이 팔의궁의 주거에 때때로 당신이 모습을 보이는 것을 기다리다가, 조금 의지할 수 있다는 생각이 들어, 적당한 기회가 생기기를 빌었습니다. 그 보람이 있어서…. 이것은 정말 이 세상 것이 아닌 전세부터의 인연입니다."

변은 울면서, 태어났을 때의 일도 잘 회상하여 자세하게 말씀드렸다.

"백목 나리가 돌아가자, 백목의 유모인 우리 어머니인 분은 그대로 병에 걸려 곧 세상을 떠났습니다. 한층 더 정신을 뺏긴 채, 상복을 겹쳐 입고 슬프게 생각하고만 있었습니다. 몇 해 전부터 저를 사랑하는 사람과 정을 나누었는데, 그 사람은 나를 속이고 서해의 끝 구주지방까지 데리고 가 버려서, 당신의 일은 물론 경의 소식도 전혀 모르고 있었습니다. 그 남편도 거기서 죽은 지 10년여가 되었습니다. 별세계에 오는 것 같은 생각으로 상경했습니다. 이 팔의궁은 아버지편의 관계로, 여동으로 있을 때부터 출입을 하던 연고가 있었습니다. 지금은 세상에 얼굴을 내밀 수 있는 신분도 아니어서, 예전에 소문을 들었던 냉천원의 홍휘전여어 댁으로 몸을 붙일까 하고 있었는데, 쑥스럽게 생각되어 도저히 갈 수가 없었습니다. 결국 이렇게 산 속으로 숨어서 늙어 썩는 나무처럼 되어 버렸습니다. 소시종은 언제 돌아가셨을까요? 그 당시에는 한창 젊다고 생각되던 사람들이 하나둘 먼저 가 버리고, 살아 있는 이 목숨을 슬프게 생각하면서, 그래도 역시 살고 있습니다."

이야기를 나누는 동안에 밤도 밝아졌다. 훈은 말했다.

"자, 좋소. 이 옛이야기는 도저히 끝날 것 같지 않으니, 아무도 듣지 않는 안심할 수 있는 곳에서 듣기로 합시다. 소시종이라고 하는 사람은 아련하게 생각이 납니다. 내가 다섯이나 여섯 살쯤 되었을 때, 갑자기 가슴을 앓아서 죽었다고 들었습니다. 당신하고 대면하는 이런 기회가 없었다면, 죄 많은[7] 몸으로 지냈을 것입니다."

변은 조그맣게 말아 자루에 넣어져 꿰매어진 곰팡이냄새 나는 여러 장

---

7) 당시의 불교사상으로는 실부(實父)를 모르는 것은 죄가 많은 것으로 되어 있다.

의 종이를 꺼내어 드렸다.

"당신이 처분하십시오. 저 돌아간 백목 나리가 '나는 이미 살아갈 수가 없을 것 같다'라고 말씀하시고, 이 편지를 모아서 건네주셨습니다. 소시종과 당신이 만나는 때에 반드시 당신의 손에 건네주리라고 생각하였는데, 그것이 이루어지지 않은 채 영 이별이 되었습니다. 나로서는 언제까지라도 마음에 남아 슬프게 생각하고 있습니다."

훈은 잽싸게 그것을 받아 감춰 놓았다.

'이런 노인은 묻지도 않은 이야기도, 좀처럼 없는 이상한 이야깃거리로 입 밖에 내놓을지 모른다.'

이런 불안한 생각도 들었다.

'거듭 되풀이하여, 남에게는 말하지 않았다고 맹세했었다. 설마 그러지는 않았을 것이다.'

이런저런 생각이 꼬리를 물었다.

훈은 죽이나 강밥 같은 것으로 요기를 하였다. 어제는 관청에 안 나가는 날이었지만, 오늘은 궁중에 꺼리는 일이 끝나는 날이었다. 원에 나가서 여일의궁의 병환을 문안하지 않으면 안되었다. 이것저것 틈이 없을 것 같았다. 그렇게 잠시 동안은 지내고, 산의 단풍이 지기 전에 다시 찾아오려는 뜻을 말씀드렸다.

"이렇게 자주 찾아 주는 것도 영광입니다. 이 산그늘의 살림도 조금은 무언가 밝아지는 것 같아서 ⋯."

팔의궁은 고맙다는 인사를 했다.

18. 훈이 백목의 유서를 읽고 모궁을 찾아가다.

훈은 경에 돌아와서, 무엇보다 먼저 이 주머니를 펴 보았다. 주머니는 문양이 있는 당의 부선릉(浮線綾)으로 바느질한 것으로, '상'(上)이라는 글자가 위에 적혀 있었다. 가는 끈으로 묶은 봉지에는 백목 이름의 도장이 찍혀 있었다. 열어 보는 것도 무서운 생각이 들었다. 여러 가지 색종이로, 드물게 왕래하였던 여삼의궁으로부터의 편지 답장이 대여섯 통 들

어 있었다. 그밖에는 같은 필적으로, 자신의 병은 중하고 이미 이것이
최후의 상태인 것 같다, 또다시 간단한 편지를 드리는 것도 어렵게 되었
지만, 만나보고 싶은 욕망은 더하여진다, 궁의 모습이 여승으로 바뀌었
다는 것 등이 적혀 있었다. 이것저것 슬프다는 생각을 육오국지 대여섯
장에 띄엄띄엄 새 발자국처럼 적어 놓았다.

〈눈앞에서 이 세상을 등지고 출가한 당신보다도, 만나지 못하고 이 세
상과 헤어지는 나의 혼이 더욱 슬픈 것입니다.〉

또 끝 부분에는, 중도에서 쓰다 만 것처럼 아주 어지러운 필치로 이렇
게 적혀 있었다.

"경사스럽게 태어났다는 어린아이에 관해서도, 아무 걱정될 것이 없으
나,

〈살아만 있다면, 멀리서나마 내 아들이라고 볼 수도 있겠지. 남모르게
바위 뿌리에 남긴 소나무의 살아가는 모습을.〉"

곁에는 '시종의군에'라고 적혀 있었다. 좀벌레가 살기 좋은 곰팡이냄새
나는 옛 문서였지만, 필적은 사라지지 않아 바로 지금 쓴 것과 다름이
없었다. 상세한 것을 확실히 적어 놓은 것을 보니, 세상에 흩어져 사람
눈에 띄기라도 하면 어떻게 하나 하는 걱정도 되고, 또 애처로운 생각이
들기도 했다.

'이런 일이 이 세상에 또 있을 것인가?'

자기 혼자 마음에 더욱 생각나는 것이 많았다. 궁중에 들어갈 예정이
었지만, 나아갈 기분이 아니었다. 모궁의 앞에 와 보니, 확실히 아무 거
북해할 것도 없는 듯 젊은 모습으로 경문을 읽고 있었다. 그러다가 쑥스
러운 듯 그것을 감추었다.

"그 비밀을 알고 있다는 것을, 어떻게 모궁에게 알려 드릴 수가 있을
까?"

훈은 그 사실을 가슴에 접어 두고, 이것저것 끝없이 밀려오는 생각에
몸을 맡겼다.

46. 참나무 기둥 (椎本*)

대강 줄거리

훈 나이 23세 봄부터 24세 여름.

2월 20일쯤, 초뢰 참배에서 돌아오는 길에, 내궁은 우치에서 숙박을 했다. 팔의궁 댁의 대안의 산장에, 석무가 궁의 숙소를 준비하게 했다. 젊은 귀공자들이 모두 같이 와서 흥취를 다하는 소리를 팔의궁은 강의 물결을 사이에 두고 듣고는, 예전의 영화를 생각했다. 이튿날 아침, 팔의궁으로부터 훈에게 편지가 왔다. 그 답장을 내궁이 썼다. 훈은 귀공자 몇 사람을 데리고 대안으로 배를 내었다. 귀공자들은 산골의 팔의궁 저택의 분위기에 흥미를 느끼고 팔의궁의 거문고 연주에 감탄했다. 거기에서 내궁은 아씨에게 노래를 보냈다. 팔의궁은 중의군에게 반가를 쓰게 했다. 그 후로도 내궁으로부터의 편지가 있으면, 중의군이 때때로 회답을 썼다.

팔의궁은 건강이 좋지 않아 죽음을 예감하면서, 혼기가 지난 아씨들을 어떻게 조처할까 하고 괴로워하고 있었다. 훈은 중납언이 되었다. 출생의 비밀을 알게 된 후로는 죄업에 고민하여 출가의 뜻이 더욱 강해졌다. 오랜만에 우치를 찾았는데, 기다리고 있던 팔의궁은 불안하다고 얘기하며 아씨들의 장래를 그에게 부탁했다.

가을이 깊어 감에 따라 죽을 때를 느낀 팔의궁은, 아씨들에게 섣

---

* 추본(椎本)은 '참나무 기둥'이라는 뜻. 훈이 죽은 팔의궁(八의宮)을 추모하는 노래에 나온다. 시이가모토(しいがもと)라 읽는다.

불리 이 산골을 떠나려 하지 말라고 훈계했다. 그리고는 산사에 들어앉아 그대로 불귀의 객이 되었다. 돌연한 이별에 아씨들의 비탄은 격심했다. 훈은 슬퍼하면서도 무엇이건 도왔다. 내궁으로부터도 자주 조문이 있었다. 복상이 지나니, 사랑을 구하는 편지가 왔다. 그러나 부궁의 유언과 회상에 의지하는 아씨들은, 이 고귀한 사람의 구애에도 응하지 않았다.

훈의 방문에는 이제 대군이 응대하는데, 필사적으로 슬픔을 참고 있는 모양이 가련하게만 보였다. 불안도 한층 더한 한 해가 저물어, 산의 아사리로부터 숯을 보내왔다. 매년 하는 일이었다. 연말이 다가와서 우치를 찾은 훈은 내궁을 변호하면서, 때로는 자기의 연정을 호소했다. 그러나 대군은 상대도 하지 않았다. 내궁은 주위로부터 석무의 육의군과의 혼담을 권유받았다. 하지만 그것에는 관심을 보이지 않고, 오로지 훈에게 우치의 아씨와의 사이를 중개해 달라고 졸라대었다.

다음해 여름, 더위를 피하여 우치를 찾은 훈은, 각각 아름다운 상복 차림의 자매를 살짝 엿보았다.

1. 내궁이 우치에서 머무르다.

2월 20일경, 내궁은 초뢰(初瀬)에 참배했다. 오래 전부터의 소원이긴 하였으나, 생각대로 안된 채 몇 해인가 지났었다. 도중에 우치 근처에서 묵는 것을 즐거운 일로 생각하여, 그것이 주요한 동기가 되었을 것이다. '원망스럽다'라는 의미도 있는 우치라는 이름을, 한결같이 친하기 쉽게 생각하는 것도 어이없는 일이었다. 당상관들이 아주 많이 동행했다. 전상인들은 말할 것 없고, 경에 남아 있는 사람이 거의 없을 정도로 다들 따라왔다.

겐지로부터 물려받아서 석무 대신이 소유하고 있는 별장이 우치천의
건너편에 있었는데, 아주 경치가 좋은 곳이었다. 석무는 그곳에 궁의 숙
소를 준비해 놓고 있었다. 궁이 돌아오는 길을 거기서 마중할 생각이었
다. 그런데 석무는 갑자기 꺼리는 일이 생겨, 오지 못한다는 사과의 말
을 전하게 하였다. 궁은 조금 김이 빠졌으나, 훈이 마중을 나왔으므로,
도리어 더욱 마음이 편했다. 강 저쪽의 상황도 전해들을 수 있었기 때문
에 오히려 만족스러웠다. 석무 대신은 터놓고 이야기하기가 어렵고 형식
을 중시하는 분이었다. 석무 소생인 우대변, 시종재상, 권중장, 두소장,
장인병위좌 등이 모두 다 같이 왔다. 아버지 임금이나 어머니 중궁도 내
궁을 장차 동궁으로 할 특별한 분으로 생각하고 있어서, 궁의 일을 소중
히 여기며, 세상의 성망도 한없이 좋았다. 육조원에 연고가 있는 분들은
다들 내궁을 더욱 정성 들여 섬기고 있었다.

2. 팔의궁이 일행을 환대하다.

장소에 걸맞게 풍취 있는 준비를 마치고, 바둑, 주사위, 탄기의 판들
을 내놓았다. 하고 싶은 일들을 하며 하루 종일 놀고 지냈다. 내궁은 익
숙하지 않은 여행[1]으로 피로해서, 여기서 천천히 묵어가고 싶은 생각이
강했다. 조금 쉬고 나니 저녁때가 되어, 거문고 등을 가져와 관현의 놀
이를 개최했다.

늘 그렇듯이 이렇게 외딴 곳에서는 강물소리도 음색을 돋보이게 하고,
음악소리가 한층 맑게 울려왔다. 강 저쪽의 팔의궁 저택도 그저 장대를
한번 지르면 건너갈 정도로 가까운 곳이어서, 그 소리를 들을 수 있었
다. 궁은 순풍을 타고 들려오는 음악을 들으니, 예전의 일이 생각났다.

'피리를 정말 잘 부는 것 같다. 누구일까? 예전에 육조원의 젓대소리
를 들었는데, 아주 재미있고 기분을 돋우는 아름다운 음색이었다. 지금
들리는 것은, 맑게 올라가서 묵직한 느낌이 드는데, 백목의 아버지인 치
사의 대신 일족의 피리소리와 닮은 것 같다. 그래, 얼마나 예전 일이 되

---

1) 당시의 귀족은 여행을 거의 안 했다.

어 버렸는가? 이런 관현의 놀이도 안 하고, 살아 있는 보람도 없이 지내 온 세월이 어느새 쌓이고 쌓였으니 칠칠치 못한 일이다.'

아씨들의 신상이 아깝기도 하고, 이런 산골에 묻혀 둔 채로 끝내고 싶지는 않았으나, 좋은 수가 떠오르지 않았다. 훈은 이왕이면 가까운 사이가 되고픈 인품이지만, 이것저것 고민하며, 부질없는 생각에 잠겼다.

'저쪽에 그런 기대를 갖게 해서는 안되겠지. 더구나 요새의 경박한 남자를 어찌 사위로 삼겠는가?'

이 저택에는 짧은 봄 밤도 밝히기 어려웠지만, 한편 즐겁게 놀고 있는 객지의 숙소에서는 술에 취하여 어지러워져 있는 동안 어느새 새벽이 되었다. 내궁은 이대로 경에 돌아가기가 아까운 생각이 들었다.

멀리 바라다 보이는 안개 낀 하늘에, 지는 벚꽃이며 지금 피기 시작하는 벚꽃이 여러 가지 색깔로 어우러져 있었다. 강가의 버들이 바람에 나부껴서 일어났다 누웠다 하는 모양이 물에 비치고 있었다. 모두 보통이 아닌 풍치였다. 훈은 이러한 기회를 놓치지 않고 저쪽 팔의궁에게로 가려고 생각하였지만, 사람들의 눈을 피해 자기 혼자 배를 내어 떠나는 것도 경솔한 일이라고 생각하여 주저하고 있었다. 그때 마침 저쪽에서 편지가 왔다.

〈산바람을 타고 안개를 불어 헤치는 음악소리가 들려오는데, 아득하게 먼 흰 물결은 우리들의 사이를 떼어놓는 것 같습니다. 찾아오지 않는 것이 서운합니다.〉

초서의 아름다운 필적이었다. 내궁은 기다리던 곳으로부터 온 편지였으므로, 더욱 흥미로웠다.

"이 회답은 내가 하지."

이렇게 말하고 적어 내렸다.

〈그쪽 언덕과 이쪽 언덕 사이에 물결이 일고, 그것이 우리들 사이를 갈라놓아도, 우치의 강바람이여, 너는 강을 건너서 이 회답을 전하여 주려무나.〉

훈은 팔의궁 저택으로 갔다. 관현의 놀이에 열중한 군들을 꾀어, 배로

건너는 동안 감취락〈酣醉樂〉을 연주하게 했다. 강물에 임한 복도와 강가
에 만들어 놓은 다리 모양새 등이 그런 대로 아주 정취 있고 그윽한 저
택이었다. 사람들은 다 채비를 갖추고 배에서 내려왔다. 여기는 또 저쪽
언덕하고는 달라서, 산골을 생각하게 하는 망대병풍〈網代屛風〉[2] 등이
꾸밈새가 아주 간소하였다. 방의 구조도 색다르게 볼품이 있었다. 사람
들을 마중하려고 깨끗이 치우고, 정연하게 자리를 마련해 놓고 있었다.
유서 깊은 음색을 내는 둘도 없이 훌륭한 타악기 몇 개를, 일부러 준비
한 것 같지는 않게 차례로 꺼내서 타고 있었다. 12율의 하나인 일월조로
최마락의 '앵인'〈櫻人〉을 연주했다. 주인인 팔의궁의 거문고를 이러한 기
회에 들어 두려고 사람들은 생각했지만, 팔의궁은 쟁의금을 아무렇지도
않은 듯이 타고 있었다. 좀처럼 들을 수 없는 음색 때문일까, 정말로 그
윽하고 재미있어서 젊은 사람들은 감개무량하게 여겼다. 이런 산골 분위
기에 알맞은 훌륭한 접대였다. 그저 상상했던 것과는 다르게 황족의 혈
통을 받은 몇몇 귀족과 친왕이 되지 못한 왕4위로 나이 지긋한 사람들
이, 이런 내객이 있을 때를 전부터 기다렸던 것인지, 차례로 다들 문안
왔었다. 잔을 권하는 사람도 그것대로 유서 깊은 것을 느끼게 하는 예전
방식으로 풍치 있게 대접하고 있었다. 손님들 중에는 아씨들이 지내고
있는 상황을 상상하고는 마음을 설레는 사람도 있었을 것이다.

　저쪽의 내궁은 가볍게 움직일 수 없는 자신의 신분도 거북하게 생각하
여, 하다못해 이런 기회에라도 마음대로 행동하고 싶었다. 보기 좋은 벚
나무 가지를 꺾게 하여, 수행하는 전상의 동자 중 귀엽게 생긴 자를 사
자로 꾸며 궁에게 보내왔다.

　"〈산벚꽃이 곱게 피어 있는 근처, 아름다운 아씨들의 주거 가까이까
지 찾아와서, 그 꽃과 똑같은 산벚꽃의 가지를 나도 장식으로 드리려 꺾
었습니다.〉

　'들을 그리워하여'의 사랑하는 마음으로 …."

---

2) 얇고 가늘고 길게 다듬은 대로, 종횡으로 엮은 망대를 팽팽하게 한 병풍.

이런 편지가 들어 있었다. 아씨들은 회답을 '도저히 드릴 수는 없다'라고 말씀드리기가 어려워, 곤혹스러워하고 있었다.

"이럴 때의 회답은, 유난히 마음에 걸리는 것처럼 시간을 오래 끄는 것은 도리어 좋지 않습니다."

노인들이 이렇게 말하여서, 중의군에게 쓰게 했다.

"〈장식으로 꺾는 꽃을 찾아오시는 계제에, 이런 산살림의 울타리 근처를 지나쳐 버렸을 것입니다. 봄의 나그네가. 〉

일부러 우리들의 주거를 화목하게 생각하신 것은 아니겠지요."

우치의 강바람도 여기저기 차별 없이 불면서 음악소리를 실어 날랐다. 흥이 깨질 것도 없이 관현의 놀이가 계속 되었다. 경에서 홍매대납언이 임금의 말에 따라 마중을 나왔다. 사람들도 많이 모여, 선두를 다투듯이 활기차게 귀경했다. 젊은 사람들은 아직 무언가 아쉬운 듯 뒤를 돌아보곤 했다. 내궁은 또 적당한 기회를 보아서 찾아오리라고 생각했다. 마침 꽃이 한창인 시절로, 안개가 끼어 있는 사방의 경치도 훌륭하여, 한시와 화가(和歌)도 많이 지었다. 그러나 일일이 다 적어 두지는 않는다.

3. 팔의궁이 아씨의 장래를 걱정하다.

왠지 소란스러워 마음대로 의중을 전할 수 없었던 것이, 내궁은 못내 섭섭했다. 그래서 그 후로는 안내가 없어도 언제나 편지를 보내곤 했다.

"역시 답장은 드려라. 특별히 사랑의 편지라고는 생각지 말자. 그러면 도리어 마음을 졸이는 일이 생기게 될 것이다. 아주 호색적인 친왕이므로, 여기에 이러한 딸이 있다는 말을 들으면, 그야말로 가만히 내버려두지는 않을 것이다. 그저 노리갯감이 되고 말 것이다."

이렇게 팔의궁도 권하였다. 그 말대로 때때로 중의군이 답장을 썼다. 대군 쪽은 농담이라도 이런 일에는 전혀 손도 대지 않는, 그런 조심성 있는 성품이었다.

팔의궁은 언제나 허전한 생활을 하고 있었다. 봄 해가 길고 쓸쓸하게 느껴질 때에는 한층 시간을 보내기가 어려워 생각에 잠겨 있었다. 점점 성자가 되어감에 따라, 아씨의 얼굴 생김이 나무랄 데 없이 예뻐지는 것이 오히려 괴로웠다.

"이것이 추물이었다면 과분하다, 아깝다는 고민을 하지 않아도 되었을 텐데 ….."

궁은 자나깨나 가슴이 아팠다. 큰아씨가 25세, 작은아씨가 23세로 둘 다 혼기를 놓친 상태였다.

궁은 금년이 액년3)에 해당되었다. 왠지 불안한 생각이 들어, 수행도 보통 때보다 열심히 하고 있었다. 이 세상에는 집착을 두지 않고, 내세로 가는 준비만 생각하여, 극락정토에서 왕생할 작정이었다. 그런데 오직 이 아씨들 때문에, 이 이상 없이 강한 불심도 흔들리는 듯했다. 이들을 뒤에 남겨 놓고 갈 때에는 꼭 생각이 흐트러지게 될 것이라고, 시중 드는 사람도 정말 애처롭게 여겼다. 궁으로서도 이상적인 상대는 아니더라도, 그저 세상 소문이 나쁘지 않은 보통의 사위를 얻었으면 했다. 세상에서 인정할 만한 신분의 남자로, 성실하게 아씨를 돌보아 드리고자 하는 사람이 있으면, 모르는 척 허락해 주자고 생각하였다. 어떤 한 사람이 같이 지내게 될 인연이 있다면, 그 사람에게 신세를 지고 안심도 하게 될 것이지만, 그렇게까지 열심히 사랑을 고백하는 남자도 없었다. 드물게, 어지간한 연고로 색정적인 것을 말하여 오는 자가 있기는 했다. 아직 젊은 생각으로 장난 삼아, 장곡사 등에 가는 길의 숙소로 어울리거나, 여행하는 왕복 길에서 지나가는 말로 구애하는 사람도 있었다. 궁가라고는 하나, 이렇게 세상에 맞지 않게 쓸쓸하게 지내는 모양을 보고 무시하는 듯한 행동을 하는 것은, 아무래도 무례한 일로 생각되어, 한마디 대답도 하지 못하게 했다. 내궁은 이들과는 다르게 어떻게 해서라도 아씨를 처로 삼고 싶다는 생각이 깊어져 갔다. 반드시 전세부터의 인연이었을 것이다.

---

3) 살이 낀 해. 액년은 13, 25, 49, 61, 85, 99세로 되어 있다. 궁의 나이는 61세로 짐작된다.

4. 훈이 팔의궁으로부터 아씨들의 후견을 부탁받다.

훈은 그 가을에 중납언으로 승진하여, 더욱더 훌륭한 신분이 되었다. 여러 가지 해야 할 일이 많아졌지만, 그에 따라 괴로운 일들도 많아졌다. 어찌된 일일까, 개운치 않게 지냈던 지난 몇 해보다도 지금에, 애처롭게 돌아가신 분의 옛일이 생각났다. 부군의 죄업을 조금이라도 가볍게 하려고 불도의 수행을 생각했다. 하녀 변과는 자신의 출생의 비밀을 가르쳐 준 깊은 인연이 있는 것 같아 눈에 띄지 않게 이런저런 평계를 만들어 위로하고 문안했다.

훈은 우치에 꽤 오랫동안 무소식으로 지내 온 것을 생각하고, 이쪽으로 건너왔다. 이미 7월쯤이었다. 경에는 아직 찾아오지 않았던 가을 기운이, 우치 근처의 음우산(音羽山) 가까이에서는 바람소리도 퍽 차디 차게 들려오고, 진미산 근처도 어느덧 단풍이 물들기 시작하였다. 우치까지 찾아오니 역시 풍치가 있고 신기하게 보였다. 궁은 평소보다 더한층 기다리던 때여서 몹시 기뻐하고 이번에는 이것저것 허전한 이야기를 털어놓았다.

"내가 이 속세를 버린 후에, 이 딸들을 적당한 계제에 문안하여 주십시오. 부디 내버려둔 채로 놓아두지 마십시오."

궁은 그 쪽으로 얘기의 방향을 잡았다. 훈이 대답했다.

"먼저도 한마디 말씀하신 것을 새겨듣고, 결코 그 의향에 소홀함이 없도록 생각하고 있습니다. 금생의 일에는 집착하지 않으려고, 이것저것 털어 내버리는 몸이어서, 무엇이건 제게 의지할 보람이 없는, 전도가 짧은 저이지만 그것은 그것대로 이 세상에 살아 있는 동안만은 변치 않고 지키려고 마음먹었습니다. 그런 제 뜻을 잘 알아주십시오."

궁은 이 말을 듣고 기쁘게 생각하였다.

아직 새벽이 되려면 멀었는데, 곧 산마루로 넘어갈 듯한 달이 떠 있었다. 궁은 아주 차분하게 염송을 하고 추억담을 꺼내었다.

"요즘 세상이 어떻게 돌아가고 있습니까? 궁중에서 이런 가을 달밤 주상 앞에서 관현놀이를 하곤 했지요. 사후한 사람들 중 명인이라고 생각되는 자만이, 한 사람 한 사람 훌륭한 박자를 치기도 했지요. 그것보다도, 교양 있는 분이라고 평판이 높은 여어나 갱의 (更衣) 분들이 각각 서로 경쟁하면서도 겉으로는 동정심 있게 사귀고 있다가, 밤이 이슥하여 인기척이 적어지면, 사람의 마음을 돋우어 괴롭히는 애절한 가락을 타는 것이 홍미롭습니다. 희미하게 밖으로 새어나온 음색은 참으로 들어 둘 만했습니다. 무엇이건간에 여자는 위로가 필요한 존재이고, 어딘지 의지할 곳이 없는 몸이어서, 사람의 마음을 뒤흔드는 원인이 되는 것이지요. 그 때문에 죄도 깊다고 하는 것일까요? 어버이가 자식의 장래를 걱정한다 해도, 남자아이는 그렇게 어버이의 마음을 혼란하게는 하지 않을 것입니다. 그에 비해 여자아이는 정해진 운명이 있어 할 수 없는 거라고 체념하지 않으면 안되지만, 역시 어딘가 더욱 마음이 쓰입니다."

세상 이야기를 하는 것처럼 속마음을 말하였다. 그렇게 생각하는 것도 당연한 일이라고, 애처롭게 헤아려지는 심중이었다.

"무엇이든, 마음속으로부터 집착하지 말아야겠다고 생각하여 내버려둔 탓에 나 자신의 일은 무엇 하나라도 깊이 몸에 사무칠 것도 없습니다. 그러나 음악을 사랑하는 생각만은 말씀하신 대로 의지할 것도 아닙니다만, 아무래도 버리지는 못할 것 같았습니다. 현명하게 수행하였던 가섭존자 (迦葉尊者) 4) 도, 그런 이유로 음악에는 가만히 있지 못하고 일어나서 춤을 춘 것일 겁니다."

훈은 아씨들의 거문고소리를 한번 들은 후로, 나머지를 꼭 듣고 싶다고 소망했다. 궁은 친교의 계기가 될까 생각하여, 스스로 아씨들의 방으로 가서 자꾸 권했다. 아씨들은 쟁의금을 아주 조금만 타고 그만두었다. 점점 인기척도 없어져 차분한 하늘, 산골의 풍치 속에서 아무렇지도 않는 듯 음악이 몸에 배어들고 홍미로웠다. 그러나 어떻게 마음을 터놓고 합주할 수 있을까?

---

4) 석존의 십대 제자의 하나로, 두타행 (頭陀行) 에 제일이라고 일컬어졌다. 음악의 신이 불전에서 음악을 연주하였을 때, 가섭이 위의 (威儀) 를 잊고, 일어나서 춤추었다는 설화가 있다.

'이만큼 가깝게 하여 주었으니, 그 후의 일은 저절로 젊은이들에게 맡기기로 하자.'

팔의궁은 수행하러 부처님을 모신 방에 들어갔다.

"〈내가 죽은 후, 이 저택은 몹시 황폐하겠지만, 당신이 약속해 준 한마디는 틀림없을 것이라고 생각하고 있습니다.〉

이렇게 만나보는 것도 이번이 최후일 것 같아, 어쩐지 불안한 생각이 듭니다. 그것을 견디지 못하고 문득 어리석은 말을 되풀이했습니다."

궁은 이렇게 말하고 울었다. 훈이 대답했다.

"〈어느 세상이 되든, 이 초막을 내버려둘 리가 있겠습니까? 오래도록 보살피리라고 약속을 한 것인데.〉

씨름의 절회 등 공무가 차례로 남았으니, 바쁜 시기를 지내고 나서 또 찾아오기로 하겠습니다."

5. 훈이 아씨들과 이야기를 나누다.

훈은 변을 불러내어, 남겨 둔 많은 이야기를 계속 들었다. 질 무렵의 달이 밝게 집안에 비쳐 들고, 고운발을 통해 우아하게 보일 때였다. 아씨들은 안쪽의 방에 들어가 있었다. 훈은 세상에 흔해 빠진 사랑과는 달리, 조심성이 많고 생각이 깊은 태도로 이야기를 건네었다. 아씨도 거기에 맞는 대답을 하고 있었다.

'내궁이 몹시 만나고 싶어하는데.'

훈은 남몰래 이런 생각을 했다.

'자신의 일인데도 역시 나는 다른 사람하고는 다르구나. 팔의궁이 자진해서 결혼해도 좋다고 한 아씨와의 일에 그다지 조급할 까닭도 없는 것이다. 그렇다고, 아씨를 처로 삼는 것에 아주 무관심할 수는 없는 일이다. 이렇게 서로 계절의 꽃이나 단풍에 대한 감상이나 생각을 이야기하는 것이 참으로 흐뭇하지 않은가? 이처럼 호감이 가고 이해심이 있는 분이니까, 나와 인연이 없어 남에게 시집을 가게 되면, 역시 아무래도 유감스러울 것이다.'

이렇게 한편으로는 이미 자기 여인인 것처럼 생각하고 있었다.

훈은 새벽이 되려면 아직 한참인 시간에 그곳을 떠났다. 궁이 불안스럽게, 남은 수명이 얼마 남지 않았다고 생각하는 얼굴을 회상하면서 마음을 정했다.

'공무에 다망한 시기가 지나면 또 찾아오자.'

내궁도, 이 가을쯤에 단풍을 구경하러 우치에 가려고 생각했다. 편지는 끊임없이 주고 있었다. 여자편에서는, 궁이 제정신으로 생각하는 것은 아닐 거라고 여기고 귀찮은 것이라고도 생각하지 않고서, 깊은 의미가 없다고 여겨 그때그때 대답을 했다.

6. 팔의궁이 훈계를 남기고 산사에 들어앉다.

가을도 깊어 감에 따라 팔의궁은 몹시 불안하게 느껴서, 여느 때처럼 조용한 곳에서 여념 없이 염불에 근행하려고 생각했다. 딸에게도 알아 두어야 할 것들을 들려주었다.

"세상의 관습으로 영원히 이별하는 것은 피할 수 없는 일이지만, 마음의 위로가 될 만한 상대가 있어야만 슬픔도 덜 수 있다. 그런데 마땅히 후사를 부탁할 만한 사람도 없고, 불안한 너희들을 뒤에 남겨 두자니 견딜 수 없는 심정이다. 그러나 그만한 장애 때문에 미래 영겁의 어두움에까지 헤매는 것은 어리석은 것이다. 또 너희들과 같이 사는 지금의 형편도 이미 속세를 버린 일이다. 죽은 후에는 내 손이 미치지 못하겠지만, 나를 위해서만이 아니라 돌아가신 너희 어머니에게도 불명예가 되는 경솔한 짓은 하지 말아야 한다. 확실한 의지할 곳도 없는데, 사람들의 말에 현혹되어 이 산골을 헛되이 떠나서는 안된다. 오로지 이렇게 세상 사람과는 다른 전세부터의 인연이라고 체념하여, 여기서 생애를 마칠 몸이라고 각오해라. 지금까지를 되돌아보니, 한결같이 그럴 생각으로 있으면, 아무 일 없이 지나가는 세월이었다. 더구나 여자는 그렇게 세상과의 연을 끊고 은둔하여 눈에 띄는 험담을 피하는 것이 무엇보다도 중요하다."

아씨들은 어떻게 되었든 간에, 자기들의 장래까지는 미처 생각하지 못했었다.

'부궁이 먼저 돌아가시면 대체 한시라도 어떻게 이 세상에 살아 남아 있을까?'

불안한 장래의 일에 관한 말을 들으니, 그저 이렇게 말할 수 없이 슬픈 생각이 들었다. 부궁은 마음속으로는 집착을 버렸다 해도, 아침 저녁으로 몸은 언제나 옆에 있었다. 이제 갑자기 헤어진다 하니 차디 찬 마음으로 결단하시는 것은 아니었지만, 아씨들에게는 정말 원망스러운 처사였다.

궁은 내일 아사리의 산사에 들어간다고 하여, 평소와는 다르게 여기저기 멈추어 서기도 하면서 돌아다녔다. 아주 조잡한 솜씨로 얽어맨 임시 거처였지만 그래도 자신이 있었을 때는 안심되었다. 그런데 자기가 떠난 후에는 대체 어떻게 젊은 사람이 세상과 교제도 안하고 들어앉아 지낼까, 눈물을 머금고 염불하였다. 그 모습이 청아하기만 했다. 나이 든 하녀들을 불러모아 타일렀다.

"잘 시중들어 아씨들을 불안하지 않게 해 드려 다오. 원래 마음 편하게 세상의 소문에도 오르지 않을 신분인 귀족 출신이 아닌 사람들은, 자손이 점점 영락하여 가는 것도 보통 있는 일이고, 눈에 띄는 것도 아닐 것이다. 그러나 내 집안 같은 경우가 되면 다른 사람은 대수롭게 생각지도 않는 일에도, 여러 가지 곤란한 경우가 많이 있을 것이다. 어쩐지 쓸쓸하고 생각대로 되지 않는 생애를 보내는 것은 드문 일이 아니다. 태어난 가문과 정해진 생활방식에 따라가는 것이 사람들 눈에도, 또 내 생각에도 무난한 것이라 생각된다. 풍요로운 생활을 하고 세상에도 인정받고 싶다고 생각하지만, 그 희망대로 되지 않는 시대인 만큼, 결코 쓸데없는 자와의 혼담을 경솔하게 중개하여서는 안된다."

궁은 아직 새벽인 때에, 이제 막 떠나려고 할 즈음 아씨들의 방으로 건너왔다.

"내가 없더라도 불안하게 생각하면 안된다. 기분을 밝게 갖고, 관현의 놀이도 자주 하여라. 무슨 일도 생각대로 되는 일이 없는 세상이다. 끙

끙대지 말아라."

궁은 자꾸 되돌아보며 집을 나왔다. 두 사람은 더욱더 불안하고 이것저것 생각이 많아져, 안절부절못하며 서로 얘기를 나누었다.

"우리 둘 중에 어느 한 사람이 없어지면 어떻게 나날을 지낼 수 있을까요? 앞으로 어떻게 될지 모르는 세상에, 만일 헤어지는 일이 생기면 어떻게 할까요?"

그들은 울며 웃으며 이야기했다. 놀이와 일에 마음을 합하여 서로 위로하면서 지내고 있었다.

7. 팔의궁이 산사에서 병들어 훙거하다.

부궁이 행하고 있는 염불삼매가 오늘 끝날 예정이라는 말을 듣고, 이제 돌아오시려나 하고 기다리는 저녁때였다. 산사에서 심부름하는 사람이 왔다.

"오늘 아침부터 몸이 좋지 않아 돌아갈 수가 없다. 감기인가 생각하여 이것저것 치료하고 있는 참이다. 그래서 그런지 평소보다 너희들의 얼굴이 보고 싶다."

이렇게 전했다. 아씨들은 깜짝 놀랐다. 병세가 어떤지 걱정스러워 풀솜을 두껍게 넣은 옷을 급히 마련하여 갖다 드리게 했다. 궁은 2, 3일이 지났는데도 낫지 않았다. 어떤 용태인지 궁금하여 두세 번 사람을 보냈지만, 이런 대답이 있었다.

"특별히 중한 데는 없지만 왠지 괴롭다. 조금 더 편안해지면 곧 하산하겠다."

아사리가 항상 옆에 붙어서 돌보아 드리고 있었다.

"아무것도 아닌 병 같아 보이지만, 혹시 이것이 최후가 될지도 모릅니다. 아씨들의 신상에 관해서 무어 걱정해 둘 것은 없습니까? 사람은 다 제각기 운이 정해져 있어서 당신의 생각대로 어떻게 될 것도 아닙니다."

아사리는 더욱더 이 세상에 대한 집념을 버리지 않으면 안된다고 가르쳤다.

"이제 와서 산을 내려가서는 안됩니다."

이렇게 잘 타일렀다.

8월 20일경이었다. 그렇지 않아도 주변의 풍광이 쓸쓸한 계절이었다. 아씨들은 아침 저녁으로 안개가 가득히 낀 것처럼 가슴이 아팠다. 새벽 달이 아주 화려하게 떠올라서, 수면 위로 맑게 빛나고 있었다. 산사가 있는 방향으로 덧문을 올리게 하고 밖을 내다보니, 종소리가 조그맣게 울려오며 날이 새고 있었다. 그때에 심부름하는 사람이 와서, 울면서 말했다.

"엊저녁, 밤중에 돌아가셨습니다."

끊임없이 용태가 어떤가 걱정하고 있었는데, 막상 그 소식을 들으니, 너무한 일이라고 망연자실하였다. 이제까지보다도 이러한 큰 슬픔에는 눈물도 어디에 갔는지 모르고, 그저 엎드려 버렸다. 사별의 슬픔이라고 해도 직접 입회하여 눈앞에서 마지막까지 지켜보는 것이 보통인데, 이 경우는 마음에 남아 있는 불안도 곁들여서 한탄하는 것도 당연한 일이었다. 아주 잠시라도 부궁이 먼저 죽으면 이 세상을 살 수 없을 것이라고 생각했던 두 사람이었다. 어떻게 해서라도 뒤를 쫓으려고 슬픔에 잠겨 울었지만, 목숨은 정해진 것이므로 마음대로 할 수가 없었다.

아사리는 이전부터 궁과 약속한 대로 장례 일을 모두 돌보아 드렸다.

"적어도 돌아가신 모습이나 얼굴이라도 보고 싶습니다."

이렇게 아씨들은 말하였지만, 아사리는 이렇게 대답했다.

"무슨 생각을 하여도 그런 일을 할 수는 없습니다. 생전에도 이미 만나지 말라고 타일렀습니다. 죽은 지금은 더구나 서로에게 집념을 가져서는 안될 것입니다."

절에 있던 때의 모습을 물어도 너무나도 냉정하게 대꾸했다. 아사리의 고지식한 불심이 밉기도 하고 무정하게도 생각되었다. 궁은 출가하려는 생각이 처음부터 깊었지만, 이렇게 뒤를 맡아 줄 사람도 없는 아씨들을 내버려둔 채로는 어렵다고 생각했었다. 목숨이 붙어 있는 동안은 조석으로 옆에 두고 돌보아 주기로 했었다. 그것을 불안한 이 세상에 살아 남는 버팀목으로 여기며, 떨어지기 어렵게 생각하고 지내 왔었다. 생사의 이별 때에는, 먼저 가는 편이나 뒤에 남아서 그리워하는 편이나 다 같이 생각대로 되지 않는다고 한탄할 뿐이었다.

8. 훈이 슬퍼하고 조문하다.

훈은 궁이 타계하였다는 말을 듣고, 정말 어이없는 일이라고 유감스러워했다. 천천히 더 얘기할 것이 많이 있다고 생각했는데, 과연 인간 세상의 무상함을 생각하며 몹시 울었다.

"다시 한번 뵙는 것이 어렵지 않을까?"

이렇게 궁이 이야기했었지만, 보통 때도 아침 저녁으로 인간 세상의 덧없음을 남달리 강하게 느끼고 있던 분이므로, 늘 하는 이야기로 들었다. 설마 어제오늘 중에 돌아갈 거라고는 생각지도 않고 있었는데, 거듭되풀이하여 견디지 못할 정도로 슬프게 생각했다. 훈은 아사리가 계신 곳과 아씨들에게 정성을 들여서 조문하였다. 아씨들은 이런 문안도 훈밖에는 드릴 사람이 없는 신세인 것이 더욱 슬펐다. 아무것도 생각할 수 없었던 아씨들의 마음에도, 훈의 연래의 다정한 배려를 몸에 배어 알게 되었다.

'보통의 사별이라도 당시에는 둘도 없는 충격 같아 누구나 한탄할 수밖에 없는데, 위로할 길도 없는 두 분은 어떤 생각을 하며 지낼까?'

여기에 생각이 미쳤다. 치러야 할 법회가 이것저것 있어서, 아사리에게도 사자를 보냈다. 또 이쪽 저택의 노인들에게도 독경의 보시를 배려하였다.

언제까지나 어두운 밤중을 헤매는 것 같은 생각이었는데, 어느새 9월이 되었다. 바깥 경치와, 지금까지보다 더 눈물을 자아내는 강물소리도, 흘러내리는 눈물도, 모두 슬픔을 더하게 했다.

"이런 슬픔으로는, 타고난 수명이 아무리 길더라도 얼마쯤이나 버텨낼 수 없을 것이다."

시중 드는 사람도 불안하여 열심히 위로하고는 있지만, 당사자들은 어찌할 바를 모르고 있었다. 이 저택에도 염불하는 중이 와 있었다. 부궁이 생전 사용하던 방에는 돌아간 궁의 유물로 남아 있는 부처님을 모셔 두었다. 때때로 출입하고 있던 사람들이나 상을 입은 사람은 모두가 부처님 앞에서 근행하며 나날을 보내고 있었다.

9. 내궁에게 아씨들이 마음을 열지 않다.

내궁으로부터도 정중한 문안이 있었다. 그러나 아씨들은 답장을 할 생각이 없었다.

'훈 중납언에게는 이렇게 무정하지 않은 모양인데, 역시 나에게는 관심을 갖지 않는 것이다.'

내궁은 상황을 몰라서 이렇게 불만스럽게 생각했다. 단풍이 한창일 때, 시나 글을 짓게 하려고 떠나왔는데, 이렇게 가까운 곳에서 서성거리고 있는 것이 적당치 않은 시기여서, 유감스럽게 생각하며 그만두었다.

어느덧 49일의 복상일도 지났다. 슬픔은 다하지 않았지만, 예법에는 정해진 것이 있어, 눈물도 끊이는 때가 있을 것이라고 생각하고, 궁은 자세하고 긴 편지를 썼다. 가을비가 내릴 듯한 저녁때였다.

"〈짝을 그리워하며 수사슴이 우는 가을 산골은, 어떻게 지내고 있습니까? 싸리 이슬이 넘쳐서 소매에 걸리는 것 같이 눈물을 흘리고 있을 이런 저녁때에는. 〉

눈앞의 가을 풍치를 모른 척하는 것도 지나치게 무정한 일입니다. 날이 갈수록 시들어 가는 벌판도, 특별히 차분하게 바라볼 수 있는 시절입니다."

이렇게 적혀 있었다.

"너무나도 이 풍치를 모르는 척하며 몇 번인가 답장을 안 드렸으니, 이번에는 꼭 써 보내십시오."

아씨는, 이렇게 여느 때처럼 중의궁에게 쓰게 했다.

"오늘까지 살아 남아서, 벼루를 몸까지에 끌어들여, 손을 대려고 생각을 했었던가? 한심스럽게 지낸 세월이었다."

이렇게 말을 하며 눈물에 젖어 아무것도 안 보인다고 하여 벼루를 밀어내었다.

"전혀 글 쓸 기분이 안 납니다. 겨우 이렇게 일어나 있는 것도 정말 슬픔에도 한이 있다는 생각이 들어서, 더욱더 내 몸이 싫어지고 한심합니다."

애처롭게 쓰러져 우는 것도 슬퍼 보였다.

저녁때에 경을 떠난 심부름하는 사람이, 초저녁을 조금 지난 때에 도착하였다.

"어떻게 경에 돌아갈 수 있겠습니까? 오늘밤은 여기에서 묵고 …."

이런 말을 전했지만, 되돌아가 참상하겠다고 고집을 부렸다. 딱하다고 생각한 언니의 군도 자기가 확고하게 안정된 형편이 아니어서, 편지를 써 주었다.

〈안개가 막아서서 눈물에 젖어만 있는 이 산골에는, 담장 밑에서 사슴이 우는 것처럼, 우리들도 이렇게 목소리를 가지런히 울고 있습니다.〉

엷은 먹색 종이에 썼는데, 밤이 어두워서 붓도 술술 나아가지 않았다. 제대로 모양을 갖추지도 못하고 붓이 가는 대로 써서 건네주었다.

심부름꾼은 목번산 근처에서 비를 만나 아주 무서웠지만, 그런 일에 구애받지 않는 사람이었다. 기분 나쁜 조릿대가 무성한 산길을, 급히 말을 달려 경의 저택으로 돌아왔다. 흠뻑 젖은 채로 궁 앞으로 돌아와서 포상을 받았다. 이때까지 본 것과는 다른 필적으로, 여느 때의 것보다도 조금 어른스럽고 교양이 있어 보이는 솜씨였다. 어느쪽이 형이고 아우인지 내려놓지도 않은 채 보고 있었다. 좀처럼 잠도 안 왔다.

"사자가 돌아오는 것을 기다리시느라 일어나 있었고, 또 답장을 보는 데 저토록 오래 걸리니, 도대체 어느 정도로 열중하고 계시는가?"

옆의 하녀들은 작은 소리로 이야기하며 밉살스럽게 생각하고 있었다. 자기들이 졸려서 그러는 것일 터였다.

아직 아침 안개가 깊은 때에, 궁은 갑자기 일어나서 답장을 썼다.

"〈아침안개 속에, 짝을 잃고 우는 사슴소리를, 단지 보통의 슬픔으로

생각하는 줄 아십니까? 한탄하시는 것은 충분히 알고 있다고 생각합니다.〉

나도 두 분에 지지 않게 호응하여 울고 있습니다."

이렇게 적었다.

"너무 풍치를 아는 것 같은 행동을 하는 것도 뒤가 번거롭다. 부궁 혼자의 보호에 매달려서, 그 동안에는 무슨 일에나 안심하고 살아갈 수 있었다. 뜻하지 않은 잘못이 조금이라도 생기면, 그저 그것이 걱정이라고 언제나 말씀하셨던 부궁의 혼백에 흠을 내는 것이 아닐까?"

아씨는 무엇이나 가볍게 여기기가 두려워 답장을 드릴 수도 없었다. 이 궁을 경박한 분이라거나, 시시한 분이라고는 생각지 않고 있었다. 무어라고 할 수 없는 초서체의 필적도, 풍치 있고 우아한 느낌을 주었다. 여러 남자를 알고 있는 것도 아니어서, 이런 것만이 오직 훌륭하게 여겨졌다. 그러나 그 품위와 교양과 풍부한 정에 대하여, 무어라고 말할 것이 없었다.

'할 수 없는 일이 아닌가? 그저 이러한 산골에서 은거하는 몸으로 생애를 지내자.'

10. 훈이 우치를 방문하다.

훈에게의 답장만은, 그렇게 서먹서먹하지 않게 주고받고 했다. 훈의 문안은 워낙 진지하고 정성스러웠다. 복상이 끝나자 훈은 직접 찾아왔다. 아씨들은 동쪽의 조붓한 방에서 상복을 입고 있었는데, 그 가까이에 훈이 다가가서 변을 불러내었다. 슬픔에 세월을 보내고 있는 터에, 훈이 눈부실 정도의 화려한 차림으로 들어왔으므로, 아씨들은 쑥스러워서 대답하기조차 어려웠다.

"이렇게 서먹서먹하게 대접하지 마십시오. 돌아가신 부궁의 의향에 따라 주시면 방문 온 보람도 있을 겁니다. 색정적인 홍정은 한 일이 없으므로, 사람을 사이에 두고 얘기하면 말이 잘 나오지도 않습니다."

"생각지도 않게 오늘까지 살아 있는 것 같지만, 꿈을 깰 방법이 없이 헤매는 모양으로 지내고 있습니다. 복상 중에 하늘의 빛을 보는 일이 있으면 안되므로, 끝 가까이에 나가는 것도 못하고 있습니다."

"무척 조심스럽게 말씀하십니다. 달이나 해의 빛을 보려고 당신 자신이 의도적으로 화려한 거동을 한다면 비난도 받겠지만. 이대로는 어떻게 해야 할지 몰라 곤혹스럽습니다. 또 가슴속의 일부분이라도 알고, 기분을 개이게 하여 드리고 싶습니다."

"다른 데에 예가 없을 정도의 비탄을, 위로해 주시려는 생각은 정말로 친절하십니다."

하녀들은 이렇게 알려 드렸다.

아씨도 점점 마음이 가라앉고, 어느 정도 분별도 할 수 있었다. 궁의 부탁 때문에 이런 먼 벌판을 헤치고 찾아온 호의를 잘 알고 있어서, 조금 무릎걸음으로 끝 가까이에 나왔다. 훈은 틀림없이 한탄하고 있을 심중을, 또 부궁과 약속한 것을 아주 공손하고 정성스럽게 말했다. 싫다거나 거칠다거나 하는 느낌 같은 것을 보이지 않는 분이므로, 아씨도 기분 나쁘거나 거북하지 않았다. 다른 사람들이 이렇게 얘기를 들려 드려 그 동안 의지하게 된 때도 있었던 기억들을 되살려 보니, 정말 부끄러워서 기가 죽을 것 같았다. 어렴풋한 한마디쯤 대답하는 아씨의 모습은, 마치 넋을 잃은 사람 같아, 훈은 진심으로 불쌍하게 여겼다. 검은 휘장을 통하여 보이는 그림자가 몹시 애처로웠다. 평상시에는 얼마나 더 애처롭게 지내고 있을까 하는 것이 상상되었다. 흘끗 모습을 보았던 밝을녘의 일들이 자연히 떠올랐다.

〈가을이 깊어져서 노랗게 물들어 가는 키 작은 띠를 보아도, 검은 상복으로 변한 소매가 얼마나 젖어 있을까 헤아려집니다.〉

훈은 혼잣말처럼 중얼거렸다.

〈이 먹물 들인 상복 소매는, 눈물의 이슬이 머무는 곳입니다. 저는 아주 몸둘 바를 모릅니다.〉

뒷부분은 말이 안되고 사라졌다. 벌써 참지 못하고 안으로 들어갔다.

11. 훈이 변과 대면하고 감개에 잠기다.

붙들고 말려야 할 때도 아닌 듯하여, 훈은 참지 못할 슬픔을 느꼈다. 변이 생각도 않았던 슬픈 옛일들을 모아 전해 주었다. 세상에 드물고, 생각하기 어려운 일을 실제로 경험한 사람이어서, 그저 볼품없이 영락한 여자로 보이지 않았다. 훈은 아주 친절하게 이야기했다.

"어릴 때에 돌아간 원과 이별하고, 이 세상은 매우 슬픈 것이라고 뼈저리게 여겼습니다. 점점 어른이 되어 감에 따라, 관위나 세속의 영광도 나에게는 별로 매력이 없었습니다. 다만 팔의궁이 이렇게 조용한 살림을 만족하게 여겼었는데, 어이없이 돌아가시는 것을 보지 않으면 안되었습니다. 그래서 점점 더 절실하게 현세는 일시적이라는 것을 깨달았습니다. 애처롭게 뒤에 남아 있는 분들이 굴레가 되는 것이라고 말씀하신 것은, 사랑 비슷한 일 같지만, 이 세상에 살아 있는 한, 궁의 유언을 어기지 않고 상담 상대로 있고 싶어서입니다. 그래도 뜻하지 않았던 옛이야기를 들은 후로는, 점점 더 이 세상에 자취를 남기려는 생각도 없어져 버렸습니다."

울면서 말하니, 변은 더욱 서럽게 울어서 아무 말도 할 수 없었다. 사람을 대하는 말씨가 꼭 저 분처럼 생각되어, 오랜 세월 잊어버린 예전의 자상한 일들까지 생생해졌다. 그것이 지금의 비탄과 합해져서 말할 수 없이 눈물에 젖었다.

변은 저 백목대납언의 젖형제로, 부친은 이쪽 아씨들의 외할머니편의 숙부 좌중변이었다. 오랫동안 먼 나라를 돌아다녀, 아씨들의 모군이 돌아간 후에, 이 팔의궁 집에 낙착되어 살게 되었다. 인품도 특별한 것은 없고, 궁살이와 닮은 점이 있지만, 일의 분간을 모르는 사람은 아니라고 생각하여서 궁은 아씨들의 후견역으로 생각하고 있었다. 예전의 백목과 여삼의궁의 비밀은, 오랫동안 이렇게 조석으로 돌보아 드리는 아씨들에게도, 한마디 말한 바 없이 가슴에 숨기고 있었다. 그러나 훈은 이렇게 짐작하였다.

'이런 노인이 묻지도 않은 일을 말하는 것은 모두 그것에 관계된 것이므로, 아무에게나 경솔하게 떠들어 대지는 않았겠지만, 정말 안심할 수 있는 아씨들에게도 알려 드리지 않았을까?'

훈은 그것이 꺼림칙하고 곤란하기도 하였다. 그 일 때문에라도 아씨들과 타인으로 끝내 버리지 않고 가까이하려고 했다.

궁이 안 계시는 지금 여기서 묵고 간다면 사려가 모자라는 일이 될 것이라고 생각하여, 훈은 그대로 돌아오려 했다. 궁이 '이것이 최후'라고 말하였을 때, 설마 그런 일이 있을까 하고 방심하고 있던 차에 다시 뵙지 못하게 되고 말았다. 궁과 얘기한 것도, 궁이 돌아간 것도, 다 금년 가을에 일어난 일이다. 날짜도 얼마 지나지 않은 사이에, 어디에 갔는지 행방도 모르는 곳으로 가시다니 어이없는 일이었다. 특히 세상의 보통 설비도 없이 간소하게 지냈던 모양인데, 그래도 아주 말끔히 치우고 정취 있게 지내 온 주거도 지금은 승려들이 출입하고, 여기저기 칸막이를 하여 염송의 도구를 모신 것이, 생전하고 전혀 다른 점이 없었다.

"불상은 모두 저 산사에 옮기려고 생각합니다."

이렇게 말하는 것을 들으니, 승려들 그림자마저 저택에서 사라져 버리면, 여기에 남는 아씨들은 어떤 마음을 가지게 되는지, 가슴 아프게 여러 가지가 생각났다.

"아주 어두워졌습니다."

이렇게 같이 간 사람이 말하여 일깨워 주었으므로, 훈은 생각을 떨치고 떠나려고 했다. 때마침 기러기가 울며 건너갔다.

〈안개 낀 가을 하늘을 나는 기러기는, 개운치 않은 생각에 잠겨 있는 나에게, 이 세상이 임시로 머무는 곳이라고 더욱 강하게 가르쳐 주고 있다.〉

훈은 내궁과 대면할 때는, 먼저 이 아씨들의 일을 화제에 올렸다.

'아무래도 지금은 어려워하지 않으니까.'

이렇게 생각하여, 궁은 열심히 편지를 냈다. 소홀히 답장하기 어렵게 마음쓰이는 분이라고, 여자편에서는 생각하고 있었다.

'아주 대단히 호색적이라는 소문은 세상에 숨길 수가 없다. 자기들 생각대로 호색적인 상대로 생각하는 것 같지만, 그래도 이렇게 묻혀 있는 덩굴풀의 숙소로부터 답장을 드리는 것은, 그 필적도 아주 세상에 익숙지 않고 촌스럽게 보일 것이다.'

이렇게 생각하니 아씨는 우울해졌다.

12. 아씨들이 적료의 나날을 지내다.

"그렇게 되어도 놀라운 일이지만, 어느새 이렇게 살 수 있는 것이 세월이라는 것일까? 참으로 놀랄 일이다. 이렇게 기대할 수 없었던 수명인데, 설마 어제오늘 이런 상황이 되리라고는 생각도 않고, 그저 세상은 대체로 무상한 것이라고만 듣고 있었다. 나도 다른 사람도 살아 남았거나 먼저 세상을 떠나거나 한다. 그 사이가 얼마나 큰 차이가 있는 것인가 하고 단순하게 생각하였었다. 지금까지의 일을 돌이켜보면, 이렇다 할 장래의 희망을 가질 나날도 아니었는데, 그저 때가 지나는 것도 모르고 온화하게, 어떤 무서운 것도 거북한 것도 없이 지내 왔다. 지금은 바람소리도 거칠게 들리고, 평소에는 볼 수도 없었던 사람이 동행하여 같이 와서 안내를 청하기라도 하면, 우선 가슴이 뛰고 왠지 무섭고 쓸쓸한 생각만 드는 것이 견디기 어렵다."

아씨들은 둘이서 얘기하고는 눈물이 마를 사이도 없이 지내 왔다. 그러는 동안에 그 해도 저물어 갔다.

눈이나 우박이 계속해서 몹시 내릴 때는, 어디라도 이렇게 무서운 바람소리가 나는 법이지만, 지금 새삼스럽게 결심하여 산골의 생활에 들어선 것 같은 생각이 들었다.

"어느새 해가 바뀌어 간다. 올해는 불안하고 슬픈 일이 많았다. 무엇이나 새로워지고 아름다운 것이 많은 봄이 빨리 왔으면 좋겠다."

하녀들 중에는 이렇게, 슬픔에 짓눌리지 않고 말하는 사람도 있었다. 그런 기대는 거의 무리한 것이라고 아씨들은 듣고 있었다. 앞쪽의 산에도, 부궁이 계절 계절의 염불이 있을 때만 사람들의 왕래가 있었다. 아사리는 어떻게 지내는가 하고 보통 인사는 했었지만, 지금은 무엇 때문에 인사 올 사람이 있겠는가? 찾아오는 사람이 끊어지는 것도 지당한 일이라고 생각하면서도 몹시 슬퍼졌다. 예전에는 눈에도 들어오지 않았던 산에 사는 천인도, 궁이 돌아간 후로는 가끔 얼굴을 내미는 것이 기특하게 여겨졌다. 이 시기에 할 일을 찾아, 장작이나 나무 열매를 주워 오는 이도 있었다.

아사리의 승방으로부터 숯을 가져왔다.

"궁에 물건을 대는 것이 오랫동안 습관으로 되어 있었는데, 올해라고 끊어지는 것은 쓸쓸한 일이어서."

겨울 산에 들어갈 때 산바람에 대비하라고 아씨들은, 솜이 든 옷들을 부궁이 예년에 해 오던 일을 생각하여 보냈다. 심부름 온 법사들이나 동자들이 산길을 올라갈 때, 아씨들은 깊이 내려 쌓인 눈 속에서 보일락 말락 하는 것을 끝 가까이까지 나와 울면서 배웅하였다.

"머리를 깎고 출가한 모습으로라도 살아 계셨으면, 이렇게 왕래하는 사람도 자연히 많았을 텐데. 슬프고 불안하더라도 뵐 수는 있었을 것을."

이렇게 이야기하고 있었다. 대군이 말했다.

〈부궁이 돌아가신 후, 절에 가는 바위의 벼랑길 왕래도 끊어져 버렸는데, 부궁을 그리워하는 당신은, 이 소나무에 걸리는 눈을 어떻게 보고 있습니까?〉

중의군이 답했다.

〈하다못해 돌아간 부궁을, 이 깊은 산중 솔잎에 쌓인 눈이라고 생각할 수 있었으면 좋겠습니다. 이 눈은 덧없는 것이지만, 잠깐 동안은 사라지지 않고 또 쌓이기도 합니다.〉

눈이 차례로 내려 쌓이는 것을 보니 부럽기도 했다.

13. 훈이 내궁의 뜻을 전하고 자기 연정을 호소하다.

훈은 해가 바뀐 뒤에는 공무로 몹시 분주할 것 같았다. 갑자기 생각이 나서 문안한다는 것도 어색하게 생각되어, 세모 때 건너왔다. 눈이 정말 많이 쌓여 있었다. 보통 사람들조차 모습을 보이지 않고 있었는데, 훈이 훌륭한 모습으로 마음 편히 찾아오신 것이 형식적인 문안이 아니라는 것을 알 수가 있어, 평소보다도 정성 들여 방석 같은 것을 준비하였다. 화로를 상중에 쓰지 않아서 깊숙이 치워 놓았었는데, 꺼내어 먼지를 떨어냈다. 부궁이 이분의 내방을 기다리고 있다가 기뻐하던 모습을 하녀들이 얘기하였다. 아씨는 만나는 것이 왠지 부끄러웠지만, 그렇다고 상대의 생각을 너무 모른다고 여겨질까 두려워, 하는 수도 없이 응대에 나왔다. 탁 터놓지는 않았지만, 이전보다는 조금 말수가 많아졌다. 그 태도는 정말 알맞고 그윽한 모습이었다. 이렇게 대면하는 것만으로는 아무리 해도 안될 것 같았다.

'정말 갑자기 바뀌는 염치없는 내 마음이구나! 애초의 생각이 이렇게 사랑으로 바뀌는 것도, 그렇게 되어야만 했던 이분과의 인연이었던가?'

훈은 이렇게 생각하고 있었다.

"내궁이 전혀 뜻밖의 일로 나를 원망하고 계십니다. 차분하게 가슴에 사무치는 부궁의 유언을 들었을 때의 모습들을 어떤 기회에 궁에게 얘기했던지, 아니면 정말 무슨 일에나 눈치가 빨라서 추측하는 것인지, 어떻게라도 해서 자기의 생각을 아씨에게 전하여 달라고 내게 부탁하고 있었습니다. 아씨의 태도가 차디 찬 것은, 옆에서 도와주는 것이 시원치 않은 까닭이라고 자주 불평합니다. 의외의 일이었지만, 이 마을에 안내하는 것을 강하게 거절할 수는 없었습니다. 무어 그렇게 무정하게 하실 필요가 있습니까? 궁을 호색적인 분이라고 사람들은 말하는 것 같지만, 마음속은 이상하리만큼 깊은 분입니다. 궁이 마음에도 없는 말을 걸고, 상대 여자도 경솔하기 때문에 그런 말을 듣게 되는 경우도 있습니다. 궁이 어디에나 있는 여자라고 얕잡아 보는 것이 아닌가 하는 말을 들을 때도 있습니다. 무슨 일에나 되어가는 형편에 맡기고, 고집을 부리지 않고 온화한 자세를 갖고 있는 사람이야말로, 그저 세상의 상식에 따라서 대범하게 지내는 것입니다. 다소 마음에 안 맞는 것이 있어도 어떻게 할 수 없다, 그렇게 될 인연이 있었다 등과 같이 자기에게 타이를 것이므로,

도리어 언제까지나 같이 살게 되는 예도 있는 것입니다. 그러나 그것도 부부의 사이가 일단 무너지기 시작하면, 용전천(龍田川)의 물이 흐려지는 것처럼 이름을 더럽혀, 만회하기 어려울 정도로 엉망이 되어 버릴 수 있습니다. 궁은 일에 깊이 집념을 갖는 분으로, 좀처럼 자기 뜻을 등지지 않는 분에게는 결코 가볍게 마음이 변하지 않을 인품입니다. 세상 사람이 알지 못하는 궁의 일을 나는 잘 알고 있습니다. 만약 이 인연을 좋다고 생각한다면, 그 주선을 내 마음이 미치는 데까지 성의껏 하겠습니다. 중매로 오고갈 때에는, 틀림없이 다리도 아플 것입니다."

훈이 고지식한 얼굴로 말을 계속했다. 아씨는 자신의 이야기라고는 생각지도 않았다. 어떻게 어버이로서 대하는 태도로 대답을 할까 하고, 그것만을 생각하였다. 역시 대답할 말도 없을 것 같았다.

"무어라고 말씀드리면 좋을까요? 마음 써 주시는 것처럼 말씀하셔서, 도리어 어떻게 인사 드려야 할지도 모르겠습니다."

웃으면서 말하는 모습은, 온화하긴 하지만 어딘지 모르게 좋게 보였다.

"이 얘기는 반드시 당신이 받아들여야만 하는 것은 아니라고 생각됩니다. 당신 쪽은 언니답게, 일부러 눈을 밟고 헤치면서 여기까지 온 나의 마음만을 알아주시기 바랍니다. 아씨는 그저 언니로서의 생각을 보여주십시오. 궁의 뜻은, 따로 있는 한 분인 것 같습니다. 넌지시 편지를 준 일도 있는 것 같은데. 그것도 다른 사람에게는 분간도 안되는 어려운 일입니다. 답장은 어느 분이 썼던 것입니까?"

'다행히 나는 농담 삼아서라도, 궁에게 답장을 안 냈다. 그렇지 않았다면, 이런 물음에 대해서 얼마나 부끄럽고 가슴이 아팠을까?'

이렇게 생각하니, 도저히 대답할 일이 아니었다.

〈눈이 깊은 산에 걸쳐 놓은 다리는, 당신 이외에는 밟고 다닌 발자취를 본 일이 없습니다. 나는 당신 이외의 분하고 편지를 주고받은 적이 없습니다. 〉

이렇게 써서 드렸다.

"무어라고 변명하는 모습이 도리어 부끄러워하고 계시는 것 같습니다.

〈얼음에 막혀 있는 것을 말이 밟아 부수는 산의 냇물을, 궁을 안내하는 기회에 내가 먼저 건너가기로 하겠습니다. 꽤 벅찬 사랑의 길이지만, 먼저 내 생각을 성취시키고 싶습니다.〉

그래야만, 깊은 생각으로 찾아오는 보람도 클 것입니다."

아씨는 의외의 일이어서 당혹스런 생각이 들어 이렇다 할 대답도 안 했다. 가까이하기 어렵게 점잔을 빼지는 않았지만, 당세의 젊은이들처럼 묘하게 선동적인 변죽을 울리는 일도 없었다. 정말 무리한 점이 없고 대범한 성미였다. 여자는 이래야만 된다고 기대한 대로의 분이라고 느껴졌다. 이쪽의 의중을 터놓고 얘기해도, 도무지 눈치 채지 않은 것처럼 응대하므로, 쑥스러워 얘기를 바꾸어 생각나는 과거 일을 이야기하였다.

14. 훈이 대군에게 경에 이주를 청하다.

"해가 저물어 버리면 눈이 몹시 와서 하늘도 막히는 것 같습니다."

따라온 사람들이 재촉을 하여서 돌아가려고 하였다.

"사는 모습을 보니 가슴이 아픕니다. 경에 흡사 산골처럼 조용한 장소로 사람도 귀찮게 출입하지 않는 저택이 있습니다. 만일 그럴 결심을 해 주시면 얼마나 기쁘겠습니까?"

그 말을 언뜻 듣고, 벙실벙실 웃으며 이런 말을 하녀들은 하였다.

"아주 멋진 이야기 아닙니까?"

아우 중의군은 생각했다.

'아유, 보기 싫다. 어떻게 그런 일이 있어도 좋은가?'

과일을 보기 좋게 많이 담고, 같이 온 사람들에게도 안주를 적당히 마련하여 술을 내었다. 저 잔향의 사건으로 사람들이 떠들어 댄 숙직인은, 수염이 가득한 험한 상판을 하고 있었다. 갈 데가 없는 집 지키는 사람인 것 같아서 가까이에 불렀다.

"어떻게 지내고 있는가? 팔의궁이 돌아가신 후로는 쓸쓸할 것이다."

그는 마음이 약한 것처럼 울었다.

"아무데도 의지할 곳 없이 오로지 궁 한 사람의 비호를 받아 30여 년 지내 왔었습니다. 이젠 더더욱 들이나 산에 묻혀 살고 싶어도 어떤 나무 기둥에도 의지할 수가 없이 되었습니다."

그는 더욱 쓸쓸해 보였다.

궁이 쓰던 방을 열게 하고 보았더니 먼지가 많이 쌓이고, 부처님만은 꽃의 장식이 그전 그대로였다. 궁이 근행하고 있었다는 책상만을 치우고, 아무것도 놓아두지 않았다.

'바라는 대로 출가하였을 때에는.'

이런 생각으로 야속해했던 것을 생각해 냈다.

〈언젠가 다가서서 인도받을 것이라고 생각하고 믿었던 참나무 기둥, 궁은 돌아가시고, 그 방은 비어 있는 자리가 되었습니다.〉

기둥에 의지하여 앉아 있는 훈의 모습을 보고, 젊은 하녀들은 기웃거리며 칭찬하였다.

해가 졌다. 이 근처 여러 군데의 장원(莊園)으로 여물을 가지러 가게 심부름꾼을 보냈다. 훈도 알지 못하는 시골티가 나는 사람들이 야단스럽게 동행하여 왔다. 꼴사납고 난처한 일이 되었지만, 변에게 볼일이 있다고 변명하였다. 평소도 오늘처럼 이 저택의 볼일을 보아 드리라고 말하고 떠났다.

15. 신년, 아사리가 아씨들에게 미나리와 고사리를 선물하다.

해가 바뀌고, 날씨도 화창해졌다. 물가의 얼음이 녹아 가는 것을, 이런 일이 있을 수 있는가 하는 마음으로 멍하니 바라보며 생각에 잠겼다.

"눈이 녹은 곳에서 뜯은 것입니다."

성자가 사는 곳에서 아사리는 이렇게 말하며, 습지의 미나리와 고사리 등을 가지고 왔다.

"여기는 여기의 지방답게, 이런 푸성귀가 바뀌는 것에 따라서 세월이 가는 모습도 알 수 있는 것이 재미있습니다."

불전에 바치는 상에 가득 담은 것을 보고 하인들이 이렇게 말하였다. 그 말에 아씨들은 무엇이 재미있다는 것인가 하고 생각하였다. 대군이 노래했다.

〈부군이 살아 있어서 따 주었던 봉우리의 고사리라고 생각하면, 봄이 찾아온 표시라고 수궁이 갈 것이지만…. 〉

중의군이 답했다.

〈눈이 깊이 쌓여 있는 물가의 미나리를, 대체 누구를 위하여 따서 흥에 겨워할까, 어버이 안 계시는 지금. 〉

두서없이 차례로 노래를 불렀다.

훈에게서도, 내궁에게서도 이 계절을 맞이하여 문안이 왔다. 귀찮고 또 쓸데없는 것이 여러 가지 써 있어서, 베껴 쓰는 것도 그만두었다.

16. 내궁이 훈을 원망하다.

꽃이 한창일 때 내궁은 작년 봄 장식꽃의 노래를 주고받던 때를 생각했다. 그때 그것을 보고 있었던 젊은이들도, 모두 한탄의 말을 하였다.

"정말 풍치가 있었던 팔의궁의 사는 곳을 두 번 다시 볼 수 없구나."

궁은 정말 아씨가 만나고 싶어졌다.

〈지난번 멀리서나마 본 그 쪽 집의 벚꽃[중의군]을, 이 봄에는 안개가 개이게 하고, 이 손으로 꺾어서 장식으로 삼고 싶다. 사람편에 듣고만 있던 아씨를, 이 봄에는 꼭 내 것으로 만들고 싶다. 〉

내궁은 아무 거리낌없이 말했다. 중의군은 어림도 없는 일이라고 생각하면서도, 실제로 마음을 달랠 길 없는 나날이어서, 편지 겉봉의 아름다움만이라도 헛되게 하지 말자고 생각했다.

〈꺾어서 장식으로 하고 싶다 말씀하였는데, 대체 어디를 찾아서 꺾으려고 하는 것입니까? 상을 입어서 먹색 안개에 쌓여 있는 이 벚꽃을. 〉

중의군은 예나 다름없이, 이렇게 딱 잘라서 상대를 하지 않았다. 인정머리 없는 모습을 보이자, 마음속으로 무정하다고 생각했다.

마음속에 묻어 두기 어려울 때에는, 오로지 훈을 책하고 원망했다. 훈은 심중에 이상한 생각이 들었지만, 당연히 돌보는 사람으로서 받아들였다. 내궁의 호색적인 생각을 알아냈을 때에는 그때마다 이렇게 말씀을 드렸다.

"어떻게 주선할 수가 있습니까? 이런 모양으로는."

이러하였으므로, 궁도 알아차렸을 것이다.

"원하는 사람을 아직 발견하지 못했기 때문이지요."

석무 대신은 내궁이 육의군에 대해 전연 진심으로 대하지 않으므로, 다소 불만스럽게 생각했다. 그러나 내궁은, 이런 생각으로 받아들이지 않겠다고 마음먹고 있었다.

'조금도 매력이 없는 혼담이다. 그리고 대신이 하는 일이 허풍스럽고 귀찮다. 하찮은 염문이라도 발견되면 책잡힐 것 같아서 재미없다.'

17. 훈이 아씨들의 모습을 틈으로 살짝 보다.

그 해에 훈의 저택인 삼조궁이 불타서, 여삼의궁은 육조원으로 옮겼다. 주위가 어수선하여, 훈은 우치의 근처를 오랫동안 찾지 못했다. 고지식한 훈의 마음은 보통 사람과는 달리 침착하고, 자기 사람이라고 믿고 있으면서, 여자 측의 마음이 느슨해지지 않는 한은 불근신하거나 동정심 없는 거동을 하지 말자고 생각했다. 고 팔의궁의 마음을 잊지 않고 있음을 충분히 알아주기를 바라고 있었다.

그 해는 예년보다도 더워 사람들이 난처해하고 있었다. 냇가에 면한 곳은 시원할 것이라고 갑자기 우치를 찾았다. 아침 일찍 아직 시원한 때에 경을 출발했는데, 도착하였을 때는 공교롭게도 비쳐오는 햇살이 눈부셨다. 궁이 거실로 쓰던 방의 서쪽 조붓한 방에 숙직인을 불러서 자리를 잡았다. 서면의 몸채의 부처님 방에 아씨들이 살고 있었지만, 손님 가까운 곳을 피하려고, 자기들의 방을 옮기는 기색을 알리지 않으려 조용하게 하고 있었지만, 자연히 몸을 움직일 때마다 소리가 똑똑히 들려왔다. 훈은 가만히 있지 못하고, 이쪽과의 통로인 맹장지 끝 부분의 잠금쇠를 건 곳에 조그맣게 나 있는 구멍을 통해 그 쪽을 내다보았다. 바로 안쪽 휘장대를 맹장지에 따라서 세워 둔 것이 유감스럽게 여겨졌다. 자리로 돌아오려던 바로 그때, 바람이 발을 불어 올렸다.

"속이 훤하게 보입니다. 그 휘장을 바깥쪽으로 밀어내세요."

이렇게 말하는 사람이 있는 듯했다. 어리석은 짓 같았지만, 기뻐서 들여다보았다. 높은 휘장도 낮은 휘장도 전부 두 칸의 발에 밀어붙여져 있었다. 아씨들은 발의 바로 앞에 열려 있는 맹장지를 따라서 저쪽 방에 가려고 하고 있었다.

우선 중의군이 일어나서, 휘장 사이로 밖을 내다보았다. 훈을 따라온 사람들이 여기저기 왔다갔다하며, 시원한 바람을 쐬는 것을 보고 있었다. 진한 둔색의 홑옷에 원추리 색의 치마가 빛나고 있었는데, 도리어 눈에 새롭고 화려하게 보였다. 그렇게 입고 있는 분의 성격이 쾌활하기 때문일 것이었다. 허리띠를 아무렇게나 매고, 염주를 소매 끝에 끌어들여 가지고 있었다. 날씬한 몸매가 참으로 예쁘고 속옷 길이에 조금 모자랄 정도인 머리칼이 조금도 흐트러지지 않고 부드럽고 풍성한 것이 훌륭했다. 옆얼굴의 인상 등은 참으로 귀여운 사람이라고 생각되었다. 윤기 있고 부드러우며 대범하게 있는 모습은, 미인이라고 평이 있는 여일의궁도 이렇게 계셨을 거라고 생각하며, 언젠가 슬쩍 본 모습과 비교하면서 자기도 모르게 탄식이 나왔다.

다른 한 사람 대군이 무릎걸음으로 나와서 말했다.

"저 맹장지에서는 죄다 보이는 것이 아닌지 모르겠어."

이쪽을 보는 마음쓰임으로 내심으로도 방심하지 않고 있는 것 같아, 소양이 있는 분으로 여겨졌다. 머리모양, 머리카락이 걸린 정도 등 아까의 분보다 조금 더 기품이 높고 우아한 모습이었다.

"맹장지의 저쪽에도 병풍을 세워 두었습니다. 설마 갑자기 엿보지는 않았겠지요."

젊은 사람들은 아무 의심도 없는 것 같이 말했다.

'나중에 난처하게 될지도 모른다.'

근심이 되는 양 무릎걸음으로 저쪽으로 가는 것이, 기품 높고 그윽한 모습이었다. 검은 겹옷 일습(一襲)으로 아우와 같은 색깔의 의복을 입고 있었는데, 이쪽은 부드럽고 우아하여 차분하게 기분을 들뜨게 하면서도 어딘지 애처롭다는 느낌도 들었다. 머리칼은 조금 숱이 적어서 그런지 끝 부분이 가늘어 보였다. 그 아름다운 것이 비취(翡翠)[5]처럼 보였다. 보랏빛 종이에 쓴 경(經)을 한 손에 든 것이, 다른 분보다도 더 마르고 호리호리해 보였다. 아까 서 있던 여군도 맹장지의 입구에 앉아 있었는데, 무엇이 있는지 이쪽을 보고 방긋이 웃고 있는 것은, 정말 마음을 북돋우는 상냥한 모습이었다.

---

5) 물총새. 색이 파랗고 윤이 있어 아름다운 머리털에 비유한다.

47. 갈래머리 (總角[*])

대강 줄거리

훈 나이 24세의 가을부터 겨울 12월.

팔의궁의 일주기 준비 때문에 우치를 방문한 밤, 훈은 대군에게 의중을 호소했다. 그러나 대군은 부궁의 최후의 말을 방패로, 이 산골 생활로 생애를 끝내겠다는 결의를 굳히고 있었다. 대군은 오히려 훈의 태도를 원망스럽게 생각하여, 의지할 곳 없는 괴로움을 반추하며 하녀들에게도 경계심을 풀지 않았다.

1주기가 끝나고, 엷은 둔색의 차림이 된 중의군은 아름다웠다. 대군은 훈과 중의군을 결혼시키려고 생각하여, 훈이 찾아왔을 때에도 대면을 거부하고, 변을 통하여 그 의향을 전하였다. 하녀들은 훈이 대군에게 끌리고 있는 것을 알고 그들의 결혼을 바랐다. 하녀들이 훈을 대군의 침소에 안내했으나, 대군은 중의군을 남기고 사전에 빠져나왔다. 훈은 중의군과 헛되게 이야기를 나누며 밤을 밝혔다.

훈은 중의군을 내궁과 결혼시켜 버리면, 대군은 자기에게 돌아올 거라고 확신하여 내궁을 우치에 인도하였다. 어둠 때문에 분간을 못할 때, 훈은 궁을 변의 인도로 중의군 침실에 넣었다. 대군은 그것을 알고, 훈의 약은 꾀를 원망하면서도 중의군을 위하여 내궁을 맞이하려 했다. 사흘째 밤은, 훈이 경에서 그 밤에 필요한 물건을 보냈다.

---

* 총각(總角)은 머리를 두 갈래로 갈라 양쪽 귀 위에 뿔처럼 동여맨 것. 팔의궁 일주기 법회 때 훈이 부른 노래에 나온다. 훈과 대군과의 관계를 역설적으로 암시한 것. 총각(總角)을 아게마키(あげまき)라 읽는다.

내궁도 무리를 하면서 우치에 다녔다. 내궁은 중의군을 경에 데려가려는 생각이었고, 훈도 대군을 삼조궁으로 맞이하려고 생각하였다.

초겨울 내궁은 우치로 단풍구경을 갈 생각이었다. 그러나 명석중궁이 보내온 수행원의 어마어마한 규모에 중의군이 있는 곳에 들르는 것을 단념하지 않으면 안되었다. 대군과 중의군이 입은 타격은 컸다. 내궁의 외출은 더욱 어렵게 되었다. 거기에 맞추어 일이 돌아간 것일까, 대군은 병을 앓기 시작했다. 문안 온 훈의 수행원으로부터, 대군은 내궁과 석무의 딸 육의궁과의 혼담이 진행중이라는 것을 알게 되었다. 대군은 부궁의 유언을 배반한 자신을 책하고, 절망의 늪에 빠졌다.

그 후 우치를 문안 온 훈은 대군의 중태에 놀라, 그대로 체류하며 간호했다. 경은 풍명의 절회 때였지만, 그곳은 눈보라 치는 밤이었다. 대군은 아우를 걱정하면서 그만 숨을 거두었다. 훈은 그대로 거기에 머물렀다. 내궁이 눈을 무릅쓰고 밤중에 찾아왔지만, 중의군은 만나려고 하지 않았다. 그 해도 저물어 훈이 귀경해 버리고, 우치에 혼자 남은 중의군의 불안은 한층 더했다. 한편 내궁은 군을 데려오기로 결심했다.

1. 훈이 대군에게 호소하다.

오랜 세월 동안 항상 들어서 익숙해진 강바람도, 이 가을에는 더 이상 견딜 수 없을 만큼 슬프게 들려왔다. 그런 가운데 돌아간 부궁의 일주기 법회를 준비하고 있었다. 대강의 물건들은 훈이나 아사리가 돌보아 드리고 있었다. 이쪽에서는 하녀들의 도움으로 법의나 경권(經卷)의 장식이나 자질구레한 준비를 해 나가고 있었다. 정말 의지할 곳 없이 쓸쓸해 보였다. 만일 이렇게 밖에서부터 후견이 없었더라면 어떻게 되었을까도 생각되었다. 훈은 몸소 우치에 와서, 아씨들이 상복을 갈아입는 것에 대해 정중하게 돌보아 드렸다. 아사리도 그곳에 와 있었다. 부처님에게 바치는 명향(名香)의 실을 풀어 펼쳐지게 하고, 아씨들은 말하였다.

"이런 모양으로 겨우겨우 살아 있었어요."

실을 매어 올리는 얼레의 대가 발끝에서 휘장이 갈라지는 곳으로 보였으므로, 곧 그것이라고 알아서, 훈은 읊조렸다.

"내 눈물을 구슬 삼아 꿰고 싶다."

36 가선(歌仙)의 하나인 이세(伊勢 : 지명)의 여어(女御)도 이런 것이었으리라고 흥미 있게 느꼈다. 고운발 안의 아씨들은, 짐짓 아는 체하면서 곧바로 맞받아 대답하는 것도 주저하고 있었다. '물건도 아닌데'라든가, 고금집(古今集)의 찬자인 기관지(紀貫之)가 이 세상에서의 생이별조차 불안한 실의 줄기에 걸고 노래하였다는 것 등 옛날노래는 사람의 마음을 표현하는 실마리였다는 생각을 하고 있었다.

원문(願文)을 만들고, 경전이나 불상에 공양하는 취지 같은 것을 적는 기회에, 훈은 다음과 같이 썼다.

〈명향의 실로 두 갈래 머리(總角)를 매는 중에, 장래의 약속을 결부하여 실이 몇 겹으로 같은 장소에서 만나는 것 같이, 당신과 나도 언제까지나 같이 있고 싶습니다.〉

대군은 여느 때처럼 달가워하지 않고 답하였다.

〈실로 붙들어 맬 수 없을 정도로, 무르게 떨어지는 눈물의 구슬처럼 꺼지기 쉬운 제 목숨인데, 어찌 장래를 약속할 수 있겠습니까?〉

훈은 그 노래를 듣고, 원망스럽게 생각하였다.

'안 만나면 무엇을.'

아씨가 자신의 일이 되면, 이렇게 슬며시 얘기를 딴 데로 돌리니, 훈은 정말 답답하였지만, 도저히 그 이상 노골적으로 사랑을 고백하지는 못하였다. 그 대신 내궁의 일만은 고지식하게 말했다.

"궁은 그렇게까지 절실한 것이 없는 경우에도, 이런 방면에 관해서는 조금 도를 지나치는 성미로, 일단 말을 꺼내면 뒤로는 물러나지 않고,

오기로 버팁니다. 그것이 염려스러워 이것저것 충분히 살피고 있는 것입니다. 아무 걱정하실 일이 없는 것 같은데, 어째서 이렇게 굳이 상대하지 않으려고 합니까? 사람의 정을 이해하지 못하는 바도 아닐 텐데, 싫은 것처럼 서먹서먹하게만 대하고 있군요. 이렇게까지 진실하게 믿음을 보여주고 있는데, 그 뜻의 보람도 없어 원망스럽습니다. 하여간 어떻게 생각하는가를 확실히 알고 싶습니다."

훈은 아주 진지하게 말했다. 대군은 대답했다.

"그 생각에 등지지 않으려고, 세간으로부터 묘한 소문이 날 정도로 이렇게 탁 터놓고 교제하고 있는 것입니다. 그것을 몰라준다면, 사려가 얕은 분이라는 생각이 듭니다. 만일 생각이 있는 분이라면, 이러한 산골짜기에서는, 여러 가지 생각을 하겠지요. 어느 일에나 분별이 늦은 것이 제 성격입니다. 특히 아까 말씀하신 취지의 일에 관해서는 더욱 그렇습니다. 돌아가신 궁도 이럴 때 저럴 때 등 장래를 생각하여 교훈을 남기셨지만, 이러한 일에는 무엇 하나도 말씀하신 것이 없었습니다. 역시 이대로가 좋지, 보통 있는 결혼한다는 것은 체념하는 것이 좋다고 생각합니다. 지금은 무어라 말씀 드릴 수가 없습니다. 이렇게 말하는 것도 사실은, 나보다도 조금은 오래 살 사람으로 이런 산골에 숨어 사는 것은 애처로운 일이기 때문입니다. 정말 아우만은 이대로 생애를 고목처럼 끝내게 하지는 말자고 생각하며 남몰래 애쓰고 있습니다만, 이제부터 앞일이 어떻게 될 운명일까요?"

탄식을 하고 이것저것 마음 아파하고 있었다. 정말 가여웠다.

2. 훈이 변을 불러 아씨들의 일을 얘기하다.

젊은 아씨가 어른스럽고 다부지게 일을 척척 해 나가는 것이 어떻게 가능할지 걱정도 되었다. 훈은 여느 때와 같이 노인 변을 불러내어 이야기했다.

"이때까지 오랜 세월, 그저 후생을 바라는 생각으로 자진해서 이쪽을 찾았습니다. 팔의궁이 왠지 마음 약하게 되었던 만년에, 아씨들의 신상을 내 생각대로 처리해 달라고 말씀하셔서, 나도 그렇게 약속을 했습니다. 궁이 결정한 여러 가지 취지와는 달리, 아씨들의 생각이 정말 무자비할 정도로 고집이 센 것은 대체 어떻게 된 일입니까? 따로 생각하여 두었던 분이 있는가 하고 의심스러운 생각마저 듭니다. 당신도 자연히 들은 것이 있을 겁니다. 나는 아주 이상한 성미여서, 이 세상에 마음이 끌리는 것은 아무것도 없었습니다. 이것도 전세부터의 인연으로 이 정도까지 친하게 교제를 하게 되었습니다. 세상 사람도 슬슬 무언가 소문의 거리로 삼기 시작한 모양이어서, 같은 값이면 돌아가신 궁의 유언대로, 나도 아씨도 보통대로 결혼하여 얘기도 하고 싶다는 생각입니다. 그것이 분에 넘치는 희망이라도, 세상에 그런 예가 아주 없는 것은 아닙니다."

훈은 이야기를 계속하였다.

"내궁도, 내가 이렇게까지 말하는데도, 그러면 안심이라고 찬성하지 않으니 설마 따로 속셈이 있는 것입니까? 자, 어떻게 된 일입니까?"

침울한 얼굴로 말하였다. 세상에 흔히 있는 세파에 닳고 닳은 하녀였다면, 이럴 때에 얄밉고 쓸데없는 말참견이나 하여 맞장구를 칠 것이었지만, 그러나 이 노인은 전혀 그러지 않고, 마음속으로는 어느쪽이라도 나무랄 데 없는 혼담이라고 생각하고 있었다.

"두 분 다 원래 보통 사람하고는 다른 성미여서 아무래도 세상 보통의 결혼을 생각하시는 것 같지는 않습니다. 이렇게 시중들고 있는 우리 가운데 누구보다도 더 궁이 살아 계실 동안에 몸붙일 만한 곳도 없었습니다. 이러한 곳에 몸을 묻혀 버리는 것이 싫은 사람은 다 각각 말미를 얻어 나갔습니다. 예전부터 오랜 연고가 있는 사람도 대개는 단념하고 나갔습니다. 하물며 팔의궁이 안 계시는 지금은, 아주 잠깐이라도 더 이상 남아 있을 것 같지도 않다고 푸념을 하고 지냈습니다. 제가 아씨께, '고궁이 살아 계실 당시만은, 집안의 격식에 어울리지 않는 결혼은 애처로운 일이라는 고풍스럽고 우직한 생각으로 주저하고 있었습니다. 지금은 이렇게 달리 의지할 곳도 없는 두 분의 신상이므로, 설사 어떤 결혼을 하더라도 그것을 마음대로 나쁘게 얘기하는 사람은, 사물의 정리도 모르고 말도 안되는 사람일 것입니다. 어떤 사람이 정말 이런 상태로 일생을 지낼 수가 있겠습니까? 솔잎을 먹고 수행하는 산의 수도자조차도, 산 목숨을 버릴 수가 없어서, 부처님의 가르침을 따르고 있는 것이 아닙니까?' 라는 무엄한 이야기도 들려주었습니다. 젊은 두 분은 당신의 속을 썩이는 일이 반드시 많을 것입니다. 아무리 얘기해도 생각을 바꾸려고 하지 않고, 중의군을 아무쪼록 상응하는 인물과 결혼시키자고만 생각하고 있는 것 같습니다. 이런 산골에마저 찾아오시는 호의를 오랜 세월 동안 보고 온 터이니, 당신의 일을 다른 사람처럼은 보고 있지 않을 것입니다. 지금은 여러 가지로 이것저것 복잡한 내용의 일도 상의하고 있는 모양입니다. 중의군을 당신의 상대로 바라고 있는 것 같습니다. 내궁으로부터의 편지들도 있으나, 그것을 결코 진실한 생각으로 여기지는 않는 것 같습니다."

"애처로운 팔의궁의 유언을 듣고 있어서, 잠깐 동안이나마 이 세상에 살아 있는 한은, 사귀고 싶은 생각입니다. 어느쪽과 결혼하여도 같은 것이겠지만, 또 그렇게까지 나를 생각하고 계시다는 얘기를 들으니 아주 기쁩니다. 그러나 대군 쪽으로 마음이 끌리고 있는 나로서는, 아무리 집착을 버리고자 해도 역시 아직 끊기 어려운 것이 있으니, 새삼스럽게 생각을 바꾸지는 못하고 있습니다. 세상에 흔한 일이지만, 호색적인 것은 아닙니다. 그저 이렇게 물건 너머 대면하고, 말하고 싶은 것을 다 전하지 못하고 남기는 것이 아쉽습니다. 직접 뵙고 여러 가지 세상 이야기를 솔직히 말하고, 또 가슴속을 남김없이 터놓고는 아씨의 얘기를 들을 수 있으면 좋겠습니다. 나에게는 그런 일을 오손도손 말씀드릴 형제도 없어서 아주 쓸쓸합니다. 세상 일의 진상을 알고부터, 슬픈 것도 재미있는 것도, 한탄스러운 일도, 그때그때의 모습을 가슴속에 묻어 두고 지내는 사람입니다. 아무래도 의지할 곳도 없어서…. 육친처럼 되어 줄 셈으로 의지하고 있는 추호중궁도, 허물없이 두서없는 이야기를 마음대로 정확하게 들려 드릴 수는 없습니다. 모친인 여삼의궁은 어버이라고 할 수 없을 정도로 아주 젊지만, 황녀라는 신분 때문에 쉽게 가까이할 수 없습니다. 그밖에 여자는 모두 서먹서먹하고 숨이 막힐 듯 무섭게 느껴져서, 마음속으로부터 반려자로 삼고 싶은 사람이 없어 허전합니다. 농담으로라도 사랑한다고 말하는 것은 몹시 부끄러워 성미에 안 맞고, 쑥스러운 생각만 하는 풍류롭지 못한 사람이기 때문입니다. 더구나 진실하게 사모하는 분의 일은 입 밖에 내는 것도 좀처럼 어렵습니다. 원망스럽고 안타깝게 생각하고 있으면서도 그런 나의 기색조차 알리지 못하는 것은, 내가 생각해도 매우 재치가 없는 일입니다. 내궁이 중의군에게 청혼하는 것을 중개하는 일도 설마 나쁘게는 주선하지는 않겠지 하고, 내게 맡겨 어떻게 되어가는가를 보리라는 셈은 아니겠지요?"

훈은 이렇게 말하며 앉아 있었다.

'이렇게 불안할 때, 정말 소망하였던 대로의 혼담이 아닌가? 아주 꼭 아씨들에게 그렇게 주선하여 드리고 싶다.'

변은 이렇게 생각했지만, 대군과 훈 어느쪽 분도 열등감을 느끼게 할 정도의 훌륭한 상대여서, 자기 생각을 그대로 말씀을 드릴 수가 없었다.

3. 훈이 대군의 곁에 강제로 들어가다.

훈은 오늘밤은 여기서 묵으면서, 아씨와 천천히 얘기를 하려고 해가 질 때까지 머뭇거리며 지냈다. 확실하게 말을 안 하고 무언지 원망하고 있는 훈의 거동은 점점 억제하지 못하게 흥분되어 갔다. 아씨는 응대하기도 어려워지고, 터놓고 이야기하기는 더욱 괴롭게 여겼다. 그러나 보통으로 생각하면 이 세상에 둘도 없이 정이 깊은 훈의 인품이어서, 아씨는 박정하게 대우하기도 어려워, 대면하였다. 부처님을 모신 방 사이의 문을 열어 놓고서, 심지를 돋우어 등불을 밝게 하고, 발 가까이에는 병풍을 세워 두고 그 안에 있었다. 발의 밖에도 등불을 드렸으나, 이렇게 말했다.

"기분이 나빠 버릇없는 모양을 하고 있어서 …. 이것으로도 너무 밝습니다."

그리고는 등불을 치워 두게 하고 누워 있었다. 집에 마침 있는 과일 같은 것을 조금 챙겨서 내놓았다. 따라간 사람들에게도 재치 있게 안주를 준비하여 내놓았다. 이 사람들은 복도에 모여 있었고, 아씨 앞에는 인기척이 없어서 조용히 얘기할 수 있는 분위기였다. 아씨는 마음을 놓지 않았지만, 아주 부드럽고 마음을 돋우는 인정미가 있었다. 무엇인가 말하는 태도가 적지 않게 훈의 마음에 들어서 꼼짝 못하도록 홀딱 빠져 있었다.

보잘것없는 칸막이로 차단되어 있었으므로, 초조한 생각이 들었다. 언제까지라도 가만히 있는 자신의 결단력 없는 태도가 어리석은 것은 아닌가 생각했다. 아무렇지 않은 듯 분위기를 깨지 않는 세상 얘기들을 차분하고 재미있게 흥을 돋우며 말했다.

"모두 가까이에 있어 주었으면."

고운발 안에서는 이렇게 말했는데도, 하녀들은 그렇게 서먹서먹하지 않은 게 좋다고 생각하고 있었다. 그래서 바로 옆에서 눈을 크게 뜨지도 않고 오히려 물러나 옆으로 누워 있었다. 부처님 앞의 등불을 밝게 하는 사람도 없었다. 아씨는 왠지 기분이 상해서 몰래 하녀들을 불렀지만, 눈을 뜨는 사람도 없었다.

"기분이 좋지 않으니, 조금 쉬었다가 밝을 때에 다시 뵙게 하여 주십시오."

대군은 이렇게 말하며 안으로 들어가려고 했다.

"산길을 헤쳐 온 저는 더더욱 피곤하지만, 이렇게 이야기라도 나누며 위로받고 싶습니다. 그것을 뿌리치고 안으로 들어가시면, 정말 불안해집니다."

훈은 병풍을 가만히 열고 고운발 안으로 들어갔다. 기분이 아주 언짢을 때 반쯤만 안으로 들어갔는데, 그 순간 만류당하여 대군은 몹시 원망스럽고 한심했다.

"당신이 말하는 '사이를 떼어놓지 않고'는 이런 것을 말하는 것입니까? 생각지도 못할 일을 하는군요."

아씨는 나무랐다. 그 얼굴이 하도 예뻐서 훈은 말했다.

"'사이를 떼어놓지 않고'라고 말한 나의 생각을 조금도 알아주시지 않으니, 말씀 드려 알아 달라고 이러는 것입니다. 생각지도 못한 일이라는 말도, 어떻게 헤아려서 하는 말입니까? 부처님 앞에서 맹세라도 하겠습니다. 한심한 일이라고 하셨는데, 그렇게 나를 두렵게 생각하실 것은 없습니다. 당신 생각에 어긋나는 짓은 하지 않으리라고 생각하고 있습니다. 다른 사람은 설마 이렇게까지라고는 생각도 못할 일이지만, 세상 사람하고는 다른 어리석은1) 사람으로 통하고 있습니다."

훈은 어두컴컴한 등불로 그윽하게 보이는 얼굴에 머리털이 주르르 흘러내려 있는 것을, 몇 번이나 쓸어 올리며 보고2) 있었다. 그 용모는 나무랄 데가 없고, 정말 매력이 넘쳐흐를 것 같았다.

이렇게 불안하고 한심스러운 집에서는, 호색적인 사람이라면 아무 망설임도 없이 소망을 달성할 것 같았다. 자기 이외에 아씨를 찾아오는 사람이라도 있으면, 그대로 두었을까? 만일 그렇다면 얼마나 유감스런 일일까? 지금까지 느긋한 태도를 보인 것도 불안해지기 시작했다. 아씨가 말할 수 없이 괴롭게 생각하고 우는 것이 몹시 애처로워, 이러한 일을 하지 않고서도 자연히 마음이 누그러질 때도 있을 것이라고 생각하였다. 아씨는 체면이고 무어고 돌볼 수 없는 모습이 애처로워, 훈은 어름어름 꾸며서 달랬다.

"이러한 생각을 갖고 계신 것도 모르고, 괘씸할 정도로 언제나 가까이에 있었습니다. 불길한 소매의 색3) 등을 모두 보고 계시면서도 동정심이 없는 행동을 하시니, 제 자신이 얼마나 하찮은 사람인가를 알 수 있어, 마음을 가라앉힐 수가 없습니다."

아씨는 이렇게 푸념했다. 아무 준비도 없이 초라한 등불 아래에서, 먹색 상복을 입은 모습이 아주 쑥스럽고 고통스럽게 생각되었다. 훈이 말

---

1) 세간의 남자라면 당연히 행동으로 옮기는 것이지만, 자신은 고지식하게 어디까지나 대군의 생각을 존중하여 참는 남자라는 것을 말한다.
2) 남자가 여자의 얼굴을 노골적으로 응시하는 것은 정교(情交)의 일보 전의 행위.
3) 상복의 색. 초라한 모습을 보인 것이 참을 수 없다고 하였으나, 사실은 얼굴을 보였다는 것이 한층 더한 굴욕이라는 것은 여자로서 입으로 내기 어려워 말을 안 했다.

했다.

"정말 이렇게까지 싫어하는 까닭이 무엇입니까? 부끄러워 아무 말도 못 드리겠습니다. 먹색 소매의 색을 말씀하시는 것은 무리도 아닌 것이지만, 오랫동안 보아 와서 알 수 있는 내 생각을 나타낸 것이므로, 어느 정도의 겸손도 있어야 할 것입니다. 정말 지금 시작한 사귐이라고 생각할 것은 없을 겁니다. 그것은 어설픈 분별입니다."

음악소리를 들었던 새벽 달 그림자의 일 이래로, 몇 번이고 그립다는 생각에 참지 못하게 된 것을, 차례대로 면면히 이야기하였다.

'이분이 엿보았던 것을 처음으로 알다니 얼마나 부끄러운 것이었던가?'

아씨는 이런 생각에 꼴도 보기 싫다고 생각하였다.

'그런 생각을 가지고 있으면서 아무렇지도 않은 듯 고지식한 것처럼 하고 있었다.'

아씨는 무엇이나 간에 불쾌하게 생각했다.

훈은 가까이 있는 낮은 휘장을 부처님 방과 분리하는 것으로 놓고, 잠시 아씨 가까이에 바짝 붙어서 옆으로 누웠다. 명향(名香) 냄새가 아주 향기롭게 떠돌아서, 붓순나무의 강한 향기가 났다. 그것이 한층 더, 부처님을 믿고 있는 몸으로는 떳떳하지 못하게 느껴졌다.

'때도 있으련만 하필이면 복상 중인 지금, 참지 못하여 경솔하게 되었구나. 당초 불도에 뜻한 생각에도 배반하는 일일 것이다. 이런 복상이 끝날 무렵에는 상대편의 생각도 조금은 약하게 될 것이다.'

훈은 될 수 있는 대로 온화하게 마음을 가라앉혔다. 가을 밤의 풍치는 이런 곳이 아니라도 자연히 애수가 깊은 것이지만, 여기서 봉우리에 부는 폭풍이나 담 밑의 벌레소리도, 더욱 불안하게만 들려왔다. 무상한 세상 일을 얘기하면, 이따금 받아 대답하는 아씨의 모습은 무엇이나 보기만 해도 무난한 분이었다. 자고 있던 사람들은 대군과 훈이 인연을 맺었다고 짐작하고, 다 안으로 들어갔다. 아씨는 부궁이 유언하였던 때의 일들을 생각했다. 정말 그분이 이 세상에 살아 계셨다면, 마음에 없는 생각도 못했던 이런 칠칠치 못한 일을 당하지 않아도 되었을 것이라 생각하고 몹시 슬퍼졌다. 강가의 여울소리에 맞춰 눈물이 끝없이 흐르는 것 같았다.

4. 새벽에, 훈이 대군과 노래를 증답하다.

어느 사이에 날이 밝았다. 수행원들이 일어나서 잔기침을 하고, 말들이 울음소리를 내고 있었다. 훈은 얘기로 들었던 여행지의 묵는 역(驛)의 정경을 상상하며, 흥미 깊게 느꼈다. 새벽빛이 보이는 방향의 맹장지를 밀어 열고, 마음에 배어드는 것 같은 하늘 색을 아씨와 같이 구경하였다. 여자는 무릎걸음으로 조금 나왔다. 처마가 바로 가까이에 있어서, 넉줄고사리〔忍草〕에 얹혀 있는 아침이슬의 경치도 점점 보이기 시작했다. 서로 아름다운 모습이나 용모를 바라보았다.

"아무 일도 없이[4] 그저 이렇게 달도 꽃도 마음을 하나로 즐겨하면서, 덧없는 이 세상의 모습을 얘기하며 지내고 싶습니다."

훈은 아주 부드러운 얼굴로 말했다.

'이렇게 아주 쑥스럽지 않게 물건을 사이에 두고 얘기하였으면, 그것이야말로 정말 속상할 일이 조금도 없을 텐데.'

대군도 점점 두려움이 사라져, 이렇게 생각했다. 근처가 밝아졌다. 여기저기 떼를 지어 날아다니는 새들의 날개 치는 소리가 가까이에서 들려왔다. 새벽 어둠을 뚫고 종소리가 희미하게 들려왔다. 대군이 말했다.

"더 늦으면 곤란할 텐데. 날이 밝으면 아주 보기가 흉할 겁니다."

몹시 견디기 어렵게 부끄러워하고 있었다.

"참으로 무엇이 있었던 것처럼 당황하여 아침이슬을 가르고 돌아가는 것도 어려울 듯합니다. 그렇게 되면 남들이 어떻게 짐작하겠습니까? 겉으로는 보통의 부부처럼 부드럽게 거동하고, 내실은 세상과는 다른 깨끗한 사이로 지금까지와 같이 저를 대해 주십시오. 결코 걱정을 끼치는 일은 없을 겁니다. 이렇게 한결같이 깊이 생각하고 있는 나의 마음을 가엾다고 알아주시지 않는 것이 한심합니다."

---

4) 실지의 행동은 없었지만, 이것을 믿는 사람은 없다.

훈은 일어설 생각도 하지 않았다. 아씨는 이대로는 남의 눈에도 보기 흉하게 될 것이라고 한심스럽게 생각했다.

"이제부터는 그 마음을 잘 알았으니 당신이 하라는 대로 하겠습니다. 그러나 오늘 아침만은 제 소원대로 따라 주십시오."

대군은 정말 어떻게 해야 좋을지 몰랐다.

"얼마나 괴로울까? 새벽의 이별이라는 것은 아직 경험하지 않았지만, 정말 길을 잃을 것 같습니다."

훈의 입에서는 탄식이 새어나왔다. 어느쪽에서인지 닭 우는 소리가 들려와서, 경의 일들이 생각났다.

〈산골의 경치를 자주자주 음미하게 하는 여러 가지 소리, 여러 가지 생각에 가슴이 메이는 새벽입니다.〉

여군이 답했다.

〈새소리조차 들리지 않는 산골이라고 생각하고 있었는데, 이 세상의 쓰라림만은 여기까지 쫓아와서, 나를 생각에 잠기게 합니다.〉

훈은 아씨의 맹장지에까지 가서 인사를 하고, 어젯밤에 들어온 입구로 나와서 누웠으나, 잠도 오지 않았다.

'정말 이렇게까지 괴로운 생각을 하는 것이라면, 지금까지 오랫동안 느긋한 모습으로 있지는 못하였을 것이다.'

아씨와 헤어진 후의 자취가 그리워서, 이렇게 훈은 생각했다. 이제는 경으로 돌아오는 것도 마음이 무거웠다.

5. 대군이 '아우를 훈에게'라고 결심하다.

아씨는 사람들이 어떻게 생각할까가 걱정이 되어 곧바로는 잠이 오지 않았다.

"누구 하나 믿을 만한 사람도 없이 이 세상을 살아가야 하는 신세가 한심하다. 주위 사람들마저 하찮은 혼담을 이것저것 중개하는 것 같다. 때론 어떤 뜻밖의 일도 일어날지 모르는 이 세상이다. 저 분의 인품이나 용모는 꺼림칙한 점도 없는 것 같고, 돌아가신 부궁도 상대방에게 그렇게 생각하시게 하는 것 같았지만, 나는 역시 이대로 독신으로 있고 싶다. 아우는 나보다도 두 살 아래인 24세로 용모도 지금이 한창 아름답고, 이대로는 황송하다고 생각될 정도이니, 보통 사람들처럼 결혼시키게 되면 얼마나 기쁠 것인가? 이 사람과의 결혼이라면, 될 수 있는 한 보살펴 드리자. 나 자신의 일이라면, 그 보살핌을 다른 누가 맡아줄 것인가? 저 분이 보통 있는 흔한 인품이라면 이렇게 오랜 세월 정성을 들여 온 그 보람으로 받아들일 생각도 했겠지만, 훌륭하고 가까이하기 어려운 인품인 것이 도리어 몹시 주눅들게 만든다. 내 앞날은 이대로 있기로 하자."

대군은 생각을 계속하며, 몰래 울기도 하다가 아침을 맞이하였다. 어젯밤의 일로 아주 기분이 나빠서, 자고 있는 중의군 바로 옆에서 잤다.

중의군은, 평소와 다르게 사람들이 소곤소곤 속삭이는 모습들이 심상치 않다고 생각하면서 자는 척하고 있었다. 그런데 이렇게 언니가 왔으므로, 기뻐서 옷을 걸쳐 드렸다. 근처에 자욱하게 잔향이 맴돌아서 언젠가 숙직원이 경망스런 행동을 한 것이 생각이 났다. 저 하녀들이 수군거린 것이 정말일 것이라고 애처롭게 여겨 자는 척하면서 얘기도 안했다. 훈은 변을 불러내어, 아씨에게 해줄 전언을 정중하게 말해 두고서 돌아갔다. 어젯밤 '갈래 머리'의 노래를 농담으로 받아 대답하였는데, 이쪽에서 그런 마음이 있어 '한 발쯤' 떼어놓았다 해도, 결국은 만났을 것이라고 대군도 생각하고 있었을 것이다. 몹시 부끄러운 일인 것 같아, 다음날은 하루종일 괴롭게 지냈다. 사람들이 걱정하는 말들을 했다.

"팔의궁 일주기 법회까지 앞으로 며칠 안 남았습니다. 소소한 것까지 착실히 살펴야 할 사람도 따로 없는데, 공교롭게도 병이 나서."

"장식하는 꽃은 어떻게 하여야 할지 나는 도저히 알 수 없습니다."

중의군은 실의 장식을 끝내고, 이렇게 자주 졸라 대었다. 어둡게 된 것을 다행으로 여기며, 함께 매듭지었다. 훈으로부터 편지가 있었으나, 그날 아침부터 자신의 상태가 매우 나빠졌다고 말하며, 대필로 답장을 하게 하였다.

"정말 꼴사납다. 어른스럽지 않다."

하녀 등은 소곤소곤 험담을 하고 있었다.

6. 새벽에 훈이 우치를 방문하다.

복상의 기간도 끝나서, 아씨들은 상복을 벗었다. 부궁이 돌아가신 후로는 일시라도 살아 남을 수 있을까 염려되었지만, 어느덧 헛되이 지나가 버린 이 일 년의 나날을 되돌아보았다. 아주 생각도 안 했던 한심한 자기 신세에, 슬픔 속에서 울고 있는 두 분의 모습은 아주 애처로웠다. 몇 달이나 먹색의 옷을 입고 있던 모습이, 지금은 엷은 재색으로 바뀌어져 청초하게 보였다. 중의군은 정말 한창 나이로 언니보다도 훌륭하였다. 머리를 감고 빗질을 시키는 것을 보고 있으면, 세상의 괴로움도 잊혀질 것 같이 빼어나게 예뻤다. 이 정도면 훈과 같이 있어도 못해 보이지는 않을 것이라고, 대군은 혼자서 믿음직하고 기쁘게 생각했다. 지금은 자기를 빼놓고는 이 군을 보살펴 줄 사람도 없어서, 어버이가 된 마음으로 돌보고 있었다.

훈은, 아씨가 거리낀다고 말한 상복을 바꾸어 입는 9월이 올 때까지 침착하게 기다리지 못하고 또 우치에 건너왔다.

"여느 때처럼 만나자고 여쭈어 주십시오."

훈이 중개를 청하였지만, 대군은 기분이 좋지 않다고 이럭저럭 구실을 붙여 만나 주지 않았다.

"생각 밖의 무정한 마음이군요. 이미 두 사람은 결혼한 것으로 알고 있는 사람들이 어떻게 생각하겠습니까?"

훈은 편지로 그렇게 말했다. 아씨가 답했다.

"마지막으로 먹색의 상복을 벗게 되니 마음도 산란해져, 도리어 슬픔에 잠겨 있어서, 도저히 상대해 드릴 수가 없습니다."

훈은 원망하다 못해 변을 불러내어, 이것저것 한탄했다. 허전한 것의 위로로는 세상에 둘도 없이 훈만을 의지하고 있는 이 저택 사람들이니까, 자기들이 바라는 대로 아씨의 마음이 움직이고, 세상 보통대로 결혼하여 경에 옮겨가면 자기들의 생활이 안정되는 훌륭한 일이라고 이야기하였다.

"꼭 훈 중납언의 군을 방에 들여보내자."

이렇게 다 같이 상의하고 있었다.

아씨는 그러한 내용을 다는 알지 못하였으나, 짐작은 할 수 있었다.

'이렇게 변을 돌보아 주어 자기편으로 만들었으니, 변도 같은 마음이 되어, 방심하지 못할 생각을 일으킬지도 모른다. 옛이야기[5]를 보아도, 여자가 자진해서 이런 일을 저지르는 예는 별로 없다. 경계심을 풀면 안 되는 것이 사람의 마음이다. 어디까지나 나를 깊이 원망한다면, 나 대신 아우의 군을 보내자. 설혹 못해 보이는 상대라고 하더라도, 그렇게 한번 만나보면 박정한 짓은 못할 것 같은 저 분이다. 이 군이면, 더더욱 임시라도 부부의 인연을 맺으면, 그것으로 만족하게 생각할 것이다. 그러나 이쪽에서 그것을 미리 말하면, 그것을 기다렸다는 듯 알아주지는 않을 것이다. 만일 본의가 아니기 때문에 들어주지 않는다면, 저 분이 얼마쯤은 자신의 생각을 이쪽에서 제멋대로 경박하게 여기지는 않을까 하고 사양하고 있는 것일 것이다.'

대군은 일의 진행시키는 순서를 생각했지만, 중의군에게 아주 비밀로 하면 자기의 경험에 미루어 보아 죄가 깊어질 것으로 생각하여 여러 가지로 얘기했다.

"돌아가신 부궁께서는 설령 이 세상을 이렇게 쓸쓸하게 살아가더라도, 섣불리 세상의 웃음거리가 될 만한 경솔한 생각을 일으켜서는 안된다는 유언을 하셨습니다. 재세하는 동안 거치적거리며 근행에 방해가 된 죄만도 대단했을 것입니다. 지금도 임종 때에 말씀하신 한마디를 어기지 말자고 생각합니다. 나는 별로 새삼스럽게 허전하다고는 생각하지 않는데, 이 사람들이 그것을 이상하게도, 고집이 센 것으로 생각하여 마음에 안 드는 듯 말하는 것은 정말 곤란한 일입니다. 그러나 보는 바와 같이 사실 그대로입니다. 이렇게 당신까지도 같은 상황으로 지내는 것은, 세월

---

5) 하녀가 여주인에 남자를 안내하는 이야기는 《落窪物語》나 《住吉物語》에도 보인다.

이 흐름에 따라 당신의 신세만이 과분하고, 불쌍하고, 딱하게 여겨집니다. 적어도 당신만이라도 보통대로 결혼하여, 이런 나로서도 면목이 서고 마음도 개이게 해주십시오. 나는 그때까지 당신을 꼭 돌보아 드리려고 생각하고 있습니다."

중의군은, 대체 언니가 어떤 생각을 하고 있는지 궁금했다.

"부궁은 형님 혼자만 그렇게 일생을 마치라고 말하였습니까? 의지할 곳 없는 신세가 마음에 걸리는 것은, 내편이 더했을 것입니다. 언니의 허전한 마음을 달래 드리는 것은, 이렇게 언제나 조석으로 같이 있는 것 외에 어떤 수가 있습니까?"

어쩐지 원망스럽게 생각하고 있는 모습이 아주 애처로웠다.

"사람들이 내 일을 너무 사리를 모른다고 생각하는 모양이어서 이것저것 마음이 아픕니다."

대군은 이렇게 말하고, 그 이상은 얘기를 안 했다.

해가 저물어 가는데, 훈은 돌아가지 않았다. 아씨는 아주 거북하게 되었다고 생각하고 있었다. 변이 가까이에 와서 훈의 말을 전하였다. 불평하고 있는 것도 지당하다고 상황을 잘 말하는데, 아씨는 대답도 않고 탄식을 하였다.

"대체 어떻게 하면 좋은가? 만일 양친 중 한 분이라도 계시다면, 어떻게 되든지 적당하게 그분이 돌보아 주는 대로 따르겠다. 숙명이라는 것에 맡길 텐데. 내 몸도 내 뜻대로 되지 않는 세상이므로, 모두 세상의 관례라고 치고, 사람에게 웃음거리가 될 잘못이라도 책망을 받지 않고 지낼 수 있을 것이다. 여기에 있는 사람은 한결같이 오래 사는 공으로 확실하다고 생각하고 있고, 태평하게 아주 좋은 연분이라고 말하여 주지만, 과연 믿어도 되는 것일까? 보통보다도 못한 이 사람들의 생각으로, 그저 일방적으로 그렇게 말하는 것뿐이겠지."

끌어낼 듯 다들 권유하는데도, 대군은 아주 한심하고 지겹게만 느끼고, 응하려는 마음도 없었다. 같은 마음으로 무엇이나 서로 얘기하고 있는 중의군은 이런 방면의 일은 조금 서툴고 대범하여, 특별히 새겨듣지도 않았다. 아씨는 이제는 평범하지 않은 신세가 되어 버렸다고 생각하여 그저 안쪽을 향하고 있었다.

"평소의 색으로 갈아입으십시오."

하녀들은 이렇게 말하고 권유하는 것이 모두 다 그런 마음가짐으로 있는 것 같아 한심스럽게 생각되었다. 훈이 정말 그럴 생각으로 있으면 아무도 가로막지 못할 것이었다. 떼어놓는 것도 없으니, 이런 집에 몸을 숨기려고 하는 것은, 보람없는 막다른 골목에 쫓겨 있는 '산 배의 꽃'이나 다름이 없었다.

훈은 이렇게 누구에게도 말참견을 할 수 없도록 겉으로 드러나지 않게 하고, 언제부터 만나기 시작했는지도 모르게 가만히 일을 진행시키려고, 전부터 생각하였던 것이었다.

"알아주지 않는다면, 언제까지라도 이렇게 기다리고 있겠습니다."

이렇게 말하니 노인은 사람들 눈을 아랑곳 하지도 않고 자기들끼리 상의하고 속삭였다. 아무래도 사려가 얕은 데다 늙은이의 외고집까지 있었기 때문에 아씨는 불쌍한 지경이 되었다.

아씨는 아주 정나미가 떨어져, 변이 가까이에 왔을 때 말하였다.

"오랫동안, 다른 사람하고는 다르게 마음이 깊은 분이라고만 생각했고, 돌아가신 부궁도 그렇게 말씀하시는 것을 듣고 있었습니다. 요즈음은 모든 일을 의지하면서, 보통 이상으로 믿고 있었습니다. 그러나 이쪽에서 생각하고 있는 것과는 다르게 바라고 있는 것 같은데, 그건 곤란한 일입니다. 남들처럼 결혼하여 지내려고 생각하는 몸이라면, 나라고 해서, 이런 얘기를 어떻게 남의 일처럼 할 수 있겠습니까? 그러나 예전부터 이 세상 일은 단념해 버린 지 오랩니다. 게다가 중의군이 한창때를 지나고 있는 것을 섭섭하게 생각합니다. 정말 이런 산골 살림에도, 언니로서 이 군의 일을 걱정하는 것만으로도 머리가 가득 찰 것 같습니다. 돌아가신 부궁을 그리워하는 마음이 있으면, 중의군과 나를 같은 것으로 생각하여 주십시오. 그렇게 되면 몸을 둘로 나눈 자매인 내 마음속은 모두 이 군에게 양보하고, 같이 만나볼 마음이 되는 것이겠지요. 역시 이러한 취지를 당신이 잘 말씀하여 주십시오."

부끄러운 듯이 하고 있으면서도, 자기 생각을 계속 말했다. 변은 아주 정말 안타깝게 보고 있었다.

"그렇게만 생각하고 있다는 것은 전부터 알고 있었습니다. 그 일은 충분히 상대방에게도 말씀 드리고 있습니다만, '도저히 그렇게 바꾸어 생각할 일도 아니다. 내궁의 원망이 더욱 커질 것이므로, 중의군의 일은 그쪽에서 생각대로 무엇이나 돌보아 드리게 하자'라고 말합니다. 그렇게 되면, 이쪽저쪽 다 바라는 바대로 이루어지는 겁니다. 양친이 다 생존해 특별히 마음을 써 가며 소중히 키워 온 경우라도, 도저히 이렇게 좀처럼 없는 혼담이 차례로 겹쳐지는 일은 없을 것입니다. 황송한 일입니다만, 이렇게 의지할 곳도 없는 살림을 보고 있으면, 결국은 어떻게 될까 걱정이 되어 슬프기만 합니다. 상대방의 뒷일까지는 모른다 해도, 두 분 다 행복하고 훌륭한 운세라고 생각하니, 무엇보다 기쁩니다. 돌아가신 궁의 유언에 위반하지 말아야 하는 것은 의당 그래야겠지만, 그것은 적당한 사람도 없이 신분이 맞지 않는 결혼을 하는 것을 걱정하여 경계하셨던 것입니다. 저 나리가 만일 반려자로 삼을 의향을 가졌다면, 한쪽 대군은 안심하고 남겨 둘 수 있으니 얼마나 기쁠까 하고 때때로 말씀하셨습니다. 어버이가 먼저 간 사람은, 지위가 높고 낮음을 불문하고 생각대로 되지 않아, 터무니없는 몰골로 영락하는 예도 적지 않게 있습니다. 그것이 모두 예사로 있는 일이어서, 그 일을 나쁘게 말하는 사람도 없습니다. 더구나 저분들은 이렇게까지 일부러 만들어 낸 것처럼 훌륭한 인품이고, 마음씨도 얌전하고 둘도 없을 정도로 정성이 가상합니다. 그것을 제멋대로 떨쳐 버리고, 전부터 생각했던 대로 부처님을 섬기려는 소원을 이룬다 해도, 설마 구름이나 안개 속에서 지내지는 못하겠지요."

변은 여러 가지 것을 길게 차례로 늘어놓는데, 정말 얄밉고도 싫증 나는 사람이라고 생각하며 엎드려 있었다.

중의군도, 얼마나 애처로운 모습인가고 생각하며, 같이 누워 있었다. 아씨는 대체 어떻게 응대하여야 할지 불안하게 생각하였지만, 일부러 들어앉거나 몸을 숨길 그늘도 없는 집이었다. 부드럽고 고운 옷을 중의군 위에 살짝 걸쳐 드리고, 몸을 뒤쳐서 조금 떨어진 곳으로 가서 잤다.

변은 아씨가 말한 것을 손님에게 전하였다.

'대체 무슨 까닭으로 이렇게 이 세상의 일을 단념하고 계실까? 성자처럼 하고 있었던 부궁의 곁에 있던 탓으로, 세상의 무상을 깨닫고 있는 것일까?'

훈은 이렇게 생각하니 더욱 자기의 마음과 통하는 데가 있다고 느꼈다. 약은 척하는 것이 밉게는 생각되지 않았다.

"그래서 물건 너머로 만나 주시는 것도, 지금은 당치 않은 일로 생각하시는 거겠지. 그러나 오늘밤만이라도 주무시는 곳에라도 가고 싶으니, 가만히 머리를 써 보시오."

훈의 말에 변은 사람들을 일찍 재우기도 하고 이런저런 준비를 하고 있었다.

7. 훈이 아씨들의 방에 몰래 들어가다.

초저녁이 조금 지난 때부터 바람소리가 거칠게 들리기 시작했다. 허술하게 만든 덧문은 삐걱삐걱 소리를 내고 있었다. 그러는 통에, 훈이 몰래 들어가는 소리를 아씨들이 못 들으리라고 생각하여, 안내받아 가만히 들어왔다. 자매가 같은 장소에서 자고 있는 것이 불안하였지만, 평소의 일이므로 미리 따로 있으라고 할 수도 없었다. 훈은 이때까지 충분히 상황을 알고 있으려니 생각하고 있었지만, 대군은 뜬눈으로 지내고 있어서, 문득 소리를 듣고 살짝 일어나 아주 재빨리 몸을 숨겼다. 중의군이 무심히 잠들어 있는 것이 정말 가여웠지만, 어떻게도 할 수 없어 가슴이 미어지는 것 같았다. 같이 숨을까도 생각하였지만, 새삼스럽게 그 때문에 되돌아가지도 못하고, 와들와들 떨면서 엿보고 있었다. 훈은 등불빛이 희미한 곳에 속옷바람으로 아주 익숙한 장소인 것처럼 휘장을 끌어올리고 들어왔다. 대군은 중의군이 어떤 마음으로 있을지 몹시 애처롭게 생각하면서도, 허술한 벽에 세워 놓은 병풍 뒤의 누추한 곳에 앉아 있었다. 중의군에게 장래의 일을 얘기하는 것만도 원망스럽게 생각할 것인데, 이렇게 되면 더욱 의외의 일로 여겨 자기를 싫어할 것이라고 생각하니, 아주 서글펐다. 만사 확실한 후견인도 없이 이 세상에 살아 남은 두 사람의 슬픈 신세를 이래저래 생각하고 있었다. 돌아가신 궁이 마지막으로 산으로 올라가던 저녁의 상황이 바로 지금처럼 느껴져 대단히 그립고도 슬펐다.

훈은 아씨가 혼자서 자고 있는 것을 보고, 미리 작정을 하고 있었는가 생각하여, 가슴이 두근거렸다. 그러다가 점점 그 사람이 아니라는 것을 알게 되었다. 중의군이 좀더 예쁘고 가련한 점은 나아 보였지만, 너무나 뜻밖의 일이어서 멍하니 어찌할 바를 모르고 있었다. 과연 이런 사정도 모르고 잠들고 있는 것을 보니, 정말 애처롭기도 했다. 또 그와는 반대로, 몸을 숨기고 있는 아씨의 냉담함이 마음속에서부터 한심스럽고 분하기도 했다. 훈은 자매를 함께 내 것으로 생각한 적도 있었기 때문에 이 분을 타인으로 단념해 버릴 것 같지도 않았지만, 역시 본래의 소원을 뒤집는 것은 유감이었다.

'결국 일시의 천박한 생각이었다고 아씨로부터 여겨지게 되기는 싫다. 오늘 저녁은 역시 이대로 보내기로 하자. 만일 어떻게 해서도 숙연으로부터 도망가기 어려운 것이라면, 그때는 이분과 부부가 되었다 해도, 그다지 타인처럼 생각하지는 않을 것이다.'

훈은 마음을 가라앉히고, 언제나처럼 우아하고 다정한 태도로 얘기하며 밤을 밝혔다.

변 등은 이것으로 충분하다고 생각하였다.

"중의군은 어디에 계실까? 묘한 일이로군."

그리고 이런 말을 하며 우왕좌왕하였다.

"그렇지만, 무언가 사정이 있을 것이다."

혼담의 일은 딴 일로 하고라도, 보기만 하여도 주름이 펴질 것 같이 훌륭하고 넋을 잃게 하는 훈의 얼굴이었다.

"아씨는 어째서 저렇게 쌀쌀하게 응대하고 있을까? 다름이 아니다. 반드시 세상 사람들이 말하는 무서운 요괴에 들렸을 것이다.”

이렇게 이 빠진 입으로 무뚝뚝하게 말하는 하녀도 있었다.

“재수 없는 소리. 어떤 요괴가 들렸다는 겁니까? 그저 남과 사귀는 것에 서투르게 자라 왔으니, 이런 일에도 알맞게 보살펴 주는 사람이 없어서 쑥스럽게 여기는 것일 겁니다. 그러는 중에 자연히 친숙해지면, 그립게 여기기도 할 것입니다.”

“부디 빨리 터놓고 지내서, 나무랄 데 없는 신분이 되어 주었으면.”

하녀들은 이렇게 말하면서 잠이 들었다. 듣기 흉하게 코를 고는 사람도 있었다.

실속도 없이 ‘만나는 사람으로부터’라는 옛 노래의 취지와는 달리 가을 밤인데도 곧 날이 샌 것 같았다. 언니와 어느쪽이 낫다 못하다고 할 것도 없는 부드럽고 아름다운 이분의 모습을 보며, 이대로 아무 일 없이 헤어진다는 것은 아쉬운 일이라는 생각이 들었다. 그러나 모두 자기 마음으로부터 비롯된 결과였다.

“당신을 생각하는 나에게도 애정을 품어 달라고 말하고 싶습니다. 정말 한심하고 정이 없는 분이 하는 일을 배워서는 안됩니다.”

훈은 이렇게 말하며, 후에 만날 것을 약속하고 방을 나왔다. 자기가 생각해도 이상하고 꿈꾸는 듯했지만, 그래도 역시 박정한 사람의 모습을 한번 볼 셈으로, 마음을 가라앉히고 여느 때처럼 나와서 누웠다.

“정말 이상합니다. 중의군은 어디에 계실까요.”

변이 아씨의 옆에 와서 이렇게 말하는 것을 듣고, 중의군은 너무나 부끄러웠다. 생각지도 않았던 일인데, 어떻게 된 일인가 하고 누워서 생각하고 있었다. 훈의 침입을 대군이 계획하였다고 생각하니, 언니를 원망스럽게 생각하였다. 날이 새어 근처가 밝아졌을 때, 벽 속의 귀뚜라미처럼 있던 대군이 기어 나왔다. 대군은 중의군이 어떤 마음이었을까 하고, 너무나 가엾게 여겨졌다. 둘은 서로 아무 말도 못하고 있었다.

‘훈 나리에게 얼굴을 보여서 모두 숨김없이 드러난 것은 한심한 일이다. 이제부터라도 방심하지는 않을 것이다.’

이것저것 마음 아픈 생각뿐이었다.

변은 훈이 있는 곳으로 와서, 어이없을 수밖에 없는 아씨의 고집을 상세하게 들었다. 정말 사려 깊은 정도가 지나쳐 귀염성도 없었던 것이 안타까워, 그저 멍하니 있었다.

"이때까지의 정이 없는 거동은 그래도 아직 희망이 있다고 여겨 그럭저럭 생각하며 위로하고 있었습니다. 그러나 오늘밤만큼은 정말 부끄러워, 몸을 던지고 싶은 생각이 듭니다. 돌아간 궁도 저 두 분을 뒤에 남겨 놓고 간다는 것은 도저히 생각할 수 없었겠지만, 나 역시 그 괴로움을 짐작하여 이 세상을 버리지도 못하고 있습니다. 호색적인 기분을 이제는 어느 분에게도 일으키지 않을 작정입니다. 내가 한심하고 원망스럽게 생각하는 것을 잊어서는 안됩니다. 내궁이 사양하지도 않고 편지를 드리는 모양인데, 같은 값이면 희망을 높이 걸 수 있는 특별한 분에게 끌릴 것이라고, 충분히 이해가 됩니다. 무리도 아닌 것이니 정말 부끄럽기도 하고, 금후 또 이쪽으로 와서 사람들을 보는 것도 분하기도 합니다. 이렇게 어리석은 나의 일을, 이제 더 이상 다른 사람에게 얘기하지는 말아 주십시오."

훈은 이렇게 불만의 말을 남기고, 여느 때보다 급하게 나왔다.

"누구에게도 애처롭게 되었다."

이렇게들 사람들은 소곤거렸다.

8. 훈이 대군과 단풍의 노래를 교환하다.

'무어라고 말할 수 없는 일을 저질렀다. 만일 저 분에게 불쾌한 마음이라도 생겼다면 ….'

대군도 이런 생각에, 가슴이 미어질 것 같이 아팠다. 무엇이든지 자기와 생각이 다른 하녀들의 참견이 얄밉기만 했다. 여러 가지 생각하고 있는 차에 훈의 편지가 도착했다. 여느 때보다도 기쁘게 생각되는 동시에, 참으로 이상한 건 사람 마음이라는 것을 알게 되었다. 가을의 풍치도 모르는 척, 잎이 푸른 가지가 한쪽만 몹시 진하게 물든 것을 골라 보니,

이렇게 적혀 있었다.

〈같은 가지의 한쪽을 분홍으로 물들인 산의 여신 대군에게, 어느쪽이 깊은 색인지 물어보고 싶습니다. 형제 중 어느 분을 나는 사랑하면 좋은 가요?〉

저처럼 원망했던 모습을, 말수 적게 붓을 억제해 가며 밀봉한 편지로 보내왔다. 이렇게라도 아무렇지도 않은 듯 마음을 달래고 진정시키려나 보다고 가슴 설레며 보았다. 주위에서 성가시게 답장을 쓰도록 권하니, 중의군에게 대필을 시키기도 싫고, 그렇다고 스스로 쓰기도 어려워서 곤혹스러워하고 있었다. 대군은 결국 손수 붓을 들었다.

〈산의 여신이 나뭇잎을 물들여 갈라놓은 마음은 모르지만, 빨갛게 물들여진 쪽에 깊은 마음이 들어 있을 겁니다. 당신이 마음을 옮긴 중의군 쪽이 소중하겠지요. 〉

훈은 아무런 티가 없이 적혀 있는 편지가 훌륭하다고 느꼈다. 역시 도저히 끝까지 원망만으로 관철하기는 어렵다고 생각했다.

'어떻게든, 이 인연을 중의군에게 양보하려는 의도를 여러 번 보았지만, 이쪽이 납득하지 않아 곤혹스러워한 끝에 저런 일을 생각해 냈을 것이다. 그 보람도 없이, 내가 이렇게 태도를 바꾸지 않고 중의군에게 냉담한 채로 있는 것도 아씨에게는 동정심이 없는 것처럼 보일 것이다. 그렇게 되면 더욱더 원래의 소망을 이루기가 어려워지는 것이 아닐까? 다리를 놓아 주는 노인에게도 경솔한 남자라고 생각될 것이다. 오로지 이 분을 사랑하였던 일마저 분하구나. 현세의 집착을 버리려고 하는 결심이 그토록 굳었는데도, 어떻게 할 수가 없었던 것이다. '

훈은 자기가 꼴사나웠다는 것을 깨닫지 않으면 안되었다.

'세상에 흔한 바람기 있는 남자를 흉내 내어 상대를 불쾌하게 하면서까지, 같은 곳을 몇 번이고 배를 저어 다니는 것도 정말 웃음거리가 될 일이다. '

훈은 밤새 생각하다 지쳐 버렸다. 날이 밝으니, 먼동이 틀 무렵의 하늘도 아름다운데, 서둘러 내궁 댁으로 갔다.

9. 훈이 내궁과 중의군에 대해 상의하다.

훈은 삼조궁이 불탄 후로는 육조원으로 옮겨와 있어서, 가까운 내궁 댁에 자주 들렀다. 궁도 그 일을 만족스럽게 생각했다. 한가롭고 나무랄 데 없는 일상생활이었다. 방 앞 뜰의 화초는 같은 화초도 다른 데와는 달리, 나무나 풀이 나부끼는 풍치가 각별한 맛을 풍기며, 흐르는 물에 비쳐 있는 달그림자도 그림으로 그린 것 같았다. 내궁은 훈이 예상한 대로 아직 깨어 있었다. 바람을 타고 떠도는 향기가 정말 그 사람임을 알 수 있게 했으므로, 내궁은 훈의 방문을 곧바로 알고 평상복의 말쑥한 차림으로 나왔다. 훈이 계단을 다 올라오지도 않았는데, 송구해하며 기다리고 있었다. '삿자리보다 위의 조붓한 방에'라고 말하지 않고, 높은 난간에 기대어 앉은 채로 세상 이야기를 나누었다. 궁은 무언가의 계제에 그 산골의 일이 생각나서, 이것저것 훈에게 불평하는 것도 곤란한 일이었다. '자기 생각대로도 되지 않았는데'라고 생각은 하나, 꼭 그렇게 되었으면 하고 생각하게 된 사정도 있는 것이므로, 여느 때보다는 진실하게 금후에 취할 조처를 가르쳐 드렸다.

아직 다 밝지 않은 어두운 시각인데, 공교롭게도 안개가 끼어 하늘의 풍치도 차디 차게 느껴졌다. 달빛은 안개에 가려 나무의 그늘도 어둡고 우아한 분위기였다. 마음에 배어드는 산골의 광경을 생각해서인지 궁이 말했다.

"가까운 사이에 꼭, 나를 함께 데려가 주십시오."

궁이 부탁하는 것을 훈은 역시 성가시게 여겼다.

〈마타리가 피어 있는 넓은 들판을, 사람이 들어가지 못하게 좁은 소견으로 금줄을 쳐 둘러놓았을까? 아씨들을 혼자 차지하는 것은 욕심이 많은 것이다.〉

내궁은 이렇게 농담을 하였다.

"〈안개가 깊은 아침 들판의 마타리는, 마음을 깊이 두고 있는 사람만이 볼 수가 있습니다. 나는 아씨를 만나볼 수 있지만, 당신은 어림도 없습니다.〉

예사로운 일로는 도저히."

훈은 일부러 궁이 분하게 여기도록 말하였다.

"아이구, 얼마나 번거로운 일인가?"

궁은 결국 화를 내었다.

몇 해째 궁이 이렇게 말을 해왔는데, 훈은 이렇게 생각했다.

'여군들의 일이 걱정되지만, 용모 같은 것도 궁이 보아서 낙담할 일도 없을 것 같다. 막상 만나보면 인품이 기대에 어긋나는 점이나, 어쩌나 하고 우려할 만한 점이나 후회할 만한 결점은 없는 것 같다.'

대군이 훈을 중의군과 결혼시키려는 애처로운 생각에 배반하게 될지 모르는 것은 동정심 없는 일이겠지만, 그렇다고 그렇게 자기의 희망을 바꾸는 것은 도저히 할 수 없을 것 같았다.

'중의군을 궁에게 양보하고, 어느쪽으로부터도 원망을 듣지 않도록 하자.'

훈은 내심으로 이렇게 생각을 돌리고 있었다. 궁은 그 가슴속을 모르고, 좁은 소견이라고 생각하고 있는 것 같았다.

"여느 때와 같은 바람기로 저쪽을 괴롭게 하게 되면 미안한 일이 됩니다."

훈은 이렇게 어버이의 마음으로 말씀드렸다.

"어허, 좋소. 잘 보아주십시오. 이만큼 마음이 끌렸던 일은 지금까지 없었습니다."

궁이 아주 진실하게 말하는 것을 보고, 훈은 말했다.

"저쪽 분들 생각에는, 정말 그렇다고 알아줄 것 같은 태도를 보이지 않습니다. 어려운 일이라고 할 것입니다."

그리고는 건너갈 때의 준비사항 등 자세한 것을 가르쳐 드렸다.

10. 내궁이 중의군과 인연을 맺다.

28일은 피안(彼岸)[6]이 끝나는 날로, 일진도 좋아서 사람에게 들키지

---

6) 춘분, 추분의 전후 각 3일씩 모두 7일간. 초일(初日)과 말일(末日)은 길일(吉日)

않도록 극비리에 떠났다. 명석중궁의 귀에 들어가기라도 하면, 정말 귀찮은 일이었다. 이렇게 몰래 다니는 것을 엄하게 금지시키고 있었기 때문이다. 그런 상황에서 궁이 굳이 집착하였으므로, 아무렇지도 않게 데리고 나오기도 쉽지 않았다. 저쪽 언덕까지 배로 건너가는 것도 번거로운 일이었다. 그 근처 장원에 살고 있는 사람 집에 남몰래 궁을 내려놓은 후, 훈은 이 저택으로 건너왔다. 궁을 데려온 것을 안다 하여도 아무도 무어라고 말하지 않을 터였지만, 숙직인이 때때로 외부를 도는 시간이어서 각별히 조심하려는 것이었다. 여느 때와 같이 훈이 건너왔다고 하여 다들 접대에 애를 썼다. 아씨들은 무엇인가 번거로운 일이라고 생각하였다.

'언젠가도 중의군 쪽으로 바꾸라고 넌지시 말을 했는데.'

대군은 생각했다.

"마음을 두었던 사람은[7] 내가 아닌 것 같았는데, 그런 일이 있었다고는 하나 설마 오늘은 ···."

중의군은 이렇게 생각했다. 그러나 저 한심한 일이 있은 후로는 이전처럼 언니를 믿을 수도 없어서, 조심하지 않으면 안되겠다고 생각했다. 여러 가지로 인사의 말을 중개하기만 하고 직접 대면이 없는 것을, 사람들은 대체 어떻게 된 일인가 하고 마음을 졸이고 있었다. 훈은 어둠을 틈타서 궁을 바로 마중하고 나서, 변을 불러내었다.

"말해야 할 사정이 있는데 부끄럽긴 하나, 나를 귀찮아 한다 해서 이대로 언제까지라도 물러나 있을 수는 없는 것 같으니, 좀 밤이 깊은 후에 지난밤과 똑같이 안내를 해주지 않겠는가?"

아무 일도 없는 것처럼 꾸미고 상의했다.

'어느쪽으로 결정하든 같은 일일 것이다.'

변은 이렇게 생각하면서, 대군의 옆으로 갔다.

이라고 여겨졌다. 여기서는 내궁과 중의군을 결혼시키려는 의도.

7) 중의군은 지난 저녁, 훈이 아무 일 없이 물러간 것으로부터, 훈의 생각은 대군에 있다고 알아차렸다. 중의군의 심중에 대군에의 불신의 싹이 텄다.

"훈 나리가 중의군님과 결혼하고 싶다고 합니다."

변이 이야기했다.

'역시 그랬었구나. 저 분이 생각을 바꾸었다.'

대군은 이렇게 기쁘게 생각하여, 안도의 한숨을 쉬었다. 훈이 중의군 방에 들어가는 통로와는 다른 조붓한 방에서, 대군은 맹장지에 매우 단단하게 자물통을 걸고 대면했다.

"한마디 드릴 말씀이 있습니다만, 다른 사람이 알아들을 수 있을 만큼 큰소리를 내는 것은 곤란한 일이니, 조금만 여기를 열어 주십시오. 이대로는 어색합니다."

"이것만으로도 충분히 얘기는 들을 수 있습니다."

대군은 완강히 거절하며 문을 열지 않았다.

'중의군에게로 마음을 옮겼다고 하는데, 그대로 인사도 없이 끝내면 안되었다고 여겨 무엇인가 말을 하려는 것 같다. 아무 지장이 없을 것이다. 처음으로 만나는 것도 아닌데. 쌀쌀하지 않게 잘 대답을 하고, 밤이 너무 깊지 않은 동안에 끝을 맺자.'

변은 이런 생각으로 아주 조금 나왔을 때, 훈은 맹장지 안에서 소매를 잡아끌고 몹시 푸념하였다.

'아주 보기 흉한 일을 한다. 어떻게 알았을까?'

대군은 후회스럽고 불쾌하기도 했지만, 어떻게든 어르고 달래어서 나가 달라고 간청했다. 중의군을 자기와 똑같이 사랑해 달라고 넌지시 말하는 마음쓰임은, 정말 애달프고 가슴을 치는 것이 있었다.

궁은 훈이 일러준 대로, 지난밤의 입구에 가까이 가서 부채로 신호를 했다. 변이 마중하여 인도했다. 전부터 훈과 친숙했던 사랑의 길의 인도인가 하고 생각하니 재미있게 느껴졌다. 아씨는 궁이 들어온 것도 모르고, 어떤 수단을 써서라도 훈을 내보내려 하고 있었다. 훈은 우습기도 하고 불쌍하게도 여겨, 이대로 잠자코 있으면, 후에 은밀한 사정도 몰랐다고 원망할 때, 변명도 어려울 것이라고 생각했다.

"궁이 내 뒤를 쫓아오기에 거절을 못하고 여기에 왔습니다. 궁은 잠자코 몰래 들어가셨습니다. 약은 체하고 있는 변과 상의해서 들어왔을 것입니다. 나는 이러지도 저러지도 못하고 세상의 웃음거리가 될 것 같습니다."

대군은 전혀 생각하지도 않았던 일이라서, 눈앞이 캄캄한 채 혐오스럽게 여겼다. 대군이 말했다.

"이렇게까지 무엇에나 생각도 못할 일을 하실 분이라는 것도 모르고, 칠칠치 못하고 얕은 생각을 보였으니, 아마도 당신은 나를 모자란 사람이라고 깔보고 있을 것입니다."

아무 말도 할 수 없다고 생각했다.

"이제 와서 어떤 말을 해도 소용없는 일입니다. 사죄의 변명은 얼마라도 말씀드리겠지만, 그것으로도 모자란다면, 나를 꼬집거나 때리기라도 하여 주십시오. 신분이 높은 분에게 마음이 쏠린 것 같은데, 운명이라는 것은 결코 뜻대로 되지 않는 것입니다. 저 궁의 생각이 아우에게 있는 것이 애처롭습니다. 희망을 가질 수 없는 나는 정말 몸둘 곳도 없이 한심합니다. 역시 체념하십시오. 이 맹장지 정도의 경비가 아무리 엄하다 해도, 정말 깨끗한 교제라고 상상하는 사람도 없을 것입니다. 나를 인도자로서 유혹한 내궁도, 설마 내가 가슴 아프게 밤을 지새고 있을 것이라고 생각하겠습니까?"

훈이 지금이라도 맹장지를 부수고 들어올 것 같아서, 대군은 말할 수 없이 미워졌다. 그러나 어떻게라도 해서 이 자리를 수습하려고 마음을 가라앉혔다.

"지금 말씀하신 운명인지 뭔지는 눈에 안 보이는 것이니, 아무리 생각해도 납득이 안됩니다. 그저 앞일도 모르는 눈물만이 치밀어 올라 눈앞이 흐려집니다. 이것은 대체 어떻게 하시려는 생각인지, 너무한 것이라서 꿈만 같습니다. 만일 후세에 애깃거리로 삼는 사람이 있다면, 마치 일부러 어리석은 일을 저지른 예가 될 것입니다. 이렇게 계획한 당신 마음을 궁은 어떻게 생각하겠습니까? 정말 이렇게 무섭고 한심한 일로 나를 곤혹스럽게 하지 마십시오. 만일 생각 밖으로 살아 남게 된다면, 조금 마음이 가라앉은 다음에 말씀 드리기로 합시다. 지금은 마음도 어둡고 정말 괴로우니 잠깐 쉬겠습니다. 소매를 놓아주십시오.”

대군이 괴로워하는 것 같고, 그래도 역시 조리 있게 호소하는 것이, 훈에게는 부끄럽고 가슴 아픈 일이었다.

“부탁입니다. 당신 마음을 둘도 없이 소중하게 생각하는 만큼, 이렇게 융통성 없는 남자가 되고 말았습니다. 그래도 말할 수 없이 밉고 싫은 사람이라고 여기는 것 같아서, 무어라 말할 수도 없습니다. 더욱 이 세상을 살아가려는 생각도 없어져 버렸습니다. 그러면 물건 너머로라도 말씀 드리지요. 나를 아주 떨쳐 버리지는 마십시오.”

훈은 소매를 놓아 드렸다. 아씨는 가만히 안으로 들어갔지만, 그래도 쑥 들어가 버리지도 못했다. 훈은 그 모습을 보고, 오히려 귀엽게 생각하였다.

“이만한 분위기라도 위로로 삼고, 밤을 새우기로 합시다. 결코 이 이상의 일은 하지 않겠습니다.”

그들은 한잠도 안 자고 있었다. 한층 더 거세어진 강물의 소리에 정신이 더욱 또렷해지고, 야밤의 폭풍을 만난 산새처럼 밤을 새웠다.

여느 때처럼, 동이 틀 무렵이 되니 종소리가 들려왔다. 궁이 잘 자고 일어날 생각도 안 한다고, 훈은 화가 나서 헛기침을 하는 것도 참으로 우스운 일이었다.

“〈안내를 맡은 내가 도리어 갈피를 못 잡고 있다니⋯. 채우지 못한 마음으로 돌아가는 새벽의 어두운 길이군. 〉

이런 예가 세상에 있을까?”

〈이것저것 어찌할 바를 모르는 제 마음도 헤아려 주십시오. 스스로 좋아 택한 길에서 헤매는 것입니다. 〉

대군은 이렇게 작은 소리로 말하는데, 정말 이대로는 견디지 못할 것 같았다.

“무어라고 말하는 것입니까? 이 이상 없을 정도로 멀리하시다니, 정말 너무하십니다.”

훈은 여러 가지로 푸념했다. 그러는 사이 밤이 희미하게 밝아오는데, 궁은 지금 어젯저녁의 입구에서 나오는 것 같았다. 아주 부드럽게 거동하고 있었는데, 옷의 향기도 공들여 향기를 배어들게 하고 있었다. 노인들이 정말 기묘한 일이라고, 어리둥절해하고 있었지만, 그래도 나쁜 일은 아니라고들 생각하고 있었다.

어두운 때에 돌아가려고, 그들은 급히 떠났다. 궁은 돌아가는 길이 멀게만 느껴져, 마음 가볍게 다니는 일도 쉽지 않으리라고 벌써부터 걱정했다.

"하룻저녁이라도 만나지 않고는 못 견디겠는 걸."

궁은 몹시 마음 아파하고 있는 것 같았다. 그들은 아직 사람의 출입이 번잡하지 않은 아침에 저택으로 돌아왔다. 낭하(廊下)에 수레를 대고 내렸다. 색다른 여인이 타는 수레 같이 꾸며서 사람들 눈을 피해 들어온 후, 두 사람은 소리를 죽여 웃었다.

"보통 이상으로 충실하게 하는 분으로 보였습니다."

훈은 이렇게 말했다. 어젯저녁의 안내로 어리석은 결과가 된 것을 분하게 여겼으므로, 불만을 말할 생각도 안 들었다.

11. 내궁의 후조의 글.

궁은 즉시 편지를 냈다. 산골에서는 두 분이 다 현실이 아니고 꿈속인 것처럼 생각되어 마음이 어지러웠다. 중의군이 예상치도 못하게 여러 가지를 계획했던 언니를 소원하고 원망스럽게 여겨 눈도 마주치려고 하지 않았다. 대군도 자기가 알지 못한 일인 것을 확실하게 설명할 수 없어, 무리도 아니라고 애처로워하고 있었다.

"어떤 일이 있었던 것일까요?"

이렇게 사람들도 내막을 물어보았으나, 의지하고 있던 대군이 멍하니 공허한 얼굴을 하고 있어서, 보통 일이 아니었다고만 생각하고 있었다. 궁의 편지를 펴 보였지만, 전혀 일어나려고도 하지 않았다.

"정말 시간이 많이 걸리는군요."

심부름 온 사람도 지루해하고 있었다.

〈내 사랑을 평범한 사랑이라고 생각하십니까? 이슬이 잔뜩 내린 산길의 조릿대 밭을 밟아 헤치고 갔었는데.〉

익숙한 서법의 필적 등이 특히 훌륭하였다. 이런 인연이 맺어지기 전에 보았을 때에는 훌륭한 것이라고만 생각하였었다. 지금은 이제부터가 걱정스럽고 자기가 약은 체하여 답장을 쓰는 것도 부당한 일인 듯했다. 대군은 중의군에게 굳이 권하여, 격식에 맞도록 정중하게 쓰게 하였다. 심부름 온 사자에게는, 때에 맞게 탱알[紫苑] 색의 평상복 한 벌에 세 겹의 바지를 선물로 주었다. 훌륭한 물건을 받은 것을 주저하고 있는 것을, 같이 온 사람에게 굳이 떠맡겼다. 격식 차린 사자도 아니고, 평소에 심부름을 하던 동자였다. 궁은 특별히 다른 사람이 눈치채지 않게 하려는 셈이었는데, 이렇게 사람들 눈에 띄는 격식은 엊저녁의 약은 체한 노인이 시킨 짓이라고 재미없게 여겼다.

그 밤도, 우치에 인도해 달라고 훈에게 간청했지만, 훈은 거절의 말을 하였다.

"냉천원에 꼭 참상 할 일이 있어서."

'웬일인지 무어라고 말만 하면 세상 일이 재미없다는 태도를 보인다.' 궁은 이렇게 생각하며 밉게 여겼다.

12. 대군이 중의군을 달래어 궁을 맞이하다.

"이제는 어떻게 할 수도 없습니다. 그것이 본의가 아니었어도 소홀하게 다루지는 못할 것입니다."

우치에서 대군은 이렇게 마음이 약해졌다. 원래 방 치장이 넉넉지 못한 집이지만, 그것은 그것대로 하고, 산골답게 풍치를 가꾸고 궁을 기다렸다. 궁이 먼길을 급하게 건너오자, 한편으로는 기쁘게 생각되고 또 한편으로는 이상한 느낌이 들었다.

장본인인 중의군은 제정신도 아닌 듯했다. 사람들이 서둘러 몸단장을 돕고 있었다. 그 사이 진한 분홍의 옷소매가 눈물에 몹시 젖었으므로,

정신을 차리고 있던 대군도 끝내 눈물을 흘렸다.

"이 세상에 언제까지 살아 있을지 모르지만, 아침 저녁으로 생각에 잠길 때면 그저 당신의 일을 애처롭게 생각했습니다. 변 같은 하녀들도 좋은 혼담이라고 듣기 싫을 정도로 귀가 따갑게 말합니다. 연공을 쌓은 사람들의 생각은, 누가 뭐래도 역시 세상의 도리에 맞을 것입니다. 별로 힘도 없는 내가 혼자 우기면서 당신을 언제까지나 이대로 두지 않으려고 애썼습니다. 그러나 지금 당장 이렇게 아무것도 생각할 여유도 없이, 부끄러운 일로 마음 상하게 되리라고는 조금도 생각하지 못했던 것입니다. 이것이 아마 세상에서 말하는 도망할 수 없는 전세로부터의 인연일 겁니다. 정말 괴롭습니다. 조금 더 생각을 가라앉힌 다음에, 내가 아무것도 몰랐다는 사실을 말하겠습니다. 나를 밉다고 생각하지는 마십시오. 죄를 짓는 것이 될지 모릅니다."

대군은 중의군의 머리를 매만지면서, 보기 좋게 꾸며 드렸다. 중의군은 대답도 안 했지만, 마음속에서는 여러 가지 생각으로 괴로웠다.

'정말 언니가 이렇게까지 생각해 말씀하시는 것은, 내 일을 걱정하여 나쁜 일이 없게 계획하고 있었는지 모른다. 그러나 궁과의 인연이 언젠가 세상에 웃음거리가 되는 불행한 사태가 일어나서, 언니에게 신세를 지는 꼴이 되면 얼마나 괴로울까?'

마음의 준비도 없이 그저 멍하니 있는 모습도 아주 예뻤지만, 하물며 오늘밤은 조금이나마 세상 사람의 아내처럼 부드러운 마음으로 있어서, 궁의 기분은 한층 더 좋았다. 그런데 손쉽게 다닐 수 없는 먼 산길을 생각하면 가슴이 아팠다. 정말 정 깊게 앞날을 약속하였지만, 상대는 분별하여 들을 여유도 없는 것 같았다. 아주 소중하게 자라난 아씨라도, 보통 사람의 출입도 있고 가족도 있어 사람들의 행동을 늘 보아 온 사람이면, 부끄러운 것도 무서운 것도 적당히 익혔을 것이다. 그러나 이 아씨는 소중하게 보살핌을 받으며 지내지는 않았으나, 이러한 산속 주거에서, 사람과 멀리 언제나 홀로 지내고 있는 분이었다. 뜻하지 않은 사건에 쑥스럽고 부끄러워하며, 무엇이나 세상 사람과는 다르게 생각하고 있었다. 마치 시골티가 나는 것 같아 대수롭지 않은 질문에 대답이 막혀 어렵게 여기고 있었다. 그렇지만 실제로는 이 군이야말로, 교양이 깊고 영리하여 도리어 언니보다도 낫게 보였다.

13. 3일 밤 혼례의 준비.

"사흘째 밤은 떡을 드립니다."

하녀들이 말했다. 아씨는 특별히 그렇게 하지 않으면 안되는 축하의 관례일 것이라고 생각하여, 자기의 앞에서 만들게 했다. 그것도 잘 모르는 일인데다가 어른으로 여러 가지를 지휘하는 것도 쑥스러웠다. 사람들이 어떻게 볼지 두려워 얼굴이 빨개져 있는데, 정말 예쁘게 보였다. 이것이 아우 사랑이라는 것일까, 기품이 높고도 정이 두터웠다.

"엊저녁에 가려고 하였는데, 아무리 열심히 보살펴 주어도 그 보람이 없을 것 같아 원망스러웠습니다. 오늘밤은 축하의 의식이 있다고 들었습니다만, 어젯저녁의 숙직 근무로 몸이 피로합니다. 마음이 더욱 무거워 꾸물꾸물하고 있습니다."

훈으로부터의 편지는 육오국 종이에 이렇게 꼬박꼬박 씌어 있었고, 축하용 물품이 정중하게 꾸며져 여러 가지 색깔로 맨 채 의복 궤 속에 많이 넣어져 있었다.

"여러분이 쓰도록."

대군은 상자를 노인 앞으로 내어 놓았다. 어머니 여삼의궁의 주위에 마침 있던 물건들인데, 언제 그렇게 많이 모았는지 신기할 정도였다. 무지의 비단에다 능직물 같은 것을 싸고, 아씨의 옷 두 벌도 들어 있었다. 아주 기품이 높게 재봉된 것들이었다. 그 홑옷의 소매에, 고풍스런 취향의 편지가 들어 있었다.

〈잠옷을 입고 당신과 베개를 나란히 하여 정교를 거듭한 사이라고는 할 수 없으나, 저 같은 일이 있었으므로, 트집 정도는 잡을 수 없는 것도 아닙니다.〉

위협적인 말이었다.

아씨는, 자기와 중의군이 모두 모습을 들켜 버린 일을 한층 더 부끄럽게 여겨, 무어라고 답장을 하면 좋을지 괴로워하고 있었다. 심부름하는 사람 몇 명이 도망가듯이 자리를 피했다. 멍청하게 있던 하인을 붙들어 답장을 주었다.

〈아무런 경계도 없이 친하게 마음의 교제만은 하고 있었는데, 정교를 거듭한 사이라고는 설마 입에 담지도 못할 일입니다. 〉

어수선한 정신적 피로가 아직 가라앉지 않은 때여서, 한층 더 노래에 자기 생각 그대로 풍치도 없이 읊었다고, 기다리고 있던 훈은 그저 귀엽게 생각했다.

14. 내궁이 모궁의 간언을 어기고 우치에 가다.

내궁은 그날 밤 궁중에 들어갔다. 도저히 퇴출하지는 못할 것 같아, 남몰래 안절부절못하고 가슴 아파하고 있었다. 명석중궁이 말했다.

"당신이 이렇게 언제까지라도 독신으로 있으면서, 좋아하는 사람과의 소문이 세간에 점점 퍼져 가고 있는 것은 좋지 않습니다. 무작정 좋아하는 대로 밀고 나가려는 생각은 버리십시오. 주상도 걱정하고 계셔서 그런 말을 하기도 하셨습니다."

중궁은 내궁을 육조원이라는 민가에서 너무 오랫동안 지내게 한 것을 후회했다. 궁은 아주 괴롭게 생각하고, 숙직소에 나가서 편지를 썼다. 우치로 심부름꾼을 보낸 후 망연히 생각에 잠겨 있을 때, 훈이 왔다.

내궁은 훈이 우치의 아씨들편이라고 생각되어 어느 때보다 기뻤다.

"어떻게 하면 좋을까요? 정말 마음이 이렇게 어두워져서 제정신이 아닙니다."

내궁은 몹시 슬퍼했다. 훈은 궁의 마음을 신중히 확인하려고 말했다.

"며칠이나 집을 비운 후에 이렇게 참내했는데, 오늘 저녁에 문안도 안 드리고 물러나오는 것은 더욱 좋지 않을 겁니다. 하녀 대기소 쪽에서 들은 이야기지만, 하찮은 일에 관여하여 나까지 괜한 꾸중을 듣게 될까 걱정이 되어 남몰래 얼굴빛도 달라지는 느낌입니다."

"정말 듣기 거북한 것을 잘못 알고 꾸중하셨습니다. 대체 누가 일러바쳤을까? 자유롭지 못한 친왕이란 신분인 것이 도리어 두통거리입니다."

궁은 마음속으로부터 싫다고 여기고 있었다. 훈은 안됐다고 생각했다.

"오늘 저녁 우치에 가거나 말거나 시끄럽게 떠드는 것은 마찬가지일 것입니다. 오늘밤의 죄는 내가 대신 지겠습니다. 이 몸을 버려도 좋습니다. 목번산에 말로 가면 어떻겠습니까? 수레로 가면 세상 소문도 한층 더할 것입니다."

차츰 해가 저물어 밤도 이미 이슥해졌을 때, 궁은 생각다 못해 말로 떠났다.

"섣부른 수행원 노릇은 하지 않겠습니다. 나는 뒤치다꺼리를."

훈은 궁중에 남아 있었다.

15. 훈이 중궁을 대면하다.

훈은 중궁이 계신 곳에 참상했다.

"내궁은 출발한 모양이다. 어이없는 사람이다. 저 모양을 보고 사람들은 어떻게 생각할까? 주상의 귀에 들어가면, 내가 충고하지 않은 것을 칠칠치 못하다고 꾸중하실 것이다."

동궁, 이의궁, 내궁, 여일의궁, 오의궁 등 여러 자식들이 이렇게 훌륭하게 성인이 되었는데, 대궁인 중궁은 이전보다도 오히려 더욱 젊고 아름다웠다.

'여일의궁도 이렇게 아름답게 계실 것이다. 어떤 기회에 하다못해 이 정도라도 좋으니 옆 가까이에서 목소리라도 듣고 싶다.'

훈은 안타까운 생각이 들었다.

'좋아하는 사람이, 있을 수 없는 생각을 일으키는 것도 바로 이러한 사이일 것이다. 그렇게 멀리 있는 것은 아니고, 간간이 출입을 하지만 생각대로 되지 않는 경우일 것이다. 나 같이 편벽된 마음을 가진 사람이 세상에 또 있을까? 그러고도 역시 일단 애정을 품은 여인은 어떻게도 체념할 수가 없으니까.'

옆에서 시중들고 있는 하녀들도 모두 얼굴 생김이 누구 하나 빠지는 사람이 없었다. 제각기 예쁜데다, 기품이 높아 특별히 사람 눈에 띄는 사람이 많았다. 훈은 꿈에라도 미혹된 생각을 일으키지 말자고 정말 고지식하게 행동하고 있었다. 하녀들 중에는 일부러 보아 달라는 듯한 행동을 하는 사람도 있었다. 그러나 대체로 이 명석중궁의 주변은 아주 깊이 삼가고 있는 장소였다. 겉으로는 정숙하고 침착한 듯이 하고 있지만, 사람의 마음은 갖가지인 법이다. 아주 색정적인 설렘을 보이는 이도 있을 것이고, 보기에 재미있기도 하고 또 가여운 점도 있었다. 그저 무상한 세상 모습을 이것저것 생각하였다.

16. 하녀들이 내궁의 내방을 기뻐하다.

우치에서는 훈이 허풍스럽게 말하여 왔는데도, 궁은 밤이 깊을 때까지 모습을 보이지 않고 편지만 도착했다.

"어허 역시 걱정한 대로 중의군님이 내궁에게 버림받았구나."

모두들 가슴이 미어지는 것 같았다. 그때, 한밤중의 거친 바람을 무릅쓰고, 부드럽고 고상한 모습으로 향기로운 냄새마저 떠돌게 하여 내궁이 건너오니 어떻게 소홀한 생각이 되랴! 장본인인 중의군도 조금은 마음이 꺾여, 사람의 정에 눈이 뜨이는 모양이었다. 중의군은 참으로 예쁘고 지금이 한창때여서, 더구나 이렇게 각별히 몸치장을 한 모습은 누구와도 비길 수 없을 것 같았다. 빼어난 여인들을 많이 보아 온 궁의 눈에도 결코 부족한 데를 찾을 수 없었다. 얼굴 생김을 비롯하여 모든 것이 가깝게 보면 볼수록 훌륭하다고 여겨졌다. 산골의 노인들은 더더욱 입을 벌리며 말했다.

"이렇게까지 황송할 정도로 예쁜 용모인데, 만약 평범한 사람과 혼인을 했다면 얼마나 유감이었을까? 소망한 대로의 숙연이다."

이상하게 외고집을 부리고 있는 대군 아씨에게 입을 비쭉대며 언짢게 소문을 내고 있었다.

그 노인들은 한창때를 지난 몸인데도, 화려하게 꽃무늬진 천으로 몸에 맞지도 않은 의상을 지어서는, 어울리지 않게 몸치장을 하고 있었다. 그것이 대군의 눈에 자연히 들어왔다.

'나도 슬슬 한창때를 지나고 있다. 거울을 보면 점점 여위어져 간다. 이 사람들도 각자 자기가 추하다고 생각하는 사람은 없을 것이다. 비참한 뒷모습은 생각도 못한 채, 앞머리를 늘어놓고 얼굴 화장을 열심히들 하고 있다. 나는 아직 저 정도는 아니고, 눈도 코도 그런 대로 볼 만하다고 생각되는 것은, 자기도 모르게 자기편을 들어 생각하게 되기 때문일 것이다.'

이렇게 생각하며, 밖을 내다보고 누웠다.

'만나면 기가 죽는 저 분 훈의 눈에 띄는 것이 점점 더 쑥스럽게 생각된다. 앞으로 일이 년이 지나면 나는 더욱 쇠약해질 것이다. 정말 의지할 곳도 없어 보이는 이 신세여!'

가느다랗고 애처로운 손가락을 소매에서 꺼내 보면서 세상을 허무하다고 생각했다.

17. 중의군이 전도를 고민하다.

내궁은 어렵게 얻은 정분을 생각하고는 역시 이후로도 마음 가볍게 다니지는 못할 것이 정말 가슴 아프게 생각되었다. 내궁은 중궁에 경고받은 경위도 얘기했다.

"당신을 생각하면서도 소식 없이 지내는 일이 있을 것입니다. 어떻게 된 일인지 걱정하실 필요는 없습니다. 꿈에라도 소홀하게 생각했다면 오늘밤 이렇게까지 하면서 들여다보지는 않았을 것입니다. 내 생각을 의심하고 마음 아파하지나 않을까 하고, 그것이 애처로워서 목숨을 걸고[8] 왔습니다. 이제부터는 여느 때처럼 이렇게 나다니지는 못할 겁니다. 아무래도 정식 처로 하여 적당한 형편을 보아 가까운 곳으로 옮기도록 합시다."

궁은 정답게 이야기했지만, 벌써부터 앞으로 왕래가 끊어질 것을 생각

---

8) 당시 경에서 우치로 가는 도중은 도적들이 출몰하여 위험했다고 한다.

하는 것은, 소문에 들었던 들뜬 마음이 이제 나타난 것인가고 의심스러워져서 지금의 신세가 슬프게 생각되었다.

새벽 하늘이 희미하게 밝아졌으므로, 궁은 문을 밀어 열고, 여군을 끝 가까이로 나오게 하여 함께 구경하였다. 안개가 온통 끼어 있는 산골 경치는, 더욱 마음에 배어드는 것 같았다. 여느 때처럼 땔감을 실은 배의 그림자도 희미하고, 저어 오르내리는 배의 흰 물결도 신기하였다. 좀처럼 볼 수 없는 풍치라고, 다감한 궁의 마음에 흥미 깊게 느껴졌다. 산 등성이를 오르기 시작한 햇빛에, 나무랄 데 없이 예쁜 여군의 얼굴이 더욱 확실히 드러났다.

'아주 소중하게 시중을 받는 아씨 여일의궁이라 해도 꼭 이 이상은 아닐 것이다. 여일의궁의 경우, 가까운 사람들이 편을 들어 주기 때문에 아무래도 훌륭하게 보일 뿐이다. 이 중의군이야말로 모든 면에 빈틈이 없고 깊은 맛이 있다. 그 아름다움을 여기서 편안히 쉬면서 천천히 즐기고 싶다.'

궁은 만나지 말았으면 좋았을 것이라고 더욱 애착이 더하여 도리어 흡족하지 않은 느낌이 들었다. 강물소리가 그립기는커녕 무섭게 들리고, 우치다리가 몹시 낡아 보였다. 안개가 개임에 따라 언덕의 광경이 한층 더 황량해 보였다.

"이러한 곳에서 어떻게 오랜 세월을 지냈을까?"

문득 눈물을 머금고 있는 궁의 모습에, 여군은 정말 부끄러웠다.

내궁의 모습은 어디까지나 부드럽고 아름다웠다. 그런 궁이 이 세상뿐 아니라 내세까지도 굳게 약속하는 것을 보며, 생각도 못했던 이런 결혼이 꿈처럼 여겨졌다. 서로 잘 아는 훈과 만나서 애써 힘들게 노력하는 것보다는 낫다는 생각이었다. 저 분은 언니쪽을 좋아하는데다, 몹시 조용하고 침착한 모습이 사귀기 힘들고 숨이 막히는 것 같았다. 그러나 이 궁은, 멀리서 상상하기로는 훨씬 더 먼 구름 위의 신분으로 한 줄의 편지조차 할 수 없을 것 같았지만, 지금은 벌써 오랫동안 건너오지 않을까 봐 불안해졌다. 중의군은 자기 마음이지만, 변하는 모습이 참으로 이상하게 여겨졌다.

사람들이 자주 헛기침을 하며 출발을 재촉했다. 궁은 경에 도착할 때 쑥스러운 생각을 안 해도 좋도록 몹시 어수선한 중에도, 설령 만나지 못하는 밤이라도 자기 마음 탓이 아니라는 것을 되풀이 말해 주었다.

〈나와의 사이가 끊어질 것도 아니면서, 우치의 다리 아씨9) 처럼 홀로 자는 옷의 한쪽 소매를 눈물로 적시는 일도 있을 것입니다. 애처로운 일입니다. 〉

떠나기 어려워하며, 몇 번이나 되돌아와서 우물쭈물했다.

〈말씀하신 대로 두 사람의 사이가 끊어지지 않겠지만, 그러나 그 생각만으로 떨어져 있는 동안을 쭉 기다리고 있을 수가 있을까요? 지금부터 끊어질 일을 말씀하시는 것이 슬픕니다. 〉

말로는 안 했지만 매우 슬픈 얼굴을 궁은 한없이 가엾게 생각했다.

내궁의 모습이 젊은 마음에 배어들어 잊혀질 것 같지도 않았다. 유례 없는 궁의 모습을 배웅하고, 그 뒤에 남아 떠도는 잔향에도 남몰래 애달픈 생각을 자아내는 것은 풍치를 이해하는 분이라고 할 것이다. 벌써 근처의 구석구석도 잘 보이는 시간이 되어 하녀들이 궁의 모습을 보고 있었다.

"중납언 나리는 온순하고도 압도하는 것 같은 데가 있습니다. 이쪽은 더한층 고귀한 분이라고 생각해서일까 그 모습이 더욱 각별합니다."

18. 내궁의 방문이 끊어지다.

내궁은 돌아오는 길에 귀여웠던 중의군의 모습을 회상하면서, 다시 되돌아갈까 하고 체면도 안 서게 애처롭게 생각하고 있었지만, 세상 눈을 꺼려 참고서 경으로 돌아왔다. 그 후 사람들 눈을 피하여 쉽게 나올 수가 없었다. 편지는 매일매일 몇 번이고 보냈다. 소원한 마음은 아니라고는 하나, 우치에서는 걱정하는 날수가 겹쳐졌다.

"정말 걱정이 태산 같다. 일이 이렇게 되지 않을까 하고 전부터 염려

---

9) 우치교(宇治橋) 의 수호신. 여기서는 중의군.

하고 있었는데, 내 일 이상으로 괴롭다.”

대군은 이렇게 한탄했지만, 그것을 얼굴에 나타내면 중의군이 더욱 슬픔에 쌓일 거라고 생각하여 태연한 체했다.

“적어도 나만이라도 이 이상 이런 고생거리는 만들지 말자.”

대군은 이렇게 굳게 결심했다.

훈도 내궁이 빨리 오기를 아씨들이 기다리고 있을 것을 생각하고, 그것도 자기 잘못 때문인 듯 안타까워했다. 내궁에게도 몇 번이나 그것을 말하고, 끊임없이 상황을 살피고 있었다. 내궁은 정말 진지하게 중의군에 빠져 있는 것 같아서, 지금은 이렇게 만남이 끊어졌더라도 안심할 수 있었다.

19. 훈이 내궁과 함께 우치를 방문하다.

9월 10일경이었다. 적료(寂廖)한 야산의 경치에도 생각이 미칠 때였다. 가을비가 올 모양으로 날이 갑자기 어두워졌다. 하늘에 뭉게구름이 무섭게 멈춰 서 있는 저녁때, 내궁은 한층 더 시름없이 생각에 잠겨 있었다. 어떻게 할까 하고, 혼자서는 나들이를 결정하지도 못하고 있었다. 바로 그때 궁의 생각을 짐작한 듯 훈이 찾아왔다.

“오랫동안 만나지 못한 비 오는 산골에서는 지금 어떻게들 지내고 있을까?”

훈은 슬그머니 의향을 물어보았다. 궁은 아주 기쁘게 생각하여 같이 가자고 하므로, 여느 때와 같이 같은 수레를 타고 건너갔다.

들과 산을 가르고 가면서, 내궁은 자신보다도 더 풀이 죽어 있을 아씨의 생각으로 가득했다. 길 가는 도중에도 오직 아씨들이 애달프게 있을 것만 이야기했다. 몹시 허전한 황혼 때에 비가 싸늘하게 내려, 늦가을의 경치는 참으로 적적했다. 비에 젖어 차분하게 향기가 나는 두 사람의 자태는 세상에 유례가 없을 정도로 그윽하고 아름다웠다. 이렇게 같이 건너온 것을 산의 아랫사람들이 당황하여 마중하는 것도 당연했다.

하녀들은 요새 늘상 푸념을 하던 것도 모두 잊어버리고, 생긋생긋 웃으며 방을 치웠다. 경의 적당한 곳에 말미를 얻어서 흩어져 있던 딸이나 조카 같은 사람을 2, 3인씩 불러서 시중을 들게 하고 있었다. 생각이 모자라 오랫동안 팔의궁 집을 멸시해 온 사람들은, 이러한 훌륭한 손님을 보고는 몹시 놀랐다. 아씨도 때가 때인 만큼 이 내방을 기쁘게 생각했지만, 훈이 함께 있는 것이 역시 부끄러웠다. 또 훈이 이번에도 사랑을 호소하는 성가신 일이 생기지 않을까 걱정되기도 했다. 그러나 훈의 성격이 대범하고 사려가 깊은 것은 내궁보다도 더하다고, 두 사람을 비교하여 비로소 알았다.

궁을 산골의 형편에 맞게 각별히 정중하게 맞아들였다. 훈은 자기가 주인인 양 마음 편히 거동하고 있었다. 그러나 아씨가 아직도 임시의 손님 방에 떨어져 있게 하는 것을 몹시 서운하게 생각하였다. 그렇게 푸념하는 것도 안쓰러워 대군은 물건 너머로 대면하였다.

"장난 삼아 대하기도 어렵기도 합니다. 그립다는 것이 바로 이런 것입니까? 언제까지 이렇게 있어야 합니까?"

몹시 불평했다. 아씨도 점점 사랑의 도리를 이해하게 되었지만, 중의군의 신상이 몹시 걱정되다 보니, 부부의 사이라는 것을 한심스럽게 여겨 자기의 결혼을 단념했었다.

'역시 나는 한결같이 어떻게 해서라도 저처럼 남편을 갖지 않겠다. 지금은 사랑스럽다고 생각해 주더라도, 언젠가는 반드시 원망하지 않으면 안될 일이 일어날 것이다. 나도 또 저 분과도 서로 상대를 나쁘게 여기거나 배반하지 않고 이대로 깨끗하게 일생을 마치고 싶다.'

대군은 이런 생각을 굳게 다짐하고 있었다. 훈이 궁에 관하여 물었으므로, 대군은 넌지시 두려웠던 대로 되었다고 말했다. 훈은 불쌍하다고 생각하여, 궁이 중의군을 깊이 사랑하고 있다는 것과 여기저기에서 엿들은 것들도 얘기해 주었다.

그들은 여느 때보다는 솔직하게 얘기를 나누었다.

"이러한 근심할 일이 겹치는 때를 지내고 나서, 마음이 가라앉은 다음에 말씀 드리겠습니다."

대군은 박정하고 얄밉게 대하는 것은 아니었지만, 경계인 맹장지의 방비는 엄중히 했다. 그것을 굳이 밀어 부순다면 몹시 원망하리라는 생각이 들었다. 무언가 따로 생각하고 있는 것이라도 있는지 설마 가볍게 다른 남자에게로 넘어가지는 않을 거라고 생각하며, 성질이 무른 훈은 설레는 마음을 힘껏 누르고 있었다.

"이렇게 물건 너머로 말씀드리고 있어서, 의지할 데도 없고 생각이 개일 것 같지도 않습니다. 언젠가처럼 가까이 있으면서 말하겠습니다."

훈은 대군에게 간청했다.

"보통 때보다 여위어진 내 얼굴이 부끄러워 눈에 띄면 소원하게 느껴질 것입니다. 그것이 괴롭게 생각되는 것은, 어찌된 까닭일까요?"

살짝 웃는 기색이 이상하리만큼 보고 싶었다.

"당신의 비위에 맞도록 이리저리 끌려 다니며, 결과적으로 나는 어떻게 되는 것입니까?"

훈은 탄식을 하면서, 여느 때와 같이 각각 다른 곳에 자는 먼데 산새처럼 밤을 밝혔다. 궁은 훈이 이때까지 나그네의 외로운 잠을 잤을 거라고는 생각도 하지 않았다.

"중납언이 주인처럼 마음 가볍게 아침잠을 즐기는 모습이 부러울 뿐입니다."

중의군은, 그 말을 의아하게 듣고 있었다.

20. 내궁이 중의군을 데려오려고 궁리하다.

내궁은 무리하여 건너왔지만, 곧 돌아가야 하는 것이 불만스러워 몹시 괴로워하고 있었다. 그런 심중을 알 까닭이 없는 여자편에서는, 앞으로는 어떻게 될까, 세상에서 웃음거리가 되지나 않을까 하고 상심하고 있었다. 정말 근심 많고 애달픈 나날이었다. 경이라 해도, 사람들 눈에 띄지 않게 중의군을 옮길 수 있는 장소가 따로 있는 것도 아니었다. 육조원에는 동북의 거리에 낙엽의궁을 옮겨놓고, 석무 대신이 한 구석에 살고 있었다. 그는 간절히 바라고 있는 딸인 육의군과의 혼인을 궁 쪽에서 마음에 두지 않고 있는 것을, 아무래도 원망스럽게 생각하는 모양이었다. 바람기가 많은 분이라고 궁을 비난하고, 궁중 같은 데에도 호소하는 것 같았다. 그런 상황에서, 아는 사람이 없는 중의군을 데려와서 마중해야 할 일이 더욱 걱정스러운 일이었다. 보통의 애인이라면, 궁살이를 하는 형식으로 데려오면 그만이었다. 그러나 보통 사람처럼 대할 수 없는 친왕의 딸이어서, 그럴 수는 없는 일이었다. 만약 임금의 대가 갈리는 경우, 새로운 임금이나 중궁의 의향대로 된다면, 다른 사람보다 높은 신분으로 만들어 줄 수도 있을 것이었다. 정말 화려한 대접을 해 드리고 싶었지만, 지금 당장은 어떻게 다루면 좋을지 곤혹스럽기만 했다.

21. 훈이 대군을 마중할 준비를 하다.

훈은 작년 봄에 소실되었던 삼조궁을 모두 새로 짓고, 적당한 형식으로 거기에 대군을 옮겨 놓을 계획이었다. 정말 신하의 신분은 마음이 편했다. 궁이 이렇게까지 불쌍한 모습으로 몰래 만나느라고, 서로 고생하는 것이 애처롭게 생각되었다.

'내가, 이렇게 궁이 몰래 다니는 것을 살짝 중궁에게 말씀 드려 보면, 당장은 내궁에게 귀찮은 꾸중이 있을 것은 미안한 일이지만, 중의군의 잘못은 안될 것이다. 정말 이렇게 안심하고 밤을 밝힐 수 없는 것은 궁도 반드시 괴로울 것이다. 어떻게 해서라도 행복하게 해주고 싶다.'

이런 생각으로 훈은 굳이 비밀스럽게 하지는 않았다.

옷을 바꾸어 입는 일도 돌볼 사람이 없을 것을 짐작해, 모궁인 여삼의 궁에게 말하고, 당장 쓸데가 생겼다고 말하고는, 삼조궁 낙성 후에 대군을 맞이할 때 쓰려고 준비한 휘장의 칸막이들을 우치로 보냈다. 여러 하녀들의 옷도 유모에게 말하여 일부러 만들게 했다.

22. 내궁이 단풍구경을 구실로 우치 방문을 계획하다.

10월 초에, 훈은 어살도 흥이 있는 때라고 하며, 궁에게 우치의 단풍구경을 제의했다. 시중 드는 궁의 저택 사람들이나 전상인 중에서도 각별히 가까운 사람을 수행원으로 했다. 몹시 내밀하게 하려고 생각하였으나, 성대한 위세 때문에 아무래도 자연히 소문이 퍼져, 석무 대신 아들인 재상중장도 같이 갔다. 그밖의 당상관으로는 훈만이 동행했다. 그 이하의 전상인들은 여럿이 있었다.

우치의 저택에는 훈이, 자세히 일러두었다.

"물론 내궁은 여기서 휴식할 것이니까, 그렇게 알고 계십시오. 지난 봄에도 꽃구경으로 왔던 사람들이, 이런 기회에 가을비 때문에 묵을 곳을 핑계 대어 아씨들의 모습을 엿볼지도 모르니 조심하십시오."

고운발을 바꾸어 걸고, 여기저기 청소를 하고, 바위 그늘에 쌓인 단풍의 마른 잎을 치우고, 흐르는 물의 수초도 정리했다. 과일이나 재치 있는 술안주, 필요한 사람들도 보냈다. 아씨들은 고맙게 생각하나 한편 너무나 간섭이 심하다고도 여겼다.

'할 수 없다. 이것도 무슨 인연일 것이다.'

너무 거북하게는 생각하지 말자고 마음먹고, 궁을 기다리고 있었다.

배로 올라갔다 내려갔다 하며 재미있게 관현의 놀이를 하고 있는 소리가 들려왔다. 강 쪽으로 나온 젊은이들은 안개의 저편에 그 모습을 어렴풋이 보고 있었다. 장본인인 궁의 모습은 똑똑히 분간할 수 없었다. 그러나 단풍을 지붕에 얹어 놓은 배의 장식이 비단 같이 보이고, 소리마다 불어제치는 음악소리가 지나칠 만큼 화려하게 바람에 실려왔다. 사람들이 옆에 붙어서 소중하게 시중들고 있는 것은, 이러한 미행 때에도 각별하게 호화스러운 모습이었다. 아씨들은 정말 일 년에 한번 칠석날 만날 정도라도 좋으니, 이러한 견우성 내궁의 빛을 마중하고 싶다는 생각도 들 정도였다.

한시를 짓게 할 예정으로 박사들도 수행하고 있었다. 황혼 때에 배를 언덕에 닿게 하여 관현의 놀이를 하면서 시를 지었다. 색이 짙은 단풍을 각자 머리에 꽂고, 해선락(海仙樂)10) 이라는 곡을 불어 각각 즐거워하고 있는 중에, 궁은 중의군을 못 만나는 것이 슬펐다. 강 저쪽 분들의 원망

---

10) 황종조(黃鍾調) 의 곡으로, 선악(船樂) 으로 만들어짐.

은 어떨까 하고 걱정이 되어 무엇이나 건성으로만 여겼다. 때에 맞는 한 시를 짓게 하여 사람들은 낮은 소리로 읊조리고 있었다.

23. 팔의궁 집에 가지 않고 귀경하다.

훈은, 들뜬 분위기가 조금 조용해진 후에 저쪽으로 가실 것이라고 생각해서, 그렇게 하라고 권하고 있는 중에, 궁중에서 명석중궁의 분부로 재상의 형인 석무의 장남 위문독이 허풍스럽게 수행원을 데리고 위풍도 당당하게 왔다. 이러한 미행은 사람들 눈에 띄지 않게 하려고는 했으나, 자연히 소문이 퍼져 후세의 선례가 되므로, 신분이 높은 분은 아주 조금만 데리고 급히 왔었다. 그것을 중궁이 듣고는 놀라서, 이렇게 위문독이 전상인을 많이 거느리고 수행하게 했다. 아무래도 계제가 좋지 않았다. 궁도 훈도 모두 곤혹하여, 좌석의 흥도 깨지는 것 같았다. 두 분의 그런 마음도 모르고, 일행들은 고주망태가 되어서 밤을 밝히며 놀았다.

오늘은 그대로 지낼 수밖에 없다고 궁이 생각하고 있는 차에, 또 중궁 대부나 그밖의 전상인들이 마중하러 몰려왔다. 기분도 가라앉지 않고 마음에 걸려서, 도저히 돌아갈 생각이 들지 않았다. 저쪽에는 편지를 냈다. 풍류로운 말도 쓰지 않고, 사실을 고지식하고 솔직하게 썼으나, 아씨의 편에서는 사람의 눈도 많고 혼잡할 때라서 답장을 하지 않았다. 축에도 못 끼는 지금의 모습으로는, 귀한 분과 친히 지내는 보람도 없다는 것을 새삼 깨달았다. 멀리 떨어진 채 지내야 할 상황이라면, 건너오지 않는 것을 원망할 수도 없었다. 지금은 이렇더라도 나중에는 나아질 거라고 스스로 타일러 체념할 수도 있지만, 바로 옆에서 크게 떠들고 있으면서도 모르는 척 그냥 지나가 버리는 것이, 원망스럽고도 유감스러워 가슴이 아팠다.

궁은 물론 가슴이 막혀 어떻게도 할 수 없다고 생각하였다. 어살의 빙어까지도 그를 사모하듯 몰려와서, 가지각색의 나뭇잎에 싸거나 하여 하인들도 사람마다 가슴이 후련해지는 행락이었는데, 궁 자신만은 가슴이 찢어지는 듯 하늘을 올려다보고 있었다. 저 돌아간 팔의궁 저택의 나무 끝이 아주 각별한 풍치로 바라다 보였다. 상록수에 기어올라간 담쟁이의 색깔도 그윽한 느낌이고, 멀리서 보기에도 쓸쓸한 경치였다. 훈도 섣불리 궁의 방문을 믿고 있으라고 말한 것이 도리어 곤란하게 되었다고 생각하고 있었다.

작년 봄에 같이 왔던 군들은 벚꽃색이 아름다웠던 것을 기억하고, 궁이 돌아가신 후로 여기서 생각에 잠긴 나날을 보내고 있을 아씨들의 허전함을 얘기하고 있었다. 내궁이 이렇게 몰래 다니고 있다는 것을 어렴풋이 듣고 아는 이도 있을 것이다. 사정을 모르는 사람도 섞여 있어 궁과의 관계를 알아차리지 못하는 사람도 있었다. 이런 산골에 숨어 있긴 하지만 아씨들의 소문은 자연히 귀에 들어왔었다.

"정말 예쁘다고 하던데."

"쟁의금이 능숙해서, 고 팔의궁이 자나깨나 연주를 시켰다고 들었다."

재상중장이 노래를 지었다.

〈언제였던가, 꽃이 한창일 때에 흘끗 본 이 저택의 벚꽃 근처, 남겨 둔 아씨들마저도 가을이 되면 쓸쓸하겠지요.〉

훈이 팔의궁 집에 가까운 사람이라고 생각하여 노래를 건넨 것이었다. 훈이 답했다.

〈벚꽃이 사람에게 가르쳐 줍니다. 봄에 아름답게 피어 있는 꽃도 가을의 단풍도, 곧 져 버리는 무상한 세상인 것을.〉

위문독도 끼여들었다.

〈어디서부터 가을은 가 버렸을까? 아름다운 산골 단풍의 그늘은 스쳐 지나치기 어려운 것인데.〉

중궁대부가 뒤를 이었다.

〈저 때 만난 팔의궁도 지금은 안 계시다. 그 집 돌담의 칡만은 당시와 다름없이 휘감겨 있다.〉

일행 중에는 몹시 나이가 들어 마음이 약해 우는 자도 있었다. 팔의궁의 젊었을 때를 회상했을 것이다.

〈가을이 가고 한층 쓸쓸해진 산골의 나무 근처에, 아씨의 집에 너무

거칠게 불지 말아 다오, 봉우리의 솔바람이여. 〉

내궁은 이렇게 노래하며 아주 눈물겨워하고 있었다. 어렴풋이 사정을 아는 사람은, 또 이렇게 동정하기도 했다.

"정말 깊은 마음을 갖고 있는 분이다. 오늘 같은 호기를 놓치고 마는 것은 애달픈 일이다."

그러나 번거롭게 수행원을 데리고 있어, 도저히 들르지는 못하였다. 많은 시 가운데 재미있는 곳곳을 읊조리기도 하고, 화가(和歌)들도 많이 읊었지만, 취하여 울먹이는 가운데서는 대단한 것이 나올 리가 없었다. 일부를 써 놓은 것만도 부끄러운 생각이다.

24. 대군이 결혼을 거부하는 생각이 굳어지다.

우치에서는 끝내 그대로 지나쳐 버린 것을, 멀리까지 들려오는 전구의 소리로 알 수 있었다. 대군은 평온한 마음으로 있을 수 없었다. 설레며 기다리고 있었던 사람들도 정말 유감스럽게 여겼다.

'역시 소문에 듣던 것처럼 닭의장풀〔月草〕의 색깔처럼 생각이 달라지기 쉬운 분이었구나. 가끔 사람들이 얘기하는 것을 들으면, 남자는 마음에도 없는 것을 아주 그럴듯하게 말한다고 한다. 사랑하지도 않는 사람에게, 아주 애정을 품은 듯이 갖은 말을 다하여 비위를 맞춘다고, 여기의 하찮은 하녀들이 추억담을 하는 것을 들었다. 그런 신분이 낮은 사람 중에는 괘씸한 마음을 가진 자도 있을지 모르지만, 무슨 일에도 혈통도 특별한 신분이 되면 사람에게 들키면 어떻게 생각할까 꺼려서 제멋대로 행동하지 못하리라 생각을 했었는데, 꼭 그런 것만도 아닌가 보다. 돌아간 아버님도 저 궁이 바람기가 있다고 말씀하셨었다. 이렇게 가까운 사이가 될 줄은 미처 몰랐었는데, 이상하리만큼 진지하게 사랑한다고 언제나 말씀했기 때문에 마침내 아우의 남편으로 마중했었다. 그 때문에 변변찮은 내게 고생거리가 또 하나 늘었으니, 얼마나 한심한 일인가? 이렇게 겉보기와는 다른 궁의 행동을, 저 중납언 훈 나리는 어떻게 생각하고 있을까? 특별히 어색한 사이는 아니라도, 마음속으로 어떻게 생각하고

있을까를 생각하니, 웃음거리도 이만저만이 아니다.'

　대군은 더욱 이렇게 마음을 쓰고 있었다. 그 때문에 기분도 좋지 않고 몸도 아주 나빠졌다.

　장본인인 중의군은 때때로 궁과 만날 때에, 더없이 깊은 자기의 생각을 믿어 달라고 앞으로의 일을 약속했었다.

　'그런 사정이 있더라도, 완전히 마음이 변한 것은 아니겠지.'

　이렇게 생각하기도 했다.

　'건너오시는 일이 없는 것은 부득이한 사정이 있을 것이다.'

　마음속으로 이렇게 자기를 달래기도 했다. 저 일이 있은 후 속으로 끙끙거리지 않은 것은 아니었다. 근처까지 왔다가 그대로 그냥 지나치고 돌아가신 것이 원망스럽고도 분하게 여겨졌지만, 더더욱 그 이상 없이 사모하는 마음이 생겼다. 참을 수 없이 된 중의군을 보고서 대군은 언니로서 더욱 불쌍히 여겼다.

　'보통처럼 돌보아 주고, 버젓한 살림을 하는 집이었다면, 궁도 이렇게는 다루지 않았을 텐데.'

　'만일 나도 그렇게 되었다면, 반드시 이런 꼴을 당했을 것이다. 중납언이 이것저것 자주 말하는 것도 나의 주의를 끌려는 것뿐이다. 내가 아무리 상대를 안 한다고 생각해도, 발뺌에도 한계가 있을 것이다. 주위의 사람이 지치지도 않고 간절히 바라는 것 같은데, 결국은 내 마음과 달리 솜씨 좋게 일이 진행될 것이다. 바로 이러한 것이었구나. 아버님이 당부하고 유언하신 것은, 이런 일이 있을 것을 걱정하고 경계하셨던 것이다. 자매가 다 같이 이러한 불운한 과보를 짊어진 신세여, 의지할 부모도 먼저 가시게 되었을 것이다. 언니도 아우도 웃음거리가 될 일을 하고, 돌아간 양친의 얼굴을 더럽힌다면 얼마나 슬픈 일인가? 역시 적어도 나만이라도 그런 걱정으로 고생을 않고, 아무쪼록 죽어 버렸으면 좋겠다.'

　대군은 이런 생각에 잠겨 있었다. 기분도 정말 괴로워서 먹는 것도 거의 없었고, 그저 자기가 죽은 후에 어떻게 될까를 종일 생각하며 허전해했다. 아우를 보는 것도 정말 불쌍했다.

'나까지 먼저 죽게 되면, 의지할 곳 없이 어디에서 마음을 달랠까? 황송할 정도로 아름다운 모습을 자나깨나 보는 것을 낙으로 알고, 어떻게 한 사람 몫의 신상이 되게 해 드릴까 하는 마음씨로 돌보아 드렸다. 남몰래 이제부터 살 보람으로 생각하고 있었는데, 내궁이 아무리 이 이상 없는 고귀한 분이라도, 이처럼 세상 체면이 안 서는 꼴이 되면서까지 세상에 얼굴을 내밀고 평범한 사람과 살림을 한다고 생각하면, 틀림없이 본인도 한심스런 마음이 될 것이다.'

대군은 생각을 거듭하였다. 어떤 말도 소용이 없고, 자기들은 이 세상에 무엇 하나 즐거운 것 없이 지내지 않으면 안될 타고난 팔자일 것이라고 불안하게 여겼다.

25. 내궁의 금족이 엄해지다.

내궁은 돌아온 즉시, 언제나처럼 몰래 나오려고 했다.

"이런 산골 나들이에 갑자기 열중하고 있습니다. 경솔한 소치라고 세상 사람들도 뒤에서 험담하는가 봅니다."

위문독이 임금에게 살짝 알려 드렸다. 중궁도 듣고서 탄식을 하셨다. 임금은 한층 엄한 얼굴로, 호되게 꾸짖었다.

"대체 당신이 친정살이를 허가하여 제멋대로 하게 해주고 있는 것이 잘못이다."

중궁은 내궁을 옆에서 떼어놓지 않고 궁중에서 살게 했다. 석무 대신의 육의군의 일을 굳이 강요하여서라도 성사시키려고 모두 다 작정했다.

훈은 그 말을 듣고, 상황이 좋지 않게 되었다고 자주 걱정했다.

'내가 못난 탓이다. 그렇게 될 전세의 인연이라도 있었던가, 팔의궁이 아씨들의 일을 걱정하고 있던 모습이 애처롭게 마음에서 떨어지지 않았다. 게다가 아씨들의 용모나 인품도 나무랄 데가 없어, 이대로 몰락해 버리는 것을 황송하게 생각한 나머지, 한 사람 몫을 하게 하려고 지나치리만큼 돌보아 드리지 않을 수 없었다. 공교롭게도 궁이 진심으로 재촉했다. 내가 마음을 두고 있었던 분이 몸을 빼고 대신 아우에게 양보하는 것도 재미없어서, 이렇게 궁을 중의군에게 주선해 드렸다. 생각해 보면 유감스러운 일이었다. 두 사람 다 내 것으로 했다 해서, 나쁘게 말하는 사람도 없었을 것을.'

새삼스럽게 되돌려 놓을 수도 없어서, 어리석은 짓이었다고 혼자서 고민하고 있었다.

궁은 더욱더 마음에 걸리지 않는 때가 없고, 그리움과 걱정에 휩싸여 있었다.

"마음에 드는 사람이 있으면 여기에 불러들여 보통 하는 식으로 조용히 사랑하면 될 것이다. 주상이 너에 관해서 특별히 생각하고 계신데, 다른 사람이 경솔하다고 소문낼 일을 만드는 건 정말 유감스런 일이다."

중궁은 아침 저녁으로 훈계했다.

26. 내궁이 여일의궁을 희롱하다.

가을비가 자주 내려서 조용한 어느 날, 내궁은 여일의궁의 처소에 갔다. 곁에서 사람들이 많이 대기하는 것도 아니었고, 여궁 혼자 차분히 그림을 보고 있는 참이었다. 그들은 휘장만을 사이에 놓고 얘기를 나누었다. 여일의궁은 한없이 품위가 있고 기품이 높은 한편, 부드럽고 아름다운 용모를 지니고 있었다. 세상에 더는 없는 분이라고 여겨졌고, 이 용모에 필적할 사람은 결코 없으리라는 생각이 들었다. 냉천원의 아씨는, 아버지 원의 총애가 대단하다는 것과 또 모습이 그윽하다는 소문을 듣고 있었지만, 이쪽에서 사랑할 수 없는 분이라고 생각하고 있었다. 저 산골의 사람은 귀엽고 기품이 높은 점에서 지지 않으리라는 먼저 생각이 스쳐가서, 더욱 그립게 여겨졌다. 그들은 흩어져 있는 여러 그림들을 기분전환으로 보고 있었다. 그것은 얘기나 일기 등의 내용을 주제로 하는 여성용 그림으로, 사랑하는 남자의 집이나, 산골의 풍류로운 집의 모양 등을 각자의 취향에 따라 그린 것이었다. 내궁은 자신과 비길 만한 것이 많아 흥미 있게 보았다. 여일의궁에게 조금 나눠 달라고 부탁했다. 중의군에게 주려는 생각에서였다. 재오(在五)11)의 이야기를 그림으로 그린 것인데, 누이에게 거문고를 가르치고 있는 장면이었다. '다른 사람이 빼앗아갈 것을' 이라고 말하고 있는 것을 보고, 궁은 어떤 생각에서인지, 여궁의 곁으로 더욱 가까이 갔다.

"옛날사람도 적당히 친해지면 늘상 칸막이를 두지 않는 것이 관습이었습니다. 정말 언제나 남남처럼 대하는 것이 ….”

내궁이 작은 소리로 말씀 드렸더니, 여궁은 그림들을 더 보고 싶어한다고 생각하여, 그림과 설명하는 글을 말아 모아서 휘장의 아래로 건네주었다. 고개를 숙이고 보고 있는데, 머리털이 파도치는 것처럼 흔들리고, 그 사이에 옆얼굴이 아주 조금 살짝 보였다. 한없이 아름다워서, 만일 혈연관계가 먼 분이었다면 하는 생각이 간절해졌다.

〈어린 풀처럼 아름다운 당신과 형제인 까닭으로 같이 자자고는 생각을 안합니다만, 괴롭고 개운치 않는 내 마음입니다. 〉

대기하고 있던 하녀들은, 내궁 앞에 있는 것을 부끄럽게 생각하여 그늘에 숨어 있었다.

'하필이면 아주 싫은 말을.'

여궁은 이렇게 생각하여 대답도 안 했다. 그것도 무리는 아니어서, '속도 없는 것을' 이라고 답한 '이세이야기'(伊勢物語) 의 아씨는 사물을 너무 잘 알아서 귀여운 맛이 덜하다고 생각하였다. 자의상이 특별히 여일의궁과 내궁 두 사람을 늘 곁에 두고 귀여워하고 있어서, 많은 형제자매 중에서도 서로 서먹서먹한 점 없이 사이 좋게 지내 왔었다. 모후 명석중궁도 이 여궁을 더없이 소중하게 키워 와서, 시중 드는 사람들도 조금이나마 결점이 있는 사람은 그 자리에 있지 못했다. 높은 신분인 사람의 딸들도 아주 많이 시중들고 있었다. 변덕이 심했던 궁은, 그러는 가운데에서도 마음에 드는 여인들과 임시로 사랑을 나누고 있었다. 우치의 분은 아주 잊어 버리는 때는 없었지만, 방문이 끊긴 채로 여러 날을 지내

---

11) 《伊勢物語》에 있는 이야기. 재오(在五) 는 재원(在原) 씨 오남(五男) 의 뜻. 업평(業平). 옛날 어느 남자가 자기 누이의 모습이 아름다워서 남을 주기에는 아깝다고 여겼다는 이야기.

버렸다.

27. 훈이 대군을 간호하다.

내궁을 기다리는 우치에서는 시간이 너무 많이 지나간다고 느껴서, 포기한 모양이라고 생각하며 불안한 나날을 보내고 있었다. 바로 그때에 훈이 왔다. 대군이 몸이 나쁜 것 같다는 소식을 듣고, 문안으로 온 것이었다. 일어나지도 못할 정도로 아픈 것은 아니었지만, 대군은 그런 평계로 만나지 않았다.

"병환이라는 말을 듣고 놀라서 먼 길을 찾아왔습니다. 더 병상에 가까운 곳으로 ···."

걱정으로 견딜 수 없다고 재촉하므로, 거실의 고운발 앞으로 들여보냈다. 아씨는 정말 모양이 사납다고 여겼지만, 그렇게 무뚝뚝한 태도는 보이지 않고 머리를 들고 대답했다.

훈은 궁이 본의 아니게 오지 못했던 까닭을 설명했다.

"느긋하게 생각하십시오. 마음 졸이고 원망하지는 말아 주셨으면 ···."

훈이 충고했다. 대군이 말했다.

"장본인은 별말을 하지 않는 것 같습니다. 다만 돌아가신 부궁의 유언이 이런 것이었는가 하고 가슴에 와 닿아서 본인이 불쌍합니다."

아마도 울고 있는 모양이었다. 훈은 몹시 애처로워 자기마저 부끄러운 생각이 들었다.

"세상이라는 것은 항상 같은 모양으로 지내기는 어렵습니다. 무엇이나 간에 처음으로 경험하는 두 분의 일이므로, 한결같이 원망스럽다고 생각하시는 것 같지만, 모쪼록 마음을 평온하게 가지고 기다리십시오. 만일에라도 걱정하실 일은 없을 거라고 생각됩니다."

훈은 다른 사람의 일까지 걱정하는 것도, 한편으로는 묘하게 되었다고 생각했다.

대군은 언제나 밤이 되면 낮보다 더 괴로워하였고, 중의군도 남이 바로 앞에 있는 것을 괴롭게 여기는 것 같았다.

"역시 언제나와 같이 저쪽에서 …."

하녀들이 이렇게 말했지만 훈은 거절의 말을 하였다.

"이런 병환이 마음에 걸려서 불안을 못 견뎌 찾아왔는데, 밖으로 멀리 내치는 것이 정말 괴롭다. 이럴 때 시원시원하게 돌보아 주는 일도 나 아니고는 누가 도맡아 할까?"

그는 변과 상의하여, 수법 몇 가지를 시작하게 했다.

"정말 모양 사나운 일이다. 내가 원해서라도 이 세상을 버리려고 하는 판에."

대군은 이렇게 말하면서 듣고 있었다. 남의 생각은 하지도 않고 제멋대로 하는 것이 싫었던 것이다. 이 세상에 미련이 없다고는 하나, 훈이 여전히 자신을 원하는 것이 역시 마음에 배게 고맙기도 했다.

28. 대군이 훈을 베갯머리로 부르다.

"조금 나아졌습니까? 하다못해 어제처럼이라도 옆에서 말씀 드리고 싶은데."

이튿날 아침 훈은 이렇게 간청했다.

"며칠이고 계속되었던 까닭일까, 오늘은 정말 괴롭습니다. 그러면, 아무쪼록 이쪽으로."

대군은 이렇게 전했다. 훈은 가슴이 뻐근해져서, 이제부터 어떻게 될 것인가 하고 생각했다. 유례없이 온화하게 대하는 것이 가슴 아프게 여겨져서, 가까이 가서 여러 가지를 말했다.

"괴로워서 아무것도 말씀드릴 수가 없습니다. 조금 가라앉은 다음에."

대군은 아주 가느다란 목소리로 대답했다. 참으로 약한 모양이어서, 훈은 애처로워 탄식하면서 기다리고 있었다. 그러나 부질없이 이렇게만 있기도 어려워서, 걱정이 되지만 일어섰다.

"이런 집에서는 역시 지내기가 어렵습니다. 적당한 장소로 옮기기로 합시다."

이런 말을 남기고 떠났다. 아사리에게도 열심히 기도를 드려 달라고 부탁해 두었다.

29. 내궁의 혼담 소문을 듣다.

훈의 수행원 중에, 어느 사이엔가 여기에 있는 젊은 하녀와 정을 통하는 사람이 있었다. 그는 애인과 얘기하는 중에 말했다.

"내궁은 몰래 다니는 것을 금지당해, 지금은 궁중에만 들어앉아 있습니다. 좌대신 나리의 아씨 육의군과 짝지어 드리려 한다고 듣고 있습니다. 대신 나리 쪽에서 오랜 세월 희망한 일이었으므로, 꾸물거릴 리도 없고, 꼭 연내에 혼인이 있을 것입니다. 궁 쪽은 마음이 내키지 않아서, 궁중 근처에서 오로지 호색적인 일에 열중하는 모양입니다. 임금이나 중궁의 꾸지람을 듣고 있지만, 몸가짐이 잠잠해지진 않은 것 같습니다. 우리 주인은 그야말로 이상하리만큼 보통 사람과는 다릅니다. 지나치게 고지식하여 사람들을 거북하게 여겨 오셨습니다. 여기에 이렇게 건너오는 것은 완전한 예외입니다. 눈이 휘둥그레질 만한 일이라서, 보통 집념이 아니라고 사람들이 소문내고 있습니다."

그 여자는 여러 하녀가 모여 있는 가운데서 그런 말을 전했다. 대군이 그것을 듣고, 너무나 가슴이 아팠다.

'이미 궁과의 인연도 이것으로 마지막인 것 같다. 어엿한 본처를 마중할 때까지 변덕스럽게 놀이 상대로 저처럼 마음을 써 주었던 것이다. 역시 중납언의 의향을 생각하여 건성으로 마음이 있는 양 꾸몄던 것이다.'

생각해 보니 상대방이 원망스러운 처사보다도, 의지할 곳 없는 자신들의 처지가 더욱 서글펐다. 대군은 몹시 우울하여 자리에 누워 있었다.

병들어 쇠약해져 더욱 이 세상에 살아 남을 수도 없을 것 같았다. 하녀들과 마음을 터놓고 지내 오지 않았지만, 그런 생각들을 하고 있었다니 체면도 안 섰다. 대군은 아무 얘기도 못 들은 척하며 자고 있었다. 중의군은 팔베개를 하고서 잠들어 있었다. 생각이 많아서 선잠이 든 모습이었는데, 참으로 귀여운 자태였다. 머리털이 베갯머리에 흩어져 있는 것도 더없이 가련해 보였다. 언니는 그 모습을 보고서, 부궁이 경계하셨던 말이 또다시 생각이 나서 더한층 슬펐다.

'설마 죄업이 깊은 나락에 가라앉아 있는 것은 아니겠지. 설사 어떤 곳이라도 좋으니, 부궁이 계신 곳에서 마중해 주십시오. 이렇게 깊이 고민하고 있는 우리들을 놓아두고, 꿈속에라도 모습을 보이지 않으시니…'

대군은 끝없이 슬픈 생각을 하고 있었다.

저녁 하늘 모양이 쓸쓸하더니 가을비가 내렸다. 나무 아래를 불어제치는 바람소리도, 비길 데 없이 허전했다. 지금까지의 일, 지금부터의 일을 생각하며 물건에 의지하여 누워 있는 모습은, 기품이 높고 더없이 고왔다. 하얀 옷에, 머리 손질을 하지 않은 채 며칠을 지냈는데도, 한 점 헝클어짐 없이 가지런했다. 오랜 병환 중에 얼굴빛이 조금 창백해진 것이, 도리어 청초한 아름다움을 더했다. 깊은 생각에 잠겨서 바깥을 보는 눈매나 이마 근처도, 마음 있는 사람 훈에게 보여주고 싶은 풍모였다.

낮잠을 자고 있던 아우는 바람이 몹시 불자 눈을 뜨고 일어났다. 노랑이나 엷은 보랏빛 등의 화려한 옷을 입고 있었다. 얼굴은 일부러 염색하고 광을 낸 것처럼 곱기만 했다. 아무런 근심도 없어 보였다.

"돌아가신 부궁이, 아주 근심이 있는 것 같았는데 이 근처에 잠깐 모습을 보였습니다."

중의군의 말에 대군은 한층 슬퍼져서 말했다.

"돌아가신 후로, 아무쪼록 꿈에서라도 만나보려고 했는데, 전혀 눈에 띄지 않으시더니…."

그러면서 두 분 다 몹시 흐느꼈다.

'요새 아침 저녁으로 그리워하고 있기 때문에, 잠깐 모습을 보이셨을까? 아무쪼록 계시는 곳을 찾아가고 싶다. 죄가 많은 우리는 극락세계에 가지도 못할 것인가?'

그들은 저승의 일까지 생각했다. 다른 나라 중국에 있었다는, 죽은 사람이 보인다는 반혼향(反魂香)이 정말 있었으면 하였다.

30. 내궁의 편지가 오다.

어두워질 무렵, 궁으로부터 심부름꾼이 편지를 가지고 왔다. 때가 때인 만큼 조금은 근심을 달래 주었다. 중의군은 곧바로는 보려고 하지 않았다.

"그래도 고분고분한 마음으로 온화하게 답장을 내십시오. 이대로 내가 죽는 경우가 생기면, 후에 미련도 안 남기고 잊어버릴 사람이 아닐까 걱정됩니다. 이따금이라도 이분이 당신의 일을 생각하는 동안은, 그런 괘씸한 생각을 할 리가 없는 분입니다. 냉혹한 사람이라고 원망하기는 하되, 역시 매달리는 수밖에 없습니다."

대군이 타일렀다.

"나를 내버려두고 가 버릴 셈으로 있으니 너무합니다."

중의군은 이렇게 말하며 얼굴을 옷깃에 깊이 묻었다.

"명은 정해졌다고 하니, 잠깐이라도 이 세상에 살고 싶은 생각이 없습니다. 이미 너무 오래 살아 있었다는 생각마저 듭니다. 내일 일을 모르는 무상한 세상이지만, 그래도 역시 한탄하지 않을 수 없는 것은, 다른 사람이 아닌 당신 한 사람 때문에 이 목숨이 아까운 것입니다."

그들은 등불을 돋우고 궁의 편지를 읽었다.

다른 때와 마찬가지로 자세한 것을 쓴 뒤에, 이렇게 적혀 있었다.

"〈당신도 나도 같은 하늘의 구름을 바라보고 있는데, 어째서 오늘의 가을비는, 당신을 만나야만 한다는 불안한 생각을 점점 더하게 하는 것일까?〉

눈물로 이렇게 소매가 젖었던 것은 지금까지 없었던 일입니다."

신기하지도 않은 흔한 문구여서, 그냥 내버려둘 수는 없기 때문에 형식적으로 쓴 편지로 여겨졌다. 참으로 원망스러웠다. 그러나 저만큼 세상에 드문 용모나 역량이 있는 분이, 여자들 마음에 들고자 호색적이고 화려하게 움직이고 있으므로, 여러 사람이 호의를 갖는 것은 당연한 일이었다. 중의군은 찾아오지 않는 날이 거듭됨에 따라 궁을 더욱 그리워하고 있었다. 그처럼 정중히 약속했으므로, 지금 당장은 어찌할 수 없어도 설마 이대로 끝나 버리지는 않을 것이라고 생각하여 마음을 바꾸지 않고 있었다.

"오늘밤 안에 돌아가야 합니다."

심부름 온 사람이 이렇게 말하고, 하녀들도 재촉해서 답장을 다만 한 마디 썼다.

〈싸라기눈이 오는 깊은 산골에는, 아침 저녁으로 슬픈 생각으로 바라보는 하늘까지 흐려 있습니다. 내 가슴속은 당신을 원망하여 개일 때도 없습니다. 〉

31. 내궁이 잡일에 묻혀, 방문하지 않다.

10월 그믐께였다. 꾸물거리다가는 이대로 달도 바뀌어 버릴 것 같았다. 궁은 초조하여 오늘밤은 꼭 방문하리라고 생각했다. 그러나 무엇인가 지장이 많이 있어서 가지 못했다. 올해는 오절(五節)도 일찍 있는 해여서 궁중도 떠들썩하여, 자기도 모르게 일에 얽매였다. 고의는 아니었지만, 그대로 소식도 없이 지냈다. 그 동안 우치에서는 참기 어렵도록 긴 시간을 기다리고 있는 것 같았다. 궁은 임시로 다른 여자와 만나는 일은 있었지만, 중의군의 일이 마음을 떠나는 때는 없었다.

"역시 침착하게 뒤를 보아주는 정식 본처를 가지고, 그 위에 따로 만나고 싶은 이가 있으면 불러들여, 신중한 방식으로 행동하시오."

좌대신 나리 댁과의 혼담에 중궁은 이렇게 권했다.

"당분간 기다려 주십시오. 저에게도 생각하여 둔 사람이 있습니다."

내궁은 일단 사절해 놓고, 저 분을 괴롭게 하고 있다는 것을 깊이 생각하고 있었다. 그 마음을 상대방은 알지 못했으므로, 세월에 따라 근심은 점점 깊어만 갔다.

32. 훈이 중태의 대군을 간호하다.

훈도, 궁이 보기와는 딴판으로 불성실한 사람이라는 생각을 하고 있었다. 무어라 해도 그 동안에는 관심을 기울일 거라고 생각했는데, 그렇지 않은 걸 보니 마음으로부터 중의군이 가여워서 요새는 궁에게도 좀처럼 들르지 않았다. 대군의 용태가 어떤가 하고 산골에는 몇 번이고 심부름꾼을 보냈다. 11월에 들어서 조금은 나아졌다는 말을 듣고, 요즈음은 공사의 잡일로 차분히 지내지도 못하는 때라서, 5, 6일이나 심부름꾼을 보내지 않았다. 그러다가 몹시 걱정이 되어, 어쩔 수 없는 여러 일들을 뿌리치고 우치로 갔다.

수법은 완전히 나을 때까지 시행하라고 말했었는데, 벌써 얼마쯤 좋아졌다고 하여 아사리들을 돌려보낸 뒤였다. 더욱 사람 기척도 찾아볼 수 없었다. 언제나와 같이 노인 변이 나와서 용태를 얘기했다.

"어디라고 특별히 아픈 데도 없고 심하지도 않은 병환인데, 식사를 전혀 들지 않습니다. 원래 다른 사람하고 달라서 가냘팠는데, 저 궁의 일이 있은 후로는 한층 괴로운지 과일조차도 먹지 않습니다. 그것이 쌓이고 쌓여서일까, 놀라울 정도로 마르고, 지금으로선 도저히 가망이 없는 것 같습니다. 생각하면 내가 한심하게 오래 살아서, 이런 일을 보게 되는 모양입니다. 아무쪼록 내편이 한 발 먼저 저 세상에 가게 해 달라고 빌 뿐입니다."

변은 끝맺지도 못하고 우는 것도 지당한 일이었다.

"한심하군. 어째서 이렇다고 내게 알려주지 않았습니까? 냉천원에게도, 임금에게도 요새는 기가 막힐 정도로 일이 많아, 잠시 동안 심부름꾼도 못 보냈었는데, 그 동안 얼마나 마음에 걸렸는지 …."

훈은 언젠가의 방에 들어갔다. 베갯머리 가까이에 앉아서 얘기를 걸었지만, 대군은 목소리도 안 나오는지 대답이 없었다.

"이렇게 위중하게 되기까지 누구 한 사람에게도 알려주지 않았던 것이 원망스럽습니다. 그러시니까 아무리 걱정해도 보람 없는 것 아닙니까?"

전과 같이, 세상에서 효험이 있다고 소문난 아사리들을 더 많이 불렀다. 수법이나 독경을 내일부터 시작하라고 지시하였다. 훈의 집 사람들도 많이 모여와서, 윗사람 아랫사람 할 것 없이 부산하게 움직였다. 쓸쓸했던 어제까지 일도 잊을 만큼 마음이 든든하였다.

해도 저물었다.

"언제나처럼, 저쪽으로,"

이렇게 말하며, 더운 물에 밥을 말아서 대접하려고 했다. 그러나 훈은 고집스럽게 말했다.

"하다못해 가까운 데서라도 간호하겠다."

남쪽의 조붓한 방은 중의군 자리였고, 훈은 조금 더 침소에 가까운 동면에 병풍을 치고 앉아 있었다. 중의군은 곤란했지만, 두 사람 사이가 역시 보통의 관계는 아니었다고 생각하여, 서먹서먹하게 떼어놓으려고 하지 않았다. 오후 8시경의 초야(初夜)의 근행부터 시작하여 법화경을 끊임없이 읽게 하였다. 목소리가 좋은 승려 12인이 맡아서 했는데, 다들 정말 고맙게 느껴졌다.

등불을 남쪽 방에 켜 놓아서 방안은 어두웠다. 휘장을 끌어올리고 조금 미끄러져 들어가서 아씨 쪽을 보니, 옆에 노인들이 2, 3인 대기하고 있었다. 중의군은 곧 모습을 감추었으므로, 몹시 인기척이 적은 채 거기에 불안하게 누워 있었다.

"왜 목소리라도 들려주지 않습니까?"

훈은 손을 잡고서 얘기했다.

"그렇게 하고 싶지만, 말하면 몹시 괴롭습니다. 요새 건너오시지 않아서, 걱정한 채로 죽지나 않나 하고 마음에 걸렸습니다."

대군은 고통스러운 듯 말했다.

"이렇게 기다리는 줄도 모르고 오랫동안 방문도 못했습니다."

흑흑 흐느껴 울었다. 대군은 이마에 조금 열이 있었다.

"어떤 죄 갚음으로 이런 병에 걸렸을까? 사람을 한탄하게 만든 벌로 이렇게 되었나 봅니다."

훈은 귀에 입을 맞추는 것처럼 하고 설득하려고 하였다. 여군은 귀찮기도 하고 부끄럽기도 하여, 얼굴을 소매로 덮어 버렸다. 한층 더 나긋나긋한 야윈 몸으로 누워 있는 모습을 보고, 이대로 죽게 하면 가슴이 찢어질 것 같았다.

"요즈음 쭉 간호하느라고 퍽 피로할 것입니다. 오늘밤만이라도 느긋하게 쉬십시오. 제가 숙직인이 되어 옆에서 대기하고 있을 테니까.”

훈은 중의군에게 이렇게 말했다. 중의군은 마음에 걸렸지만, 어떤 자세한 내막이 있을 것이라고 생각하여 더 안쪽으로 들어갔다.

정면으로 얼굴을 맞댄 것은 아니지만, 훈이 무릎걸음으로 가까이 오므로, 대군은 괴롭고 부끄러웠다. 그러나 이렇게 될 전세의 인연이 있었을 것이라고 생각했다. 더없이 평온하고 안심이 되는 인품을 저 다른 한 분과 비교하여 보면, 차분하게 고마운 생각도 드는 것이었다. 이 세상을 떠난 후의 추억에라도, 고집 세고 남의 생각을 못하는 여자로 여겨지지 않도록 하자고 마음을 써, 훈을 냉담하게 물리쳐 쑥스러운 생각을 가지게는 하지 않았다. 밤새 사람에게 지시하여 약을 권했지만, 전혀 드는 기색도 없었다. 곤란하게도 어떻게 하면 목숨을 연장시킬 수 있을는지 말할 수 없는 심경이었다.

33. 아사리가 팔의궁의 꿈을 얘기하다.

법화경을 끊임없이 읽는 부단경(不斷經)의 목소리가 새벽녘에는 화려한 목소리로 교대를 했다. 대기하고 있던 아사리도 앉아서 졸고 있었는데, 문득 잠을 깨어 다라니(陀羅尼)를 읽었다. 나이가 들어 목소리가 쉬긴 했지만, 정말 고맙고 믿음직하게 들렸다.

“오늘밤은 좀 어땠습니까?”

이렇게 말하는 기회에 고 팔의궁의 이야기가 나와, 코를 훌쩍이면서 얘기하였다.

“지금쯤은 어디에 계실까? 마음에 걸리는 것은 많이 있었겠지만, 반드시 극락에 왕생을 하였으리라고 짐작했는데, 이 중의 베갯머리에 나타났습니다. 속인의 모습으로 ‘세상을 깊이 싫어하여 떠난 고로 아무 미련도 없었는데, 조금 마음에 걸리는 것이 있어 왕생의 일념이 무너졌습니다. 지금 당분간은 본원인 극락정토로부터 멀리 떨어져 있는 것이 정말 가슴 아픕니다. 왕생을 도와주는 공양을 하여 주십시오’ 라고 아주 똑똑하게 말했습니다. 당장 무엇을 해 드리는 것이 좋을까 생각이 안 나서 나 혼자서라도 할 수 있는 일을 먼저 하려고, 근무하던 법사 5, 6명에게 염불을 시키고 있습니다. 그밖에 문득 생각나는 것도 있어서, 상불경보살(常不輕菩薩)[12] 의 배례도 시키고 있습니다."

훈은 그 말을 듣고 몹시 울었다. 아씨는 돌아간 궁의 왕생을 방해하고 있는 깊은 죄를 괴로워하며, 숨이 끊어질 것 같이 더욱 고통스러워했다. 부궁이 아직 죽은 후 잠시 머무르는 중유(中有)에 헤매고 있는 동안에, 거기서 함께 있고 싶다고 하며 누워 있었다.

아사리는 너무 긴 이야기도 못하고 서 있었다. 그 상불경배례의 일행은 이 근처 여기저기의 촌락이나 경까지 돌았지만, 새벽녘의 세찬 바람에 어찌할 바를 모르게 되었다. 그러다가 아사리가 있는 곳을 알아내고, 중간 문이 있는 곳에 와서 아주 정중하게 배례하고 있었다. 죽은 사람의 명복을 비는 회향(回向)이 끝날 때의 발원들이 차분하게 가슴을 치는 듯했다. 훈도 불도에 마음을 기울이고 있었으므로, 감개무량했다. 중의군은 언니의 용태가 몹시 걱정되어, 안쪽에 있는 휘장 뒤에 바짝 다가가 있었다. 훈은 그 낌새를 알고 몸 매무새를 단정히 고쳤다.

"상불경의 소리는 어떻게 들었습니까? 엄숙한 수법에서는 보통 하지 않는 것이지만, 오늘은 아주 정중했습니다.

〈서리가 차가운 물가에서 물떼새가 쓸쓸하게 우는 소리가, 마음에 감동되어 슬프게 들리는 새벽이었습니다.〉"

훈은 보통의 얘기처럼 말을 하였다. 중의군은 정이 없는 남편과 모습도 닮은 점이 있어 문득 비교하지 않고는 못 견뎠지만, 직접 대답하기는 어려워 변을 통해 말하였다.

〈새벽녘 서리를 떨어뜨리면서 우는 물떼새는, 생각에 잠기는 사람의 마음을 알고 있는 것입니까?〉

변은 적절한 대역은 아니었지만, 교양 있게 잘 전했다. 이러한 사소한 일에도 사양하는 듯한 태도로 상대가 만족할 수 있게 응대하는 것을 보

---

12) 법화경에 있다. 부처님이 아직 상불경보살 때에, 너희들은 다 보살의 도를 행하므로, 당연히 부처가 되리라고 하여 사중(四衆)을 배례하였다.

니, 이것을 마지막으로 헤어지게 되면 미칠 듯이 서운할 것 같았다.

팔의궁이 아사리의 꿈에 나타난 것을 생각하니, 아씨들의 이 애처로운 모습을 중유에 머물고 있는 하늘에서 어떻게 보고 있을까 하는 생각이 들었다. 훈은 생전에 있던 절에도 독경을 시켰다. 여러 곳에 기도하는 사람을 출발시키기도 했다. 일부러 말미를 얻어서 제사나 불제 같은 것을 매사 잘 준비하였지만, 악령 탓에 생겨난 병환도 아니었으므로, 아무런 효험이 없었다.

34. 대군이 수계를 바라다.

대군 자신은 모쪼록 완쾌하게 해 달라고 부처님에 기도하는 것이 아니었다.

'꼭 이런 기회에 어떻게든 죽어 버리자. 이 군이 이렇게 옆에 붙어 있어 부끄러운 모습을 모두 다 보였으니, 이미 남으로 지낼 수는 없을 것이다. 그렇다고 이렇게 친절한 마음씨가, 같이 살면서 계속 이어진다는 보장이 없다. 서로 정나미 떨어지게 된다면 그것은 참으로 한심한 일일 것이다. 만약 군이 살아 남게 된다면, 병을 핑계 대어 여승이 되어 버리자. 그렇게 하는 것만이 서로의 변하지 않는 마음을 최후까지 지켜보게 되는 길이다.'

대군은 확고히 이런 결심을 하고 있었다. 어떻게 되더라도 꼭 이 소원을 끝까지 관철하려는 생각이었다. 그렇게까지 결심했다고는 말하지 않고 중의군에게 부탁을 하였다.

"쾌유할 희망도 없다고 생각하지만, 수계(受戒)하여 여승이 되면 공덕이 있어 목숨도 연장된다고 듣고 있으니, 그렇게 아사리에게 말해 주시오."

이를 듣고 하녀들이 다 울고 떠들었다.

"정말 터무니없는 일입니다. 이만큼 마음 아파하신 중납언님은 얼마나 낙심13) 하실 것입니까?"

---

13) 여승이 되면 훈은 오지 않을 것이고, 그렇게 되면 경제적 원조도 끊어진다.

알맞지 않은 일이라고 생각하여, 부탁한 아사리에게 중개도 하지 않았다. 아씨는 몹시 유감으로 여겼다.

35. 임종 때 대군이 중의군의 일로 훈을 원망하다.

훈이 이렇게 산골에만 있는 것을 전해 듣고, 문안으로 일부러 찾아오는 사람도 있었다. 대단한 집념이라고 짐작하여, 훈의 집 사람들이나 친한 가신들이 각자 무수히 기도를 시키며 문안하고 있었다.

"신상제의 다음날인 풍명(豊明)의 절회가 오늘이었지."

훈은 이렇게 경의 생각을 했다. 눈이 와서 어수선하고 바람이 몹시 불어 점점 거칠어졌다. 경에서는 이렇지는 않으리라고 생각하면서, 스스로 택한 일이지만 불안하게 여겼다. 이대로 타인인 채로 끝나는가 보다고 생각하니, 그렇게 결정된 전세의 인연이 한심스러웠다. 그렇다고 원망의 말을 입에 담지도 못하는 온순하고 가련한 인품이었다. 잠시라도 좋으니 가슴속을 이것저것 이야기하고 싶다고 생각하면서, 멍하니 밖을 내다보고 있었다. 햇빛도 전혀 들지 않았고 완전히 해가 저물었다.

〈하늘도 갑자기 흐려져 햇빛도 안 뵈는 깊은 산중에, 나의 마음까지 깜깜한 나날입니다.〉

훈이 한결같이 이렇게 곁에 있는 것을, 다들 마음 든든하게 여겼다. 평소와 같이 병상 가까이에 있었는데, 바람이 휘장을 흔들어서 내부가 들여다보였다. 중의군은 수줍어하며 안으로 들어갔다. 보기 흉한 모습의 노하녀들도 깊숙이 숨어 버렸다. 훈은 아주 가까이 가서 울면서 말했다.

"좀 어떻습니까? 정성을 다해 기도한 보람도 없이, 목소리조차도 못 듣게 된 것은 정말 한심합니다. 이대로 먼저 가 버리시면 얼마나 슬프겠습니까?"

이미 제정신도 없어져 버린 모양이었지만, 얼굴은 용케 감추고 있었다. 대군은 간신히 말했다.

"조금 기분이 나아지는 때가 있으면 말씀 드릴 것이 있습니다만, 그저 이대로 죽을 것 같아서 정말 유감입니다."

가슴이 가득 차 오르는 듯, 훈은 눈물을 금할 수가 없었다. 그런 모습이 자기 자신도 싫어져서, 불안한 모습을 보여서는 안된다고 참고는 있었지만, 눈물은 말할 것도 없고 흐느끼는 목소리도 억누를 수가 없었다.

"어찌된 전세의 인연이기에 이렇게까지 사모하고 있으면서도 고통만 있는 채 헤어져야 하는가? 조금이라도 미운 모습을 내 눈에 보여주었다면, 가슴속의 슬픔도 덜할 수 있을 것을 ….”

대군을 가만히 보고 있지만, 한층 더 그리움이 쌓여서, 과분하게 아름다운 용모만이 눈에 들어왔다. 팔도 아주 가늘어졌고, 몸 전체가 그림자처럼 약해졌지만, 여전히 윤기 있고 희고 귀엽고 나긋나긋했다. 부드러운 흰옷을 입고, 이불을 옆으로 밀어 놓고 있어, 알맹이 없는 인형을 재워 놓은 것 같은 느낌이 들었다. 머리털이 풍성하게 베개에 걸쳐 있는 것이 부드럽고 아름다웠다. 도대체 어떻게 될 것인가, 얼마 더 살 것 같지도 않아서, 아쉬운 마음이 그지없었다. 꽤 오랜 병환 중에 손질도 안 한 그대로의 얼굴이, 조심성 있고 가까이 가기 어려울 정도로 고상하여, 치장을 한 사람보다도 훨씬 나아 보였다. 진득이 보면 볼수록 넋을 잃을 것 같았다.

"결국 나를 버리고 저 세상으로 가게 되면, 나도 이 세상에 한시라도 머무를 것 같지 않습니다. 명이 정해진 데까지 살아 남는다 해도, 깊은 산중에 들어가려고 합니다. 그저 애처로운 모습으로 뒤에 남을 중의군의 일이 걱정됩니다.”

훈은 대군의 대답을 기다리면서, 중의군의 일을 입에 올렸다. 대군은 얼굴을 가리고 있던 소매를 조금 끌어내리고 간신히 대답했다.

"이렇게도 한심하게 짧은 내 명을 두고, 정을 모르고 제멋대로 하는 여자라고 알게 한 것이 유감입니다. 뒤에 남을 사람을 나와 똑같이 생각하여 주십사고 넌지시 말씀드렸었는데, 만일 그렇게 해주신다면 나도 안심하고 죽어 갈 것입니다. 그 일만이 한스럽게 마음에 남아 있습니다.”

"왜 이렇게 슬픈 생각을 하지 않으면 안될 운명을 몸에 타고났을까요? 어쨌든 나는 당신 이외의 사람과 관계를 가질 생각이 없으니까, 당신의 의향에 등져 버린 꼴이 되었습니다. 지금에 와서 후회도 되고, 또 괴롭게도 생각합니다. 그러나 중의군 걱정은 안 하셔도 됩니다."

마음을 가라앉히려고 애써 위로했다. 대군이 아주 괴로운 모습을 보여서, 수법하는 아사리들을 방으로 불러들여, 효험이 있는 중 모두에게 여러 가지 가지(加持)를 시켰다. 훈 자신도 한결같이 부처님께 염원했다.

36. 대군의 임종.

부처님이 일부러 이렇게 헤어져 슬퍼하라고 하는 것일까, 훈이 보고 있는 중에, 초목이 말라 가는 것 같이 대군은 죽어 갔다. 붙잡을 수도 없고, 발버둥을 쳐 보고 싶은 마음이 남의 눈에 어리석게 보여도 꺼릴 여유가 없었다. 정말 임종으로 보여서, 중의군도 뒤따라 죽겠다고 이성을 잃고 당황하는 것도 지당했다. 제정신도 아니게 보이는 것을, 분별을 아는 하녀들이 불길하다고 하여 시체로부터 멀리하게 했다.

"설마 정말 그런 일은 없을 것이다. 꿈이 아닌가?"

훈은 이렇게 생각하여, 등불을 가까이 대고 들여다보았다. 소매로 덮었던 얼굴도 그저 잠자고 있는 것처럼 보이고, 평소와 달라진 것도 없이 귀여운 모습으로 누워 있었다. 이대로 벌레가 허물을 벗어 놓은 것처럼 언제까지나 두었으면 하고 어찌할 바를 모르는 상태였다. 헤어지는 의례를 치르려고 머리를 빗기니, 향기가 확 근처에 떠돌았다. 그것이 그저 생전 그대로여서, 그립고 가슴이 미어졌다.

'이 세상에 둘도 없는 분이었다. 이분의 어디를 보아 보통 사람이었다고 체념할 수 있을까? 이것이 정말 세상의 집착을 버리게 하는 길잡이라면, 하다못해 이런 아름다운 유해가 아니라, 슬픔도 확 날아갈 것 같이 무섭고 추한 꼴을 보여주십시오.'

부처님에게 아무리 염원해도 그리운 생각을 가라앉힐 수는 없었다. 차라리 빨리 다비(茶毘)의 연기로 변하게 해 버릴까 생각하고, 이것저것 의식을 준비하였다. 너무하다고 하면 너무한 일이었다. 발이 땅에 닿지도 않는 듯 비틀거렸다. 최후의 화장 모양도 덧없어, 연기도 많이는 오르지 않았다. 다들 맥이 풀려 망연히 돌아왔다.

37. 중의군의 비탄이 깊다.

장사에 참여하는 사람이 많아서, 하녀들은 불안이 조금은 잊혀지는 것 같았다. 중의군은 내궁에 버림받아 사람 눈에 어떻게 보일 것인가도 부끄럽고, 자기 몸이 한심하다는 생각에 우울해하고 있었다. 이분 역시 살아 있는 사람으로는 보이지 않았다. 내궁으로부터도 문안이 자주 있었다. 대군이 궁을 어처구니없는 분, 박정한 분이라고 원망하였던 생각을 풀어 주지 못한 채 돌아가신 것을 생각하니, 정말 한심한 궁과의 인연이었다.

훈은 이렇게 세상이 아주 괴롭고 싫은 것이라고 느낀 이 기회에, 출가하려는 전부터의 뜻을 이룰까도 생각하였지만, 여삼의궁이 어떻게 생각하실까 걱정이 되었다. 또 이 중의군의 일도 꺼림칙하여 갈피를 못 잡고 있었다.

"아씨가 말한 것처럼, 유물로라도 이 군을 처로 삼았으면 좋았을 것을! 저 때는 설령 자매라 하더라도 이 군에게 마음을 바꾸는 것은 불가능하다고 생각했다. 그러나 내궁이 이렇게 고생을 시킬 줄을 알았으면, 차라리 서로 친하게 지내서, 다하지 않는 슬픔을 달랠 연고로도 부부가 되는 것이 좋았을 것을."

훈은 경에 나오는 일이 없었고, 사람과의 교제도 끊어져 버렸다. 마음을 달래지 못하고 내내 이곳에 머물러 있는 것을 보고, 세상 사람들도 보통의 애정은 아니었다고 생각했다. 임금을 비롯하여 여러 사람의 조문도 많았다.

38. 훈이 상복을 입지 못하는 신상을 슬퍼하다.

헛되이 나날이 지나갔다. 7일 뒤, 17일 뒤, 27일 뒤에 하는 법회를 훈은 아주 경건하게 주선하고 두텁게 공양했다. 정한 법도가 있어서, 상복을 입을 수도 없었다. 돌아가신 분을 특별히 사모하는 사람들이 진한 검정색의 상복으로 갈아입은 것을 흘끗 보고, 훈은 한숨을 내쉬었다.

〈슬픔 때문에 피의 눈물을 흘리는 보람도 없다. 타인인 나로서는 돌아간 사람을 그리워하여 옷을 상복의 색으로 물들일 수도 없으니까.〉

착용이 허락된 색인 얼어붙은 것 같이 빛나 보이는 소매를 더욱 눈물로 적시면서, 방심한 것 같이 밖을 내다보는 모습은 실로 청초하게 아름다웠다. 사람들이 틈 사이로 보고는 말했다.

"새삼스레 한탄하여도 보람이 없는 것은 접어 두고라도, 이 나리가 이때까지 쭉 가까이에서 돌보아 주셨지만, 이제부터는 이미 인연이 없는 분이 된 것이 정말 황송하고 유감스럽습니다. 생각지도 않았던 운명이었지요. 이렇게 깊은 나리의 생각을 뒤에 두고 결혼도 못하고 말다니…."

그리고는 모두 울었다.

중의군에게는 이렇게 말했다.

"돌아간 언니의 유물처럼, 이제부터는 무엇이나 이야기하고, 일도 해 드리겠습니다. 서먹서먹하게 대하지는 마십시오."

그러나 중의군은 부모와 일찍 이별하고 언니는 돌아가고 남편도 찾아오지 않는 불운한 신상이라고 만사에 기가 죽어서, 아직 대면하여 말하지 못했다. 중의군은 진퇴가 분명한 분으로, 언니보다도 좀더 천진하고 기품이 높았지만, 귀여운 면과 은근한 아름다움은 언니만 못해 보이는 것 같았다.

39. 훈이 대군을 그리워하여 노래부르다.

눈이 앞을 가릴 정도로 세차게 오는 날, 훈은 하루 종일 멍하니 밖을 내다보고 있었다. 밤이 되면 발을 걷어올리고, 세상 사람들이 재미없다고 일컫는 12월 밤의 달이 구름도 없이 솟아오르는 것을 바라보고 있었다. 희미하게 울려오는 절의 종소리를 베개를 높게 하여 들으면서 오늘도 저물었다고 생각했다.

〈뒤에 남아 있지 말자고 하늘을 가는 달을 좇아가는 나군요. 어차피 언제까지 살아 있을 이 세상도 아닌데. 이 세상에서 약속하지 못한 저분과 서방정토에서라도 부부가 되었으면.〉

바람이 아주 세차게 불어 덧격자를 내리려고 했더니, 사방 산이 거울처럼 비친 물가의 얼음이 달빛 아래에서 너무나 아름답게 보였다. 극진하게 가꾸고 닦은 경의 집에도 도저히 이렇게 밝게 비치지는 못할 거라고 생각했다.

'저 분이 만일 살아 돌아온다면 같이 여러 가지 서로 얘기했을 텐데.'
한없는 생각에 가슴이 터질 듯했다.

〈저 분이 그리워 괴로운 나머지 차라리 죽는 약이 필요한 때에, 될 수만 있으면 눈 쌓인 산속에 모습을 감추고 싶다.〉

부처의 공덕을 읊은 게(偈)[14]의 중간까지 가르치는 귀신이라도 나타나면 좋겠다, 그 핑계로 나도 몸을 던지고 싶다고 생각하는 것은 동기가 구법을 위한 것이 아니라 번뇌이기 때문에 칭찬받지 못할 도심이었다.

하녀들을 가까이 불러들이고 세상 사는 이야기를 시키는 모습이 정말 보기 좋고 유연하고 마음이 깊은 것 같았다. 그것을 보고 있는 하녀들 중에도 젊은 사람들은 마음에 배게 훌륭한 분이라고 생각했다. 노인들은 훈의 모습을 볼수록 아씨의 불행이 한결같이 더욱 유감스럽게 생각했다.

"병환이 중하게 된 것도, 내궁의 모습을 보고서, 의외의 분이라고 여기고 세상 체면도 안 서는 슬픈 일이라고 생각하신 것 때문이었습니다. 그래도 정말 중의군에게는 그 가슴속을 알리지 않으려고, 자신의 마음 하나로 원망하고 계셨습니다. 그러다가 과일 같은 것조차도 잡숫지 못하게 되어, 그저 쇠약해지고 말았습니다. 겉으로는 이것이라고 할 걱정거리도 보이지 않았지만, 마음속으로는 어디까지라도 끝까지 파고들었던 것입니다. 돌아간 궁의 가르침에도 등졌다고, 중의군의 신상을 지나치게 괴로워했던 것이 원인이었습니다."

지나 버린 일들을 얘기하고는 다들 흐트러져 울고 있었다.

---

14) 설산동자(雪山童子)는 귀신으로 화한 제석천(帝釋天)으로부터 '諸行無常 是生滅法'이라는 게(偈)의 절반을 듣고, 나머지를 알려면 인육(人肉)을 공양하라는 요구를 받아, 골짜기에 몸을 던져서 나머지 '生滅滅已 寂滅爲樂'를 들었다 한다 (大般涅槃經).

40. 내궁이 눈을 무릅쓰고 조문하다.

훈은 자기의 소견이 얕은 소치로 한심한 꼴을 당하게 하였다고, 다시 한번 옛날로 돌아갔으면 했다. 이 세상 일 모두가 원망스러워 한층 차분하게 염송(念誦)하고, 뜬눈으로 밤을 밝혔는데, 아직 주위는 어두운 때였다. 눈이 오려는 기색이 추위를 몰고 올 것 같은 가운데 여러 사람 소리가 나고, 말 우는 소리도 들렸다. 대체 누가 이 밤중에 눈을 헤치고 올까 하고 중들도 놀라고 있을 때, 내궁이 평상복차림으로 초라하게 가장하고 눈에 젖으며 들어왔다. 격자 문을 두들기는 모습으로 궁임을 곧 알 수 있어, 훈은 사람 눈에 띄지 않는 곳에 들어가서 숨을 죽이고 있었다. 궁은 거상이 끝나려면 아직 며칠 남아 있었지만, 걱정이 되어 가만히 있을 수 없어 밤새 눈길을 헤치면서 건너왔던 것이다.

중의군은 평소의 원망했던 것도 잊어버릴 때가 되었는데도, 만나보려는 생각은 조금도 하지 않았다. 언니의 한탄하던 모습을 생각해도 면목이 없었지만, 생각을 다시 고칠 사이도 없이 대군이 그대로 돌아가셨기 때문이었다. 이제 궁의 마음이 고쳐졌다 해도, 새삼 무슨 보람이 있을까 하는 원망에만 사로잡혀 있었다. 하녀들이 교대로 누구나 열심히 권해서, 할 수 없이 물건 너머로 만났다. 궁은 오늘까지 오랜 동안 무소식이었던 사연을 자세하게 설명하고 있었지만, 중의군은 무심하고 따분하게 듣고 있었다. 이분도 반쯤은 죽은 사람처럼, 언니의 뒤를 쫓아가지나 않을까 하고 생각되는 가여운 모습에 궁은 걱정하며 슬프게 생각했다.

오늘은 어떻게 되든 상관없다고 생각하고 궁은 여기서 묵었다.

"물건 너머로는 말고."

궁은 자꾸 호소하였지만, 중의군은 다만 이렇게만 답했다.

"조금 더 제정신이 들 때까지 살아 있다면 그 때에⋯."

궁은 붙잡을 수도 없었다. 훈도 이 모습을 전해 듣고, 적당한 사람을 불러내어 말했다.

"이쪽의 입장을 너무도 생각 안 하는 궁의 천박한 거동이 예나 지금이나 여전히 곤란한 것입니다. 대군을 잃은 지 몇 달도 되지 않은 지금 여군이 그렇게 생각하는 것도 지당한 일입니다. 그러나 상대의 마음에 상처를 주지 않을 정도로 책망하는 것이 적당할 것입니다. 궁은 이런 꼴을 아직 당해 보지 않은 분이어서 고통스럽게 생각하고 있을 것입니다."

훈이 살짝 충고하니, 중의군은 더욱 부끄러워 한마디도 안 했다.

"이 얼마나 차디 차게 대하십니까? 전에 말씀드린 것을 죄다 잊어버렸습니까?"

궁은 몹시 한탄하면서 그날을 지냈다.

밤이 되니, 근처에는 바람이 한층 더 세차게 불었다. 자청한 일이라고는 하지만, 탄식하면서 누워 있는 궁이 안되었다는 생각이 들어, 여군은 역시 물건 너머로 얘기했다. 몇 개의 신사에 맹세하여 오래도록 마음이 변치 않겠다고 약속했다. 중의군은 도리어 어째서 이렇게 말을 잘하는가 싶을 정도였지만, 떨어져 박정하게 지내던 때와 비교하면, 그래도 사랑스럽다고 생각했다. 여자의 마음을 부드럽게 하는 궁의 사람됨을 한결같이 떨쳐 버리지는 못할 것만 같아, 그저 망연히 생각에 잠겨 있었다.

〈이때까지의 일을 회상하는 것만으로도 의지할 곳 없을 것 같은 생각이 드는데, 장래의 일까지 어떻게 기대할 수 있습니까?〉

중의군은 이렇게 들릴락 말락 하게 말했다. 어설프게 대답하는 것에 궁은 도리어 가슴이 막혀, 차츰 초조한 생각이 들었다.

"〈앞으로의 명이 길지는 않다고 생각했다면, 하다못해 바로 지금이라도 나를 버리지 말아 주십시오.〉

얼마 안되는 짧을 인생이므로, 우리가 서로 같이 있는 사이만이라도 얼마 안되는 짧은 인생이므로, 죄가 깊은 것을 너무 생각지 마십시오."

내궁은 있는 말 없는 말을 다하여 달래었다. 그렇지만 중의군은 몸이 좋지 않다고 말하고 안으로 들어갔다. 다른 사람 눈에도 정말 꼴사나워서 궁은 탄식을 하면서 밤을 밝혔다. 자기를 원망하는 것도 당연한 일이지만, 너무 무뚝뚝한 처사 같아 눈물이 나왔다. 그렇지만 여군이 자기이상으로 괴로워하며 있었던 것이 뼈저리게 느껴졌다.

훈이 이 집 주인 행세를 하며 사는 데 익숙하여져, 사람들을 마음 편하게 심부름시키거나 여럿이 있는 자리에 식사를 나르게 하는 것을 보고, 궁은 재미있게 바라보고 있었다. 정말 창백한 채 바람이 빠진 양 소침하게 있어서, 궁은 애처롭게 생각하여 조문 인사를 드렸다. 지금에 와서는 소용없는 일이지만, 아씨의 생전의 모습들을 궁에게만은 얘기해 드리려고 생각했다. 말을 꺼내기가 어려웠다. 어리석은 남자로 보이지 않을까 걱정하여, 말수가 더욱 적어졌다. 매일 울며 지내느라, 얼굴 인상도 달라졌지만, 그것도 보기 싫지 않고 청초한 느낌으로 윤이 나 보였다. 궁은 여자라면 반드시 마음을 옮기지 않을 수 없다고 자기의 괘씸한 성미로 추측하였다. 왠지 걱정이 되어, 어떻게든 사람한테 좋지 않게 소문이나 원망을 사지 않도록 하여 여군을 어떻게든 경으로 옮겨 놓으려고 생각했다.

이렇게 여군은 냉담하게 있었지만, 여기에 오래 머무르게 되면, 궁중에도 알려져 몹시 거북하게 될 것 같아 오늘은 돌아가기로 하였다. 매우 긴 말로 비위를 맞추었지만, 여군은 매정한 처사가 얼마나 한심한가를 깨우쳐 주려고 결국 부부의 잠자리를 하락하지 않았다.

41. 훈이 귀경하다.

해가 저물어 가고 있었다. 이러한 산골이 아니라도 하늘의 경치는 평상시와 다르게 변해 갔다. 날마다 바람이 거칠게 불어 내려 쌓이는 눈속을 공허하게 바라보면서 지내는 마음은, 언제까지라도 꼭 꿈속 같았다. 내궁도 독경 비용 같은 것을 많이 바쳤다. 훈은 새해가 되도록 한탄하고 있을 수만은 없었다. 무소식으로 산골에 처박혀 있는 것을 불평하는 소리가 여기저기에서 들려와서, 지금은 우선 경에 돌아가려고 생각했다. 사람들은 이렇게 훈이 잠시 동안 함께 사는 데에 익숙해져 있었다. 그 동안 사람의 출입도 많았었는데 이제부터는 그 자취도 없이 쓸쓸하여질 것을 생각하며, 사람들은 불행을 당했던 때의 슬픔 이상으로 조용하게 된 지금이 오히려 더 참을 수 없었다.

"무슨 일이 있을 때마다 아씨들과 풍취 있게 소식을 교환하던 때보다도, 마음 편히 지내는 요새 모습이나 태도가 자상하고 친절하게 느껴졌었다. 위로하는 면에서나 생활의 일에서나 동정심이 깊은 인품을 이제더는 보지 못하게 되다니 ….”

다 같이 눈물에 젖어 있었다. 내궁으로부터 소식이 왔다.

“변함없이 방문하는 것도 아주 어려운 일이니, 생각 끝에 가까운 장래에 마중할 계획을 세우고 있습니다.”

‘중납언도 넋 잃고 있다는 소문인데, 그 동생이라면 누구라도 정말 흔한 사람처럼 다루지 못할 것이다.’

명석중궁도 이번 일을 듣고서 이렇게 불쌍하게 생각했다. 그래서 이조원의 서쪽 대옥으로 옮겨, 때때로라도 다니는 것을 허락했다. 여일의궁밑에 있는 형식으로 이쪽에서 떠맡으려는 것인가 하고 의심하면서도, 궁은 근심 없이 만나러 가게 되는 것이 기뻐서, 그 취지를 산골에 알렸다. 그것을 듣고, 훈도 이렇게 생각했다.

‘그럴 작정으로 있었을 것이다.’

‘소실된 삼조궁을 완성시켜 거기에 아씨를 마중할 예정이었는데, 이군을 그 대신으로 여겨서 돌보아 드려도 좋은데 ….’

훈은 또 돌아간 분을 회상하며 쓸쓸하게 생각했다. 궁이 엉뚱하게 추측한 일은, 정말 가당치 않은 것으로 전혀 그럴 생각이 없었고, 그저 만반의 후견역은 자기 말고 대체 누가 할 수 있을까 하고 생각했다.

48. 햇고사리 (早蕨[*])

대강 줄거리

훈 나이 25세의 봄.

슬픈 가운데도 봄이 왔다. 아사리가 고사리를 보내왔다. 중의군의 야윈 모습은 대군과도 닮아 있었다. 하녀들은 중의군이 훈과 인연이 없었다는 것을 섭섭하게 여겼다. 훈은 마음을 서로 잘 아는 내궁과의 대화로써 조금이나마 슬픔을 달래고 있었다.

중의군이 경으로 옮기는 시기는 2월 초순으로 결정되었다. 중의군은 새삼스럽게 우치를 떠나는 것을 망설였다. 언니의 거상이 덧없이 끝나자, 훈이 상경 준비를 도와주었다. 상경의 전날, 훈은 우치를 찾아갔다. 경에 나올 수 있는 것만으로도 들떠 있는 하녀들과는 달리, 변과 중의군은 새로이 슬픔에 잠겨 있었다. 출가한 변은, 혼자 우치에 남아 있기로 결정되어 있었다.

중의군은 경에 있는 내궁의 저택인 이조원으로 옮겼다. 훈은 내궁의 두터운 애정을 기뻐하면서도, '되돌려 놓았으면'하는 생각이 들기도 했다. 꽃이 한창일 때, 훈은 이조원을 찾아 중의군과 얘기했다. 중의군이 타인처럼 응대하는 것을 보고, 내궁은 안되었다고 생각했지만, 한편 두 사람이 친하게 지내게 되면 불안을 느끼는 것 같았다. 그것이 중의군에게는 괴로운 것이었다.

---

* 햇고사리. 산의 아사리로부터 햇고사리의 선물에 대한 중의군의 노래에 나온다. 사와라비(さわらび)라 읽는다.

1. 중의군의 상심이 낫지 않다.

햇빛은 어느 풀숲에나 가리지 않고 비치었다. 우치의 산골에도 봄의 볕이 찾아온 것을 보니, 어떻게 살아왔는지 지난 세월이 오직 꿈속의 일인 것만 같았다. 중의군은 사계절이 변해 감에 따라, 꽃의 색깔이나 새의 울음소리도 언니와 똑같은 마음으로 아침 저녁 보고 듣고 있었다. 하찮은 노래를 읊을 때에도, 그들 자매는 화가(和歌)의 상구(上句)와 하구(下句)를 서로 갈라서 읊고, 불안한 이 세상의 근심 걱정도 함께 얘기하면서 마음의 위로로 삼았었다. 그런데 지금은 재미있는 것이나 마음을 가라앉히는 것도, 나누어 가질 분이 없었다. 중의군은 무슨 일에나 그저 슬픔에 잠겨 혼자서 마음을 상하고 있었다. 부궁인 팔의궁이 돌아갈 때보다도 더 한층 그립고 쓸쓸하여, 앞으로 어떻게 살아갈 수 있을까 하고 날이 새는 것도, 해가 지는 것도 모르고 멍하니 있었다. 이 세상에서 살아야 할 수명은 정해진 것이어서, 죽지도 못하는 것이 한심스러웠다.

아사리로부터 편지가 왔다.

"해가 바뀌었는데, 어떻게 지내십니까? 기도는 빠짐없이 올리고 있습니다. 지금은 그저 당신 한 분의 신상만이 마음에 걸립니다. 마음으로부터 기도하고 있습니다."

아사리는 고사리와 뱀밥[土筆]을 보기 좋은 광주리에 담아서, 글을 적어 보내왔다.

"이것은 아이들이 가지고 온 맏물입니다."

필적은 아주 서투르고 노래는 일부러 줄을 바꾸어서 쓴 듯했다.

"〈당신의 부궁에게 매년 봄마다 따서 보내 드렸는데, 올해도 그 버릇을 잊지 않고 보내 드리는 햇고사리입니다. 〉

중의군의 앞에서 읊조려 주십시오."

매우 골똘히 생각하여 노래를 지었을 거라고 생각하니, 노래의 취지가 정말로 마음에 배도록 느껴졌다. 그렇게 깊은 마음이라고는 생각되지 않는 말을 훌륭하게 꾸며서 적어 보내는 내궁의 편지보다, 훨씬 마음이 끌려, 자연히 눈물이 흘러나왔다. 하녀에게 답장을 쓰게 했다.

〈언니마저 돌아간 올 봄은, 대체 누구에게 보이면 좋은가요? 돌아가신 부궁의 유품으로 따 주신 봉우리의 햇고사리를.〉

심부름 온 사람에게 선물을 주었다.

지금이 한창 나이인 25세로 윤이 나게 아름다운 중의군이, 여러 가지 생각 때문에 조금 얼굴이 야위어 있는 것은, 오히려 한층 더 기품이 높고 부드럽고 고운 느낌이었다. 지금은 돌아간 언니와 매우 닮아 있었다. 두 분이 함께 지냈던 때는 각자의 아름다운 모습으로 꼭 닮은 것 같지는 않았는데, 이 즈음은 대군이 돌아간 것을 문득 잊어버리고 착각을 할 만큼 닮아 있었다.

"중납언 나리는 하다못해 유해라도 그대로 남겨 놓고 만나고 싶어했을 정도로, 아침 저녁 그리워하였지요. 이 군과 결혼하였으면 좋았을 것을 어째서 그런 인연이 아니었을까요?"

옆에서 시중들고 있는 사람들은 그 점을 다들 유감이라는 듯 얘기하고 있었다.

팔의궁 집 가까이에 있는 훈의 장원에 오는 사람들을 통해, 그들은 서로의 상황을 끊임없이 전해 듣고 있었다. 훈이 언제까지나 망연히 지내고 있어, 새해를 마중한 것에도 눈물짓고 있다는 소식을 듣고는 정말 한때의 천박한 마음이 아니었음을 지금에 와서 한층 깊이 깨닫게 되었다.

2. 훈이 내궁에게 하소연하다.

궁중의 연희를 비롯하여 부산한 시기를 지내고 나서, 훈은 자기 가슴 하나에 묻어 두지 못하는 슬픔을 누구에게 호소할 수가 있을까 궁리하다가 내궁에게로 갔다. 차분한 저녁때, 내궁은 망연히 생각에 잠겨 마루 끝 가까이에 나와 있었다. 쟁의금을 타면서, 여느 때와 같이 마음에 드는 매화 향기를 감상하는 중이었다. 훈이 그 매화 아랫가지를 꺾어서 이쪽으로 왔는데, 그 훌륭한 향기가 때가 때인 만큼 더욱 흥취 있게 느껴졌다. 내궁이 노래했다.

〈이 매화와 이것을 꺾는 당신과는 마음이 통하고 있었을까요? 밖에서는 색깔을 드러내지 않고 속으로 향기가 숨겨져 있습니다. 표면은 아무렇지도 않은 듯하나, 내심으로는 저 분 중의군을 그리워하고 있을 겁니다. 〉

"〈아무 생각 없이 감상하고 있는 사람에게 그런 트집을 잡습니다그려. 귀찮은 꽃가지로 보였다면, 더 그럴 셈으로 꺾을 것을 그랬습니다. 저 분을 내 것으로 생각해도 좋았을 것입니다. 〉

터무니없이 넘겨짚습니다."

그들은 농담을 주고받는 아주 사이 좋은 사이였다.

마음을 탁 털어놓고 얘기를 나누고는, 저 산골에서는 그 후 어떻게 지내고 있을까를 먼저 궁이 물었다. 훈도 지난 나날을 어디까지나 단념하기 어려운 슬픈 일로 여겼다. 그 당시부터 오늘에 이르기까지 하루도 잊지 못했던 일들을, 또 그때그때 차분히 마음에 새겨지는 기억들이나 재미있게 여겼었던 것들을 울고 웃으면서 이야기하였다. 원래가 다감하고 눈물을 잘 흘리는 성미의 궁이어서 남의 일이지만 소매를 짤 만큼 울었다. 정말 의지할 만한 상대가 되어 주는 것 같았다. 하늘도 사람의 마음을 알고 있는 듯이, 자욱히 안개가 끼어 있었다. 밤이 되어 몹시 불기 시작한 바람은, 아직도 한겨울 같이 춥게 느껴졌다. 등불도 몇 차례나 꺼지고, 근처의 어두움에 얼굴도 똑똑히 안 보이는 것이, 어쩐지 불안한 일이었지만 두 사람에서 나는 향기는 숨길 수 없었다. 어디까지나 그치지 않은 이야기를 서로 만족할 때까지 하지 못한 가운데, 밤도 매우 깊어졌다.

"자아, 아무리 뭐래도 그것만은 아니었을 것입니다."

이렇게 궁은, 이 세상에 더는 없을 정도였던 훈과 대군과의 사이를, 아직 무언가 숨기고 있는 것처럼 의심하고 있었다. 평소의 괘씸한 생각으로 그렇게 짐작하고 있었다. 그러나 훈의 슬픔을 잘 알고 있어서, 비탄에 빠진 가슴속이 개이도록 달래 주고, 한편에서는 그 슬픔을 풀도록 상대하고 있었다. 호감이 가는 궁의 대접에 이끌려, 훈은 가슴 하나에는 묻어 두지 못하게 쌓인 추억들을 조금씩 얘기할 수 있어서, 우물은 말끔히 갠 것 같았다.

궁도, 중의군을 가까운 곳으로 옮기는 준비에 관하여 여러모로 상의하였다.

"아주 기쁜 일입니다. 지금 같아서는 본의 아니게 내 잘못이라고 생각됩니다. 단념할 수 없는 옛사람의 유품으로는 저 분 이외에 아무도 없어서, 무슨 특별한 의미는 없더라도 내가 돌보아 주지 않으면 안될 사람으로 여겨지기도 합니다. 왜 당신은 그것을 괘씸한 마음이라고 생각하시는 겁니까?"

훈은 돌아간 대군이 중의군을 타인처럼 생각하지 말라고 당부하고, 중의군을 자기 대신으로 양보하려 했던 것을 조금 들려주었다. 그러나 저 '말을 시키는 숲의 새끼 부르는 새[呼子鳥]인 뻐꾸기'에 닮아서 인편을 통하지 않고 직접 중의군과 얘기를 나누었던 하룻밤의 일은, 역시 말하지 못하였다. 그러나 마음속으로는 분한 생각이 점점 더하였다.

'어떻게도 달래기 어려운 저 분의 유품으로라도, 대군이 말한 그대로 이 분을 양보받아서, 궁이 하고자 하는 것과 똑같은 것을 내가 해 드리기로 하였으면 좋았을 것을 그랬다.'

이렇긴 하였지만, 지금에 와서는 어찌할 수 없었다.

'언제나 이런 일만 생각하다가, 나중에는 어처구니없는 생각을 일으킬지도 모른다. 그렇게 되면, 누구를 위해서도 재미없고 어리석은 일이 될 것이다.'

이런 생각으로 그 일은 단념하였다. 그러나 그렇게 되더라도, 경에 옮기는 것을 내 일처럼 돌보아 드릴 사람은 자기 말고는 없을 것으로 생각하여, 이사 준비를 이것저것 시켰다.

3. 중의군이 우치를 떠나기를 망설이다.

저쪽 산골에서는 용모가 단정한 젊은 하녀나 여동들을 고용하고, 인품이 반듯한 하녀를 시켜 이사를 준비하기에 여념이 없었다. 그러나 중의군 자신은, 드디어 '복견(伏見 : 지명)의 마을'은 아니지만, 이 마을을 거칠어지게 내버려두는 것도 몹시 걱정이라고 탄식하고 있었다. 그렇다고 고집을 부려 여기에 남아 있는 것도 나은 점이 없을 것 같고, 그랬다가 는 인연이 얕지 않은 내궁과의 모처럼의 사이도 이대로 끊길 것 같았다. 궁이 원망하는 것도 조금은 지당한 일이라고 생각되어, 중의군은 어떻게 하면 좋을지 고민하고 있었다.

이사는 2월 초에 하게 될 예정이었다. 그날이 가까워짐에 따라, 꽃나 무에 꽃봉오리가 붉어지는 것도 마음에 걸리고, 산봉우리에 봄 안개가 끼는 것을 보지 않고 떠나는 것도 가슴 아프게 느껴졌다. 그 목적지가 자기가 영원히 살 집도 아닌 객지의 하늘이어서, 혹시나 체면 상하는 웃 음거리가 될지 모른다는 두려움도 생겼다. 중의군은 무엇이나 간에 주눅 이 들어, 자기 마음 하나만으로는 결론을 못 내린 채 나날을 지내고 있 었다. 상복 입는 기간도 정해져 있는데, 이제는 강가에서 상복을 벗으려 고 하는 것도 죽은 사람에 대하여 마음이 얕은 것 같았다. 모군 상을 당 했던 때는 얼굴도 몰랐으므로, 그립다는 생각이 안 들었었다. 어머니 대 신으로 돌봐 주었던 이 언니의 상에는 옷의 색도 짙게 물들이려고 했었 다. 그러나 그럴 만한 이유도 따로 없어서 어디까지나 다하지 못하는 슬 픔에 사로잡혀 있었다.

4. 훈이 우치를 찾아 회구의 정에 젖다.
수레, 전구의 사람, 그밖에 음양박사들을 우치에 보내왔다.
〈어이없이 빨리 지난 세월이여! 당신이 상복을 지어 복상했을 뿐인데, 벌써 꽃이 피고 화려한 보통 옷으로 갈아입을 때가 되었습니다. 〉
훈은 이런 편지와 함께, 여러 가지 예쁜 옷들을 만들어 보냈다. 경에 이사갈 때 사람들에게 줄 축의 물품도, 과대하게는 아니지만 각각의 신 분에 따라 무례하지 않게 마음을 써 준비하였다.
"무슨 때마다 옛적을 잊지 않게 하려는 친절은 세상에도 드문 일입니 다. 형제들도 좀처럼 이렇게까지 못할 것입니다."
하녀들은 이렇게 저마다 중의군에게 말하였다. 현실적인 노인들 마음에는 이런 훈의 배려가 더욱 몸에 배게 고마워서, 그 마음을 솔직하게들 표현했다. 젊은 하녀들은 때때로이기는 하나 건너오시는 훈에게 가까이 가는 것에 익숙했었는데, 이제 중의군이 다른 데로 옮겨가는 것이 허전하게 생각되었다.

"얼마나 그리울까?"

다들 이렇게 소문내고 있었다.

훈 자신은, 경으로 옮기기 전날 아침 일찍 건너왔다. 평소처럼 손님방에 들어가서, 한편으로 생각했다.

"만약 아씨가 생존해 있었다면 지금쯤은 점점 친숙해져서, 내가 궁보다도 먼저 이렇게 경으로 마중하려 하였을 텐데……."

생존해 있을 때의 얼굴 모습이나 애기한 것들을 차례로 회상했다.

'나를 소홀히 여기게 하거나 유난히 부끄러운 생각을 품게 한 것도 없는데, 내 마음 하나로 묘한 결과가 되었다.'

훈은 가슴이 아플 정도로 뉘우쳤다. 전에 엿본 맹장지 구멍의 일도 생각이 나서, 가까이 가서 들여다보았지만, 방안에 고운발이 내려져 있어 아무것도 안 보였다.

고운발 안에서도, 사람들이 죽은 사람을 그리워하며 모두 눈물을 머금고 있었다. 중의군은 더욱 끊임없이 흐르는 눈물에, 내일 옮기는 일도 잊은 양 맥이 빠진 얼굴로 망연히 누워 있었다. 훈이 말했다.

"이 몇 달 동안 늘 침울하고 우울하게 있어서, 그간에 쌓인 생각을 하다못해 그 한쪽 끝이라도 터놓고 말씀드려서 우울한 것을 달래려 합니다. 언제나처럼 쑥스럽고 서먹서먹하게는 대하지 마십시오. 모르는 세상에 온 느낌입니다."

"쑥스럽게 느끼실 만큼 대접하려고 생각지 않지만, 어쩐지 기분이 여느 때와 다릅니다. 무심결에 마음이 흐트러져 당치 않게 실례되는 말씀을 드리지나 않을까 걱정이 됩니다."

아주 당혹스러운 얼굴을 하고 있었다.

"이대로 말씀 나누는 것은 가엾습니다."

누구나 말씀드리자 중의군은 가운데 맹장지 입구에서 훈과 대면했다.

훈은 정말 이쪽이 부끄러울 정도로 그윽한 느낌을 주었다. 오래간만에 만난 모습은 한층 더 훌륭하게 되어서, 놀라울 만큼 아름다웠다. 사람들보다 빼어난 마음씨도 대단히 훌륭한 분으로만 보였다. 중의군은 잠시라도 얼굴이 잊혀지지 않는 대군의 일까지 회상하며, 차분하게 가슴에 다가오는 것처럼 느꼈다.

"들어주셨으면 하는 대군의 추억은 끝이 없을 정도로 많이 있습니다만, 오늘은 꺼려집니다."[1)]

중의군이 이렇게 말을 꺼냈다.

"잠깐만 기다리면, 머지않아 나도 이조원 가까이에 이사하려고 생각하고 있습니다. 친한 사람은 한밤중에도 왕래하는 것이라고 속담에서도 말하는데, 그런 식으로라도 무슨 일이 있을 경우에는 마음 편하게 곧 상의하여 주십시오. 이 세상에 살아 있는 동안에 무엇이나 이야기하며 지내려고 합니다만 어떻게 생각하시는지요? 세상 사람의 마음이란 여러 가지여서, 도리어 귀찮은 것으로 생각될까 혼자서는 결정 못하고 있습니다."

"이 산골을 떠나기 어려운 생각도 많지만, 근처에라고 말씀하시는 것도 여러 가지로 마음이 산란해져, 무어라 말씀 드릴 수가 없습니다."

중의군은 끊일락 말락 말하였다. 몹시 슬프게 생각하고 있는 얼굴 등이 정말 언니를 그대로 닮은 듯했다. 자기 마음 때문에 다른 사람의 여자가 되어 버렸다고 생각하니 몹시 분하였다. 그러나 지금에 와서는 어떻게 될 일도 아니어서, 중의군의 방에 들어갔던 저 밤의 일을 조금도 말을 않고, 이미 잊어버린 것처럼 태연하게 행동했다.

앞뜰 가까이에 있는 홍매가 색도, 향기도 아주 훌륭하게 피어 있었다. 꾀꼬리조차 그냥 보고 지나기 어려운 양 머뭇거리며 날아갔다. '봄이여, 옛적의'[2)] 라고 죽은 사람을 그리워하는 두 사람의 얘기를 하고 있는 것

---

1) 경에의 출발을 내일로 두고, 전도를 축하하여야 할 날에 죽은 사람을 회상하는 것은 꺼려야 한다.

2) 대군의 죽음이 훈에게도 중의군에게도 잊지 못할 사람의 상실로 엄숙하게 되돌아보

도, 때가 때인 만큼 더욱 차분한 마음이 들었다. 바람이 확 불어와서, 꽃의 향기와 훈의 향기가, 저 5월을 기다리는 귤은 아니지만, 옛사람을 생각나게 하는 계기가 되었다. 중의군은 막을 수 없는 슬픔이 가슴에 가득 찼다.

'부질없이 심심한 마음을 달래는 것에도, 이 세상의 괴로움을 달래는 것에도 언니는 언제나 이 매화에 마음을 두고 계셨는데."

〈꽃도, 그것을 보고 있는 나도 폭풍에 불려 날아갈 것 같은 이 산골에, 돌아간 사람을 생각게 하는 꽃의 향기가 떠돕니다.〉

들릴락 말락하는 목소리로, 정말 그리운 듯이 띄엄띄엄 읊조렸다. 훈도 이렇게 읊조렸다.

〈일찍이 내가 소매를 댄 일이 있는 이 매화는, 지금도 변하지 않고 아름다운 향내를 내는데, 그것이 뿌리째 옮겨가는 곳은 내 집이 아니었습니다.〉

참지 못하는 눈물을 아무렇지도 않은 척하며 닦아 감추느라고 말수도 적어졌다.

"이후에도 역시 이렇게 뵙겠습니다. 무슨 일이나 말씀드리고 싶으니."

훈은 말하고 일어섰다.

내일의 이사에 준비해야 할 것들을 훈은 사람들에게 일일이 말하여 두었다. 여기를 지키는 사람으로는 저 수염투성이의 숙직원 등이 남아 있을 예정이었다. 이 근처의 자기 장원 사람들에게 여러 가지 돌보아 줄 것을 부탁하고, 살림하는 데 필요한 세세한 것들을 많이 일러두었다.

5. 훈이 변과 세상의 무상함을 한탄하다.

변은 모습을 바꾸어서 여승이 되어 있었다.

"수행원으로 같이 가면 뜻하지 않게 오래 산 것이 부끄러울 것입니다. 누가 보더라도 꺼림칙하게 보일 것이므로, 지금은 이미 이 세상을 떠난 듯이, 남에게 알리지 않으려고 합니다."

는 마음을 표현하였다.

훈이 변을 굳이 불러내어, 불쌍한 사람이라고 만나보고 있었다. 평소와 같이 서로 옛이야기를 하였다.

"여기에는 앞으로도 때때로 오겠습니다만, 아무도 없으면 확실히 의지할 곳도 없어 허전할 것 같았는데, 당신이 이렇게 남아 있어 주니, 정말 마음에 배게 고맙습니다."

다 말하지도 못하고 울먹였다.

"이 세상을 싫어하면 싫어할수록 오래 살아 있는 이 목숨이 한심합니다. 대군 아씨가 나를 뒤에 남기고 가신 것을 원망스럽게 여기고, 나아가서는 이 세상 모든 것에 정나미가 떨어집니다. 언제나 한탄하고 우울하게 있으니, 얼마나 죄가 깊은 것일까요?"

가슴속에 응어리졌던 생각들을 차례로 호소하는데, 하찮은 푸념이었지만, 훈은 아주 잘 위로하였다.

변은 몹시 연로했지만, 예전에 고왔던 머리를 깎아 버려서, 이마 근처의 모양이 달라지고 전보다 조금 젊어 보였다. 그런 대로 품위가 있는 모습이었다. 훈은 이러한 변을 보고서, 후회했다.

'저 때 어째서 대군을 이런 여승의 모습으로 하여 드리지 못하였을까? 그 공덕으로 생명을 연장하였을지도 모르는데. 그랬다면, 마음속을 깊이 말씀 드릴 수 있었을 텐데.'

여승이 된 변을 부럽게 생각했다. 변은 몸을 숨기고 있던 휘장을 조금 제치고, 친절하게 말을 했다. 과연 몹시 늙어 멍해진 모양을 하고 있었지만, 말하는 것이나 마음쓰는 것이 불쾌감이 없고, 교양을 지니고 있던 사람의 자취가 남아 있다고 생각했다.

〈무엇보다 먼저 울게 됩니다만, 그 눈물의 강에 만약 내 몸을 던져 버렸다면, 저 분을 먼저 여의고 이런 슬픔을 경험하지 않아도 되었을 것을. 〉

변은 울면서 말했다. 훈이 대답했다.

"그것도 실로 죄가 깊은 때문일 것입니다. 만약 그런 일을 저질렀다면 피안에 간신히 도착하기도 어려울 것입니다. 그런 엉뚱한 일까지 하면서, 깊은 지옥의 바닥에 가라앉는 것도 소용없습니다. 만사 통틀어 허무하다는 것을 깨달아야 할 이 세상입니다.

〈몸을 던져 버릴 수 있는 깊은 눈물의 강에 가라앉아 보아도, 그립다고 생각할 때마다 저 분을 생각하며 잊지 못할 것이다.〉

언제가 되면 이 슬픔의 몇 분의 일이라도 위로받을 날이 올 것인가?"

훈은, 경에 돌아갈 생각도 안 나는 듯 멍하니 생각에 잠겨 있었다. 해도 이미 저물었지만, 여기서 객지 잠을 자는 것도 남의 의심을 사는 일이 되지 않을까, 그것도 부질없는 일이어서 돌아왔다.

6. 중의군이 우치에 남을 변과 이별을 아끼다.

훈이 남긴 말들을 중의군에게 이야기하며, 변은 한층 더 눈물에 젖어 있었다. 다른 사람은 다 아주 만족한 얼굴로, 재봉 같은 것을 열심히 하거나, 늙어 추하게 된 자기 모습도 잊어버리고 몸단장에 여념이 없었지만, 변은 더욱 초라한 옷차림을 하고 있었다.

〈사람들은 모두 다 이사 준비를 하느라고 옷소매를 마름하고 옷을 짓고 있지만, 나는 같은 소매라도 거기에 소금기를 떨어뜨리며 젖어 있는 해녀 여승입니다〉

변은 노래로 슬픔을 호소했다.

"〈소금기를 떨어뜨리고 슬픔의 눈물에 젖어 있는 해녀의 옷과 내가 무슨 다른 점이 있겠습니까? 경에 나가는 나도 파도에 떠도는 것 같은 불안한 신세여서, 눈물에 소매를 적시고 있습니다.〉

새로운 집에 들어가려는 것도 정말 어려운 일일 테니, 그때그때의 상황에 따라 이 산골이 잊혀지지 않고 생각날 것이고, 그렇게 되면 또 만나게 되겠지요. 잠시 동안이라도 당신이 허전한 생각으로 여기에 남아 있는 것이 더욱 마음 아픕니다. 당신과 같은 여승이라도 반드시 꼼짝 않고 여기에 있어야 하는 것은 아니니까, 세상 사는 대로 때때로는 경에도 나와서 나를 만나 주십시오."

중의군은 이렇게 친절히 말했다. 돌아간 언니가 늘 쓰던 적당한 살림도구도 모두 이 사람을 위하여 남겨 놓았다.

"이렇게 누구보다도 깊게 한탄하는 것을 보면, 언니하고는 전세에도 특별한 인연이 있었던 것이라고 생각됩니다. 그래서 더욱 당신이 그립고 차분한 마음이 듭니다."

중의군과 변은 어린애가 어버이를 그리워하며 우는 것처럼, 생각을 누를 길 없이 눈물에 젖어 있었다.

7. 중의군이 상경하다.

근처를 온통 쓸어 내어 깨끗하게 치우고, 우차를 몇 대나 마루에 대었다. 전구에는 사, 오위의 사람들이 많이 와 있었다. 내궁 자신도 꼭 오려고 했지만, 너무 과장되게 하면 도리어 적당치 않으리라고 생각하여 어디까지나 내밀하게 마중하는 양 도착을 기다리고 있었다. 중납언 훈으로부터도 전구가 많이 왔다. 대충의 일은 궁의 배려에 의하였지만, 집안의 세세한 일들은 만사 모자람이 것이 없도록 오로지 훈이 마음을 썼다.

"벌써 해가 집니다."

안팎에서들 재촉하고 있었다. 중의군은 마음이 어수선했다. 자기는 대체 어디로 가는 것일까 하는 생각에, 그저 의지할 데 없이 슬퍼졌다. 수레에 같이 탈 하녀인 대보의군이 말했다.

〈오래 살다 보니 이런 기쁜 기회를 만날 수 있었습니다만, 만약 근심이 많다고 몸을 우치천에 던졌더라면 얼마나 분하였을까요?〉

방글방글 웃고 있었다. 변의 마음씨와는 사뭇 달라서 한심하다고 여겨졌다. 다른 한 사람이 이어서 노래했다.

〈돌아가신 분을 그립게 생각하는 마음을 잊은 것은 아니지만, 중의군 아씨가 경으로 옮기려는 오늘이야말로, 역시 만사를 제치고 상쾌한 기분이 드는 것입니다.〉

두 사람 다 옛날부터 시중들던 사람으로, 어느쪽이나 돌아간 분에 대하여 마음을 붙였을 터인데, 지금은 이렇게 마음을 돌려서 그 일을 말하는 것조차 꺼리는 것도, 중의군에게는 박정한 세상이라고 느껴져 아무것도 말할 생각이 없었다.

도중의 멀고 험한 산길 모양을 보니, 성의 없는 분이라고 원망하였던 궁의 드문 방문도 무리가 아니었다고 이해가 되었다. 초이레 달이 맑게 떠올라, 그 달그림자가 흥취 있게 펼쳐진 경치를 바라보면서, 멀고도 먼 초행길이 괴로워 문득 아련히 생각을 계속하였다.

'〈하늘을 바라보면, 산의 끝에서 떠오르는 달도 이 세상이 살기 어려워 다시 산의 끝으로 들어간다. 나는 또다시 여기로 돌아와야 하는 운명일까?〉

이때까지와는 다른 곳으로 옮겨서, 나중에는 어떻게 될까?'

그것만이 걱정이 되고 장래가 마음에 걸렸다. 이것에 비하면 지금까지의 고생은 고생도 아니었다고, 예전으로 되돌려 놓고 싶은 심정이었다.

8. 중의군이 이조원에 도착하다.

중의군은 초저녁이 조금 지났을 때에 도착하였다. 이때까지 보지도 못했던 훌륭하고 호화스런 저택이 서너 채 줄지어져 있었다. 궁은 이제나 저제나 하고 기다리고 있던 차였으므로, 수레 옆에 가서 몸소 내려 드렸다. 저택 안의 장식도 아름다움을 다하고, 하녀들의 방에 이르기까지 궁 자신이 마음을 쓴 것을 똑똑히 알 수 있었다. 정말 무어라고 말할 수 없는 훌륭한 주택이었다. 중의군은 어느 정도의 대접을 받을지 의구심을 가지고 있다가 갑자기 이렇게 결정된 것이었으므로, 내궁 나리의 마음이 보통이 아니었다고 여기고, 세상 사람들도 보통을 넘는 훌륭한 분이라고 갑자기 달리 보게 되었다.

훈은 이 달 20일이 지나서 삼조궁에 옮기려고 생각하여, 요새는 매일 모습을 나타내어 조영하는 것을 감독하고 있었다. 이조원에 가까운 곳이라 중의군이 이사하는 것을 듣고 싶어서 밤이 깊을 때까지 삼조원에서 기다리고 있던 차에, 차출했던 전구의 사람들이 돌아왔다. 궁이 이 여군을 각별히 소중하게 다루었다는 말을 듣고, 한쪽에서는 기쁘게 생각했다. 그러나 한쪽에서는 자기 마음 때문이라고는 하지만 역시 어리석었다는 생각에 가슴이 막히는 듯했다.

"되돌려 놓을 수 있는 것이라면."

이렇게 혼잣말을 되풀이하였다.

〈비파호(琵琶湖)의 호수를 저어가는 배의 돛대, 그렇게 똑똑히 맺은 인연은 아닐지라도, 저 분하고는 하룻밤 지낸 일이 있었는데.〉

트집을 잡기라도 하고 싶은 마음이었다.

9. 석무가 내궁의 태도에 불만을 품다.

석무대신은 이 11월중에 자기 딸 육의군을 궁에게 드릴 예정으로 있었다. 그런데 궁은 이렇게 생각지도 않은 사람을 먼저 소중히 마중하고, 이쪽을 피하고 있었다. 석무가 정말 불쾌하게 생각하고 있다는 것을 듣고, 궁은 때때로 편지를 올렸다. 육의군의 성인식은 세상에 소문날 정도로 대대적으로 준비했는데, 새삼스럽게 연기하는 것도 웃음거리가 될 것 같아, 20일이 지나서 치마를 입혔다.

석무는 같은 일족이어서 재미없다고는 하나, 중납언 훈을 다른 사람의 사위로 하는 것도 유감이었다.

'차라리 이 군을 사위로 삼으면 어떨까? 오랜 세월 남몰래 마음에 두고 있던 사람이 먼저 죽어서 허전한 생각에 잠겨 지내 오는 것 같다.'

그에 생각이 미치자, 석무는 적당한 중매를 넣어 생각을 떠보게 했다. 그러나 훈은 쌀쌀하게 거절의 말을 했다.

"세상이 덧없는 것을 내 눈으로 보고서, 정말 한심한 생각으로 지내고 있습니다. 내 몸까지도 꺼림칙하게 여겨서 아무래도 그런 권유에는 마음이 내키지 않습니다."

이에 석무는 푸념하며 말했다.

"어째서 이 군까지도 이쪽이 성의를 다하여 꺼내는 말에 내키지 않게 응대하는 것인가?"

친한 사이라고는 해도, 훈이 아주 마음이 쓰이는 훌륭한 성격이어서 도저히 강제로 권유하지는 못하였다.

10. 훈이 이조원을 방문하다.

꽃이 한창일 때, 훈은 이조원의 벚꽃을 멀리서나마 바라보고 있었다. 먼저 '주인 없는' 우치의 숙소가 생각나서, '마음 편하게'라고 혼잣말로 읊조리고, 마음이 들뜬 기분으로 궁의 거처로 왔다. 요새 궁은 이쪽에만 있으면서, 중의군과 아주 정답게 지내고 있었다. 좋은 일이라고 여겼지만, 여전히 꽤씸한 생각이 나는 것은 참으로 심상치 않은 일이었다. 그래도 진실한 마음으로는 아주 기쁘고 이로써 안심이라고 여기고 있었다.

훈이 궁과 이것저것 서로 이야기하는 사이, 저녁때가 되었다. 궁은 궁중에 들어간다고 수레를 준비했다. 같이 갈 사람들도 많이 모여들었다. 훈은 거기서 일어나, 대옥 중의군 쪽으로 왔다. 산골에서 지낼 때의 모습과는 아주 달라서, 고운발 안도 풍취가 그윽해 보였다. 훈은 발 사이로 보이는 사랑스러운 여동을 불러 중개를 부탁했다. 안에서 방석을 내고 옛 사정을 아는 사람이 나와서 대답을 전했다.

"아침 저녁으로 방문하여도 좋을 만큼 가까이에 있으면서, 특별한 용건도 없이 찾아오는 것은 도리어 너무 친하다는 책망을 들을까 삼가고 있는 사이에, 세상이 죄다 바뀌어 버렸다는 생각이 듭니다. 저택의 나무들도 안개를 사이에 두고 우리 집에서 바라다 보이는데, 그것도 감개무량한 일입니다."

우울한 그 모습이 정말 가엾게 여겨졌다.

'정말 언니가 살아 계셨다면, 서로 스스럼없이 왕래하고, 꽃의 색이나 새소리도 그때그때 즐거워하면서, 조금은 즐거운 세월을 지낼 수도 있었는데….'

중의군도 이렇게 생각했다. 그저 외곬으로 들어앉아 있던 산골의 주거의 허전함보다는, 지금의 살림 쪽이 오히려 무엇인가 부족하다고 여겨져서 중의군은 슬프고 후회하는 마음이 한층 더해졌다.

"보통 사람처럼 서먹서먹한 대접을 하면 안됩니다. 그 이상 없을 정도로 깊은 마음을 잘 알고 있다는 것을, 지금이야말로 보여 드려야 할 것입니다."

하녀들도 이렇게 말씀드렸다. 그러나 자신이 직접 말씀 드리는 것은 역시 꺼려져서 주저하고 있는 사이에, 궁이 출타하는 것을 알리려고 모습을 보였다. 아주 기품이 높게 몸단장을 하여 보기만 해도 훌륭한 모습이었다. 훈이 이쪽으로 와 있는 것을 알고서 내궁이 말했다.

"어째서 이 군을 마치 다른 사람 대접하듯 고운발 밖에 놓아두었습니까? 당신에 대해서는, 지나칠 정도의 극진한 친절을 베푼 분입니다. 나로서는 어리석고 꼴사나운 꼴이 되지 않을까 안절부절못하고 있지만, 그렇다고 전혀 서먹서먹한 대접을 하면 벌을 받지 않을까요? 더 가까이에 가서 옛날의 추억담도 나누시지요."

내궁은 그러면서도, 또 이런 반대되는 말을 하였다.

"그러나 너무 지나치게 탁 터놓는 것은 어떨지? 조금 의심하고 싶은 속마음도 있으니."

이에 중의군은 어느쪽에 대해서도 당혹해했다.

'몸에 배게 고맙게 생각하였던 친절한 마음씨에 대해서, 새삼스럽게 쌀쌀하게 할 수는 없다. 상대편도 그렇게 생각하고 또 말씀도 하시는 것처럼, 죽은 언니 대신이라고 생각하면 된다. 이렇게 몸에 배게 고맙게 여기는 것을 알아주시기라도 했으면.'

중의군의 마음속에는 이런 생각이 들어 있었다. 그러나 뭐니뭐니해도, 궁이 이리저리 두 사람 사이를 온당하지 않게 말씀하시는 것이 괴롭게 여겨졌다.

49. 겨우살이 (宿木*)

대강 줄거리

　훈 나이 24세 봄부터 26세의 여름.

　여이의궁의 어머니가 돌아가셔서, 임금은 그 아씨의 장래를 훈에게 맡길 생각이었다. 한편 석무는 육의군의 결혼 상대로서 그 범위를 내궁으로 더욱 좁혀 갔다. 명석중궁의 조언도 있어서, 내궁은 승낙을 안 할 수 없었다. 그 소문을 듣고 중의군은 경으로 나온 것을 후회했다. 우치에서 나오지 않으려고 결심했던 돌아간 언니의 사는 방식이 자꾸만 머릿속을 맴돌았다. 그 즈음 중의군은 임신중이었다.

　중의군을 문안 왔던 훈은, 그녀에게서 엿보이는 대군의 모습에 새삼스럽게 놀라기도 하고 또 마음이 끌렸다. 우치의 저택이 거칠어졌다는 이야기를 들은 중의군은, 그곳에 데려가 달라고 훈에게 호소했다. 훈은 그것을 단념시키려고 애썼다.

　내궁은 마지못해 석무의 사위가 되었으나, 육의군을 만나보니 그다지 나쁜 것도 아니었다. 그런 만큼 중의군의 슬픔은 깊었다. 그러나 내궁은 중의군에게 육의군과는 다른 좋은 점이 있고, 또 자기의 아이를 배고 있다는 것을 알고 있기 때문에 그 애정이 시든 것은 아니었다. 세상은 오히려 중의군을 행운의 여인이라고 불렀다.

　내궁은 차차로 육의군에게 빠져, 돌아오지 않는 날이 많아졌다.

＊ 기생목(寄生木). 다른 나무에 기생하는 나무로, 특히 겨우살이를 말한다. 옛날을 그리워하는 훈과 변이란 여승이 주고받은 노래에 이 말이 나온다. 야도리기(やどりぎ)라 읽는다.

중의군은 훈을 고운발 안에 불러들이고, 우치에 데려가 달라고 부탁했다. 얘기하는 동안에, 훈은 차차로 더해 가는 연모의 감정을 누르지 못하고, 중의군의 소매를 잡고서 설득했다. 저택에 돌아온 내궁은 중의군의 옷에 훈의 향기가 옮겨 있는 것을 의심하여 그녀를 비난했다. 훈은 중의군이나 하녀의 옷이 낡은 것을 생각하여 각별히 준비한 의류를 선사했다.

우치의 저택을 개조하여 거기에 대군의 인형을 만들려고 하는 훈의 계획을 듣고, 중의군은 배다른 동생인 부주[뜬 배]가 대군과 닮은 것을 생각해 내고, 훈에게 일러주었다. 훈은 우치에 갔을 때, 여승인 변으로부터 부주의 태생을 들었다.

중의군은 번뇌하면서 남아를 낳았다. 7일째 되는 밤의 출산 축연은 명석중궁이 맡아서 했다. 여이의궁은 치마 입는 의식을 끝내고, 훈과 결혼했다. 4월에는 여이의궁이 삼조궁으로 옮겼다. 임금의 사위가 된 훈의 권세는 사람들이 질투할 정도였지만, 그 가슴속은 우울하기만 했다. 그때쯤 우치를 찾아간 훈은, 우연히 초뢰 참배에서 돌아오는 부주를 잠깐 보았다. 그 모습은 확실히 대군과 흡사했다.

1. 등호가 여이의궁의 양육에 힘쓰다.

그때쯤 등호(藤壺)라고 부르는 분은, 고 좌대신의 딸로 여어로 있었는데, 임금이 아직 동궁일 때 다른 여어들보다 먼저 입내해서, 각별히 사랑을 받았었다. 여경전(麗景殿)이라고 불렀다. 겉으로는 그 보람도 없이 몇 해가 지나는 동안에, 명석중궁에게는 궁들이 여럿 태어나서 각각 성인이 되어갔다. 그러나 이쪽은 다만 여궁 하나가 있을 뿐이었다. 정말 유감스런 일로, 남에게 압도당한 운세가 원망스럽게만 여겨졌다. 그 대신 하다못해 이 여궁에게만은 어떻게 해서라도 행복한 장래를 만들어 주고 싶다는 생각에, 한결같이 소중하게 키워 오고 있었다. 궁은 용모가 아주 아름다워서, 임금도 매우 귀엽게 여기고 있었다. 명석중궁 소생인 여일의궁을 세상에 유례가 없을 정도로 소중하게 여겼으므로, 세상 일반 사람들이 생각하기에는 그에 못 미치게 보였으나, 속으로는 그것에 거의 뒤지지 않았다. 아버지 좌대신의 성대한 위세가 아직 남아 있어서, 특별히 궁색한 점도 없이, 시중 드는 사람들의 몸단장 등도 계절에 따라 성의껏 골라 준비하고, 당세풍의 화려하고 그윽한 모습으로 살고 있었다.

2. 등호의 서거.

여궁이 14세가 되는 해에, 치마 입는 식을 올릴 예정이었다. 봄이 되자 남은 일을 제쳐놓고 부랴부랴 준비를 진행시켰다. 만사 보통 이상의 준비였다. 친정 집에서 예로부터 전해 내려온 수많은 보물을 이럴 때 쓰려고 찾아내어, 대단한 준비를 했다. 그런데 어머니 여어는 여름부터 악령에 시달려 앓고 있다가, 정말 덧없이 돌아가 버렸다. 말할 수 없이 유감된 일이라고 임금도 한탄을 하셨다. 인품도 정이 많고 부드러운 분이었다.

"이제부터는 퍽 쓸쓸하게 될 것이다."

전상인들도 이렇게 애석히 여겼다. 그렇게 관계가 깊지 않았던 아래의 여관들도 그분을 그리워하지 않는 이가 없었다.

나이 어린 여궁은 더더욱 허전하고 슬픈 생각에 잠겨 있었다. 그것을 들은 임금도 불쌍하고 애처로운 일이라고 생각하여, 외가 쪽에 있었던 여궁을 49일이 지나자마자 곧 궁중으로 불러들였다. 임금은 매일 궁의 방에 건너와서 그 모습을 보고 있었다. 검은 상복으로 초라하게 차리고 있는 모습이 한층 귀엽고 기품이 높아 보였다. 인품도 아주 어른스러웠고, 조용하고 안정된 점은 어머니보다도 나았다. 임금도 믿음직하다고 여겼지만, 실제로는 어머니 쪽에서는 든든하게 후견으로 의지할 만한 사람이 없었다. 겨우 대장경(大藏卿)이나 수리대부(修理大夫)라고 하는 사람이 있었는데, 여어와 배가 다른 형제였고, 각별하게 세상의 신망이 두터운 것도 아니었다.

'신분이 높지 않은 사람들을 의지하고 있으면, 여자의 몸으로는 걱정이 많을 것이다. 그것이 이 궁을 위해서는 꺼림칙한 일이다.'

임금은 자기 혼자서 근심하느라 마음을 놓지 못했다.

3. 임금이 여이의궁과 훈의 결혼을 계획하다.

뜰 앞의 국화가 서리로 색이 변하여 꼭 보기 좋을 때에, 하늘도 마음을 돋우게 가을비가 내렸다. 임금은 먼저 여이의궁의 방에 와서, 돌아간 여어의 일 등을 말씀하시는데, 순진하기는 하나 어린아이답지 않게 대답하는 것이 귀엽게 여겨졌다.

'여궁의 이러한 인품을 잘 아는 사람 중에 소중하게 돌보아 줄 사람은 찾기 힘들 것이다.'

임금은 주작원이 여삼의궁을 겐지에게 주셨던 사례를 생각했다.

'그 당시는 황녀 독신주의여서 아무래도 승복하기 어렵다고 여겨, 저렇게 하지 않고 그대로 있었으면 좋으리라고 말씀 드린 일도 있었다. 지금 원(源) 중납언이 다른 사람과 다르게 여러 가지를 돌보아 주어서, 어머니인 여삼의궁도 옛날의 위세가 꺾이지 않고, 훌륭한 생애를 지내고 있지 않은가? 그렇지 않았더라면, 뜻하지 않게 경솔하다는 말을 듣는 일이 일어났을지 모른다.'

하여간 임금은 재위중에 혼인을 시키려고 생각하였다. 주작원의 아씨궁과 육조원과의 사례를 본받아, 그 소생 훈에게 궁을 주려고 결심했다.

'중납언이면 여궁 옆에 세워 놓아도 무엇 하나 빠지는 일이 없을 것이다. 원래 마음에 두었던 사람이 있더라도, 여궁에게 창피할 만한 일은 저지르지 못할 것이고, 또 결국은 본처가 없이 지낼 수 없을 것이다. 그런 혼담이 정하여지기 전에 이 궁의 일을 슬며시 암시하여 보기로 하자.'

임금은 때때로 생각하고 있었다.

임금은 여궁과 바둑을 두고 있었다. 해가 저물어 감에 따라 가을비의 정취도 흥미 있는 때였다. 희미하게 밝은 저녁에 한층 더 돋보이는 꽃의 색을 보고 사람들을 불렀다.

"지금 전상에는 누가 있는가?"

"중무의 친왕〔中務卿〕, 상야의 친왕〔上野太守〕, 중납언 원조신(源朝臣) 훈이 사후하고 있습니다."

"중납언인 조신을 이쪽으로."

분부를 받고 훈이 참상하였다. 정말 이렇게 특별히 불러들인 만큼 멀리서부터 향기가 나는 것을 비롯하여 보통 사람과는 달랐다.

"오늘의 가을비는 여느 때보다 특별히 한가한 느낌이 든다. 이쪽은 상중이라 관현의 놀이도 못하고 아주 심심한데, 파적(破寂)으로 시간 가는 것을 달래기에는 이것이 제일이다."

임금은 바둑판을 들여와, 그 상대로 훈을 곁에 불렀다. 훈은 평상시에도 이렇게 가까이에 부르는 것에 익숙해 있었기 때문에, 오늘도 평소처럼 그럴 것이라고만 생각하고 있었다.

"좋은 내기에는 거는 물건이 있어야 하는데, 경솔하게는 도저히 넘겨주지 못할 것이니, 무엇으로 내기를 하면 좋은가?"

임금은 훈에게 어떻게 보일까 마음을 쓰며 말하였다.

바둑을 둔 결과 2 대 1로 임금이 졌다.

"어허, 분하다. 우선 오늘은 이 꽃가지 하나를 허락하지."1)

훈이 대답을 않고 계단을 내려가, 풍치 있는 가지를 꺾어서 어전에 돌아왔다.

〈이것이 세상 보통 집의 담장에 피어 있는 꽃이라면, 아씨란 귀한 신분의 분이 아니라면, 마음대로 꺾어 보련마는.〉

이렇게 말씀 드리는 것은, 모든 면에 빈틈이 없어 보였다. 임금이 답했다.

〈서리에 견디다 못해 말라 버린 화원의 국화지만, 남겨진 꽃의 색과 향은 바래지 않았다. 어머니를 잃은 궁이지만, 아름답게 자라고 있다.〉

---

1) 여이의궁의 하가(下嫁)를 허락한다는 뜻.

이렇게 때때로 넌지시 말하는 임금의 의향을 직접 듣고 있으면서도, 훈은 그 성미대로 급히 받아들이려는 생각이 들지 않았다.

'여궁의 일은 내 본의가 아니다. 지금까지도 여러 가지로 상대에게 미안할 만큼 몸을 피하고 있었는데, 새삼스레 세상을 버린 성자가 다시 속세로 돌아오는 듯한 생각이 든다.'

이런 생각을 하는 것은 자기 생각에도 보통의 경우는 아닌 것 같았다.

'특별히 이 여군을 위하여 걱정하고 있는 사람도 있다는데.'

훈은 중궁 소생의 여일의궁을 동경하고 있었다. 여일의궁이라면 몰라도 하고 생각하는 것은 분수에 넘치는 소망 같았다.

4. 석무가 육의군의 사위로 내궁을 갈망하다.

우대신인 석무는 이 소식을 흘끗 듣고는 생각했다.

'육의군을 어떻게 하여서라도 훈에게 드렸으면. 설령 상대가 마음에 내켜하지 않더라도 이쪽에서 진심으로 부탁하면 나중에는 싫다고 못할 것이다.'

이런 가운데 뜻밖의 일이 되었다고 서운해했다. 내궁도 특별히 집념이 강한 것은 아니지만, 때때로 흥미 있는 편지를 끊임없이 보내왔었다.

'될 대로 되어라. 임시의 호색적인 마음이라도 적당한 인연이 있어 마음에 들게 되는 이도 없으라는 법은 없다. 아주 열심히 청혼하여 오는 상대 중에서 고른다 해도 평범한 신분인 사람의 처로 격을 떨어뜨리는 것은, 역시 세상 체면도 안 서고 부족하게 느껴질 것이다.'

석무는 마음을 결정하고 있었다.

"딸을 가지면 아주 걱정을 하게 되는 말세이긴 하지만, 임금조차 사위를 찾고 있는 세상이므로, 더구나 신하의 딸들이 한창 나이를 지나쳐 버리는 것도 체면이 안 서는 일이다."

석무는 푸념스럽게 말하고, 명석중궁에게도 진심으로 자주 부탁했다. 중궁도 듣고 곤혹스러워하여서, 내궁에게 말했다.

"딱하게도 저렇게 필사적으로 예전부터 당신을 사위로 삼고 싶어하니

심술궂게 도망 다니는 것도 동정심이 없는 일이지 않습니까? 친왕들이란
후견 여하로 좋게도 나쁘게도 됩니다. 주상도 자리를 물려주려고 생각하
여 그 일을 자주 말씀하십니다. 신하로 있으면 한 사람 본처가 정해져
버려서 따로 마음을 나누어주는 것도 귀찮을 터인데, 저 대신은 지극히
진지하면서도 운거안과 낙엽의궁 모두 원망하지 못하게 반반씩 다니고
있지 않습니까? 하물며 당신은 전부터 내가 예정하고 있는 일이 이루어
지면, 옆에 여인들을 많이 거느렸다고 무슨 지장이 있겠습니까?"

　중궁은 이례적으로 되풀이하여 타이르고, 자세하게 육의군을 권유했
다. 궁도 아주 마음에 없는 것도 아니어서, 터무니없는 일이라고 딱 잘
라 거절하지는 않았다. 다만 모든 것이 정해진 대로 정확하고 엄격한 저
택에 가두어진 것처럼 되어, 지금까지 마음대로 행동하지 못하는 생활이
답답하여 왠지 썩 내키지 않았었다.

　"정말 이 대신에게 너무 싫은 소리를 듣는 것도 좋지 않을 것이다."

　내궁은 차츰 마음이 꺾였다. 그래도 바람기가 있어서, 저 안찰대납언
의 홍매의 분[2]을 아직도 단념 못하고 꽃이나 단풍의 계절에 편지를 보내
고는, 어느 분이나 그립게 생각하고 있었다. 이러한 일이 있는 사이에,
그 해는 바뀌었다(이해의 봄이 '햇고사리'의 권의 봄과 겹친다).

5. 훈이 여이의궁과의 결혼을 승낙하다.

　임금은 여어의 거상기간이 끝나자, 꺼리는 일이 아무것도 없었다. 그
런 신청이 있으면 하고 은근히 기다리고 있는 눈치였다. 훈도 그런 소식
을 듣고 있었는데, 너무 모른 척하고 있으면 비뚤어져 보이고 무례한 일
이 될 것 같아 마음을 북돋아, 여궁을 주십사고 넌지시 말씀드렸다. 그
런 걸 어째서 임금이 냉담하게 마다하시겠는가? 이미 혼례의 일정도 정
해 놓고 있다는 말이 사람들을 통해 들려왔다. 훈도 임금의 의향을 짐작
하였지만, 마음속으로는 역시 돌아간 대군을 생각하니 슬픔이 언제까지
라도 가실 것 같지 않았다.

---

2) 형병부경궁과 진목주 사이에 태어나고, 후에 안찰대납언의 의붓딸이 되었다.

'얼마나 한심한 일인가! 이렇게도 나와 숙연이 깊었던 저 분이, 왜 남남인 채로 돌아갔을까?'

훈은 이런 생각으로 있었다.

'신분이 낮아도 저 분의 모습과 조금이라도 닮아 있는 사람이라면, 반드시 마음도 끌렸을 텐데. 예전 한 무제(漢 武帝)의 고사에 나오는 향의 연기에 의해서라도, 적어도 한 번만 뵙고 싶다.'

훈은 그런 생각에만 잠겨 있어서, 귀한 분하고의 혼례를 서두르지 않았다.

6. 내궁이 육의군과 약혼하다.

석무는 서둘러서 8월쯤에 혼례를 올리기로 했다. 이조원의 대옥에 있는 중의군도 그 소식을 들었다.

'역시 이렇게 되고 말았다. 이렇게 된 이상은, 어떻게 끝까지 같이 있을 수 있겠는가? 나 같은 것은 안중에도 없으니 꼭 웃음거리가 되는 괴로운 일이 일어나고 말 것이라고 언제나 생각하며 오늘까지 지내 왔었다. 바람기가 있다는 것은 전부터 듣고 있어서 정말 믿고 지낼 사람이 아니라고 생각하면서도, 막상 옆에 있으면 특별히 정이 없게 다루지는 않았다. 마음으로 굳은 약속을 하였었는데, 갑자기 행동을 달리한다면, 어떻게 내가 가만히 있을 수 있는가? 보통 신분의 부부 사이처럼 이것으로 인연이 끊어지는 일은 없더라도, 얼마나 불안한 일이 많을 것인가? 역시 나는 정말 좋지 않은 신세인 것 같은데, 결국 산골로 되돌아가야 하지 않을까? 내가 돌아가면 산골 사람들은 어떻게 생각할 것인가? 아마 웃음거리가 될 것이다.'

중의군은 부궁의 유언을 거역하여 저 초막을 나온 것이 경솔하였다는 것을 깨달으니, 부끄럽기도 하고 괴롭기도 했다.

'죽은 언니는 겉으로는 자신을 정말 두서없고 믿음직하지 않게 생각하고 또 그렇게 말로도 했다. 그러나 마음속이 확고한 점은 그 이상이 없을 정도였다. 중납언의 군이 아직도 잊지 못하고 한탄하듯이 만약 이 세상에 살아 계셨다면, 나와 같이 슬픈 생각을 했을 것이다. 어떻게 해서라도 그런 꼴을 당하지 않으려고 골똘히 생각하여, 이렇게든 중납언을 멀리하여 여승이 되려고까지 하지 않았는가? 살아 계셨다면 꼭 그렇게 되었을 것인데! 지금 생각하니 얼마나 사려 깊은 마음씨였는가? 돌아간 부궁과 대군이 나를 얼마나 경솔한 사람이라고 보고 계실까?'

중의군은 면목없이 슬프게 생각했다.

'무어, 새삼 보람 없는 일이지만, 그런 기색을 궁에게 보일 수야 있겠는가?'

겉으로는 가만히 참고 아무 것도 듣지 못한 것처럼 지내고 있었다.

내궁은 평상시보다 차분하고 다정하게, 이 세상뿐이 아니라 내세까지도 영원히 변하지 않는 마음을 믿어 달라고 자나깨나 약속했다. 실은, 여군은 이 5월부터 심상치 않은 몸이 되어, 임신의 징후가 있었다. 몹시 고통스럽지는 않았지만, 보통 때보다 먹는 것도 적어지고 누워만 있는 것을, 궁은 그저 더워서 몸이 약해진 거라고만 생각했다. 아직 임신의 증세를 잘 모르고 있었다. 그래도 역시 심상치 않다고 의심하는 일도 있었다.

"혹시? 어떤 기분입니까? 임신한 사람은 그렇게 기분이 나쁘다고 들었습니다만."

이렇게 말할 때도 있었지만, 여군은 아주 쑥스러워서 아무렇지도 않은 듯이 거동하고 있었다. 또 아는 척하고 말하는 하녀도 없었으므로, 궁은 사실을 알지도 못했다.

8월이 되어, 여군은 혼례의 일정을 다른 데서 인편으로 듣고 있었다. 궁은 숨기려고 하는 것은 아니었지만, 말을 꺼내는 것이 거북하고 가엾은 생각이 들어서 머뭇거리고 있었다. 여군은 그것조차도 한심하다고 느꼈다.

'원래 내밀히 하는 것도 아니고, 세상에 널리 알려진 일인데, 그 일정조차 말하지 않는 것은.'

어찌 원망하지 않으랴! 여군이 이렇게 이조원으로 옮긴 이후, 무언가 특별한 일이 없으면 궁중에 들어가도 숙직 같은 것은 일부러 피하고, 여기저기서 외박하느라 여군의 처소에 안 오는 일도 없었다. 갑자기 그렇게 되면 어떻게 생각할 것인가 하고, 궁은 그 불쌍한 생각을 덜하게 하려고 때때로 숙직으로 궁에 들어가기도 했다. 지금부터 익숙해졌으면 하고 바랐던 것이다. 그것도 여군은 한결같이 냉담한 처사라고만 여겼다.

7. 훈이 중의군을 동정하고 연모하다.

훈도 소식을 듣고서, 여군을 애처롭게 생각했다.

'바람기가 있는 궁이므로, 저 분을 불쌍하게는 여겨도 새로운 분에게 마음이 옮겨갈 것이다. 그리고 육의군은 친정이 버젓하니, 방심하지 않고 궁에게 시중들어 마음을 사로잡을 것이다. 이쪽에는 이때까지 그런 습관도 없었는데, 헛되이 기다리다가 꼬빡 밤을 새는 일이 많아질 것이니, 그것은 정말 불쌍한 일이다.'

훈은 마음이 쓰였다.

'내가 괜히 내궁을 중의군에게 인도했다. 어째서 이 사람을 궁에게 물려주었을까? 돌아간 분에게 마음을 뺏긴 후로는, 이 세상에 집착도 끊고, 완전히 맑아진 마음이었는데 도로 탁해졌었다. 다만 그분의 일만을 이것저것 생각하면서도, 역시 허락 없이 무리한 일을 하는 것은 원래의 의사에 반하는 것이라고 사양했다. 그저 어떻게 해서라도 조금이나마 불쌍한 사람이라고 생각하고, 친히 탁 터놓는 모습을 보여주실까, 그것만을 목표로 살아왔었다. 저분쪽에서는 그 생각을 받아들이지 않고, 나를 서먹서먹하게 다루었다. 그래도 야박하게 뿌리치지는 못하는 대신, 같은 피를 나눈 형제라고 그럴듯하게 말하며, 바라지도 않던 아우를 권유했으니 꺼림칙하기도 하고 원망도 되었었다. 먼저 그 예정을 뒤엎으려고 갑자기 궁에게 이 사람을 주선한 것이 아니었던가?'

앞뒤를 가리지 않고 나약하고 이성을 잃은 모습으로, 궁을 우치까지 안내하여 일을 꾸미던 당시의 일을 회상하니, 정말 터무니없는 짓이었다고 후회가 되었다. 궁으로서도 저 때의 일들을 회상하면, 자기 귀에 들리는 것이 쑥스러워 조금은 삼가 주지 않을까, 그런 생각도 들었다.

'그러나 지금은 저 때의 일은 깡그리 잊었을 것이다. 역시 바람기에 끌려서 변하기 쉬운 마음이라서, 여자의 몸이 아니더라도 누구든지 믿지 못할 사람이다.'

훈은 내궁을 믿게 여겼다. 훈 자신이 진실한 것에만 마음을 기울이는 성미여서, 남이 하는 일은 못 견디게 답답해 보였던 것이다.

"저 분을 덧없이 잃은 후에는 임금이 따님을 주시기로 결정한 것도 기쁘지 않다. 이 중의군을 마중하였으면 좋았겠다는 생각이 해가 갈수록 더해지는 것도, 그저 돌아간 사람의 육친이라는 생각으로 체념 못하는 것이다. 형제라도 특별히 이 두 사람은 매우 친했었다. 막 임종할 때도 '무엇이 부족한 점이 있어서 말하는 것이 아닙니다. 다만 나의 계획을 무시해 버렸다는 것이 섭섭하고 원망스러울 뿐이고, 이 세상에 한이 남을 것 같습니다'라고 말하지 않았던가! 돌아간 혼이 하늘에서 이렇게 괴로워하는 아우를 보며, 한층 더 나를 원망하고 있을 것이다.'

그러나 누구의 탓도 아니었다. 혼자 자는 밤은 약간의 바람소리에도 눈이 뜨기 쉽고, 지나간 옛날의 일과 이제부터의 일, 그밖에 중의군의 신세에 대해서까지 곰곰이 여러모로 생각하니, 세상에 더없이 안타깝게만 느껴졌다.

잠시의 위안으로 정이 담긴 말을 하거나, 옆 가까이 불러서 일을 시키는 사람 중에는 자연스럽게 좋아할 여자가 있을 법한데, 진실로 마음이 끌리는 사람도 없는 담백한 사람이었다. 저 우치의 아씨 못지않은 가문의 사람들 중에, 시대의 추세에 따라 몰락하여 허전한 생활을 하는 사람을 찾아내어, 여러 명 옆에 두고 있는 사람이 많이 있었다. 이제 막 속세를 떠나서 출가하려고 할 때, 여인에게 특별히 집착이 남아서 속박당하는 일이 없도록 마음쓰고 있었는데, 정작 이렇게도 보기 싫게 괴로워하지 않으면 안될 일이 생기니 내 마음이지만, 이만저만하게 괴로운 것이 아니었다. 유난히 잠이 안 와서 밤을 밝힌 아침에, 안개가 자욱하게 끼어 있는 담장 사이로 가지각색의 꽃이 정취도 깊게 건너다 보였다. 그 중에 무상하게 섞여 피어 있는 나팔꽃에 특별히 눈이 멈추었다. '낮 동안만 피어 있고, 곧 시들어 버린다'고들 말하여, 무상한 세상에 비유되는 것을 가엾게 여기고 있었다. 격자도 올린 채, 선잠 자는 것처럼 조금 누워서 밤을 밝히고는, 이 꽃이 피는 것을 그저 혼자서만 보고 있었다.

훈은 사람을 불러서 일렀다.

"내궁의 이조원에 가려고 생각하나, 너무 사람 눈에 띄지 않는 수레를 준비해 다오."

"궁은 어제부터 궁중에 계시다고 합니다. 어젯밤, 수행원이 수레를 끌고 돌아왔습니다."

"그래도 좋다. 저 대옥의 분이 몸이 나쁘다고 하니 문안을 드려야겠다. 오늘은 궁중에 올라가야 하는 날이니까 해가 높아지기 전에."

훈은 외출복으로 갈아입었다. 출발하느라 뜰의 꽃 가운데에 서 있는 모습은, 특별히 풍류롭고 아름답게 차린 것도 아닌데, 보통 사람의 모양을 낸 호색적인 남자들과는 비교도 안될 정도로 자연히 갖추어진 풍치가 있었다. 나팔꽃을 끌어당기니 이슬이 와락 떨어졌다.

"〈얹혀 있는 이슬이 사라지지 않고 있는 동안만, 덧없는 목숨을 부지하는 꽃인 줄 알지만, 하다못해 그 잠깐 동안 오늘 아침의 색과 향을 사랑해 볼까?〉

덧없는 것이여!"

혼잣말을 하면서 꽃을 꺾어 가지고 갔다. 마타리 쪽은 그대로 지나쳐 버리고 출발했다.

8. 훈이 중의군에게 흉중을 호소하다.

밤이 밝아져서, 안개가 깔려 있는 경치가 아름다웠다.

'주인 내궁 나리가 부재중이라고 여자들이 모두 마음을 놓고 아침잠에 빠져 있을 것이다. 격자나 문 같은 것을 두드려서 안내를 청한다면 달가워하지 않을 것이다. 너무 일찍 왔구나.'

이렇게 생각하면서도, 사람을 불러 중문이 열려 있는 곳에서 안을 들여다보았다.

"격자를 벌써 올려놓은 모양입니다. 하녀들의 기척도 있었습니다."

훈은 수레를 내렸다. 안개에 묻혀 모습도 아름답게 걸어 들어오는 것을 보고, 하녀들은 내궁이 몰래 다니는 곳에서 돌아왔다고 착각하고 있었는데, 이슬에 젖은 옷의 향기가 색다르다고 심상치 않게 여겼다.

"역시 눈부시게 빼어난 분이시다. 너무 점잔 빼는 것이 밉살스럽지만."

까닭도 없이 젊은 사람들은 얘기하고 있었다. 그래도 훈이 온 것에 당황하지 않고, 알맞게 일어서는 옷 소리가 들렸다. 서둘러 방석을 내는 모습은 나무랄 데 없었다.

"여기에 대기하고 있는 것은 보통 사람으로 대우하는 것 같은 생각이 듭니다. 이런 고운발 앞에서 간격을 두고 있는 것이 한심스러워 자주 찾아오지도 못합니다."

"그러면 어떻게 하면 좋겠습니까?"

"북면에 조그만 방이 있을 겁니다. 이렇게 옛 친구가 대기하면서 쉬기에 적당한 곳입니다. 그러나 그것도 또 그 쪽의 마음 나름이므로 불만이라고 말씀 드릴 일도 아닙니다."

훈이 중방에 기대어 있으므로, 사람들이 여군에게 권하고 있었다.

"역시 저쪽까지 가서 인사하시지요."

훈은 원래 성급하게 억지로 일을 저지르지 않는 인품인데다가 더욱 침착하여 조심성 있게 점잖이 하고 있었다. 여군도 직접 얘기하는 것이 이때까지처럼 어색한 느낌도 없었다.

"몸이 좋지 않다고 듣고 있는데. 좀 어떠십니까?"

확실한 대답도 없고 평상시보다 우울하게 보여서 애처롭게 생각되었다. 훈은 차분하고 안타까운 나머지, 부부의 사이라는 것이 이런 것임을 친남매처럼 친절하게 가르쳐 주며 위로하였다.

목소리가 언니와 닮았다고는 생각지 않았었는데, 지금은 이상하리만큼 그 사람이라고만 생각되었다. 사람들 앞이라도 볼썽사납지 않다면,

발을 들어올려서 맞대 놓고 말도 하고 싶어지고, 몸이 좋지 않은 것도
직접 확인해 보고 싶었다.

"보통 신분으로 화려하게 출세하지는 못하더라도, 마음이 괴롭거나 한
탄으로 몸을 고통스럽게 하는 일이 없이, 이 세상을 살아갈 수 있다고
생각했다. 그런데도 스스로 슬픈 꼴을 당하고, 어리석고 분하다는 생각
도 하여, 이것저것 가슴이 편할 사이가 없으니 곤란한 일입니다. 관위라
는 것도 세상에서는 대단한 것으로 생각하는 것도 당연하지만, 그것 때
문에 안달복달하는 사람에 비하면, 제가 괴롭게 생각하는 것이 좀더 죄
가 깊지는 않을까요?"

훈은 꺾어 가지고 있던 꽃을 부채에 올려놓고 보고 있는데, 그것이 점
점 붉은 기를 더해 가는 것이 정취 있게 보여서, 가만히 고운발 안으로
들여보냈다.

〈내 것으로 만들어 볼 걸 그랬습니다. 흰 이슬이 약속하고 남겨 놓은
나팔꽃, 돌아간 아씨께서 나에게 약속하여 준 당신을, 가 버린 사람의
유품으로 돌보아 드렸으면 좋았을 것을. 〉

특별히 의도한 것도 아닌데, 꽃은 이슬을 떨어뜨리지 않고 있었다. 그
것이 재미있게 여겨졌지만, 꽃은 이슬을 그냥 둔 채 시들어 갔다.

"〈이슬이 사라지기 전에 시들어 버린 나팔꽃처럼 덧없는 언니보다
도, 뒤에 남은 이슬 같은 제가 한결 덧없는 신상입니다. 〉

무엇을 의지하고."

여군은 아주 작은 소리로 말하고는 더 이상 말을 잇지 못했다. 조심스
럽게 말을 얼버무리는 모습이 역시 돌아간 분과 아주 닮았다고 생각하니
앞서는 것은 슬픔이었다.

"가을하늘은, 좀더 생각이 많아지게 합니다. 그 쓸쓸하고 부질없는 것
을 달래려고, 요전에 우치에 갔었습니다. 뜰도 담장도 더욱 황폐해져서
슬픔을 이기지 못하는 점이 많았습니다. 겐지가 돌아가신 후로는, 만년
의 2, 3년 동안 속세를 버리고3) 살고 있던 차아원(嵯峨院)과 육조원도,
들르는 사람마다 슬픔을 가라앉힐 수가 없었습니다. 초목의 색을 보아도

한결같이 눈물에 젖어 돌아올 뿐이었습니다. 겐지의 근처에서 시중들고 있던 사람은 신분의 고하를 막론하고 신심이 얕은 자가 없었습니다. 저택에 모여 있던 사람도 다 여기저기로 흩어져서, 마음먹은 대로 속세를 버리고 살아가고 있는 것 같았습니다. 하물며 신분이 낮은 하녀들은 슬픔을 가라앉힐 생각을 하지도 못하고 전후의 분별도 없어져서, 산이나 숲에 들어가거나 생각도 않던 시골 사람이 되기도 했습니다. 불쌍하게 목표도 없이 흩어진 사람이 참으로 많았습니다. 그 황폐해진 곳에 시름을 잊게 하는 원추리(일명 잊는 풀)만 자라고 있었습니다. 옛 모습이 없어진 후에, 지금의 석무 우대신이 옮겨오고 궁들도 여럿이 살게 되어, 옛날의 활기를 되찾았습니다. 세상에 유례가 없는 슬픔이라고 생각되었던 것이라도, 세월이 지나가서 그 생각이 식을 때가 온다는 것을 생각하면, 정말 매사에는 한계가 있다는 생각이 듭니다. 그래도 저 옛날의 슬픔은, 나도 아직 어렸을 때여서, 그렇게 강하게 마음에 사무치게 느끼지 못했던 겁니다. 그것과 비교하면, 역시 이번에 돌아간 대군과의 꿈 같은 덧없는 이별의 슬픔은 깨울 방법도 없다고 생각됩니다. 다 같은 사람 세상의 무상한 슬픔이라고는 하나, 후세를 생각하면 비탄하는 쪽이 한층 더 죄가 깊은 것 같아, 그런 것까지 한심하게 생각됩니다."

우는 모습이 마음이 아주 깊어 보였다.

돌아간 사람을 그다지 그립게 생각하지 않는 사람까지도, 훈이 이렇게까지 한탄하는 모습을 보고는 마음을 움직이지 않고는 못 견디는데, 하물며 여군은 더욱 허전하고 괴롭게 생각하였다. 언제보다도 더 각별하게 돌아간 분의 면모를 그리며 슬퍼하게 되었다. 한층 더 눈물이 나서 아무 말도 할 수 없었다. 슬픈 마음을 서로 위로하고 있었다.

"'세상의 근심보다는'라는 옛사람이 말한 것도, 산 마을에 살고 있을 때에는 특별한 생각 없이 몇 해를 지내 왔습니다. 지금 와서 보니, 역시 어떻게 해서라도 조용한 산골에서 다시 살고 싶습니다. 그렇다고 생각대

---

3) 겐지가 출가한 사실이 여기서 밝혀졌다.

로 되지는 않는 것 같습니다. 변이란 여승이 부럽습니다. 팔의궁의 삼주기가 되는 이 20일 무렵에는 가까이 있는 절의 종소리라도 듣고 싶습니다. 몰래 데리고 가 주셨으면 합니다.”

훈이 대답했다.

“산골의 집을 황폐하게 하지 말자고 생각하여도 도저히 그렇게는 안됩니다. 남자라도 마음 가볍게 왕래하기에도 용이하지 않은 험한 산길입니다. 나도 생각은 있지만, 이렇게 소식도 없이 지냅니다. 돌아간 궁의 기일에는 저 아사리에게 적당한 법회를 열어 달라고 부탁하여 두었습니다. 저 저택은 역시 절에 기부하십시오. 때때로 가보면 슬픔에 마음이 흐트러지는 일이 끊임없이 일어날 것입니다. 죄 갚음이 되도록 하고 싶은데, 당신은 어떻게 생각하십니까? 어찌 되었든 당신이 결정한 대로 하려고 합니다. 이렇게 하면 좋겠다고 생각하는 방향이라도 말씀해 주십시오. 무엇이나 사양 마시고 터놓고 말씀하여 주시는 것이 내 소망을 이루는 길입니다.”

훈은 실제적인 일들을 말씀 드렸다. 자신도 거기에 보태서 경이나 부처님을 고양할 생각이었다. 중의군은 이러한 법회를 핑계로, 가만히 산골에 들어앉으려고 하는 생각도 넌지시 말하는 눈치였다.

“정말 터무니없습니다. 마음을 넓게 가져 보도록 하십시오.”

훈은 이렇게 타일렀다.

해가 높아져서 사람들이 모여들었다. 너무 오래 있는 것도 이상하게 생각될까 걱정스러워 돌아오려고 했다.

“어디에 가더라도 나를 고운발 밖에 대기시키는 대접만 받으니 쑥스럽습니다. 그렇지만 이런 대접을 받더라도 또 오겠습니다.”

훈은 이렇게 말하고 일어섰다. 궁이, 어째서 자기가 없는 사이에 찾아왔는지 의심할 것이 틀림없는 성미인 것도 귀찮게 여겨, 여기 대기소의 소장인 우경대부(右京大夫)를 불렀다.

“궁은 엊저녁에 궁중에서 퇴출하였다고 듣고 있었는데, 아직 돌아오지 않은 것이 유감스럽다. 궁중 쪽으로 가볼까?”

"오늘은 퇴출하실 것입니다."

"그러면 저녁때에라도."

이렇게 말하고 돌아왔다.

9. 훈이 불도에 정진하다.

훈은 중의군의 일상 모습을 들을 때마다, 이런 생각을 하였다.

'왜 돌아간 분의 의향을 어기고 멋대로 일을 저질렀을까?'

그리하여 한결같이 후회하는 생각만이 깊어졌고, 그렇게 자기 마음을 괴롭히는 것도 번거롭다고 여겼다.

'어찌되었건, 다 내 마음에서 한 일이 아닌가?'

이렇게 생각을 바꾸기도 하였다. 대군이 사망한 후 정진을 계속하여 오로지 근행에만 열중하는 나날을 보내고 있었다. 어머니 여삼의궁은 아직도 젊고 대범하게 있었고, 아무런 단단한 곳이 없는 분이면서, 그런 중납언의 모습을 아주 걱정하고 있었다.

"이제 나의 명도 길지는 않을 텐데, 살아 있는 동안은 모쪼록 의욕이 있는 모습으로 지내 주십시오. 당신이 세상을 버리려고 하는 생각을, 이런 여승의 처지로는 말리기도 어렵지만, 만일 그런 일이 있으면 나는 이 세상에 살아 있을 보람도 없을 겁니다. 그런 미혹으로 인해 더욱 죄를 짓는 것이 될 것입니다."

훈은 황송하기도 하고 애처롭기도 하여, 여러 가지 생각을 꾹 참고서, 모궁의 면전에서는 아무 괴로울 것도 없는 양 행동하고 있었다.

10. 내궁이 석무의 저택에 마중받아 들어가다.

석무 우대신은 육조원의 동쪽 저택[4]을 아름답게 꾸며서, 만사 이 이상이 없을 정도로 준비를 마치고, 궁이 건너오기를 기다리고 있었다. 16일 달이 점점 하늘로 오를 때까지 내궁은 모습을 보이지 않았다. 너무 오래 기다리다 지친 석무는, 내키지는 않았지만 어떻게 되었는가 걱정이

---

4) 현재는 낙엽의궁의 거처. 거기에 육의군이 양녀로 맡겨져 있었다.

되어 심부름꾼을 보냈다.

"저녁때에 궁중을 퇴출하여, 이조원으로 가셨다고 합니다."

심부름꾼이 돌아와서 말했다. 이조원이라면 내궁이 마음을 붙이고 있는 여인의 거처였으므로, 석무는 기분이 좋지 않았다. 그러나 저녁을 헛되이 지나 버리면 세상의 웃음거리가 될 것이어서, 아들인 두중장을 사자로 보냈다.

〈하늘의 달조차도 묵고 있는 내 집에, 기다리고 있는 초저녁을 지나도, 당신은 원망스럽게도 오지 않는 것입니다. 〉

"오늘 저녁부터 육의군에게 다닌다는 것을 어설피 중의군에게 알리지 말자. 미안한 일이다."

이렇게 내궁은 생각하며 궁중에 있다가 중의군에게 편지를 드렸다. 내궁은 역시 이 여군을 아주 사랑스럽게 생각했으므로, 여군의 답장을 받고는 마음이 변하여 몰래 이조원에 건너왔었다. 내궁은 가련한 중의군을 내버려둔 채 밖으로 나갈 생각이 나지 않았다. 애처로워서 변하지 않을 것을 약속하고 위로하며 함께 달을 바라보고 있었다. 여군은 보통 때도 무언가 생각하고 괴로워하는 일이 많았지만, 어떻게든 그것을 겉으로 드러내지 않으려고 아무렇지도 않은 양 참고 있었다. 육조원으로부터 사자가 왔다는 것을 듣고도, 특별히 마음에 두지 않는 듯 대범하게 거동하려 애썼다. 그 얼굴이 내궁에게는 매우 애처롭게 보였다.

내궁은 두중장이 마중 왔다는 말을 듣고 과연 저쪽 분의 일도 안되었다고 생각하여 출발하려 했다.

"곧 갔다오겠습니다. 혼자서 달을 바라보면 안됩니다. 당신을 남겨 두고 가는 나도 마음이 불안하고 매우 괴롭습니다."

중의군에게는 이렇게 말해 두었다. 그래도 역시 쑥스러워, 그늘의 길을 따라 침전의 방으로 왔다. 그 뒷모습을 배웅하며, 중의군은 별다른 생각을 하지 않았지만, 다만 눈물이 흘러 베개가 뜰 정도였다.

'한심한 것은 사람의 마음이었다.'

자기 스스로도 뼈저리게 느꼈다.

11. 중의군이 한탄하다.

'우리 형제는 어려서부터 불안하고 슬픈 신세로, 세상의 일에는 집착을 안 가지셨던 부궁만을 의지하고 저런 산골에서 오랫동안 지내 왔었다. 언제나 끊임없이 무료하고 쓸쓸한 생각을 하면서도, 이렇게 몸에 배도록 세상을 괴롭게 여기지는 않았었다. 생각하면 부궁과 언니가 연달아 돌아가시는, 생각도 못할 슬픈 일이 있었던 당시, 이미 한시라도 이 세상에 살아 있을 것은 생각도 안 했었다. 이렇게도 슬픈 일은 다른 데는 없을 것이라고 생각했었다. 명이 길어 오늘까지 살아 남았지만, 남이 걱정했던 것보다는 어떻든 보통 사람처럼 생활해 왔었다. 오래 계속되리라고는 생각도 안 했지만, 궁이 함께 있는 동안은 미워할 수 없는 온화한 마음으로 대우해 주었다. 그리하여 차츰 걱정도 없이 오늘까지 지내 올 수가 있었다. 그런데 이번 일로 내 몸의 괴로움은 비교할 데가 없고, 이미 이것으로 끝나는 인연이라고 생각이 된다. 이 세상에서 영원히 사라진 부궁이나 언니와는 달리, 궁은 때때로 만날 수야 있겠지만, 오늘 저녁 이렇게 나를 버리고 간 것이 한스럽다. 이때까지의 일, 앞으로의 일도 다 알 수 없게 되어 못 견디게 불안한 내 마음을 가라앉힐 수도 없으니 한심한 일이다. 그래도 살아 있을 수만 있다면 ….'

생각을 달랠 수도 없게 이사산(姨捨山)5)의 달이 맑게 떠오르고, 밤이 깊어 감에 따라 이것저것 생각이 꼬리를 물어 괴로워하고 있었다. 솔바람이 불어오는 소리도 저 산골의 황량한 바람에 비하면 아주 편안하였다. 모든 것이 마음에 드는 저택이었지만, 오늘 저녁은 그렇게 생각이 안되고, 우치의 산골 참나무 잎새를 스치는 바람만 못하게 여겨졌다.

〈우치 산골의 소나무 그늘에도, 이렇게 몸에 배게 하는 가을바람은 없었다. 우치에 있을 때는, 이런 괴로운 생각을 한 적도 없었다. 〉

옛날의 고통은 벌써 잊어버렸기 때문일까?

"이제는 안으로 들어가십시오. 달을 보는 것은 불길한 일입니다. 한심

---

5) 할미를 내다 버렸다는 산의 이름. 고려장(高麗葬)과 비슷한 설화가 남아 있다.

하게도 과일조차 드시지 않으니, 어쩌시려는 것입니까? 어허, 괴롭습니다. 대군 아씨도 죽기 전에 아무 것도 들지 않았으니 불길한 생각이 듭니다. 정말 곤란한 일입니다."

노인들은 이렇게 탄식하고 나서 말했다.

"그렇지만 이번의 처사는…, 설마 이대로 멀리하여 버리는 것은 아니겠지요? 뭐니뭐니해도 깊이 사랑하는 사이는 완전히 끊어지는 것이 아니니까."

하녀들이 떠드는 것도 듣기 싫었다.

'지금은 더는 어떻게도 입에 올려 소문내는 것도 싫다. 이대로 가만히 궁의 마음을 지켜보자.'

중의군은 남에게는 이것저것 말을 못하게 하고, 자기 속마음으로는 원망하고 있는 것일까?

"그래도 중납언 나리는 저렇게 다정한 마음을 가졌었는데."

옛날부터 시중들던 사람들은 수군거렸다.

"사람의 운명이란 어떻게 될지 모르는 것이다."

이렇게들 얘기하고 있었다.

12. 내궁이 육의군과 하룻밤을 지내다.

내궁은 중의군을 정말 애처롭게 생각은 하면서도, 역시 화려한 것을 좋아하는 성미였다. 우대신편에서 훌륭한 사위를 잘 기다려 맞아들였다고 생각하게 하고 싶어, 옷에 향기를 나무랄 데 없이 가득 쪼였다. 기다리고 있던 저택도 아주 그윽하게 꾸며져 있었다. 육의군 아씨는 몸이 작고 약한 데가 없이 알맞게 성숙한 모습이었다.

'자, 어떤 사람일까? 모두들 떠받들어 어딘가 교만하거나 뻣뻣하지는 않을까? 그렇다면 틀림없이 싫어지게 될 텐데.'

이렇게 상상하고 있었는데 정작 만나보니 그런 인품이 아니었다. 사랑하는 방법도 보통 이상인 것 같았다. 가을밤이 길다지만 건너온 것이 이슥해서인지, 곧 밝아졌다.

내궁은 이조원에 돌아와서도 중의군이 있는 대옥으로 곧바로 오지 않고, 잠시 동안 잠을 잤다. 일어나서는 후조(後朝)의 편지부터 썼다.

"저 모양을 보니, 새 사람에 대한 정도 나쁘지 않은 것 같아요."

옆에 있는 사람들이 쿡쿡 찌르며 얘기하였다.

"대옥의 분이 불쌍합니다. 어느 쪽이나 변하지 않고 공평하게 귀여워하려고 해도, 자연히 이쪽이 못해 보일 수 있겠지요."

다들 조용히 있지 못하였다. 평소에 가까이서 시중들고 있는 사람인 만큼, 마음이 평온하지 않아 여러 가지 불만을 말하게 되는 것이었다. 역시 시기하고 있는 듯싶었다. 내궁은 답장도 자기 방에서 받아보고 싶었지만, 어젯밤에 비웠던 것이 걱정도 되고, 그 동안 비우는 밤과는 또 다르게 어떻게 있을까 하고 애처로운 생각이 들어 급히 여군에게 왔다.

13. 내궁이 중의군을 위로하다.

잠자리에 들어 있는 중의군의 모습은 아주 예쁘고 볼 만했다. 내궁이 들어오니 여군은, 누운 채로 있는 것도 보기 좋지 않다고 생각하여 조금 몸을 일으켰다. 눈매가 확 붉어져 있는 얼굴빛도, 오늘 아침은 평소보다 각별히 고와 보였다. 궁은 까닭 없이 눈물짓고, 잠시 동안 그 모습을 꼼짝 않고 주시했다. 여군은 부끄러워 고개를 숙이고 있었다. 머리가 늘어진 모습이나 머릿결은, 역시 정말 이 정도의 사람은 결코 있을 것 같지 않았다. 궁은 왠지 쑥스러워 친절한 말이 곧바로는 나오지 않았다. 겸연쩍은 것을 감추려고, 실제적인 것부터 말하였다.

"왜 언제나 이처럼 괴로운 모양입니까? 더운 날씨 때문이라고 생각하고는 빨리 나았으면 좋겠다고 기다리고 있는데, 역시 후련하지 않은 모양이니 안타깝습니다. 여러 가지 기도를 부탁해 보았는데, 어째서인지 아무 효험도 없는 것 같습니다. 그래도 수법은 연기해서 더 계속시키는 것이 좋을 겁니다. 효험을 볼 수 있으면 좋겠는데, 그 승도를 밤에 근무시키는 것이 좋을 겁니다."

이런 방면의 일에도 능숙히 말을 잘하는 것이 여군은 불쾌해졌다. 그렇다고 전혀 아무 말을 안 하는 것도 이상하여 간단히 대답했다.

"전에도 다른 사람과는 이상하게 달라서 이러한 일이 있었습니다만, 곧 저절로 좋아질 것입니다."

"정말 시원스럽게 말하는군요."

아무래도 온순하고 정이 있는 점은 이 사람과 나란히 설 여인이 없을 것 같았다. 그래도 역시 한편으로는 빨리 새로운 분을 만나고 싶어 초조해지는 것을 보면 새로운 사랑에도 소홀히 하지는 않은 것 같았다.

그러나 이렇게 만나고 있는 동안만은, 예전과 다르지 않게 정답게 해 주며, 내세까지 맹세한 수많은 약속도 끊이지 않았다. 그 말을 듣고, 중의군은 생각했다.

'참으로 이 세상은 짧지만, 그 짧은 목숨이 다하기까지는 괴로움을 맛보게 마련이다. 하다못해 후세의 맹세만이라도 지켜지게 하려는 것인가, 질려 뉘우치는 법도 없이 궁을 믿지 않으면 안되는 것이다.'

애써 참으려고 하였지만, 아무리 해도 참지 못하고 오늘만은 울어 버렸다. 평소에는 어떻게 하여서라도 궁에게 원망하고 있는 것을 보이고 싶지 않아 이것저것 얼버무렸지만, 속상한 일이 한꺼번에 가슴속에 치밀어서 언제까지 그렇게 감추고 있지는 못했다. 일단 눈물이 넘쳐흐르자, 곧바로는 억누를 수가 없는 것을 아주 부끄럽고 괴롭게 생각하여, 억지로 얼굴을 돌리고 있었다. 궁은 굳이 자기편으로 돌리게 하고 말했다.

"내가 말씀 드리는 것을 그대로 믿는 귀여운 분으로 여겼는데, 역시 서먹서먹한 마음이 있었군요. 그렇지 않으면 하룻밤 사이에 마음이 변했습니까?"

궁은 자기 소매로 여군의 눈물을 닦아 주었다.

"당신이야말로 하룻밤 사이에 마음이 변한 것을, 지금 말씀하신 것으로 짐작할 수 있습니다."

조금 웃음을 띠었다.

"정말 당신은 어린아이처럼 말을 하는군요. 그러나 그런 식으로 숨겨둔 것이 없어서 나는 마음이 편합니다. 마음이 변했다면, 설사 사리에 맞게 말해도, 어딘지 숨기는 것이 있는 법입니다. 한결같이 세상의 흐름을 모르고 계시는 것은, 귀엽기는 하나 곤란한 일입니다. 자, 당신이 내 몸이 되어서 생각하여 보십시오. 내 몸이 마음대로 되지 않는 상황입니다. 만약 내 생각대로 되는 세상이라면, 누구보다 먼저 당신을 소중하게 여기는 이 마음을 꼭 알아주실 수 있는 것이 하나 있습니다. 가볍게 입놀림을 할 것이 못 됩니다. 될 수 있는 한 목숨을 소중하게 여기십시오.”

육의군에게 보낸 사람이 몹시 취해 버려서, 조금은 조심해야 하는 것도 잊어버리고, 서슴지 않고 이 대옥으로 왔다.

14. 내궁이 중의군 곁에서 육의군의 반가를 보다.

선물로 받은 보기 드문 좋은 옷에 파묻힌 것 같이 하고 사자가 돌아왔다. 사람들은 그런 심부름이었을 거라고 짐작했다. 궁이 어느새 저쪽에 보낼 편지를 썼을까 생각하니, 여군은 가슴속이 평온하지 못했다. 궁도 굳이 숨겨 둘 생각은 아니었지만, 벌써부터 너무 일찍 알리는 것도 미안하게 여겼다. 심부름꾼이 조금만 그 방면에 마음을 썼으면 좋았을 거라는 생각이 들었다. 쑥스럽게 생각하여도 이제 와서는 어떻게 할 도리가 없었다. 하녀에게 일러 편지를 받게 하였다. 이렇게 된 바에야 숨길 것도 없이 그대로 열어 보게 했다. 계모인 낙엽의궁의 필적 같아서, 조금 안심하고 내려놓았다. 그러나 아무리 대필이라도 이러한 글을 여군에게 보이는 것이 걱정스러웠다. 그 글에는 이렇게 적혀 있었다.

“주제넘게 붓을 드는 것은 부끄러운 일이어서 장본인이 답장을 쓰도록 권하였지만, 정말 기분이 나쁜 듯이 보입니다.

〈마타리, 여군이 오늘 아침은 한층 더 풀이 죽어 있습니다. 아침이슬이 어떻게 내린 자취일까요? 당신이 어떻게 다루었을까요?〉”

기품이 높고 풍미가 가득한 편지였다.

15. 중의군의 체념.

“무언가 불평이 있는 듯 말하여 오는 것도 성가신 일입니다. 사실은 당신과 둘이서 마음 편하게 당분간 지내려고 했었는데, 생각지도 않은 일이 생겨 버렸습니다."

　보통의 신하였다면 한 사람의 처 이외에는 갖지 않는 것이 당연하므로, 이러한 경우에 처의 원망을 다른 사람도 동정할 수 있다. 그러나 궁 같은 경우에는 판단하기가 매우 어려웠다. 결국은 이렇게 되어도 어쩔 수가 없는 것이었다. 내궁은 궁들 가운데서도 특별한 분이라고 세상 사람들도 생각하고 있어, 처를 몇 사람씩 가져도 비난받을 여지가 없었다. 세상 사람도 중의군을 가엾게는 생각하지 않는 것 같았다. 이렇게까지 정중히 시중들고, 한결같이 친절하게 돌봄을 받는 것을, 혜택받는 분이라고들 말하는 것 같았다.

　'지금까지 너무 지나친 대우를 받고 있는 터인데 갑자기 쑥스러운 모양이 되어 버린 것이 슬프게 느껴진 것뿐이다. 남자가 다른 여자에게 마음을 나누는 것에 대해, 사람은 어째서 그렇게 깊이 괴로워하는 것일까? 전부터 옛날이야기책을 보거나, 다른 사람의 신세를 들으면서 납득하기 어려운 것이라고 느꼈었지만, 직접 당해 보니 정말 보통 일로 보아 넘길 수는 없는 일이었다.'

　이렇게 여군 스스로도 생각했다. 실제 자기 신세의 일로 되고 보니 무엇이나 잘 납득이 되는 것이었다.

　"전혀 아무것도 드시지 않는 것 같은데, 그러면 정말 안됩니다."

　이렇게, 궁은 평소보다 차분하고 너그럽게 말하며, 좋은 과일을 가져오게 하였다. 또 적당한 사람에게 조리시켜 권했지만, 도저히 먹을 생각이 안 났다.

　"보고 있는 것이 괴롭습니다."

　걱정하는 중에 해가 저물어서, 침전으로 돌아갔다. 바람도 서늘하게 불고, 일면의 하늘 모양도 정취가 있을 때였다. 당세풍의 화려한 것을 좋아하는 성미인 궁은, 한층 더 기분이 환하여졌다. 그러나 근심에 잠겨 있는 여군의 마음속은 참을 수 없었다. 쓰르라미 우는 소리를 들어도, 자꾸만 저 우치의 산 그늘이 그리워졌다.

　〈그대로 우치에 있었으면, 저 쓰르라미소리도 그저 보통으로 쓸쓸하게

들었을 터인데, 섣불리 경에 와서 한스러운 마음으로 듣는 가을의 저녁 때이다. 〉

궁은 오늘 저녁은 아직 밤이 깊기 전에 육조원을 나서는 모양이었다. 전구의 소리가 점점 멀어져 감에 따라 비탄의 눈물을 금할 수가 없었다. 그런 모습이 스스로 생각하기도 싫었지만, 그 소리를 들으면서 누워 있었다. 처음부터 궁이 여러 가지 괴로운 생각을 하게 했던 일들을 회상하니 소원한 생각이 들었다.

'이 임신한 몸을 어떻게 해야 할 것인가? 나의 일족은 모두 단명하였으니, 나도 이제 덧없이 죽어 버리는 것은 아닌가? 아까운 목숨은 아니지만, 슬픈 일이기도 하다. 게다가 이러한 몸으로 죽는 것은 죄가 많다고도 하는데.'

잠도 안 와서 뜬눈으로 하룻밤을 새웠다.

16. 석무와 훈이 함께 퇴출하다.

혼인한 지 사흘째 되는 날에 명석중궁의 몸이 좋지 않아 누구나 다 궁중에 참상했다. 석무 대신은 별일도 아닌 감기 정도임을 알고 점심때쯤에 퇴출했다. 훈에게 권유하여 같은 수레를 타고 나왔다. 오늘 저녁의 결혼 축하연에는 최선을 다하려는 생각이었지만, 그것에도 한도[6]가 있었다. 석무가 훈을 초대하는 것은, 그를 육의군의 사위로 삼고 싶었던 적이 있어 거북하긴 했지만, 친척 중 가장 친한 사람인데다가 오늘밤 자리를 빛내 줄 아주 각별한 분이었기 때문이었다. 훈은 육의군을 남의 것으로 하였다고 새삼스레 분하게 여기지도 않았다. 무엇이나 석무 대신을 위해 협력하여 돌보아 주는 것을, 석무는 마음속으로 어쩐지 서운하다고 여겼다.

---

6) 석무는 고관이기는 하지만, 신하일 따름이고, 저절로 지켜야 할 형식이 있어서 함부로 궁중의 의식을 흉내 내지 못한다.

17. 내궁과 육의군의 3일 밤 의식.

초저녁이 조금 지난 시간에 서랑(壻郎)이 모습을 보였다. 침전의 남쪽 조붓한 방의 동쪽에 좌석을 마련해 놓았다. 굽이 높은 술잔 여덟 개와 은제의 접시를 한 줄로 늘어놓고, 따로 조그만 대 둘에 꽃을 조각한 다리가 달린 접시를 신식으로 꾸며서 축하의 떡을 놓았다. 이런 일을 자세하게 다 써 놓는 것도 잘하는 일이 못 된다.

"밤이 퍽 깊었으니까."

석무대신이 나와서 이렇게 하녀들을 시켜서 재촉하였으나, 궁은 아씨에게 정신이 팔려서 곧바로 나오지 않았다. 석무의 본처 운거안의 형제로는 좌위문독과 등재상들만이 와 있었다. 겨우 나온 서랑의 모습은 참으로 볼 만했다. 주인 측의 두중장이 술잔을 받들고 들기를 권하였다. 차례로 술을 두세 번 궁에게 드렸다. 훈이 자주 잔을 권하니 궁은 조금 웃었다. 전에, '저런 마음이 쓰이는 대신의 집에는'이라 하며, 자기 성미에 맞지 않는다는 말을 했던 것이 생각났던 것이다. 그러나 훈은 아무렇지 않은 척하고, 지극히 진지한 모습이었다. 이윽고 동쪽의 대옥에 나와 궁의 수행원을 대접하였다. 세력이 있는 전상인들이 아주 많이 와 있었다. 선물로는, 4위 6인에게는 여자 옷과 귀인의 부인 옷을 첨가하고, 5위 10인에게는 치마허리가 각각 다른 세 겹 당의를 선사했다. 6위 4인에게는 능직의 부인치마를 주었는데, 이러한 것들은 다 정해진 대로였지만, 어딘지 부족하다고 생각하여, 색깔이나 재봉 같은 것을 화려하고 아름답게 했다. 하인이나 궁중의 하인들에게는 분에 넘칠 정도로 호기 있게 축하선물을 주었다. 정말 이렇게 활기차고 화려한 일은 보기에도 좋은 것이어서, 이야기책마다 우선 그것을 썼겠지만, 그러나 이 잔치에 관해서는 도저히 하나하나 다 쓸 수가 없다.

18. 훈이 내궁의 혼례를 보고 자기 마음을 돌아보다.

훈의 전구 중에, 변변히 대우를 받지 못하여 어두운 그늘에 서 있던 사람이 돌아와서 한탄을 하였다.

"우리 나리는 왜 고분고분하게 이 나리의 사위가 되려고 하지 않았을까? 살맛이 안 나는 홀아비 신세가 아니신가?"

중문 근처에서 중얼거리는 것을 듣고 훈은 우습게 여겼다. 자기들은 밤이 깊어 졸려 죽겠는데, 대접을 받았던 궁의 하인들은 지금쯤 마음놓고 취하여 자고 있는 것이 부러워서일 것이다.

훈은 방에 들어와 누웠다.

"서랑은 확실히 쑥스러운 것 같았다. 핏줄이 가까운 사이인데 어마어마하게 모양을 차린 어버이가 나오고, 훤하게 등불을 밝힌 가운데서 권하는 술잔을 멋있게 받았었다."

궁의 거동은 나쁘지는 않았었다.

'만약 나에게 정말 자랑스러운 딸이 있다면 이 궁을 제쳐놓고는, 설령 임금에게도 드리고 싶지 않았을 것이다. 세상 사람들은 이 궁보다 역시 원 중납언과 결혼하는 편이 좋았을 거라고 각각 입버릇처럼 말하는 것 같은데, 그러면 내 평판도 나쁘지는 않은 모양이다. 그래도 나는 정말 너무나 비사교적이고 보수적인 남자인데.'

훈은 자랑스러운 생각도 들었다.

'주상이 생각을 조금 비치셨는데, 이렇게 언제까지나 마음이 내키지 않는 것은 어찌된 일일까? 그분이 만일 돌아간 대군과 닮았다면, 얼마나 즐거운 일일까?'

이런 생각도 했다. 적어도 전혀 마음이 없었던 것은 아닌 것 같았다.

19. 훈이 안찰의군에게 정을 주다.

훈은 자주 잠을 깨는 버릇 때문에 일어나 있었다. 마땅히 할 일도 없어서, 안찰의군의 방을 찾았다. 다른 여자보다는 다소 마음에 있던 하녀였는데, 훈은 그날 밤은 거기서 잤다. 해가 높아졌다 해도 그것을 나무랄 사람도 없는데, 훈은 아주 체면이 안 서는 양 급히 일어났다. 여자는 마음속으로 불만스러웠다.

〈통틀어 세상으로부터 인정받기 어려운 관문을 넘은 만남이었는데, 당

신과 친숙하여졌다는 뜬 이름이 나는 것은 괴로운 일입니다.〉

훈도 애처롭게 생각했다.

〈겉으로는 깊지 않아 보여도, 사람 눈을 피하여 통하는 사랑이 어째서 단절되는 일이 있을까? 언제까지라도 변치 않는다.〉

설령 깊다고 말했어도 진담으로 기대할 수 없을 터인데, 더구나 이렇게 겉으로는 깊지 않다고 말하는 것을 듣고, 여자는 한층 더 애를 태우게 되었다. 훈은 창문을 밀어서 열었다.

"이 하늘을 보십시오. 이 경치를 두고 어떻게 잠들어 있을까 하고 생각했습니다. 풍류로운 사람을 흉내 내는 것은 아니지만, 무엇인가 끝까지 밝혀 내지 못하는 일이 많아지는 요새는 밤마다 잠이 깨면 이 세상과 저 세상의 일에까지 생각이 미쳐 슬퍼집니다."

훈은 이런 말로 얼버무리고 거기를 떠났다. 특별히 풍치 있는 말을 한 것은 아니었지만, 모습이 성성하고 아름답게 보이는 까닭일까, 사람의 정을 모르는 사람이라고는 아무도 생각하지 않았다. 그때그때의 희롱의 말이라도 건네 들은 여자들은 하다못해 옆 가까이에서 모습이라도 보고 싶다고 생각하였다. 출가한 모궁을 통해 굳이 연줄을 구하여 모여와서 시중을 들고 있었지만, 슬프고 애달픈 생각이 많을 것이다.

20. 내궁이 육의군의 용모에 매혹되다.

내궁은 육의궁의 모습을 밝은 낮에 보고서, 더욱 강하게 마음이 끌렸다. 여군은 체격도 알맞고, 모습도 아주 예뻤다. 늘어뜨린 머리카락이나 머릿결이 남보다 빼어나서 아주 멋진 분으로 보였다. 살결도 놀랄 만큼 반들반들하고 정숙하고 품위가 있었다. 눈매는 아주 귀엽고 무엇이나 갖추어져 있어서 뛰어난 미인이라고 불러도 좋을 만했다. 스물에 한둘 넘은 나이였다. 이미 어린 나이도 아니어서 미숙하고 부족한 점이 없고 눈이 확 뜨일 정도로 한창인 꽃처럼 보였다. 아버지 대신이 몹시 소중하게 키워 와서인지, 전혀 결점이 없었다. 정말 어버이의 몸이라면, 이 아씨를 위하여 열성을 다하는 것은 당연한 일이었다. 사람을 대하는 부드럽고 인정미 있고 귀여운 분이라면, 저 대옥의 중의군이 먼저 생각날 것이다. 그러나 이분도 궁이 무어라고 말하면 부끄러운 듯이 응대하고 있었지만, 그렇다고 너무 분명하지 않은 것도 없고 대체로 매력 있고 영리한 듯하였다. 예쁜 젊은 하녀 30인쯤, 여동 6인, 누구 하나 보기 싫은 사람이 없었다. 옷 같은 것도 굳이 보통 이상으로 지나치게 신기한 의상으로 꾸미고 있었다. 삼조전 운거안의 딸 대군(大君)을 동궁에 바칠 때보다도, 이번 혼인에 각별히 마음을 썼다. 이는 모두 궁의 신망이나 인품 때문이었다.

21. 중의군이 비탄에 잠기다.

이렇게 된 후로 궁은 이조원에 그렇게 마음 편하게 건너오지 못했다. 가볍지 않은 신분이어서 마음대로 낮 동안에 출입하지도 못하고, 같은 육조원의 남쪽 거리에 예전처럼 살고 있었다. 해가 저물면 이조원의 분을 그냥 지나쳐서 육의군을 찾아왔다. 중의군은 너무 오래 기다리게 한다는 생각이 자주 들었다.

'결국 이렇게 될 거라고 생각하고 있었지만, 정말 이렇게까지 버려 둘 수가 있을까? 사려 깊은 사람이라면, 변변치 않은 신분을 지녔다 해서 돌아보지 않고. 이러한 세상에 섞여 살아서 좋을 까닭이 없었다.'

중의군은 되풀이하여, 저 산골을 떠나왔던 때의 일이 제정신이 아니었다고 생각하며 슬퍼했다.

'모쪼록 저쪽으로 돌아가고 싶다. 아주 궁을 배반해 버리자는 것은 아니지만, 잠시 저쪽에서 마음을 쉬고 싶다. 귀염성 없는 거동을 하는 것은 나쁘겠지만.'

중의군은 혼자서 생각다못하여, 쑥스럽게 생각하면서도 훈에게 편지를 썼다.

"전날 법회의 일은, 아사리가 알려와서 소상히 들었습니다. 옛날을 잊지 않는 이런 호의가 만약 없었더라면, 돌아간 부궁이 얼마나 애처롭게 여겨졌을까요? 진심으로 인사를 드립니다. 시간이 있으시면 한번 뵙고 싫습니다."

육오국지(紙)에 겉을 꾸미지도 않고 진지하게 쓴 것이, 도리어 아주 풍취가 있었다. 팔의궁의 기일에 올릴 공양 몇 가지를 의뢰한 것을 아주 기뻐하는 내용의 담담한 편지였지만, 훈은 여군의 내심을 곧 알 수 있었다. 평소에는 이쪽에서 드리는 편지의 답장도 주눅이 든 것처럼 똑똑히 쓰지 못했다. '한번 뵙고'라고까지 말하는 일은 거의 없었다. 훈은 기뻐서 가슴이 뛰었다. 궁이 요새 화려한 새로운 분에게 마음을 옮기고 있어서, 이쪽에 소원하게 있는 것을 잘 알고 있었다. 정말 불쌍하다는 생각이 절실하였다. 각별한 취향도 없는 편지를 내려놓지도 않고 몇 번이나 읽었다. 답장으로는 고지식하게 뺏뻣한 흰 종이에 적어 보냈다.

"편지는 잘 받았습니다. 전일의 법회 때에는 성자 같은 마음이 되려고 애썼습니다만, 일부러 알리지도 않고 내밀히 간 것은 그럴 만한 까닭이 있었습니다. 그래도 '옛날을 잊지 않는 이'라고 말씀하신 것은 무언가 지금은 내 뜻이 얕아졌다고 생각하시기 때문인가 하여 원망스러웠습니다. 매사는 뵌 후에. 안녕히 계십시오."

22. 훈이 중의군을 찾아가다.

그 이튿날 저녁때에 훈은 이조원으로 건너왔다. 남모르게 연모하는 마음도 있어, 몸단장에 지나치게 마음을 썼다. 부드러운 옷에 한층 더 향기를 쬔 데다가 정자 염색한 부채를 갖고 있어, 잔향이 그윽하여 말할 수 없이 훌륭했다.

여군도, 저 생각지도 않았던 하룻밤의 일을 회상하는 때도 있었다. 훈의 정직하고 부드러운 인품이 유례없는 것을 보고 만약 이분과 결혼하였더라면 하는 생각도 들었을 것이다. 지금은 어린 나이도 아니어서, 원망스런 궁의 행실과 비교하여 보면 무엇이나 더 훌륭하다는 것을 잘 알 수 있었다. 그래서인지 언제나 물건 너머로 만나고 있는 것이 안되었다는 생각이 들었다.

'이런 식이면 인정을 모르는 사람이라고 생각할 것이다.'

　이렇게 생각하고 오늘은 고운발 안으로 들였다. 안방의 발에 휘장대를 더 세우고, 자신은 조금 안쪽으로 몸을 돌려서 대면했다. 훈이 말했다.
　"특별하게 부름을 받은 것은 아니지만, 언제나와 달리 찾아뵐 것을 허락하여 주신 기쁨으로, 즉시 오려고도 생각했습니다. 그러나 어제는 궁이 오신다는 것을 듣고 공교롭게도 마주치지 않을까 하여 오늘 왔습니다. 내가 기울인 정성의 효과가 나타난 것일까, 차별을 조금 덜한 고운발 안에 들여 주셔서, 좀처럼 없는 기쁜 일입니다."
　여군은 역시 정말 쑥스러워서 대답할 생각도 없었지만, 조심스럽게 말했다.
　"전날 부궁의 법회를 계획하신 것을 듣고서, 기쁘고 감사하게 생각했습니다. 언제나처럼 그런 고마움을 가슴에 묻어 둔 채 지나 버리면, 사무치게 생각하는 마음을 일부라도 어떻게 알아주실 수 있을까, 그것이 걱정이었습니다."
　아주 안으로 들어가 있어서, 목소리도 끊일락 말락 조그맣게 들려왔다. 그 말도 지당하다고 생각하여, 훈은 애가 타, 조금씩 다가앉았다.
　"소리가 먼 것 같습니다. 차분히 여쭐 말도 또 들을 얘기도 있는데."
　그 기색을 들으면서, 훈은 갑자기 가슴이 미어지는 것 같았다. 그러나 일부러 아무렇지 않은 듯 태연히 있었다. 궁의 마음이 생각 밖으로 얕았다는 말도 하고, 한편으로 궁을 나쁘게도 말하고, 또 여군을 위로하기도 했다.

23. 중의군이 우치에 동행을 원하다.

　여군은 궁의 거동이 원망스럽다는 것을 입 밖에 내어 얘기하기 곤란하므로, 궁과의 사이가 나쁜 것이 아니라, 그저 자기의 숙운이 나쁜 것이 괴롭다고 말수 적게 이야기하였다. 또한 저 산골에 잠깐 동안이라도 데려다 주었으면 하고, 아주 열심히 호소하였다.
　"그것만은 나 혼자의 생각으로는 도와 드릴 수가 없을 것 같습니다. 역시 궁에게 솔직하게 말씀하셔서, 그 의향에 따라 하는 것이 좋을 것입니다. 그렇지 않고, 조금이라도 엇갈림이 생기면 궁이 경솔하고 괘씸한 일이라고 여길 것입니다. 그런 걱정만 없다면야, 도중의 일이나 배웅과 마중도 제가 맡아서 도와 드리는 데 무슨 차질이 있겠습니까? 남과는 달리 안심하고 일을 맡길 수 있는 제 마음은 궁도 잘 알고 계십니다.”

훈은 이렇게 말하면서도, 이런 때마다 지나간 일이 분하게 생각났다. 옛날을 지금으로 되돌려 놓고 싶다고 넌지시 말했다. 점차 근처가 어두워지는데, 훈이 아직 머물러 있었으므로 여군은 아주 번거롭게 되었다고 생각했다.

“그러면, 몸도 좋지 않으니 얼마쯤 기분이 좋아졌을 때 다시.”

여군이 안으로 들어가는 것이 훈에게는 정말 서운했다.

“그렇다면 언제쯤 가시겠습니까? 몹시 자란 길가의 풀도 조금 깎아 놓아야 되겠습니다.”

훈은 여군의 마음을 달래려고 거짓말을 하였다. 여군은 잠시 멈추어 서서 말했다.

“이미 이 달은 얼마 안 남아서, 내달 초에나 생각하고 있습니다. 그저 지극히 내밀한 일로 하여 주시면 좋을 것입니다. 궁의 허락을 얻을 만한 대단한 일도 아니어서.”

이러는 소리가 얼마나 귀여운지 훨씬 더 예전 일이 생각났다. 훈은 더는 참지 못하고, 기대고 있는 기둥의 발 아래로 가만히 팔을 뻗어 소매를 잡았다.

“역시 이런 것이었구나. 아, 실망스럽다.”

여자는 이렇게 생각하니, 무어라 말할 수 있겠는가? 아무 말도 하지 않고 한층 더 안으로 몸을 뺐다. 훈이 그에 맞추어 정말 익숙한 솜씨로, 몸의 반은 고운발 안으로 들여놓고 바싹 다가가서 누웠다.

“이미 말씀하시지 않았습니까? 사람 눈을 피하면 지장이 없다는 뜻으로 알고 기쁘게 생각하였는데, 그것은 잘못 들은 것인가고 물어보려고 안으로 들어왔습니다. 서먹서먹하게 여기지 않아도 좋을 것 같은데, 한심하게 대하는 것이 아닙니까?”

이렇게 훈이 푸념하므로, 여군은 대답할 기분도 아니고, 상대를 야속하게 생각하였지만, 군이 마음을 가라앉혔다.

"생각도 안 했던 마음을 보여주시는군요. 사람들이 어떻게 생각할까요? 너무하십니다."

나무라며 울려고 하는데, 조금은 당연한 거라고 여겨서 불쌍하다고 생각했다. 그렇지만, 훈은 이렇게 말했다.

"이것이 사람에게 비난받을 정도의 일입니까? 옛일을 생각하여 이쯤의 대면은 허락해 주십시오. 돌아가신 분의 허락도 있었던 것을. 꼭 터무니없는 일이라고 생각하는 것은 도리어 원망스럽습니다. 이 이상 호색적인 마음은 없으니 안심하십시오."

훈은 차분히 가라앉아서 대하는 것 같았지만, 이 몇 달인가 쭉 분하게 여겨 온 가슴속이 괴로울 정도로 고조되어 있는 것을 차근차근 말했다. 여군은 놓아줄 것 같지도 않아, 어떻게 할 바를 모르고 있었다. 무서운 것보다도, 쑥스러움이 더했다. 전혀 속마음을 모르는 사람보다도 더욱 미워서 그만 울어 버렸다.

"어쩐 일입니까? 어른스럽지 못하게."

불쌍하고 애처롭게 생각되는 반면, 사려 깊고 그윽한 태도가 저 우치에서 보았을 때보다도 더 예쁘고 훌륭하게 보였다.

'이 정도의 사람을 스스로 남에게 주어 버리고, 이렇게 마음을 가라앉히지 못하고 생각만 하고 지내게 되었구나.'

분하게 생각하고 아주 소리 내어 울었다.

가까이에서 대기하고 있는 하녀가 두 사람 정도 있었는데, 시시한 남자가 들어왔다면 아마도 무슨 일인가 궁금하며 옆으로 모였을 것이다. 그러나 전부터 친하게 이야기하던 사이의 일이므로 나름대로 사정이 있을 거라고 짐작하여 모르는 척하고 살그머니 자리에서 물러나 있었다. 그런데 그것이 여군에게는 불쌍한 일이었다. 남군은 옛일에 대한 후회하는 마음을 억누르기 어려웠다. 워낙 유례없이 사려가 깊었으므로, 이번에도 실제로 어떤 행동을 하지는 않았다. 이러한 사정을 세세하게는 아무래도 써 놓기는 어렵다. 훈으로서는 아무 보람도 없는 것이었지만, 사람 눈에 거슬릴 거라고 염려하여 이것저것 다시 생각하고 그 자리를 떠났다.

24. 훈이 중의군에 대한 연정으로 고뇌하다.

아직 초저녁이라고 생각했는데, 어느새 밝을녘에 가까웠다. 들키지나 않았나 마음을 쓰는 것도, 여군을 애처롭게 생각해서였다.

"요새 몸이 좋지 않다고 전부터 들었는데, 과연 까닭이 있었던 일이었다. 아주 부끄러워하듯 몸에 둘렀던 임신 조짐의 허리띠를 보고, 애처롭게 생각하여 단념하여 버렸던 것이다. 언제나 어리석은 내 마음이다."

훈은 자신을 한탄했다.

'동정심 없이 무리하게 일을 저지르는 것은, 역시 정말 본의도 아니다. 또 한때의 내 마음의 혼란을 틈타서 무분별한 짓을 하면, 그 뒤에는 마음 편히 만날 수도 없을 것이다. 굳이 눈을 피해 만나려면 그것도 마음고생이 많고, 여자 편에서도 반드시 이것저것 괴로워하게 될 것이다.'

분별 있게 생각을 하면서도, 그리워 못 견디는 사랑을 막을 수는 없었다. 어떻게든 만나보고 싶다는 생각이 들었지만, 번번이 뜻대로 안되었다. 예전보다는 얼마쯤 마르고 더욱 사랑스러웠던 모습이 눈앞에 자꾸 어른거려 떠나지 않고 있어 그밖의 일은 아무것도 생각할 수가 없었다.

'정말로 우치에 가고 싶어하였는데, 바라는 대로 데려갈까?'

이렇게 생각을 이어 나갔다.

'그렇지만, 어찌 궁이 허락할 것인가? 그렇다고 궁 몰래 가는 것은 정말 괘씸한 일일 것이다. 어떻게 하면 세상에 보기 싫지 않게 뜻을 이룰 수 있을까?'

이런 생각으로 멍하게 누워 있었다.

밝을녘이 가까워서 편지를 보냈다. 평소처럼 겉으로는 확실한 편지 형태로 하였다.

"〈곁에 가까이 갔으면서도 그 보람도 없이 되돌아와서, 헛되이 밟고

지나간 길의 이슬이 많았던 옛일이 생각나는 가을하늘입니다. 〉

　한심한 일에, 까닭 모를 괴로움만이 뼈저리게 느껴집니다. 무어라 드릴 말씀도 몰라서.”

　‘답장을 안 하면 평소와 달라서 오히려 남이 이상하게 여길 것이다.’

　이런 생각에 편지를 받은 중의군은 정말 곤란하여 간단한 답을 했다.

　“편지는 보았습니다. 아주 몸이 좋지 않아서 아무것도 말씀 드릴 수가 없습니다.”

　이렇게만 써 있는 것을 보고, 훈은 너무나 짧은 편지라고 불만스러워했다. 아름다웠던 모습만이 사무치게 그리웠다.

　여군은 부부 사이라는 것도 조금은 알았기 때문일까, 마음속으로는 어이없고 지독하게 생각하면서도, 한결같이 싫다고 고집하는 것이 아니라, 실수 없고 품위 있고 그윽한 곳도 있었다. 부드럽게 달래기도 하며 교묘하게 자기를 돌려보내던 모습을 생각하니, 훈은 여러 가지 마음에 걸렸으나 분을 풀 길이 없었다. 모든 점에서 옛날보다 아주 훌륭하게 변했다고 생각했다.

　‘아마, 궁이 돌보지 않으면 내게 의지할 것이 틀림없다. 설사 그렇게 되어도 공공연하게 마음 편히 다닐 수는 없을 것이다. 사람 눈을 피하는 사이이지만, 그밖에는 또 이 이상 생각하는 사람이 없을 텐데, 결국은 그렇게 정착하게 될 것이다.’

　훈은 오로지 이분 생각만을 계속하고 있으니 괘씸한 일이었다. 사려 깊고 분별 있는 양 하면서 지내도 역시 남자의 마음이란 한심한 것이었다. 돌아간 사람을 생각하는 슬픔은 새삼스럽게 말할 것도 없지만, 이번 일에는 정말 이토록 괴로울 수가 없었다.

　“오늘은 궁이 오셨습니다.”

　이렇게 사람들이 말하는 것을 듣고서, 후견인의 마음은 어디론가 사라지고, 가슴이 미어질 듯이 부러운 생각이 들었다.

25. 내궁이 중의군과 훈의 사이를 의심하다.

궁은 소식 없이 며칠을 지내고는 아무렇지도 않은 자기의 무디어진 마음마저 원망스러워 오늘에야 갑자기 건너왔다.

'무어. 서먹서먹한 기색을 궁에게 보이지 말자. 우치의 산골에 돌아가려고 해도, 의지해야 할 훈도 꺼림칙한 생각을 가졌었다.'

이렇게 여군은 생각했다. 정말 이 세상에 몸둘 곳도 없어졌다.

'역시 나는 운이 나빴다. 적어도 이 세상에 살아 있을 동안만은, 그저 되어가는 대로 온화하게 거동하기로 하자.'

이렇게 마음을 정하고, 갸륵하고 온순하게 응대하였다. 궁은 한층 더 귀엽고 기쁘게 생각하여, 오랫동안 소식 없이 지낸 데 대한 변명을 끝도 없이 늘어놓았다. 여군은 배가 조금 불룩하게 나오고, 부끄럽게 생각하는 임신의 징조인 허리띠가 매어져 있는 모습이 아주 귀여웠다. 그러나 아직 이런 사람을 옆 가까이에서 본 일이 없어서 신기하다고까지 생각했다. 지금까지 빡빡한 곳에서 지내고 있던 때문인지, 여기서 매사 마음 편하게 지낼 수 있는 것이 더욱 좋았다. 그런 기분으로 궁은 보통 아닌 약속을 이것저것 말했다. 여군은 이것을 듣고는, 이런 생각을 했다.

'남자는 다 이런 일에만 말주변이 좋은 것일까?'

이러면서, 어젯저녁의 무례하였던 훈의 모습도 떠올렸다. 오랫동안 다정하고 동정심이 있는 사람이라고 여겼었는데, 이런 일에서는 그 사람의 친절도 믿을 수 있는 일이 아닐 거라고 생각했다. 이 궁의 약속은 어차피 기대할 것이 못 된다고 알면서도, 여군은 조금 마음이 끌리는 것이었다.

'아주 나를 안심시켜 놓고 발 안으로 들어온 것을 보면, 역시 안심할 수 있는 사이가 아니었다. 돌아간 언니하고는 최후까지 남남의 사이로 지냈다는 이야기를 듣고는, 그런 마음이 좀처럼 없는 사람이라고 감탄도 하였는데 ….'

이렇게 생각하여 더욱 조심을 하리라고 마음먹었다. 궁이 오랫동안 오지 않는 것에는 두려운 생각이 들어서 그런 말을 입 밖에 꺼내지는 않았지만, 좀더 옆에 있어 달라고 응석 부리며 대접하였다. 궁은 더욱 한없이 사랑스러워했지만, 훈의 잔향이 여군의 옷에 짙게 묻어 있는 것이 심상치 않았다. 세상에 흔히 있는 향을 쐰 것과는 달리, 누구의 향인지를 똑똑히 알 수 있었다.

"이 향은 어찌된 것입니까?"

여군은 마음에 찔리는 것이 있어서, 아주 곤혹스럽고 괴로웠다.

'역시 그랬었구나. 꼭 이런 일이 일어날 것이라고 전부터 생각하고 있었다. 훈이 이 사람의 일을 이대로 보아 넘기지는 않을 줄 알았었다.'

궁은 이런 생각으로 가슴이 두근거렸다. 사실 여군은 홑옷을 갈아입었는데도, 이상하게 향기가 몸에 깊이 배어 있었다.

"이렇게까지 잔향이 스며든 정도라면 어떤 일이라도 허락하여 버렸을 것이다."

궁이 이것저것 듣기 싫은 소리를 늘어놓는 통에, 한심스럽고 몸둘 곳을 몰랐다.

"나는 당신을 특별히 사랑스럽다고 여겼는데, '나 먼저' 하고 이렇게 남편을 배반하는 것은 신분이 낮은 사람이나 하는 짓입니다. 그런데 그런 마음이 들도록 그렇게 오랫동안 당신에게 격조(隔阻) 하고 있었던가요? 생각 밖의 한심한 마음이었군요."

여기에 그대로 써 놓지 못할 정도로 여군에 심하게 말했지만, 아무런 대답도 없었다. 말이 없는 것까지도 아주 질투가 났다.

〈당신이 다른 사람과 익숙하게 친해, 소매에 남겨 놓은 그 잔향을, 내 몸에 스며들게 하면서 나는 속으로 당신을 원망스럽게 생각했습니다.〉

여자는, 궁이 너무 지나치게 말하므로, 어떻게 그렇게 말할 수 있을까 하고 생각했다.

〈친하게 지내 온 부부 사이라고 믿고 의지해 왔는데, 이 정도의 일로 인연이 끊어져 버리는 것입니까?〉

이렇게 말하며 우는 모습이 매우 귀엽게 보였다. 이러니까 다른 사람을 끌어들이는 것이라고 생각하니, 아주 괴로웠다. 궁 자신도 소리 없이 눈물을 흘렸다. 그러나 아무리 큰 잘못이라도, 그 때문에 정이 떨어질 정도는 아니었다. 여군이 이처럼 귀엽고 애처로운 모양으로 있었으므로, 언제까지 원망을 할 수 없어서, 도중에서 말하다 말고 한편으로는 달래고 있었다.

다음날도 궁은 충분히 쉬고 나서, 여기서 세수하고 음식도 들었다. 고려나 당으로부터 들여온 비단이나 능직물을 재단해서 눈부시게 꾸며 놓은 방의 장식을 보아 왔던 눈으로 보면 이쪽은 평범하고 친근한 맛이 있었다. 사람들의 옷차림도 풀기 없이 일상 입는 그대로여서 더욱 안정된 마음으로 지낼 수 있었다. 여군은 부드러운 엷은 보라색 옷에, 패랭이색의 옷을 편안하게 겹쳐 입고 있었다. 그 모습이 빈틈없이 정확하여, 과장되게 치장한 저쪽의 몸단장과 비교하여도 빠지지 않고 부드럽고 아름답게 보였다. 그것도 궁의 소홀하지 않은 집념 때문에 더욱 그렇게 느껴지는 것이었다. 포동포동하게 살이 쪘던 사람이 좀 호리호리하게 말랐지만, 피부색은 더욱 희어지고 기품이 높고 아주 사랑스러웠다. 궁은 잔향 같은 확실한 증거를 잡기 이전에도, 이분의 아름답고 인정미가 있어 귀여운 모습이 역시 다른 누구보다도 훨씬 훌륭하다고 생각했다.

'이분의 처소에 형제도 아닌 남자가 가까이 출입하여, 어떤 계제에 자연히 그 목소리나 언행을 듣고 보고 하는 데 익숙해지면, 어떻게 그대로 태연하게 있을 수 있겠는가? 꼭 유혹하고 싶은 기분이 일어날 것이 틀림없다.'

호색적인 남자들의 성미를 잘 알고 있는 궁은, 늘 정신 차리고 확실한 증거가 될 만한 편지 같은 것을 남기지 않았는지 가까이에 있는 궤나 당의 궤도 넌지시 찾아보기도 했으나, 그러나 그런 것이 있을 까닭이 없었다. 다만 정말로 예사롭고 말수도 적은 편지가 여러 가지 물건과 같이 들어 있을 뿐이었다.

'아무래도 이상하다. 아주 이것으로 끝난 것도 아닐 텐데.'

이처럼 의심하지 않을 수 없었는데, 오늘은 한층 더 평온하지 않은 것도 당연했다.

'저 사람의 풍채도 마음이 있는 여자라면 꼭 유혹될 것이 틀림없는데, 여자편에서 어째서 생각 밖의 일이라고 거절할 수 있겠는가? 정말 잘 어울리는 사이라고 서로 생각하고 있을 것이다.'

궁은 이렇게 짐작하며 한심하고 꺼림칙하게 생각했다. 생각할수록 마음에 걸려서 내궁은 그날은 외출을 안 했다. 육조원에는 편지를 두세 번 보냈다.

"어느 사이에 저렇게 말이 쌓였을까?"

사람들 중에는 이렇게 중얼중얼 투덜대는 노인도 있었다.

26. 훈이 중의군을 잘 후견하다.

훈은 궁이 이렇게 중의군 곁에 들어앉아 있다는 소식을 듣고 심중에 재미가 없었다.

'곤란한 일이다. 이것은 내 마음이 어리석고 잘못된 것이었다. 애당초 걱정이 사라지도록 생각하여 돌보기 시작한 분인데, 이런 마음을 일으켜도 되는 것인가?'

굳이 생각을 바꾸려 했다.

'내궁은 역시 이쪽을 단념하지는 못할 것이다.'

이렇게 기쁘게도 생각했다.

"곁에 있는 사람들의 옷도 풀기가 빠질 정도로 오래 입은 것 같았는데."

거기에 마음을 써서, 어머니 여삼의궁에게로 왔다.

"집에 있는 의류 중 남는 것은 없습니까? 쓸데가 있어서요."

"평소와 같이 내달의 법회에 쓰려고 준비하여 둔 것 중에 물들이지 않은 것이 조금 있을지 모릅니다. 물들인 것은 아직 준비가 안되었는데, 급히 만들지요."

"무어, 그럴 건 없습니다. 대단한 일에 쓰는 것은 아닙니다. 있는 대로 주십시오."

훈은 재봉소 같은 데에 물어서, 몇 벌의 평상복을 그저 집에 있는 대

로 챙기고, 거기에 흰 비단과 능직물을 준비했다. 여군이 입을 것으로
는, 자기의 물건으로 가지고 있던 분홍의 다듬잇방망이 자국이 특별한
비단에, 몇 개의 하얀 능직물을 곁들여서 드렸다. 남자용 치마 등은 준
비된 게 없었는데, 어찌되었는지 허리에 매는 것이 하나 있기에 그것을
끌어매어 편지를 썼다.

〈다른 분과 인연이 맺어진 당신을, 지금 와서 어째서 한결같이 원망할
수 있습니까? 아무래도 할 수 없는 일입니다. 〉

대보의군이라 하여, 친하게 지내고 있는 나이 든 하녀 앞으로 편지와
옷들을 보냈다. 여군은 이전부터 이런 마음씨에 언제나 익숙해 있어서,
새삼스레 되돌려 주거나 할 필요는 없었다. 어떻게 할까 하고 망설이지
않고, 사람들에 나누어 주어 각자 옷을 지었다. 곁에서 시중들고 있는
젊은 사람들은, 훈이 보고 있으므로 특별히 깨끗이 차릴 필요가 있을 것
이다. 또 아래서 시중 드는 사람이라도 몹시 낡고 구겨진 옷을 입고 있
는 사람에게는 눈에 띄지 않는 하얀 겹옷이 무난하게 어울렸다.

대체 훈 외의 누가 이렇게 무슨 일에나 돌보아 주는 사람이 있을까?
궁은 보통 아닌 사랑으로 매사 불편이 없도록 마음을 쓰고 있지만, 세
세한 데까지 어찌 생각이 미칠 것인가? 사람들로부터 몹시 소중하게 대
접받아 온 분이어서, 뜻대로 안되는 살림의 어려움이 어떤 것인가를 알
지 못하는 것은 당연했다. 꽃의 이슬을 즐기는 데도 왠지 으스스 한기를
느낄 정도로 가냘프고, 세상은 다만 풍류롭게 지내야 하는 것이라고만
생각했다. 그렇게 살아온 궁으로서는 그리운 사람을 위해서는 자연히 살
아가는 일에 손을 써 돌보아 줄 만도 한데, 궁은 좀처럼 그렇게 하는 일
이 없었다. 그 점에 대하여 궁에게 비난에 가까운 말을 하는 유모들도
있었다. 옷차림을 허술하게 한 여동들이 때로 섞여 있는 것도 여군으로
서는 아주 쑥스러웠다.

'섣불리 이런 집에 살고 있는 것은 도리어 알맞지 않는 일이다. '

남모르게 괴로워했다. 요즈음은 더욱, 세상에 평판이 좋은 육의군의
화려한 위세를 생각하게 되었다. 동시에 또 이런 생각으로 한층 근심이

더해져 한탄하고 있었다.

'궁의 저택 사람들이 저쪽과 비교하여 어떻게 생각할까? 꼭 초라하게 여기고 있을 것이다.'

훈은 그러한 여군의 생각을 충분히 짐작했다. 만일 속마음을 알 수 없는 상대였다면 그런 정성이 담긴 선물도 보기 싫고 어수선하고 실례가 될지 모르나, 이것은 상대를 깔보고 하는 것이 아니었다.

'무어. 일부러 과장되게 마련한 걸 가지고, 도리어 의외의 일이라고 의심하는 사람이 없을까?'

이렇게 생각해서 한 일이었다. 그리고 이번에는 또 새삼스럽게 평소와 같이 수많은 아름다운 옷들에다 중의군의 속옷감과 능직물의 감까지 선물로 보냈었다. 훈도 궁에 지지 않게 각별히 떠받들어져서 자라 온 사람이었다. 지나칠 정도로 기품이 높고, 고귀한 기질은 둘도 없는 분이었다. 그러나 돌아간 팔의궁의 산 살림을 보고서는 쓸쓸히 살아가는 애달픔을 각별히 딱하게 느껴서, 어느 것에나 깊은 동정심을 갖게 되었었다. 정말 갸륵한 심성의 변화인 것이다.

27. 중의군이 훈의 호의를 괴롭게 여기다.

훈은 이 정도로 여군의 확고한 후견인으로 있으려고 했지만, 그렇게만은 안되었다. 이분과의 일이 잊어버릴 수 없이 괴로워서, 편지 같은 것도 이전보다는 자세하게 쓰고, 자칫하면 누를 수 없는 생각을 보이면서 호소하였다. 여군은 정말 한심스럽고 괴로운 것에 홀린 것 같은 자기 몸이라고 한탄했다.

'전혀 모르는 사람이라면, 상식에 벗어난 일이라고 나무라고 쉽게 물리칠 수 있는 일이었다. 예로부터 특별히 의지하면서 가까이 지내 왔는데, 새삼스럽게 사이가 나빠지면 도리어 사람들의 의심을 받을 것이다. 아무래도 얕지 않은 마음으로 대우해 주는 고마움을 모르는 것이 아니다. 그렇다고 서로 마음이 통한 것 같이 상대하는 것은 아주 꺼려지는 일이니, 어떻게 하면 좋은가?'

중의군은 이런저런 생각으로 괴로워하고 있었다. 옆에서 시중 드는 사람도 얼마쯤 말 상대가 될 만한 젊은 사람은 모두 새내기들이었다. 속마음을 알아주는 사람은, 저 산골부터 함께 지냈던 늙은 하녀들이었다. 마음에 떠오르는 것을 제 몸처럼 얘기할 수 있는 사람도 없어서, 언제나 그저 돌아간 언니를 그립게 생각하고 있었다.

'만약 이 세상에 살아 계시다면 설마 저 분도 이런 행동을 보이지 않았을 텐데.'

여군은 아주 슬퍼서, 궁이 무정하게 된 것을 한탄하기보다도 훈의 일이 더욱 고통스러웠다.

28. 훈이 중의군과 만나다.

훈도 생각을 누르지 못하고, 언제나처럼 조용한 중의군은 그대로 삿자리에 방석을 내게 하며, 사람을 통해 말하였다.

"정말 몸이 좋지 않아서, 도저히 말씀 드릴 것 같지 않습니다."

그것을 듣고 훈은 못 견디게 원망스러워 눈물이 나오려는 것을, 사람들 눈을 꺼려 애써 참았다.

"몸이 좋지 않을 때에는, 보지도 못한 중들도 옆 가까이에 들여놓는데, 나를 고운발 안에 들여놓지는 못하는 것입니까? 이렇게 사람의 중개로 하는 인사는 온 보람도 없다는 생각을 갖게 합니다."

훈은 몹시 툴툴대었다. 전날 밤 두 사람의 모습을 보고 있던 사람들은 말했다.

"정말 이곳에서는 보기 흉합니다."

안채의 고운발을 내리고, 밤의 중 자리에 자리를 마련해 드렸다. 여군은 사실 몸도 몹시 나빴지만, 모처럼 사람들이 이렇게 말하는데, 노골적으로 무뚝뚝하게 대하는 것이 어떨까 하여, 내키지 않은 채 조금 무릎걸음으로 나와서 대면하였다.

들릴락 말락하게, 때로는 무슨 말을 하고 있는지 모를 정도로 말하는 것이, 돌아간 분이 병이 났을 당시의 일 같이 느껴져 애달프고 슬펐다.

눈앞이 캄캄해서 곧바로는 말도 안 나오고, 조금 기분이 가라앉은 다음에 말했다. 아주 안으로 들어간 것이 정말 원망스러워서, 발 아래서 휘장을 조금 밀어 넣어, 어느새엔가 정말 익숙한 모양으로 가까이로 접근해 갔다. 여군으로서는 정말 곤란한 일이지만, 할 수 없다고 생각했다.

"가슴이 아픕니다. 잠깐 동안 눌러 주십시오."

소장이라고 부르는 하녀를 가까이에 오게 하여, 이렇게 말하는 것을 듣고는 탄식의 말을 하며, 앉음새를 고쳤다.

"가슴은 누르는 것만으로는 아무래도 괴롭기만 할 것인데."

정말 내심으로 애가 타는 모양이었다. 훈이 물었다.

"왜 이렇게 계속 몸이 나쁩니까? 사람에게 물어보면, 잠시 동안은 몸이 썩 좋지 않아도 그러는 동안에 좋아진다고 들었습니다. 처음이어서 지나치게 걱정을 하는 것이 아닙니까?"

여군은 몹시 쑥스러웠다.

"가슴이 아픈 것은 언제라고 할 것 없이 늘 이렇습니다. 돌아간 언니도 이랬습니다. 오래 살지 못하는 사람에게 있기 쉬운 병이라고 사람들이 말하고 있습니다."

"누구나 천 년을 사는 소나무처럼은 살 수 없는 것입니다."

아주 가엾고 안타까웠다. 가까이 불렀던 사람이 어떻게 들을지 상관하지 않고, 들어서 안될 것은 삼가면서, 예로부터 그리워하였던 것을 여군에게는 알아차릴 수 있게, 다른 사람에게는 이상하게 들리지 않게 그럴 듯하게 말했다.

'정말 세상에도 드문 마음씨이다.'

소장은 그렇게 듣고 있었다.

훈은, 어느 일에나 돌아간 대군의 일을 언제까지나 생각하고 있었다.

"어렸을 때부터 속세를 떠나서 일생을 마치려고만 생각했는데, 이것도 인연이라고 하는 것입니까? 서먹서먹한 대접을 받으면서도 여간 아니게 그리워하고 있었습니다. 이 한 가지 일 때문에 본래 목적인 도심(道心)은 뒤로 미루어졌습니다. 저 분을 잃어버린 슬픔을 달래 보려고 여러 여

자와 사귀고 만나보면서 혹시 시름을 잊을까도 생각했던 때가 있었습니
다만, 전혀 다른 데에는 마음이 내키지도 않았습니다. 이것저것 생각나
서 마음을 한 군데에 쏟지 못합니다. 호색적이라고 여겨질까 쑥스럽습니
다만, 있어서는 안될 괘씸한 생각이 조금이라도 있다면 그것이야말로 불
쾌하겠지요. 그저 이런 정도로, 때때로 마음에 있는 것을 얘기하며 격의
없이 교제할 수 있으면, 누가 책망하겠습니까? 세상 남자들과는 다른 내
마음은 누구한테도 비난받지 않을 텐데. 아무쪼록 전과 같이 안심하고
계십시오."

훈은 울면서 설득했다. 중의군이 말했다.

"불안하게 생각했다면, 이렇게 사람들 눈에도 의아하게 생각되는 가까
운 거리에서 얘기할 수 있을까요? 오랜 세월 동안 사정을 훤히 잘 아니
까, 각별히 의지할 사람으로 여겨, 지금은 내 쪽에서 부탁한다고 하지
않습니까?"

"그런 일이 언제 있었는지 모르지만, 정말 고맙다고 생각하고 말씀하
시는 것 같습니다. 이번에 산골에 가시는 준비로 겨우 나를 쓸모 있게
생각하는 것입니까? 그것도 정말 나를 이해해 주는 점이 있어야만 비로
소 소홀하게 생각지 않습니다."

훈은 역시 아직 원망하는 듯 말하지만 듣는 사람도 있으니, 어떻게 생
각대로 터놓을 수가 있겠는가?

29. 훈이 부주의 이야기를 듣다.

뜰 쪽을 보니, 점점 해도 저물고, 오직 벌레소리만이 똑똑하게 들려왔
다. 가산(假山)의 근처는 어둑어둑하여 물건을 분별하기도 어려웠다. 정
말 진지한 얼굴로 물건에 의지하고 있지만, 고운발 안에서는 중의군이
귀찮은 일이 되었다고 애태우고 있었다. 훈은 '한(限)이 있는'을 몰래 은
근히 읊조리고, 말했다.

"어떻게 해야 할지 곤혹스러워하고 있습니다. 소리 없는 우치의 고을
에 찾아가려고 하지만, 저 산골의 근처에 일부러 절을 짓지는 못하더라

도, 돌아가신 분의 조각상을 만들거나 그림으로라도 그려서 근행하려고 생각합니다."

"고마우신 생각이기는 하나, 산사의 옆을 흐르는 어수세천(御水洗川)에 흘려 버리는 인형이라면, 언니가 불쌍하다고 여깁니다. 그림이라도 황금 유무7)로 적당히 처리되는 것 같은 화가일까 걱정이 됩니다."

"그렇습니다. 어떻게 장인이나 화가나, 내가 만족할 만하게 만들 수 있겠습니까? 근세에도 만든 조각상이 너무나 귀하기 때문에, 허공에서 꽃을 내리게 한 장인도 있었습니다만, 그런 화신(化身)이 있어 주었으면 하고 있습니다."

이것저것 돌아간 사람을 잊을 수 없이 회상하고 있는 모습은 정말 정이 깊은 듯이 보였다. 중의군은 그 모습을 애처롭게 여겨 무릎걸음으로 좀더 가까이로 나와서 말했다.

"인형 이야기를 들으니, 정말로 이상하게 뜻하지 않은 일이 생각났습니다."

그 분위기가 얼마쯤 친하게 되고 마음을 터놓아서, 훈은 아주 기쁘고 고마웠다.

"무슨 일입니까?"

이렇게 말하면서, 휘장 아래로 손을 잡았다. 여군은 정말 싫고 곤란하다고 여겼다. 모쪼록 이런 마음이 없이 편안하게 교제하고 싶다고 생각했다. 그리고 또 이 근처에 대기하고 있던 사람에게 체면도 안 서서, 힘써 아무렇지도 않은 듯 말했다.

"지금까지 오래도록 이 세상에 있는 줄도 몰랐던 동생이 이 여름에 먼 곳에서부터 이곳으로 찾아왔습니다. 그 사람을 타인처럼 대접할 생각은 없습니다만, 그렇게 빨리 친하게 되리라고는 생각도 안 했는데, 이상하리만큼 돌아간 언니와 모습이 비슷하여서 차분하게 그리운 마음이 들었습니다. 저를 언니의 유품이라고 생각하시는 것 같지만, 저를 보는 사람

---

7) 한(漢)의 원제(元帝) 때 왕소군(王昭君)만이 화가에게 뇌물을 주지 않아서 보기 싫게 그려져, 그 때문에 흉노에게 시집 보내진 고사.

들도 모습이 아주 다르다고 말합니다. 그런데 정말 그렇게 닮을 까닭이 없는 그 사람이 어째서 그렇게 언니와 닮았을까요?"

훈은 꿈 얘기가 아닌가 하고 듣고 있었다.

"그럴듯한 까닭이 있어서 친한 생각이 들었겠지요. 왜 지금까지 그 사람의 일은 넌지시라도 말하지 않았습니까?"

"아닙니다. 그 사람에 대해서는 아무것도 모르고 있었습니다. 부궁은 우리들이 의지할 수 없는 상황으로 세상에 낙오되어 비참하게 헤맬 것만을 걱정하고 계셨습니다. 그 걱정 몇 가지를 나 혼자서 경험하고 있는데, 그 위에 이런 좋지 않은 일이 덧붙여 있는 것은 마음 아픈 일입니다. 세상에 듣고 전해지기라도 하였더라면, 부궁을 위해서는 정말 애달픈 일입니다."

여군의 말하는 것을 짐작하니, 고 팔의궁이 비밀히 정을 주었던 사람이 세상에 남몰래 낳아 놓은 사람인 것 같았다.

닮았다고 말하는 그 연고에 마음이 끌려서, 훈이 물었다.

"그저 이것만으로는 …. 이왕이면 전부를 말씀하여 주십시오."

그러나 여군은 쑥스러워 자세한 것을 도저히 말할 수가 없었다.

"찾아볼 생각이면 어느 근처라고는 말씀드릴 수는 있습니다만, 더 자세하게는 모릅니다. 그리고 너무 말씀 드리면, 반드시 흥을 깨는 일이 될 것입니다."

돌아간 사람의 혼이 있는 곳을 찾을 수 있다면, 바다 가운데라도 기꺼이 찾아갈 것이지만, 닮았다는 그 사람의 일은 그렇게까지는 생각할 까닭은 없었다. 그렇지만, 자꾸 간청하였다.

"정말 이렇게 마음을 위로하지도 못하는 것보다는 나으리라고 생각이 듭니다. 인형을 원하는 정도라면 그 사람을 대군 장본인이라고 생각하여도 좋지 않습니까? 역시 똑똑히 가르쳐 주십시오."

"자, 어떨는지요? 돌아간 부궁도 인정 안 한 사람의 일을 이렇게까지 알리는 것도 정말 경솔한 일이지만, 화신의 장인을 찾을 정도의 마음씨가 애처로워, 이런 것을 …, 정말 먼 곳에서 오랫동안 살아왔는데, 모친

되는 사람이 한탄할 일이라고 불쌍히 여겨 한결같이 여기를 찾아와 의지하려 했으니, 매정하게 대할 수도 없었습니다. 언뜻 보았을 뿐이어서 그런지 생각했던 것보다도 보기 흉하지는 않다고 생각했습니다. 모친은 그 사람을 어떻게 하면 좋을지 괴로워하는 것 같은데, 돌아간 대군 대신이라면 정말 이 이상 없을 것이지만, 그러나 거기까지는 도저히 ….”

'겉으로는 그렇지 않게 보이지만, 내심으로는 내가 이렇게 귀찮게 따라다니는 것을 어떻게라도 발뺌하려고 생각하고 있는 것이다.'

훈은 이렇게 생각했다. 그것이 빤히 들여다보이는 것은 원망스러웠지만, 뭐라 해도 역시 그 사람에게 마음이 끌렸다. 여군은 자기의 마음을 괘씸하다고 깊이 생각하고 있겠지만, 쑥스럽게 생각하게는 대하지 않았다. 역시 자기 일을 잘 알고 있는 분이라고 생각하니 가슴이 두근거렸다. 밤도 몹시 깊어지는데, 고운발 안에서는 하녀들 체면도 부끄럽게 느끼고 있어, 방심시켜 놓고 안쪽 깊은 곳으로 들어가 버렸다. 훈은 그렇게 하는 것도 무리가 아니라고 잘 알면서도, 역시 원망스럽고 분하여, 어떻게도 누르지 못하고 눈물이 나오는 것도 사람 눈에 보이기도 싫었고, 마음은 이래저래 흐트러져 있었다. 무분별한 짓을 하는 것은 역시 도리를 벗어나는 일이고, 여군을 위해서는 물론 자기를 위해서도 본의가 아니었다. 가만히 어디까지라도 참고 언제나보다 한층 더 탄식하면서 돌아왔다.

'이렇게만 괴로워하다가, 이제부터 어떻게 해야 하는가? 여군도 괴로운 생각을 거듭하고 있을 터인데, 어떻게 하면 세상의 비난도 받지 않으면서 생각하는 것을 이룰 수 있을까?'

이러한 길에 발을 들여놓은 경험을 쌓아 놓지 못한 까닭일까, 자신을 위해서도 상대를 위해서도 장래가 평온하지 못할 것을 그저 몹시 안타깝게 생각했다.

'돌아간 사람과 닮았다고 하는데, 어떻게 그것이 진실인가를 확인할 수 있을까? 그 정도의 신분이라면 사랑을 구하는 것도 어렵지 않겠지만, 상대가 바라는 대로의 사람이 아니라면, 도리어 뒤가 귀찮아질 것이다.'

훈은 그 쪽으로는 마음이 움직이지 않았다.

30. 훈이 우치를 방문하다.

우치의 저택을 본 지 오래되어, 돌아간 분과 한층 더 인연이 멀어진 것 같아 왠지 허전해져서, 훈은 9월 20일이 지나 거기에 갔다. 바람이 몹시 불어서 쓸쓸하고 거친 물소리만이 집을 지키는 사람처럼 되고, 이렇다 할 사람 그림자도 보이지 않았다. 저택을 보니 마음도 어두워져 생각이 흐트러지고 끝없는 슬픔이 밀려왔다. 변이란 여승을 불러내니 맹장지 끝에 청둔색의 휘장대를 세우고 앞으로 나왔다.

"정말 황송합니다만, 전보다 볼품없는 옷차림을 하고 있는 것이 꺼려져서."

변은 직접으로는 모습을 보이지 않았다.

"얼마나 쓸쓸한 마음으로 나날을 지내고 있을까 짐작하여, 당신밖에 육친처럼 들어줄 사람도 없는 얘기를 하려는 생각으로…. 덧없이 쌓이는 세월이군요."

눈물을 가득히 담고 있어서 노인은 슬픔을 도저히 참을 수가 없었다.

"돌아가신 분이 아우님의 처지 때문에 본의 아니게 무엇인가 생각하고 괴로워하였던 것이 꼭 이맘때쯤이었다고, 하늘의 모양을 보니 생각 납니다. 평소와는 다르게 특별히 가을바람은 몸에 배도록 괴롭게 여겨집니다. 정말 내궁과의 사이도 돌아간 분이 탄식한 대로였다고 풍문에 들어서 알고 있습니다만, 이것저것 슬퍼집니다."

"어떤 상황이라도 오래 견디면 잘되게 마련인데, 어떻게도 할 수 없는 걱정이라고만 골똘히 생각하다가 돌아가신 것은 나의 잘못 같아 역시 슬퍼집니다. 요새 저 분의 상황은 무어 그야말로 세상에 흔히 있는 일입니다. 그래도 불안한 모습은 아닌 것 같습니다. 그것보다도 헛되이 하늘에 연기로 사라져 간 분의 일이 슬퍼집니다. 그것은 누구라도 피할 수 없는 것이어서, 앞서거니 뒤서거니 하는 슬픔은 말할 보람도 없는 것입니다."

이렇게 말하면서 울어 버렸다.

31. 훈이 아사리와 안채의 개축을 상의하다.

훈은 아사리를 불러서, 평소와 같이 돌아간 대군의 일주기에 쓸 경이나 법회의 일 같은 것을 의논하였다.

"자, 여기에 때때로 올 때에, 예전 일을 생각하며 보람도 없는 슬픔에 마음을 괴롭히는 것은 정말 소용이 없는 일입니다. 그러니 이 안채를 부수고, 저 산사 근처에 당(堂)을 세우려고 하는데, 이왕이면 빨리 시작하렵니다."

당을 몇 개, 복도와 승방 같은 것은 이러이러하게 적당한 일들을 적어 가며 말했다.

"정말 기특한 발원입니다."

아사리는 집을 절로 개축하는 공덕을 말하였다.

"돌아간 궁이 유서 깊은 주거로 지었던 곳을 부수는 것도 분별없는 일 같지만, 궁의 뜻도 공덕이 될 만한 형태로 만들 계획이었으나, 뒤에 남을 사람들을 생각해서 그렇게 말씀하시지 않은 것이 아닐까요? 지금은 내궁에게로 간 중의군이 소유하고 있어서, 저 궁의 영유라고도 할 수 있습니다. 그러므로 이대로 절로 개축하는 것은 적당치 않을 것입니다. 내 생각대로 그렇게는 할 수 없는 일입니다. 토지의 위치도 너무 강에 가깝고 눈에 띄므로 역시 안채를 부수고 다른 형식으로 개축하려고 합니다."

"정말 훌륭한 계획입니다. 옛적에 아들이 죽은 것을 슬퍼하여 그 시체를 싸서 오랫동안 목에 걸고 있던 사람도, 부처님의 방편(方便)에 의하여 그 시체 자루를 버리고, 드디어 성도(聖道)의 길에 들었다 합니다. 이 안채를 이대로 두고 볼 때마다 슬픔에 잠기는 것은, 역시 마땅하지 못한 일입니다. 또 절로 개축하는 것은 후생을 위한 선업이 될 것입니다. 곧 짓는 것이 좋겠습니다. 역박사가 좋다고 판단하는 날을 받고, 솜씨 좋은 장인 두세 사람을 주시면, 세세한 것은 부처님이 가르쳐 주신 법식에 따라서 짓기로 하겠습니다."

훈은 이것저것 지시를 하고, 자기 장원 사람을 불러서 아사리가 말하는 대로 따르라고 분부하였다. 어느덧 해가 졌으므로, 그 밤은 거기에서 묵었다.

32. 훈이 변과 옛이야기를 하다.

이게 마지막이라고 생각하며 여기저기를 돌아보니, 불상도 모두 절로 옮겨 놓아서, 여승 변의 근행 도구가 있을 뿐이었다. 정말 의지할 곳 없이 살고 있음을 알 수 있었다.

'가엾게도, 어떻게 지내는 것일까?'

훈은 고된 살림을 짐작하여 변에게 말했다.

"이 안채는 까닭이 있어 개축하려고 합니다. 그것이 완성될 때까지는 저쪽 건너편의 집에 있도록 하십시오. 경의 중의군에게 갖다드릴 물건이 있으면 장원의 사람을 불러서 적당히 분부하십시오."

훈은 실무적인 용건들을 상의하였다. 다른 곳이면 이런 연로한 사람을 돌보아 줄 것도 없겠지만, 훈은 밤에도 옆 가까이에서 쉬게 하며 옛이야기를 시켰다. 훈의 생부인 돌아간 권대납언[백목]의 일도, 옆에서 듣는 사람도 없으니 안심하여 아주 세세한 것까지 얘기했다.

"이미 임종이라고 했을 때, 당신의 귀엽게 생긴 모습을 보고 싶어했었지요. 그 때를 회상하면 이런 생각지도 않게 늙어 빠져서 이렇게 뵙는 것은, 백목 나리의 생전에 친히 시중들고 있던 보람이 자연히 나타난 것이라고, 기쁘게도 슬프게도 생각됩니다. 한심스러운 목숨을 오래 끌어 살아 있는 동안에, 여러 가지 일을 보아 오고 또 경험해 왔던 것이 아주 부끄럽고 한심한 일로 생각됩니다. 중의군도, '때때로 와서 뵈어라. 들어앉아 무소식인 것은 아주 나를 소홀히 하고 있는 것이다'라고 말씀을 하셨었습니다. 그러나 저는 인연도 없는 여승의 몸이니까, 아미타불 외에는 만나보고 싶은 분도 없어져 버렸습니다."

변은 돌아간 대군에 관한 일도 여러 가지를 이야기했다. 그 생전의 모습 같은 것도 회상하며, 이럴 때에는 어떻게 말했다든지, 꽃이나 단풍 색깔을 보고서는 어떤 노래를 읊었다든지 이러한 경우에 맞게 목소리를 떨면서 얘기했다.

'어딘지 대범하고 말수도 적었지만, 풍치 있는 인품이었다.'

훈은 대군 이야기를 한층 더 반갑게 들었다.

'중의군은 조금 더 당세풍이면서도, 마음을 허락하지 않은 상대에게는 쌀쌀맞게 대하는 것 같다. 나에게는 정말 친절하고 동정심 있는 점을 보여서, 어떻게든 이대로 지내려고 생각하는 것 같다.'

훈은 마음속으로 언니와 중의군을 비교했다.

33. 훈이 아씨에의 중개를 부탁하다.

얘기하는 김에, 훈은 인형을 대신할 사람 얘기를 꺼냈다. 변의군이 말했다.

"그 사람이 요새 경에 있을지는 모릅니다. 저는 다만 사람편에 들은 것뿐입니다. 돌아간 팔의궁이 아직 이런 산골에 오지 않았을 때, 시중들던 여인 중에 신분이 높고, 성미도 나쁘지 않은 중장의군이 있었습니다. 정말 사람들 눈을 피하여 잠시 동안 사랑을 주었는데, 그것을 아는 사람도 없었습니다. 그러는 동안 여자아이를 낳았습니다. 자기 자식일 거라고 생각은 하셨지만, 뜻에 맞지 않는 귀찮고 번거로운 일이라 생각하여, 두 번 다시 그 사람과 만나는 일도 없었습니다. 그런 의외의 일로 싫증을 내서, 그대로 거의 성자처럼 되신 것입니다. 그 여자도 그냥 있기가 어려워서 시중 드는 일을 하지 못하게 되었습니다. 그 여자는 육오국 장관의 처가 되었습니다. 팔의궁이 생존했을 때 어느 해에 상경하여, 그 부주 아씨를 무사히 키워 온 것을 이 언저리에도 넌지시 알려왔습니다. 팔의궁도 들으셨지만, 그런 소식을 받아들일 일도 아니어서, 전혀 문제 삼지도 않았습니다. 그저 무엇을 할 의욕도 없어졌다고 한탄하고 있었습니다. 그리고 그 여인은 남편이 상륙수(常陸守)가 되어 내려갔습니다. 그뿐으로 몇 해도 소식이 없었는데, 올 봄에 상경하여 저쪽 중의군을 찾아갔다는 소문을 들었습니다. 그 아씨의 나이는 스물쯤 되었을 것입니다. 아주 귀엽게 성인이 되어 사랑스럽다고 한때는 편지에 길게 쓰는 것 같았습니다."

훈은 상세하게 듣고서 말했다.

"그렇다면 정말일 것입니다. 돌아간 사람과 조금이라도 관계가 있는 분이면 모르는 지방에라도 찾아갈 참인데, 돌아간 팔의궁이 자기 아이들 수에 넣지 않았다고 해도 가까운 집안 사람이라고 할 수 있는 것입니다. 일부러는 아니라도 이 근처에 찾아오는 경우가 있거든 내가 이렇게 말했다는 것을 전해 주십시오."

"어머니인 중장의군은, 돌아간 팔의궁의 본처의 조카에 해당됩니다. 저하고도 인척간이 됩니다만, 당시는 각각 다른 곳에 시중들고 있어서 그리 친하게 지내지는 않았습니다. 아까 경에 있는 대보의 곳에서, '아씨께서, 하다못해 고 궁의 묘소에라도 어떻게든 참배하고 싶다고 하시니, 그 예정으로 있으십시오'라고 전해왔습니다. 아직 이쪽으로는 오지 않았습니다. 그러면 그럴 때에 말씀하신 것을 전하여 드리겠습니다."

34. 훈이 우치의 사람들을 위로하다.

날이 밝아서 훈은 경에 돌아오려고 했다. 어젯밤에 나중에 가져온 비단과 풀솜 등을 아사리와 변에게 선물로 주었다. 법사나 변의 하녀 등의 의복감으로, 포목들을 가져오게 하여 선사했다. 허전한 시골 살림이기는 하였으나, 이러한 문안이 자주 있어서 이 여승도 신분에 비해서는 정말 체면이 서게 조용히 살 수 있었다. 찬바람이 견딜 수 없게 불어와서 잎이 남아 있는 나뭇가지도 없었다. 지상에 떨어져 깔려 있는 단풍은 사람이 밟고 헤쳐 찾아온 흔적도 없는 것을 바라보고 곧바로는 떠나지 못했다. 풍취 있는 깊은 산의 나무에 휘감긴 담쟁이잎새가 아직 색이 바래지 않고 있었다.

"하다못해 이것만이라도."

훈은 그것을 조금 꺾어서, 중의군에게 드리려고 간직하였다.

〈예전에 묵은 적이 있는 두터운 추억이 없었더라면, 이 나무 아래의 숙소에서 나그네 잠을 자는 것도 얼마나 쓸쓸한 일일까?〉

혼잣말을 하는 것을 듣고, 여승이 답했다.

〈몹시 황폐하여 썩은 나무 같은 여승의 처소를, 예전에 묵은 곳이라고 기억하고 계시는 마음씨를 슬프게 생각합니다. 〉

어디까지나 고풍으로 읊은 것이었지만, 풍취가 없는 것도 아니었다. 그것이 조금은 훈의 마음을 위로하여 주었다.

35. 훈이 중의군과 소식을 교환하다.

훈은 중의군에게 담쟁이를 드렸는데, 때마침 내궁이 와 있을 때였다. '남쪽의 궁인 삼조원으로부터' 라고 하여 아무 생각 없이 가지고 온 것을 여군은 조금 당혹스러워하면서도 감추려고는 하지 않았다.

"훌륭한 담쟁이군요."

궁은 의미 있는 듯이 말하고, 가져오게 하여 보았다. 훈의 편지에는 이렇게 적혀 있었다.

"요즈음 어떻게 지내고 계십니까? 산골에 가보니 한층 더 깊은 봉우리의 아침안개에 근심이 끝없다는 생각이 들었습니다만, 그것은 뵙고서 말씀 드리기로 하지요. 저쪽의 안채를 당으로 고치는 계획은 아사리에게 일러두었습니다. 허락을 얻은 후에 다른 곳으로 옮기겠습니다. 여승인 변에게 적당한 지시를 내려 주십시오."

"잘도 아무 일이 없는 양 써 놓은 편지로군요. 내가 여기에 와 있는 것을 들었을 것입니다."

궁이 말하는 것도 얼마쯤은 맞는 소리였다. 여군은 특히 곤란한 것도 써 있지 않아서 다행이라고 안심을 했지만, 궁이 이렇게 굳이 잘못을 드는 고로 너무한 일이라고 원망스러웠다.

"답장을 쓰십시오. 나는 안 보고 있을 테니까."

궁은 이렇게 말하며 딴 곳을 보고 있었다. 쓰지 않는 것도 앵돌아져 있는 것으로 보일까 봐, 중의군은 이렇게 적었다.

"산골에 갔다는 일은, 부러운 일이었습니다. 저 안채는 말씀하신 대로 그렇게 하는 것이 제일 좋겠다고 생각합니다. 앞으로 세속을 떠나는 장소로 일부러 따로 바위 속을 찾는 것보다는, 저쪽을 황폐하지 않게 유지

하려고 생각하고 있으니, 어떻게라도 적당히 처리하여 주시면 고맙겠습
니다.”

'아무 나무랄 데도 없는 사이일 것이다.'

궁은 이렇게 생각하면서도, 자기의 버릇으로 두 분이 보통 사이가 아
니라고 추측하며, 마음을 졸이고 있었다.

36. 내궁의 중의군에 대한 사랑이 깊어지다.

시들시들한 앞뜰의 화초 속에, 억새꽃이 다른 풀과는 달리 손을 내밀
어 부르는 듯한 모습으로 피어 있었다. 막 이삭이 나오려는 모습이나,
이슬을 구슬처럼 꿰어 놓고 덧없이 흔들거리는 모양들이 저녁바람 속에
서 유난히 차분하게 느껴지는 때였다. 내궁은 그 풍경을 보고 노래했다.

〈얼굴에 드러내지 않고 무언가 생각하고 있는 것 같은데요. 유혹하는
편지가 자주 와서. 〉

늘 입는 부드러운 옷 위에 평상복만을 입고, 비파를 타고 있었다. 율
의 곡조인 황종조(黃鍾調)에 맞추어 아주 훌륭하게 타고 있었다. 여군도
좋아하는 곡이어서 언제까지나 앵돌아져 있을 수만은 없었다. 작은 휘장
끝에서 사방침에 기대어 흘끗 얼굴을 내밀고 있는 여군의 모습은 아무리
보아도 싫증이 안 나는 귀여운 모습이었다.

“〈가을이 끝나는 들판은 아직 이삭이 안 나온 억새에 살랑살랑 부는
바람으로 짐작할 수 있듯이, 나에게 싫증 내는 당신의 마음을 은연중에
나타나는 기색으로 알 수 있습니다. 〉

여군은 조금 눈물이 나온 것이 쑥스러워서, 부채로 얼굴을 가리고 있
었다. 내궁은 그 마음을 귀엽게 여기면서도 의심하고 원망스러운 마음이
들었다.

'이러한 매력 때문에 저 사람도 이분을 또한 단념하지 못할 것이다.'

국화 꽃이 아직 충분하게 변하지 않았는데, 특별히 손질을 잘하고 있
는 이 저택의 것은 색이 변하는 것도 더욱 더뎠다. 그런데 어떤 한 그루
일까, 정말 훌륭하게 물들어 있는 국화를 꺾게 하여, 이렇게 읊었다.

"꽃 가운데 오로지."

"어떤 황자가 이 꽃을 칭찬하던 저녁때의 일이었지요. 옛날의 천인(天人)이 날아와서 비파 타는 법을 가르쳐 주었답니다. 무엇이나 천박해져 버린 지금 세상은 참으로 한심합니다."

거문고를 내려놓는 것을 여군은 서운하게 여겼다.

"사람의 마음은 천박하게 되었을지 모르나, 예로부터 내려오는 기량마저 그렇게 변하게 되었던 것일까요?"

여군이 자신이 서투른 곳을 듣고 싶어하는 것 같아서, 내궁이 말했다.

"그러면, 나 혼자서 타는 것은 어딘지 불만스러우니 당신이 상대해 주십시오."

사람을 불러 쟁의금을 가져오게 했다.

"예전에는 가르쳐 주는 사람도 있었습니다만, 시원하게 외운 것도 없이 그대로 지나 버렸으니."

여군은 부끄러워하여 손에 대지도 않았다.

"이 정도 일에도 몸을 사리는 것은 한심한 일입니다. 요새 만나고 있는 육의군 아씨는 아직 터놓을 정도는 아닌데도, 배우기 시작한 미숙한 솜씨를 나에게 숨김없이 보여주고 있습니다. 모름지기 여자는 유순하고 마음이 솔직한 것이 좋다고 저 중납언도 말했습니다. 당신도 저 훈의군에게는 역시 이렇게 숨기지는 않겠지요? 퍽 사이가 좋은 것 같으니까."

내궁이 진심으로 푸념하므로 여군은 탄식하면서 조금 연주했다. 줄이 느슨해져서 반섭조(盤涉調)로 맞추었다. 이 합주는 거문고소리가 아름답고 재미있게 들렸다. '이세(伊勢)의 바다'를 노래 부르는 궁의 목소리가 기품이 높고 아름다워서, 하녀들은 그늘에 모여 웃음을 띠우며 듣고 있었다.

"두 마음이 있는 것은 괴로운 일이지만, 그것도 신분으로 보아서는 당연한 일이므로, 역시 이쪽을 행복한 사람이라고 말할 것입니다. 이런 모양으로 궁과 같이 지내는 것을 도저히 기대하지 못하였던 산골의 집에서 왔는데, 그런 장소에 도로 돌아가고 싶다고 말하는 것은 정말 한심한 일입니다."

하녀들이 이렇게 거리낌없이 내뱉었다. 젊은 하녀들은 조용히 하라고 말하며 목소리를 낮추게 하고 있었다.

37. 석무가 내궁을 데리고 가다.

내궁은 거문고를 가르치면서 3, 4일 이조원에 있었다. 불길한 것을 피한다는 평계로 여기에 있는 것을 석무 대신의 저택에서는 원망스럽게 생각했다. 석무 대신은 궁중에서 퇴출하는 길로 이조원에 왔다.

'어마어마한 모습으로 무엇하러 오신 것일까?'

이렇게 궁은 기분 나쁘게 생각하면서, 그 방으로 나와서 대면했다.

"각별한 볼일도 없었는데, 오랫동안 이 원에도 오지 않아, 예전 일이 생각나고 그리워서 ···."

석무는 옛이야기를 조금 하고서, 궁을 데리고 돌아갔다. 석무의 자식들 외에도 당상관이나 전상인들이 많이 뒤따르고 있었다. 그 위세가 성대한 것을 보니 중의군은 그에 비교할 수가 없어 아주 낙담했다.

"무어라고 말할 수 없이 훌륭한 대신의 모습이로군. 저처럼 누구라 할 것 없이 모두 한창 나이의 아름다운 자식들이다. 닮은 사람도 없는 것이지요. 대단히 훌륭한 모습이다."

사람들이 그늘에서 이렇게 말하기도 하였다. 또, 이렇게 한탄하는 사람도 있었다.

"저런 신분이 높고 위세가 당당한 분이 일부러 마중 나온 것은 얄미운 짓이지요. 어쩐지 애가 탑니다."

여군 자신도 이때까지의 일을 생각하면서, 더욱 불안해하며 말했다.

"도저히 저런 당당한 사이에 어깨를 나란히 할 수도 없다. 하찮은 신분인 것을!"

역시 아무 걱정 없는 저 산골에 사는 것만이 무난히 지낼 수 있는 길임을 더욱더 확신했다. 이렇게 덧없이 그 해도 저물었다.

38. 중의군의 출산이 가까워지다.

훈이 26세가 된 정월 말쯤에, 중의군은 예전에 없이 괴로워하였다. 궁은 아직 이런 경험이 없어서, 어떻게 될 것인지 가슴 아프게 여겨, 여러 절에서 시키고 있었던 수법을 더욱 늘리게 했다. 여군은 몹시 괴로워하고, 명석중궁으로부터도 문안이 왔다. 이렇게 인연을 맺은 것이 이미 3년이 되었는데도, 궁 한 사람의 사랑은 가볍지 않았지만, 세상에서는 그렇게 정중하게 다루어지지는 않았다. 그러나 이번 일은 출산의 일이니 누구나 놀라서 각자 문안했다.

39. 여이의궁의 치마 입는 의식을 준비하다.

훈은 궁이 이것저것 걱정하고 있는 것 못지않게, 대체 어떻게 되는 건지 애달파서 안절부절못하고 있었다. 정해진 문안만은 하지만, 너무 자주도 못 가고, 남몰래 기도 같은 것을 많이 시키고 있었다. 실은 여이의 궁의 치마 입는 의식이 꼭 그때여서, 세상은 큰 소동이었다. 여이의궁은 후견이 없는 몸으로 매사 임금 혼자서 배려하여 준비하고 있었는데, 어중간한 후견이 없는 편이 오히려 좋은 것 같이 보였다. 돌아간 어머니 여어가 준비하여 두었던 것은 물론, 준비하는 관청이나 적당한 지방관에서 각각 진상하는 물품들이 수도 없이 많았다. 의식이 끝나는 대로 훈은 곧 서랑으로 참상하기로 되어 있었으나, 예의 성미대로 그 쪽에는 마음이 내키지 않고 오로지 중의군의 해산을 애달프게 여기고 있었다.

40. 훈의 승진. 우대장을 겸하다.

훈은 2월 초부터 추가 임명으로 권대납언이 되어 우대장을 겸하게 되었다. 좌대장을 겸하고 있던 우대신이 사임하여서, 우가 좌로 옮겼다. 훈은 고맙다는 인사차로 여러 군데를 돌아다닌 후, 이 이조원에 왔다. 여군이 아주 괴로워하고 궁이 이쪽에 묵고 있는 때여서, 곧바로 여기로 건너왔다.

"중들이 사후하고 있어 형편이 좋지 않은 곳에."

궁은 놀라서, 새로이 약식복과 아래옷을 겹쳐 입어 위의를 갖추고 계단을 내려와서 답례를 하였다. 두 사람의 모습은 모두 아주 훌륭하였다.

"오늘 저녁은, 장관의 취임인사차 위부의 사람들을 대접하니까, 아무쪼록 잔치의 자리에 이대로 오십시오."

훈이 이렇게 청하는 것을 궁은 괴로워하고 있는 중의군 때문에 주저하고 있었다. 우대신 석무가 예전에 했던 그대로 육조원에서 잔치를 베풀었다. 주된 손님 이외에 친왕들이나 당상관들이 대향(大饗)8)에 못지않게 많이 모여왔다. 내궁도 행차하였는데 마음이 가라앉지 않아 아직 일이 끝나기 전에 급히 돌아갔다. 궁이 육의군에게 들르지도 않고 떠나자, 석무는 생각했다.

'정말로 불만스럽고 재미없는 처사를 하신다.'

이조원의 중의군도 육의군에게 빠지지 않는 신분이긴 하지만, 지금 신망이 높은 것에 우쭐하여, 굳이 고집 부리는 거동을 하였을 것이다.

41. 중의군이 남아를 출산하다.

밝을 무렵 드디어 중의군은 아들을 낳았다. 궁도 걱정한 보람이 있었다고 기쁘게 생각했다. 훈도 자기의 승진의 기쁨보다도 안산을 기쁘게 생각했다. 어젯저녁에 오신 답례에 출산의 축하를 겸하여, 훈은 관례대로 선 채로 인사했다. 궁이 이렇게 이 집에만 있어서, 이쪽으로 축하의 인사를 오지 않는 사람이 없을 정도였다. 출산 축하잔치인 산양도, 3일은 여느 때와 마찬가지로 궁의 내내의 축하이고, 5일의 밤은 훈으로부터 뭉칫밥 50개, 바둑이나 쌍륙에 거는 돈, 공기에 담은 밥 같은 것이 도착하였다. 훈은 아들을 가진 중의군에게 네모난 쟁반 30개, 갓난아기의 다섯겹 옷, 그리고 기저귀 같은 것을 사람들 눈의 띄지 않게 선물했다. 자세히 보니 더욱 눈에 새롭게 마음을 쓴 선물인지를 알 수 있었다. 궁의 앞에도 천향의 네모난 쟁반과 굽 달린 그릇들에 과일을 담아서 드렸다. 하녀들 앞으로는 네모난 쟁반은 물론, 노송나무 접는 상자 30개에, 여러 가지 손을 쓴 요리가 들어 있었다. 그러나 사람들 눈에 과장되어 보일

---

8) 중궁이나 동궁이 주최하는 항례의 향연.

만큼 어마어마하게는 하지 않았다. 7일의 밤은 명석중궁의 산양으로 오는 사람도 아주 많았다. 장관인 중궁대부를 위시하여, 전상인과 당상관 등이 수없이 방문했다.

"궁이 처음으로 한 사람의 어버이가 되었는데 가만히 있을 수 있는가?"

임금도 소식을 들으시고, 이렇게 말하며 호신용 칼을 선물했다. 9일의 행사9)는, 석무 나리가 치렀다. 심중에 불쾌하게 생각하였으나, 궁을 생각하여 자식들도 많이 참상했다. 매사 정말 경사로운 일뿐이었다. 여군 자신도 이 달에는 걱정으로 기분이 좋지 않아 허전하게만 생각되었는데 이렇게 활짝 개인 것처럼 활기찬 날이 이어지므로 조금은 위로가 되었을 것이다.

'이렇게까지 하여 어른이 되어 버렸으므로, 더욱 나와의 인연이 멀어진 것일까? 또 궁의 생각도 아주 보통은 아닐 것이다.'

이렇게 훈은 생각하여 섭섭하기는 했지만, 처음부터의 내궁과 결합시켰던 일을 돌이켜 보면 정말 기쁘기도 했다.

42. 여이의궁과 훈이 혼례를 치르다.

그 달 20일경에 여이의궁의 치마 입는 의식이 있었고, 그 다음날에 훈이 서랑으로 들어갔다. 그날 밤의 일은 저택의 눈에 안 띄는 의식이었다. 천하에 평판이 자자할 정도로 소중하게 키워 온 아씨를, 신하된 자가 데리고 산다는 것이 어쩐지 황송하다고 불쌍하게 생각되기도 했다.

"주상이 허락하셨더라도, 이렇게 지금 곧바로 급히 서두르지 않아도 좋을 텐데."

마치 비난하는 것 같이 말하는 사람도 있었다. 임금은 결심한 것을 모두 실행에 옮기는 성미로, 같은 일이면 지금까지에 그 예가 없을 정도로 훌륭하게 하려고 마음을 쓰는 것 같았다. 임금의 사위가 되는 사람은 옛날이나 지금도 많았지만, 이렇게 성세(盛勢)이면서도 신하를 서둘러서

---

9) 9일의 산양(産養 : 順産한 것을 경축하는 행사)은 석무 우대신이 주최. 육의군을 정처(正妻)로 하는 내궁에 대해, 석무는 후견인이 된다.

사위로 맞이하는 예는 적었던 것이 아니었던가?

"좀처럼 없는 훌륭한 신망이요, 운세라는 것입니다. 고 육조원 겐지조차도, 주작원이 만년에 이제 막 출가하려는 때 저 여삼의궁을 맞이했습니다. 하물며 나 같은 것은 누구에게도 허락하지 않은 낙엽의궁을 임금의 허가 없이 무리하게 손에 넣었습니다."

석무 대신도 이렇게 말을 꺼냈었다. 낙엽의궁은 확실히 그렇다고 생각하여, 쑥스러워서 대답도 못하였다.

3일째의 밤의 의식은 대장경을 위시하여, 여이의궁에게 호감을 가졌던 사람들이나 심부름하는 사람에게도 말씀이 계셔서, 남군의 전구나 호위무관, 우차의 좌우에 있는 종자, 사인들에게까지 기념품을 주었다. 그 언저리의 여러 가지 일들은 신하의 방식과 똑같이 하였다.

43. 훈이 여이의궁을 삼조궁에 마중하려 하다.

이렇게 되어 훈은 그 후로 여이의궁에게 미행해 다녔다. 가슴속에는 역시 잊기 어려운 돌아간 대군만이 자리잡고 있었다. 낮에는 집에서 일어났다 누웠다 하면서 생각에 잠기고, 저녁때가 되면 마음에 없으면서도 급히 참상했다. 익숙하지 않은데다 아주 귀찮고 괴로워서, 자기 저택으로 데려오려고 했다. 여삼의궁은 아주 기쁜 일로 생각하여, 자신이 지금 살고 있는 안채를 물려주려고 했다.

"그것은 정말 황송한 일입니다."

훈은 이렇게 말씀 드리고, 염송당과의 사이에 복도를 이어서 새로운 저택을 만들게 했다. 모궁은 그 서쪽에 옮기게 될 것이다. 동쪽의 대옥들도 소실된 후로 새로 훌륭하게 세운 것을, 한층 닦아서 이것저것 세세한 것까지 준비했다.

이렇게 준비하는 것을 임금도 듣고, 아직 며칠도 안되었는데 사위의 저택으로 옮기는 것은 너무 이른 일이 아닌가 하고 걱정했다. 임금이라도 자식을 생각하는 마음에는 어두움이 있었다. 모궁에 칙사가 있었는데, 그 편지에도 오직 이 아씨궁의 일만을 말씀하셨다. 돌아간 주작원이 특별히 이 여승님의 일로 당부의 말을 남겨 놓아, 이렇게 출가한 몸인데도 우대조치가 없어지지 않고 무엇이나 옛날 그대로였다. 여삼의궁이 말씀 올리는 것은 임금도 반드시 들어 드리고, 마음 씀도 깊었다. 이렇게 고귀한 분들로부터 소중히 여기는 위치에 있으면서도, 어째서인지 훈의 마음속에는 각별히 기쁜 마음도 들지 않았다. 자칫하면 생각에 잠기기 쉬웠고, 우치에 절을 짓는 일을 서두르고 있었다.

44. 훈이 어린 군의 50일 축하에 힘을 쓰다.

훈은 내궁의 어린 군이 50일이 되는 날을 기다리고, 그 축하 떡의 준비에 힘을 썼다. 과일과 음식물을 넣는 상자까지도 점검하여, 세상에 흔히 있는 물건이 아니게 침향, 자단, 은, 황금 등의 재료를 써서, 이름난 세공가들을 많이 불러모았다. 그 사람들은 누구 하나 빠질세라 각자 머리를 짜서 물건을 만들어 냈다.

45. 훈이 어린 군과 대면하다.

훈 자신도 예에 따라 내궁이 안 계신 틈을 타서 건너왔다. 승진한 것을 마음에 두고 보아서 그런지, 훈은 지금까지보다 조금 엄숙하고 고귀한 품격까지 더해진 듯 보였다. 이미 지금에 와서는 귀찮은 농담 같은 것도 잊어버렸을 거라고 생각하여 중의군은 안심하고 대면했다. 그러나 옛날과 다름없는 얼굴로 먼저 눈물을 머금고, 노골적으로 말했다.

"생각도 없던 결혼을 하여 세상은 정말 생각대로 안되는 거라고, 이전보다도 괴롭게 생각하고 있습니다."

"아이구, 얼마나 어이없는 말을 하시는 겁니까? 어디선가 사람의 귀에라도 들어가면 큰일 납니다."

중의군은 이렇게 말했지만, 한편으로는 이런 생각을 했다.

'이처럼 훌륭한 결혼에도 만족하지 않고, 옛 대군을 잊기 어렵게 생각하는 마음의 깊이를….'

그리고 훈을 진실로 동정하며 생각이 깊은 것을 고맙게 여겼다.

'언니가 만일 살아 계셨다면….'

이렇게 섭섭하게도 생각했다.

'그래도 결국은 지금의 내 신세와 같이 되어 남을 부러워할 것도 없이 내 몸의 불운을 한탄하게 되었을 것이다. 무엇이나 간에 변변치 않은 몸이라면, 세상의 보통 결혼을 바라지도 못하는 법이다.'

중의군은 더욱 저 돌아간 언니가 어디까지라도 사람에게 몸을 허락하지 않고 지내려 한 결의가 역시 사려 깊은 것이었다고 생각했다.

훈이 자꾸만 어린 군을 보고 싶어하였다.

'무어, 숨겨 둘 것도 없을 것이다. 귀찮게 사랑한다는 말을 하는 것만 빼고는, 어떻게라도 해서 이분의 마음에 배반하는 일을 하지 말자.'

쑥스럽지만, 이렇게 생각하여, 아무 대답 없이 유모에 안게 하여 고운 발 밖으로 내어 놓았다. 내궁과 중의군의 아들이니 귀엽지 않을 리가 없었다. 기분이 나쁠 정도로 희고 아름답고, 소리를 내어 웃는 얼굴을 보면 자기의 아들로 하고 싶다는 생각에 부럽기도 했다. 결국은 이 세상을 버리지 못할 마음이 되어 버린 것일까? 그래도 이런 생각이 간절하였다.

'덧없이 세상을 버리고 간 대군이 세상 보통의 사람처럼 내 처가 되어 만일 이런 아이를 뒤에 남겨 두었다면 ….'

그런 마음에서인지 화려하게 결혼한 여이의궁에게서 아이가 빨리 생겨 나는 것도 좋겠다는 생각이 들었다. 이렇게 연약하고 비꼬인 인물로 묘사하는 것은 미안한 일이기는 하지만, 그처럼 재미없고 고지식한 사람이 아니라면 임금이 각별히 친근하게 여길 까닭도 없을 것이다. 실무 면에서의 수완 같은 것은 특별히 훌륭했을 것이다.

훈은 여군이 어린 님을 보여준 것이 너무나 기뻐서 여느 때보다 자세하게 얘기를 나누었다. 그러는 동안에 해도 저물어서, 하다못해 여기서 마음 편하게 밤을 새우지 못하는 것을 괴롭게 탄식하면서 돌아왔다.

"저 분의 훌륭한 향기로군요. '때가 되면'이라고 하는 것처럼 꾀꼬리가 찾아올 것 같습니다."

이렇게 마음을 쓰는 여인도 있었다.

46. 등호의 등꽃 잔치.

여름이 되어, 궁중에서 삼조궁 쪽은 운수가 막히는 방향에 해당되었다. 4월 초순, 아직 입하가 되기 전에 훈은 여궁을 마중했다. 그 전날 등호(藤壺)에 임금이 납시어 등꽃의 잔치를 벌였다. 남쪽 조붓한 방의 고운발을 걷어올리고, 의자를 세워 놓았다. 공식적인 행사로 여기의 주인인 여이의궁이 주선하는 것은 아니었다. 당상관과 전상인의 향연 같은 것은 내장료에서 맡았다. 우대신, 고 백목의 아우 안찰대납언, 수흑과 그 전처 소생인 장남 등중납언, 그 아우 좌병위독, 그리고 친왕들과 내궁과 상륙궁 등이 사후하였다. 남쪽 뜰 등꽃 아래에 전상인의 자리를 마련했다. 후량전의 동쪽에 악사들을 불러 해가 지는 대로 쌍조(雙調)로 연주하였다. 단상의 연주에 쓸 거문고와 젓대는 여이의궁이 내어 놓았다. 이것을 중개하여 임금의 앞에 드렸다. 돌아간 육조원 겐지가 손수 써서 입도의 여삼의궁에게 드렸던 거문고의 악보 2권이 오엽송의 가지에 붙여 있었는데, 석무는 그것을 훈으로부터 받아서 그 유래를 말씀 드렸다. 쟁의금, 비파, 화금 등 무엇이나 주작원의 유품이었다. 젓대는 저 꿈의 계시10) 가 있었던 백목의 유품이었다. 임금이 둘도 없는 음색이라고 칭찬하신 일이 있었는데, 이번처럼 화려한 연회 때를 놓치고는 언제 다시 돋보일 기회가 있을까 하고 생각하여 꺼냈을 것이다. 석무에게는 화금, 내궁에게는 비파 등 각각 나누어 주었다. 훈의 젓대는 오늘이야말로 더없이 절묘한 음색의 한을 다하여 불었다. 전상인 중에서 노래를 잘 부르는 사람을 불러내어 재미있게 놀았다.

아씨궁의 쪽에서 과일을 내었다. 침향의 네모난 쟁반이 4개, 자단의 굽 달린 술잔 등의 얼룩무늬 쟁반에는 꺾은 가지 모양의 자수들이 있었다. 은제의 식기, 유리의 술잔, 푸른 유리병 등도 놓였다. 병위독이 식사 시중을 들었다. 임금이 술잔을 주셨는데, 석무가 받는 것도 적당치

---

10) 낙엽의궁으로부터 백목 유애(遺愛)의 젓대를 물려받은 석무가, 꿈속에서 그 젓대를 자기의 자손에게 전하여 달라는 백목의 말을 들었다. 후에 그 젓대는 겐지를 통하여 훈에게 전해졌다.

않을 것이고, 궁들 중에도 적당한 분이 안 계셔서, 훈에게 물려주었다. 훈은 사양하였지만, 임금의 의향은 어떠하였을까? 잔을 쳐들고, '오시'(의미 불명) 라고 말씀하신 목소리나 몸놀림까지도, 정해진 공공의 일이라고는 하지만, 다른 사람하고 달라 보이는 것은 오늘은 한층 더 보는 사람의 마음쓰임까지 가세해서 그랬을까? 되돌려 주는 술잔을 받아서, 계단 아래로 내려가서 춤추는 훈의 모습도 유례가 없었다. 윗자리의 친왕들이나 대신들도 훈을 각별히 대우했지만, 임금은 특히 사위로 돌봐주는 것이기에 그 신임은 비할 수 없을 정도였다. 그런데도 정해 놓은 법이 있어서 신분상 끝자리에 돌아오는 것은 불쌍하게까지 보였다.

안찰대납언은 자기야말로 이런 광영을 입고 싶다고 바랐는데, 일이 이렇게 되어 샘이 나서 자리에 앉아 있었다. 일찍이 이 아씨궁의 어머니 여어에게 마음이 있어서, 입내한 후에도 단념하지 못한 것처럼 편지를 주고받았었다. 나중에는 따님을 욕심 내어 후견인을 바라고 그 취지를 몰래 말씀 드렸는데 임금의 귀에 들어가지도 않고 말았던 것이다.

"대장의 인품은 정말 각별히 타고난 것이라고 하지만, 당대의 임금이 어마어마하게 사위로 끌어올리는 것이 마땅한가? 전례에도 없을 것이다. 구중 깊숙이, 주상이 거주하는 대궐 근처에 신하된 자가 버릇없이 드나들고, 드디어는 연회다 무어다 하여 극구 찬양받는 것은!"

그는 몹시 비난하며 불평을 털어놓곤 했지만, 그래도 연회의 상황이 보고 싶어 참상하고는 내심으로만 화를 내고 있었다.

지촉을 밝히고 수많은 노래들을 지어 바쳤다. 글을 모아 두는 곳에 나아가서 회지를 놓을 때의 모습은 각기 득의연한 얼굴이었지만, 굳이 모든 것을 세세히 쓸 필요는 없을 것 같다. 신분이 높은 사람들도, 신분이 높다는 것만으로 읊는 격조가 각별한 것은 없을 테지만, 기록 정도를 생각하여 하나둘 찾아서 적겠다. 이것은 훈이 뜰에 내려와 머리에 꽂을 꽃가지를 꺾었을 때의 노래라던가?

〈주상의 머리에 꽂는 꽃으로 드리려고 생각하여, 등꽃의 높은 가지에 소매를 댔습니다. 주상의 뜻에 맞추어 생각도 안 했던 아씨궁을 처로 하

였습니다. 〉

누구를 거리끼는 것도 없는 얄미운 태도가 아닌가? 임금이 읊었다.

〈언제까지라도 변하지 않고 향기를 내야 하는 꽃이어서, 오늘도 보아 싫증이 안 나는 색이라고 생각한다. 〉

〈주상을 위하여 꺾은 머리에 꽂는 꽃은, 극락정토의 자운(紫雲)에도 지지 않게 아름답습니다. 〉(우대신)

〈궁중서 자라 온 등꽃은, 보통 있는 꽃으로는 보이지 않습니다. 주상의 사위로 된 분의 훌륭한 것은 보통 이상입니다. 〉

이 노래는 화를 내었던 대납언의 작품이라고 생각되었다. 일부는 잘못 들은 것도 있을 것이다. 이렇게 각별히 재미있는 것도 없었다.

밤이 깊어 감에 따라 관현의 놀이는 아주 가경(佳境)에 들어갔다. 훈은 최마락의 곡인 '안명존'(安名尊 : 아나도오도)을 불렀는데 노래 부르는 목소리가 몹시 훌륭했다. 안찰의군도 옛적의 훌륭하던 목소리가 남아 있어서, 지금도 정말 자랑스럽게 소리를 합했다. 석무 대신 댁의 칠랑군이 전상동자로서 쟁(箏)의 피리를 불었다. 임금은 정말 귀여워서 어의를 내려 주었다. 부친인 석무 대신은 내려가서 감사의 춤을 추었다. 다들 밝을녘이 가까워서야 돌아갔다. 당상관과 친왕들에게는 임금이 기념품을 하사하고, 전상인과 악소의 사람들에게는 아씨궁이 각각 신분에 맞게 선물을 주었다.

47. 훈이 여이의궁을 저택으로 마중하다.

그날 밤 여이의궁을 궁중에서 물러나게 했다. 그 의식은 아주 각별하였다. 임금 전속의 하녀 전원을 전송하는 수행원으로 보냈다. 여이의궁은 차양 있는 우차를 타고, 수행원들은 차양이 없고 여러 가지 색실로 치장한 수레[絲毛車] 3대와 황금빛의 수레 6대, 빈랑의 잎사귀 모양으로 장식한 수레 20대, 망대차 2대에 나누어 탔다. 동자와 아래에서 시중 드는 이들이 8인씩 타고 수행한 것 외에도, 마중하러 온 몇 대나 되는 출거(出車)에 훈의 저택 사람들이 타고 있었다. 같이 온 당상관이나 전상인이나 육위의 사람들은 말로는 다하지 못하게 아름다운 차림이었다.

이렇게 마중하여 마음 편하게 여궁을 보니 정말 아름다운 분이었다. 몸집이 작고 기품이 높고 정숙하고 안정되어 이렇다 할 결점이 없었다.

'나는 전세의 인연이 나쁘지는 않았다.'

이렇게 자랑스런 생각이 안 드는 것은 아니지만, 그래도 돌아간 대군의 일을 잊어버렸으면 좋을 텐데, 역시 잊을 수는 없었고 몹시 그립기만 했다.

'이 세상에서는 도저히 위로할 수 없는 일일 것이다. 내가 성불되었을 때에는, 납득 안될 정도로 애달픈 생각을 한 저 분과의 인연에 관하여, 어떤 과보로 그렇게 되었는가를 똑똑히 밝히고 나서 체념을 하리라.'

훈은 이렇게 생각하고 우치의 절을 신축하는 데에 전념하고 있었다.

48. 훈이 아씨를 들여다보다.

하무(賀茂) 축제 등으로 떠들썩한 때를 지나서, 20일경에 훈은 예에 따라 우치에 건너왔다. 짓게 하고 있는 당을 보고 적당한 지시를 이것저것 내리고서, 썩은 나무처럼 하고 있는 변의 처소를 지나치지 못하여 그곳에 들렀다. 그렇게 어마어마하게 차리지는 않은 여자 수레 한 대가 다리를 건너고 있었다. 우락부락한 동국(東國) 남자가 허리에 전동(箭筒)을 찬 사람을 여럿 데리고, 하인도 많이 거느리고서 오고 있었다. 정말 유복한 듯했다. 훈의 눈에는 그것이 촌스러운 일행으로 보여서 먼저 들어왔다. 전구들이 떠드는 소리에 이 수레도 이쪽의 저택을 향하여 오고 있음을 알았다. 수행무관들이 왁자지껄 떠드는 것을 제지하며, 어떤 사람인가 물어보게 하였다. 말소리에 사투리가 섞인 자가 대답했다.

"상륙전사(常陸前司) 나리의 아씨가 초뢰(初瀨)의 절에 참배하고 되돌아오는 길입니다. 갈 때도 여기에서 묵었습니다."

"오, 그랬구나. 얘기로 들었던 저 분이로구나."

훈은 같이 온 사람을 딴 곳에 숨기고, 말을 전하게 했다.

"빨리 수레를 넣으십시오. 여기에 다른 손님이 묵고 계시지만, 북면에 계시니까."

　훈의 일행은 모두 평상복 차림으로 어마어마한 모습은 아니었지만, 역시 기색으로 똑똑히 아는 것일까, 귀인을 만난 것을 몹시 언짢게 여기는 모양으로 말들을 옆으로 끌어 물러나게 하는 등 송구해하며 대기하고 있었다. 수레를 집안으로 끌어들여, 복도 서쪽 끝에 비껴 놓았다. 이 안채는 막 완성되어서 아직 쓰지 않고 발도 걸어 놓지 않은 상태였다. 격자를 모두 내려놓은 가운데 두 칸의 방안에 그 칸막이로 세워 둔 맹장지의 구멍으로 훈은 안을 엿보았다. 옷 스치는 소리가 날까 봐 내의를 벗고 평복과 바지만을 입고 있었다. 상대방은 곧바로는 수레에서 내려오지 않고 여승 변에게 기별하여 이러한 신분 높은 분이 누구냐고 묻고 있는 듯했다. 훈은 수레가 부주(浮舟 : 뜬 배)의 것이라는 말을 듣고, 이렇게 입막음을 해 두었다.

　"결코 그분에게 내가 있는 것을 말하지 말아 다오."

　변 여승 등이 그렇게 알고, 말을 전케 하였다.

　"빨리 내리십시오. 손님이 있기는 하나, 저쪽에 계십니다."

　동승하고 있던 젊은 사람이 먼저 내리고 수레의 발을 올리는 것 같았다. 전구의 사람은 시골티가 났으나, 이 하녀는 첫눈으로 보기에 무난한 사람인 것 같았다. 따로 나이 든 하녀 또 한 사람이 내려 재촉하였다.

　"어쩐지 이상하게 사람이 엿보는 것 같습니다."

　부주는 이렇게 말하는 소리가 조그맣지만 기품을 느끼게 하였다.

　"언제나 그런 소리를 하는군요. 여기는 전부터 격자를 내려놓은 채로 있습니다. 어디서 보고 있다는 것입니까?"

　하녀는 자랑스럽게 말하였다. 부끄러운 듯이 수레에서 내리는 것을 보니 우선 머리 모양이나 몸매가 갸름하고 품위가 있는 것이 돌아간 분과 아주 닮았다는 느낌이었다. 부채를 활짝 펴 감추고 있어서 얼굴을 볼 수 없는 것이 안타까워, 가슴을 두근거리며 보고 있었다. 수레는 높고, 내릴 곳은 낮게 되어 있어서, 같이 온 사람은 쉽게 내렸지만, 장본인은 정말 난처한 듯했다. 내리는 데 시간이 오래 걸린 후, 안으로 무릎걸음으로 들어갔다. 짙은 겹의 웃옷에, 패랭이꽃 색으로도 보이는 여성의 평상복, 새파란 약식 예복을 입고 있었다. 병풍을 이 맹장지에 딸려 세워 놓았지만, 그 위에서 엿볼 수 있는 위치에 있어 안을 죄다 볼 수 있었다. 이쪽을 걱정하며 저쪽을 향하여 물건에 의지한 채 옆으로 누워 있었다.

"퍽 피곤하게 보이는군요. 천천(泉川 : 지금의 木津川)의 나루를 건널 때도, 오늘은 몹시 무서웠습니다. 지난 2월에는 물이 적어서 좋았습니다. 그러나 동국로의 일을 생각하면, 무서울 것도 없지요."

두 사람이 지친 기색도 없이 얘기하는데, 부주는 아무 말 없이 엎드려 있었다. 밖으로 내놓은 팔이 둥글고 아름답게 보이는 것도, 도저히 상륙의 사람으로는 보이지 않을 만큼 기품이 있었다.

훈은 허리가 아플 정도로 오래 서 있었지만, 사람이 있는 표를 안 내려고, 조금도 움직이지 않고 있었다. 젊은이가 물었다.

"저런, 좋은 향기로군요. 훌륭한 향의 냄새가 납니다. 여승님이 향을 피우고 있는 것입니까?"

"정말 무어라 말할 수 없는 훌륭한 향기로군요. 경의 사람은 역시 정말 풍류롭고 화려하군요. 우리 집 마님도 천하에 유례없이 대단한 살림을 한다고 생각하고 있지만, 동국에서는 이런 향의 냄새는 도저히 조합할 수 없는 것입니다. 이 여승님은 사는 곳은 이렇게 조그맣지만, 옷도 충분히 마련되어 있고, 출가한 사람의 옷은 쥐색과 청둔색으로 정해져 있지만, 아주 곱게 챙겨 두고 계십니다."

나이 지긋한 사람도 이렇게 칭찬이 대단했다.

"더운 물밥을 드시지요."

저쪽 삿자리에서 여동이 와서 이렇게 말하며 쟁반을 가져왔다.

"여보세요. 이것은 어떻습니까?"

그들은 부주를 깨우려 들었지만 일어나지 않아서 둘이서만 밥을 까먹는 듯했다. 그런 모습을 보는 것도 처음인 훈은, 쑥스러운 생각이 들어 물러나 있었지만, 다시 보고 싶어져서 더 가까이로 다가가 보고 있었다. 후의궁을 위시하여 이 사람보다 신분이 높은 분들을 여럿 보아 왔지만,

어지간해서는 마음이 끌리지 않아, 너무하다고 사람들이 비난할 정도로 근실한 성미였다. 그런데 이번만은 아주 빼어나게 보이는 분이 아닌데도, 이렇게 떠나기 어렵게 몹시 마음이 끌리는 것은 정말 심상치 않은 일이었다.

49. 훈이 아씨의 용모에 감동하다.

변은 훈에게도 소식을 전하려고 하였는데, 눈치 빠른 사람 하나가 말했다.

"몸이 좋지 않다고 나리는 지금 쉬고 있습니다."

여승은 훈이 부주와 만나고 싶다고 말씀하셨는데, 이런 기회에 무언가 말을 붙여 보려는 생각으로 해가 지기를 기다리고 있을 것이라고 짐작하였다. 설마 이렇게 엿보고 있다는 것을 알 리는 없었다. 근처의 장원을 지키는 사람으로부터 가져온 도시락을 여승에게도 나누어 주어서, 여승은 그것을 동국의 사람에게도 먹게 했다. 부주의 옷차림새는 아주 산뜻하고 이목구비도 청초했다.

"어제 오실 줄 알고 기다렸는데, 어째서 오늘도 해가 중천에 뜬 뒤에야….'

여승이 물었다. 그러자 늙은 하녀는 대답했다.

"정말 이상하리만큼 괴로워 보여서, 어제는 천천히 이 근처에서 묵고 오늘 아침에도 오랫동안 몸을 쉬고 있었습니다."

부주를 깨우니 막 일어났다. 여승님을 부끄러워하여 옆을 보고 있었는데, 그 옆얼굴이 훈에게 죄다 보였다. 아주 그윽한 느낌이 드는 눈언저리와 머리카락 등이 돌아간 대군을 그대로 닮은 듯했다. 사실 대군의 얼굴이라도 그렇게 자세하게 눈여겨본 일은 없었지만, 지금 이 사람을 보니 눈물이 날 정도로 반가웠다. 여승에게 대답하는 목소리는 중의군과도 아주 닮았다고 생각되었다.

'얼마나 그리운 사람이었던가? 이 정도의 사람이었는데, 지금까지 찾아내지도 않고 지냈었다. 하다못해 이 사람보다 더 신분이 낮은 여인이라도, 저 분과 관계되었다면 소홀히 할 수는 없을 것이다. 이렇게 꼭 닮은 사람을 손에 넣을 수 있다면, 무엇을 더 바라겠는가? 더구나, 이 여인은 부궁으로부터 인정받지는 못했지만, 돌아간 궁의 친자식이 아니었던가?'

그렇게 생각하고 보니 기쁨이 한없이 가슴에 밀려왔다. 지금 곧바로라도 가까이에 가서, '이 세상에 당신은 살아 계셨군요'라고 말하며, 자신의 생각을 달래 보고 싶을 정도였다. 환술사를 봉래섬까지 파견하여 오직 비녀만을 받아왔다는 당 현종은, 역시 애가 타고 불만스러웠을 것이다. 부주는 다른 사람이긴 하지만, 마음의 위로가 될 것에 틀림없는 모습을 하고 있다고 생각되는 것도 이 사람과 맺어질 운명이었을까? 여승은 조금 얘기를 하고 곧 안으로 들어갔다. 사람들이 이상하게 여겼던 향기로 인하여, 여승은 훈이 가까이에서 엿보았을 것이라고 짐작하고, 편안하게 얘기도 못하고서 물러났다.

50. 훈이 변에게 아씨와의 중개를 의뢰하다.

해도 저물어 가므로, 훈도 가만히 밖으로 나왔다. 벗어 놓았던 내의를 입고 평소처럼 맹장지의 끝에 여승을 불러, 상대방의 상황을 물었다.

"기쁘게도 좋은 때에 왔습니다. 어떨까요, 언젠가 부탁하였던 일은?"

"저 같은 얘기가 있은 후 좋은 때가 오면 하고 기다렸는데, 저 어머니 중장의군에게 그 의향을 넌지시 말했더니, '정말 부끄럽고 황송한 대역입니다'라고 말했습니다. 그때는 당신이 막 결혼하여 바쁘게 지낸다는 것을 듣고 있었기에, 때가 나빴다고 생각하여 말씀도 못 드렸습니다. 이 달에도 또 참배하고 오늘은 되돌아가는 길이랍니다. 초뢰에 가고 오는 중간에 묵을 곳으로 이렇게 친히 들르는 일도, 단지 돌아간 궁의 자취를 그립게 여기는 까닭입니다. 저 모군은 지장이 생겨, 이번에는 아씨 혼자서 왔었는데, 당신이 이렇게 와 있다는 것을 알릴 필요는 없으리라고 생각하여 …."

"시골티가 나는 사람에게, 몰래 다니느라 변장을 한 내 모습을 보여주고 싶지 않아 입막음을 했는데, 하인들이 그냥 숨겨 두지는 않을 것입니다. 자, 어떻게 하면 좋은가요? 본인만이라면, 마음에도 걸리지 않을 것입니다. 깊은 인연이 있어서 이렇게 여기서 만난 것이라고 전하여 주십시오."

"앞뒤가 맞지 않게, 언제 맺어진 인연이었던가요? 그러면 그렇게 전하여 드리지요."

여승은 이렇게 말하고 안으로 들어갔다.

〈얼굴 모양뿐 아니라, 그 목소리도 예전에 듣던 사람과 닮아 있을까 하고, 수풀을 헤치고 오늘 여기까지 찾아온 것입니다.〉

여승은 안으로 들어가서, 그저 읊조리는 것처럼 이렇게 말했다.

50. 정자 (東屋[*])

대강 줄거리

훈 나이 26세의 8월부터 9월까지.

훈은 부주(아씨)에게 관심은 있으면서도, 체면 때문에 꺼리고 있었다. 한편 훈의 희망을 전해 들은 부주의 어머니 중장의군은 훈에게 호감을 가지고는 있었지만, 신분이 상응하는 상대를 원했기 때문에 구혼자들 중에서 좌근소장을 골랐다. 중장의군의 남편 상륙수는 지방관이면서 태생도 천하지 않고 재산도 있어서, 그 재력에 눈독을 들인 구혼자도 많았다. 상륙수와의 사이에도 자식이 몇 있었지만, 중장의군은 부주를 각별히 사랑하고 있었다. 몰취미한 남편은, 딸들을 도회지풍으로 길들이느라 열심이었다. 결혼 날짜가 가까워졌을 때, 좌근소장은 부주가 상륙수의 친딸이 아니라는 것을 알게 되었다. 그는 부주의 동생인 상륙수의 친딸에게로 갑자기 마음을 바꾸었다. 상륙수는 중장의군이 부주를 위해 준비했던 세간마저 빼앗아, 억지로 결혼을 준비했다. 중장의군은 그런 처사를 너무하다고 원망하며, 중의군에게 부주를 맡기기로 했다.

중의군의 저택에서, 놓여 있는 물건 그늘 사이로 내궁의 우아한 모습을 보고 새삼 놀랐다. 그와 동시에 하찮은 하인들 중에서도 풍채가 시원치 않은 좌근소장의 모습을 발견하고, 경멸하는 생각이 들

---

[*] 원제는 동옥(東屋). 정자라는 뜻. 부주(浮舟)가 숨어 있는 집을 찾아 훈이 부른 노래에 나온다. 아즈마야(あづまや)라 읽는다.

었다. 이어서, 내궁의 부재중에 찾아온 훈을 보고 새삼 그 용모에 감탄했다.

내궁은 집안에 생각도 않던 사람이 있는 것을 발견하고, 중의군의 동생이라는 것을 모르는 채 구애를 했다. 그러나 내궁이 급히 참내하게 되어, 부주는 그 자리를 무사히 넘길 수가 있었다. 그 사건을 듣고 놀라 당황한 것은 중장의군이었다. 그녀는 부주를 삼조의 작은 집에 숨겼다. 우치의 변으로부터 이 소식을 들은 훈은, 부주가 숨어 있는 집을 찾았다. 그 다음날 아침에는 대군과의 추억이 어려 있는 우치에 부주를 수레로 데리고 갔다.

1. 훈이 부주를 찾으면서도 주저하다.

훈은 상륙 지방에 있는 축파산(筑波山)을 헤치고라도 부주(浮舟)에게로 가려는 생각은 있었지만, 우거진 산록을 무턱대고 들어가는 것도 이 세상에 알려지면 경솔하게 생각될 것이 걱정이었다. 또한 상대방이 열등감을 느낄 신분이어서, 선뜻 편지를 내지도 못하고 있었다. 다만 여승 변을 통하여 어머니인 중장의군에게 몇 차례 의향을 넌지시 전했다. 중장의군은 훈 나리가 진심으로 열심히 원하는 것도 아닌 것 같아서 대수롭지 않게 듣고 있었다. 그저 훈이 부주에 관해 이렇게까지 상세히 알고 있다는 사실이 신기하고 흥미 있게 생각될 뿐이었다. 훈의 인품이 당시로서는 타에 비교할 수 없을 만큼 훌륭한 분이라는 것은 중장의군도 익히 알고 있었다. 오히려 보통의 신분이었다면 하는 생각이 들기도 했다.

2. 중장의군이 부주의 좋은 연분을 갈망하다

수(守)[1]의 아이들은 어머니를 잃은 아이가 많았고, 새로 들어온 중장의군 소생으로 아씨라 소중하게 키우는 딸이 있었다. 그밖에 아직 어린 것도 있어, 데리고 들어온 부주에 대해서는 타인처럼 다루며 차별했다. 중장의군은 언제나 수를 아주 냉담한 사람이라고 여기고는, 어떻게 해서라도 그 아이를 다른 딸보다도 훌륭한 신분의 사람에게 시집보내려고 생각하여, 자나깨나 소중하게 돌보고 있었다. 부주의 모습이나 얼굴 생김에 별다른 것이 없었다면, 사정이 또 달랐을 것이다. 다른 딸들과 같이 있어도 별 차이가 없는 정도였다면 정말 이렇게까지 마음을 쓸 필요가 있을 것인가? 그렇다면 다른 딸들과 같이 다루어도 상관없을 것인데, 부주는 워낙 빼어나게 예쁘고 기품이 높게 성장하였다. 이러한 환경에 그대로 두기에는 너무나 아깝고 애처로웠다.

이 집에 딸들이 많이 있다고 세상에 알려져 있어, 어중간하게 집안이 좋은 사람들이 종종 편지를 보내어 사랑을 고백해 오고 있었다. 전처 소생의 딸 두세 명은 각기 제구실을 할 수 있게 짝을 지어 준 상태였다.

'이번만은 비장의 딸에게 나무랄 데 없는 상대에게 시집보내고 싶다.'

중장의군은 아침 저녁으로 눈을 떼지 않고, 더없이 애지중지하며 돌보고 있었다.

3. 상륙수의 인품과 좌근소장의 구혼.

수도 근본이 천한 집안 사람은 아니었다. 당상관의 집안으로 친척들도 천한 느낌을 주는 사람들은 아니었다. 재산도 많았고, 신분에 비해서는 기품 높은 풍채를 갖추고 있었다. 집안도 아름답게 꾸며 놓고, 그럴듯하게 체면을 살려서 취미 있는 양 거동하고 있었다. 그러나 실제로는 묘하게 조잡스럽고, 시골티가 배어 있는 인품이었다. 젊었을 때부터 경을 멀리 떠나서 동국지방에 묻혀 오랜 세월을 지낸 탓인지 말씨에는 가끔 사투리가 섞여 있었다. 권세 있고 지체 높은 집안에는 기가 죽어서 두려워

---

1) 상륙수. 지방장관을 부를 때 씀. 소임을 마치고 경에 와 있다.

하고, 무엇에나 안심을 못하는 소심한 성미였다. 거문고, 피리 같은 것에는 취미가 없었고, 활은 아주 잘 쏘았다. 별로 이렇다 할 것이 없는 평범한 집안이었지만, 수의 재력과 위세에 끌려 용모가 단정한 젊은 하녀들이 모여들었다. 수는 옷차림이나 몸치장도 잘하고, 서투른 노래에 맞추거나 경신놀이2)에 흥겨워했다. 풍류를 아는 듯이 놀이에 열중하는 모습은 정면으로는 보고 있지 못할 정도로 보기 흉했다.

"이 집 딸은 반드시 재예가 뛰어났을 것이다. 용모도 대단할 것이다."

그의 딸에게 생각이 있는 사람들은 이렇게들 좋은 쪽으로 얘기를 하며, 다 같이 구애하느라 고심하고 있었다. 그 중에는 좌근소장(左近少將)이라고 하는 22, 3세쯤의 젊은이도 있었다. 점잖은 성격이나 학문에 있어서는 세상이 다 인정하고 있었으나, 눈부실 정도로 화려하게 거동하는 성미는 아니었다. 이전에 만나던 여자하고는 아주 인연을 끊고, 끊임없이 수의 집에 청혼하고 있었다.

4. 소장이 부주와 약혼하다

'이분은 인물도 무난한 것 같다. 마음가짐도 착실하고 인정도 잘 알고 있는 듯하고, 거기에 인품도 훌륭하다. 이보다 훌륭한 사람이 이런 곳에 혼인하려고 오는 일은 없을 것이다.'

이렇게 생각하고, 중장의군은 그렇듯 여럿이 청혼하여 오는 중에도 딸에게 이분의 편지를 중개했다. 적당한 때에 마음에 있는 것처럼 답장을 쓰게 하였다. 그녀는 부주를 결혼시킬 마음의 준비를 하고, 수가 소홀하게 다루어도 자기는 목숨을 버려서까지 소중하게 지킬 결심이었다.

'이 딸의 예쁜 것을 발견하게 되면, 누구라도 미적지근하게 생각할 사람은 아무도 없을 것이다.'

중장의군은 8월쯤에라도 혼인시키기로 마음을 결정하고 방의 세간을

---

2) 경신(庚申) 날의 밤에 철야로 노래 맞추거나 관현의 놀이를 하는 풍습이 있었다. 그 밤에 잠자면, 사람의 몸속에 있는 세 마리 시충(尸蟲)이 하늘에 올라가서 천제(天帝)에 그 사람의 나쁜 일을 밀고하여, 그 때문에 생명을 뺏기는 일도 있다는 도교 (道敎)의 설이 있었다. 경신대(庚申待 : 기다림) 라고 하였다.

장만했다. 작은 놀이도구를 만드는 데도, 취향 있고 재미있게 했다. 금, 은가루를 그림에 뿌린 것이나 공들여 나전세공으로 만든 물건들은 보기만 하여도 품격이 빼어났다. 중장의군은 그것들을 부주를 위해서 숨겨 놓았다. 잘 안된 것을 잘된 것이라고 보이면, 수는 잘 보지도 않고, 아무리 쓸모 없는 것이라도 세간이라면 무엇이거나 열심히 모아 놓았다. 딸들이 그 속에 묻혀 간신히 눈을 내놓고 있는 상태였다. 수는 여악을 강습시키던 궁중 내교방의 기녀를 마중해와서 딸들에게 거문고와 비파를 가르치고 있었다. 딸이 한 곡을 다 배우면, 스승을 앉혀 놓고 절을 하며 고맙다고 인사를 하고, 몸이 파묻힐 정도로 선물을 주어서 비위를 맞추고 있었다. 딸이 빠른 가락의 화려한 곡들을 배워 정취 있는 저녁때에 스승과 합주를 할 때는, 눈물이 넘쳐흐르는 것을 감출 수가 없었다. 어리석어 보일 정도로 감격해하는 모습이었다. 몇 번인가 이런 모양을 본 중장의군 쪽에서는 정말 볼썽 사나운 것이라고 생각했다. 그녀는 그 방면에 조금 소양이 있었기 때문에 그들과는 상대도 하지 않았다.

"내 귀여운 딸을 업신여기고 있구나."

수는 이렇게 언제나 투덜대고 있었다.

5. 소장이 부주가 수의 친딸이 아닌 것을 알다

이럭저럭 하는 사이에, 좌근소장은 약속한 기일을 기다리다 못해, 이왕이면 빨리 일을 진행시킬 것을 재촉해 왔다. 중장의군은 자기만의 생각으로 이렇게 준비를 하는 것도 벅차고, 상대편의 의중도 어디까지 신용해야 할지 알 수가 없어서, 이 혼담을 맨 먼저 소개한 사람에게 상의하였다.

"무엇인가 이것저것 걱정되는 일이 많습니다. 몇 달 동안 딸을 달라고 말한 후, 상대편이 만만한 신분의 분도 아니어서, 황송하고 미안한 일로 생각하여 이 혼담을 이루려고 생각은 했지만, 아버지가 안 계시는 사람이어서 만사 나만의 생각으로 돌보아 주고 있습니다. 다른 사람에게 부족한 곳을 보이는 것은 아닌지 전부터 걱정하고 있었습니다. 다른 딸들에게는 돌보아 주는 아버지가 늘 붙어 있어, 내버려두어도 자연히 좋은 혼처라도 생길 거라고 일찍이 그쪽에 맡겨 버렸습니다. 무상한 세상을 보고 있으면 부주의 일만이 몹시 걱정이 됩니다. 소장은 사리와 정리를 잘 알고 있는 인품이라고 들어서 이렇게 이것저것 염치 불구하고 결혼시키려 하는데, 만약 생각지도 않던 일로 마음이 변한다면 세상에 웃음거리가 되어 아주 슬퍼질 것입니다.”

그 중매인은 소장에게 가서 모친의 뜻을 전했다. 그 말을 듣고 소장의 안색이 갑자기 험하게 변했다.

“나는 처음부터 부주 아씨가 수의 친딸이 아니라는 얘기는 전혀 들은 일이 없었습니다. 누구의 딸이라도 관계없으나, 아버지가 수가 아니라면 세상에 체면도 서지 않아, 출입하는 것이 창피하게 여겨질 것입니다. 사정을 잘 살펴보지도 않고, 엉터리 혼담을 가져온 것이었군요.”

이렇게 되어 중매하는 사람은 곤혹스러운 처지에 놓이게 되었다.

“저는 자세한 것은 몰랐습니다. 여자들을 알고 있는 인편을 통해 말씀하신 것을 전한 것뿐입니다. 특별히 소중하게 기르고 있는 딸이라고만 듣고 있어서, 수의 딸에 틀림없다고 생각하였습니다. 남의 자녀를 기르고 있다는 얘기는 듣지도 못했습니다. 얼굴 생김이나 성격도 다른 사람보다 빼어나다고 모친이 늘 자랑하고 있다고 합니다. 떳떳하게 신분이 높은 분에게 혼인시키려고, 소중하게 키워 왔다는 얘기를 들어 오고 있습니다. 그러던 중에 당신이 저쪽 사정에 궁금해하고 있는 것처럼 말씀하셔서, 적당한 연줄을 알고 있다고 말씀드렸던 것입니다. 결코 엉터리라고 꾸중을 들을 까닭은 없습니다.”

섭섭하다는 듯 말이 많게 대답하였다. 소장은 품위가 떨어진다고 생각했다.

“이까짓 집에 사위로 출입하게 되면 세상에서 결코 좋게 말하지 않을 것입니다. 그런 경우는 요새 보통 있는 일로 나쁠 것까지는 없겠지요. 상대방이 소중하게 보살펴 준다면 그것으로 불리한 점이 상쇄될 수도 있을 것입니다. 속으로는 친딸이나 의붓딸을 차별 없이 다루고 있다 해도,

세상에서 생각하기에는 내가 수의 환심을 사려고 애쓰고 있는 것처럼 보일 것입니다. 장래에 동서가 될 원소납언이나 찬기수(讃岐守) 등은 자랑스럽게 출입할 것인데, 내가 수에게 진짜 사위로 인정받지 못하는 신세가 되면, 아무래도 기가 죽을 일이 아닙니까?"

6. 소장이 수의 친딸을 소망하다.

이 중매인은 사람의 환심을 사는 일에만 능하고, 성질이 좋은 사람은 아니었다. 그는 이 혼담이 잘 안되어 가는 것은, 소장과의 관계나 수와의 관계에서 아주 유감스러운 일이라고 생각했었다.

"정말 수의 친딸을 원하신다면, 아직 어리기는 하겠지만, 그 의사를 말씀드리겠습니다. 수가 부주 아래의 딸을 아씨라고 부르며 아주 귀여워하고 있다고 들었습니다."

그 말에 소장이 말했다.

"글쎄 그럴까? 애초의 청혼을 그만두고 새로 다른 상대에게 말을 거는 것은 좋지 않은 일입니다. 그래도 원래 나의 생각은 수가 인품도 중후하고 원만한 인물이어서, 의지하려는 생각으로 가까이하려던 것입니다. 나는 얼굴이 예쁜 여자를 얻고 싶은 생각은 전혀 없습니다. 품위가 높고 우아한 여자를 처로 맞이하려면 그렇게 할 수도 있겠지요. 그러나 가난하여 뜻대로 되기가 어려운데도 풍류를 제일로 여기는 사람은 왠지 초라하게 느껴집니다. 세상에서도 진지하게 상대해 주지 않을 것입니다. 사람들로부터 다소 욕을 먹더라도, 편안하게 세상을 헤쳐 나가기를 원하고 있습니다. 수에게 내 마음은 친딸을 원한다고 얘기를 꺼내어, 너그러이 이해하고 딸을 주실 의향이 있는지 알아봐 주십시오."

7. 상륙수가 소장의 제안에 만족하다.

이 중매인은, 누이가 부주의 시중을 들고 있는 인연으로 소장의 편지를 중개한 것이지만, 수에게는 별로 알려지지도 않았던 사람이었다. 그러면서도 곧장 수의 앞으로 직접 나아가서, 중개를 의뢰했다.

"속마음을 듣지 않으면 안될 일이 있습니다."

'우리 집에 때때로 출입하고 있다는 말은 들었지만, 지금까지는 불러 낸 일도 없는 사람이 무엇을 말하려고 하는 것일까?'

수는 이런 생각에 조금 무뚝뚝한 얼굴을 하고 있었다. 그러나 이 중매 인이 좌근소장의 전갈을 가지고 왔다고 말씀을 올리자 수는 대면을 허락 하였다. 중매인은 말을 꺼내기 어려운 듯이 무릎을 맞대고 말했다.

"이 몇 달 동안 소장 나리가 이 집 안주인에게 편지를 올리고 있었는 데, 허락이 있어서 이 달쯤에 결혼시키려는 약속을 했습니다. 길일을 택 하여 빨리 식을 올리려고 하였는데, 어떤 사람들이 말한 것 중에, '부주 는 확실히 본처의 배를 아프게 한 자식이긴 하지만, 수 나리의 친딸은 아니다. 공경의 자식들이 그 집에 다니는데, 그것이 욕심이 나서 환심을 사려고 하는 것 같다. 지방관의 사위가 되고자 하는 사람들은 딸의 집에 서 주군처럼 위해 주고 손 안의 구슬처럼 소중하게 돌보아 주니까 그런 딸을 원하여 결혼하는 것 같다. 그래도 역시 그것을 바라기에는 무리한 것 같다. 사위로서는 거의 인정받지 못하고, 다른 사람보다 무언가 못한 대우를 받으며 다닌다는 것은 창피한 일일 것이다'라고 자주 이 혼인을 언짢게 말하는 것 같아서, 현재 어찌할 바를 모르고 있습니다. '처음부터 나는 오로지 수 나리가 당당하고 재력도 풍부하여, 후견으로 의지하여도 부족한 점이 없다는 소문을 기대하고 의중을 말했다. 정말 의붓자식이 섞여 있다는 것을 모르고 있었던 것이어서, 아직 나이 어린 분도 여럿 있는 것 같으니, 원래의 희망대로 허락하여 주신다면 아주 기쁜 일이다. 어떻게 생각하시는지 듣고 오도록 …'이라고 말씀하셔서."

"정말 그런 청혼이 있었다는 것은 자세하게는 못 듣고 있었습니다. 부 주도 친딸처럼 돌보아 주어야 할 사람이긴 하지요. 대단치 않은 신분이 라도, 이것저것 마음 써서 돌보아 주고는 있습니다. 어머니라는 사람은 제가 차별을 한다고 비뚤어진 말을 하면서, 일체 아무것도 참견을 못하 게 하고 있습니다. 그렇게 말씀하신 일이 있었다는 것을 들은 일은 있습 니다만, 저를 기대하고 한 청혼인 줄을 모르고 있었습니다. 이미 그 사 실을 알게 되어 정말 기쁘게 생각합니다. 실제로 사랑스럽게 생각하고 있는 딸아이는 여럿 있습니다만, 그 아이를 위해서는 목숨을 아끼지 않을 정도입니다. 청혼하는 분들은 여럿 있습니다만, 사람들의 마음은 기대할 것이 못 된다고 듣고 있어서, 결혼시키면 도리어 전전긍긍 마음 아픈 꼴을 당하지 않을까 걱정이 되어, 누구를 사위로 삼을지 결정하지 못하고 있습니다. 부디 나중에라도 안심하고 지내게 하고 싶어 자나깨나 고심하고 있습니다. 소장 나리에 관해서 말씀드리면, 저는 돌아가신 대장 나리에게 젊었을 때부터 참상하여 시중들고 있었습니다. 집안 사람처럼 눈여겨봐 오고 있었습니다만, 정말 인품이 훌륭하여 주군으로 섬기고 싶다는 마음으로 그리워하고 있었습니다. 먼 나라에서 오랫동안 지내 오는 동안 문지방이 높아져서 시중들지 못하게 되었습니다만, 이런 의향이 계셨다는 것은 몰랐습니다. 사실, 말씀대로 딸을 드리는 것은 쉬운 일입니다만, 이 몇 달 동안에 생각이 달라진 것을 집사람이 염려하지 않을까, 그것이 걱정됩니다.”

수는 아주 자세한 것까지 탁 터놓고 얘기하였다.

8. 중매인이 소장의 인물을 과장되게 칭찬하다.

그다지 나쁜 상황은 아닌 것 같아서 중매인은 마음이 흐뭇했다.

“이것저것 삼갈 것도 없습니다. 저쪽의 생각은, 다만 당신 혼자라도 사위로 인정하기를 바라는 것입니다. 따님이 아직 나이가 차지 않았다고 여겨질 정도이지만, 정말 소중히 생각하고 계시는 따님을 얻는 것이야말로 소원을 이루는 것입니다. 정말 상대방의 눈치를 살피며 우물우물하지는 말라고 말씀하셨습니다. 소장 나리는 아주 귀한 집안 출신이고, 평판도 좋은 분입니다. 젊은 분이라서 풍류를 좋아하지만, 품위를 뽐내지 않고, 세상의 물정도 잘 알고 있습니다. 영유하고 있는 장원들도 많이 있습니다. 아직 당장의 수입은 없는 것 같지만, 신분이 높은 사람의 품격을 자연스레 갖춘 모습은, 보통 신분 사람이 막대한 재산을 가지고 있는 경우보다도 낫게 보입니다. 내년에는 4위로 올라갈 것이고, 이번에 장인 두로 승진하는 것은 의심할 여지가 없습니다. 이것은 임금께서 자신의 입으로 직접 말씀하신 것입니다. '모든 것을 갖추고 있는 그대이지만, 아직 처가 결정되지 않은 것이 이상하지 않은가? 빨리 적당한 여자를 골라, 보살펴 줄 사람을 정하는 것이 좋다. 내가 자리에 있는 한은, 오늘내일이라도 당상관으로 승진시켜 주마'라고 말씀하였다고 합니다. 어떤 일이나 이 군만이, 임금의 곁에서 일을 돌보아 드리고 있다고 듣고 있습니다. 마음씨 또한 비상하게 빼어나고 정중하십니다. 황송한 사윗감이 아닙니까? 이렇게 말씀드리는 지금 당장 결심하는 것이 좋을 것입니다. 저 좌근소장 나리에게는, 너도나도 사위를 삼으려고 바라는 곳이 많이 있는 것 같아서, 이쪽에서 떨떠름하게 여기면 다른 곳으로 결정하실 겁니다. 이것은 그저 안심할 수 있는 혼담이라고 생각됩니다."

중매인은 아주 말수도 많게 좋은 일만을 강한 어조로 말하므로, 놀랄 만큼 시골냄새가 나는 수는 싱글벙글 웃으면서 듣고 있었다.

9. 수가 소장을 사위로 희망하다.

"지금 현재의 수입으론 옹색할 것이라는, 그런 말은 입 밖에 내지 마십시오. 저의 생명이 있는 한은, 머리 위에 이고서라도 시중을 들겠습니다. 부자유스럽고 불만스럽다는 생각은 절대로 갖게 하지 않겠습니다. 설혹 수명이 짧아서 도중에 시중을 못 들게 되는 경우에도, 후에 넘겨줄 보물이나, 가지고 있는 몇 개의 장원들은 모두 하나같이 따로 권리를 주장할 사람도 없습니다. 아이가 많지만, 이 딸은 처음부터 특별히 사랑하고 있었습니다. 그저 진심으로 사랑하여 주신다면, 설혹 대신의 자리라도 갖고 싶어할 때 이 세상에 둘도 없는 보물을 다 써 버린다 해도 무방합니다. 그래도 집안의 살림에 부족한 것은 없을 것입니다. 당대의 임금이 그렇게 총애해서 말씀하신 것이라면, 후견이 미덥지 못해서는 안됩니다. 이 혼담이 저 분을 위해서도 제 딸을 위해서도 행복한 것이 되는지는 모릅니다만."

수가 마음이 닳아서 말하니, 중매인은 아주 기뻐했다. 중장의군에 시중 드는 누이에게도 이런 일이 있었다는 것을 알리지 않고, 소장의군에게 수가 말한 것을 신이 나서 말씀드렸다. 군은 어쩐지 시골티가 난다고 듣고 있었지만, 나쁜 생각은 안 들어서 웃으며 듣고 있었다. 그래도 대신이 되기 위하여 뇌물을 조달하겠다는 얘기는 너무 과장된 것이라서 듣고서 놀랐다.

"그런데 저쪽 본처에게는 일이 이렇게 되었다고 말씀드렸습니까? 처음부터 특별히 관심을 가졌을 때 열심히 일을 추진한 것 같던데, 약속을 배반한 것이 된다면, 일을 묘하게 비뚤어지게 만들었다고 소문을 내는 사람도 있을 것입니다. 어떻게 하면 좋을까요?"

"무어, 마음에 걸리는 것이 있겠습니까? 본처도 우리가 얘기하고 있는 아씨 쪽을 아주 소중한 사람으로 돌보아 주고 있습니다. 다만 먼저의 아씨는 자매 중에서 제일 연상으로, 나이가 든 것을 불쌍하게 여겨 혼담을 우선 그쪽으로 가지고 간 거라고 들었습니다."

이 몇 달 동안 본처가 다른 딸들하고는 비교도 안될 만큼 부주를 소중하게 키우고 있다고 말한 직후에 갑자기 이런 말을 하는 것은 좀 우스운 일이었다. 그러나 소장은 역시 한번은 냉정하다는 원망을 한 사람에게 조금 듣더라도, 장래를 든든히 의지할 수 있는 것만이 중요한 일이라고 아주 빈틈없이 머리를 썼다. 소장은 그렇게 결심하여 날짜도 바꾸지 않고, 하필이면 약속한 날 저녁때부터 수의 집에 다니기 시작했다.

10. 상륙수가 파혼을 알리다.

중장의군은 누구에게도 알리지 않고 결혼 준비를 시작했다. 하녀들의 의상도 장만하고, 방의 설비도 그윽하게 치장하고 있었다. 부주에게도 머리를 감게 하고 몸단장을 시켜 놓으니, 소장 따위의 신분에게 시집보내기에는 아깝다는 느낌마저 들었다.

"으음, 친아버지인 팔의궁이 인정하여 키워 왔다면, 지금은 돌아가셨다 해도, 훈 대장나리가 말씀하신 대로 받아들이지 않을 수 있겠는가? 그러나 마음속에서 이렇게 궁의 자식이라고 생각해도, 세상 사람들은 모두 상륙수의 아이라고 생각하고 있다. 또 진실을 아는 사람이라도 도리어 그 때문에 가볍게 보는 것도 슬픈 일이었다. 따로 어떻게 할 도리가 있을 것인가? 이대로 결혼시키는 것을 주저하여 한창때를 놓쳐 버리는 것도 본의가 아니다. 천한 집안도 아니고 무난한 신분인 분이 저처럼 열심히 희망하는 것이라면 ….”

혼자의 생각으로 결심했었다. 중매인이 저렇게 아주 말을 잘하였으니, 여자인 모친은 더더욱 속아넘어가기 쉬웠었을까? 드디어 내일 모레로 날짜가 다가왔다고 생각하니 준비를 급하게 서둘렀다. 침착하게 있을 수가 없어서 들떠서 돌아다녔다. 수는 바깥에서 돌아와서, 끊일 새도 없이 길게 계속 말했다.

“나에게는 쌀쌀하게 멀리 대하고서 귀여운 딸의 연인까지 빼앗으려고 한 것은 분수를 모르는 얕은 생각입니다. 꼭 훌륭한 당신의 딸을 데려가려는 귀공자는 없을 것입니다. 오히려 천하고 보기 흉한 내 딸만을 소망하고 있는 모양입니다. 재치 있게 계획하였지만, 상대방은 원래 조금도 그런 생각이 없었다고 말합니다. 하마터면 다른 곳에 장가 들 뻔했는데, 같은 값이면 이쪽을 원한다고 했습니다. 그러면 희망대로 하라고 허락해 버렸습니다.”

수는 보기 흉하게 깊은 사려도 없이, 사람의 의도 같은 것은 짐작도 않고서, 위세 좋게 지껄여 대었다. 본처는 의외의 일이라 말도 안 나왔다. 잠시 동안 생각해 보니, 한심한 생각이 꼬리를 물어 눈물이 나오려는 것을 간신히 참고 가만히 자리에서 일어섰다.

11. 중장의군이 부주의 불운을 한탄하다.

부주의 방에 와보니, 아씨는 정말 귀엽고 예쁜 모습으로 앉아 있어서 아무래도 다른 사람에게 빠질 것이 없어 보였다. 유모를 불러서 슬퍼하면서 말했다.

“한심한 것은 사람의 마음입니다. 나로서는 이 군도 저쪽의 딸도 똑같이 생각하여 돌보아 주고 있었습니다. 어찌하든 소장의군을 사위로 한다면 목숨을 버려도 좋다고 생각했습니다. 아비 없는 아이라고 깔보고, 어떻게 이쪽을 제쳐놓고 아직 나이도 안된 작은 딸에 구애할 생각이 납니까? 이런 한심한 일을 가까이에서 보고 싶지 않았는데, 상륙수는 저렇게 면목을 세우는 일로 생각하여 받아들이려고 소동을 일으키는군요. 유유 상종 같아 일체 아무런 말도 안하려고 생각하고 있습니다. 잠깐 어디 다른 데에 가 있고 싶습니다."

유모도 정말 화가 나서 우리 아씨를 잘도 함정에 빠뜨렸다고 생각하였다.

"어쩌면 얘기가 깨진 것이 다행인지도 모릅니다. 저런 한심한 생각을 가진 남자에게로 가는 것은, 과분할 정도인 부주 아씨의 용모가 아깝습니다. 우리 아씨는 사려 깊고 인정을 아는 사람을 짝으로 모시고 싶습니다. 그런데 대장나리 훈의 인품이나 얼굴 생김으로 말하면 언뜻 본 것뿐이지만, 정말 명이 늘어날 것 같은 생각이 들었습니다. 그런데 그분이 아씨에 마음을 두고 있다고 들었습니다. 운에 맡기고 결심하십시오."

"그런 무서운 말을! 사람 소문을 들으니, 긴 세월 동안 보통 여자는 상대도 안 한다고 하더군요. 우대신, 안찰대납언, 식부경궁 등이 열심히 혼담을 꺼냈는데도, 다 흘려들어 버렸답니다. 임금이 총애하는 내친왕인 여이의궁을 맞이하였던 분인데, 대체 어느 정도의 여자라야 정말 마음을 두는 것입니까? 저 어머니 여삼의궁 가까이에서 시중들게 하며, 가끔 만나보는 정도로나 생각할 것입니다. 훈 나리는 아주 나무랄 데 없는 분이지만, 혼인이 성사된 후에는 정말 안절부절못하는 처지가 될 것입니다. 중의군이라는 분도 세상에서는 저렇게 행운의 여인으로 추켜세우는 것 같지만, 내궁과 육의군의 관계로 무언가 걱정이 있는 것을 보면, 어떤 일이 있어도 한결같이 한 여자를 지키는 사람만이 무난하고 의지할 수 있는 남편입니다. 저 자신의 체험으로도 그것을 알 수가 있었습니다. 돌아간 팔의궁의 인품은 아주 정이 깊고 훌륭하고 아름다운 분이었지만, 나 같은 것은 사람 축에도 끼워 주시지 않아서 얼마나 한심스럽고 괴로웠던가요? 한편, 아주 말도 안될 만큼 동정심 없고 꼴사나운 사람이었지만, 다른 여자에게 마음을 옮기지 않는 상륙수를 남편으로 하였으므로 아무 걱정없이 이때까지 세월을 지내 온 것입니다. 때때로 이렇게 밉살스러운 처사를 할 때에도, 한탄스럽다든지 원망스럽다는 생각도 않고, 서로 언쟁을 하여서라도 납득이 안되는 것은 확실히 결말을 내었던 것입니다. 당상관이나 친왕처럼 우아하고 기가 죽을 것 같은 훌륭한 사람의 곁에 있더라도, 여러 여인들의 또래에도 못 낀다면 아무런 보람이 없을 것입니다. 모든 것이 다 내 몸 때문이라고 생각하여, 무엇이나 간에 그저 슬픈 마음으로 부주를 돌보아 주고 있는데, 어떻게 해서라도 웃음거리가 되지 않게 하여 드리고 싶습니다."

12. 상륙수가 친딸의 혼인 준비로 바삐 돌아다니다.

상륙수는 혼인 준비에 정신이 없었다.

"이쪽에 예쁜 하녀들이 많이 있으니까 당분간 저쪽에 빌려주십시오. 침소를 새로 꾸며 놓은 것 같은데 이쪽 방을 그대로…. 사정이 급하게 되었으니, 날짜를 옮겨서 이것저것 고치는 일은 하지 않도록."

수는 서쪽 부주의 방으로 와서, 서성거리며 이것저것 장식하느라 소동을 벌였다. 얼른 보기에도 예쁘고 산뜻하게 여기저기 빠짐없이 배려해 놓은 방인데, 더 낫게 재치 있다는 티를 낼 작정이었는지 병풍을 몇 개나 가지고 와 갑갑할 정도로 세워 놓고, 문짝이 달린 궤나 이층 선반을 볼품없이 늘어놓고 기분이 우쭐해서 준비했다. 본처는 보기 흉하다고 생각했지만, 입을 다물기로 작정해서 그저 가만히 보고만 있었다. 부주는 그 동안, 서쪽 대옥의 북면의 방에 있었다.

'저 분의 생각은 이미 다 알았다. 모두 다 같은 내 딸이므로 아무래도 부주를 이렇게까지 내버려두어서는 안된다고 생각하고 있었는데…. 어쨌든 좋다. 세상에 어머니 없는 아이는 없는 법이니까.'

상륙수는 이렇게 생각하며, 대낮부터 딸을 유모와 둘이서 열심히 치장했다. 보기 흉하지는 않고, 나이도 15, 6세쯤으로 몸집은 작고 통통하게 살이 쪄 있었다. 머리털은 아주 귀여운 느낌인데, 그 길이가 약식 예복만큼이나 길었다. 옷단이 탐스러웠다. 수는 그것이 멋있게 보여 자꾸 어루만졌다.

"어찌하다 하필 고르고 골라서 예정하고 있던 상대방을 골랐을까 생각하지만, 인물이 과분하고 빼어난 분이므로 너도나도 사위를 삼으려는 사람이 많아서, 다른 곳에 뺏기기도 분하고…."

저 중매인에게 속아서 그런 말을 하는 것도 아주 어리석었다.

좌근소장 쪽도 이번 혼담이 굉장하고 나무랄 데 없다고 여겼다. 이제 어떤 차질도 없을 것이라고 생각하여, 최초에 약속한 밤부터 변경도 하지 않고 다니기 시작했다.

13. 중장의군이 중의군에게 부주를 부탁하다.

모군과 부주의 유모는 아주 한심한 일이라고 생각했다. 편벽되게 보이는 것도 싫고 그렇다고 이것저것 돌보아 줄 마음은 아니어서, 부주의 배 다른 언니인 중의군에게 편지를 썼다.

"특별한 용건도 없이 소식을 드리는 것은 뻔뻔스러울까 하여 사양하다 보니 생각대로 편지를 올리지도 못하고 있습니다. 방향이 틀리는 일이 있어, 잠시 동안 거처를 바꾸려고 생각하는데, 가만히 옆에 있게 해주실 수 있는 은밀한 장소가 있다면 정말 기쁘겠습니다. 변변치 않은 저 혼자로서는 이 딸을 숨길 그늘도 없어, 애달픈 일들만 많은 세상입니다. 의지할 곳이라고는 당신뿐입니다."

울면서 쓴 편지를 중의군은 불쌍하다고 보고 있었다.

'돌아간 팔의궁이 저처럼 인정하지 않았던 사람을, 나 혼자 살아 남아서 상의할 상대가 되어 주어야 하는 것은 꺼려지는 일이다. 그렇다고 보기 흉하게 영락해지려는 것을 듣고도 모르는 척하고 있기도 애처롭다. 이렇다 할 이유도 없이 따로 떨어져 있는 것도, 돌아가신 분의 체면상 꼴사나운 일이 아닐까?'

중의군은 이리저리 궁리만 하고 있었다.

하녀 대보에게 정말 곤혹스러운 일이 있다고 알려 주었다.

"무슨 까닭이 있을 겁니다. 멋없이 무뚝뚝하게 거절하지는 마십시오. 신분이 낮은 사람이 친척 중에 끼어 있는 것도, 세상에는 보통으로 있는 일입니다. 돌아가신 궁은 너무나 동정심이 없는 일을 하셨습니다. 그러면 잠시동안이라도 사람 눈에 띄지 않는 서쪽 방을 마련토록 하지요. 아주 누추한 곳이지만 거기서 지내시게 하시지요."

중의군은 이런 뜻을 중장의군에게 전해 주었다. 정말 기쁘게 생각하여 아무에게도 알리지 않고 자기 집을 나왔다. 부주도 가까이 출입할 수 있다는 생각으로 도리어 이런 상황이 기쁘게 생각되었다.

14. 상륙수가 좌근소장을 크게 환대하다.

상륙수는 좌근소장을 아주 훌륭하게 접대하려는 생각이었지만, 어떻게 하면 화려하게 장소를 마련할 수 있는지도 모르는 사람이었다. 그저 거칠게 짠 동국산의 명주를, 둥글게 감겨 있는 것 그대로 무수히 던져 놓았다. 먹을 것도 놓을 장소가 없을 정도로 날라와서 떠들썩하게 하고 있었다. 하인들은 그 호기로운 거동을 아주 세심한 배려라고 생각했다. 소장도 아주 나무랄 데 없는 대접이라고 만족하여 현명한 결혼을 했다고 좋아했다. 본처는 이 소동을 남의 일처럼 방관하는 것도 비뚤어져 보일 것 같아, 꾹 참고 그저 상륙수가 하는 대로 내버려두고 있었다. 수는 손님을 접대하는 방이나 같이 온 사람의 대기소를 준비하느라고 열중하고 있었다. 원래 넓은 집이긴 하였으나, 동쪽의 대옥에는 원소납원이 살고 있어 남자아이들이 많았고, 남은 방은 없었다. 부주 쪽에도 손님이 와 있어서, 새삼스럽게 북적이는 곳에 있게 하는 것이 애처롭게 생각되었다. 이것저것 생각하는 중에 중장의군은 '내궁의 저택에' 라고 생각났다.

15. 중장의군이 부주를 데리고 중의군에게 가다.

자기를 한 사람 몫의 친척으로 대우하는 사람도 없는 것을 무시당하는 것으로 생각하여, 이때까지 특별히 가깝게 드나들지 못하던 궁의 저택이었지만, 중장의군은 큰마음을 먹고 찾아왔다. 유모와 젊은 하녀 2, 3인 만을 데리고 서쪽 조붓한 방의 북쪽, 사람 기척이 없는 곳에 방을 차렸다. 오랜 세월 이렇게 소원하게 지냈지만, 타인처럼 생각되지 않을 분이어서, 참상하면 부끄러워 만나보지도 못할 분은 아니었다. 정말 나무랄 데 없는 특별한 기품을 지니고, 어린 군3)을 돌보는 중의군의 모습이 부럽게 느껴졌다.

'나로서도 돌아간 본처의 조카이므로, 인연이 없는 사람도 아니었는데, 시중 드는 하녀였다는 이유로 사람 대접을 못받고, 한심한 꼴로 이렇게 사람들에게 경멸당했다.'

이렇게 생각하면, 이렇게 무리하게 가깝게 지내는 것이 어색한 생각이 들었다. 요즘 이쪽에서 꺼리는 일이 있다고 말하였으므로, 사람이 찾아오지 않았다. 2, 3일쯤 중장의군도 곁에 함께 있었다. 조금은 안심하고 상황을 지켜보고 있었다.

16. 중장의군이 내궁 부부의 모습을 보다.

내궁이 건너왔다. 중장의군은 그 모습이 보고 싶어 틈새로 슬쩍 보니, 아주 기품이 높고 아름다웠다. 벚꽃가지를 꺾어 놓은 것 같은 모습이다. 자기가 의지하는 남편이기 때문에 원망스럽지만 배반하지는 말자고 생각하는 상륙수보다도, 모습과 얼굴이 훨씬 훌륭하게 보이는 5위나 4위의 무리가 다 같이 꿇어앉아 옆에서 대기하고 있었고, 이일 저일 당장의 용건들을 가신들이 말씀드리고 있었다. 또 젊게 보이는 5위의 남자들 가운데, 얼굴도 모르는 자들도 많았다. 중장의군에게는 의붓아들이 되는 식부승 장인이, 궁중으로부터의 사자로서 앞에 참상하고 있었다. 그 옆 가까이에조차 가깝게 갈 수가 없었다. 이렇게 그 이상 없는 궁의 모양을 보고 생각했다.

'으음, 이분은 대체 어떤 사람일까? 이런 분의 옆에 있을 수 있는 것만도 훌륭한 일이다. 다른 곳에서 생각할 때에는 아무리 훌륭한 사람이라도 남에게 괴로운 꼴을 당하게 한다면 어쩐지 싫은 분일 거라고 헤아렸는데, 참으로 어리석었다. 이 모습, 이 얼굴을 보면, 일 년에 한번 칠석날 같은 덧없는 만남이라도, 이렇게 뵐 수 있게 다녀만 주신다면 행복할

---

3) 중의군은 내궁의 첫째 아들을 낳아서 이제 공식적으로 인정받았다.

것이다.'

　내궁은 어린 궁을 안고 귀여워하고 있었다. 중의군이 경계로 세워 놓은 낮은 칸막이를 옆으로 밀고, 무언가 말하였다. 두 사람의 용모는 정말 서로 어울리게 기품이 높았다. 돌아간 팔의궁이 쓸쓸하게 살아갔던 모양과 비교하면 같은 궁이라도 이쪽 궁이 훨씬 훌륭하게 생각되었다.

　궁이 침소 안에 들어갔으므로, 어린 님을 젊은 하녀와 유모에게 넘겨주었다. 사람들이 사후하고 있었지만 궁은 기분이 좋지 않다고 말하며 해가 질 때까지 쉬었다. 식사도 여기서 드렸다. 모두가 기품 있고 취향이 특별하게 보여서, 자기 집에서는 대단히 아름답게 준비한 셈으로 있지만 아랫사람이 하는 일이란 한심하고 하잘것없다는 사실을 깨달았다.

　'내 딸도 이렇게 고귀한 분과 부부가 되었을 때, 보기 흉하지는 않을 것이다. 재력을 믿고서 부친이 황후라도 시키려고 생각하였던 딸들은, 같은 내 자식이면서도 인물이 비교할 수 없을 정도로 못해 보이는 것을 생각해도 역시 이제부터는 이상을 높게 갖지 않으면 안된다.'

　밤새 딸의 장래를 생각했다.

17. 중장의군이 소장을 경멸하다.

　궁은 해가 높아져서 일어났다.

　"어머님 명석중궁이 여느 때처럼 건강이 좋지 않아서 가지 않으면 안되겠다."

　내궁은 참내의 옷차림을 준비하고 있었다. 그 모습을 엿보니, 깔끔한 정장을 하고 있어서 더욱더 비교할 데도 없이 기품 있고 풍치가 있었다. 상냥하고 곱게 계셨는데, 어린 님을 떼어놓지 못하여 어르고 있었다. 죽이니 강밥 같은 것을 들고, 이쪽에서 행차하셨다. 아침부터 참상하여 대기소 쪽에서 쉬고 있던 사람들이, 이때를 기다렸다가 사후하여 무언가 말씀을 올리고 있었다. 그 중에는 깔끔하게 차린 사람도 있었으나, 눈에 띄는 인물은 없었다. 홍미 없게 생긴 한 남자가 평복에다 큰 칼을 차고 있는 것이 보였다. 친왕 앞이어서 별로 눈에 띄는 것도 아닌데, 하녀들이 그를 가리키며 수군거렸다.

"저 사람이 상륙수의 사위인 소장인가 보다. 처음에는 언니 되는 분에게 청혼했다가 수의 딸을 얻어서 귀한 대접을 받으려고, 아직 미숙한 여자를 얻었다는군요."

"그런 게 사실일까요? 이 저택의 분은 그런 이야기를 전혀 안 하는데."

"저 좌근소장의 연줄이 있는 분에게 때때로 들은 적이 있습니다."

이쪽에서 듣고 있는 것도 모르고 사람들이 이렇게 말하는 것을 듣고 중장의군은 가슴이 두근두근했다. 소장을 무난한 상대로 알고 있던 자기 마음이 한심하게 느껴지기도 했다. 저런 사람이면 별로 대단한 상대도 아니었다고 생각하니 더욱 멸시하고 싶어졌다.

궁은, 어린 군이 기어나와 고운발의 끝에서 기웃거리는 것을 흘끗 보고서 되돌아 나왔다.

"모친인 후의궁이 몸 상태가 좋아 보이면 곧 돌아오렵니다. 그러나 역시 괴롭게 계시면 오늘밤은 숙직을 하겠어요. 요새는 하룻밤이라도 만나지 않으면 걱정이 되어 괴롭습니다."

잠시 동안 어린 군은 달래고 나서 행차하는 모습은 아무리 보아도 싫증이 안 날 정도로 부드럽고 아름다웠다. 행차하신 뒤가 쓸쓸하여 자신도 모르게 멍하니 앉아 있었다.

18. 중장의군이 중의군에게 부주를 맡기다.

중의군의 앞으로 나와 내궁이 모습을 칭찬하는 것을 보고, 중의군은 시골티를 낸다는 생각하며 웃고 있었다.

"어머님이 돌아가시던 때는, 아직 아무것도 모르는 어린애여서, 시중들고 있던 사람이나 돌아간 궁께서도 한탄하고 계셨는데, 좋은 운을 타고나셔서, 저런 깊은 산 깊은 곳에서 훌륭하게 어른이 되셨습니다. 언니 대군이 돌아가신 것이 유감입니다."

이렇게 중장의군은 울며불며 말하였다. 중의군도 대군의 이야기가 나오자 울먹였다.

"내궁과의 사이가 원망스럽고 허전하다고 생각될 때도, 이렇게 오래 살다 보니, 다소라도 슬픈 마음이 잊혀질 때가 있습니다. 예전에 의지하고 있던 아버지가 돌아가신 것은, 도리어 세상에 흔한 일이라고 체념할 수가 있었습니다. 모친은 기억에도 없으니 그런 대로 지낼 수 있었습니다. 하지만 언니의 일은 언제까지나 슬픔이 가라앉지 않아 대단히 괴롭습니다. 훈 대장이 어떤 일에도 마음이 바뀌지 않는다고 하소연을 하니, 그 얕지 않은 마음을 볼 때마다 더욱 유감으로 생각합니다."

"대장 나리는, 저처럼 세상에도 없을 만큼 임금님이 소중하게 생각하고 계시다니, 얼마나 자랑스러울까요. 그러나 언니가 살아 있었다면, 역시 이 결혼은 안 했을 겁니다."

"글쎄 어떻게 되었을까요? 자매가 다 같이 세상으로부터 비웃음을 살 생각으로 있다면, 그것은 도리어 한심한 일일 것입니다. 갈 곳을 끝까지 보지 못한다는 면에서, 호기심도 생기는 것이 세상이라고 생각합니다만, 그래도 저 나리는 어떤 분일까요? 이상하리만큼 아무데에도 마음을 돌리지 않고, 돌아간 아버님의 후생의 일까지 깊이 마음을 써 분주하게 돌보아 주십니다."

"돌아가신 언니 대신으로 떠맡아 돌보아 주겠다고, 하잘것없는 제 딸의 일까지도 저 변 여승에게 말하였던 것입니다. 그런 말을 그대로 따르려고 결심한 것은 아닙니다만, 핏줄이 당기기 때문이라고 생각하면, 과분하고 감사하는 마음이 이를 데 없습니다."

중장의군은 이런 얘기를 나누는 계제에, 이 부주의 처신에 대해 고민하고 있다는 것을 울면서 호소했다.

그렇게 자세하게는 아니지만, 사람으로부터 들어 대강 알고 있는 일이어서, 좌근소장이 부주를 업신여긴 경위를 넌지시 얘기하였다.

"제가 이 세상에 살아 있는 동안은, 어떻게 해서라도 조석의 위안으로 삼으며 살아갈 수 있을 것입니다. 그러나 제가 먼저 죽으면, 그 후로는 생각지도 않았던 불행한 처지를 당하지 않을까 슬퍼집니다. 궁리하다 못해 여승으로 만들어 깊은 산속에 살면서 속세를 단념하게 하려고도 생각하고 있습니다."

"정말 애처로운 일입니다만 무어 그렇게까지 외곬으로…. 다른 사람에게 모욕을 당하는 것은, 어버이 없는 처지라면 피치 못할 운명입니다. 그렇다고 출가하는 일은 도저히 생각할 수 없는 일입니다. 그렇게 살라고 부궁이 정하여 놓았던 나마저도, 이렇게 내 생각대로 안되어 속세에 오래 살고 있는데, 더욱 정말 당치도 않습니다. 여승이 되기에는 너무도 사랑스런 용모가 아닙니까?"

어른스럽게 말하므로 중장의군은 매우 기쁘게 생각했다. 이 모군은 나이답게 의젓하게 보이고, 교양 있고 깔끔하게 거동했다. 몹시 살이 찐 것이 상륙나리 댁 사람임을 생각할 만했다.

"돌아가신 아버님이 냉정하고 무정하게 내버려둔 채로 있어, 부주가 더욱 심하게 남으로부터 모멸당하였다는 생각도 들지만, 이렇게 얘기하며 뵙게 되니 예전의 괴로움도 잊혀지는 것 같습니다."

중장의군은 오랜 세월 동안 쌓인 얘기와 육오국(陸奧國)의 애달픈 추억담을 꺼내었다.

"내 몸 하나라도 한결같은 원망을 털어놓을 상대도 없었던 축파산(筑波山) 시대의 살림에 대해서도, 이렇게 모두 말씀드렸습니다. 언제까지나 이렇게 옆에 있게 해주셨으면 하고 생각하지만, 집에 있는 변변치 않은 천한 자식들이 얼마나 떠들고 찾아 돌아다녔을까를 생각하면, 아무래도 마음이 가라앉지 않습니다. 이러한 상황에 처해 있는 것이 뼈저리게 유감스럽습니다. 이 딸의 일은 죄다 당신에게 맡겨 놓고, 저는 더 이상 핑계 대지 않겠습니다."

책임을 지워 주는 것처럼 이야기하므로, 이 누이가 보기 흉하지 않은 사람이었으면 하고 생각했다.

19. 중장의군이 훈을 엿보다.

부주는 용모도 마음씨도 도저히 미워할 수 없을 정도로 가련한 모습을 하고 있었다. 부끄러움을 타는 것도 알맞고, 용모도 순진하지만 재기가 없어 보이지는 않았다. 가까이서 시중들고 있는 하녀들에게도 자기 모습을 잘 보이지 않도록 주의해서 거동하고 있었다. 무언가 말하는 모습도, 돌아간 대군의 모습과 이상하리만큼 닮아 있었다. 언니를 대신할 사람을 찾고 있던 훈에게 보여주고 싶다는 생각이 들었다. 그때, 대장 나리가 왔다고 사람들이 말하여서, 여느 때처럼 칸막이를 세우고 만날 준비를 하였다. 손님인 중장의군은 말했다.

"그럼 잘 보아 둘까요? 흘끗 보기에는 대단히 훌륭한 것 같았는데, 내 궁님의 모습에는 도저히 비길 수 없을 테지요."

"어느 쪽이 낫다고 도저히 결정하지 못하겠습니다."

이렇게 사후하고 있던 하녀들은 서로 얘기하고 있었다. 그리고 또 이렇게들 생각했다.

'어느 정도 되는 사람이기에 궁과 비슷하다고 말하는 것일까?'

"금방 수레에서 내린 것 같습니다."

이런 말소리가 들리고, 동시에 시끄러울 정도로 전구의 소리가 나는데, 곧바로는 모습이 보이지 않았다. 기다리고 있는 곳으로 걸어오는 모습을 보니, 정말로 훌륭하고 아름다운 분이 우아하고 기품 높고 날씬하게 다가오는 것이 아닌가? 왠지 모르게 자기 모습이 부끄러워, 저도 모르게 앞 머리를 매만질 정도였다. 훈은 누구라도 기가 죽을 정도의 모습으로 단연 훌륭한 풍채를 지니고 있었다. 그는 궁중에서 이 저택으로 온 모양이었다. 전구도 여럿 있는 것 같았다.

"어젯밤, 명석중궁이 몸이 좋지 않다는 말을 듣고 참내하였었는데, 궁들이 오지 않아 애처로운 마음으로 제가 대신 지금까지 곁에서 시중들고 있었습니다. 내궁이 오늘 아침 아주 늦게 참내하신 것을 보니, 아마도 당신 때문이 아닌가 하고 짐작되었습니다."

"정말 매우 동정심 많은 마음이시군요."

중의군은 이렇게만 대답하였다. 내궁이 궁중에서 숙직하는 것을 확인하고, 생각을 누를 수 없어 건너오신 것 같았다.

20. 중의군이 우울한 훈에게 부주를 권하다.

여느 때처럼, 두 사람은 정말 친한 듯이 얘기를 나누었다. 훈은 다만 옛 분을 잊을 수 없어 세상이 점점 마음먹은 대로 안되는 것을 넌지시 호소했다.

'어째서 그렇게 언제까지나 그분만을 생각하는 것일까? 역시 맨 처음부터 진심으로 사랑했기 때문에 결코 잊어버리고 싶지 않은 것일까?'

그 얼굴을 보면서 그 까닭을 확실히 알 수 있었다. 그 모습을 보고 있으면 자신이 목석이 아닌 나리의 차분한 마음을 알 수가 있었다. 자꾸만 원망의 말을 하므로, 중의군은 정말 어떻게 해 드릴 수도 없이 탄식이 새어 나왔다. 이러한 마음을 없앨 수 있도록 목욕재계를 하게 해 드릴까도 생각하다가, 사람 대신으로 그림을 그리게 하겠다고 하던 훈의 말을 생각해 냈다.

"아주 남몰래 지금 여기와 있습니다."

이렇게 언뜻 말했다. 훈도 평상적인 이야기로 듣지 않고 만나고 싶은 생각이 들었지만, 갑자기 마음을 돌리려고는 하지 않았다.

"글쎄, 그 장본인의 마음인데, 내 소원을 이루어 주면 나로서야 고맙기야 하겠지만, 도리어 때때로 괴로운 마음을 갖게 되면, 탁하지 않은 청정심도 흐려지게 될 것 같아서."

결국 중의군은 조그만 소리로 웃으며 말했다.

"어이없는 도심(道心) 이군요."

"자, 그러면 내 기분을 상대편에게 잘 전하여 주십시오. 이 발뺌의 말이야말로, 대군이 당신을 내게 양보한 것과 같이 당신이 부주를 물려준다고 생각하면 불길한 생각이 듭니다."

훈은 이렇게 말하면서도 또 눈물지었다.

〈예전에 본 분의 모습을 대신하는 것이라면, 몸에 늘 지니고 그리울 때마다 꺼내 보며 그 마음을 달래고 싶은데.〉

여느 때와 같이 농담처럼 꾸며 대며, 그 슬픔을 얼버무렸다.

"〈목욕재계하는 냇물의 이 여울 저 여울에 흘려 보내는 것을 대신하는 물건이라면, 그것은 덧없는 비유입니다. 그런 싱거운 것을 가지고 몸에 붙어 다니는 그림자라고 말씀하신들, 누가 믿으려 할 것입니까?〉

'끄는 손이 많아서'라고들 하지 않습니까? 그러면 저 부주도 가여워질 것입니다."

"마침내 다가서는 여울은 있다고 말하지만, 새삼스럽게 그것은 말할 것도 없습니다. 정말 한심한 처사의 괴로움은 덧없는 물거품에 맞먹는 것입니다. 버림을 받고 흘려 버리는, 대신 하는 물건은 정말 그대로입니다. 어떻게 하면 이런 마음에 위로가 될 것입니까?"

이렇게 이야기를 나누는 중에, 날이 어두워진 것은 난처한 일이었다. 그대로 여기에서 묵고 있는 부주 모녀도 이상하게 생각할까 염려되었다.

"오늘밤은 역시 일찍 돌아가 주십시오."

중의군은 이렇게 달래고 얼러서 돌아가게 하였다.

21. 중장의군이 부주를 훈에게 드리기를 원하다.

"그러면 그 손님에게 오래 전부터 가져온 이 염원을, 당돌하고 얕은 생각으로 알아주지 말아 달라고 전하여 주시고, 결과가 흉하지 않게 중개해 주셨으면 …. 이러한 일에 익숙하지 않은 나는 무엇에나 어리석기만 해서."

훈은 이렇게 약속해 놓고 떠났다.

"정말 훌륭하고 나무랄 데 없는 모습이다."

이렇게 중장의군은 칭찬했다. 그 동안은 훈과 부주의 인연을 터무니없는 것이라고 무시해 왔지만, 이 모습을 보고는 후회하는 생각이 들었다.

'은하수를 건너서라도 이런 견우성의 빛을 기다려 마중하고 싶다. 내 딸의 용모는 어중간한 사람에게 시집보내기에는 과분하다. 상륙수 같은 사람을 보아 와서, 좌근소장을 대단한 사람이라고 생각했다.'

훈이 기대고 있던 노송나무 기둥이나 요에도 향기가 남아 있었는데, 그야말로 비길 데가 없는 향기였다. 때때로 모습을 보아 왔던 하녀들조차도 볼 때마다 칭찬했다.

"불경을 읽으면 훌륭한 공덕만이 적혀 있는 것 같지만, 그 중에도 향기로운 것을 부처님이 귀중하다고 말씀하신 것은 지당한 일이지요. 법화경에 약왕품(藥王品)에서 특별히 말씀하신 우두선단이라는 항목이 있지요. 과장스런 것 같지만 저 나리가 바로 그대로인 것 같아, 부처님은 참으로 진실을 말하신다는 것을 느끼게 됩니다. 어릴 때부터 불도에 대한 근행도 대단히 열심이었다지요."

"전세에 무엇을 하고 있었는지 알고 싶어집니다."

입마다 칭찬하는 말들을 모군은 듣고서 싱글벙글 웃고 있었다.

22. 중장의군이 부주를 맡기고 돌아오다.

중의군은 훈이 가만히 말한 것을 중장의군에게 넌지시 전하였다.

"한번 결심을 한 것이면 끈질기게 물고늘어져 경솔하게 바꾸지 않는 성미입니다. 현재 같으면 이러한 이야기는 귀찮게 여겨질 것이지만, 세상을 등지는 경우까지 생각하고 있으니, 이왕이면 한번 그렇게 해보십시오."

"괴롭게 생각하거나 얕보이는 일이 없기를 원하였던 만큼, 새소리도 들리지 않는 산골에서 살기를 각오했던 것입니다. 정말 저 나리의 모습이나 인품을 보고 있으면, 밑에서 시중 드는 것도 신이 날 것입니다. 더구나 젊은 여인이라면, 사모하지 않고는 못 견딜 것입니다. 그러나 보통 사람보다 못한 신세면, 오히려 근심이 더하게 되지는 않을까요? 신분이 높은 사람이나 낮은 사람이나 여자란 이러한 일로 저 세상에서까지 괴로운 생각을 해야 하는 몸이라서 안타까운 생각을 하게 됩니다. 그러나 그것도 모두 생각하기 나름일 것입니다. 어떻든 간에 내버려두지 말고 보살펴 주십시오."

중의군은 아주 곤란한 처지가 되었다.

"자, 어떻게 할까요? 이때까지 그분의 심정에 마음이 끌려 …. 앞으로 어떻게 되는지는 저도 잘 모르고 있습니다."

중의군은 이렇게 탄식하고, 더는 아무 말도 하지 않았다.

날이 밝자, 마중하는 수레가 도착했다. 몹시 화가 나 있다는 상륙수로 부터의 전언도 있었다. 그것이 워낙 위협적이어서, 중장의군은 이렇게 부탁하였다.

"황송한 일이지만 무엇이든 간에 의지하고 싶습니다. 좀더 숨겨 두시고, 바위 속에 살게 하든 어떻게 하든, 알아서 인도하여 주십시오. 부족한 사람이지만, 내버려두지 마십시오."

그리고는 돌아오려 하였다. 부주도, 모군과 떨어졌던 경험이 없어서 걱정이 되기는 했지만, 화려하고 걱정 없어 보이는 저택에서 친숙하게 지내는 것을 기쁘게 여겼다.

23. 내궁이 중장의군의 수레를 보고 나무라다.

수레를 저택으로부터 끌어낼 때에는, 주위가 이미 조금씩 밝아지고 있었다. 그때 내궁이 궁중에서 퇴출했다. 어린 님을 빨리 보려고, 수레도 사람 눈에 띄지 않게 친왕용이 아닌 보통 수레를 타고 돌아왔다. 그것과 마주쳤으므로, 중장의군은 양보하느라 받침을 세우고서 기다리고 있었다. 내궁이 복도에 수레를 대고 내려왔다.

'저것은 어떤 수레인가? 어둠 속을 급히 나가는 것이 남몰래 만나는 애인의 집에서 빠져나오는 모습 같다.'

늘 하는 경험에 비추어서 이렇게 짐작하는 것도 무서운 일이었다.

"상륙 나리의 퇴출입니다."

이렇게 말하며 서로 웃는 것을 듣고 중장의군은 슬프게 생각했다.

'정말 천한 내 신분이다.'

다만 부주를 위해서라도, 자기가 보통 정도라도 되었으면 하는 기분이었다. 더구나 부주를 보통의 천한 신분으로 떨어뜨리는 것은, 몹시 안된 일이라고 생각되었다.

궁은 방으로 들어와서 말했다.

"상륙 나리라고 하는 사람을 다니게 하고 있습니까? 정취 있는 새벽에 급히 나간 수레는 의미 있는 것 같이 보였어요."

역시 의심하는 눈치였다. 듣지 거북한 쑥스러운 말이라고 생각했다.

"대보의군이 젊었을 때 동무였던 사람입니다. 별로 특별히 재치 있는 것도 없었는데, 무언가 사연이 있는 것 같이 말씀하시는군요. 언제나 듣기에 거북한 누명을 씌우는 일은 제발 그만두십시오."

중의군은 이렇게 말하며 옆으로 몸을 트는 것도 귀엽고 예뻤다.

24. 내궁이 우연히 부주를 발견하다.

날이 밝는 것도 모르고 자고 있는데, 사람들이 여럿이 침전 쪽으로 왔다. 명석중궁은 이렇다 할 병도 아니고 이제는 나아졌으므로, 우대신 석무의군들은 즐거운 듯이 바둑을 두거나 운맞추기 등을 하며 놀고 있었다.

저녁때 궁이 이쪽으로 와서 보니, 중의군은 머리를 감고 있는 중이었다. 하녀들도 제각기 쉬고 있어서, 거실에는 사람도 없었다.

"공교롭게도 머리 감고 있는 동안은 아무래도 보기 민망해서요. 허전하고도 멍하니 계셔야 하니까."

이렇게, 중의군은 어린 여동을 보내 말씀 올렸다.

"그러게나 말입니다. 언제나 부재중 틈틈이 하시고 있었는데, 어찌된 일인지 요새는 귀찮아 하셔서. 오늘이 지나면 이 달에는 좋은 날이 없습니다. 9월이나 10월에는 도저히 할 수 없어서 오늘 하시게 했는데."

대보는 미안하게 생각했다.

어린 님도 자고 있어서, 그 쪽에는 사람이 붙어 있었다. 궁은 여기저기를 걷고 있다가, 서쪽에서 평소에 보지 못하던 여동을 발견하고, 새로 온 하녀인가 하고 잠깐 들여다보았다. 중간쯤에 있는 맹장지의 열린 틈새로 보니, 저쪽 한 자쯤 떨어진 곳에 병풍이 세워져 있었고, 그 끝에 칸막이를 세워 놓은 것이 보였다. 탱알[紫苑] 색의 화려한 속옷과 마타리 색의 옷이 소매 끝만 살짝 보였다. 병풍의 끝이 한번 접혀진 곳에서, 우연히 모습이 보였다. 새로 온 하녀일 것이라고 생각하여, 맹장지를 가만히 조금 열고 조용히 다가갔는데, 아무도 그것을 몰랐다. 이쪽 복도 가운데 안뜰의 나무들이 아주 여러 가지 색으로 어지러이 피어 있었다. 더구나 도랑물 근처에는 돌을 높이 쌓아 놓았는데, 그 경치가 아주 재미있어서, 끝 가까이에서 물건에 기대어 바라보고 있었다. 맹장지를 조금 넓게 밀어 열고 병풍의 끝에서 엿보았다. 부주는 설마 그가 궁이라고는 짐작도 못하고, 평소 이쪽에 오래 있던 하녀인가 하고 생각했다. 일어나 앉은 모습은 아주 아름답게 보였다. 평소의 호색적인 마음이 동하여 그대로 넘기지 못하고, 궁은 옷단을 잡은 채 이쪽 맹장지를 닫아 놓고 병풍과의 사이에 앉았다. 이상하다는 낌새로 부채로 얼굴을 가리고 돌아보는 여자의 모습은 아주 예뻐 보였다. 궁은 부채를 가지고 있는 손을 잡고서, 말했다.

"당신은 누구입니까? 이름을 알고 싶습니다."

그러자, 부주는 무서운 생각이 들었다. 병풍 옆에서 얼굴을 다른 데로 돌려 감추고, 자기가 누군지 모르도록 몹시 조심하고 있었다.

'보통 아니게 넌지시 말을 붙여왔던 훈 대장이 아닐까?'

향기가 나는 것으로 보아, 그렇게 짐작하고 부주는 몹시 부끄러워 어찌할 바를 모르고 있었다.

25. 우근이 이 사태를 중의군에게 보고하다.

부주의 유모가 여느 때와 다른 기색을 이상하게 여겨, 반대쪽 병풍을 밀어 열고 들어왔다.

"어찌된 일입니까? 괘씸한 일이 아닙니까?"

이렇게 말했지만, 궁으로서는 꺼려야 할 사람도 없는 신분이었다. 갑자기 벌어진 상황에 다들 놀랐지만, 원래 말을 잘하는 궁이어서 이것저것 얘기하는 사이에 해도 저물어 갔다.

"당신이 누군지 듣지 않고는 놓아주지 않겠습니다."

이렇게 말하고, 아주 익숙한 듯 옆에 누웠다. 이분이 궁이었다는 것을 알고, 유모는 말을 잊은 채 멍하니 있었다.

하녀들은 불을 등롱에 붙이고 말했다.

"마님이 곧 이쪽으로 돌아올 것입니다."

중의군의 앞만을 남기고 격자를 몇 개 내리는 소리가 났다. 이쪽은 외딴 곳이어서, 높은 선반이 달린 궤짝을 한 쌍 놓고 안 쓰는 병풍을 자루에 넣어 세워 놓았으며, 무언가 너절하게 놓여 있었다. 중의군이 곧 온다는 기별이 있어서, 통로의 맹장지 한 칸쯤은 열어 놓았다. 대보의 딸 우근(右近)이 시중들고 있었는데, 격자를 내리고 이쪽으로 오는 모양이었다.

"아유, 어두워라. 아직 등불도 안 켰군요. 갑자기 격자를 내려놓아 어두워서 갈피를 못 잡고 있습니다."

이렇게 말하고 격자를 다시 끌어올리니, 궁은 다소 당혹스러웠다. 유모도 이것 역시 아주 곤란하게 되었다고 생각했다. 유모는 마음이 조급하고 고지식한 사람이었다.

"저, 말씀드리겠습니다. 이쪽에 이상한 일이 벌어지고 있어 어떻게 해야 할지 모르고, 움직이지도 못하고 있습니다."

이렇게 유모는 말했다.

"무슨 일이 있었습니까?"

더듬더듬 가까이에 다가왔다. 속옷바람의 남자가 아주 좋은 향기를 내면서 가까이에 누워 있는 것을 보고는, 언제나와 같은 해괴한 행동을 하고 있다고 알아챘다. 여자편이 동의하고 있을 리 없다고 짐작했다.

"정말 아주 보기 흉한 일입니다. 저는 무엇이라고 말씀드릴 수가 없습니다. 곧 저쪽 중의군 앞에 가서 보고해야겠습니다."

우근은 이렇게 말하며 나섰다. 재미없고 체면이 깎이는 결과가 되었다고 생각할 것인데도, 궁은 끄떡도 않고, 이상해하며 투덜대었다.

"의외로 품위 있고 예쁜 사람이 아닌가? 누굴까? 우근의 말투로는 정말 보통의 신참 하녀는 아닌 것 같다."

부주는 아주 불쾌한 얼굴로 있었던 것은 아니었고, 그저 몹시 부끄러워하고 있었다. 그 모습이 불쌍하여 내궁은 위로하고 온화하게 달래고 있었다.

우근은 중의군에게 말했다.

"나리가 부주 아씨의 곁에 있었습니다. 애처로운 일입니다. 어떤 생각으로 있을까요?"

"여느 때와 같은 한심한 짓이로군요. 저 모친도 얼마나 경솔하고 괘씸한 일이라고 생각하고 있을까? 내게 맡기면 걱정 없다고 몇 번이나 말했었는데."

중의군은 미안스럽게 생각했다.

"어떻게 말릴 수도 없다. 옆에서 시중 드는 하녀들도 조금 젊고 용모가 어지간하면 그냥 내버려두지 않는 버릇이어서. 그렇지만 어떻게 말을 건넬 생각을 일으켰을까?"

중의군은 너무한 처사에 아무 말도 못했다.

26. 내궁이 중궁의 병환소식을 듣다.

"당상관이 많이 참상하는 날에는 놀이로 흥을 돋구며 있다 보면 시간이 가는 줄도 몰라 이쪽으로 늦게 돌아오시므로, 다들 안심하고 쉬고 있었습니다. 이제 어떻게 하면 좋은가요? 저 유모는 마음이 강한 분이었습니다. 가만히 옆에서 지키고 있으며, 금세라도 거칠게 물리칠 것 같은 사나운 얼굴이었습니다."

이렇게 우근은 중의군 전속의 하녀 소장에게 말하였다. 참으로 난처한 상황이었다. 그때 대궁 명석중궁이 방금 대단히 위중해져서 괴로워하고 있다는 전갈이 왔다. 우근이 말했다.

"형편이 나쁠 때의 병이로군요. 말씀드려 볼게요."

소장이 말했다.

"이제 와서는 소용도 없는 일일 텐데. 어리석게 너무 협박처럼 말하지는 마십시오."

"아닙니다. 내궁과 아씨의 관계는 아직 거기까지는 가지 않았을 것입니다."

작은 소리로 소곤소곤 이야기하는 것을 듣고 안주인은 생각했다.

'정말 남보기에도 부끄러운 일이다. 조금이라도 진지한 사람이라면 나

까지도 싫게 여길 것이다.'

궁에게 가서 사자가 전한 것보다도 더 급한 병세인 것처럼 말을 전했다. 내궁은 그런 것쯤으로는 움직이지도 않을 성싶게 말했다.

"누가 사자로 왔는가? 전처럼 허풍스럽게 말해서 나를 위협하는지도 모른다."

"궁을 시중 드는 사람으로 평중경이라고 제 이름을 댑디다."

궁은 이 자리를 비우는 것을 아주 서운하게 생각했다. 사람들의 시선을 개의치 않을 것 같았다. 우근은 자리를 나와서 심부름 온 사람을 서면에 오게 하여 상황을 물었다. 먼저 중개하였던 사람도 와서 거들었다.

"내궁 나리의 아우 중무궁은 이미 참내하셨습니다. 여기에 오는 도중에 대부가 수레를 끌어내는 것을 보았습니다."

"정말 갑자기 아플 때가 때때로 있었으니."

사람들이 어떻게 짐작할지, 그것도 체면이 손상될 것을 고려하여, 몹시 투덜대고 다음을 기약하며 출발했다.

27. 유모가 부주를 달래다.

부주는 무서운 꿈에서 깨어난 것 같이 땀이 흠뻑 밴 채로 엎드려 있었다. 유모는 부채질을 해주면서, 눈물을 흘리며 말했다.

"이러한 저택에 있는 것은, 이래저래 거북한 일이 많고 좋지 않은 형편인 것입니다. 이렇게 궁이 이쪽으로 오기 시작했으니, 앞으로도 좋은 일은 없을 겁니다. 아유, 무서워라. 아무리 귀한 사람이라도 안심할 수 없는 짓을 하는 것은 정말 괘씸한 일입니다. 연고가 없는 다른 사람에게 좋던 나쁘던 마음을 써 주시는 것이 좋을 텐데. 듣기에도 민망한 일이라고 생각해서, 무서운 얼굴로 가만히 노려보았더니, 아주 기분 나쁜 천한 여자라는 듯 손을 모질게 꼬집었습니다. 정말 아랫것들의 연애사건처럼 느껴져 아주 우스웠습니다. 댁에서는 오늘도 몹시 언쟁이 있었다고 합니다. 상륙 나리가, '그저 혼자만 돌보고, 내 자식들은 거두어 주지도 않는다. 좌근소장이 와 있을 때 외박하는 것은 보기 흉합니다' 라고 거칠게 중장의군에게 따졌다는 것입니다. 하인들까지 그것을 듣고 불쌍하게 여겼다던가. 어쨌든 저 좌근소장은 정말 귀염성 없는 분입니다. 이런 일이 없었다면 속으로는 때때로 귀찮고 번잡한 일이 있어도, 무사평온하게 지금까지 지내 왔을 것을."

부주는 지금 당장은 이것저것 생각할 여유도 없이 그저 몹시 창피한 모양이었다. 이때까지 경험하지 못했던 꼴을 당하고, 게다가 중의군이 어떻게 생각할까 하는 걱정으로 엎드려 울고 있었다. 유모는 정말 곤혹스러워서 난감해하고 있었다. 그렇지만, 아무런 걱정이 없는 듯, 이렇게 말하고 있었다.

"어째서 그렇게 괴로워하고 있습니까? 어머니가 안 계신 분이라면 의지할 곳이 없어 슬퍼할 것입니다만…. 세상에서는 아버지 없는 사람을 정말 한심하다고 생각하지만, 심술궂은 의붓어머니 밑에서 미움받는 것보다는 이쪽이 아주 마음이 편한 처지입니다. 어머니가 어떻게라도 해서 이 일은 잘 해결해 줄 것입니다. 걱정하지 마십시오. 뭐니뭐니해도 초뢰(初瀬)의 관음이 따르고 있으니, 자비를 베풀어 주실 것입니다. 익숙하지 않은 몸으로 몇 번이나 자주 참배를 하지 않았습니까? 사람들이 이렇게도 깔보았는지는 모르지만, 실은 그렇지도 않습니다. 언제나 행운이 있게 해 달라고 빌고 있습니다. 중장의군은 남에게 바보처럼 당하고만 있을 분이 아닙니다."

28. 중의군이 부주를 거실로 부르다.

궁은 급하게 참내할 모양이었다. 궁중에서 가까운 방향일까, 이쪽 문에서 수레를 내게 되어 궁이 무어라고 말하는 소리도 들려왔다. 아주 고상하고 듣기 좋은 목소리로 재치 있는 옛말을 읊조리며 지나가는 것이 왠지 성가시고 마음에 걸렸다. 대기하고 있던 말을 끌어내어 숙직으로 시중 드는 사람 열 명쯤을 데리고 참내했다.

중의군은 아우 부주가 틀림없이 괴로울 것이라고 동정하였다. 이 사건은 못 들은 척하고, 부주에게 전언했다.

"중궁께서 몸이 좋지 않아 궁이 참내하셨으니, 오늘밤은 퇴출하지 못할 것입니다. 머리를 감은 때문일까. 기분이 좋지 않아 일어나 있으니, 이쪽으로 오시지 않으렵니까?"

"기분이 몹시 좋지 않으니, 가라앉은 다음에 ….."

부주는 유모를 시켜서 대답했다.

"어떤 기분입니까?"

중의군은 즉시로 문안하여 왔다.

"어디가 어떻게 나쁜지 분명하지는 않습니다. 그저 정말 괴롭습니다."

소장과 우근은 눈짓을 하고 말했다.

"체면이 안 선다고 생각하고 있을 겁니다."

중의군은 아무 인연도 없는 다른 사람과는 달리, 한층 더 애달프게 생각했다.

'아주 한심스럽고 괴롭다. 대장 훈이 관심을 표명하셨는데, 얼마나 경솔하다고 깔보고 계실까? 궁은 음란한 사람이어서 있지도 않은 사실도 듣기 괴롭게 바꾸어 말하고, 또 다소 괘씸한 일이라도 그냥 지나치지 못하는 성격이다. 대장의군은 입으로 말하지 않고 마음속으로만 괴롭고 한심하게 여겨 원망하시는 분이다. 정말로 송구할 정도로 생각이 깊은 분인데 형편이 좋지 않은 걱정거리가 늘었다. 오랫동안 모르는 사람이었는데, 성질이나 얼굴 모습이 도저히 내버려 둘 수 없을 정도로 사랑스럽고 애처롭기도 한 것을 보니, 세상은 참 알 수 없고 어려운 것이다. 내 신세도 마음대로는 되지 않는데, 이 사람처럼 의지할 곳 없는 몸인데도 영락하지 않고 잘 지내 온 것은 정말로 다행한 일이었다. 지금은 그저 내게 괘씸한 생각을 가지고 있는 훈이 얌전하게 나를 단념하여 주면 아무 걱정할 것이 없을 텐데.'

중의군은 아주 숱이 많은 머리여서, 빨리 마르지 않아 일어나 있었지만, 그렇게 있기도 괴로웠다. 흰옷 한 벌쯤을 걸치고 있는 모습이 날씬하고 아름답게 보였다.

29. 부주가 중의군을 대면하여 위로받다.

부주는 실지로 기분이 나빴지만, 유모가 굳이 이렇게 재촉했다.

"이대로는 아주 보기 흉합니다. 내궁과 아씨 사이에 실지로 무슨 일이 있었다고 생각하실 것입니다. 그저 대범하게 차리고 뵙자고 하십시오. 우근에게는 제가 일의 경과를 처음부터 말해 두겠습니다."

"우근의군에게 이야기하고 싶습니다."

이렇게 유모는 맹장지의 안쪽에서 말했다. 우근이 다가왔다.

"정말 별다른 일이 있었습니다. 그 때문에 몸이 편치 않고, 아주 괴로운 듯이 보여서, 애처롭게 생각하고 있습니다. 중의군 앞에 나가서 위안을 받았으면 좋겠습니다. 아무 잘못도 없는 몸이면서도 아주 쑥스럽게 괴로워하고 있습니다. 이것이 얼마쯤이라도 세상의 일을 안 연후에 생긴 일이라면 몰라도, 어떻게 그 언저리의 일을 알겠습니까? 한탄하는 것도 당연한 일이고 불쌍하다고 생각합니다."

유모는 이렇게 말하며 부주를 끌어 일으켜 중의군 앞으로 나왔다.

부주도 제정신도 아닌 채 망연했다. 사람들이 어떻게 생각할까도 부끄럽게 여겼지만, 정말 얌전하고 순진한 성격이어서, 유모에게 끌려 앞에까지 나와 앉았다. 앞머리가 눈물로 몹시 젖어 있는 것을 보이지 않으려고 등불에 등을 돌리고 있는 모습은, 중의군을 최고라고 생각하던 하녀들의 눈에도 손색이 없이 고상하고 아름다워 보였다.

'궁이 이 사람을 열심히 사랑한다면, 꼭 어이없는 싫은 일이 일어날 것 같다. 정말 이렇게까지 예쁘지 않은 여자들에게도, 새로운 사람이라면 무조건 흥미를 갖는 성미니까.'

우근과 소장 두 사람은 그렇게 생각을 하면서 보고 있었다. 부주는 중의군 앞에서 언제까지나 부끄럽게 숨어 있을 수는 없었다. 언니인 중의군은 아주 부드럽게 말했다.

"익숙하지 않은 어색한 곳이라는 생각은 말아 주십시오. 언니가 돌아가신 후로는 언제까지라도 잊을 수 없이 몹시 슬퍼서, 이 몸도 원망스럽고 매우 불행하게 살아오고 있습니다. 언니와 아주 비슷한 당신의 모습을 보고 있으면 위로를 받는 것 같고 차분하게 그리워집니다. 소중하게 여겨 주는 사람도 없는 나에게 당신이 돌아가신 분처럼 마음을 붙여 주시면 얼마나 기쁘겠습니까?"

이렇게 말을 걸어 주었지만, 부주는 왠지 쑥스러웠다. 게다가 순진한 촌티가 배어 있어 무어라 대답해야 좋을지 몰랐다.

"오랫동안 아주 먼데서부터 그립게 생각하고 있었는데, 이렇게 뵙게 되니 무엇이나 간에 위로가 됩니다."

부주는 젊은 목소리로 말했다.

30. 중의군이 부주를 귀여워하다.

그림 같은 것을 내오게 하여, 우근에게 해설을 읽게 하였다. 부주는 언제까지나 부끄러워하고만 있을 수도 없어서 그림을 열심히 보고 있었다. 등불 그늘에 비쳐 보이는 모습은 정말 무엇 하나 부족한 점도 없고 아기자기하게 예쁜 얼굴이었다. 이마 근처나 눈매에는 은은한 아름다움이 떠돌고 있었다. 아주 대범하고 품위 있는 모습은, 돌아간 대군 언니를 바로 옮겨 놓은 것만 같았다. 그림은 이미 눈에 들어오지도 않았다.

'실로 사무치게 그리운 얼굴이다. 어째서 이렇게까지 닮은 모습으로 태어났을까? 돌아간 부궁과 정말 꼭 닮았다고 할까? 돌아간 언니는 부궁을, 나는 모친을 닮았다고 노인들이 말하였었다. 정말 닮은 사람이라는 것은 대단히 반가운 법이다.'

마음속으로 언니와 비교하며 눈물을 지으면서 보고 있었다.

'돌아간 언니는 어디까지나 고상하고 품격이 높았었지만, 온화하고 부드러운 맛이 있고, 조금 지나치게 연약한 점이 있었다. 이 사람은 아직 언행이 아주 어리고 무엇에나 부끄러워만 하고 있어서일까. 눈이 확 트일 것 같은 아름다움은 좀 덜한 것 같다. 조금 묵직한 맛이 몸에 밴다면, 대장이 보살펴 주기에 결코 보기 흉하지는 않을 것이다."

자신도 모르게 언니다운 마음을 갖게 되었다.

서로 이야기를 나누다가 밝을녘에 잠이 들었다. 중의군은 아우인 부주를 곁에 눕게 하고, 돌아간 부군의 여러 가지 추억이나 살아온 모습들을 차근차근 모두 들려주었다. 부주는 부궁이 정말 그리워져서, 결국 뵙지 못하고 만 것을 아주 서운하게 여겼다. 어젯밤의 일을 알고 있는 사람은 이렇게 수군거렸다.

"어떻게 된 것일까? 정말 귀여운 분이다. 주인님이 소중하게 여긴다 해도 보람없는 일일 것이다. 불쌍하게."

우근이 대답했다.

"그런 일은 없었을 것입니다. 저 유모가 나를 앉히고 마구 투덜대며 말하기로는, 전혀 그런 일은 없는 것 같았습니다. 내궁 나리도, '만나도 만나지 않은'이란 노래를 읊조리고 있었으니까요."

"자, 그것도 믿을 수 있을까요? 일부러 그런 말을 하였을지도 모릅니다. 잘은 모르지만."

"그렇지만, 어젯저녁의 불빛에 보인 모습은 정말 대범하지 않았습니까? 무슨 일이 있었다고는 보이지 않았습니다."

그들은 소곤소곤 말하며 불쌍히 여기고 있었다.

31. 중장의군이 사정을 알고 부주를 거두다.

유모가 수레를 보내 달라고 하여 상륙수의 저택으로 돌아왔다. 중장의 군에게 어젯저녁에 있었던 일을 보고하니, 중장의군은 가슴이 미어지는 것 같았다.

'다른 사람도 괘씸하다고 생각하였을 것이다. 중의군님은 어떻게 생각하고 계실까? 이러한 일로 질투가 생기는 것은 귀한 사람도 마찬가지일 것이다.'

중장의군은 침착하게 있을 수가 없어서, 그날 저녁때 이리로 건너왔다. 궁이 부재중이라 어렵게 여길 것도 없었다.

"터무니없이 미숙한 사람을 옆에 맡겨 놓고 이것으로 안심이라고 생각은 하면서도 족제비 모양으로 안절부절못하고 있습니다. 대단치도 않은 사람들에게 미움이나 원망만 사고 있습니다."

"정말 그렇게 말씀하실 정도로 민망스런 행동은 아니었을 텐데. 확실히 걱정하고 있는 눈빛이라서 이쪽도 마음에 걸립니다."

중의군은 말하며 웃었다. 이쪽에서 기가 죽을 것 같은 그 눈매를 보고서, 중장의군은 내심 양심에 가책을 느꼈다.

"어떤 생각으로 있을까?"

이런 생각을 하니, 도저히 말을 꺼낼 수도 없었다.

"여기 와서 이렇게 옆에서 지나며 시중들면 오랫동안의 소원도 이루어지는 것이겠지요. 누가 들어도 그럴듯하고 떳떳하게 생각하겠지만, 그래도 역시 꺼리는 것이 있습니다. 깊은 산속에 보내겠다는 최초의 생각을 바꿔 버릴 수는 없습니다."

이렇게 말하며 울어 버리니 정말 애처로웠다. 중의군이 말했다.

"이 집에서는 아무것도 마음 쓸 것이 없습니다. 무슨 일이 있더라도 서먹서먹하게 내버려두지는 않을 것입니다. 터무니없는 일을 저지를 사람이 있기는 하지만, 주의해서 곤란한 지경에 빠지지 않게 하려고 생각하고 있습니다. 당신은 그렇게 믿어 주지 않으시는 것 같군요."

"절대로 당신의 마음을, 차별대우하는 것이라고는 생각하지 않습니다. 부끄러운 일이지만, 팔의궁이 자기 아이라고 인정하지 않았던 일에 관해서 이러니저러니 말하려는 것은 아닙니다. 그러한 일과는 별개로 형제간이라는 간과하지 못할 인연도 있습니다. 그것을 의지하고 매달리는 것입니다."

중장의군은 말하고 나서, 부주를 이렇게 재촉했다.

"내일 모레에 삼가야 할 일이 있으니, 은밀한 장소에서 지내고 나서 다시 당신 옆에 있게 하겠습니다."

중의군은 애처로워서 본의 아닌 일이라고 생각했지만, 말려서 될 일도 아니었다.

32. 중장의군이 부주를 삼조의 집으로 옮기다.

부주는 뜻하지 않았던 불상사에 깜짝 놀란 채 변변히 인사도 못하고 저택을 나왔다. 이럴 때 방향이 틀리는 장소로 작은 집을 준비하고 있었다. 삼조 근처에 지은 멋있는 집이었다. 그러나 아직 손질하고 있는 중이어서 이렇다 할 충분한 시설도 부족했다.

"어허, 불쌍해라. 당신 한 사람만을 이것저것 염려하고 있습니다. 마음대로 안되는 이 세상에서 오래 살 생각도 했습니다. 나 혼자라면 품위 같은 것과는 상관없는 처지로 영락해 있어도, 그런 대로 몸을 감추고 살아갈 수 있었습니다. 이 연고가 있는 집은, 일찍이 원망하였던 팔의궁 나리의 집입니다. 중의군과 가까이하려 해도 괘씸한 일이 일어나면, 그거야말로 세상의 웃음거리가 될 겁니다. 정말 아무 소용없는 것입니다. 여기는 색다른 곳이지만, 누구에게도 알리지 말고 몰래 계십시오. 그새 어떻게라도 조처해 드리겠습니다."

이렇게 중장의군은 말해 두고 자기는 돌아오려 했다. 부주는 울기 시작했다. 이 세상에서 살아가는 일이 부끄럽게 느껴져 풀이 죽어 있는 모습이 아주 불쌍했다. 어머니는 어머니대로 더욱더 황송하고 참을 수 없었다. 무사하게 시집보내고 싶지만, 저런 체면이 서지 않는 사건으로 사람들에게 경솔한 여자라고 여겨지지 않을까 불안하게 생각되었다. 중장의군은 근본적으로 사려가 부족하지는 않은 분인데, 다소 화를 잘 내고 기분을 억누르지 못하는 면이 있었다. 저 상륙수의 집에서도 사람 눈에 띄지 않게 숨겨 둘 수도 있었겠지만, 그렇게 두는 것을 불쌍하게 여겨 이렇게 조처를 한 것이었다. 오랫동안 옆을 떠나게 하지도 않고 아침 저녁으로 얼굴을 맞대고 있었던 까닭으로, 서로 불안하여 못 견딘다고 생각했다.

"여기는 아직 이렇게 손질이 덜된 곳이니 아주 경계해야 할 곳입니다. 그렇게 알고 주의하십시오. 여기저기의 방에 대기하고 있는 사람을 불러서 적당한 일을 시키십시오. 숙직인에게도 말해 두었습니다. 그것도 정말 걱정되는 일이지만, 수의 편에서 화를 내거나 불평하는 것이 더욱 괴로운 일입니다."

중장의군은 울면서 돌아갔다.

33. 중장의군이 좌근소장을 엿보다.

상륙수는 사위 좌근소장을 둘도 없이 소중하게 대접하고자 준비하고 있었는데, 중장의군이 정성껏 보살펴 드리지 않는다고 투덜댔다.

'이 사람 때문에 이러한 귀찮은 일이 일어났다.'

이렇게 중장의군은 아주 한심스럽게 생각했다.

제일 소중하게 여기고 있는 딸이 이런 지경이 되었으므로, 소장을 충분히 보살펴 줄 마음이 들지 않는 것은 당연했다. 내궁의 앞에서 전혀 보통으로도 안 보여서 완전히 깔보았던 까닭으로, 자기의 사위로 소중하게 돌보아 주려고 했던 생각은 아주 사라지고 말았다.

'여기에 있을 때는 어떤 모습으로 보일까? 편히 있는 모습을 아직 보지 못했는데.'

소장이 마음 편히 있는 낮쯤에, 중장의군은 이쪽으로 와서 그늘에서 엿보고 있었다. 그는 흰 능직의 촉감이 좋은 속옷 위에 유행하는 짙은 홍매색의 고운 평복을 입고, 뜰 앞의 화초를 보려고 끝 가까이에 앉아 있었다. 그 모습은 대체 어디가 모자라는 것인가, 실지로 아름다운 모습이 아닌가 하고 생각되었다. 결혼한 한 사람 몫을 하기에는 아직 덜 자란 딸이 천진하게 누워 있었다. 그러나 중의군이 내궁과 나란히 있던 모습을 회상하니, 두 사람의 꼴이 말할 수 없이 초라하였다. 앞에 있던 하녀들에게 무언가 농담을 걸며 편안히 있는 모습은, 정말로 지난번에 본 것처럼 예쁘지도 않고 보기 흉하게도 안 보여서 저 궁의 저택에 있었던 것은 다른 소장이었던가 하는 생각도 들었다.

"병부경궁 저택의 싸리는, 역시 각별한 멋이 있어요. 어쩌면 저런 종자가 있었을까? 가지의 뻗음새도 정말 어슴푸레 아름다웠지요. 전날 참상하였을 때, 마침 궁이 나들이를 하고 있어서, 꺾지 못하고 말았습니다. '아까운 일도'라고 궁이 읊조렸던 것을 젊은 하녀들에게 보여주었으면 …."

소장은 이렇게 말하면서 자기도 노래를 불렀다.

"아니 무어, 이 사람의 마음씨를 생각하면, 분명 보통 이하일 것이다.

궁의 앞에서는 비교할 수도 없었던 주제에 무어라고 말하는가?"

중장의군은 이렇게 투덜댔지만, 소장은 그대로 아주 교양이 있는 듯 행동하였으므로, 어떻게 응대할는지 시험 삼아 노래를 불렀다.

〈금줄을 꼬아서[약혼하여서] 소중하게 올을 만든 싸리[부주]의 위 잎은 바람에 흐트러지지도 않았는데, 어떤 이슬[상륙수의 친딸]로 색이 변하여 버린 아래 잎일까요?〉

소장은 이 노래를 듣고 안되었다고 생각하였다.

"〈궁성야(宮城野)의 싸리, 팔의궁이 따님이었더라면, 어째서 이슬이 차별하여 내렸을 것입니까?〉

어떻게든 직접 뵙고서 변명하고 싶습니다."

34. 중장의군이 훈과 부주의 결혼을 생각하다.

돌아간 팔의궁과의 일을 소장도 알고 있을 것 같아, 더욱더 부주를 어떻게 해서라도 언니와 같은 처지에 있을 수 있게 돌보아 드리지 않으면 안되었다. 중장의군은 문득 대장 훈의 모습이나 얼굴이 반가워 똑똑하게 뇌리에 떠올랐다. 내궁 쪽도 훌륭한 분으로 보였지만, 그 쪽은 처음부터 염두에도 없었다. 자기 딸을 가볍게 보고 밀고 들어왔었다고 생각하니 분하기만 했다.

'이 훈 나리는 내 딸에게 구애할 생각은 있으면서도, 무례하게 사랑을 구하지도 않고 기다리고 있는 것이 참 훌륭하다.'

'부주와 같은 젊은 여자라면 더욱더 같은 생각일 것이다. 좌근소장과 같은 싫은 사람을 내 사위로 생각했던 것은 보기 흉한 일에 틀림없다.'

부주의 일이 여전히 마음에 걸려서, 당연하게 생각에 잠겨 있었다. 이렇게 할까 저렇게 할까, 모든 장래의 꿈을 그려 보아도 아주 어렵기만 했다.

'귀한 신분이나 태도로 보아 그런 분이 보살펴 주는 상대는 더한층 훌륭한 분일 것이다. 대체 어느 정도의 여자라면 마음에 드실 것인가? 세상 사람 모습을 보고 듣고 있노라면, 그 사람의 신분의 높고 낮음에 따라 그 국량(局量)도 마음의 깊이나 품위도 결정된다고 한다. 내가 낳은 여러 지식이, 부주와 비교될 수 있을까? 소장을 이 집안에서는 둘도 없는 사위라고 생각하는 모양이지만, 내궁과 비교하면 천양지차이다. 하물며 금상 임금의 따님을 얻은 훈 나리의 눈으로 보면, 내 딸도 정말 부끄럽고 기가 죽을 것이다.'

이렇게 생각하니, 다만 왠지 마음이 들떠 버리는 것이었다.

35. 부주가 숨은 집에서 조용히 생각하다.

부주는 임시의 숙소에서 할 일이 별로 없었다. 뜰의 풀도 울적하게 보이는 데다, 상스러운 동국사투리를 쓰는 사람만이 출입을 했다. 마음을 달래어 볼 만한 뜰 앞의 화초도 없었다. 부주는 쇠퇴한 점에서 그저 답답한 생각으로 살고 있었다. 괴씸한 행동을 했던 내궁의 모습을 생각하니, 젊은 마음에 반가운 생각이 들었다. 그것은 어떤 일이었을까, 정말 자상하고 다정하게 말씀하셨지, 나중까지 향기로웠던 잔향도 생생히 기억에 떠올랐다. 무서웠던 일도 생각났다.

모친은 어떻게 지내고 있을까 생각하고 있을 때, 정말 눈물이 돌 것 같은 편지가 도착했다. 특별히 친절하게 돌보아 주셨는데, 그 보람도 없이 걱정을 끼쳤다고 생각하니, 갑자기 울음이 나왔다.

"얼마나 부질없이 낯설게 지내고 있을까? 잠시만 참고 지내십시오."

편지에는 이렇게 씌어 있었다. 부주는 그 답장을 썼다.

"부질없는 것은 아무렇지도 않습니다. 도리어 마음이 편하지요.

〈만일 여기가 이 세상이 아닌 다른 세상일 수 있다면, 한결같이 기쁘게 여길 것인데.〉"

어머니는 유치한 노래솜씨를 보고도 눈물을 흘렸다. 이렇게 어찌할 바를 모르고 방황하는 꼴을 당하게 하였다고 생각을 하니, 말할 수 없이 슬펐다.

〈이 싫은 세상이 아닌 다른 세상을 찾아서라도, 당신의 영광을 보고 싶습니다.〉

그들은 이렇다 할 것도 없는 노래를 서로 주고받으며 마음을 달래고 있었다.

36. 훈이 우치를 방문하다.

훈 대장은 가을이 깊을 때면 습관처럼 새벽에 잠이 깰 때마다 돌아간 팔의궁과 대군의 일을 잊지도 않고 생각하며 차분하게 슬픈 마음이 들었다. 우치의 당이 완성되었다는 말을 듣고 직접 그곳을 찾아갔다. 오래 와보지 못했던 산의 단풍도 신기하게 느껴졌다. 부숴진 안채가 이제는 아주 산뜻하게 새로 지어져 있었다. 옛적 돌아간 궁의 성자처럼 검소하게 살고 계셨던 살림을 생각하니, 그 궁의 일도 그리웠다. 승려의 모습으로 바뀌었던 일도 새삼 섭섭하게 여길 만큼, 여느 때보다도 공허한 마음으로 바라보고 있었다. 전에 있던 방은 아주 장엄했고, 또 한편은 아씨가 살고 있는 방답게 구석구석 마음을 쓴 느낌이 무척 인상적이었다. 이번에는, 대로 엮는 병풍이나 그밖에 허술한 세간 같은 것을 저쪽의 승방에서 사용하고 있었다. 정말 산골다운 도구들이었지만, 그렇게 간략하지는 않으면서도 아주 청결하고 어딘지 모르게 정중하게 꾸며져 있었다.

37. 훈이 여승 변에게 부주에의 중개를 의뢰하다.

훈은 도랑물 곁의 바위에 허리를 걸치고 한동안 앉아 있었다.

〈예로부터 끊임없이 흐르는 맑은 물은 하다못해 돌아간 사람의 옛 자취라도 왜 남기지 않는 것인가?〉

훈은 눈물을 닦으면서 변 여승이 살고 있는 곳에 가까이 가 보았다. 여승은 정말 슬퍼져서 훈의 모습을 보자마자 곧 울어 버렸다. 훈은 중방에 잠시 허리를 걸치고, 발의 끝을 끌어올리고 얘기를 나누었다. 여승은 칸막이에 몸을 감추고 앉아 있었다. 그 계제에 이렇게 말했다.

"요전에 말한 그 사람 부주는 내궁 저택에 있다고 들었는데, 쑥스러워 찾아가지 못했습니다. 당신이 알아서 잘 전하여 주십시오."

"요전에 그 모군의 편지가 있었습니다. '꺼리는 것을 피한다고, 여기저기 옮기고 있습니다. 최근에는 보기 흉한 조그마한 집에 몸을 숨기고 살고 있는데, 참 미안한 일입니다. 좀더 가까운 길이라면 거기에 맡기면 될 것이지만, 워낙 도중이 험한 산길이라 쉽게 결심을 못해서 …' 라고 적혀 있었습니다."

"사람들이 그렇게 무서워하는 산길을, 나는 변함없이 헤치고 들어온 것입니다. 얼마나 깊은 전세의 약속인가 생각하면 감개도 무량합니다."

훈은 언제나의 버릇대로 눈물짓고 있었다.

"그러면 그 마음 편한 곳으로 편지를 내주십시오. 당신이 직접 가 주지 않으시렵니까?"

"말씀하신 대로 말하여 드리는 것은 쉬운 일입니다. 그러나 새삼스레 경의 흙을 밟는 것도 귀찮아서, 궁의 저택에도 가지 못하고 있습니다."

"왜 그런 일이? 이것저것 사람의 입에 오르내리는 일이라면 몰라도, 애탕⁴⁾의 성자도 때에 따라서는 경으로 나가지 않았습니까? 굳은 서약을 깨고서라도 사람의 소원을 들어주는 것이야말로 고마운 일일 것입니다."

"나는 중생을 건져내는 처지의 사람도 아닌데, 여승이 중매 든다는 듣기 싫은 소문이라도 나면 큰일입니다."

여승은 곤혹스러운 모양이었다.

"역시 좋은 기회입니다. 모레쯤에 수레를 대겠습니다. 그 임시의 숙소가 어딘지 찾아보고 알아내 주십시오. 결코 어리석은 무리한 짓은 하지 않을 테니까."

훈은 웃음을 띠며 말하였다.

'귀찮은 일이 되었다. 어떻게 할 셈일까?'

여승은 이렇게 생각하였지만, 훈이 천박하고 경솔한 성미는 아니었으므로 다시 생각하였다.

'자연히 자기를 위해서도 소문이 나쁜 행동은 삼가고 있을 것이다.'

"그러면 잘 알았습니다. 댁에서 가까운 곳이랍니다. 나리께서도 편지를 보내 주십시오. 일부러 내가 나서서 주선한다고 생각을 하면, 이하

---

4) 애탕(愛宕 : あたご)은 교토시(京都市) 우경구(右京區)의 애탕산(愛宕山 : あたご
 やま). 수험도(修驗道)의 성지(聖地). 여기서 고승(高僧)이 많이 나왔다.

(伊賀 : 지방명)의 중매쟁이도 아니어서 새삼스럽게 기가 죽을 것입니다.”

“편지를 내는 것은 쉬운 일입니다만, 사람 소문이라는 것은 정말 싫군요. ‘우 대장은 상륙수 따위의 딸에 구애하고 있다’라고 소문이 나겠지요. 그 상륙수라는 사람이 아주 사납게 생겼다면서요?”

여승은 웃으며 마음쓰는 것을 안타깝게 여겼다.

어두워진 뒤 출발했다. 풀의 풍치 있는 꽃이나 단풍을 꺾게 하여, 여이의궁에게 드릴 선물을 마련했다. 이 궁은 한가한 나날을 보내는 것은 틀림없었지만, 대장은 황송하다는 자세로 그렇게 친하게는 대하지 않았다. 금상께서도 이 궁을 극히 소중히 생각하여, 세상의 어버이들 같이 훈의 어머니인 입도의궁에게도 잘 부탁을 했다. 저쪽에서도 이쪽에서도 소중하게 다루는 궁 이외에, 내밀히 사랑하는 사람이 생겨난 것이 훈에게는 고생스러운 일이었다.

38. 변 여승이 부주의 숨은 집을 찾다.

훈은 약속한 날 이른 아침에, 속마음을 알고 있는 하인 한 사람과 얼굴을 알리지 않았던 소몰이꾼을 우치에 보냈다.

“장원의 사람 중 시골티가 나는 사람을 불러 같이 오게 하여라.”

반드시 경으로 나오라고 훈 나리가 말해서 변 여승은 정말 마음이 내키지 않고 고생스러운 일이었지만, 화장과 몸단장을 갖추고 수레에 올랐다. 들이나 산의 경치를 보니, 지나간 날의 일들이 이것저것 생각났다. 생각에 잠겨 있는 동안에 해도 기울어, 어느덧 경에 도착했다. 몹시 한적하여 사람의 출입도 없는 집이었다.

“훈 나리의 심부름으로 오게 되었습니다.”

여승은 수레를 끌어넣고 이렇게 전했다. 초뢰 참배 때에 같이 갔던 젊은 하녀가 나와서, 수레에서 여승을 내려 드렸다. 허술한 집에서 자나깨나 생각에 잠겨 지나오는 터에, 옛이야기라도 해줄 사람이 찾아오자, 부주는 기뻐서 방으로 들어오게 했다. 사모하는 부친을 옆에서 모셨던 사람이어서, 친하게 생각되었던 것이다. 변의 여승이 말했다.

"만나본 이후로는 그리워서 남몰래 회상하지 않는 때라고는 없었습니다. 세상을 이처럼 버리고 있는 이 몸이어서 중의군님의 저택에 가지도 않고 있지만, 대장 나리가 이상하리만큼 열심이어서 굳이 결심하고 왔습니다."

부주도, 유모도 전부터 훌륭하게 생각하고 있는 분이어서, 잊지 않고 말씀하시는 것을 고맙게 여기면서도, 갑자기 이렇게까지 마음을 쓰는 것에는 당황하였다.

39. 훈이 숨은 집을 찾아가다.

"우치에서 사자가 왔습니다."

초저녁이 지날 무렵, 이렇게 말하며 몰래 문을 두드리는 사람이 있었다. 대장의 사자가 아닐까 하고 생각하고 변이 문을 열게 하니까, 수레를 끌어들이는 것 같았다. 이상하게 여기고 있었는데, 그 쪽에서 이렇게 말했다.

"여승을 만나고 싶습니다."

우치 근처의 장원을 맡고 있는 사람이라고 말했으므로, 변은 무릎걸음으로 문 앞에 나왔다. 비가 조금 내리는데다 바람이 아주 차디 차게 불어서, 무어라 말할 수 없는 좋은 향기가 풍겨왔다. 훈은 누구라도 가슴을 울렁거릴 만큼 용모가 훌륭했다. 마중할 준비도 없이 보기 흉한 곳에 아무런 예정도 없는 방문이어서, 다들 우물쭈물하고 있었다.

"어떻게 되는 것인가?"

누구나 궁금해하고 있었다.

"마음이 쓰이지 않는 곳에서, 이 몇 달 동안 가슴속에 누르지 못하였던 것을 말씀드리려고 합니다."

이렇게 훈은 중개인을 통해서 말했다.

"무어라고 대답하면 좋을까?"

부주는 아주 곤란하여 가만히 있었다. 유모는 차마 볼 수가 없어서 이렇게 말했다.

"이렇게 찾아오셨는데, 올라오지도 않고 돌아가시게 하는 것은 있을 수 없는 일입니다. 저쪽 저택에게는 훈 나리가 찾아왔다고 몰래 말을 하겠습니다. 가까운 곳이니까."

"그런 눈치 없는 일을! 어째서 그럴 필요가 있습니까? 젊은이끼리 그저 얘기만 할 뿐이라면, 갑자기 깊은 관계로 되는 일도 없을 것입니다. 이상할 정도로 느긋한 분이고 사려가 깊은 분이므로, 설마 상대방의 동의도 없이 버릇없는 행동은 안 할 것입니다."

여승 변은 이렇게 책망했다. 그러는 동안 비가 점점 더 오고, 하늘은 아주 어두워졌다.

"집의 동남 구석 무너진 곳이 걱정이다. 어떤 분이 수레를 넣었으면, 잘 끌어들인 뒤 문을 닫아 주십시오. 이런 손님과 같이 온 사람으로 치면 재치가 없는 분이다."

숙직인 중에서 이상하게 말을 하는 사람이 야경을 돌면서, 이렇게 말하는 것도 생소하고 듣기에 좋지 않았다.

"좌야(佐野 : 지명) 근처의 집도 아닌데."

훈은 이렇게 읊조리고, 시골티가 나는 삿자리의 끝에 앉았다.

〈덩굴풀이 무성하여 문을 닫았다고 생각하는 것인가. 정자〔東屋〕의 빗방울이 떨어지는 데에 너무 오래 기다리게 하고 있다.〉

빗방울을 떨어내니, 바람을 타고 이상할 정도로 향기가 강하게 나서, 동국 출신의 시골사람도 놀랐을 것이다.

이것저것 발뺌을 할 계제도 아니어서, 남쪽 조붓한 방에 앉을 곳을 마련하여 들어오게 했다. 부주가 좀처럼 마음 가볍게 대면하려고 하지 않는 것을, 주위의 누군가가 조붓한 방으로 밀어 넣었다. 미닫이가 조금 열려 있었다.

"비탄(飛驒)5) 목수까지 원망하게 되는 칸막이로군요. 이러한 것의 바깥쪽에 앉은 경험은 없습니다."

---

5) 집을 잘 짓는 것으로 유명한 지방 이름. 히다(ひだ) 라고 읽는다.

훈은 툴툴대고 어떻게 하였는지 안으로 들어와 버렸다. 화상을 그려 인형 대신으로 하고 싶다는 말은 꺼내지도 않았다.

"뜻하지 않게 무엇인가의 틈에서 본 후로는, 까닭 없이 당신이 그리워졌습니다. 그것도 그러한 인연이 있었던 것인지, 이상하리만큼 사모하고 있습니다."

그저 이렇게만 말을 걸었다. 부주의 인품이 아주 가련하고 순진하여서, 그렇게 부족해 보이지도 않았다. 오히려 차분하고 귀여워 보였다.

40. 이튿날 아침에 훈이 부주와 같이 숨은 집을 나오다.

곧 날이 밝아질 것 같았지만, 닭이 우는 소리는 들리지 않았다. 큰길가에서 늘어진 목소리로 무엇인지 모를 물건 이름을 부르짖는 소리가 들려왔다. 이러한 새벽녘에 무언가를 머리에 인 사람이 마치 귀신처럼 보였는데, 이렇게 쑥이 자란 임시 숙소에서 친숙하지 않은 이 기분을 흥미 있게 느꼈다. 숙직인이 문을 열고 나가는 소리도 들려왔다. 각자가 자기의 방으로 물러가서 눕는 기색을 듣고, 훈은 사람을 불러 수레를 문에 바짝 대라고 일렀다. 훈은 부주를 끌어안고 수레에 태웠다. 이것은 뜻밖의 일인데다 눈 깜짝할 사이의 일이어서 다들 놀라 떠들었다.

"혼인을 않는 9월인데, 곤란한 일입니다. 어떻게 하려는 것인가?"

다들 이렇게 중얼거렸다. 여승도 정말 안되었다고 생각하였다. 의외의 진행이긴 하지만.

"아마도 그 나름대로 생각이 계실 겁니다. 걱정하지 마십시오. 9월이라 해도 내일은 혼인해도 지장이 없는 절분(節分)이라고 들었습니다."

이렇게 달랬다. 오늘은 13일이었다. 여승은 말했다.

"오늘은 같이 가지 못하겠습니다. 중의군님의 귀에 들어갈 수도 있을 테니 몰래 왔다가는 것도 온당한 일이 아니어서."

그러나 이번 일은 아직 때가 이른 것이어서, 중의군에게 알려 드리는 것은 어떨까 하고도 생각했다.

"그 일이면 나중에라도 변명이 될 것입니다. 저쪽도 안내하는 사람이 없으면 주선하기 어려운 곳이니까."

이렇게 훈이 말했다.

"누구 한 사람 수행하지 않겠는가?"

훈의 말에, 여승은 부주의 옆에서 시중을 들 시종(侍從)과 함께 수레에 탔다. 유모나 여승님과 같이 왔던 여동들도 뒤에 남아서, 납득하기 어려워했다.

41. 훈이 여승과 함께 대군을 생각하다.

가까운 곳에 가는 것이라 생각하였는데, 사실은 우치로 가는 길이었다. 그러기에 앞서, 도중에 소를 바꾸려고 준비하고 있었다. 냇가를 지나고, 법성사(法性寺) 근처에 올 때쯤에 날이 밝았다. 젊은 하녀는 아주 잠깐 모습을 보기만 하고도 감격하고, 나리를 까닭도 없이 그리워했다. 세상의 눈도 전혀 개의치 않았다. 부주만은 아주 망연한 생각으로 정신 없이 엎드려 있었다.

"돌덩이가 굵은 길은 위험하니까."

훈이 이렇게 말하며 부주를 꼭 끌어안았다. 수레 속의 가리개로 늘어뜨려 놓아서, 아침 햇빛이 환히 비쳐 보였다. 여승은 아주 쑥스럽다고 생각했다.

'돌아간 대군님을 수행하여, 이렇게 나리의 모습을 볼 수 있었으면 좋았을 것을! 오래 살고 있으면 뜻하지 않은 일도 일어나는 것이다.'

슬프게 생각하면서, 억제하려고 하여도 눈물이 새어 나왔다. 시종은 아주 지긋지긋하게 여겼다.

'경사스러운 인연을 맺는 아침에 여승 모습으로 동승하는 것조차 재수가 없는데, 왜 이렇게 울먹울먹하고 계실까?'

시종은 밉다고도 어리석다고도 생각했다. 늙은 사람은 무턱대고 눈물을 잘 흘리는 것이라고 피상적으로 그렇게만 생각했다.

훈도 눈앞의 부주가 밉다고 생각하지는 않았다. 그러나 하늘 경치와 지나간 옛일들이 더욱 그립게 여겨지게 했다. 산골 깊숙이 들어감에 따라 일면에 안개가 끼어 있다. 소매가 겹쳐져 있는 채로 수레 밖으로 길게 늘어져 있는 것이 강의 습기에 젖어 있었다. 붉은 평상복의 꽃빛이 아주 눈에 띄게 색이 달라져 있었다. 급한 언덕을 올라간 높은 곳에서 그것을 발견하고, 훈은 안으로 소매를 끌어들였다.

〈이 사람을 돌아간 분의 추억으로 보자니 슬픈 눈물이 넘쳐서, 아침이슬이 근처에 가득히 내려 있는 것 같이 내 소매가 흠뻑 젖어 있다. 〉

멍하니 혼잣말로 읊조리는 것을 듣고는, 여승도 눈물로 소매를 흠뻑 적셨다. 젊은 사람은 납득이 안되게 보기 흉하다고 생각했다. 즐거운 동행에 아주 재미없는 사람이 끼었다는 생각이었다. 훈은 코를 훌쩍이는 여승을 보고는 자기도 몰래 코를 풀었다. 여군이 어떻게 생각할지 애처로웠다.

"오랜 세월, 이 길을 몇 번이고 왔다갔다한 것을 생각하면, 왠지 차분하게 감개무량해집니다. 조금 일어나서 이 산의 색이라도 보십시오. 정말 착 가라앉아 있군요."

훈이 부주를 군이 끌어 일으켜 보니, 적당히 얼굴을 가리고서 아주 부끄러운 듯이 밖을 보는 눈매는, 바로 돌아간 그분과 닮아 있었다. 얌전하고 너무나 지나치게 순진한 점이 의지할 곳 없는 듯했다.

'돌아간 분은 몹시 어린 듯이 보이면서도, 마음쓰임은 퍽 깊었다.'

역시 갈 곳 없는 슬픔은, 공허한 하늘에 가득 찬 것 같았다.

42. 부주가 불안한 신세를 생각하다.

수레는 우치에 도착했다.

'아, 돌아간 사람의 혼령이 이 저택에 머무르고서, 보고 있는 것이 아닌가? 내가 이렇게 까닭 없이 여기저기 헤매고 다니는 것은 누구를 위한 것도 아닌데.'

수레를 내리고는 이것저것 마음을 쓰고 거기를 잠깐 떠났다. 부주는 모군이 어떻게 생각할까 걱정이 되어 정말 가슴이 아팠지만, 부드러운 태도로 여러 방면에 배려하고 차분하게 말을 해주는 것에 위안을 얻어

수레를 내렸다. 여승은 일부러 여기서 내리지 않고 복도에 수레를 대고 있었다.

'일부러 그렇게 사양할 정도의 집도 아닌데, 너무 지나치게 마음을 쓰는구나.'

훈은 이렇게 생각했다. 장원에서도, 언제나와 같이 떠들썩하게 사람들이 모여 있었다. 부주의 식사는 여승 쪽에서 준비하였다. 오는 도중은 숲이 울창하였는데, 이곳의 풍경은 정말 후련하게 보였다. 강의 경치도 산의 색깔도 아름답게 보이도록 볼품 있게 세워 놓은 건물에 눈을 돌리면, 평소 우울하였던 기분도 위로가 될 것 같았다. 대체 이제부터 어떻게 다루어질까 생각하면 마음이 가라앉지 않고 불안했다.

훈은 경에 편지를 썼다.

"아직 만들다 만 부처님의 장식을 그대로 둔 채여서, 일진이 좋은 오늘 갑자기 여기로 오게 되었습니다. 그런데 기분이 좋지 않아진 데다가 꺼리는 날에 해당된 것이 생각나서 오늘 내일은 여기서 근신하렵니다."

모궁과 여이의궁에게 편지를 각각 보냈다.

43. 훈이 금후 부주의 대우를 생각하다.

부주는 마음놓고 있는 모습이 한층 더 예뻤다. 방에 들어와 있자니 기가 죽는 듯했지만, 새삼스럽게 몸을 숨길 수도 없어 그대로 앉아 있었다. 어머니가 준비했던 색깔 고운 의복을 겹쳐 입고 있었지만, 조금 시골티가 나는 것은 어쩔 수가 없었다. 훈은 잘 길들여서 부드러워진 옷을 입고 있던 대군의 모습이 생각났다. 참으로 기품 있고 고상한 느낌이 되는 모습이었다고 회상했다.

'이 여군은, 머리털의 아랫단이 훌륭하고 표면의 감촉이 부드러워 품위가 있다. 여이의궁의 훌륭한 머릿결에도 지지 않을 것이다.'

동시에, 또 이런 생각도 들었다.

'나는 이 사람을 어떻게 대우하여야 하는가? 지금 당장 정말 정중하게 경의 저택으로 마중하여 살게 하는 것도, 세상 체면에 좋지 않을 것이다. 그렇다고 해서, 이것저것 관계하고 있는 여자들과 동렬에 놓고 적당히 교제를 하는 것은 본의에 어긋날 것이다. 잠시 여기에 숨겨 두자.'

이런 생각도 들었다. 만나지 않고 있으면 쓸쓸하고 그립게 느껴질 것이 분명했다. 그들은 퍽 친절하게 얘기를 나누면서 하루를 지냈다. 돌아간 팔의궁의 일도 얘기하고, 옛날의 추억담도 농담을 섞어 가면서 다정하게 말했지만, 부주는 그저 겸손하고 부끄러워하는 것이 서운하기도 했다. 그러나 이렇게 생각을 고쳤다.

'설혹 부족함이 있더라도, 이렇게 연약하고 가련한 편이 좋은 것이다. 가르쳐 가면서 상대를 하면 될 것이다. 시골티가 나는 것을 감싸 주어 품위 없게 행동하게 한다면, 인형을 대신하는 것도 도움이 안될 테니까.'

44. 훈이 부주에게 거문고를 가르치다.

훈은 여기에 전부터 있던 거문고와 쟁의금을 가져오게 하였다.

'역시 이러한 놀이는 몸에 익히지 못했을 것이다.'

훈은 아쉽게 생각했다. 훈은 자기 혼자서 타면서, 팔의궁이 돌아간 이후로는 오랫동안 손을 안 댄 채 두었던 물건들을 신기하게 여겼다. 몹시 그리워하며 가지고 타면서 생각에 잠겨 있을 때, 달이 떠올랐다.

"팔의궁의 거문고소리는 허풍스레 울려오는 것도 아니고, 정말로 재미있고 차분한 음색이었습니다. 다들 살아 계셨을 때에, 당신도 여기서 커 왔었다면, 조금 더 깊은 생각이 들었을 텐데. 천왕의 인품은, 남인 나마저도 그립게 여겨지는 분이었는데, 어째서 저런 곳에서 그렇게 오랫동안 살았습니까?"

부주는 아주 부끄러운 듯, 흰 부채를 만지작거리면서 물건에 의지하여 누워 있었다. 그 옆얼굴이 참으로 희고 예뻤다. 앞머리가 이마에 흘러내려 있는 것은, 실제로 죽은 사람의 추억을 떠올리게 했다. 훈은 감개가 무량했다.

'그렇다면 더욱, 이런 것도 이분에게 어울리게 가르쳐 드리고 싶다.'

이렇게 생각했다.

"이것에 조금 손을 댄 적이 있습니까? '불쌍한 나의 처'[6] 라는 이름의
거문고가락은, 아무리 무어라 해도 친숙하게 탔을 겁니다."

훈이 물어보았다.

"대화(大和) 말[和歌] 조차 서투른데, 이것은 더더욱 모릅니다."

부주가 대답했지만, 재치 없는 사람이라고 할 수 없다고 여겼다. 부주
를 여기에 살게 한다면, 도저히 생각한 대로 다니지도 못할 것 같아서,
그것이 벌써부터 괴롭게 여겨졌다.

"초왕(楚王)의 대(台) 위의 밤의 거문고소리."

거문고를 밀어 놓고, 이렇게 읊조렸다. 활만을 쏘는 동국의 근처에서
살았던 시종에게는, 정말 훌륭하게 더 할말이 없을 정도로 느껴질 뿐이
었다. 그러나 사실은 부채 색이나, 마음을 두어 마땅한 규방의 고사[7] 도
모르고 있었으므로, 외곬으로 칭찬한 것은 불찰이었다.

"하필이면 형편이 좋지 않은 것을 말했다."

45. 변이 노래를 부르다.

여승이 과일을 내왔다. 상자의 뚜껑에 단풍이나 담쟁이를 꺾어 깔고,
여러 가지 과일을 섞어서 정성껏 보내온 것이었다. 바닥에 간 종이에 굵
은 글씨가 있는 것이 한 점 그늘도 없는 밝은 달빛에 우연히 보였으므
로, 훈은 눈을 멈추고 자세히 보려고 하였다. 마치 과일을 빨리 먹고 싶
어하는 것 같았다.

〈기생하는 나무 잎새도 모조리 단풍이 든 가을이지만, 달만은 옛날대
로 맑게 개어 있습니다. 〉

예스럽게 적혀 있어서, 부끄럽고 또 차분하고 그립게도 생각했다.

〈세상을 괴로운 것이라고 생각하는 나의 마음도, 우치라는 산골의 이
름도 옛날과 달라지지 않았는데, 규방에 새어드는 달빛에 보이는 사람의

---

6) 최마락(催馬樂), '동옥'(東屋)의 '나는 남의 처'를 화금(和琴)의 다른 이름에 핑계하
   여 말을 바꾸었다.

7) 한(漢)의 성제(成帝)의 애비 반첩여(班婕妤)가 조비연(趙飛燕)에 총(寵)을 빼앗
   겨, 그 몸을 가을 부채로 비유하여 한탄하였다는 고사.

얼굴은, 옛날에 본 사람과는 다르다. 〉

　특히 반가(返歌)라고 하지는 않았지만, 그렇게 말했다. 그것을 시종이
여승에게 전해 드렸다.

51. 뜬 배 (浮舟*)

대강 줄거리

훈 나이 27세 봄, 내궁 나이 28세.

내궁은 내력도 모르는 부주에게 연정을 불태우고, 중의군은 침묵을 지키고 있었다. 다음해 봄에 우치에서 온 편지를 통해, 내궁은 부주의 사는 곳을 알아냈다. 내궁은 훈을 가장하여 우치를 찾았다. 우근은 그 사실을 알아차리지 못하고 내궁을 부주의 침소에 들어가게 하였다. 부주가 다른 사람이라는 사실을 안 때에는, 내궁이 소리도 내지 못하게 하였다. 다음날 아침, 우근은 잘못을 깨달았으나, 이미 되돌릴 수가 없었다. 우근은 부주의 모친 중장의군으로부터 온 사자나, 주위 사람의 눈을 속이느라 고심하였고, 부주는 훈과는 대조적으로 정열적인 내궁에게 이끌렸다.

정월의 궁중 행사가 끝난 뒤, 우치에 간 훈은 무언가 생각에 잠겨 있는 듯한 부주의 태도로부터, 고독한 우치에서의 생활 속에서 그녀가 여자로 성장한 것이라고 받아들였다. 훈은 기쁘게 생각하여, 부주를 경으로 맞이하려 하였다. 비밀을 지닌 부주는 그저 번민할 뿐이었다.

궁중에서 시를 짓는 연회가 있던 밤, 내궁은 훈이 '옷을 깔고 홀로 자는 오늘 저녁에 나를 기다리고 있는 우치의 다리 아씨'라고 읊조리

---

* 원 뜻은 뜬 배. 부주가 우치천을 건널 때 읊은 노래에 나온다. 두 남자 사이에서 마음이 동요되는 부주의 불안과 그 운명을 암시한다. 우키후네(うきふね)라 읽는다.

는 것을 듣고, 가슴이 두근거려 사람들 눈을 무릅쓰고 우치로 갔다. 내궁의 뜻이 깊은 것에 하녀들은 감격하였다. 내궁은 부주를 대안의 작은 집에 데리고 가서, 꿈과 같이 달콤한 이틀을 보냈다. 그 후 내궁과 훈 양쪽으로부터 방문이 계속되었다. 훈은 몰래 부주를 경으로 맞이할 준비를 서둘렀으나, 그것을 안 내궁도 부주가 숨어 있을 집을 마련하였다. 어느쪽으로 갈까 망설이는 부주의 마음도 모르고, 모친이나 유모는 경으로 이사할 준비에 여념이 없었다.

훈이 우치로 보낸 사자는, 내궁의 종자가 내방한 것을 이상히 여겨 뒤를 밟았다. 그 결과 훈은 사태의 진상을 알게 되었다. 훈으로부터 부주의 불륜을 나무라는 편지가 왔다. 두 남자 사이에서 몸을 망친 우근의 언니 얘기를 듣고, 부주는 번뇌가 깊어져서 드디어 죽음을 결심하게 되었다. 훈은 우치 집을 엄하게 경호하라고 명령하였으므로, 몸을 버릴 각오로 찾아온 내궁도 헛되이 귀경하였다.

모친인 중장의군은 불길한 꿈을 꾸고 가슴이 두근거려 기도를 하라고 전하여 왔다. 부주는 망설이다가, 드디어 오늘 저녁에는 우치천에 투신하려고 마음을 정하였다.

1. 내궁이 중의군을 원망하다.

내궁은, 부주와 잠깐 만났던 저녁때의 일을 잠시도 잊은 적이 없었다. 대단한 신분은 아닐 거라고 짐작되었고, 인품은 정말 귀여운 느낌을 주는 사람이었다. 내궁은 바람기가 심한 분이라서, 그녀를 그대로 놓쳐 버린 것을 분하게 생각하고 있었다.

"이러한 사소한 일을 갖고 함부로 질투를 하고 있군요. 생각 밖으로 한심합니다."

이렇게 중의군에게도 불평하였다. 그때마다 중의군은 괴로워서 이렇

게 망설일 때도 있었다

'차라리 있는 그대로를 말씀드릴까?'

그러나 이렇게 고쳐 생각하였다.

'각별한 대우를 하는 것 같지는 않았지만, 대장 훈이 얕지 않은 생각으로 마음에 두고 있는 사람의 일을 쓸모 없이 지껄여 알려 드리면, 그대로 흘려 들을 궁의 성미도 아닌 것 같다. 시중들고 있는 하녀들에게도 당장 구애하기도 하고, 손을 잡으려고 당치도 않게 집으로까지 찾아가는, 그런 체면 안 서는 일을 저지르는 성미다. 3, 4개월이 지났어도 골똘히 생각하는 상대라면 더더욱 불미스러운 일을 저지르는 것이다. 저 사람의 일을 다른 데서 듣는다면, 그것은 어떻게도 할 수 없는 일이다. 어느쪽이나 불쌍한 일이 된다 해도, 궁을 그만두게 할 수는 없다. 만일 그렇게 된다면 부주하고 나는 자매간이어서, 다른 사람의 경우보다도 소문이 나빠질 것이다. 그러나 그것도 할 수 없는 일이다. 어느쪽이라도, 나의 부주의로 인해 잘못을 저지르게 하지는 말자.'

곤란하긴 하였지만, 도저히 터놓고 말하지는 못하였다. 그렇다고 사실과 다른 딴 이야기를 그럴듯하게 꾸며서 말을 하는 것은 더욱 불가능하였다. 그저 잠자코 남편을 원망하는 세상에 있는 보통의 여자처럼 하고 있었다.

2. 훈이 느긋하게 부주를 방치하다.

훈은 아주 대범한 자세로 있었다.

'너무 오래 기다리게 한다고 생각하고 있을 것이다.'

이렇게 안타깝게 생각은 하면서도, 권대납언 겸 우대장이라는 신분 때문에 적당한 기회가 없었다. 손쉽게 다닐 만한 길도 아니어서, 괴롭게 생각하였다. 그렇지만, 이렇게 생각하고 마음을 억제하고 있었다.

"나중에는 아주 극진하게 사랑하여 줄 것이다. 조금 시간이 걸리는 일을 만들어, 천천히 가서 만나기로 하자. 그러다가 당분간은 사람들이 눈치 채지 못할 곳에 거처를 마련하여, 나름대로 저 사람의 마음을 달래

주고, 나로서도 세상의 비난을 받지 않게 은밀히 처신하는 것이 유리한 방법일 것이다. 사람들로부터, '그 여자는 대체 어떤 사람인가? 언제부터 사이가 좋아졌을까?'라고 소문이 나는 것은, 귀찮기도 하고 처음의 취지에도 어긋나는 일이다. 또 중의군이 들으면 어떻게 생각할까, 그전에 우치로부터 깨끗하게 인연을 끊고 부주를 데리고 와서, 옛일을 잊어버렸다는 듯이 여겨지는 것도 정말 본의는 아니다.'

모두 지나치게 느긋한 본래의 성격 때문일 것이다. 훈은 부주를 경에 맞이할 장소를 마련하여 몰래 조영하고 있었다.

3. 훈이 아직도 중의군에게 마음을 두다.

훈은 이전보다는 다소 바빴지만, 중의군에게는 아직도 은근히 마음에 두고 신경을 써서 보살펴 주고 있었다. 그것을 보고 있는 사람들도 납득이 안되는 일로 생각할 정도였다. 중의군은 세상의 일도 점점 알게 되고, 또 상대의 사람됨을 보고 듣고 하면서, 깊이 이렇게 감동하였다.

'이분이야말로 정말 옛 분을 언제까지라도 잊지 않는 성실한 마음으로, 죽은 후에까지 계속 깊은 정을 가진 사람이다.'

훈은 나이가 들어 감에 따라, 인품이나 세상의 신망이 다른 사람들과는 아주 달라졌다.

'얼마나 생각지도 못했던 내 운명인가? 죽은 언니가 훈 나리와 나의 결혼을 바랐었는데, 그렇게 되지는 않았다 해도 하필 이렇게 언제까지라도 마음고생을 시키는 분하고 인연을 맺게 되었을까?'

내궁의 마음이 믿음직하지 않을 때마다 이렇게 생각하는 때가 많았다. 그러나 훈과 만나는 일은 거의 없었다. 그때로부터 너무나 시일이 경과하였으므로, 그 정도의 연고를 찾아 언제까지나 잊지 않고 친하게 지낼 수 있었다. 어차피 행동에 제약이 있는 신분으로서는, 상식 밖의 교제인 것이 마음에 걸릴 수밖에 없었다. 그리고 궁이 끊임없이 훈과의 사이를 의심하고 있는 것도 괴로워서, 자연히 서먹서먹해졌다. 그러나 훈의 편에서는 언제까지라도 생각이 변하지 않았다. 궁도 천성적인 바람기가 있어서 남의 눈에 곱게 보이지 않았다. 어린 님이 정말 귀엽게 성장함에 따라, 이런 생각을 하였다.

'다른 곳에서는 이런 아이가 태어나지는 않을 것이다.'

그리고는 중의군을 특별히 소중하게 여겼다. 마음을 터놓고 대할 수 있는 점에서는 본처인 육의군보다도 낫게 생각해서, 이전보다는 조금 가라앉은 마음으로 지내고 있었다.

4. 내궁이 부주의 행방을 알다.

정초가 지났을 때 내궁이 건너왔다. 나이를 한 살 더 먹은 어린 님을 상대하며, 귀여워하고 있었다. 낮쯤에 작은 여동이 커다란 녹색의 얇은 모양의 편지와 소나무에 맨 작은 광주리를 들고 아무 생각 없이 바쁘게 뛰어왔다. 여동이 그것을 중의군에게 드리는 것을 궁이 보았다.

"그것은 어디서 오는 거냐?"

"우치에서 하녀 대보의군에게 드리라고 하였는데, 대보의군이 안 계셔서, 평소처럼 여군 앞에 가지고 왔습니다."

이렇게 말하는 것도 어딘가 침착하지 못한 것 같았다.

"이 광주리는 쇠로 만들고 색을 칠한 것입니다. 소나무도 정말 진짜와 똑같이 만들었습니다."

여동은 방긋 웃으며 말하였다.

"그러면 나도 감상할까?"

궁도 웃으며, 가까이 끌어당겼다. 중의군은 옆에서 몹시 조마조마하게 보고 있었다.

"편지는 대보에게 갖다 주어라."

중의군의 얼굴이 붉어졌다.

'대장이 천연스럽게 낸 편지일까? 우치라고 한 것을 보아도 그런 것 같다.'

궁은 짐작하고서 이 편지를 집었다.

그래도 역시, 만일 그랬을 때는 어쩌나 하고 몹시 마음에 걸렸다.

"열어 봅니다. 원망 마십시오."

"보기 흉한 일을. 어째서 여자끼리 주고받는 내밀한 편지를 본다고 하십니까?"

이렇게 말하는 것이 당황한 기색도 없었다. 궁이 편지를 열어 보니, 아주 젊은 여자의 필적이었다.

"무소식으로 지내다 보니 해도 바뀌었습니다. 산골 살림은 갑갑합니다. 산봉우리의 안개도 개일 새가 없어서."

이어서 이렇게 씌어 있었다.

"이것도 어린 님에게 드려 주십시오. 보기 싫긴 하겠지만."

특별히 재치 있는 것은 아니었지만, 자세히 들여다보니 확실히 전에 본 적이 없어서 자세하게 편지를 읽었다.

"해도 새로워졌는데, 변함없이 지내고 계십니까? 당신 자신에게는 얼마나 경사가 많이 있습니까? 이곳의 주택은 훌륭하고 배려도 깊습니다만, 역시 지내기에 알맞지 않은 것 같습니다. 언제나 이렇게 가만히 앉아 생각만 하고 있는 것보다는 때때로 그쪽에라도 참상하여 기분을 푸는 편이 낫다고 생각됩니다만, 놀랍고 무섭던 일에 넌더리가 나서 마음이 내키지 않아 한탄만 하고 있는 것 같습니다. '어린 궁에게 작은 마치를 드립니다. 내궁 나리가 보지 않는 동안에 드리게 하십시오'라고 말하였습니다."[1]

과연 여자의 필적으로 이렇게 우근은 자세하게, 말을 삼갈 수도 없이, 푸념 비슷하게 쓴 것을 보니 재치 없는 느낌이었다. 그래도 궁은 몇 번이나 보면서, 납득이 안된다고 생각하였다.

"이제 분명히 말씀하십시오. 누구 겁니까?"

"옛적, 저 산골에 있을 적에 알던 사람의 딸이, 어떤 사정이 있어 요새 저쪽에 가 있다고 들었습니다."

보통 이상으로 섬기고 있는 듯한 글솜씨로 사정을 짐작하였다. 그러면

---

1) 우근이라는 하녀가 중의군에게 직접 말씀 드릴 수가 없어서 대보의군에 전해 달라고 하는 형식을 따랐다.

저 넌더리가 나는 일이라고 써 있는 것은 바로 자기가 한 일을 두고 말한 것이 분명했다. 작은 마치는 풍류롭게 만들어져 있었고, 할 일 없이 나날을 보내는 사람이 만든 거라고 짐작하였다. 두 갈래로 갈라진 가지에 귤이 달려 있었고, 부주의 노래도 곁들여져 있었다.

〈아직은 낡은 나무라고 생각하지는 않지만, 어린 님을 위해서 정성 들여 맨 먼저 드리는 마음을 알아주십시오. 당신을 기다리고 있는 것을 잊지 마십시오.〉

특별한 것도 없는 노래였지만, 내궁은 저 잊을 수 없는 사람이 지은 것이라고 짐작하니, 눈을 뗄 수가 없었다.

"답장을 쓰십시오. 동정심이 없군요. 숨기지 않으면 안될 편지도 아닌 것 같은데, 어째서 언짢아 하고 있습니까? 저쪽에 가 있겠습니다."

내궁은 이렇게 말하고 일어섰다.

"가엾게 되었군요. 어린 사람이 받았나 본데, 어째서 아무도 보지 못했을까요."

이렇게 중의군은 하녀 소장들을 상대로 작은 소리로 말하였다.

"만일 보았다면, 어떻게 여기에 올 수 있었겠습니까? 대체 저 아이는 분별없고 주제넘습니다. 사람은 장래가 틀림없다고 생각되도록 대범한 것이 귀중합니다."

소장의군은 이렇게 욕을 하였다.

"조용히 하십시오. 어린 것을 상대로 화내지 말고."

작년 겨울 어떤 사람이 데리고 온 아이였는데, 얼굴 생김이 아주 사랑스러워서, 궁도 몹시 귀여워하고 있었다.

5. 내궁이 훈의 숨겨 둔 여자의 일을 듣다.

궁은 자기 방으로 돌아와서, 속으로 짐작했다.

'아무래도 이상한 점이 있다. 대장이 우치에 몇 해 동안이나 끊임없이 다니고 있다고 한다. 밤에 몰래 거기서 자고 온다고도 하는데, 아무리 죽은 사람을 추억한다 해도 터무니없는 장소에서 나그네 잠을 잘 수 있

는가? 그것은 이러한 사람을 숨겨 두었던 까닭일 게다.'

한문과 관련된 일로 출입하고 있는 대내기(大內記)라는 자가 훈과 친한 연분이 있는 사람이 생각나서, 그를 앞으로 불렀다.

"운자 맞추기를 하고 싶은데, 시문집을 골라서 여기에 있는 문 달린 궤에 쌓아 두도록. 우대장이 우치에 가는 일은 지금도 계속되고 있는가? 절을 아주 훌륭하게 지었다고 하는데, 어떻게 볼 수 없을까?"

"아주 장엄하게 지어 놓고, 삼매당 같은 것을 더욱 존귀하게 지으라는 지시가 있었답니다. 작년 가을쯤부터 옛적보다 더 빈번히 방문한다고 들었습니다. 아랫사람들이 몰래 얘기하기를, '여자를 숨겨 두었는데, 마음에 안 드는 것은 아닌 분이라고 보입니다. 그 근처에 있는 나리 소유의 장원 사람들이, 다 나리의 분부로 참상하여 돌보아 드리고 있습니다. 그 사람들이 번갈아 숙직을 맡고 있으며, 경에서도 극히 남몰래 적당히 문안도 한다고 합니다. 행운을 잡은 여인이긴 해도 역시 허전하게 살고 있을 겁니다'라고 지난 12월쯤에 말하였다고 들었습니다."

궁은 아주 좋은 얘기를 들었다고 생각하였다.

"확실히 이러이러한 사람이라고는 말하지 않던가? 저쪽에 전부터 살고 있는 여승에게 대장이 문안 드리고 있다고 들었는데."

"여승은 복도 쪽에 살고 있다고 합니다. 이분은 새로운 건물에서 지내는데, 좀 깔끔한 하녀와 제법 만족스럽게 살고 있습니다."

"재미있는 얘기가 아닌가? 대장은 어쩔 셈으로 그런 여인을 숨겨 놓았을까? 역시 정말 성깔이 있고 보통 사람하고는 다른 성품이다. 우대신 석무 같은 이도, '이 사람은 아주 도심이 지나치게 깊어서 밤까지 툭하면 산사에서 묵고 있다고 하는데, 경솔한 일이다'라고 꾸중한다는 것을 듣고 있지만, 아무려면 그렇게까지 사람들 눈을 피하여 불도를 위해 나다니고 있겠는가? 옛날에 가까이 지냈던 곳에 아직까지 미련을 남겨 두고 있는 듯이 보였던 것은, 이런 까닭이었구나. 어떤가? 다른 사람보다 진솔하다고 뽐내고 있는 사람 쪽이, 도리어 누구도 생각 못할 은밀한 일을 잘하고 있지 않은가?"

내궁은 아주 재미있다고 생각하였다. 이 대내기라는 사람은, 훈하고 아주 친하게 지내는 가신의 사위였으므로, 숨겨 놓은 것도 들은 적이 있을 것이다.

"어떻게라도 해서, 그 여자가 정말 언젠가 보았던 그 사람인지 아닌지 확인하고 싶다. 저 군이 그렇게까지 소중하게 숨겨 둔 여인이라면, 보통 사람은 아닐 것이다. 중의군하고는 어떠한 사이일까? 서로 미리 짜고 숨겨 놓은 것에 틀림없다."

궁은 속으로 이렇게 생각하여 아주 분하게 여기고 있었다.

6. 내궁이 우치행을 대내기와 상의하다.

내궁은 요즘 골똘히 그저 그 일만을 생각하고 있었다. 활쏘기내기나 궁중의 연회 같은 것을 지내고 나서, 기분이 가라앉아 있었다. 관리 임명 등 사람들이 몹시 마음을 졸이는 일들에는 무관심한 체, 우치에 몰래 갈 것에만 골몰하고 있었다. 대내기는 마음속으로는 바라는 바가 있어, 자나깨나 어떻게 해서라도 궁의 마음에 들려고 애쓰고 있었다. 궁은 평소보다도 그를 잘 돌보아 주면서, 곁에서 심부름을 시키고 있었다.

"아무리 어려운 일이라도, 내가 말하는 것이라면 좀더 머리를 써 주지 않겠는가?"

대내기는 황공하게 대기하고 있었다.

"아주 이상한 얘기지만, 저 우치에 살고 있는 여자는 내가 예전에 만난 일이 있는 분이다. 그 후 행방을 모르고 있었지만, 대장이 찾아내어 떠맡았다고 사람들이 말을 하니, 짐작이 가는 것이 있다. 그러나 똑똑히는 알아볼 도리도 없으니, 그저 살짝 엿보기라도 하여 그 여자인가 아닌가를 확인하고 싶다. 어떻게 하면 사람들이 조금도 모르게 확인할 수 있겠는가?"

대내기는 얼마나 귀찮은 일인가 하고 생각하였다. 그러나 이렇게 대답하였다.

"만일 나가신다면, 아주 험한 산을 넘어가긴 해도, 각별히 먼 거리라고는 할 수 없습니다. 저녁때 출발하면, 10시에서 12시 해자(亥子)의 시각에는 도착할 것입니다. 그리고 밤이 샐녘에 돌아오시면 좋을 것입니다. 사람에게 들키지 않을까 하는 근심은 같이 가는 사람이 누구냐에 달려 있습니다. 그래도 깊은 사정은 어떻게 알 도리가 있겠습니까?"

"그랬을 거다. 옛날에 한두 번 다닌 길이다. 경솔하다는 비난을 들을까 싶어 세상 소문을 꺼리는 것뿐이다."

이것은 자기 생각에도 괘씸한 일이었지만, 여기까지 말이 나왔으므로, 도저히 그만두자고는 못하였다.

7. 내궁이 대내기의 안내로 우치에 가다.

옛날부터 저쪽의 상황을 잘 알고 있는 2, 3인과 대내기, 그밖에 젖형제인 장인과 5위의 젊은 남자 등 친한 사람만이 동행하였다. 대내기에게 알아보게 하니 훈은 오늘 내일은 건너오지 않을 것이 분명하다고 했다. 그렇게 출발하자니 옛날의 일이 생각났다. 이상하리만큼 정성껏 자기를 데리고 갔던 훈에 대하여 버젓하지 못한 행동을 하는 것이라는 생각에, 내궁은 마음속이 복잡하였다. 경에서는 남에게 알리지 않고 몰래 다니는 것은, 아무리 바람기가 있는 분이라도 도저히 불가능한 신분이었다. 보통 때는 우차로 갔었는데, 이번에는 일부러 초라하게 차리고 말로 떠났다. 왠지 두렵고 양심에 찔리는 것 같았지만, 호기심은 그 이상으로 강렬했다. 산으로 깊숙이 들어감에 따라 자연히 이런 생각이 들었다.

"어떻게든 빨리 보고 싶다. 일이 어떻게 될까? 만일 얼굴을 보지도 못하고 돌아오게 되면 꼭 불만스럽고 우스운 꼴이 될 것이다."

그러면서 가슴이 두근거렸다.

길을 재촉하여, 초저녁이 지날 때쯤 도착하였다. 대내기는 상황을 잘 아는 사람에게 물어서 사정을 잘 알고 있었다. 숙직인이 대기하고 있는 곳에는 가까이 가지 않고, 갈대 울타리를 둘러놓은 서쪽 면을 조금 헐고 가만히 안으로 들어왔다. 대내기 자신도 사전에 조사하였다고는 하나 역시 아직 보지도 못한 집이어서 상황을 잘 몰라 어쩐지 불안하였지만, 사람이 많이 있는 것도 아니어서 이럭저럭 침소의 부근까지 갔다. 그 남면에 어슴푸레한 불빛이 보이고, 삭삭 스치는 소리가 들렸다. 대내기는 궁의 곁에 돌아왔다.

"아직 사람이 깨어 있습니다. 어서 곧장 들어가십시오."

그리고는 이렇게 안내하여 들어가게 하였다.

8. 내궁이 부주와 하녀들을 엿보다.

내궁은 가만히 툇마루에 올라가서, 격자의 틈이 있는 곳을 발견하고 가까이 갔다. 대로 엮은 조잡한 이예(伊豫) 발이 삭삭 소리를 내어, 몸을 움츠리게 하였다. 새로 깔끔하게 세워 놓긴 하였지만, 만듦새가 조잡하여 빈틈이 있었다. 그러나 누가 와서 엿보겠는가 하고 마음 편하게들 있었다. 옹이구멍도 메워 놓지 않았고, 또 휘장의 칸막이는 가로대에 걸어 옆으로 밀어 놓고 있었다. 등불을 밝게 하고 옷을 꿰매고 있는 사람이 3, 4명 앉아 있었다. 귀엽게 보이는 여동이 실을 꼬고 있었다. 이 아이의 얼굴은 틀림없이 저 불빛에 본 그때의 그 얼굴이었다. 갑작스레 보아서 혹시 잘못 보았는지 의심스러운 생각이 들었지만, 저 때에 우근이라고 하는 젊은 하녀도 거기에 함께 있었다. 부주는 팔베개로 등불을 가만히 보고 있었는데, 그 눈초리나 이마의 모양이 정말 품위 있게 윤기가 흐르는 것이 중의군과 흡사하였다.

우근은, 천을 접어 금을 만드는 일을 하고 있었다.

"일단 저쪽으로 가시면, 도저히 곧 되돌아오지는 못하실 겁니다. 훈나리는 이번 관리 승진 서임의 시기가 끝나면 내달 초에는 꼭 오실 것이라고, 어제 심부름 온 사람이 말하였습니다. 편지에 무어라고 답장을 쓰실 것입니까?"

부주는 아무런 대답도 하지 않았다. 훈이 오랫동안 오지 않아서 몹시 우울하게 있는 모양이었다.

"때마침 마치 몰래 도망하여 숨기라도 하듯 떠나는 것은 어떻든 체면이 안 서는 일입니다."

저쪽에 앉은 사람이 말했다.

"갑작스럽게 석산 참배로 초뢰에 가려고 외출하게 되었다고 편지를 내시는 게 좋을 것입니다. 경솔하게 아무런 인사도 없이 도망쳐 숨어 버릴 이유는 없습니다. 참배한 후에,[2] 그대로 곧 이쪽으로 돌아오십시오. 이렇게 불안하게 계시기는 하지만, 생각대로 걱정거리 없는 이 집에 이미 익숙해졌으니, 저쪽에서는 도리어 여행처에 있는 기분이 될 것입니다."

또 다른 사람이 말했다.

"역시 조금만 더 이대로 나리가 건너오시기를 기다리는 것이, 마음도 가라앉고 보기에도 좋을 것입니다. 경에 집을 장만하여 마중이 끝나면, 서서히 어머니 중장의군도 만나보십시오. 유모는 아주 성미가 급해서 갑자기 이런 일을 권하게 된 것일 겁니다. 옛날도 지금도 조용히 참고 느긋하게 기다리는 사람에게만 최후의 행복이 온다고 합니다."

"어째서 저 유모를 말리지 못하였을까요? 늙은이의 생각에는 성가신 점도 있는 것이군요."

우근은 이렇게 미움받을 이야기를 하는 것이, 유모라는 사람을 욕하고 있는 것 같았다.

'하긴 정말 꺼림칙한 여자였지.'

내궁은 그때를 생각하니 꿈만 같았다.

그들은 옆에서 듣기도 부끄러울 정도로 여러 가지 집안 얘기를 하고 있었다. 우근이 말했다.

"중의군이야말로 아주 훌륭하고 행복한 분이더군요. 석무 우대신이 훌륭한 위세로 대단하게 떠들어 대고 있는 모양이지만, 어린 님이 생겨난 후로는 격이 달라졌다고 합니다. 내궁 나리도 지나친 행동을 할 이유가 없어, 중의군은 안정된 생각으로 매사 집안을 혼자 도맡아 돌보고 있을 것입니다."

"훈 나리가 진심으로 언제까지라도 변함없이 사랑하신다면, 아씨도 중

---

2) 후문(後文)에서 밝혀지듯이, 유모는 부주가 이렇게 우울하게 있는 것을 걱정한 나머지, 기분을 풀기 위해 갑자기 석산사에 참배할 것을 모군에게 권하였다.

의군에게 지지 않을 것입니다.”

이 말을 듣고 부주는 말했다.

“정말 듣기 싫습니다. 남에 대해서는 지지 않겠다거나 어떻다거나 하고 떠들어도 좋지만, 중의군의 일만은 입에 올리지 마십시오. 이것이 새어 나가 저쪽의 귀에라도 들어가면 난처하게 됩니다.”

내궁은 그들이 배다른 자매간이라는 것을 아직 모르고 있었다.

‘어떤 친척 관계일까? 아주 꼭 닮았다고 생각되지만.’

이렇게 내궁은 마음속에서 비교하고 있었다. 쑥스러울 정도로 기품이 높은 점은, 중의군 쪽이 현격하게 훌륭하였다. 이쪽은 그저 귀엽고 섬세하고 아름다운 점이 아주 좋았다. 설사 가까스로 합격할 정도로 불충분한 점이 눈에 띈다 해도, 간절히 만나보고 싶은 집념을 가지고 있었던 분을 찾아낸 이상, 그대로 체념할 성격은 아니었다. 내궁은 빼놓은 구석이 없을 정도로 세심하게 들여다보았다.

‘어떻게 하면 이 여자를 내 것으로 할 수 있을까?’

내궁은 공연히 마음이 움직였다. 계속해서 가만히 보고 있었던 우근이 말했다.

“아이구, 졸려 죽겠다. 어젯밤에도 하는 일 없이 밤늦게까지 깨어 있었습니다. 이른 아침에 이것을 다 꿰매어 놓겠습니다. 아무리 급하게 하여도, 수레가 도착하는 것은 해가 높이 떠 있는 때일 것입니다.”

그리고는 시작하였던 바느질을 주섬주섬 모아서 휘장에 걸어 놓고, 선잠 자는 것처럼 물건에 기대어 누웠다. 부주도 조금 안으로 들어가서 누웠다. 우근은 북면으로 갔다가 조금 후에 돌아와서 부주의 옷단 근처에서 잤다.

9. 내궁이 훈을 가장하여 부주의 침소에 들어가다.

졸렸던지 곧 잠이 든 것을 보고, 궁은 다른 방도가 없어, 가만히 격자를 두드렸다. 우근이 듣고는 물었다.

“누구신지요?”

내궁이 헛기침을 하였더니, 품위 있는 기침소리로 들려, 훈 나리가 건너온 것이라고 생각하여, 일어나서 나왔다.

"하여간 이것을 여시오."

"기묘한 일입니다. 생각지도 않은 시간에 건너오셨군요. 이미 밤은 퍽 깊어졌는데."

"어딘가로 외출할 것이라고 중신(仲信)이라는 하인이 말하기에, 놀라서 곧바로 출발해 와서, 정말 괴로웠다. 우선 빨리 문이나 열어 주오."

내궁은 말하는 목소리도 아주 능숙하게 훈의 흉내를 내어 소리를 낮추었으므로, 우근은 조금도 의심하지 않고, 격자를 날렵하게 열었다.

"오는 도중에 몹시 무서운 도둑을 만나서, 묘한 모습이 되어 버렸다. 불을 어둡게 하여 다오."

"그래요. 큰일날 뻔했군요."

우근은 쩔쩔매며 등불을 치웠다.

"내 모습을 다른 사람에게 보이면 안된다. 내가 왔다고 사람을 깨우지 말라."

내궁은 머리가 잘 도는 분이었으므로, 훈과 아주 비슷하게 흉내를 내어 방에 들어갔다.

"대단한 꼴을 당하였다고 말씀하셨는데, 어떤 모습일까?"

우근은 이렇게 딱하게 생각하여, 자기도 그늘에 숨어서 가만히 보고 있었다. 정말 호리호리한데다 부드러운 옷을 입고 있었고, 쪼인 향이 훈에게 지지 않을 만큼 향기로웠다. 그는 부주 가까이에 가서, 옷을 벗고 익숙한 솜씨로 누웠다.

"평소의 침소에"

우근은 이렇게 말씀드렸지만, 아무 말도 없었다. 우근은 이불을 드리고, 자고 있던 사람을 깨워, 조금 물러나서 모두 잤다. 같이 있는 사람들은 평소 이쪽에서 어떤 일이 벌어져도 상관치 않는 것이 습관이었다.

"생각지도 않은 밤중에 건너오시는군요. 아씨는, 나리의 이런 생각을 잘 모르는 것 같은데."

잘난 것처럼 말하는 사람도 있었다.

"저, 조용히 하십시오. 밤중의 사람소리는, 소곤소곤하는 말소리가 도리어 크게 들리는 법입니다."

우근은 이런 말을 하고는 자 버렸다.

'다른 사람이다.'

부주는 속으로 이렇게 깨닫고는 너무나 뜻밖이라 망연해하였지만, 궁은 목소리조차도 내지 못하게 입을 막았다. 체면을 생각해야 할 장소에서도 무법한 일을 저지르는 분이므로, 지금도 여전히 한심스럽게 보였다. 처음부터 다른 사람이라는 것을 알았더라면 어떻게든지 현명하게 응대할 수도 있었겠지만, 꿈을 꾸는 듯한 생각으로 있는 동안에, 원망스러웠던 지난 일이 있은 이후부터 오랫동안 생각하여 왔다는 이야기를 듣고서야 내궁이라는 것을 알게 되었다. 부주는 한결같이 몸둘 바를 몰랐다. 중의군의 일을 생각하였지만, 뾰족한 방법도 없어 그저 한없이 울고 있었다. 궁도 이제부터는 손쉽게 만나볼 수도 없을 것이라는 애달픈 생각으로 울고 말았다.

10. 다음날 아침, 내궁이 귀경을 연기하다.

밤은 점점 밝아갔다. 동행했던 사람이 와서 헛기침을 하였다. 우근이 듣고서 가까이에 참상하였다. 궁은 나오려고도 하지 않고, 어디까지나 부주가 사랑스러워 못 견디는 듯했다. 그리고 두 번 다시 여기로 건너오기도 어려울 것 같았다. 경에서는 궁을 찾느라 소동을 일으켜도, 될 대로 되라지 오늘만은 이렇게 있자, 무슨 일이나 목숨이 붙어 있어야만 의미 있는 것이 아닌가 하는 생각뿐이었다. 지금 곧 행차해야 한다면 만나보고 싶어 죽을 지경이 될 것 같았다. 궁은 우근을 불러서 말했다.

"아주 무분별한 일이라고 생각하겠지만, 오늘은 도저히 돌아가고 싶지 않다. 같이 온 남자들은, 이 근처의 가까운 곳에 잘 숨어서 기다리게 하고, 시방(時方)이라는 사람은 경에 가서, 내가 몰래 산사에 갔다고 조리 있게 잘 말하도록 일러주게."

　우근은 너무나 의외여서 망연하였다. 부주의했던 엊저녁 자기의 과오를 생각했다. 어떻게 해야 좋을지 정신이 어지러웠지만, 간신히 마음을 가라앉혔다.

　'이렇게 된 이상 여러 가지로 허둥거려 떠든다고 되돌려 놓을 수도 없는 일이다. 또 그렇게 하면 궁에게도 결례가 될 것이다. 생각지도 않았던 그 일이 있던 때에, 궁은 정말 집념이 강했던 것도 이렇게 도망칠 수 없는 숙연 때문일까? 사람의 힘으로는 어떻게도 할 수 없는 일이었다.'

　우근은 자기의 마음을 달래고, 이렇게 간청하였다.

　"중장의군이 오늘 마중하러 오겠다는 통지가 있었는데, 그것을 어떻게 하시렵니까? 이렇게 피할 수 없었던 아씨의 숙연은 무어라고 설명 드릴 수도 없습니다. 때가 때인 만큼, 정말 곤란하니, 역시 오늘은 돌아가시고, 만일 생각이 있으시면, 또 후에 천천히…."

　"꽤나 분별 있는 것처럼 말한다. 나는 요새 쭉 생각에 잠겨 있어서 아주 바보가 되어 버렸다. 다른 사람한테 욕을 먹어도 괜찮다고, 그렇게 외곬으로 생각하고 있다. 조금이라도 내 몸을 위하여 생각하고 마음을 쓰는 사람이라면, 이런 은밀한 짓을 생각이나 했을까? 모군에게는 오늘이 꺼리는 날이라고 대답하면 좋겠다. 사람들에게 알려지지 않도록, 누구를 위해서도 좋게 생각해 두게. 다른 것은 일체 생각할 필요가 없다."

　내궁은 부주를 둘도 없이 귀엽게 여긴 나머지, 모든 비난도 아예 상관하지 않는 모양이었다.

　우근이 방을 나와, 대내기에게 말하였다.

　"궁은 오늘은 여기에 있겠다고 말씀하시는데, 역시 몹시 보기 흉할 것이라고 당신이 꼭 그렇게 말씀드려 주십시오. 세상에 거의 없는 기가 막힌 이 거동은, 아무리 본인이 그럴 작정이라도, 같이 온 사람들이 만류하면 달라질 수 있을 것입니다. 어째서 어른답지 않게 궁을 이쪽으로 데려오셨습니까? 무례한 일을 자행하는 산골의 천한 도둑이 있었으면, 큰일날 뻔하였습니다."

　대내기는 정말 성가신 일이 되었다고 생각하였다.

"시방이라고 하는 분은 어느 분입니까? 경에 갔다 오라는 말을 하셨습니다."

우근은 그에게 궁의 말을 전하였다.

"여러 가지로 당신의 꾸중을 듣는 것이 두려워서라도, 궁의 분부가 없이 도망하듯 돌아갔을 것입니다. 이건 진지한 얘기입니다만, 보통 아닌 궁의 마음을 보아 왔으므로, 우리들 모두 목숨을 건 일입니다. 좋습니다. 숙직인도 다 깨어난 것 같습니다."

시방은 웃으며, 이렇게 말하고 급하게 나갔다.

"남이 모르게 하려면 어떻게 궁리하여야 할까?"

우근은 이렇게 말하고, 몹시 곤혹스러워했다. 하녀들이 일어나 나왔으므로, 우근은 이렇게 말해 두었다.

"나리는 사정이 있어, 몹시 사람들 눈에 띄는 것을 싫어하고 계십니다. 모습을 들여다보니, 오는 도중에 큰일이 있었던 것 같습니다. 옷 같은 것도 밤이 되면 몰래 가져오라고 말씀하셨습니다."

하녀들은 수군거렸다.

"이거 기분 나쁜데. 목번산은 아주 무서운 산이라고 들었습니다. 언제나처럼 전구도 없이 모습을 초라하게 차리고 건너오신 모양이니. 정말 큰일날 일을…."

"조용히, 조용히. 그런 일이 조금이라도 하인의 귀에 들어가면, 정말 큰일이 날 것입니다."

이렇게 말들은 하지만, 다들 속으로 무서워하고 있었다. 이런 때에 공교롭게 훈 나리의 사자라도 오면 어떻게 말할까?

"초뢰(初瀨) 관음님, 오늘 하루 무사히 있게 하여 주십시오."

우근은 다급해서 소원을 빌었다. 실은 부주가 오늘 석산사에 참배하려고 하여, 어머니 중장의군이 마중하러 오기로 되어 있었다. 여기 있는 사람도 다 육기 없는 음식으로 정진하며 몸을 깨끗이 하고 있었다.

"그러면 오늘 출발하는 것은 무리일 것입니다. 정말 유감입니다."

사람들도 이렇게들 말했다. 해가 높아져서 격자를 올리고, 우근이 가까이에서 두 분의 시중을 들었다. 안채의 발은 이쪽 끝부터 저쪽 끝까지 모두 내려져 있었고, '꺼리는 중'이라고 써 붙여 놓았다. 모군이 몸소 건너오실지 몰라서, 꿈자리가 사나웠다고 잘 속여 말하려고 생각하였다. 손 씻을 물을 부주가 직접 드리는 것은 훈의 경우와 마찬가지였는데, 궁은 여군이 손수 맡아 하는 것을 생각 밖이라고 여겨, 말하였다.

"당신이 먼저 씻으면."

부주는 보기 좋게 안정되고 그윽한 훈에게 익숙해졌었는데, 잠시라도 안 만나면 죽을 것 같이 심하게 집착하고 계시는 분을 눈앞에 보니, 아마도 정이 깊다는 것은 이러한 것을 말하는구나 하고, 사무치게 알게 되었다.

'얼마나 이상한 내 신세인가? 누군가가 이러한 것을 소문으로 듣고 있으면, 어떻게 생각하실까?'

부주는 맨 먼저, 훈보다도 중의군이 마음에 걸렸다.

"생각하면 정말 한심합니다. 역시 있는 그대로를 말씀하여 주시오. 당신이 설사 몹시 천한 사람이라도 나는 오히려 더욱 귀여워하게 될 것입니다."

내궁은 여군의 신원을 모르는 채, 이렇게 끈질기게 물어왔다. 그러나 부주는 그 질문에는 아무 말도 하지 않고, 그밖의 것은 모두 탁 터놓고 대답했다. 궁은 자기가 말하는 대로 따르고 있는 것이 한없이 기특하게 여겨졌다.

해가 높아진 뒤에, 중장의군이 마중하는 사람을 보내왔다. 수레 두 대와 말을 탄 사람들로, 여느 때처럼 거칠어 보이는 사람 7, 8인과 품위 없는 모습의 남자 수행원들이 왁자지껄 떠들며 들어왔다. 하녀들은 그 모양을 쑥스럽게 생각하고는, 말했다.

"저쪽에 숨어 있어요."

'어떻게 하면 좋은가? 만일 나리가 왔다고 말했다가는 거짓말이 발각될지도 모른다. 저런 훌륭한 분이 경에 계시는지 아닌지는 자연히 널리 알려지게 마련이니까.'

이렇게 우근은 생각하며, 이 남자들과는 별다른 얘기를 하지 않고 답장을 썼다.

"엊저녁부터 부주 아씨에게 부정이 있어 정말 유감이라고 한탄하고 있습니다. 엊저녁 꿈자리가 사나워서, 오늘만은 근신하고 꺼리는 중입니다. 아주 아쉬운 일로, 무언가가 일부러 방해하는 모양입니다."

이런 편지를 써 주고, 마중 온 사람들에게 식사를 시킨 후 돌려보냈다. 여승인 변에게도 이런 말을 전하게 하였다.

"오늘은 꺼리는 날로, 그 쪽에는 건너가지 못합니다."

11. 내궁과 부주가 사랑에 취해 정신을 잃다.

보통 때 같으면 해가 질 때까지 그저 주체스러워하며, 안개 낀 산 근처를 멍하니 허전하게 바라보고만 있었는데, 오늘은 이렇게 빨리 해가 지는 것을 괴롭게 여기며 안달복달하는 내궁에게 끌려서, 정말 어느덧 해가 졌는지도 몰랐다. 다른 것에 마음 쓸 것도 없는 화창한 봄날이었다. 부주는 아무리 보아도 싫증이 안 나고 별다른 결점도 없는 여인이었다. 상냥하고 인정미 있고, 사람을 잘 따르는 아주 귀여운 모습이었다. 그래도 저 대옥의 중의군과 비교하면 조금 떨어지는 것이 사실이었다. 우대신의 육의군도 지금이 한창으로 아름다운 모습이어서, 그 옆에 놓으면 전혀 비교도 안될 정도인데도, 궁은 지금 둘도 없는 여자라고 생각하고 있었다. 이런 좋은 여자는 다른 데에는 결코 없으리라고 여기면서 바라보고 있었다. 부주는 또 훈 대장님을 가장 훌륭한 분이라고만 생각하였었는데, 궁의 편이 마음씨가 섬세하고 부드럽다는 느낌이 들었다. 기품이 높은 아름다움은 격이 틀린다는 생각마저 들었다.

궁은 벼루를 손 가까이로 끌어당겨, 위안거리로 끼적거리고 있었다. 마음 내키는 대로 정말 재미있게 쓰고, 그림 같은 것도 보기 좋게 잘 그리므로, 나이 어린 22세의 부주로서는 정이 옮겨졌을 것에 틀림없었다.

"본의 아니게 만나지 못할 때에는 이것을 보고 계십시오."

정말 아름다운 남녀가 같이 잠자는 모습을 그리고는 눈물을 흘리며 말했다.

"언제까지나 이렇게 있고 싶다."

"〈길고 긴 장래를 약속하여도 역시 슬퍼지는 것은, 내일의 일조차 모르는 사람의 목숨 때문입니다.〉

이런 기분이 되는 것은, 정말 불길한 일입니다. 자기 몸이 자기 마음대로 안되고, 이것저것 계획만 세우는 동안에, 정말 죽어 버리는 것은 아닌가 하고 생각합니다. 처음 만났을 때, 당신은 내게 박정한 체하였는데, 어째서 당신을 찾아나서려고 한 것일까?"

〈세상에서 정해지지 않은 것이 목숨뿐이라면, 마음이 정해지지 않는 것을 한탄하지 않아도 좋을 텐데.〉

부주는 궁이 적셔 놓은 붓을 쥐고, 이렇게 써 놓았다. 궁은 그것을 보고서 만일 자기가 마음을 바꾸면, 여군이 얼마나 슬프게 생각할까 하는 것이 가슴에 스며들어, 애처롭기 그지없었다.

"지금까지 어떤 분의 변심을 경험하여 이런 글을."

내궁은 이렇게 말하며 웃음을 지었다. 훈이 처음으로 여기로 데려다 놓았을 때의 일을 알고 싶어서 내궁은 몇 번이나 물어보았다.

"도저히 얘기 못할 것을, 그렇게 말씀하십니다."

여자는 괴로운 표정으로 이렇게 원망하는 모습도 순진하고 귀여웠다. '어쨌든 자연히 그 일은 들어서 알아낼 수 있을 것이다.'

이렇게 생각하고 있었지만, 한편으로는 억지로 부주에게 말하게 하려는 것은 곤란한 일이었다.

12. 다음날 아침에 내궁이 이별을 서러워하며 귀경하다.

밤이 되어 경에 사자로 가 있던 시방 대부가 돌아와서 우근과 만났다.

"명석중궁으로부터 사자가 와서, '우대신 나리도 화를 내신다. 아무에게도 알리지 않고 몰래 다니는 것은 아주 경솔한 짓이다. 무례한 잘못이 일어날지도 모르고, 주상의 귀에 들어가면 어떻게 생각하실까를 생각하면, 나로서도 정말 괴로운 일이다'라고 엄하게 말씀하셨습니다. 궁은 동산(東山)에 고승을 만나러 갔다고 말은 했지만…. 여자라는 것은 정말 죄가 깊은 것이로군요. 축에도 못 끼는 소인까지도 갈팡질팡하고 거짓말을 하게 하다니."

"고승이라는 이름까지 들먹였다니 정말 잘한 것입니다. 당신이 거짓말한 죄도 그것으로 상쇄될 것입니다. 정말 궁님은 아주 별난 성미지만, 당신의 말대로 어째서 이렇게 되었을까요? 만일 미리 건너오신다고 알려주셨으면, 매우 황송한 일이어서 적당히 궁리를 해낼 수도 있었는데, 경솔하게 남의 눈을 피하여 몰래 오시다니."

이렇게 우근이 궁을 비판하였다.

우근은 궁의 앞에 가서, 시방의 말을 그대로 말씀드렸다.

'정말 지금쯤은 얼마나 소동이 벌어져 있을까?'

내궁은 비로소 경에 생각이 미쳤다.

"답답한 내가 아무래도 한심합니다. 잠깐 동안이라도 몸 가벼운 전상인의 신분이 되고 싶습니다. 어떻게 하면 좋은가요? 이렇게 사람들 눈에 안 띄도록 마음을 썼다 해도, 언제까지나 숨길 수만은 없을 겁니다. 대장은 또 어떻게 생각할까요? 오래 전부터 이상하리만큼 의좋게 지내 온 사이인데, 이렇게 숨길 일을 저지른 것이 발각되면, 낯을 볼 면목도 없어질 것입니다. 그리고 또 세상 속담에도 있는 것처럼, 상대를 오래 기다리게 방치한 태만은 제쳐놓은 채 도리어 대장으로부터 거꾸로 당신을 원망할까 걱정이 됩니다. 결코 다른 사람이 알아차리지 못하게, 당신을 다른 곳으로 데리고 갈 생각입니다."

오늘까지 이렇게 머물러 있을 수는 없어 돌아가려고 하나, 혼백만은 부주의 소매 속에 남겨 놓고 싶었을 것이다.

날이 밝기 전에 떠나야 한다고, 수행원이 헛기침을 하며 재촉하였다. 그러나 궁은 여군을 좁은 문 쪽으로 데리고 들어가서, 도무지 출발하려고 하지 않았다.

〈아직 어둡기도 하고, 이런 경험도 없어서 나는 어찌할 바를 모릅니다. 흘러내리는 눈물로 길도 보이지 않습니다. 〉

여자도 아주 몸에 배게 사랑스럽게 생각하였다.

〈나 같은 천한 몸으로는 눈물을 소매로 누를 길도 없는데, 하물며 당신과의 이별을 어떻게 막을 수가 있겠습니까?〉

바람소리도 거칠고 서리가 차가운 새벽이었으므로, 헤어질 때 옷의 감촉도 냉랭하였다. 말에 탔을 때에는 되돌아가고 싶다는 한심한 생각이 들었지만, 수행원이 농담할 때가 아니라고 하며 한결같이 수레를 급히 몰아서, 궁은 제정신이 아닌 채로 출발하였다. 오위 두 사람이 말의 고삐를 잡고 있었다. 험한 산을 다 넘고 나서는 각자 말에 올랐다. 물가의 얼음을 밟으며 쿵쿵 구르는 말의 발굽소리도 쓸쓸하고 슬프게 느껴졌다. 옛날에도 중의군과 사랑 때문에 이러한 산길을 넘나들었는데, 이 산골과는 참으로 불가사의한 인연이 있다는 생각이 들었다.

13. 내궁이 돌아와 중의군에게 불평하다.

내궁은 이조원에 도착하여, 중의군이 부주를 숨긴 것을 한심하게 생각하며 마음 편한 자기 방에 들어갔다. 그러나 잠이 안 오고 쓸쓸한 생각만 더해져서, 고집을 세우지 못하고 중의군에게 건너왔다. 중의군은, 아무 생각도 안한 채 아주 깔끔하게 차리고 있었다. 사랑스럽고 아름답게 느꼈던 부주보다도, 이분은 역시 세상에 좀처럼 없는 훌륭한 용모라고 생각했다. 부주와 정말 닮았다고 생각하니 가슴이 막히는 것 같았다. 내궁은 생각에 잠겨 침소에 들어 쉬고 있었다. 여군도 침소로 끌어들였다.

"기분이 몹시 나쁩니다. 어떻게 될 건가 불안하여 못 견디겠습니다. 내 쪽에서 당신을 아무리 사랑스럽게 생각해도, 내가 죽으면 당신은 곧바로 태도를 바꿀 것이 틀림없습니다. 사람이 굳게 먹은 마음이라는 것은 반드시 이루어진다고 하니까."

내궁이 터무니없는 일을 들추며 말하는 것을 여군이 듣고서, 등을 돌리며 말했다.

"이런 듣기 거북한 말이 새어 나가면, 나는 어떤 거짓을 말씀드렸기에 그럴까 하고, 대장 나리도 마음을 쓸 것인데, 참으로 한탄할 얘기입니다. 나 같은 한심한 신상으로는 그런 쓸데없는 농담도 정말 괴롭게 들립니다."

"내가 진정으로 원망스러워한다면 당신은 어떻게 생각하실 겁니까? 나는 당신에게 진정 좋은 남편일까요? 세상 사람들도 이렇게까지 할 남자는 좀처럼 없다고 칭찬할 정도입니다. 그런데 당신은 나를 저 사람과 비교해서 아주 멸시하는 것 같습니다. 그것도 역시 전세의 운명일 것이라고 체념은 합니다만은, 감추고 차별하는 마음이 없어지지 않는 것은 오로지 한심한 것뿐입니다."

궁도 진지한 얼굴이 되어, 이렇게 말했다. 중의군은 내궁이 깊은 인연으로 부주를 찾아낸 것이라고 생각하니, 갑자기 눈물이 솟아올랐다. 궁이 진심으로 걱정하고 있는 것이 애처롭기도 하고, 대체 어떤 말을 들은 것일까 하고 가슴이 두근거려 대답할 말도 없었다.

'아무 생각 없이 일시적으로 만나기 시작한 인연이어서, 무슨 일에나 나를 가벼운 여자로 헤아리는 것일까? 특별한 연고도 있을 리 없는 사람 훈을 의지하고, 그 친절을 몸에 배게 고마워했던 일이 있었다. 그 잘못이 화근이 되어, 나는 궁의 신뢰에 미치지 못하는 몸이 되었다.'

이런 생각을 계속하니, 무엇이거나 슬퍼지고 처량한 심정이 되었다. 궁은 부주를 발견한 것을 당분간 알리지 않으려고 생각하여, 다른 일에 불만이 있는 것처럼 말하고 있었다. 중의군은, 그저 대장의 일을 진심으로 말씀하신다고만 생각하였다.

'누가 있지도 않은 일을 확실한 사실처럼 말하였을까?'

중의군은 불안하게 생각하였다. 그 일이 사실인가 아닌가를 듣고 확인하지 않고서는, 궁을 뵙는 것도 부끄러울 것 같았다.

궁중에서 후의궁의 편지가 도착하여, 아주 놀라 석연치 않은 얼굴로 저쪽으로 건너갔다. 편지에는 이렇게 적혀 있었다.

"엊저녁에는 얼마나 걱정하였는지. 몸이 좋지 않았다고 하는데, 이제 나았으면 참내하십시오. 오랫동안 얼굴을 못 보았으니."

시끄럽게 만드는 것은 괴로운 일이지만, 실제로 몸이 불편한 것 같아 그날은 참내하지 않았다. 전상인들이 많이 문안 왔었지만, 내궁은 고운 발 안에서 하루 종일 혼자 지냈다.

14. 훈이 내궁을 병문안하다.

저녁때가 되어 우대장 훈이 왔다.

"어서 이쪽으로."

내궁은 편안하게 대면하였다.

"기분이 나쁘다고 하셨다는데, 명석중궁께서도 아주 걱정하고 계셨습니다. 지금은 좀 어떠십니까?"

궁은 훈의 얼굴을 보자마자 가슴이 뜨끔하여 말수도 적어졌다.

'성자처럼 거동하고 있지만, 생각하면 수행자의 마음과는 터무니없이 다른 것이다. 저처럼 가련한 사람 부주 아씨를 내버려두고, 유유한 자세로 있다. 오래 기다리게 하여 괴로운 마음으로 세월을 지내게 해도 되는 것일까?'

이런 생각을 하였다. 훈이 언제나 부지런하고 성실한 남자인 체하는 것을 분하게 생각하여, 내궁은 대수롭지 않은 일이라도 꼬투리만 생기면 트집을 잡으려고 했었다. 그런 내궁이 훈의 이런 비밀을 발견했으니, 이제 어떻게 말할 것인가? 그러나 궁은 아무런 농담도 하지 않고, 아주 괴로운 것 같이 보였다.

"곤란한 일입니다. 그렇게 대단하지도 않은데, 이렇듯 오래가는 병이라면, 아주 좋지 않은 것입니다. 감기를 충분히 주의하십시오."

훈은 이렇게 정중하게 문안을 드리고 돌아갔다.

'기가 죽을 것 같은 훌륭한 사람이다. 내 모습과 비교하여 부주는 어떻게 생각할까?'

궁은 무엇이나 그저 부주만을 생각하며 잠시라도 잊지 않고 있었다.

저쪽에서는 석산 참배도 중지하고, 아주 할 일 없는 나날을 보내고 있었다. 궁은 편지로 엄청난 약속들을 써 보내고 있었다. 편지를 보내는 것도 위험하다고 생각하여, 시방 대부의 종자로 사정도 모르는 자[3]에게 가지고 가게 하였다.

"내가 옛날에 알고 있던 사람이, 훈 나리를 따라다니는 중에 나를 알아내고, 다시 한번 옛날로 돌아가서 사이 좋게 지내자고 말합니다."

우근은 이렇게 하녀들에게 말하였다. 우근은 이렇듯 무엇에나 항상 거짓말을 하는 것이었다. 4)

15. 훈이 부주가 어른스러워진 것을 기뻐하다.

달도 바뀌었다. 궁은 이렇게 초조하게 생각하고 있었지만, 우치에 건너가기는 아주 어려웠다.

'이렇게 언제나 괴로워하고 있다가는, 이 몸이 도저히 제 명대로 목숨을 보전하지 못할 것 같다.'

궁은 이런 기분마저 들 정도로 한탄하였다.

훈은 조금 조용해진 무렵, 언제나처럼 몰래 우치로 건너왔다. 절에서 부처님께 예배를 하고, 독경을 부탁하였다. 중에게 물건을 사례로 주고서, 저녁때가 되어 이쪽으로 건너온 것이었다. 이분은 함부로 모습을 변장하지도 않고, 까마귀 모자[烏帽子]5)에 평복 차림을 하고 있었다. 참으로 나무랄 데 없이 세련된 모습이었다. 조용하게 걸어오는 모습이 이쪽의 기가 죽을 정도로 훌륭하고, 마음을 쓰는 것도 각별하였다.

'어떻게 얼굴을 맞댈 수 있을까?'

부주는 이렇게 무섭고 부끄럽게 생각하였다. 먼젓번에 내궁이 격렬하게 사랑을 하던 모습이 문득 생각나서, 훈을 만나지 않으면 안된다고 생각하니 몹시 한심하였다.

'궁이, 오랜 세월 같이 있었던 사람마저, 다 나 한 사람과 바꾸어 버리고 싶다고 말하였었는데, 정말 그날부터 내궁은 몸이 나쁘다고 아무데도 나다니지 않고, 수법에만 열심이라고 한다. 그런데 지금 또 훈과 만나는

---

3) 밀통사건을 아는 자라면 중간에서 비밀을 누설할 두려움이 있기 때문이다.
4) 내궁이 온 다음부터 우근은 여기저기에 거짓말을 꾸미는 일에 익숙하게 되었다.
5) 에보시(えぼし). 옛날에 공경이 쓰던 건(巾).

것을 궁이 알면 어떻게 생각하실까?'

　생각하면 몹시 괴로웠다. 훈도 모습이 각별하고 사려가 깊고 차분하고 침착하다. 오랫동안 격조(隔阻)하였던 것을 사죄하는 데에도 말수가 그리 많지 않았다. 사랑한다거나 슬프다거나 하는 말을 특별히 늘어놓지는 않았지만, 가끔씩밖에 만나지 못하는 사랑의 괴로움을 호감이 가고 품위 높게 말씀하시는 것이 말 많은 것보다 나았다. 누구라도 감개무량하게 만드는 힘을 몸에 지니고 있는 듯했다. 다정하고 부드러운 점은 말할 것도 없고, 장차 일생을 의지하고픈 마음도 우러나왔다. 어이없는 자기의 잘못을 우연히 들어 알게 되면, 대단히 무서운 일이 일어날 것 같았다. 제정신이라고는 생각도 안되게 몰두하고 있는 내궁에게 이상하리만큼 마음이 끌리는 것도 아주 경솔한 일이었다. 이 사람 훈으로부터 싫은 여자라고 생각되어 버림을 받는 일이 일어난다면, 그때는 얼마나 불쌍하게 될 것인지도 잘 알고 있었기 때문에, 부주는 생각할수록 어찌할 바를 몰랐다. 그 얼굴을 훈이 보고서 생각했다.

　'이 몇 달 동안, 전과는 달리 사람의 정을 알게 되어서 그런지, 부쩍 어른다워진 것 같다. 이러한 할 일 없는 집에 살면서, 별의별 것을 다 생각하고 지낼 것이다.'

　이런 생각에 부주가 또 귀여워져서 다른 때보다도 더 정성 들여 이야기했다.

　"지금 짓고 있는 집은 곧 볼 수 있게 될 만큼 공사가 진행되었습니다. 요전에 보고 왔습니다만, 여기보다도 경치 좋은 물가로, 꽃구경도 할 수 있을 것 같습니다. 우리 집이 있는 삼조궁에서도 가까운 곳입니다. 떨어져서 자나깨나 근심으로 지내는 일도 앞으로는 저절로 없어질 것입니다. 별 지장이 없으면, 이 봄쯤에 그 쪽으로 옮겨갑시다."

　'내궁이, 조용하게 지낼 수 있는 곳을 마련하였다고 어저께도 편지로 말해왔는데, 이러한 것도 모르고 그럴 생각을 하시다니.'

　부주는 궁에게 마음이 끌리면서도, 그 쪽으로 끌리는 것은 옳지 않다고 생각하였다. 그러나 곧바로 요전의 모습이 환상처럼 눈앞에 떠올랐다. 자기로서도 한심하고 딱한 신세라고 생각하여 울어 버렸다.

"당신 마음이 이렇게 꾸물대지 않고 대범하던 때가, 나는 마음 편해서 좋았었는데. 누군가가 당신에게 무슨 말이라도 했습니까? 조금이라도 무책임한 마음이었다면, 이렇게까지 하여 찾아올 수 있는 내 신분도 아닙니다. 오는 도중도 얼마나 험악하였다구요."

훈이 이렇게 말했다. 마침 초승께의 달밤이어서, 마루 끝 가까이에 누워서 바깥의 경치를 바라보고 있었다. 훈은 지나간 날 대군과의 슬픈 사랑을 생각하고, 부주는 내궁과 훈의 틈에 끼어서 더한층 괴로워진 자기 신세가 한심스러워, 착잡한 생각에 잠겨 있었다.

산쪽에는 안개가 끼어 있었고, 추운 강변 둑에 있는 까치의 모양도, 장소가 장소인 만큼 흥취 있게 보였다. 우치다리가 아득히 멀리까지 보이고, 섶나무를 실은 배가 여기저기로 오가는 것이었다. 다른 곳에서는 볼 수 없는 여러 가지 정취가 모여 있는 곳이어서, 훈은 볼 때마다 옛날 일이 어제의 일처럼 생각났다. 그러니 이 정도의 사람이 아니라도, 이런 데서 얼굴을 맞대고 있는 만큼 쉽게 얻지 못할 만남의 사랑은 끝이 없을 것이다. 더더욱 그리운 사람 대군과 견주어 보아도 그다지 다르지는 않은 사람이었다. 점점 사랑도 알게 되고, 도회지에 익숙하게 되는 모습도 귀여워서, 전보다 각별히 좋아 보인다고 느꼈다. 그러나 여자편에서는, 내궁과의 관계에서 여자의 즐거움을 맛본 것을 비롯하여 여러 가지 생각이 쌓이고 있었다. 자칫하면 슬픔의 눈물이 흘러나오는 것을 훈은 달래기가 어려웠다.

"〈우치다리가 긴 것처럼 장래가 긴 당신과 나와의 인연은 썩어 없어질 것도 아니므로, 위험하다고 생각하여 걱정할 것도 없습니다. 〉

곧 아시게 될 것입니다."

〈만나지 못하는 날이 많아서 위태로운 우치다리인데도, 그것을 썩지 않는다고 생각하며 의지하고 있으라고 하시는 것입니까?〉

훈은 지금까지처럼 내버려둔 것 같이 지낼 수는 없을 것 같아, 잠깐이라도 여기에 머물러 있어야 할 것 같았다. 그러나 사람의 소문이 귀찮아서, 새삼스럽고 어리석은 일이라 여기고, 마음 편하게 만나려고 생각하여 날이 밝기 전에 돌아왔다. 훈은 정말 용케도 이만큼 어른스러워졌다고 전보다 더욱 귀엽게 생각하였다.

16. 부주를 생각하는 노래에, 내궁이 초조해하다.

2월 10일경 궁중에서 시회(詩會)가 있어, 궁과 훈이 같이 참내하였다. 시절에 맞는 관현의 여러 가지 곡조 가운데, 궁의 목소리는 각별히 훌륭하였다. 궁은 최마락의 곡조인 '매화 가지'를 노래하였다. 어느 일에나 누구보다도 더 능숙하게 해내는 분인데도, 하찮은 그 일에 열중하는 것만이 죄가 크다고 할 것이다.

눈이 갑자기 흩날리고 바람도 몹시 불어서 놀이는 일찍 끝을 맺었다. 궁의 숙직소에 사람들이 참상하여, 식사를 들면서 쉬고 있었다. 훈은 누군가에게 이야기를 하려고 조금 끝 가까이로 와서 보니, 별빛 아래로 눈이 점점 쌓이는 것이 어렴풋이 보였다. 훈은 '어둠에는 구분이 없다' 라는 옛말과 흡사하게 생각되는 향기와 모습으로, '옷을 한쪽만 깔고 오늘 저녁도' 라고 낭송하고 있었다. 아무것도 아닌 것을 읊조리는 것이지만, 워낙 깊은 풍취를 갖춘 인물이기 때문에, 왠지 그윽한 느낌이었다. 그 소리를 들은 궁은 자고 있는 척하면서도, 다른 말도 있지 않을까 하고 마음이 술렁이는 것이었다.

'아무렇지 않게는 생각하지 않는가 싶다. 쓸쓸하게 혼자 자고 있을 것이라고 동정하는 사람은 나뿐이라고 생각하였는데, 대장도 같은 마음으로 있는 것이 마음에 걸린다. 얼마나 쓸쓸한 얘기인가? 이렇게 훌륭한 먼저 남자를 제쳐놓고, 내게 그 이상의 생각을 갖게 만드는 것은 있을 수 없는 일이다.'

내궁은 분하게 여겼다.

이튿날 아침에는 눈이 아주 많이 쌓였다. 시를 헌상하려고 궁은 임금 앞에 나아갔는데, 그 얼굴은 요즈음 들어 정말 남자의 전성기처럼 아름다웠다. 훈도 같은 나이 또래로 내궁보다 한두 살 아래라고 들었는데,

궁보다도 오히려 조금 어른다운 모습과 마음 씀씀이 등이 특별히 만들어
놓은 고귀한 남자의 본보기로 보일 정도였다. 임금의 부마인 몸으로, 무
엇 하나 부족한 점이 없는 것이 당연한 일이었다. 학문에도 실무에도 다
른 사람에게 지지 않는 것 같았다. 시의 강평이 끝나자 다 같이 퇴출하
였다. 궁이 지은 것이 한층 더 훌륭하였다고 칭찬을 하였지만, 궁은 아
무것도 귀에 들어오지 않았다. 다들 어쩔 셈으로 일부러 이런 일을 만들
어 좋아하고 있을까 하면서 마음도 가라앉지 않고 그저 어렴풋이 다른
생각을 하고 있었다.

17. 내궁이 다시 부주에게 몰래 가다.

　훈의 태도에 궁은 한층 더 긴장해서 무리하게 궁리하여 우치로 건너왔
다. 경에서는 동무를 기다리듯이 남아 있는 눈도, 산속 깊이 들어감에
따라 점점 더 두텁게 쌓여 있었다. 여느 때보다도 가기가 어려웠다. 사
람 자취도 드문 좁은 길을 헤치고 가는 것이기에, 수행원들도 울고 싶을
정도로 무서워했다. 귀찮은 도둑이라도 나타나지 않을까 걱정이었다. 길
을 인도하는 대내기는 식부 소보를 겸임하고 있었는데, 어느쪽이나 다
정중하게 거동하여야 할 관직이면서도, 지금 상황에 걸맞게 발목을 졸라
맨 바지의 단을 끌어올린 모습도 별다른 구경거리였다.

　저쪽 우치에서는 건너오신다는 편지를 받았지만, 이런 눈에 설마 오실
까 하고 마음을 놓고 있었다. 그러나 밤도 깊었을 때에, 우근은 궁이 도
착하였다는 전갈을 받았다. 생각지도 못했던 고마운 마음이라고 부주도
감격했다. 우근은 나중에 어떻게 될지 한편으로는 걱정하면서도, 오늘밤
에는 사람들 눈을 꺼릴 생각도 않았다. 이렇게 어려운 걸음을 한 내궁을
그냥 되돌려 보낼 수야 없었다. 부주의 마음에 드는 젊은 하녀로, 소견
이 얕지 않은 사람과 상의하였다.

　"몹시 곤란한 처지입니다. 나와 함께 꾸며 대어 주십시오."

　둘이서 궁을 안으로 들여보냈다. 도중에 젖은 옷의 훈향이 근처에 가
득히 풍기는 것이 곤란하였지만, 훈의 모습과 비슷하게 어떻게든 속임수

를 썼다.

그날 밤중에 돌아가는 것은 오지 않은 편이 오히려 낫고, 또 여기 머무를 경우에는 여기 사람들의 눈도 마음에 걸려서, 내궁은 종자 시방을 통해 강 건너에 있는 집으로 부주를 데려갈 계획이었다. 내궁은 그 집에 우선 먼저 심부름을 보냈었는데, 밤늦게 돌아왔다.

"아주 용의주도하게 준비하고 있습니다."

'대체 어떻게 할 셈이실까?'

우근은 이런 생각이 들어서, 잠이 덜 깬 채로 보기 흉할 만큼, 마치 눈싸움을 하고 난 아이처럼 오들오들 떨고 있었다.

뭐라 말할 여유도 주지 않고, 부주를 안고서 나왔다. 우근은 집 지키는 일을 맡아서 뒤에 남고, 시종(侍從) 이 동행하였다.

아침 저녁으로 보아 왔던 위태로운 작은 배에 타고, 그들은 저쪽 언덕으로 건너갔다. 부주는 아득히 먼 언덕을 향하여 노를 저어 떠나는 것 같은 허전한 기분이 되어, 궁에게 바싹 붙어 안겨 있는 것이 정말 사랑스러웠다. 새벽달이 하늘 높이 맑게 떠 있고, 수면에는 한 점 흐림도 없었다. '이것이 귤의 작은 섬입니다' 라고 말씀드리면서, 뱃사공이 잠깐 동안 삿대를 멈추었을 때, 멋있는 풍취의 상록수 그림자가 큰 바위 모양으로 일렁이고 있었다.

"저것 보시오. 아주 의지할 데 없는 것 같지만, 천 년이 지나도 지켜질 것처럼 짙은 녹색이 아닌가?

〈세월이 지나도 변할 일이 있을까, 귤의 작은 섬의 곳에서 당신에게 약속한 나의 마음은. 〉"

여자도 좀처럼 없는 일이어서, 답가를 했다.

〈귤의 작은 섬의 녹색은 변치 않았지만, 물에 뜬 배와 같은 나는 어디로 표류하여 가는 겁니까, 이제부터 가는 곳도 모릅니다. 〉

때가 때인 만큼 모든 것이 그저 흥취 있게 보였다.

대안에 도착하여 배에서 내리는데, 궁은 부주가 다른 사람에게 안겨 있는 것도 아주 안되어서, 자기가 직접 안고서 사람들의 부축을 받으며 집으로 들어갔다.

'아주 보기 흉하다. 어디 여자를 이렇게도 떠들어 댈까?'

사람들은 이렇게 생각하며 살펴보고 있었다. 그곳은 시방의 숙부인 인번수(因幡守)가 자기 영지의 장원을 아담하게 만든 집이었다. 아직은 아주 허술했고, 삿자리로 차린 병풍 등이 매우 생소하게 보였다. 바람막이도 시원치 않고, 담에는 눈이 얼룩져 남아 있었다. 아직도 하늘은 흐려서 눈이 오고 있었다.

18. 내궁이 숨은 집에서 부주와 탐닉의 이틀을 지내다.

아침 해가 떠올라 추녀의 고드름이 일제히 반짝거리자, 궁의 얼굴도 한층 더 아름다운 느낌이었다. 궁도 은밀한 나그네여서 자유롭게 행동할 수 있는 옷을 입고 있었고, 여자도 겉옷을 벗고 있어서 호리호리한 몸매가 더욱 예쁘게 보였다.

'몸단장도 않고 편안히 있는 모습인데도 정말 눈부실 정도로 고운 사람과 마주하고 있다.'

부주는 이렇게 생각했지만 몸을 숨길 곳도 없었다. 적당히 입어 부드러워진 흰 내의만을 입고 있었는데, 소매 끝이나 옷단 근처도 차분하게 고왔다. 여러 가지 색깔로 몇 벌이나 껴입은 것보다 오히려 정취가 깊었다. 중의군, 육의군, 그밖에 언제나 만나는 여인들이라도 이렇게까지 편안히 있는 모습은 이때까지 본 일이 없어서, 이러한 모습까지 역시 신기하고 귀엽게 여겨졌다.

시종도 아주 무난한 젊은 하녀였다.

"이 사람에게까지 이런 것을 모두 보여 버리는 것은 ….."

부주는 부끄러워 못 견딜 것 같았다.

"이는 또 누구인가? 내 이름을 누구에게도 알리지 말라."

궁도 시종에게 이렇게 입막음을 하는 것을 보고, 시종은 아주 훌륭한 분이라고 생각하고 있었다. 이 집을 지키면서 살고 있는 사람은, 시방을 주인이라고 생각하여 심부름을 잘하고 있었고, 시방은 이 방의 문 저쪽에서 의기양양하게 대기하고 있었다. 집 지키는 이가 긴장된 목소리로 무엇인가 묻는데도, 시방은 제대로 대답을 못하고 있어서, 재미있게 보였다.

"아주 무서운 일이 점괘로 나와서, 꺼리고 피하기 위하여 경을 벗어나 있는 중이다. 다른 사람을 접근시키지 말라."

내궁은 다른 사람에게 보일 일도 없어, 스스럼없이 하루종일 사랑의 말을 교환하였다.

'저 사람 훈이 왔을 때에도 이렇게 만나고 있었을 것이다.'

이렇게 상상하니, 몹시 원망스러웠다. 훈이 여이의궁을 아주 귀한 분으로 여기며 소중히 대하고 있다는 것을 부주에게 들려주기도 했다. 귀에 남아 있는 한마디, 훈이 얼마나 부주를 사랑하고 있는지는 한마디도 입에 올리지 않는 것이 밉살스러웠다. 시방이 세숫물이나 과일을 받아서 앞으로 드렸다. 이것을 보고 내궁이 주의를 주었다.

"대단히 소중하게 여기는 손님이 그런 모습을 보지 않도록 하라."

시종은 색욕 같은 것에 관심을 가질 만한 젊은 여자여서, 아주 흥미를 느껴 이 시방 대부와 무어라고 하루 종일 소곤거리며 지내고 있었다.

눈이 쌓여 있는 가운데 자기가 살고 있는 집 쪽을 보니, 안개가 개인 틈 사이로 나무 끝만이 보였다. 산은 거울을 걸어 놓은 것처럼 석양에 반짝거리고 있었다. 어젯밤 눈을 헤치고 오는 도중에 고생한 것을 과장을 섞어 가면서 얘기하였다.

〈봉우리의 눈이나 언덕의 얼음을 밟고 헤치면서, 당신에 넋을 잃긴 했어도 길을 헤매지는 않고 곧장 만나러 왔습니다.〉

허술한 벼루를 끌어당겨, '목번(木幡)의 마을에 말[馬]은 있어도'라고 파적거리로 쓰고 있었다.

〈바람에 불려 언덕가에 내려 있는 눈보다도 덧없이, 나는 하늘 중간에서 꺼져 버릴 것입니다.〉

부주는 궁의 말을 부인하는 것 같은 글을 써 놓았다. 궁은 '하늘 중간'이라고 적은 것을 나무랐다. 정말 쓸데없는 것을 써 놓았다고 부끄러워

찢어 버렸다. 내궁은 그렇지 않아도 볼 만한 값어치가 있는 모습으로 더욱 훌륭한 분이라고 생각하게 만들려고, 있는 힘을 다하고 있었으므로, 무어라고 말할 수 없이 상냥하게 하고 있었다.

꺼리고 삼가는 것은 이틀 동안이라고 작정하고서 천천히 침착하게 있었는데, 서로 그저 사랑스러운 마음이 깊어질 뿐이었다. 우근은 매사 언제나처럼 그럴듯하게 꾸며 대어, 옷 같은 것을 갖다 드렸다. 오늘은 헝클어진 머리를 빗고, 짙은 보라의 옷에 홍매의 직물 등 색깔도 고운 차림으로 앉아 있게 했다. 보기 흉한 속옷을 입고 있던 시종도 옷을 화려하게 갈아입었다. 시종은 치마를 여군에게 입히고, 세숫물 시중을 들고 있었다.

'아씨 궁6)에게 이 사람을 맡기면 반드시 소중히 대해 주실 것이다. 옆에는 아주 신분이 높은 분이 많지만, 이런 용모인 사람은 좀처럼 없지 않은가?'

궁은 이렇게 생각하며 보고 있었다. 다른 사람들의 눈에 흉해 보일 정도로 서로 희롱하며 하루를 보냈다. 내궁은 몰래 데리고 가서 숨겨 놓고 싶다는 뜻을 몇 번이고 되풀이하여 말했다.

"그 동안에 저 사람과 만나면 그대로는 안 두겠다."

내궁이 단호히 맹세하게 하므로, 부주는 정말 곤란하다고 여겨, 대답도 못하고 눈물마저 흘렸다.

'눈 앞에 내가 있어도, 전혀 마음이 바뀌지 않는 모양이다.'

내궁은 그런 생각에 가슴이 아팠다. 원망하거나 울거나 하면서 밤새 이야기를 나누다가, 아직 새벽이 오기 전에 데리고 돌아왔다. 올 때처럼 궁이 부주를 안고 있었다.

"당신이 소중히 생각하고 있는 듯한 사람도, 설마 이렇게는 하지 않을 겁니다. 잘 알았습니까?"

---

6) 여일의궁. 전에 같이 자의상에게 양육되어 어렸을 때부터 사이가 좋았던 누이. 그 궁의 주위에는 용모도 빼어나고, 집안이 좋은 하녀도 많았다. 내궁은 이들 몇 사람과 정을 통하고 있었다.

부주가 정말 그렇다고 생각하여 끄덕이고 앉아 있는 모습이 아주 기특하다고 내궁은 생각했다. 우근은 문을 열고 들게 하였다. 곧장 이곳에서 헤어져 떠나자니 어디까지나 한없이 슬펐다.

19. 내궁이 귀경 후 병으로 눕다.

돌아오는 길에 이조원으로 갔다. 부주와의 사랑에 온 정력을 모두 탕진하여 건강이 아주 나빠졌다. 식사도 전혀 들지 않고, 그런 나날이 지나는 중에 그만 핼쑥해지고 말았다. 상황이 보통은 아니어서, 주상을 비롯하여 누구나 걱정하고 한탄하였다. 더욱 떠들썩하고 안정되지 않아서, 궁은 편지조차 자세하게는 쓰지 못했다.

저쪽 우치에서는, 저 고지식한 유모가 딸의 해산하는 곳에 있다가 돌아와서 안심하고 궁의 편지를 보고 있을 수도 없었다. 중장의군은, 이렇게 비참한 살림이긴 해도 그저 앞으로 훈 나리가 귀하게 다루어 주실 것을 낙으로 알고, 마음을 달래고 있었다. 훈이 겉으로는 드러내지 않고 가까운 사이에 경으로 옮기려고 생각하고 있어, 중장의군은 정말 체면이 서는 기쁜 일이라고 생각하고 있었다. 점차 하녀들을 찾아 구하고, 보기 흉하지 않은 여동들을 우치로 보냈다. 부주 자신의 생각으로도 그렇게 되는 것이 당연한 일이었지만, 저 억지로 달려드는 내궁을 생각하면 불만을 말하는 모습이나 이런저런 모습들이 눈앞에 환상이 되어 떠올라, 조금만 졸 때에도 몇 번이고 꿈에 나타나는 것이었다. 정말 한심할 지경이었다.

20. 내궁과 훈의 양쪽에서 편지가 있었다.

늦은 봄 3월, 비가 오는 날이 거듭될 때, 궁은 산길을 넘어서 다니는 것을 단념하니 한층 더 못 견디게 괴로웠다. 임금과 명석중궁으로부터 소중하게 여겨지는 몸인 것을 갑갑하다고 불평하는 것도 황송한 일이었다. 이것저것 다하지 못하는 마음을 모두 편지에 썼다.

〈생각에 잠겨 그 쪽을 향해 구름을 바라보지만, 마음이 하늘까지 캄캄하게 덮는 이 슬픔이여. 〉

붓 가는 대로 흘려서 썼는데, 아주 훌륭하고 풍취가 있었다. 각별히 분별이 있다고는 할 수 없는 젊은 여자의 마음에는, 이런 궁의 마음에 대해 그리움이 한층 더 심해지지 않을 수 없었다. 그러나 최초로 정을 통한 훈의 모습도, 역시 사려가 깊고 인품이 훌륭하게 생각되었다. 그것은 훈이 남녀의 정을 처음으로 알게 해준 사람인 까닭일까?

'이런 밀통을 듣고, 정나미가 떨어진다고 인연을 뚝 끊어 버리면, 그 때 나는 어떻게 살아 남을까? 빨리 경으로 마중하려고 생각하고 있는 모친도, 어처구니없는 괘씸한 일이라고 틀림없이 화를 낼 것이다. 아무리 내게 열중하여 초조하게 여기는 분이라도, 아무래도 바람기가 심한 성미라고 들었으니 지금 이렇게 있는 동안은 어쨌든 잠자코 있더라도…. 만일 궁이 이대로 경에라도 몰래 숨겨 두면서 장래까지 사랑하는 사람으로 대접을 한다 해도, 그렇게 되면 이번은 중의군은 또 어떻게 생각하실까? 무엇이나 끝까지 숨길 수는 없는 것이 세상 일이다. 저 괘씸한 거동을 하였던 저녁때의 일이 실마리가 되어, 궁은 이렇게 나를 찾아내지 않았는가. 지금은 더더욱 내가 앞으로 어떻게 살아가든 그것을 알아내지 못할 리가 있겠는가?'

부주는 이것저것 생각하여 보았다.

'내게도 잘못이 있으니 대장이 싫어하게 되면 그 또한 슬퍼 못 견디는 일일 것이다.'

이런 생각을 하고 있는 차에 훈한테서 편지가 왔다.

이것과 저것을 비교하며 보는 것도 정말 싫었다. 역시 장황하고 말수 많게 씌어 있는 내궁의 편지를 보면서, 옆으로 누워 있었다. 시종과 우근이 눈을 마주하며, 눈짓으로 이야기했다.

"역시 마음을 바꾸었나 보군요."

"무리도 아닙니다. 훈 나리의 용모를 보고 세상에 둘도 없는 분이라고 생각하였는데, 이 궁의 모습은 더욱 각별하셨습니다. 편안히 계시는 매력으로 말하면! 그런 정도의 상황을 눈앞에서 보았으니, 나 같으면 도저히 이렇게 있지는 못할 것입니다. 명석중궁에게라도 시중을 들어서라도 언제나 그 모습을 다시 보고 싶습니다.”

전날 밤에 따라갔던 시종이 이렇게 말하니, 우근이 또 이야기했다.

“안심이 안되는 일을 생각하고 있습니다그려. 나리 모습보다도 나은 사람이 있을 리 없습니다. 용모는 그렇다 치고, 성격이나 태도 같은 것을 보면, 역시 이번 일은 정말 보기 흉한 것입니다. 대체 어떻게 되는 것인지 모르겠습니다.”

이러면서 둘이 쑥덕쑥덕거리고 있었다. 우근은 자기 혼자서 괴롭게 생각하고 있던 때보다는, 거짓말을 하기에도 좀 나아졌다.

나중에 본 대장의 편지에는 이렇게 씌어 있었다.

“걱정을 하는 사이에 여러 날이 지나갔습니다. 때때로 그 쪽에서도 편지를 주신다면, 불만이 없습니다만. 당신을 하찮게 볼 까닭이 없습니다.”

그 여백에는 또 이렇게 적혀 있었다.

“〈개일 틈도 없는 장마철에, 생각에 잠겨 지내고 있는 요즘입니다만, 강물이 불어 있는 먼 곳의 마을에서 당신은 어떻게 지내고 계십니까?〉

여느 때보다도, 당신을 향한 마음이 더해지고 있어서.”

편지는 흰 종이에 씌어 있었으며, 백지로 싸여 있었다. 필적도 섬세하고 아름답다고는 할 수 없으나, 깊은 소양이 배어 있었다. 여러 말이 가득 씌어 있는 궁의 것에 비해, 깔끔하고 작게 묶은 편지인 것도, 나름대로 풍취가 있었다.

“먼저 궁 쪽에 답장을. 다른 사람이 보고 있지 않을 때에.”

“오늘은 도저히 답장을 못 쓸 것 같습니다.”

부주는 부끄러워하며, 심심풀이하듯이 이렇게 썼다.

〈그 마을의 이름이 내 신상의 근심이라고 알고 있으므로, 산성(山城 : 지방명)의 우치 근처에 사는 것이 한층 더 괴롭습니다.〉

궁이 그린 그림을 때때로 꺼내 보다가 자연히 울먹이게 되었다. 언제까지라도 계속 만나면 안되는 것이었다고, 이것저것 생각하여 체념하려고 했지만, 이대로 인연이 끊어져 버리는 것은 정말 애달픈 노릇이었다.

“〈목표도 없이 이 세상을 지내 온 내 몸은 개일 사이도 없는 봉우리

의 캄캄한 비구름이 되고 싶습니다. 〉

　구름 속에 들어가 버리면 뵙지 못하게 되겠지요.”

　궁은 부주의 답장을 보고 참지 못하여 흐느껴 울고 있었다.

　‘그렇게 말해도 이 나를 그리워하고 있을 것이다.’

　이렇게 짐작하니 여자가 생각에 잠겨 있는 모습만이 눈앞에서 어른거렸다.

　성실하고 정직한 훈 쪽은, 침착하게 답장을 보면서 부주를 동정하여, 정말 그립게 여겼다.

　“아이구, 가엾게도! 얼마나 생각에 잠겨 있을까?”

　〈슬픈 내 신세를 뼈저리게 느끼게 하는 비가 할 일 없이 내려 그치지 않아서, 강물이 불어날 뿐 아니라 내 소매까지도 눈물에 한층 더 흠뻑 젖어 있습니다. 〉

　이렇게 씌어 있는 답장을, 아래에 내려놓지도 못하고 보고 있었다.

21. 훈이 여이의궁에게 부주에 관해 양해를 구하다.

　훈은 본처 여이의궁과 얘기하는 계제에 부주의 일을 넌지시 말하였다.

　“실례라고 생각하실까 꺼려지는 일이지만, 나에게는 오랫동안 보살펴 준 사람이 있습니다. 보기 딱한 곳에 내버려진 채 몹시 우울하게 있다는 말을 듣고서 미안하게 생각하여, 가까이에 불러오려고 합니다. 나는 예전부터 쭉 남들과는 다른 생각을 가지고 있어서, 어느 때엔가는 출가하려고 생각하고 있습니다. 그러나 이렇게 당신과 결혼하였으니, 외곬으로 이 세상을 버리기도 어려워졌습니다. 지금까지 그런 여자가 있다는 것을 누구에게도 알리지 않고 있었습니다만, 그 사람의 일까지도 애처로워 이대로는 죄를 짓는 것이 될 것 같아 걱정입니다.”

　“어떻게 마음을 써야 할지 저는 모릅니다만.”

　“주상에게 나쁘게 말씀드리는 사람도 있을 겁니다. 세상 사람들이 떠드는 것은 대단히 불쾌하고 무례한 일입니다. 그러나 그 사람은 그렇게 특별히 말할 정도로 대단한 사람도 아닙니다.”

훈은 조심스럽게 말씀드렸다.

22. 훈이 준비하는 모습이 내궁에게 새나가다.

훈은 새로 지은 집에 데려올 생각을 하고 있었지만, 그러한 일들에 대해 허풍스럽게 소문을 퍼뜨리는 사람이 있지 않을까, 그것이 곤란하여 아주 내밀히 일을 시키고 있었다. 맹장지를 만드는 일 같은 것은, 다른 사람도 있으련만, 하필 이 대내기의 장인인 대장 대보에게 시켰다. 훈은 마음 편하게 사정을 이야기했다. 그 이야기는 대장대보, 딸, 대내기에게 차례로 전해져서, 남김없이 내궁의 귀에 들어갔다.

"수행원 중 친한 가신들을 환쟁이로 골라, 내밀하면서도 매우 정성 들여 만들게 하고 있습니다."

궁은 한층 더 애가 탔다. 자신의 유모 가운데, 먼 나라 지방장관의 처로 하향하는 사람의 집이 경의 아래쪽에 있다는 것을 듣고, 상의하였다.

"세상에 아주 내밀히 하고 있는 여자를, 잠깐 동안 숨겨 두고 싶은데."

어떤 사람일까 하고 생각하면서도, 중요한 일인 것 같아서 황송한 마음으로, 유모는 대답하였다.

"그러면 아무쪼록."

숨길 집을 마련하고야 궁은 조금 안심하였다. 이 달 3월 말일경에 임지에 내려갈 예정으로 있어서, 그날이 되기 전에 곧 옮길 계획이었다.

"3월 말일경에 옮길 예정입니다. 잘 조심하여서."

궁은 우치에 빈번히 연락을 했지만, 자신이 건너가는 것은 아무래도 무리였다. 그 동안 이쪽에서도 유모의 잔소리가 정말 심해졌는데, 궁을 맞아들이기도 어려운 상황이었다.

23. 중장의군이 방문하다.

훈은 4월 10일에 데려오려고 결정하고 있었다. 부주는 '불러내는 자가 있으면 어디라도 좋다' 라는 기분이 들지도 않았다. 정말 까닭 모르게 어떻게 하면 좋은 신세인지 막막하고 부평초 같이 의지할 데 없는 것 같은 심정이었다.

'어머니 곁에서 잠깐 몸을 의지하고 이것저것 생각하며 지내고 싶다.'

그러나 부주의 매부 좌근소장의 처가 해산할 예정일이 가까웠으므로, 수법이나 독경 같은 것으로 너무나 떠들썩해서, 도저히 같이 석산사에 다녀오는 것도 무리였다. 그래서 어머니가 이쪽으로 왔다.

"나리께서 하녀들의 옷까지 세세히 지시하셔서서. 어떻게 해서라도 훌륭하게 준비하려고 생각하고 있지만, 이 유모 혼자의 궁리로는 부족한 점이 많을 것입니다."

유모가 나와서, 이렇게 정말 즐거운 듯이 떠들고 있었다.

'만일 터무니없는 일이 생겨서 웃음거리가 되면, 사람들이 대체 어떻게 생각할까? 무례한 일을 말씀하신 내궁은 또, '설령 구름이 몇 겹으로 끼어 있는 깊은 산에 있더라도 꼭 찾아내어, 거기서 함께 죽어 버릴 것입니다. 걱정 말고 내게로 몸을 숨기십시오'라고 오늘도 말씀해왔는데, 어떻게 하면 좋겠는가?'

부주는 이렇게 고민하느라 몸이 나빠져서 누워 있었다.

"어째서 이렇게 평소와는 다르게 혈색도 나빠지고 초라하게 있습니까?"

모군은 이렇게 놀라서 말했다.

"요새는 쭉 보통이 아닙니다. 어지간한 식사도 잡수시지 않고, 건강 상태도 나쁜 것 같이 보입니다."

"이상한 일이로군요. 악령 때문일까? 석산 참배를 중지하였던 것도 마음에 걸려서."

부주는 더 이상 듣고 있기가 어려워, 눈을 내리깔고 있었다.

해가 지고 달이 아주 밝게 떠올랐다. 내궁과 같이 있던 언젠가의 새벽 하늘이 생각나서 흐르는 눈물을 더욱 누르지 못하였다. 아주 꽤씸한 자신의 마음이라는 생각이 들었다. 모군은 옛날이야기를 하려고, 저쪽에 있는 여승님을 불러내었다. 죽은 대군 아씨가 인품은 그토록 사려가 깊었는데, 그렇게밖에 될 수 없었던 일을 깊이 괴로워하고 있으며, 이 눈으로 보고 있는 동안에 돌아가셨다고, 여승님은 애석하게 얘기하였다.

"만일 살아 계셨으면, 나리의 처로 안착하고, 내궁의 처가 된 중의군과 함께 다정히 지내셨을 겁니다. 옛날에는 허전했던 두 분의 신상이 더 바랄 것 없이 행복하게 되셨을 것입니다."

"내 딸이라고 피가 다르겠어요? 훌륭한 이 인연이 언제까지라도 오래 계속되면, 두 분에게 지지 않을 것입니다. 언제나 항상 이 딸의 일이라면 걱정이 되었는데, 사정이 조금은 좋아져서, 이렇게 경으로 옮기는 것도 가능하게 되었습니다. 이제는 이쪽에도 일부러 그 때문에 올 일은 없을 것입니다. 그러니 이렇게 대면하고 있는 동안에, 옛일도 천천히 이야기하고 싶습니다."

"보기 싫은 여승의 몸이라고 깊이 자각하고 있어서, 뵙고 자세히 얘기해도 무슨 도움이 될까 싶어 이때까지 사양하며 살아왔습니다. 나를 내버려둔 채로 경으로 옮겨가시면, 정말 쓸쓸할 것입니다. 그러나 이런 집에서는 언제나 이것저것 걱정이 되실 것을 알고 있어서 이러한 기회를 기쁘게도 생각하고 있습니다. 세상에 더없을 정도로 사려가 깊은 나리의 인품이기도 하고 이렇게 찾아낸 것도 보통 마음은 아닐 것이라고 언젠가 말씀드렸던 것은, 근거가 없는 말이 아니었습니다."

"이제부터 앞으로의 일은 모르겠습니다만, 지금으로서는 나리가 이렇게 내버려둔 채로는 있지 않을 것이라고 말씀하시니, 그저 소개하여 준 당신에게 고맙게 생각하고 있습니다. 중의군이 황송하게도 불쌍히 여겨주시고, 이조원에서 내궁에게 핍박당하였던 사건도 생각지도 않게 일어나, 이도저도 아닌 떳떳하지 못한 신세 같아서, 마음이 상했었는데."

"그 내궁이 아주 귀찮게 여색을 밝히는 모양이어서, 분별 있는 젊은 사람은 시중들기도 어려워하고 있습니다. '대체로는 정말 훌륭한 분인데, 그런 일로 중의군이 무례하다고 생각하시는 것이 참으로 곤란합니다'라고 대보의 딸이 말하기도 했습니다."

여승님은 웃으며, 이렇게 말하였다.

'그것은 그럴 것이다. 나는 더더욱 ….'

부주는 이렇게 생각하며, 누워서 듣고 있었다. 중장의군이 말했다.

"원, 무서운 일입니다. 임금의 따님을 얻은 분이지만, 그 여궁하고는 원래 인연이 없어 잘잘못간에 어떻게 되더라도 할 수 없다고, 황송한 일이지만, 그렇게 생각하기로 하였습니다. 다만, 부주가 만일 괘씸한 일을 저지르면, 나로서는 얼마나 못 견디게 슬플까요? 결코 두 번 다시 뵙지 않을 것입니다."

둘이서 여러 가지 얘기하는 것을 듣고 부주는 아주 놀랐다.

'역시 죽고 싶다. 이대로 있으면, 나중에는 반드시 세상에 소문이 퍼지게 될 것이다.'

이런 생각을 계속하니, 흐르는 강물소리도 정말 무섭게 울리는 것 같았다.

"이렇게 무섭지 않은 강도 있어요. 세상에 다시 없을 거친 곳에서 세월을 보내는 것을 애처롭게 여기는 것도 당연한 일입니다."

모군은 득의양양하듯이 얘기하고 있었다. 옛날부터 이 강의 흐름이 빨라서 무서웠다고 얘기했다.

"요전에, 나루터지기의 손자가 삿대를 잘못 짚어서, 강에 떨어져 버렸습니다. 대체로 물에 빠져 목숨을 잃은 사람이 많은 강입니다."

하녀들도 얘기하고 있었다.

'그렇게까지 해서 내 몸이 행방도 모르게 사라지게 되면, 잠시 동안은 누구나 다 실망하고 몹시 슬퍼하겠지만, 만일 살아 남아서 세상의 웃음거리가 되기라도 한다면, 그거야말로 영원한 슬픔이 될 것이다.'

부주는 이렇게 생각하니, 그렇게 하는 것이 정말 옳고 후련한 일일 것만 같았다. 그러나 그것과는 정반대로 정말 슬프게도 생각되었다. 모친의 걱정하는 말을 자는 척, 듣고 있었더니 몹시 생각이 어지러워졌다.

정말 몸이 나쁜 듯이 여위어 있어서, 모군은 유모에게 말하였다.

"적당한 기도를 하게 하십시오. 제사나 불제 같은 것도 제대로 하십시오."

부주는 차라리 어수세천(御水洗川)에서 남자와 일체 관계를 끊을 불제를 하고 싶은 마음인데, 아무도 그런 심정을 짐작하지 못하고 떠들고 있었다.

"하녀가 모자라는 것 같습니다. 적당한 곳에서 잘 찾아내어 늘리십시오. 신참인 사람은 그냥 여기에 남겨 놓으십시오. 귀한 사람과 사귈 때에는 장본인이 무엇이나 대범하게 생각하여도, 주위의 하녀들이 변변치 못하면 귀찮은 일도 생기는 법입니다. 당신도 표면에 나서서 행동하는 것은 삼가고, 적당히 몸조심을 하십시오. 저쪽에서 출산이 가까워온 딸도 마음에 걸려서 이만."

이렇게 말하고 돌아가려 했다. 부주는 정말 걱정이 되고 허전하여, 이제는 두 번 다시 만나지 못하는 것이 아닐까 불안하였다.

"몸이 좋지 않습니다. 그런데 뵙지 못하는 것이 아주 마음에 걸려서, 잠시 동안이라도 옆에 있고 싶습니다."

어머니의 뒤를 쫓았다.

"그렇게도 생각되겠지만 저쪽도 정말 이런저런 일로 시끄럽습니다. 조그만 준비를 하기도 어려우리라고 생각될 정도로 비좁은 곳입니다. 당신이 설사 먼 무생의 국부[7]로 옮겨간대도 남몰래 만나러 가겠습니다. 나 같은 천한 신분으로서 경의 저택에 마음놓고 드나들게 되는 것이, 당신에게는 오히려 불쌍하고 미안한 일입니다."

울면서 말하였다.

24. 훈이 수행원의 탐사에 의해 처음으로 비밀을 알다.

오늘도 훈의 편지가 있었다. 몸이 좋지 않다고 들어서, 어떤 상태인가 문안하는 편지였다.

"직접 들여다보려고 하였지만, 어떻게도 할 수 없이 지장이 많습니다. 이사도 가까운 요새는 도리어 하루하루가 지내기 어려워 괴롭습니다."

내궁도 어제의 편지에 답장이 없었으므로, 또다시 편지를 보내왔다.

"어떻게 갈피를 못 잡고 계십니까? 생각지도 않은 방향으로 바람에 나

---

7) 에치젠(越前)의 국부(國府). 현재의 후쿠이현(福井縣) 다케오시(武生市). 국부는 지방 행정의 중심지.

부끼지나 않을까 하고 마음에 걸려, 더한층 여러 가지 생각에 잠겨 있습
니다.”

이쪽의 편지는 역시 말수가 많았다.

비가 오던 날 여기 왔던 양쪽의 사자들이, 오늘도 또 나란히 오게 되
었다. 훈의 수행원은, 소보의 집에서 때때로 보았던 궁의 수행원을 알아
보았다.

“당신은 어떤 일로 여기에 자주 오는가?”

“사사로운 일로 방문하지 않으면 안될 사람에게 가는 거다.”

“사사로운 일 때문에 멋있는 편지를 직접 가지고 가는 법은 없다. 사
정이 있을 법한 일이다. 무엇을 그렇게 숨기려고 하는가?”

“사실은 주인인 시방의군이 하녀에게 건네주는 편지이다.”

이야기의 앞뒤가 맞지 않는 것을 수상하게 여겼지만, 여기서 시비를
가리는 것도 이상할 것 같아서 각각 주인에게로 돌아갔다.

이 수행원은 머리가 좋은 사람이라서, 같이 갔던 동자에게, 뒤를 밟게
하였다.

“저 남자에게 들키지 말고 몰래 뒤따라 가거라. 좌위문대부의 집에 가
지 않는지 끝까지 보도록 하라.”

이윽고 동자가 보고했다.

“내궁 댁에 가서, 식부소보인 대내기에게 편지를 전하였습니다.”

변변치 않은 아랫것들이라 거기까지 탐지하리라고는 생각도 않고 사건
의 내용도 깊이는 알지 못하였기에, 그만 심부름하는 남자에게 진상을
간파 당해 버린 것은 한심한 일이었다. 수행원은 나리에게 와서 막 출발
하려고 할 때에 편지를 올리게 하였다. 그때 육조원에 명석중궁이 퇴출
중이므로, 평상복 차림으로 그 쪽으로 참상할 작정으로 있었다. 전구들
이 그렇게 필요 이상으로 많이 따라붙어 있는 것은 아니었다. 수행원은
편지를 중개하는 사람에게 말했다.

“이상한 일이 있어서, 똑똑히 확인하느라고 지금까지 걸렸습니다.”

훈은 그 말을 흘끗 듣고서, 걸어 나오면서 물었다.

"무슨 일인가?"

수행원은 중개하는 이가 듣고 있는 것을 꺼려서, 가만히 대기하고 있었다. 훈도 짐작 가는 것이 있었으나, 그대로 출발하였다.

명석중궁이 평소와 다르게 몸이 좋지 않다고 하여, 중궁의 소생 친왕들이 다 문안차 와 있었다. 당상관들도 많이 모여 시끄러웠지만, 용태는 각별한 것도 아니었다. 대내기는 태정관의 관리였으므로, 뒤늦게 참상하였다. 내궁은 하녀가 모여 있는 태반소에 있었으므로, 문 앞으로 나오시게 하여 편지를 드렸다. 훈은 때마침 후의궁 앞으로부터 퇴출하려는 참이었는데, 그 모습을 곁눈으로 보고서, 몹시 집념 어린 편지라고 흥미가 일어나서 그 앞에 멈췄다. 궁은 봉투를 열고 읽고 있었다. 분홍색의 엷은 종이에 세세하게 적혀 있는 모양이었다. 궁은 문면(文面)에 열중하여 곧바로 이쪽을 보려고도 하지 않았다. 그때 석무도 일어나서 밖으로 나왔다.

"대신이 나가십니다."

훈은 맹장지로부터 나오면서 말하고, 헛기침을 하였다. 궁이 편지를 숨겨 놓은 뒤에 대신이 얼굴을 내밀었다. 궁은 놀라서 옷차림을 바로 하느라 평상복의 옷깃을 세웠다. 대신은 거기에 무릎을 대고, 말했다.

"나는 이제 퇴출하겠습니다. 병환이 오랫동안 없었는데, 무서운 일입니다. 비예산의 좌주를 지금 곧 불러오도록 심부름꾼을 보내겠습니다."

이러면서, 바쁘게 일어섰다.

밤이 깊어져서 다들 퇴출하였다. 대신은 궁을 앞세우고 따라갔다. 많은 자식들과 당상관들을 뒤따르게 하며, 대신의 거처로 건너갔다. 훈은 그 후에 퇴출하였다. 수행원의 태도가 이상했던 것을 궁금하게 여겨서, 전구가 아래로 내려가 횃불을 켜는 사이, 수행원을 불러들였다.

"아까 말한 것은 어떤 것인가?"

"오늘 아침 저 우치에서, 출운권수 시방 조신의 집에 있는 남자가, 보라의 엷은 종이에 벚꽃의 가지를 붙인 편지를 서쪽 문에 가까이 가서 하녀에게 전하는 것을 발견하였습니다. 까닭을 물어보니 앞뒤가 안 맞는 것을 듣고, 어쩐지 꾸며 낸 것 같아서 동자에게 뒤를 밟게 하였습니다. 그랬더니 병부경궁인 내궁 나리의 저택에 가서, 식부소보(式部少輔) 도정 조신에게 그 답장을 직접 건네는 것이었습니다.”

훈은 아무래도 이상하다고 생각하였다.

“그 답장은, 어디로 전달되었는가?”

“그것은 보지 못했습니다. 하인들이 말하기로는, 빨간 색지가 퍽 훌륭한 것이었다고 합니다.”

이것저것 생각하여 맞추어 보니, 틀림없는 것이었다. 부주의 편지가 우치로부터 대내기의 손을 거쳐 내궁에게로 들어간 것이 분명했다. 수행원이 거기까지 확인한 것은 참 눈치가 빠르다고 여겨졌지만, 사람들이 가까이에 와서 자세하게는 말을 못하였다.

25. 훈이 부주를 비난하다.

‘역시 무서울 정도로 빈틈이 없는 궁이 아닌가? 대체 어떤 기회에 그런 여자가 있다고 들었을까? 어떻게 하여 사랑을 구하였던가? 산골이어서 설마 이러한 과오는 일어나지 않을 거라고 생각했던 것이 어리석었다. 그렇더라도, 내가 모르는 사람에게 그런 색정적인 말을 듣는 것은 좋지만, 옛날부터 허물없이 교제하여 오고, 괘씸할 정도로 여기저기 같이 갔던 나에게, 그런 떳떳하지 못한 것을 생각해도 되는 것일까?’

돌아오는 도중, 이렇게 생각하니 정말 분했다.

‘중의군을 그렇게 생각하면서도 몇 해째 그대로 지내 온 것은, 각별히 내가 신중하였던 까닭이다. 실제로 그 사랑은 어제 오늘 시작한 터무니없는 것도 아니다. 원래 그럴 만한 인연이 있어서 그랬던 것이지 체면이 안 서는 일도 아니다. 다만 떳떳하지 못한 데가 있어 피차 괴로울 것 같아 지금까지 삼가고 있었는데, 그것도 생각하면 어리석은 일이었다. 궁은 요새 건강도 나쁘다는데, 평소보다 사람의 출입이 많은 북새통에, 어떻게 멀리까지 편지를 써 보냈을까? 벌써 우치에 다니기 시작하였을까? 정말 이렇게 멀리서부터 사랑의 길을 떠났을까? 사람들이 아무래도 이상

하다고 여기며, 궁의 행방을 찾은 때가 있었다는 소문을 들은 적이 있
다. 그러한 일로 마음이 아파서, 어딘지 모르게 몸이 나빠졌을 것이다.
그러고 보니, 우치로 건너가지 못하였을 때는 정말 아주 애처롭게 한탄
하고 있었다.'

곰곰이 생각하니, 요전에 방문하였을 때에 부주도 몹시 생각에 잠겨
있는 것 같았었다. 그 내막의 일단을 알기 시작하니, 하나하나 마음에
짐작이 가는 것이 있어, 기가 막힐 지경이었다.

'알지 못할 것은 사람의 마음이다. 애처롭고 대범하게 보이면서 내궁
과 밀통하는 색정적인 면이 있는 여자였다. 호색남과 호색녀가 만났으
니, 잘 어울리는 사이로구나.'

이대로 궁에게 양보할 생각으로 손을 뗄까도 생각하였다. 그러나 또
이렇게 달리 생각하였다.

'처음부터 정중하고 소중하게 본처로 대우할 생각이었다면 모를까, 역
시 저대로 두고 저런 관계가 있는 여자라고 몰래 숨겨 두자. 이미 인연
이 없었던 것으로 치고 만나지 않는 것도 그리워 못 견딜 일이다.'

훈은 보기 싫을 정도로 마음속에서 갈피를 못 잡고 있었다.

'내가 흥미를 잃고 버려 두면, 저 궁이 분명히 불러들일 것이다. 궁
은, 저 분이 나중에 얼마나 불쌍한 신세가 될까, 거기까지 생각하여 줄
분이 아니다. 그렇게 정을 주고 있는 여자를 일품의궁 옆에 2, 3인 맡겨
놓았다고 들었는데, 부주도 그런 모습으로 궁살이를 하는 것을 보거나
듣거나 하면 참으로 애처로울 것이다.'

역시 부주를 버릴 생각은 들지 않았고, 그 진상이 알고 싶어 편지를
보냈다. 그때의 수행원을 사람이 없을 때에 가까이로 불러들였다.

"도정 조신 대내기는 지금도 도정의 장인인 중신의 집에 다니는가?"

"그렇습니다."

"우치에는, 언제나 내궁의 편지 심부름꾼으로 지난번의 남자가 다니는
가? 허전하게 나날을 보내고 있는 사람이므로, 도정도 애정을 품고 있을
것이다."[8]

괴로운 듯이 말하였다.

"사람들에게 들키지 않게 가도록. 소문이 나면 웃음거리가 될 것이다."9)

수행원은 황송해하며, 도정이 언제나 이 나리의 동정을 알아내려고 이것저것 물어보았던 것도 납득하게 되었지만, 그러나 우쭐대어 그런 말씀을 드리지는 못했다. 훈도 하인에게 자세한 것까지 알리지 말자고 생각하고 있어서, 그 이상은 물어보지도 않았다.

저쪽에서는, 사자가 보통 때보다도 빈번히 찾아오므로, 이것저것 괴로워하였다. 훈의 편지에는 그저 이렇게 씌어 있었다.

"〈당신 마음이 변했다는 것도 모르고, 그저 나를 기다리고 있다고만 생각하고 있었습니다. 〉

나를 사람의 웃음거리로 만들지 마십시오."

'사실 묘한 일.'

부주는 정말 그렇다고 생각하니, 가슴이 미어지는 것 같았다. 마음이 변한 것이 사실이라고 말씀드리면 불륜의 사실을 인정하는 것이 되고, 무엇인가 오해가 있었다고 하면 그것도 이상한 일이니 편지를 그대로 그전대로 하고,

"받아볼 사람이 틀린 것 같아서. 왠지 기분이 좋지 않아서, 지금은 아무것도."

이렇게 첨가하여 드렸다. 이것을 보고, 웃음을 띠며 말했다.

"잘도 변명하여 발뺌을 했구나. 이때까지 보지 못했던 빈틈없는 일이다."

그러나, 미운 여자라고 포기는 도저히 할 수 없었다.

---

8) 훈은 여자의 상대는 도정이라고 수행원에게 생각하게 한다. 부주가 중신의 딸 정도의 낮은 신분의 여자로 되어, 내궁의 일도 숨겨질 수가 있고, 또 자신의 명예도 손상당하지 않게 된다고 생각하고 있었다.

9) 발각되어, 훈이 신분이 천한 도정과 여자를 다투었다는 소문이 나면 웃음거리가 될 것이다.

26. 우근이 동국의 슬픈 이야기를 전하다.

노골적으로 비난한 것은 아니지만, 넌지시 비꼬는 모습이어서, 부주는 한층 근심이 더해졌다.

'드디어 마지막인가보다. 나는 도리를 벗어난 사람이 되어 버리는 것일까?'

더 한층 골똘히 생각하고 있을 때에 우근이 왔다.

"나리의 편지를 왜 돌려보냈습니까? 불길하게 편지를 되돌려 보내는 것은 안될 일인데."

"무엇인가 잘못이 있다고 생각되어, 받아볼 사람이 틀린 것 같아서,"

우근은 이상한 생각이 들어, 미리 편지를 중도에서 열어 보았었다. 우근의 잘못된 짓이었다. 그러나 편지를 보았다고는 하지 않고서 말했다.

"아유, 불쌍해라. 어느 분이나 모두 괴로울 뿐입니다. 나리는 속사정을 꿰뚫어 보고 있을 겁니다."

부주는 얼굴이 살짝 빨개져서 한마디도 하지 않았다. 설마 우근이 중도에서 편지를 보았다고는 생각지 않고, 다른 데서 저 대장을 보고 있던 사람이 얘기하였다고 생각하였다. 그러나 '대체 누가 그렇게 말했나'라고 물어볼 수도 없었다. 여기 하녀들이 어떻게 보고, 어떻게 생각하였을까 생각하니, 매우 부끄러웠다. 자기편에서 기꺼이 즐겨서 시작한 일도 아니지만, 한심한 운명이라고 곰곰이 생각하며 옆으로 누웠다. 우근은 시종에게 얘기했다.

"이 우근의 언니가 상륙(常陸)에서 두 남자와 만나고 있었는데, 다들 그런 삼각관계에 빠지기 쉬운 법입니다. 그 어느쪽의 남자도 남들에게 빠지지 않을 정도로 정성을 들여 열중하고 있었습니다. 여자편은 새로운 남자에게 좀더 마음이 기울어졌습니다. 먼저 남자는 그것을 질투하고, 드디어 나중의 남자를 죽여 버렸습니다. 그 뒤로 그 남자도 언니에게 다니지 않게 되었습니다. 상륙국에서도 매우 아까운 무사(武士) 한 명을 잃은 것입니다. 또 살인을 한 남자도 유능한 사람이었지만, 이런 죄를 지은 탓에 나라 밖으로 쫓겨났습니다. 모두 다 여자편이 괘씸하다고 여겨, 국수(國守)의 저택에서 쫓겨나게 되었습니다. 언니는 동국의 사람이 되고, 유모는 지금도 그리워 울고 있으니, 참으로 죄가 깊은 일입니다. 이런 때에 그 얘기를 하는 것은 재수가 없다고는 생각됩니다만, 귀한 사람이나 천한 사람이나, 이러한 일로 갈피를 못 잡는 것은 아주 잘못된 일입니다. 목숨이 어떻게 되지는 않을지 모르지만, 각자의 신분에 따라 나쁜 일이 일어나기도 합니다. 신분이 높은 분에게는 죽음보다 더 나쁜 수치스러운 것도 있습니다. 어느 한쪽으로 결정하십시오. 궁도 생각이 나리보다 깊고 진심으로 말씀하시는 것이라면, 끙끙 앓지 말고 그대로 따르십시오. 바싹 말라 계시는 것도, 정말 부질없는 일입니다. 어머님은 당신의 일을 걱정하며 고생하시고, 유모도 열심히 이사준비를 하느라 허둥거리고 있지 않습니까? 궁 쪽에 그것보다 빨리 자기편으로 오라고 말씀하시니, 정말 괴롭고 애처롭습니다.”

다른 한 사람이 뒤이어 말했다.

“아이구, 그런 무서운 얘기를 다시는 여쭙지 마십시오. 무엇이든지 전세부터의 인연에 따르는 것입니다. 마음이 조금이라도 어느쪽으로 기울어진다면, 그것이 바로 인연이라고 생각하십시오. 그건 그렇고, 궁은 정말 황송할 정도로 집념이 강한 모양이었으니까, 이렇게 전부터 준비를 서두르는 나리편에 마음도 안 가는 것입니다. 잠시 동안은 몸을 숨겨서라도, 그리움이 더한 분에게로 가시기를 저는 바라고 있습니다.”

다들 한결같이 궁의 편을 들었다.

27. 부주의 고뇌가 심해지다.

우근이 말했다.

“글쎄 어떻게 된 것입니까? 저는 어느 편이 되든 간에, 그저 무사히 지낼 수 있도록 초뢰나 석산에 소원을 세우고 있습니다. 이 대장 나리의 장원 사람들은 몹시 난폭한 자로서, 일족이 이 마을에 많이 살고 있다고 합니다. 대개 이 산성(山城)이나 대화(大和)에, 나리의 영지 사람들은 다 이 내사인(內舍人)이라고 하는 자와 인연이 있다고 합니다. 그 사람의 사위인 우근대부를 중심으로 나리가 매사를 명령한다고 합니다. 훈과 내궁 같은 높은 신분의 사람들은, 동류끼리는 동정심이 없는 일을 하려고는 않겠지만, 도리를 모르는 내사인의 수하 시골 사람들이 숙직인으로 교대로 대기하고 있어서, 자기가 당번인 때에 조그만 잘못도 있어서는 안된다고 생각하는 나머지, 잘못을 저지르는 수도 있을지 모릅니다. 부주 아씨를 데리고 강을 건넜던 밤의 나들이는 정말 무서운 것이었습니다. 궁은 무턱대고 사람들 눈을 피할 셈으로, 수행원도 없이 모습을 초라하게 하고 있어서, 그런 자에게 만일 발각되었다면 아주 큰일이 났을 것입니다.”

‘역시 이 사람들은 내가 궁에게 마음에 두고 있다고 생각하여, 이렇게들 말하니 정말 부끄러운 일이다. 나는 특별히 어느쪽이라고 생각하고 있는 것도 아닌데, 그저 꿈만 같은 마음으로 어찌할 바를 모를 뿐이다. 몹시 초조하게 있는 궁에게 물론 고마운 생각이 있지만, 그렇다고 오랫동안 의지하고 있던 사람과 헤어지자고 할 마음은 없다. 그러니 이렇게 마음이 아픈 것이다. 정말 그 얘기 같이 좋지 않은 일이라도 일어나면 어떻게 하나?’

부주는 이렇게 곰곰이 생각을 하고 있었다.

‘나는 아무래도 죽어 버려야겠다. 세상 보통대로도 살지 못할 한심한 몸이었다. 이런 괴로운 꼴을 당하는 예는, 아랫것들 중에도 많지는 않을 것이다.’

부주는 엎드린 채 생각에 잠겨 있었다.

“그렇게 걱정은 마십시오. 마음을 편안하게 가지십시오. 이전에는 걱정거리가 있어도 유연하고 침착하게 계셨었는데, 이번 일이 있은 후로는, 몹시 불안하게 계시는 것이 이상하게 여겨집니다.”

내막을 알고 있는 사람들은 다 이렇게 걱정하며 당황해하고 있었는데, 유모 한 사람은 우쭐하여 염색을 하는 등 부지런히 일을 하고 있었다. 신참 여동들 중 귀여운 아이를 불러와서는 이렇게 권하였다.

“이런 사람이라도 상대를 하십시오. 그저 까닭도 없이 누워 있으면 악령 같은 것이 훼방하기도 합니다."

28. 내사인이 경비를 강화하다.

훈으로부터는 언젠가의 답장조차 오지 않은 채로 며칠이 지났다. 그 무렵 우근이 무섭게 얘기했던 내사인이라는 자가 방문했다. 정말로 거칠어 보였고, 통통하게 살이 찐 노인이었다. 말소리는 목이 쉬었고 보통내기는 아닌 풍채였다.

"하녀에게 잠깐 말씀드릴 게 있다."

그가 중개를 부탁하여서 우근이 응대에 나왔다.

"나리가 불러서, 오늘 아침 참상하였다가 방금 돌아왔습니다. 잡일을 분부하신 계제에 이렇게 여기에 체류하는 동안, 야밤이나 새벽녘의 일에 관해 물었습니다. 우리들이 이렇게 붙어 있으니 안심하시고 일부러 숙직인을 배치하지 않았습니다만, 요새 듣기로는 여인이 있는 곳에 내력을 모르는 사람이 다닌다는 소문을 들은 일이 있다고 말씀하셨습니다. '괘씸한 일이다. 숙직으로 대기하고 있는 자는 그 내정을 듣고 있을 것이다. 그것을 모르고 어떻게 그 소임을 다했다고 할 수 있는가?'라고 힐문하셨습니다. 알지 못하는 일이어서, '저는 중한 병이 있어서, 이 몇 달 동안 숙직 근무를 안 했기 때문에, 잘 사정도 모르고 있습니다. 적당한 남자들이 방심 않고 독려하여 봉사하고 있는데, 말씀하신 것 같은 심상치 않은 일이 있었다면, 어떻게 제가 모르고 있었겠습니까?'라고 말씀드렸습니다. 잘 조심하여 근무하라, 괘씸한 일이 있으면, 엄중하게 처벌할 것이라고 말씀을 하시더군요. 대체 이것은 어쩔 셈으로 하신 말씀인지 두려워하고 있습니다."

그의 말을 들으니, 우근은 부엉이의 울음소리보다도 더 무섭게 여겨져 대답도 제대로 못하였다.

"그렇고 말고요. 모두 내가 말씀드린 것이 사실입니다. 나리는 사정을 짐작하신 것 같습니다. 그사이 편지도 없었습니다."

이렇게 탄식을 하였다. 사정을 모르는 유모는 그 말을 살짝 듣고, 기뼈하며 말했다.

"아주 기쁜 일을 말씀하십니다. 이 근처에는 도둑이 많다고 하는데, 숙직인들도 처음과는 달리, 다 자기의 대리로 우스운 하인들만을 근무하게 했으니, 그 사람들은 제대로 순찰도 못했을 겁니다."

29. 부주가 죽기를 결심하다.

부주는 정말 우근이 말한 대로, 이 몸은 이제 아주 파멸되어 버리는가 하고 생각하였다. 그때에 궁으로부터 편지가 도착했다. '어떠합니까?'라고, 이끼가 흐트러지도록 기다리기 어려워하는 마음을 호소하는 것은, 정말 곤란한 일이었다.

'어느 한쪽으로 결정한다면, 그 어느쪽에서도 아주 한심한 일이 일어날 것이다. 내 몸 하나가 없어져 버리는 것이 무엇보다도 무난할 것이다. 예전에는 사랑하는 남자의 모습이 어느쪽이나 우열을 가릴 수 없는 것을 괴롭게 생각하여, 그것만으로 강에 몸을 던졌던 예도 있었다고 하는데. 오래 살면 꼭 괴로운 꼴을 당하도록 정해진 몸이니, 사라져 없어지는 것이 뭐가 아까울까? 어머니도 잠시 동안은 슬퍼하여 갈피를 못 잡겠지만, 여러 자식들을 돌보아 주는 일에 얽매여서 곧 잊어버릴 것이다. 살아서 잘못을 저지르고, 세상의 웃음거리로 방황하는 것은, 죽음보다 더한 괴로움이 될 것이다.'

부주는 이렇게 생각하였다. 천진하게 귀엽고 연약하여 세상을 보는 지혜도 없이 커 온 아씨여서, 조금 과격하게 생각을 하였을 것이다.

부주는 내궁의 편지들을 없애려 했다. 그러나 수선스럽게 한 번에 처리하지는 않고, 등불에 태우거나 냇물에 던지거나 하며 조금씩 없앴다. 까닭을 모르는 하녀들은, 다른 곳으로 이사하느라 이때까지 할 일 없는 세월 동안 모아 두었던 글씨들을 없앤다고만 생각하고 있었다. 시종이 그것을 발견하고 놀라서 말했다.

"어째서 그런 일을 하십니까? 마음을 주는 사이로 정성 들여 주고받고 하였던 편지는, 다른 사람에게는 보이지 않더라도 궤짝 밑바닥에라도 숨겨 두어야 합니다. 그랬다가 가끔 꺼내 보는 것이 그 나름대로 정말 몸에 스며드는 일입니다. 저렇게 훌륭한 종이에 황송한 말만 쓴 것을 이렇게 아낌없이 찢어 버리는 것은 너무도 매정한 처사입니다."

"아니오. 그렇지는 않습니다. 남겨 두면 귀찮은 일이 생길 것입니다. 나는 오래 살지 못할 것 같습니다. 이것이 뒤에 남으면 관련된 사람에게 누를 끼치게 됩니다. 그것이 나리의 귀에 들어가는 일이 있다면, 깜찍하게도 이런 것을 남겨 두었다고 생각하시겠지요. 참으로 부끄러운 일입니다."

부주는 쓸쓸한 생각에 잠기다 보니, 오히려 그 결심이 흐트러졌다.

'어버이를 뒤에 남겨 놓고 죽어 가는 사람은 정말 죄[10]가 깊은 것이라는데.'

어디선가 들었던 말이 자꾸 머리에 떠올랐다.

30. 상경날이 박두하다.

훈은 4월 10일에 부주를 맞아들일 예정이었다. 3월 20일이 지났다. 내궁의 유모 남편인 저 집의 주인은 28일에 임지에 내려갈 예정이었다.

"그날 밤 꼭 마중하러 오겠습니다. 하인들이 알아차리지 못하게, 조심하십시오. 이쪽으로부터도 결코 비밀이 새어나가지 못하게 하겠습니다. 의심하지 마십시오."

이런 편지를 궁이 보내왔다. 무리를 하여 건너오신다 해도, 다시 한 번 얘기를 나누는 것도 불가능한 상황이었다. 잠시 동안이라도 여기까지 불러들이지 못하여, 멀리서 건너오신 보람도 없이 원망하고 돌아가실 모습을 상상하니, 또다시 궁의 자취가 눈앞에서 사라지지 않았다. 못 견디게 슬퍼서, 이 편지를 얼굴에 올려놓고 잠시 동안은 참고 있었지만, 마침내 격렬하게 울었다. 우근은 말했다.

"우리 아씨가 이러한 모습이었다는 것이 나중에는 사람들에게 알려지

---

10) 어버이보다 일찍 죽으면 어버이를 슬프게 하고, 그것이 어버이의 극락왕생에 방해가 된다는 점에서 죄업이 크다. 특히 횡사는 그 죄가 한층 더 크다.

게 될 겁니다. 점점 이상한 눈초리로 보는 사람이 느는 모양입니다. 이렇게 언제까지 꾸물꾸물하지만 말고, 차제에 적당히 답장을 내십시오. 우근이 붙어 있는 한은, 어떻게든 엉뚱한 일이라도 마련하며, 이렇게 작은 몸 하나쯤은 하늘에서부터라도 데려가실 것입니다.”

부주는 잠시 기분을 가라앉히고 말했다.

“언제나 그런 말을 듣는 것이 정말 한심합니다. 그것도 괜찮은 일이라면 몰라도, 있어서는 안될 일을 다들 알고 있는 것을, 내 쪽에서 매달리기라도 하는 것 같이 궁이 굳이 그렇게 말씀하시니, 대체 어떤 일을 하실 셈인지, 이 몸이 정말 한심합니다.”

부주는 답장도 안 올린 채로 있었다.

31. 내궁이 우치에 가나 부주를 만나지 못하다.

궁은 변함없이 납득할 기색도 없었다.

‘답장이 자주 끊어지는 것은, 저 대장이 이렇게 하라고 교묘하게 시킨 까닭일 것이다. 아마도 안심할 수 있는 쪽으로 마음이 정해졌을 것이다. 무리도 아니다.’

이렇게 생각하니 아주 유감스럽고 분했다.

‘설사 그렇더라도, 나를 그렇게 생각하였었는데. 잠시 만나지 않고 있는 동안에, 하녀들이 말하는 것에 마음이 기울어졌을 것이다.’

궁은 생각에 잠겨 있다가, 그 그리움이 끝없이 허공에 가득 찬 것 같아서 언제나처럼 단단한 결심을 하고 출발하였다.

수행하는 시방 대부가 갈대 울타리 쪽을 보니, 전과는 다르게 경비가 엄중하였다. ‘저건 누구냐?’라고 몇 명인가 말하는 소리가 들리고, 몹시 재빠르게 행동하는 느낌이었다. 물러나와서, 집안 사람과 잘 아는 남자를 대신 안으로 들여보냈다. 경비원들은 그 남자까지 추궁하였다. 이때까지와는 상황이 몹시 달랐다. 궁은 귀찮게 되었다고 생각하여, 이렇게 전하게 하였다.

“경에서 급한 일로 편지가 왔습니다.”

우근과 가까운 하녀의 이름을 대고 그 사람을 만났다. 우근은 점점 일이 까다롭게 되었다고 생각하였다.

"아무래도 오늘밤은 안되겠습니다. 대단히 미안합니다."

이렇게 말하게 했다.

'어째서 이렇게 상대도 안 해주는가?'

내궁은 이렇게 생각하니, 견딜 수가 없었다.

"먼저 시방이 안에 들어가서, 시종과 만나 잘 궁리하여 보아라."

이렇게 말하여 보냈다. 그는 머리가 잘 도는 사람으로, 무어라고 꾸며 대어 시종을 찾아냈다. 시종이 말했다.

"어떻게 된 일인지, 저쪽 나리의 분부가 있어서, 요즘에는 숙직하는 사람이 호기 있게 한창 경계하고 있으니, 지금은 정말 어떻게도 안됩니다. 부주 아씨도 대단히 걱정하고 있는 모양입니다만, 그것도 이러한 일이 생길 것을 황송히 여겨 괴로워하고 있으니 애처롭게 생각됩니다. 오늘밤은 아무리 하여도 안됩니다. 만일 사람들이 이런 일을 발견하였다가는 이것으로 끝이고, 도리어 최악의 상황이 될 것입니다. 이대로 두었다가, 언젠가 말씀하셨던 그 밤에는 이쪽에서도 남몰래 준비를 갖추어 놓고 있겠습니다."

시종은 유모의 눈치가 빠른 것도 얘기하였다.

"건너오시는 길도 아주 험했는데, 기어코 만나려고 하십시다. 안된다고 말씀을 드리는 것은 도리가 아닙니다. 그러면, 이쪽으로 같이 가십시다. 같이 궁에게 자세히 말씀드려 주십시오."

시방은 이렇게 시종을 꾀었다.

"아주 무리한 얘깁니다."

이렇게 실랑이 하는 동안에 밤도 퍽 깊어 갔다.

궁은 말을 타고, 조금 먼 곳에서 기다리고 있었다. 시골티가 나는 곳이라서 개가 몇 마리나 달려나와 짖어 대는 것도 정말 무서웠다. 수행원 수도 적고 옷차림도 아주 초라하게 몰래 온 길이어서, 함부로 어떤 자가 튀어나오면 어떻게 될까, 수행원들은 모두 조마조마하였다.

"더 빨리. 서둘러 가십시다."

시방은 결국 이 시종을 데리고 왔다. 머리칼을 겨드랑이 아래로 앞으로 돌려 손으로 껴안았다. 모습이 아주 예쁜 사람이었다. 말에 태우려고 했지만, 아무리 하여도 동의하지 않으므로, 옷 단을 손에 쥐고 끌고갔다. 자기 신발을 시종에게 신기고, 자신은 다른 사람의 이상한 신발을 신고 있었다. 궁에게 달려가서, 사정을 말씀드렸다. 그대로는 얘기할 수도 없어서, 산속에 천한 사람의 집 담장에 우거진 덩굴풀 그늘에 말다래11)를 깔고 궁을 내려놓았다.

'보기 흉한 꼴이다. 이러한 여자의 일로 실패해서, 이제부터 착실하게 살아갈 수 없는 몸이 될 것이다.'

궁 자신도 이렇게 생각하니, 하염없이 눈물이 나왔다. 마음이 약한 시종은 더욱 슬퍼져서 그 모습을 보고 있었다. 대단히 무서운 원수라도 감탄하고 말 정도인 궁의 모습이었다. 조금 마음을 가라앉히고 말했다.

"그저 한마디라도 얘기를 못할 상태인가? 어떻게 해서 지금의 이런 꼴이 되었는가? 역시 하녀들이 고자질을 했을 것이다."

시종은 사정을 자세하게 말씀드렸다.

"이대로 하여 두고, 하시려고 하는 일정대로 은밀하게 준비하십시오. 이렇게 황송한 일을 여러 가지로 보고 있으니, 저도 목숨을 걸고 궁리해 보겠습니다."

이렇게 말했다. 궁 자신도 사람들 눈이 몹시 마음에 걸려서, 그저 외곬으로 불만만을 말할 수는 없었다.

밤이 몹시 깊어지고, 책망하듯, 개도 그칠 사이 없이 짖어 대어 사람들이 쫓아 버렸다. 활을 퉁겨 소리를 내는 기괴한 소리가 들리고, '불조심' 등을 외치는 소리도 들려왔다. 쫓겨나는 것 같이 철수하는 궁의 쓰라림은 이루 말할 수 없었다.

"〈어디에 몸을 버릴까 하고, 흰 구름이 걸리지 않은 산이라고는 없는

---

11) 장니(障泥). 가죽 흙받기. 마구의 하나. 우천 때 의복에 진흙이 튀는 것을 막기 위하여 안장에 매어 다는 것.

산길을, 울며 울며 나는 돌아가는 것이다.〉

　그러면 빨리."

　이렇게 말하며, 시종을 돌려보냈다. 궁의 아름답고 부드러운 모습은 마음에 깊이 스며들었다. 깊은 밤이슬에 젖은 옷의 향기도 비길 데가 없었다. 시종은 울면서 돌아왔다.

32. 부주가 죽음을 앞두고 육친을 그리워하다.

　우근이 오늘밤은 안된다고 거절한 것을 전하니, 부주는 더더욱 마음이 아파 누워 있었다. 거기다가 시종이 돌아와서 지금까지의 일을 얘기해서, 베개가 눈물에 떠오를 정도로 울음이 쏟아졌다. 한편으로는 남들이 어떻게 생각할까 부끄럽기도 했다. 다음날 아침도 눈이 퉁퉁 부어, 이상하게 보일까 봐 마냥 누워 있었다. 그저 명색뿐인 허리띠를 매고, 경을 읽고 있었다.

　"어버이보다 먼저 가는 죄를 용서해 주십시오."

　이렇게만 빌고 있었다. 내궁이 그려 준 춘화도를 꺼내 보니, 그리던 때의 아름다운 손 모양과 얼굴 모습이 지금 마주 보고 있는 것처럼 떠올랐다. 어젯밤에 한마디도 말씀 못 드렸던 것이 더한층 애달팠다.

　'조용하게 안정된 곳에서 만나자고 약속하고, 오래도록 변치 않겠다고 다짐하셨던 훈 나리는 어떻게 생각하고 계실까?'

　이런 생각으로 부주는 훈을 그립게 여겼다.

　'내가 죽은 후에, 괴롭고 한심스럽다는 말을 퍼뜨릴 사람도 있을 것이다. 그것을 생각하면 부끄럽지만, 천박하고 괘씸한 여자라는 소문이 나리의 귀에 들어가게 하는 것보다는 ….'

　이렇게 계속 생각하였다.

　〈한탄을 계속해 봐도 어떻게 할 수도 없어진 내 몸을 버린다고 해도, 죽은 후 듣기 싫은 소문이 퍼질 것이 마음에 걸린다.〉

　모친의 일도 아주 그리웠고, 보통 때에는 변변히 생각도 안 했던 용모가 시원치 않은 배다른 누이들까지도 그리워졌다. 중의군을 생각하니,

누구라고 할 것 없이 다시 한 번 얼굴을 보고 싶은 사람들이 많았다. 하녀들은, 다 제각기 천을 물들이거나 하며 이사할 준비를 서두르고 있었다. 무어라고 말을 하지만, 귀에도 들어오지 않았다. 밤이 되면 사람에게 들키지 않고 빠져나갈 방법을 궁리하느라 뜬눈으로 새운 까닭으로, 건강도 나빠지고 아주 사람이 달라졌다. 밤이 밝기 시작하자, 부주는 강쪽을 흘긋 바라보고, 도살장에 끌려가는 양처럼 정말 죽음이 가까워졌다고 생각하였다.

33. 부주가 내궁과 어머니에게 고별의 노래를 짓다.

궁으로부터 온 편지에는, 여러 가지 몹시 애처로운 말들이 담겨 있었다.

'이제 더더욱 아무것도 소용이 없다. 다른 사람에게 들킬지도 모르고.'

이렇게 생각되어 답장조차도 생각한 대로 써 놓지 못하였다.

〈죽은 시체라도 이 싫은 세상에 남겨 놓지 않는다면, 당신이 어느것을 목표로 나를 원망할 수 있겠습니까?〉

이렇게만 써서 사자에게 주었다. 훈에게도 이 세상에서의 마지막 인사를 하고 싶었지만, 여기저기에 편지를 써 남기면 좋을 것이 없을 듯했다. 양쪽이 서로 친한 사이이므로, 나중에 이것저것 문의하여 자세한 것을 확인할 수도 있을 것이고, 그렇게 되면 정말 괴로운 일이 될 것이었다. 부주는 아무도 모르게 생애를 끝내고 싶다고 생각하였다.

경으로부터, 중장의군의 편지가 도착했다.

"엊저녁의 꿈에 당신이 몹시 걱정스러운 모습으로 나타났으므로, 독경을 여기저기에 시키고 있습니다. 그 꿈을 꾸고 난 다음에는 잠을 못 자다가, 지금 잠깐 낮잠을 잤었는데, 그 꿈에도 세상에서 불길하게 여기는 죽음이 보였으므로, 눈을 뜨고 곧 이 편지를 씁니다. 정말 조심하십시오. 사람들과 떨어진 곳이고, 여이의궁과 인연이 있는 자들도 아주 무섭습니다. 당신의 몸이 좋지 않은 때인 만큼, 이러한 꿈을 꾼 것이 더욱 걱정스럽습니다. 직접 문안 드리고 싶지만, 당신의 배다른 누이도 요즘 마음에 걸리는 용태여서, 악령 같은 것이 붙을까 염려되어 잠깐이라도 옆을 떠나기가 어렵습니다. 그랬다가는 너무한다는 말을 들을까 걱정이 됩니다. 그 쪽 근처의 절에 독경을 시키십시오.”

그것에 필요한 보시의 물품에다 편지를 첨가하여 보내왔다. 지금 금생의 마지막이라는 각오를 하고 있는 줄도 모르고, 이렇게 길다랗게 써 보낸 것도 정말 슬프다고 여겼다.

절에 심부름을 보낸 사이에, 모군에게 답장을 썼다. 말하고 싶은 것은 많았지만, 이것저것 꺼려서, 다만 이렇게만 썼다.

〈후세에 또 만날 수 있다고 생각하십시오. 쓸데없는 꿈의 일 같은 것은 생각하지 마십시오.〉

독경의 종소리가 바람을 타고 들려와서, 혼자서 곰곰이 들으면서 옆으로 누워 있었다.

〈종소리가 끊겨 가는 소리에 맞추어, 내 명도 끝났다고 모군에게 전하여 주십시오.〉

독경의 목록을 절로부터 가지고 온 것에 써 놓았는데, 심부름 온 자가 말했다.

“오늘밤은 경에는 돌아가지 못할 것 같다.”

이러면서, 나뭇가지에 매어 놓았다.

“묘하게 가슴이 뜁니다. 모군도 꿈이 사나웠다고 하셨습니다. 숙직하는 사람은 정신을 차리십시오.”

유모가 이렇게 하녀에게 주의를 주는 것을, 부주는 괴로운 마음으로 들으면서 누워 있었다. 유모가 말하였다.

“아무것도 드시지 않는 것은 정말 안됩니다. 물말이라도.”

‘튼튼한 체하고 있지만, 정말 벌써 이렇게 나이가 들어 버렸으니, 내가 없어지면 어디에서 지낼까?’

부주는 유모를 동정하면서, 차근히 가엾게 여겼다. 이 세상에 오래 살지 못하게 된 사정을 넌지시 말하려고 생각하나, 가슴이 미어져 먼저 눈물이 흘러나와, 사람을 꺼려 미적미적하는 동안에 아무 말도 못하였다. 우근이 옆 가까이에 누워서 말했다.

"이렇게 마음 아프게 생각하고 있는 사람의 혼은 몸을 빠져나가서 방황한다고 하니, 모군의 꿈도 그래서 뒤숭숭할 것입니다. 훈이든 내궁이든 어느쪽에라도 마음을 굳히고, 어떻게 되든지 되는 대로 맡겨 두십시오."

이렇게 탄식하고 있었다. 부주는 풀기가 없어진 부드러운 옷을 얼굴에 덮고 누워 있었다.

52. 하루살이 (蜻蛉*)

대강 줄거리

훈 나이 27세.

부주의 실종에 우치에서는 망연자실하였다. 불길한 예감이 들어 모 중장의군과 내궁으로부터도 사자가 왔다. 유서를 통해 투신자살이라고 생각한 우근은 중장의군에게 울면서 사실대로 말하고, 훈의 부하의 반대를 무릅쓰고 시신이 없는 채로 장례를 치렀다. 석산 참배중이었던 훈은 뒤늦게 사태를 알고, 경솔한 장례를 나무라는 사자를 보냈다. 우치라는 지방이 싫어졌고, 자기의 숙운이 나빴던 것을 다시 한번 느꼈다. 내궁이 잃는다는 소식을 듣고도, 부주가 살아 있었다면 자기는 얼마나 창피를 당했을까 생각하니, 그리운 생각도 달아나는 것 같았다. 훈은 내궁을 병문안하고, 겉으로는 우아하게 대화를 나누면서, 서로의 생각을 탐색하였다. 내궁은, 시종을 우치로부터 불러내어 슬픔을 달래기도 하였다. 훈도 이윽고 우치를 방문하여, 부주가 병사가 아니고 투신자살한 것을 알았다. 모친에게도 정중한 문안을 하고, 또 부주의 아우들을 돌보아 주기로 약속하였다.

훈은 부주의 49일 공양을 하고 장례 때와는 판이하게 성대하게 거행하였다. 중의군으로부터도 몰래 공양물이 있었다. 상륙수는 익숙

---

* 훈이 우치의 아씨들을 회상하며 부른 노래에 나온다. 청령은 하루살이과의 곤충. 잠자리와 비슷하다. 물 속에서 여러 해를 지내다가 성충이 되어, 특히 여름철 저녁에 날아다닌다. 알을 낳은 지 몇 시간만에 죽는다. 부유 (蜉蝣) 라고도 한다. 청령은 아씨들을 상징. 가게로오 (かげろう) 라 읽는다.

한 듯이 행동하면서, 이 의붓딸이 자기의 자식들과는 비교할 수 없이 높은 신분이라는 것을 통감하였다. 임금도 중궁도 훈이 숨겨 둔 사랑을 가엾게 여겼다. 중궁은 그 후에 일의 경위를 들었다. 시종은 중궁의 시중을 들게 되었다.

여일의궁 전속의 하녀인 소 재상의군은, 훈의 얼마 안되는 애인 중 하나였으나, 그 불행을 알고 문안을 보냈다. 여름 어느 날, 훈은 여일의궁을 잠깐 보고, 처 여이의궁에게 여일의궁과 똑같은 복장을 입혀 보았지만, 아무런 위안이 안되고, 자주 중궁이나 여일의궁에게 출입하였다. 그 중궁 곁에, 아버지를 갓 여윈 식부경궁의 따님 하루살이의 궁도 취임하게 되어, 궁의군이라고 불리게 되었다. 그 사람의 신상으로부터 여자의 무상함을 본 훈의 생각은, 또 어느 사이에 우치의 아씨의 위를 맴돌았다.

1. 부주의 실종.

우치에서는 사람들이 부주가 없어진 것을 알고 찾아 나섰으나, 아무 보람도 없었다. 애기책 중의 아씨를 누군가가 훔쳐간 것 같은 모양이어서, 여기에 장황하게 쓰는 것은 그만두겠다.

경으로부터 먼저 왔던 사자가 아직 돌아가지 않고 있었는데, 걱정이 된다고 다시 사람이 왔다.

"아직 닭이 우는 시각에 나를 보내셨습니다."

유모를 비롯한 우치의 사람들은 사자에게, 어떻게 말을 해야 할지, 그저 당황하여 갈팡질팡할 뿐이었다. 무엇을 어떻게 말하여야 할지 어림도 못하고, 그저 다 같이 떠들어 대고 있었다. 내막을 알고 있는 우근과 시종만은, 몹시 생각에 잠겨 있었던 부주의 모양을 생각하고, 투신하였을지 모른다는 데 생각이 미쳤다.

우근은 울면서 모군으로부터의 편지를 펴 보았다.

"당신의 일이 몹시 걱정되어 뜬눈으로 밤을 보냈는데, 오늘밤에는 꿈에서조차 충분히 모습을 볼 수 없었습니다. 무언가에 가위 눌리기도 하여, 기분도 보통 때와는 달리 불쾌하고 무서웠습니다. 저쪽으로 이사할 날도 가까운 모양이니, 그때까지 여기서 보살펴 드리려고 합니다. 오늘은 비가 올 것 같으니 …."

어젯밤에 씌어진 답장을 보고, 우근은 몹시 흐느꼈다.

"역시 그랬었다. 허전하다고 말씀하지 않았던가? 나에게 어째서 조금이라도 자세히 말씀해 주시지 않았을까? 어릴 때부터 전혀 너나할것없이 지냈고, 아무것도 숨기는 일이 없이 시중들고 있었는데, 다름 아닌 마지막 죽음의 길에 나를 두고 가 버리면서, 그 기색도 보이지 않았던 것이 원망스럽다."

발버둥치며 우는 모습이 마치 어린아이 같았다. 몹시 우울하게 있는 모습을 늘 보고는 있었지만, 설마 이렇게까지 무서운 일을 생각하고 있을 줄은 몰랐었다. 대체 어떻게 된 일인지, 도저히 납득이 안 가는 슬픈 일이었다.

"어떻게 하면 좋은가?"

유모는 오히려 어찌할 바를 모르고, 그저 이렇게 중얼거릴 뿐이었다.

2. 내궁이 부주의 죽음을 알게 되다.

내궁은 보통 때와는 다르게 무슨 일이 있을 것 같은 부주의 답장에, 걱정하고 있었다.

'어떻게 할 셈으로 있을까? 누가 뭐래도 나를 그리워하고 있으면서 내 생각을 한때의 잘못된 바람기라고 의심하고 있었다. 어딘가 다른 곳에 가서 몸을 숨길 셈이었을까?'

내궁은 마음이 놓이지 않아 사자를 보냈다. 사람들이 모두 울며 어찌할 바를 모르고 있을 때에 사자가 도착해서, 편지를 건넬 수도 없었다.

"어떻게 된 일입니까?"

사자는 아래에서 시중 드는 하녀에게 물어보았다.

"주인님이 오늘 저녁때 갑자기 돌아가셔서, 어찌할 바를 모르고 있습니다. 의지하는 분도 안 계시는 때여서, 같이 있는 분들은 그저 벽에 부딪힌 것처럼 망연하게 있습니다."

그는 내막도 깊이 알지 못하는 사내였으므로, 자세한 것을 물어보지도 못한 채 돌아왔다.

"부주 아씨가 돌아가셨습니다."

이런 말을 듣고, 궁은 꿈인가 하고 놀랐다.

"정말 알 수 없는 노릇이다. 병환이 중하다는 말은 듣지도 못했다. 늘상 우울하게 있기는 했지만, 어제의 답장에는 그런 기색도 없었고, 오히려 어느때보다 풍취가 있었는데."

마음에 짚이는 것도 별로 없었다.

"시방이 가서 상황을 살피고, 확실한 것을 물어보아라."

"저 대장님이 어떤 소문을 듣고 계시는지, 숙직하는 사람이 근무를 소홀히 하고 있다고 꾸중하는 바람에, 물러나오는 하인들까지도 심문한다는 것입니다. 별다른 구실도 없이 제가 출두하였다는 말을 들으면, 저쪽에서 짐작이 가는 일이 있을 것입니다. 게다가 갑자기 사람이 죽어서 분명히 시끄럽고 사람의 출입도 많을 것입니다."

"그렇지만 정말 이대로 있지는 못하겠다. 무엇인가 그럴듯한 핑계를 궁리하여, 평소에 내막을 알고 있는 시종들과 만나서, 어떤 일이 있었기에 그런 말을 하는지 상황을 알아보아라. 하인들은 사실과 다른 것을 말할 때도 있다."

궁의 애처로운 모습도 황송하다고 생각하여, 시방은 저녁때 건너왔다.

몸이 가볍고 스스럼없는 이 사람은 곧 도달하였다. 비는 조금 그쳤지만, 고생이 많은 길이었다. 몸치장을 허술하고 초라하게 차려 하인 모습으로 와보았더니, 사람들이 많이 모여서 떠들고 있었다.

"오늘밤 이대로 장사를 지낸다고 합니다."

이렇게 이야기하는 것을 들으니, 참으로 망연한 일이었다. 우근에게 안내하여 달라고 해도 만날 수가 없었다.

"지금 아무 분별도 못하고, 일어설 생각도 안 납니다. 그래도, 이렇게 들러 주시는 것도 오늘밤뿐인데, 못 뵙는다는 것은."

우근은 중개하는 사람에게 이렇게 말하게 했다.

"그래도 이렇게 분명치 않은 채로는, 어떻게 돌아갈 수가 있겠습니까? 하다못해 또 한 사람이라도 만나서 …."

군이 이렇게 말하여서 시종과 대면하였다.

"정말 놀랐습니다. 도저히 상상도 못할 모양으로 돌아가셨습니다. 아무리 슬프다고 해도 모자라고, 꿈을 꾸고 있는 것처럼 누구나 어찌할 바를 모르고 있었다고 말씀하십시오. 조금 기분이 가라앉은 다음에, 늘상 우울하게 생각에 잠겨 있던 모습이나 지난밤 궁을 아주 애처롭게 생각하였던 상황도 말씀드리겠습니다. 이런 부정한 일은, 세상 사람들이 꺼리는 기간을 지나서, 다시 한번 와 주십시오."

시종은 이렇게 말하며 슬피 울었다.

집안 사람들의 우는 소리만이 들려왔다. 유모일까.

"우리 주인님이여, 어디에 가 계십니까? 돌아와 주십시오. 유해조차 볼 수 없는 것이 맥없고 슬픈 일입니다. 자나깨나 눈으로 보는 것도, 언제까지나 옆 가까이에 있으면서 빨리 행복하게 되시는 것을 이 눈으로 보고 싶다고 아침 저녁으로 기대하고 오늘까지 목숨을 이어 왔습니다. 그런 나를 내버려두고 이렇게 간 방향도 알리지 않는 것은…. 귀신이라도 우리 님을 잡아가지는 못할 것입니다. 사람들이 몹시 애석히 여기는 사람은 제석천(帝釋天)1)도 돌려주었다고 합니다. 우리 님을 뺏은 자는, 사람이거나 귀신이거나 되돌려 주십시오. 유해만이라도 보고 싶다."

이렇게 말하고 있었다. 의아한 점이 있어, 시방은 납득되지 않는 일이

---

1) 불교의 수호를 맡은 신. 수미산(須彌山)의 정상(頂上), 도리천(忉利天)에 산다고 한다. 나이든 부자 부부가 국왕에게 자신들의 효성스런 자식이 죽임을 당하자 비탄에 빠져 소생을 기원하니, 제석천이 듣고 그 아들을 소생시켰다는 이야기가 불서에 보인다.

라고 생각하였다.

 "제발 말씀하여 주십시오. 혹시 누군가가 숨겨 놓은 것은 아닙니까? 궁이 확실한 일을 알고 싶어 대신 보낸 사람입니다. 지금에 와서는 어느 쪽이 되었든지 아무 소용없는 일이지만, 나중에라도 사실을 듣고 알았을 때에 틀리는 점이 있으면, 사자로 왔던 저의 잘못이 되고 맙니다. 또 아무리 사정이 있더라도 혹시 하는 희망을 갖고, 당신들을 만나보라고 말씀하신 마음도 황송하다고는 생각지 않습니까? 여자 문제 때문에 헤매고 있는 것은, 다른 조정[2]에도 얼마든지 예가 있었습니다만, 이렇게까지 하는 일은 이 세상에 또는 없을 것입니다."

 "정말 아주 고마운 사자십니다. 숨기려고 하여도, 이러한, 예에 없는 사태는 어느새엔가 알려질 것입니다. 조금이라도 누군가가 숨기려고 하였다면, 어째서 이렇게 누구라도 어찌할 바를 모르는 일이 있을 수 있겠습니까? 평소에 정말 몹시 우울하게 계신 것은 사실입니다. 훈 나리가 정말 성가신 일을 저질렀다고 불쾌한 듯이 말씀하신 일도 있었습니다. 모친으로 계시는 분도, 이렇게 울며 떠드는 유모도, 처음부터 인연이 있었던 분 쪽으로 옮기시라고 준비를 서두르고 있었습니다. 이쪽 일은 아무도 모르게 그저 마음속으로만 황송하게 깊이 사모하고 있다가, 착란이 일어났을 것입니다. 자기가 스스로 몸을 망친 것이 한심스럽고, 나마저도 갈팡질팡하여, 자기도 모르게 분별도 없는 말을 하고 있습니다."

 과연 있는 대로는 아니고 넌지시 말하여 주었다. 시방은 아무래도 납득이 안 갔다.

 "그러면 천천히 또 오겠습니다. 서서 얘기를 듣게 하는 것도 정말 소홀한 대접입니다. 어쨌든 궁 자신도 건너오실 것입니다."

 "아이구, 황송해라. 인제 와서 궁과의 사이를 사람들에게 알리는 것은 돌아가신 분에게는 좋은 과보가 될 것이지만, 비밀로 하고 있었던 만큼 역시 이대로 숨겨 두는 것이 돌아가신 분에 대한 좋은 배려일 것입니다."

---

 2) 이부인(李夫人)에 대하는 한(漢)의 무제(武帝)나 양귀비(楊貴妃)에 대하는 당(唐)나라 현종 황제(玄宗 皇帝)의 예.

시종은 이렇게 의외의 일로 돌아간 것을 사람들에게 알리지 않으려고, 이것저것 좋게 둘러대고 있었다. 그러나 자연히 일의 자세한 내막을 알아 버리면 어쩌나 하여, 이렇게 권하고 돌아가게 하였다.

3. 유해가 없는 장례를 거행하다.

비가 몹시 오는 중에 모군도 틈을 내어 건너왔다. 정말 할 말도 막혀,

"눈앞에서 죽는 것을 보았다면, 그 슬픔이 아무리 크더라도 세상에 있을 수 있는 일이라고 체념했을 것이다. 그런데 이것은 대체 어떻게 된 일인가?"

우왕좌왕하고 있었다. 저런 복잡한 내막으로 인해 몹시 괴롭게 잠겨 있었다는 것도 모르고, 투신자살이라는 것은 생각도 못했다.

'귀신에게 잡아먹혔을까? 여우가 채갔을까? 옛이야기 중 아주 기괴한 사건의 우화에 이런 이야기도 있었던가?'

그렇게 생각하여 보니, 하인들이 의심스럽게조차 생각되었다.

'저 무섭다고 생각하고 있던 여이의궁에게 성질이 좋지 않은 유모라도 있어서, 나리가 이렇게 여군을 마중한다는 말을 듣고, 괘씸하게 여겨 일을 꾸민 것일까?'

'처음으로 하는 사람도 속마음을 모르는 사람은 없었겠지?'

"아주 사람 사는 데하고는 떨어져 있는 곳이라서, 익숙하지 않은 사람은 조그만 일도 할 수 없습니다. 다들 곧 다시 오겠다고 말하고, 필요한 물건들을 챙기고 돌아갔습니다."

먼저부터 시중들던 사람조차 일부 사람은 없었고 사람들이 아주 적은 때였다.

시종들은 평소의 모습을 생각해 내고, '죽고 싶다'며 마냥 울고 있던 때의 상황을 떠올렸다. 써 놓았던 편지를 보고 있는 중에, 벼루 아래에서 '죽은 그림자에'라고 장난 삼아 쓴 것을 발견하였다. 시종들은 그것을 보고 강 쪽에 눈을 돌렸다. 큰 울림을 내면서 흐르는 물소리를 들으니, 기분이 나쁘고 슬픈 생각이 들었다.

"이런 모양으로 돌아가신 분을 두고 이것저것 떠들어 대고, 어떻게 된 것이냐고 의심하고 있는 것도 애처로운 일이다."

시종은 우근과 상의하였다.

"내궁과의 사랑 같은 내밀한 일이라도 자기 마음 때문에 비롯된 일은 아닙니다. 어버이로서 죽은 후에 그 사연을 들었어도 부끄러운 상대가 아니었으므로, 있는 그대로를 말씀드립시다. 그래서 갈피를 못 잡고 슬퍼하는 것을 다소나마 덜어 드립시다. 돌아간 분에게는 유해를 놓고 조상하는 것이 관례입니다만, 세상에 예가 없는 일을 두고 몇 달씩 지내게 되면, 도저히 숨겨 둘 수는 없을 것입니다. 역시 사실대로 말하고, 하다 못해 세상의 체면이라도 잘 세워 놓도록 합시다."

모군에게 있는 대로의 사실을 조용히 말씀드렸다. 말하는 편도 정신이 아찔하여 다 말을 할 수 없었고, 듣는 편도 마음이 착잡하였다.

'그러면, 정말 거칠고 무서운 이 강에 흘러가 죽어 버린 것인가?'

중장의군은 자기도 강에 떨어져 버릴까 하고 생각하였다.

"흘러간 곳을 찾아내어, 하다못해 유해라도 건져 후하게 조상하고 싶다."

"새삼스럽게 무슨 보람이 있겠습니까? 간 곳을 모르는 대해로 흘러가 버렸을 것입니다. 그러나 세상 사람의 소문에 오르내리는 것은 정말 듣기 싫은 일입니다."

모군은 이것저것 생각하니 가슴이 미어져서, 어떻게도 못하게 되었다. 이 하녀 두 사람은 수레를 가까이 불러, 요와 몸 가까이에서 쓰고 있던 세간들, 그리고 벗어 둔 채로 있는 잠옷 같은 것을 주워 모아 수레에 넣었다. 부주의 젖형제인 중과 그 숙부인 중, 그리고 그 중의 제자로 친하게 출입하는 사람과 전부터 아는 노법사 등만을 장례에 참석시키기로 하였다. 사람이 죽은 모양을 만들어 보냈다. 유모나 모군은 아주 불길하고 무서운 일로 여겨 뒹굴며 울었다.

대부나 내사인 등 전에 무섭게 말하던 사람들이 와서 말했다.

"장례는 나리에게 자세한 내막을 말씀드리고, 날짜를 잡아서 엄숙하게 치르는 것이 좋을 것입니다."

"일부러 오늘밤 안으로 마쳤으면 합니다. 아주 내밀해야 할 까닭이 있어서 …."

이렇게 고집하였다. 이 수레를 맞은편 산기슭으로 옮겨, 누구도 가까이 못 오게 하고, 사정을 알고 있는 중들을 시켜 화장하였다. 정말 어이없이 끝나고, 연기는 허망하게 사라졌다. 시골 사람은 도리어 이런 일을 정중하게 거행하는 버릇이 있어, 까다롭게 꺼렸다.

"정말 우습다. 일정한 예의범절도 있는데, 해야 할 것을 안 하고, 아랫것들의 장사처럼 어이없이 끝내 버렸다."

이렇게 못마땅하게 얘기하는 사람이 있었다.

"본처가 따로 있는 분의 여인은 경에서는 일부러 이렇게 장례를 하는 모양이다."

이렇게 또 불쾌한 소문을 내기도 했다.

'이런 말이나 생각마저 꺼리는 것인데, 더구나 소문이라는 것은 곧 세상에 퍼지는 법이다. 대장 나리가 유해도 없이 장례를 치른 것을 들으면, 반드시 의심스럽게 생각할 것이다. 궁은 나리와 숙질간이므로, 내궁 곁에 숨겨 둔 여인이 있는가 없는가는 잠시 동안은 몰라도 결국 알아 버릴 것이다. 또 나리는 반드시 궁의 편만을 의심하지는 않을 것이다. 다른 남자 누군가가 데리고 나가서 감추었을지도 모른다고 생각할 수도 있을 것이다. 생존해 있을 때의 과보가 아주 훌륭하였던 분이, 고인이 된 후에 고통스러운 의심을 받는 것일까?'

이 집 하인들에게도, 오늘 아침의 어수선한 소동을 보고 들은 사람에게는 입막음을 하고, 실정을 모르는 사람에게는 아무것도 알리지 않으려는 등 궁리하고 있었다.

"시간이 지나서 누구나 안정되면 이제까지의 일들을 얘기하기로 하겠습니다. 당장 슬픔도 가실 만한 소식을 갑자기 인편으로 듣는 일이 있으면, 역시 정말 애처로울 것입니다."

이 하녀 두 사람은, 마음에 깊은 가책을 느끼고 있어서, 모든 일을 오직 숨기기만 하였다.

4. 훈이 부주의 죽음을 알다.

훈은 어머니 여삼의궁이 병으로 고생하고 계셔서, 석산사에 참배하느라고 분주하던 때였다. 그래서 한층 더 부주 쪽이 걱정되었지만, 분명히 무슨 일이 있었는지 알려 줄 사람이 없었다. 이러한 큰일을 당했는데도 사자조차 안 오는 것으로 보아, 세상 소문이 공연히 나쁘고 한심한 것이라고 생각하고 있었다. 장원 사람이 와서 사실을 알려 주었다. 한심스럽게 생각하였지만, 조문의 사자는 다음날 이른 새벽에 도착했다. 사자는 훈의 전언을 말하였다.

"그런 큰일을 듣고는 곧바로 본인이 나서야 할 일이지만, 이렇게 집안의 병환으로 몸을 삼가야 할 일이 있어, 이러한 곳에 기한을 정하여 머무르며 기도를 하고 있었다. 어젯밤의 일은, 이쪽으로 알려서라도 연기하여 거행할 일인데, 어째서 경솔하게 서둘러서 마쳤는가? 어차피, 되돌릴 수 없는 일이지만, 사람의 일생을 끝마무리하는 데에는 예의범절이 있다. 산골 천민들의 비난까지 받게 되었으니 나도 괴롭다."

훈이 몸 가까이에 두고 심부름시키고 있는 대장 대보가 사자였다. 사자를 보니 슬픈 마음이 들었지만, 사실대로 말씀드릴 수도 없는 사정이라서, 그저 눈물에 젖어 있는 것을 구실로 똑똑히는 대답을 하지 못하고 있었다.

훈은 어이없고 슬픈 일을 듣고 가슴이 찢어졌다.

"얼마나 한심한 곳인가? 귀신이 살고 있는 곳이 아닐까? 어째서 이때까지 저런 곳에 살게 두었을까? 내궁과 생각지도 못한 잘못이 일어난 것도, 다 내가 이렇게 내버려두었기 때문이다. 그것을 핑계로 내궁도 사랑을 속삭여 무례한 짓을 하였을 것이다."

세상 물정도 모르고 있었던 것이 후회되어 가슴이 아팠다. 모군이 병환중인데 이런 일에 마음을 쓰고 있는 것도 옳지 않은 일이라서, 훈은 경으로 돌아왔다.

그는 처인 궁의 처소에도 가지 않았다.

"큰일은 아닌데, 몸 가까이에 있는 사람에게 불행이 있었다고 들어 마음이 가라앉지 않습니다. 한동안은 꺼려야 할 것 같아 조심이 되어."

이렇게 양해를 구해 놓고, 어디까지나 덧없는 부주와의 슬픈 인연을 한탄하고 있었다. 생전의 모습이나 얼굴 생김새가 정말 사랑스럽고 매력적이던 것이, 못 견디게 그립고 슬프기만 했다. 이 세상에 살아 있을 동안 어째서 좀더 열중하지 못하고 마음 편히 있었던가, 지금에 와서는 단념하지도 못하고 후회하고 있었다.

'나는 이렇게 여자의 일로 몹시 슬프게 살아야 할 운명이었다. 세상 사람들과는 달리 출가하려는 뜻을 가지고 있던 내 몸이 생각대로 안되어 이렇게 속인으로 남아 있는 것을, 부처님이 밉게 보신 것은 아닌지 모르겠다. 나에게 불도의 마음을 일으키시려고, 부처님이 그 방편으로 자비를 감추고 이렇게 하시는 모양이다.'

이렇게만 생각하고 그저 근행(勤行)만을 하고 있었다.

5. 훈이 내궁을 문안하다.

내궁도 역시 요 2, 3일은 사건의 판단도 안되고, 제정신도 아닌 모양이었다. 어떤 악령의 짓일까 떠들고 있는 중에 겨우 눈물이 마르고 마음도 조용해졌는데, 그렇게 되니 도리어 생전의 모습이 그립고 슬픔도 더 했다. 다른 사람에게는 그저 병세가 중한 것처럼 보이게 하여, 이런 부질없는 눈물을 보이지 않으려고 했지만, 자연히 울며 슬퍼하는 모습이 사람들 눈에도 드러났다.

"무슨 일로 이렇게 슬퍼하며, 목숨이 위태로울 정도로 우울하게 계실까?"

이렇게 말하는 사람도 있었다. 훈도 이런 상황을 자세하게 들었다.

'생각하였던 대로다. 역시 그저 편지를 주고받는 정도의 사이는 아니었고 더 깊은 관계도 있었던 것이다. 궁이 보면 반드시 집착을 가질 만한 여자였다. 저 사람이 살아 있다면, 나는 내궁에게 여자를 뺏기는 어

리석은 꼴을 당하게 되었을지도 모른다.'

애타게 그리웠던 기슴도 조금 식는 듯했다.

궁 쪽에는 문안으로 매일 참상하지 않는 사람이 없었다.

'세상이 떠들썩한 이때에, 그렇게 대단한 신분도 아닌 사람의 일을 슬퍼하여 집에만 있고 문안도 안 가는 것은 비뚤어진 거라고 보일 것이다.'

이렇게 생각하여 참상하였다. 그 무렵, 딸을 훈에게 주려고 생각하였던 식부경궁도 돌아가셔서, 훈은 그 숙부궁의 복상으로 엷은 청색의 옷을 입고 있었다. 그러나 심중에는 부주를 위한 애도의 마음에 걸맞은 복장으로 느껴졌다. 조금 얼굴이 말라서 한층 더 아름다웠다.

사람들이 퇴출하여 차분하게 조용한 저녁때였다. 궁은 한탄하고 누워 있을 기분도 아니었으므로, 친하지 않은 사람은 만나지 않았지만, 항시 고운발 안까지 들어올 수 있었던 사람과는 대면하지 않는 것도 아니었다. 훈과 얼굴을 맞대는 것은 겸연쩍고 기가 죽어 만나면 더욱 눈물이, 억제할 수도 없이 흐를 것만 같았지만, 그래도 마음은 조금 진정되어 있었다.

"큰 병도 아닌데, 사람들이 다 조심하지 않으면 안될 용태라고 말들을 하여, 주상과 모궁에게 걱정을 끼치는 것이 아주 괴롭습니다. 아무래도 세상의 무상함이 쓸쓸하게 여겨집니다."

가만히 눈물을 닦아 얼버무리려고 하였으나, 그대로 눈물이 그치지 않고 흘러나와 정말 쑥스러워졌다.

'이것이 저 사람 때문에 나온 눈물이라는 것을 알아차릴 수는 없을 것이다. 그저 사내답지 않게 기가 약해져 있다고 생각해 주었으면.'

궁은 이렇게 생각하였다.

'역시 그랬었구나. 그저 이 일만을 한탄하고 계셨다. 언제부터였었는가? 이 몇 달 동안 나를 얼마나 어리석은 남자라고 비웃고 싶은 마음으로 지내고 있었을까?'

훈은 슬픔이 사라지는 것 같았다.

'얼마나 냉담한 사람인가? 무언가를 절실하게 느낄 때는, 이렇게 슬픈 일이 아니라도, 하늘을 나는 새가 울며 건너는 것에도 기분이 공연히 슬퍼지는 법이다. 내가 이렇게 마음이 몹시 약해져 있는데, 만일 그 일 때문이라는 것을 알았더라도, 이처럼 슬퍼하는 것을 이해 못할 사람도 아닌데, 세상의 무상을 깊이 깨달은 사람은 냉정하게 있을 수 있는가?'

궁은 이렇게 생각하며, 부럽기도 하고, 그윽하게 느껴지기도 했다. 이 사람과 마주 앉아 있었을 부주의 모습을 상상하며 자세하게 보았다.

여러 가지 세상 얘기를 하고 있는 중에, 정말 언제까지나 비밀로 할 것은 없다는 생각이 들었다.

"예전부터 가슴속에 잠깐이라도 비밀을 담고 아무 말도 않는 동안은, 참으로 마음속이 답답하였습니다. 지금은 나도 섣불리 높은 관위에 올랐고, 당신은 더욱 짬도 내기 어려운 처지입니다. 숙직을 하게 될 때에도 무엇인가 용건이 없으면 찾아올 수도 없이 일에 얽매여 있었습니다. 옛날의 그 산골에서 헛되이 죽어 간 대군과 혈통이 같은 부주가 생각도 않았던 곳에 있다는 소식을 들어서, 때때로 대군 대신으로 알고 만날 수 없을까 하고 생각하고 있었습니다. 본처 여이의궁을 맞이하여 세상의 눈도 염려되는 때였으므로, 부주를 저 외진 곳에 옮겨 놓았었습니다. 별로 가서 만나지도 않고, 또 저쪽에서도 특별히 나 하나만을 의지하는 것은 아니라고 생각하였습니다. 소중하고 귀한 혈통이라면 몰라도, 돌보아 주는 데에 각별히 마음 쓸 것은 없었습니다. 스스럼이 없는 귀여운 여자라고 생각하고 있었는데, 아주 어이없이 죽어 버렸습니다. 통틀어 세상이 무상하다는 것을 생각하면 슬픈 것입니다. 무어 들은 일은 없습니까?"

훈은 처음으로 울었다.

'정말 이런 모습은 보이고 싶지 않다. 어리석은 일이다.'

이렇게 생각하고 있었지만, 눈물이 흐르기 시작하자 억누를 수가 없었다. 조금 흐트러져 있는 훈의 모습은 여느 때와 달리 애처로워 보였다. 궁은 아무렇지도 않은 척하고 시치미를 떼고 말했다.

"아주 가슴에 배어드는 얘기입니다. 어제 흘끗 들었습니다. 어떻게 되었는지 문안하려고 생각하면서도, 특별히 다른 사람에게 알리지 않으려고 하는 것 같아서 …."

그렇지만, 슬픔을 참지 못하여 말수도 적어졌다.

'그러한 일의 상대로 뵙게 하려고도 생각하였던 사람이었는데. [3] 자연스럽게 눈에 띨 일도 있었던 것일까, 댁에도 출입하였던 연고도 있었으니까.'

"기분이 좋지 않을 때에 부질없는 세상 얘기를 듣고 마음을 상하는 것도 좋지 않습니다. 모쪼록 충분히 조섭하십시오."

훈은 조금씩 내궁을 빗대어서, 이렇게 말하고 떠나왔다.

'무섭게도 집착하고 있다. 아주 단명한 일생이었지만, 저 여자의 숙운은 누가 뭐래도 훌륭한 것이었다. 궁은 당대의 임금이나 황후가 저처럼 소중히 여기는 친왕이고, 얼굴 생김이나 자태를 비롯하여 모든 것이 세상에서는 찾아볼 수 없는 분이다. 만나는 여인들도 보통이 아닌데, 훌륭한 사람들을 제쳐놓고 이 사람에게 마음을 기울이고 있었다. 세상 사람들이 큰 소동을 일으키며 수법이니 독경이니, 제사니 불제니 하고 소란을 피우고 있지만, 실은 이분에게 집착하고 있는 까닭으로 병이 난 것이다. 아니 나도 이렇게 높은 신분에다 당대 임금의 따님을 처로 두고 있으면서, 부주를 사랑하는 마음은 궁에게 뒤떨어지지 않았다. 더구나 지금은 돌아간 사람이라 하여, 마음을 가라앉힐 수도 없는 것이 아닌가? 그러나 사실은 이것도 어리석은 일이다. 이제 이 생각도 버리자.'

훈은 이렇게 생각하며 슬픔을 달래기도 했지만, 여러 가지로 생각이 흐트러졌다.

"사람은 목석이 아니므로 다 정이 있다. "[4]

이렇게 읊으며 누었다.

부주가 돌아간 후의 예의범절도, 아주 간략하게 마쳤다고 하는데, 그것을 중의군은 어떻게 듣고 있을까 하여 애처롭기도 하고 또 허망하기도 했다.

---

3) 부주를 내궁의 숨겨 놓은 처로 양보하여도 좋다는 생각.

4) "人非木石皆有情, 不如不遇傾城色," 《백씨문집》(白氏文集) 에서.

"모친의 신분이 낮아서, 형제가 살아 있는 이 장례를 간략하게 한다는 풍습이 있어, 세상 사람들이 말하는 대로, 그렇게 간단히 치렀는가?"

훈은 마음이 무거웠다. 언제까지나 자세한 사정을 몰라 걱정되었으므로, 훈은 그때의 상황을 자신이 직접 들어보고 싶었지만, 우치에 가서 30일 동안 상고로 근신하기에도 적당치 않고, 갔다가 곧 되돌아오는 것이 애처롭기도 하고 여러 가지 궁리만 하였다.

어느덧 달이 바뀌었다.

'오늘이 이사할 날이었는데.'

이런 생각이 들자, 새삼 더욱 슬퍼졌다. 귤의 향기가 그리움을 북돋우며 풍겨오는데, 두견새가 두 마디 울면서 하늘을 건너갔다. '묵는 집에 다니면'이라고 혼잣말을 하니, 생각도 가라앉지 않았다. 궁이 마침 이조원의 저택에 가시는 날이어서, 훈은 귤 가지를 꺾게 하여 말을 전했다.

〈속으로 우는 당신도 나와 같이 울고 있을 것입니다. 한탄해도 보람이 없는 저승길의 두견새. 고인을 생각하고 계시다면. 〉

궁은 중의군의 모습이 부주와 많이 닮은 것을 감개 깊게 생각하며, 함께 생각에 젖어 있었다. 그때 의미 있을 성싶은 편지라고 보았다.

"〈옛사람을 생각나게 하는 귤 향기가 나는 당신의 근처에서는, 두견새도 마음을 써 가며 울어야 할 것입니다. 〉

번거로운 일입니다."

이렇게 썼다.

6. 내궁이 우치에 시방을 보내다.

중의군은 이 사건의 경위를 모두 알고 있었다.

'절실히 가슴에 스며드는 한탄스럽고 덧없는 인생이었다. 언니 대군은 훈을 거절하고, 아우 부주는 내궁과 훈의 사랑 사이에서 불쌍하게 살아왔었는데, 어찌 나만이 고생을 경험하지 않고 염치없이 오래 살아 있는 것일까? 그러나 그것도 언제까지 그럴 수 있는 것일까?'

중의군은 허전한 마음이었다. 궁도 사정이 죄다 알려져 버렸는데 숨기려고 하는 것도 보기 흉할 것 같아, 이때까지의 일을 조금은 듣기 좋게 꾸며서 중의군에게 들려주었다.

"당신이 처음에 부주를 숨겨 놓은 것이 원망스러웠습니다."

이렇게, 울다가 웃으면서 말하는 것도, 다 다른 사람과는 달리 마음이 통하고, 차분하게 가슴에 와 닿는 것이 있었기 때문이다. 궁의 본처는 매사 허풍스럽고 딱딱한 분위기로, 건강 상태가 나쁘다고 하면서 크게 떠드는 버릇이 있어서, 문안 오는 사람도 많았다. 장인 석무 대신이나 형제의 군들이 옆에 늘상 붙어 있어 아주 번거로웠지만, 이조원은 아무 걱정이 없어서 마음 편하다고 생각하였다.

궁은 그저 꿈을 꾸고 있는 것만 같았다.

"어째서 이렇게 갑자기 저런 일이 일어났는가?"

아무래도 걱정이 되어, 시방과 도정을 불러 우근을 마중하러 가게 하였다. 부주의 어머니인 중장의군은 이 물소리를 들으면, 새삼스럽게 자기도 그 흐름에 끌려들어갈 것만 같았다. 슬프고 한심한 생각이 엷어질 것 같지도 않아, 하는 수 없이 경에 돌아와 버렸다. 우치에서는 몇 명의 중에게 염불을 맡기고 아주 조용히 살고 있는데, 그때 궁의 사자가 들어왔다. 전에는 위엄 있게 주위를 경비하고 있던 숙직인들도, 지금은 책망을 안 했다.

'우연히도 마지막으로 건너왔던 저 때에는 안에 들여보내지도 않고 ….'

다들 이런 생각으로 궁에게 미안하게 여겼다. 시방은 궁이 부당한 일에 열중해 있다고, 보기 흉하게 생각했었는데, 막상 여기 와보니 몰래 다니던 밤의 궁의 모습, 궁에게 안겨 배에 탔던 부주의 품위 있고 예뻤던 일을 생각하니, 다들 냉정하게 있지 못하고, 차분히 슬픔을 느끼게 되었다. 우근이 시방을 만나자 바로 쓰러져서 몹시 우는 것도 무리는 아니었다.

"궁이 가보라고 말씀하셔서 왔습니다."

"새삼스럽게 사람들이 납득할 수 없다고 주고받는 말들도 꺼려야 하고 궁 앞에 가서도 똑똑히 이해할 수 있게 얘기도 못할 것 같습니다. 이 상중이 끝나고, 잠깐 동안 다른 데서라고 남에게 꾸며 말하는 것이 조금도 이상하지 않게 될 시기를 기다려서…. 생각 밖으로 좀더 살아 남게 되면, 조금 마음이 가라앉은 뒤에 말씀이 없어도 이쪽에서 참상하여, 참으로 꿈과 같았던 여러 사정을 말씀드리려고 합니다.”

이렇게 말하며 오늘은 도저히 움직일 것 같지도 않았다.

시방도 울며 말했다.

“두 분 사이의 일은 자세하게는 모릅니다. 일의 도리도 잘 알지 못하지만, 정말 둘도 없이 집착심이 강한 것으로 보고 있었습니다. 당신들에 대하여도 별로 갑자기 가까운 사이가 되는 것도 아닐 게고, 나중에 시중 들게 될 사람들이라고 여기고 있었는데, 되돌릴 수 없는 슬픈 일이 일어나고부터는 내 개인적으로 의지하려는 생각이 도리어 더욱 깊어졌습니다. 일부러 수레를 배려하여 사자를 보내셨는데, 빈 채로 돌려보내는 것은 아주 민망한 일입니다. 다른 분이라도 보내 주십시오.”

시종의군을 불러내어 말했다.

“그러면, 당신이 가도록.”

“저 같은 것이 더더욱 무엇을 말씀드릴 수 있겠습니까? 이 상중에 어떻게 갈 수가 있습니까? 궁은 그것을 생각하지 않았을까요?”

“병환이 나는 바람에 여러 가지 삼가야 할 것이 있는 모양이지만, 이 사건에 대해서는 도저히 삼가는 것만으로 가만히 있을 수는 없어서…. 이런 깊은 인연으로는, 궁 자신이 직접 상례에 끼여들지도 모릅니다. 상이 끝나는 날은 얼마 안 남았습니다. 역시 한 분은 가시는 것이 좋겠습니다.”

시방은 재촉하였다. 시종은 전의 궁의 모습을 정말 그립게 여겼다.

“지금 말고 어느때에 궁을 뵙게 될까? 이러한 기회에.”

이런 생각이 들어 참상하였다. 검은 옷을 겹쳐 입고 몸단장하고 있는 모습은 아주 산뜻하고 아름다웠다. 덧옷은, 이제 자기가 섬기던 사람이 없으니 착용할 일도 없을 거라고 안심하고 물을 들이지 않은 엷은 색의 옷을 가지고 갔다.

'아씨가 만일 생존해 계셨으면 남의 눈을 피해서 이 길을 따라 경으로 동행하여 나왔을 것을…. 나는 마음속으로 궁에게 편들었었는데.'

차분하게 슬픈 생각이 들어서, 오는 도중 내내 울고 있었다.

궁은 이 사람이 왔다는 것을 듣고, 가슴에 와 닿는 것이 있었다. 중의군에게는 체면이 서지 않아서, 이 사실을 알리지도 않았다. 침전에 나와서 건물을 잇는 복도 쪽에 시종의 수레를 대게 하였다. 그리고 어떤 모양이었는가를 자세하게 물었다. 시종은 부주가 언제나 쭉 생각에 잠겨 있었다는 것, 그리고 그 밤은 울고 있었다는 것을 말씀드렸다.

"보통 사람과는 다르게 말수도 적었고, 전혀 의지할 곳도 없는 양 몹시 괴로워하고 있었습니다. 다른 사람에게 상의하는 일도 거의 없고, 언제나 자기 가슴속에 묻어 두어서인지, 말로 남겨 놓은 것도 없었습니다. 저렇게 모진 일을 결심하리라고는 꿈에도 생각 못했습니다."

자세한 사정을 들으니, 궁은 더욱 슬펐다.

'전세의 인연대로 어떻게 무엇을 골똘히 생각하며, 그렇게 강에 투신하였을까?'

미리 알고 그만두게 할 수가 있었다면 하고 가슴이 미어지는 것 같았지만, 아무 보람도 없는 일이었다.

"편지를 몰래 태워 버리기도 했었는데, 어째서 주의하지 않았는지 모르겠습니다."

내궁은 밤새 시종을 상대로 밝을녘까지 이야기를 시켰다. 모군에게 보내는 답장으로 두루마리에 써 놓았던 '종소리의 …' 라는 노래까지 말씀드렸다.

별것 아닌 사람이라고 생각했던 여인이었으나, 마음이 통하니 차분하게 반가웠다.

"내 곁에서 살았으면 좋겠다. 저쪽 중의군과도 인연이 없는 것은 아니니까."

"그렇게 옆에서 시중을 들면, 그저 모든 것이 슬프게만 여겨질 것이므로, 지금 이 상중이 끝나는 대로 …."

"그러면 또 오도록."

이 사람을 보내는 것이 섭섭하게 생각하였다. 아침에 돌아갈 때에, 부주를 위해 준비하였던 빗 상자와 옷 상자 일습을 선물로 주었다. 마련해 두었던 것은 그밖에도 많았지만 허풍스러울 것 같아서, 그저 시종에게 알맞은 물건에 그쳤다.

'아무 생각 없이 저택에 참상하여 이러한 물건을 받은 것을 보고, 사람들은 무어라고 할까? 생각지도 않았던 성가신 일이 되었다.'

곤혹스럽게 여겼지만, 어떻게도 사양할 수가 없었다. 우근과 둘이서 상자를 가만히 열어 보았다. 쓸쓸하고 허전한 때였으므로, 새롭게 공들여서 만들고 모아 놓았던 것 하나하나가 눈물을 자아내는 것이었다. 옷도 정말 훌륭하여, 어느것이나 새로 바느질을 한 것뿐이었다.

'이런 상중에 어떻게 하면 사람 눈에 띄지 않게 보관할 수 있을까?'

어떻게 해야 할지 모르고 있었다.

7. 훈이 우근으로부터 사정을 듣다.

훈도 역시 마음에 걸려 생각다 못해 건너왔다. 오는 도중의 길은 여러 가지 옛일을 생각나게 하였다.

'어떤 인연 때문에 팔의궁의 곁에 다니기 시작하였던가? 뜻하지 않게 막내 부주까지 도와주게 되니, 이 일족에 관해서는 생각할 일이 너무도 많다. 정말 존귀하게 도를 닦고 있는 팔의궁 옆에 와서, 부처님의 가르침에 따라 후세의 일만 맹세하였는데, 본의 아니게 속세의 집착을 버리지 못하였다. 부처님이 그것을 징계하려고 하시는 것일 것이다.'

이렇게 생각하였다.

"생전의 모습도 똑똑하게는 듣지 못하였다. 아무래도 너무나 한심하고 덧없다는 생각이 들어 상이 끝날 때까지 며칠만 더 기다렸다가 오려고 생각했었지만, 아무래도 참을 수 없어서 건너왔다. 어떤 병으로 돌아갔는가?"

이렇게 우근을 불러내어 물었다. 거짓말을 했다가는 여승님에게 문의

하여 확인하기만 해도 탄로날 것이어서, 궁과의 밀통사건에 관해서도 쭉 거짓말을 고안해 놓았었는데, 이렇게 성실성이 어려 있는 얼굴을 직접 뵈니, 미리 준비하고 있던 말도 잊어버리고, 차라리 사실을 있는 그대로 말씀드렸다.

너무나 한심스럽고 의외의 이야기여서, 잠시 동안은 아무 말도 안 나왔다.

'그런 일은 있으리라고 생각도 할 수 없다. 보통 사람보다도 생각하는 것이나 말하는 것이 각별히 과묵하고 대범하였던 사람이, 어떻게 그런 무서운 일을 생각해 낼 수가 있었을까? 이 하녀들은 대체 얼마만큼 일을 꾸며서 말을 하는 것일까?'

마음이 더욱 혼란스러웠다. 궁도 확실히 비탄에 젖어 있었고, 여기의 모습을 보면 그런 사실을 모르는 체해도 그 기색을 통해 자연히 알 수 있었다. 모두들 이렇게 건너와서 슬퍼 못 견뎌한 이 사건은 위, 아래 같이 우는 소동이 되었다.

"부주와 같이 가서 돌아오지 않는 사람은 없는가? 좀더 그때의 상황을 똑똑히 애기를 해주게. 내 태도를 냉담하다고 생각하고 떠나가는 사람은 설마 없으리라고 생각한다. 갑자기 말못할 무슨 사정이 일어난 것일까? 나로서는 도저히 믿어지지가 않는다."

다그치는 모습은 정말 애처로웠다.

'역시 걱정하였던 대로다'

우근은 이런 생각으로 곤혹스러워했다.

"저절로 들으신 것도 있겠지만, 원래 여의치 않은 팔의궁 집에서 쫓겨나서, 상륙수의 후처가 된 중장의군이 데리고 온 자식입니다. 본래 열악한 환경에서 자란 데다가, 사람 사는 마을에서 동떨어져 우치에 살게 된 후부터는, 늘상 생각에 잠겨 있는 때가 많았습니다. 가끔이라도 이렇게 건너오시는 것을 기다리면서, 이때까지의 슬펐던 신상도 잊어버리고, 침착한 마음으로 때때로 뵐 수 있기를, 말씀은 안 하셔도 늘 고대하는 것 같았습니다. 그 희망이 달성될 것 같은 소식도 들려와서, 이렇게 시중들고 있는 우리들도 기쁘게 생각하고, 그 준비를 하고 있었습니다. 동국에 있던 모군도 겨우 원하는 대로 되었다고, 경으로 옮길 준비를 하고 있는 터에, 나리로부터 변심을 비난하는 납득하기 어려운 편지가 있었습니다. 숙직 같은 것에 종사하는 자들도, 행실이 나쁜 하녀가 있다고 비난하며, 예의 없고 거칠게 다루는 일이 자주 있었습니다. 그 후 오랫동안 편지도 없어서, '한심하고 불행한 몸이라고 어렸을 때부터 체념하였었는데, 오직 한마음으로 제대로 사람 노릇을 하게 하려고 매사 돌보아 주시는 모군 생각에, 나리님에게 어설픈 애정을 받아 도리어 웃음거리가 되어 버리면 얼마나 한심해할 것인가'라고 생각하며 탄식하고 계셨습니다. 그러한 내막 외에 다른 것은 아무리 생각해도 마음에 짚이는 것이 없습니다. 귀신이 숨겨 놓았더라도, 무어 조금이라도 단서를 남겨 놓았을 텐데."

이렇게 말하고, 눈물을 그칠 수가 없었다.

"나는 내 마음대로 행동할 수도 없고, 무엇을 하든 세상 눈에 잘 띄는 신분이다. 그것이 걱정이면서도, 가까운 곳에 마중하여 아무 부족한 점이 없도록 보살필 생각이었다. 또 남의 눈에도 보기 흉하지 않게 대접하여 함께 오래 살려고, 마음을 누르고 지내 왔다. 그것을 무책임한 것 같이 여겼다니, 도리어 이 나에게 숨겨 놓은 것이 있다고밖에 생각이 안 된다. 새삼스럽게 이러한 것까지 입 밖에 내지는 않으려고 하였는데, 궁과는 대체 언제부터 만나기 시작한 것인가? 이런 일에 관해서라면 오로지 괘씸하게 여자의 마음을 미혹시키는 궁이어서, 항상 같이 있지 못하는 괴로움으로 몸을 망친 것이 아닌가 생각하고 있다. 더 많은 얘기를 하여 다오. 나에게는 절대로 숨기지 말고서."

이렇게 훈은 재촉했다. 사실을 알고 있는 것은 정말 불쌍한 일이었다.

"자연히 들으신 것도 있겠지만, 저 중의군의 곁에 몸을 의지하고 있었을 즈음, 한심하게도 생각도 안 했을 때에 궁이 들어왔었습니다. 그러나 심한 말씀을 드려서 그대로 돌아가시게 하였습니다. 그 일을 두려워하여, 아씨는 저 보기 흉한 삼조의 숨은 집으로 옮겼던 것입니다. 그 후로는 절대로 궁의 귀에 들어가지 않게 하려고 생각하고, 그대로 지켜 왔었

습니다. 어떻게 해서 들었는지 요전 2월쯤에 편지가 왔었습니다. 편지는
아주 자주 온 모양입니다만, 자세하게 읽어 보시는 일도 없었습니다. 궁
에게는 아주 황송한 일이니 모른 척해도 도리어 재미없을 것이라고 우군
등이 말씀드려서, 한두 번 답장을 낸 일도 있었습니다. 그밖에는 모릅니
다.”

우근은 여전히 모든 것을 말씀드리지는 않았다.

훈은 무리하게 캐묻는 것도 불쌍하다고 여겨 곰곰이 생각에 잠겼다.

‘궁을 좋아하고 그리운 분이라고 생각했다 해도 아무래도, 나를 소홀
하게 생각할 수는 없어서, 자기로서는 어떻게 하면 좋을지 모르게 되었
을 것이다. 정말 의지할 곳 없이 생각되어 이 강물이 가까이에 있다는
것을 문득 떠올렸을 것이다. 내가 여기로 데리고 와서 그냥 내버려두지
않았더라면, 아무리 괴로운 나날을 보냈다 해도, 깊은 골짜기를 찾아가
투신할 생각하지는 않았을 것이다.’

매우 괴로운 물과의 인연이라고 생각하여, 이 강이 마음속으로부터 싫
어지는 것이었다. 이 몇 해 동안 그립게 여겨 온 사람이 사는 곳이라서,
험한 산길을 왔다갔다하였는데, 그것도 대군과의 사별, 중의군과의 어긋
났던 일, 부주와의 사별 등으로 지금은 이 산골의 이름마저 듣고 싶지
않았다.

중의군이, 대군과 아주 닮은 사람이 있다고 처음으로 말했던 것도 꺼
림칙하게 느껴졌다.

‘그저 나의 과오로 죽게까지 만든 사람이었다.’

이렇게 생각을 하다 보니, 그저 모친의 신분이 가벼운 분이어서 죽은
후에도 간소하게 장례를 치른 것이라고 불만스럽게 생각되었는데, 일의
자세한 것을 들어서, 생각을 조금 달리했다.

‘모궁은 얼마나 슬프게 생각하고 있을까? 저 정도 신분인 사람의 딸로
서는 정말 훌륭한 사람이었는데, 내궁과의 내밀한 일들은 알지도 못하
고, 나의 본처 여이의궁과의 사이에 어떤 일이 있었는가 하고, 원망스런
생각으로 있었을 것이다.’

훈은 무엇이나 간에 불쌍하게 여겼다. 죽음이 불결하여 삼가려는 것은 아니었지만, 같이 간 사람에게 체면도 있어, 우차의 끌채 받침을 끌어당겨 문 앞에 앉아 있었는데, 문득 그것도 싫어져서, 무성하게 자란 나무 아래에 이끼를 깔개로 하여 잠시 앉아 있었다.

'이제부터는 여기에 오는 것조차 괴롭고 한심한 심정이 될 것이다.'

이렇게 생각하며, 근처를 둘러보았다.

〈나까지도 이 지겨운 우치의 고향을 버리고, 거칠어지는 대로 내버려 두면, 누가 이 집의 옛일을 생각하게 될 것인가?〉

팔의궁의 법의 스승 아사리는, 지금은 율사가 되어 있었다. 그를 불러서, 부주의 공양법회에 관해 지시를 내렸다. 염불승의 수를 늘렸다. 틀림없이 죄장(罪障)이 깊은 죽음이기 때문에, 그것을 가볍게 해 달라고 죽은 사람의 명복을 비는 불사를 시켰다. 7월 7일에 경이나 부처님께 공양하게 하고, 그 취지를 자세하게 설명하였다. 아주 어두워졌을 때 돌아오려고 하였다.

'만일 저 분이 살아 있다면, 오늘 저녁에 돌아가는 일은 없었을 것이다.'

이렇게만 생각하였다. 여승님에게도 인사를 하였는데, 답인사를 하려고 밖으로 나오지는 않았다.

"그저 이제는 정말 꺼림칙한 이 몸만을 골똘히 생각하며, 아무것도 분별하지 못하고 멍하게 엎드려 있습니다."

이렇게 말만 전할 뿐이어서, 굳이 들르지도 않았다. 오는 도중, 부주를 좀더 빨리 데리고 오지 않았던 것을 후회하였다. 강물소리가 들리는 동안은 마음이 산란해졌다.

'유해라도 찾아 나서지 않는 것은 한심한 처사로군. 어떤 마음으로, 대체 어느 물 속에서 조개들과 놀고 있을까?'

참으로 갈 곳도 없는 마음이었다.

8. 훈이 중장의군을 조문하다.

모군인 중장의군은 경의 집에서 자식을 낳을 예정인 딸의 일로, 까다롭게 부정을 피하여 삼가고 있었다. 자기 집으로 돌아오지도 못하고 임시의 숙소에만 머무르면서, 마음을 달래지 못하고 있었다. 또 이쪽의 일도 걱정스러웠는데, 다행히 무사하게 안산하였다. 불상사를 겪은 불길한 몸으로는 가깝게 갈 수가 없었고, 다른 가족들의 일도 생각할 겨를이 없어 갈피를 못 잡고 있을 때에, 훈으로부터 내밀히 사자가 왔다. 상황의 판단도 어려운 망연한 상태였으나, 정말 기쁘기도 하고 슬프기도 했다.

"너무나 뜻밖의 이번 일에, 우선 문안을 드리려고 생각하였지만, 마음도 가라앉지 않고 눈도 어두워지는 것 같았습니다. 당신은 더욱 얼마나 마음의 어두움 속을 헤매고 있겠습니까? 미적미적하고 있는 중에, 덧없는 날짜만 지난 것 같습니다. 세상이 무상하여 한층 더 슬픔을 달랠 길이 없지만, 만일 생각 밖으로 오래 살게 된다면 돌아간 사람을 떠올릴 수 있도록 꼭 적당한 기회에 목소리를 들려주십시오."

성실하게 쓰고, 사자로는 훈의 서사(書土)인 대장대보를 보내왔다.

"매사 느긋하게 생각하며 세월을 지내고 말았는데, 당신은 나를 진실한 마음이 있는 것으로는 보지 않았을 것입니다. 그러나 지금부터는 무슨 일에나 꼭 잊지 않을 것입니다. 당신도 그렇게 마음속에서 믿어 주십시오. 어린 아들딸들이 몇 사람 있는 모양인데, 조정에 섬기게 되는 경우에는 반드시 힘이 되어 드리겠습니다."

훈은 이런 말도 전하였다.

그렇게 엄하게 삼가야 할 부정한 일도 아니어서, 그럴듯하게 말했다.

"대단히 부정한 시체에는 접촉하지 않아서."

그리고는 굳이 사자를 만류하였다. 눈물에 젖으면서 답장을 썼다.

"이렇게 슬픈 꼴을 당하여, 죽지 못하고 있는 목숨을 한심하게 여기면서 한탄하고 있습니다. 여태 살아 있었던 것은, 아마도 이러한 말씀을 들으려고 그랬던가 봅니다. 오랜 세월 동안 허전하게 살고 있는 모습을 보면서, 내 몸이 사람 축에 못 끼게 천한 죄 때문이라고 생각하며 체념하고 있었습니다. 부주를 경으로 마중하시겠다는 황송한 한마디에 긴 장래의 일도 안심하고 있었는데, 그 보람도 없는 결과가 되었습니다. 저 산골의 인연도 아주 한심하고 슬프지만, 여러 가지로 고마우신 말씀에 수명도 연장되어 더 오래 살게 되면, 역시 당신에게 매달리지 않으면 안 될 것 같습니다. 지금 당장은 눈물로 지내고 있어 무어라고 말씀드릴 수도 없습니다."

사자에게 보통의 선물들을 드리는 것은 보기 흉할 것 같고, 또 아무것도 안 하는 것도 마음이 안 놓여서, 훈에게 드릴 셈으로 가지고 있던 훌륭한 서각(犀角) 띠와 큰 칼을 자루에 넣었다.

"이것은 돌아간 분의 뜻입니다."

사자가 수레에 탈 때에, 이렇게 말하며 선물로 드렸다.

훈은 그것을 보고 말했다.

"정말 하지 않아도 될 일을 하는군."

대보가 말했다.

"친히 만나셔서, 몹시 울면서 많은 얘기를 하고, '어린아이들의 일까지 말씀하신 것이 정말 황송하고 게다가 변변치 않은 신상으로서는 도리어 부끄러워서…. 다른 사람에게는 어떤 연고라고 알리지 않고, 보기 싫은 아이들도 모두 참상시켜 봉사하겠습니다' 라고 하는 것이었습니다."

'그다지 각별할 것도 없는 친척끼리의 왕래라고 할 것이지만, 임금에 대해서도 그만한 신분의 딸을 드리지 못하는 것은 아니다. 더구나, 그렇게 될 인연이 있어 총애하시는 것이라면, 사람들이 이러쿵저러쿵 비난할 일이 못 된다. 신하들도 신분이 천한 여자나 전에 결혼한 적이 있는 여자를 처로 두고 있는 예도 많다. 저 상륙수의 딸이었다고 사람들이 말한대도, 처음부터 그것 때문에 오점이 찍힐 짓을 하였다면 모를까, 문제될 것이 없다. 딸을 죽게 하고 슬퍼하는 어버이의 마음으로 역시 그 딸의 인연으로 체면이 서게 되었다고 생각하게 할 만한 정성을, 꼭 보여주지 않으면 안된다.'

이렇게 생각하였다.

중장의군이 가 있는 삼조의 집에서는 상륙수가 와서 죽음의 부정에 접촉한 모군을 피하여 선 채로 말하였다.

"딸이 아이를 낳을 때에, 하필 이렇게 계시는군요."

화를 버럭 내며 말한 것이었는데, 상륙수는 지금까지 오랫동안 부주가 어디에 있었는지도 알지 못하고 있었다. 아무래도 불쌍하게 살고 있으리라고만 생각하고 있었다. 훈이 경으로 마중한 후에, '세상에 얼굴을 들고 다닐 수 있게 되면' 알려 주려고 하고 있던 차에 이렇게 된 것이었다. 지금에 이르러서는 숨겨서 무슨 소용이 있겠는가고 생각하여, 중장의군은 이때까지의 경위를 울면서 말하였다. 그리고 훈의 편지도 꺼내보였다. 상륙수는 귀한 신분의 사람을 무조건 숭배하고, 시골 사람답게 무엇에라도 쉽게 감격하는 사람이었다. 놀랍고 두려운 마음으로 몇 번이나 바라보았다.

"정말 훌륭한 행운을 버리고 죽은 사람이었구려. 나도 나리의 집의 가신으로 출입하여 시중들어 왔지만, 가까이 불러 일을 시키는 일도 없고, 아주 기품이 높게 계시는 나리였다. 아이들의 일까지 말씀하여 주신 것은 얼마나 믿음직한 일인가?"

상륙수가 기뻐하는 것을 보며, 중장의군은 더더욱 부주가 만일 살아 있다면 하는 생각에, 엎드려서 몹시 울었다. 상륙수도 지금에 와서야 울고 있었다.

사실 부주가 살아 있을 경우에는, 이런 일족의 일에 훈이 마음을 써 주실 일도 없었다.

'나의 과실로 죽어 버린 것은 애처로운 일이다. 위로하여 드리자.'

이렇게 생각하여, 남들이 비난해도 깊이 마음에 두지 말자고 마음먹었다.

9. 49일의 법회를 올리다.

49일 법회가 있었다. 유해가 없으니, 부주의 죽음에는 여러 가지 의문이 남아 있었다. 저 사람은 정말 어떻게 된 것일까 하고 생각하고 있었지만, 어떻게 되었다 해도 일단 내밀하게 전 율사의 절에서 법회를 올리게 하였다. 60명의 중에게 보시를 올리고 훌륭하게 치렀다. 모군도 와 있고, 게다가 여러 가지 추선의 법식도 추가하였다. 궁도 우근을 통해 은단지에 넣은 황금을 보냈다. 사람 눈에 띌 정도로 과대하게 할 수는 없어서, 우근의 뜻인 것처럼 공양하였다.

"어째서 이렇게 훌륭한 것을."

내막을 모르는 사람은 이렇게 소문을 내었다.

훈의 주변 사람들은, 마음이 통하는 사람만이 여럿 와 있었다.

"아무래도 납득이 안된다. 소문도 듣지 못했던 사람의 마지막 법회를, 이렇게 정성 들여 하니 대체 어떤 분일까?"

놀랄 만큼 사람이 많이 모여 있는데, 이제 와서 상륙수가 주인처럼 행세하고 있는 것을, 사람들은 이상하게 생각하였다. 딸이 소장의 아들을 낳았기 때문에, 성대한 축하연을 하려는 준비에 열심이었다. 집안에는 부족한 것이 거의 없으나, 당나라나 신라의 박래품으로 치장을 하려고 하였는데, 신분에 한계가 있어 아주 허술한 물건뿐이었다. 내밀히 하려고는 하였지만, 이 이상이 없을 정도로 훌륭한 법회가 되었다. 상륙수는, 만일 죽은 사람이 살아 있다면, 나 같은 것은 옆에도 가지 못할 정도의 신분이었다고 생각했다. 중의군도 독경의 보시를 보내오고, 칠승(七僧)의 향응도 시켰다. 지금에는 이런 부주라는 사람을 데리고 있었던 것이 임금의 귀에까지 들어가니 보통 사이가 아니었던 사람을, 훈의 정실인 여이의궁을 꺼려서 숨기고 있었다고, 그 일을 불쌍하게 생각했다.

훈과 내궁의 마음속은 언제까지나 슬픔이 사라지지 않았다. 궁은 어떻게도 억누르지 못하는 그리움이 한창 고조될 때에 뜻밖에 관계가 끊어져 버린 것을 참지 못하게 애달파 했다. 원래 변덕이 심한 성미여서, 이 슬픔도 달래기 위해 다른 여자를 사랑하는 일도 점점 많아졌다. 훈은 이렇게 이것저것 배려하여 어린아이들을 돌보아 주면서도, 역시 한탄하여도 보람없는 저 일을 잊을 수는 없었다.

10. 훈이 소 재상의군을 사랑하다.

명석중궁이 경상5)을 입은 동안에는 친정에서 지내 왔는데, 그 사이에 이의궁(二의宮)이 식부경이 되었다. 귀중한 신분이 되었으므로, 언제나 모궁이 계신 곳에 참상할 형편도 아니었다. 내궁은 매우 허전하고 슬퍼서 일품의궁(女一의宮) 처소를 유일한 위로로 삼고 있었다. 얼굴이 예쁜 하녀들도 있었지만, 그 얼굴 모습을 자세히 보지 못하는 것이 불만이었다. 훈은 간신히 마음을 북돋워서 소 재상의군이라는 사람을 내밀히 만나고 있었는데, 얼굴 생김도 예쁘고 안정된데다, 교양 있는 여자였다. 같은 거문고를 타도, 쟁의금을 타는 거문고 소리, 비파를 타는 발음이 다른 이보다 나았고, 편지를 쓰거나 무슨 말을 할 때에도 취향이 돋보이곤 했다. 내궁도 소 재상을 정말 훌륭한 여자라고 생각하여, 언제나처럼 두 사람 사이를 방해하는 듯한 말을 하였다.

'어떻게 다른 남자에게 쏠릴 수 있을까?'

소 재상은 이렇게 냉정하게 생각하여 궁을 분하게 만들었다. 고지식한 훈은 소 재상을 다른 여자보다 조금 낫다고만 생각하고 있었다. 훈이 이렇게 비탄에 잠겨 있는 것을 잘 알고 있어서, 가만히 있을 수가 없어 이렇게 말씀드렸다.

"〈슬픔을 동정하는 마음은 어느 누구에게도 지지 않는 것이지만, 변변치 않은 이 몸은 스러져 가는 것 같이 지내고 있습니다. 〉

만일 제가 저 분을 대신하였다면, 이렇게는 …."

우아한 정취가 있는 종이에 씌어진 편지였다. 애수에 찬 저녁 차분하고 조용한 때였다. 아주 때를 잘 가늠하여 편지를 보내온 것도 감탄할 일이었다.

"〈세상이 무상한 것이라는 예를 많이 보아 왔던 꺼림칙한 이 몸이지만, 사람들이 그렇게 볼 정도로 한탄하고 있지는 않을 셈이었는데. 〉

편지에 대한 감사의 마음은, 차분하게 슬플 때여서 한층 더합니다."

---

5) 부모의 상은 중상(重喪). 그밖의 혈연의 상은 경상(輕喪). 여기는 숙부 식부경궁의 상이므로 3개월의 경상.

이렇게 말하고 소 재상에게 들렀다. 그녀는 정말 훌륭하고 정중하였는데, 훈은 대체로 이러한 곳에는 오지 않았었다. 그녀의 방은 어쩐지 초라한 곳이었다. 방이라고 하여도 워낙 좁아서, 문에 나리가 기대어 있는 것도 쑥스럽게 생각되었다. 그래도 그렇게 비하할 것도 없이 아주 알맞게 대접하고 있었다.

'돌아간 여인보다도 훌륭한 점이 있는 사람이다. 어째서 이러한 궁살이를 하게 되었을까? 내가 도와주어도 좋을 정도인데.'

그러나 그런 자기의 마음속을 결코 내보이지 않았다.

11. 훈이 여일의궁을 엿보다.

연꽃이 한창일 때, 중궁은 법화팔강회를 주최하였다. 육조원의 겐지와 자의상을 위하여, 각각 독경이나 공양을 올리고 엄숙하게 거행하였다. 5권인 날에는 대단한 구경거리여서, 여기저기서 하녀의 연고를 찾아서 참상하여 보고 있는 사람이 많았다.

닷새째 아침의 법회도 끝나자, 불당의 치장을 떼었다. 방의 모양을 바꾸려고, 북쪽의 조붓한 방의 맹장지도 뜯어냈으므로, 다들 들어가 정돈하는 동안 여일의궁이 서쪽의 건물에 옮겨와 있었다. 팔강에 참석하느라 피곤하여, 하녀들도 각각 제 방에 물러나 있었고, 궁의 옆에는 사람이 적었다. 저녁때 훈은 평상복으로 갈아입고, 오늘 퇴출하는 중 가운데 꼭 일러둘 일이 있어 낚시전[釣殿] 쪽으로 와보았다. 이미 다들 퇴출한 뒤여서 훈은 연못가에서 혼자 더위를 식히고 있었다. 인기척이 적었고 소 재상의군만이 휘장으로 칸을 막고 쉬고 있었다.

'여기에 있을까? 옷 스치는 소리가 들린다.'

이렇게 생각하여, 널로 깐 통로 쪽의 맹장지 틈새로 살짝 엿보았다. 그런데 하녀가 있는 경우와는 달리, 안이 훤히 말끔히 치워져 있었다. 휘장대를 몇 개 세워 놓은 사이로 안쪽까지 똑똑하게 들여다보였다. 얼음을 뚜껑 위에 올려놓고 깨느라고 떠드는 하녀 세 사람과 여동이 보였다. 당의도 안 입고, 누구나 다 편안한 모습이어서 훈은 거기가 아씨의 앞이라고는 생각도 안 했다. 거기의 하얀 엷은 옷을 입고 있는 사람이, 손에 얼음을 가진 채 이렇게 떠들썩하게 있는 것을 보고서 미소 짓고 있었다. 그 얼굴은 말할 수 없이 아름답게 보였다. 정말 못 견디게 더운 날이어서, 숱 많은 머리털이 귀찮게 느껴졌을까, 조금 나부끼게 하고 늘어뜨린 모습은, 무엇에 비유할 수도 없을 정도였다.

"이때까지 아름다운 사람을 많이 보아 왔지만, 이분과 비교할 사람은 없었다."

앞에 있는 하녀들은, 아주 초라하게 보였다. 마음을 가라앉히고 그 쪽을 보니, 노란 생명주 홑옷에 엷은 보랏빛의 겹옷을 입은 사람이 부채를 부쳐 드리고 있었다. 훈은 소중한 분인 모양이라고 문득 생각하였다. 소재상의군의 목소리가 들려왔다.

"얼음을 다루기가 힘들어, 도리어 숨막힐 듯이 덥게 보입니다. 그저 그대로 보고 있으십시오."

웃고 있는 눈매에는 인정미 넘치는 매력이 있었다. 그 소리를 듣고, 훈은 그 아씨가 여일의궁인 것을 알았다.

참을성 있게 얼음을 쪼개서 마침내, 각각 손에 들고 있었다. 머리에 올려놓거나 가슴에 대거나 하면서, 보기 흉한 흉내를 내는 사람도 있는 것 같았다. 다른 사람은 얼음을 종이에 싸서 아씨 앞에 드렸는데, 아씨는 아주 예쁜 손을 내밀어 닦게 하고 있었다.

"아니, 손에 들고 있는 것은 그만두거라. 물방울이 떨어지는 것이 난처하다."

그 목소리를 흘긋 듣는 것도 무한히 기쁘게 느껴졌다.

'아직 아주 어렸을 때에, 나도 아무 분별없이 올려다보면서, 참 훌륭한 소녀라고 생각하였었다. 그 후로는 아무 소문도 듣지 못하였었는데, 어느 신불이 이런 기회를 마련하여 주셨는가? 이것이 나를 괴롭게 하고, 깊은 생각에 잠기게 하는 일일까?'

그래도 한편으로는 마음이 가라앉지 않아서, 지켜보며 멈춰 섰다. 그 때, 이쪽 대옥의 북면의 방에 살고 있는 하급 하녀가, 급한 볼일이 있어이 맹장지를 열어 놓은 채로 물러난 것이 생각나서, 누군가가 엿보고 소동을 일으키지 않을까 걱정하여 황급히 들어왔다. 그러다가 이 평상복 차림의 훈을 발견하고, 누구일까 하고 가슴이 두근거려, 자기 모습을 보이는 것에도 상관 않고 곧바로 이쪽으로 왔다. 훈은 급히 한 발짝 물러섰다.

'누구에게도 알리지 말자. 아주 호색적으로 보인다.'

이렇게 생각하고, 모습을 감추었다.

'큰일날 일을 하여 버렸다. 휘장대까지 훤히 보이게 세워 놓았었다. 우대신 석무의 아들들일까? 아무 연고가 없는 사람이 여기에 올 까닭은 없다. 이것이 사람들에게 알려지면, 누가 맹장지를 열어 놓았는지 나무랄 것이 틀림없다. 그 남자는 홑옷이나 아래옷도 옷 스치는 소리가 안 나는 생명주를 입고 있었는데, 아무도 듣지 못하였을 것이다.'

이 하녀는 이렇게 생각하며 풀이 죽어 있었다.

'점점 성자처럼 되어가다가, 어떤 일로 길을 잘못 들어 대군을 사랑한 후로는 여러 가지 생각에 괴로워하고 있다. 그 당시에 만일 출가하였더라면, 지금은 깊은 산에 자리를 잡고서, 마음을 어지럽히는 일도 없이 살고 있을 텐데.'

훈은 이런 생각에 마음이 가라앉지 않았다.

"나는 어째서 오랫동안, 이 여일의궁을 보기를 바랐을까? 어차피 괴롭고 아무 보람도 없을 터인데."

12. 훈이 여일의궁과 여이의궁을 비교하다.

다음날 아침에 일어난 본처 여이의궁의 용모가 아주 예뻐 보였다.

'이분보다 저 궁이 반드시 낫다고 할 수도 없을 것인데.'

라고 생각하면서도, 또 이렇게 생각했다.

'역시 전혀 닮지 않았다. 저 여궁은 놀랄 만큼 기품이 높고 따뜻하게 느껴져 무어라 말할 수 없는 훌륭한 모습이었다. 그것이 생각하기 나름이었을까, 때가 때인 탓일까?'

"정말 덥습니다. 더 얇은 옷을 입으십시오. 여자는 그때그때에 따라 옷을 다르게 입는 것이 풍치가 있는 법입니다. 모친인 여삼의궁 쪽에 가서, 전속 하녀인 대이에게 엷은 홑겹의 옷을 마련해 오라고 하십시오."

'이 궁의 용모는 지금이 한창으로 훌륭한데, 나리는 더 돋보이게 하려고 하는 것일까?'

옆에서 시중들고 있는 하녀는 이렇게 재미있게 생각하였다.

여느 때와 같이 염송을 하고 자기의 방에 있기도 하다가 낮에 건너서 와보니, 아까 말했던 옷이 휘장대에 걸려 있었다.

"어째서 입지 않으셨습니까? 사람들이 많이 보고 있을 때에는, 속이 비치는 옷을 입는 것이 예의에 벗어나는 일이지만, 지금은 괜찮을 것입니다."

자신이 손수 새 옷을 입혔다. 아래옷도 어제 본 것과 같은 분홍이었다. 머리숱이나 머릿결은 여일의궁에 비해 뒤떨어지지 않았으나, 역시 사람마다 개성이라는 것이 있어서 전혀 닮지 않게 보였다. 훈은 얼음을 가져오게 하여, 하녀들에게 쪼개도록 하였다. 집어서 여이의궁에게 드렸다. 그러면서 마음속으로 흥미 있게 생각하였다.

'중국의 고사처럼 그림을 그려서 그리운 여인을 보는 사람도 있지 않았던가? 그런데 이것은, 마음을 달래기에 좋을 만큼 닮은 혈족이 아닌가?'

이렇게 생각하였다.

"어제도 이처럼 나도 거기에 같이 있으면서, 마음놓고 여궁을 뵙게 되었더라면."

훈은 본의 아니게 탄식하였다.

"일품의궁에게 편지를 드리는 일이 있습니까?"

훈이 여일의궁에게 물었다.

"궁중에 있을 때에는 주상의 말씀대로 편지를 드렸습니다만, 지금은 오랫동안 드리지 않고 있습니다."

"당신이 신하에게 시집 왔다고 하여 저쪽에서도 전혀 편지가 없는 것은 한심한 일입니다. 즉시 명석중궁에게 가서, 원망하고 있다고 말씀드리겠습니다."

"어째서 원망을 합니까? 싫습니다."

"신하로 영락하였다고 깔보는 생각으로, 이쪽에서는 편지를 내지도 못하고 있다고 하소연하렵니다."

13. 훈이 여일의궁을 사모하다.

그럭저럭 그날을 지내고, 훈은 다음날 아침 명석중궁에게 참상하였다. 여느 때와 같이 내궁도 와 있었다. 정자색(丁字色)으로 진하게 물들인 엷은 홑옷을 짙은 색의 평상복 아래에 입고 있는 것이, 아주 풍류로운 모습이었다. 여일의궁의 훌륭하던 모습에 지지 않게, 피부색이 희고 기품 있고 아름다웠다. 역시 부주가 죽은 이후로 예전보다는 조금 수척하여졌지만, 정말 바라볼 보람이 있는 분이었다. 여궁과 닮았다고 생각하니, 그리운 생각도 들었다. 그러나 그것은 있어서는 안되는 일이라고 마음을 진정시키려고 애썼다. 아무 일도 없었던 예전보다는 괴로운 심정이었다. 궁은 수행원을 시켜 그림을 아주 많이 가져왔는데, 하녀를 시켜 그것을 저쪽 여궁에게 드리고, 자신도 그쪽으로 건너갔다.

훈도 중궁 가까이에 사후하여, 팔강회에 대한 감사의 뜻을 전하고, 옛 일을 조금 말씀드렸다. 거기에 남아 있는 그림을 보는 계제에, 슬쩍 말했다.

"제 쪽에 와 계시는 황녀가, 구름 위인 궁성을 떠나 우울하게 지내는 것이 애처롭게 생각됩니다. 이렇게 신하의 처로 신분이 정해져 버려, 아씨로부터 편지도 없는 것을 버림을 받았다고 생각하는 것 같습니다. 그 때문에 마음이 개이지 않는 것 같으니, 이런 그림이라도 때때로 보여주십시오. 제가 직접 가지고 돌아가는 것은, 아무래도 별 의미가 없을 것입니다."

"참 뜻밖의 말씀을 하십니다. 어째서 버림받았다고 생각하십니까? 궁 중에서는 가까이에 있어서 때때로 서로 편지를 주고받았는데, 따로따로 떨어진 후로는 그것이 끊어져 버린 모양입니다. 곧 권하여 드리겠습니다. 그 쪽에서도 사양할 까닭이 있겠습니까?"

"중궁과 여이의궁과는 혈연관계가 없지만, 이렇게 친하게 섬기도록 해 주시는 것이 참으로 기쁘게 생각됩니다. 반면에 그렇게 친하게 교제하였던 여일의궁으로부터, 지금 버림을 받는다면 무척 괴로울 것입니다."

호색적인 속마음으로 그렇게 말한다고는 전혀 생각하지 않았다.

곁을 물러나와, 소 재상을 만나러 갔다. 지난번의 그 건물을 보고 위로라도 하려고, 중궁 앞을 지나서 서쪽 대옥 쪽으로 왔다. 고운발 안의 하녀들은 훈에게 특별히 마음을 썼다. 풍채가 좋고 나무랄 데가 없었다. 건물 근처에는 좌대신 석무의 자제들이 무슨 얘기를 나누고 있는 기색이어서, 훈은 여닫이문 앞에 앉았다.

"평소에 자주 참상하면서도, 이쪽 분들을 뵙는 일은 좀처럼 없었습니다. 정말 모르는 사이에 늙은이처럼 되어 버렸습니다. 그렇지만, 지금부터라도 분발하도록 하지요. 젊은 사람들은 어울리지 않는다고 생각할 것입니다만."

조카 되는 군들이 있는 곳을 보며 말했다.

"지금부터라도 친한 사이가 되신다면, 정말 젊어지실 겁니다."

대수롭지 않게 농담을 하는 하녀들의 표정에도, 이상할 정도로 품위가 있고 세련된 맛을 풍겼다. 이렇다 할 볼일은 없었지만, 세상 돌아가는 얘기를 하면서 여느 때보다도 오래 좌정해 있었다.

14. 중궁이 부주 특신의 진상을 듣다.

여일의궁은 저쪽에 건너가 있었다.

"대장이 그쪽에 가 있었는가?"

중궁이 이렇게 물었다. 같이 왔던 전속 상급 하녀인 대납언의군이 답했다.

"소 재상의군에게 무엇인가 말씀하실 게 있는 모양입니다."

"착실한 저 사람이 마음을 두고 얘기하는 상대라면, 융통성이 없는 여인은 곤란할 것이다. 마음속 깊이 꿰뚫어 볼 것이다. 소 재상이라면 정말 걱정이 없지만."

중궁은 훈과는 남매간이었지만, 왠지 기가 죽어서 하녀들에게도 그것을 알리지 않으려고 이리저리 마음을 쓰고 있었다.

"다른 누구보다도 마음에 들어 방에도 들어가는 것 같습니다. 정중하게 얘기를 나누고, 때때로 밤늦게 돌아가는 일도 있답니다. 세상에 흔히 있는 사랑의 상대는 아닌지요? 소 재상의군은 내궁을 아주 동정심 없는 분이라고 생각하며, 사랑을 구해도 대답조차 않는 것 같습니다. 황송하게도."

대납언의군이 이렇게 말하고 웃어서, 중궁도 웃었다.

"정말 보기 흉한 거동을 꿰뚫어 보고 있는 것은 감탄할 일이다. 어떻게라도 저런 버릇을 고쳐 주고 싶다. 아주 부끄러운 일이다. 너희들의 체면상에도."

"아주 이상한 얘기를 들었습니다. 이 대장이 잃어버린 사람이란, 궁의 이조의 처 중의군의 동생이었다는 것입니다. 배가 다르겠지요. 전 상륙수의 처는, 숙모라고도 하고 어머니라고도 하는데, 어떤 것일까요? 그 부주라는 여군에게 내궁이 아주 내밀하게 다녔다고 합니다. 대장 나리가 그 소문을 듣고서, 급히 떠맡으려고 위엄 있게 수비를 강화하고 있었습니다. 궁도 남몰래 건너갔지만, 들어갈 수도 없어서, 보기 흉한 꼴로 말을 탄 채 서 있다가 돌아오셨다 합니다. 여자도 궁을 사모하고 있었는지, 갑자기 사라져 없어진 것을, 투신하였을 것이라고 유모들이 울고 갈피를 못 잡고 있다고 합니다."

중궁은 그 말을 듣고 몹시 놀랐다.

"누가 그런 말을 하였는가? 정말 애처롭고 한심한 얘기가 아닌가? 그런 좀처럼 있을 수 없는 일은 자연히 세상에 소문이 날 것인데. 대장은 그렇게는 말하지 않고, 그저 세상이 덧없고 몹시 싫은 것이라고만 말하였다. 그리고 우치의 팔의궁 일족 사람들은 명이 짧았다는 것을 대단히 슬프게 이야기하였었다."

"저, 아랫사람들이 확실치 않은 것을 떠든다는 생각은 들지만, 우치에서 섬기고 있던 동자가 일전에 소 재상의 친정집에 와서, 확실한 일이라고 얘기하였다 합니다. '이렇게 납득하기 어려운 상태로 돌아가신 것을 사람들에게 말하면 안된다. 기분이 나쁘고 무서운 것이니까'라고 말하고, 그저 숨기기만 하고 있었다고 합니다. 그래서 자세하게는 여쭙지 않았던 것입니다."

"결코 그러한 일은 두 번 다시 말하면 안된다고 일러두어라. 이러한 바람기로 몸을 망치고, 세상으로부터도 경솔하다는 따돌림을 받게 될 것 같다."

중궁은 몹시 걱정하고 있었다.

15. 훈이 자기 반생을 회고하다.

그 후, 아씨편에서 훈의 처 여이의궁에게 편지를 보내왔다. 필적이 대단히 아름다웠다. 훈은 정말 기뻐서, 더 일찍부터 이렇게 문통(文通)하였으면 좋았을 것이라고 생각하였다. 중궁도 여러 가지 재미있는 그림을 보내왔다. 훈도 그것보다 재미있는 그림을 몇 가지 모아서 여일의궁에 드렸다. 근천(芹川)6) 대장의 아들 원군(遠君)이 여일의군에게 마음을 두고, 가을 저녁때 괴로운 마음으로 외출하는 그림이었다. 정말 훈의 일을 본보기로 하고 있는 것 같았다.

'이렇게 마음에 두었던 분이 있었다면.'

이렇게 생각하는 자신이 한심스러워졌다.

〈갈대 잎새에 불어서 이슬을 맺게 하는 가을 바람도, 특히 저녁때에는 그리워하는 몸에 스며지듯 느껴집니다.〉

이렇게 써서 그 그림에 첨부하여 드리려고 하였으나, 그런 낌새를 조금이라도 눈치 채면 정말 성가신 일이 일어날 수 있는 상황이어서, 아주 조그만 일이라도 냄새를 풍길 수가 없었다. 이렇게 여러 가지로, 무어나 괴롭게 생각하였다.

---

6) 산일된 이야기책의 하나. 그것을 그림이야기로 한 것.

'옛날의 대군이 살아 있다면, 내가 왜 다른 사람에게 마음을 주었겠는가? 금상의 임금이 따님을 주신다 하여도, 도저히 받지는 않았을 것이다. 또 내가 그렇게 마음을 주고 있는 사람이 있다는 것을 들으셨다면, 이렇게 나 같은 신하와 결혼시키는 일도 없었을 것을. 정말이지 한심하게 내 마음을 괴롭혔던 다리의 아씨 대군이었다.'

아무리 궁리해도 좋은 수가 떠오르지 않았다. 중의군이 마음에 들어 그리웠지만, 어떻게도 되지 않은 것이, 정말 어리석게 생각될 정도로 후회스러웠다. 훈은 뒤이어서 한탄하며 죽어 간 부주는 정말 생각이 얕고 경솔하였다는 것을 통감하였다. 그리고 무서운 사태인 것을 알고 깊이 괴로워하였다는 것이나 이쪽의 태도가 여느 때와 다르다고 마음속으로 비난하고 한탄하였던 것도 생각이 났다.

'정식 처첩의 대접을 하지 않고, 그저 스스럼없는 귀여운 얘기 상대로 생각한 사람으로는 정말 사랑스러웠다. 그러니 궁을 원망할 것도 없다. 여자를 괴로운 것으로 생각하지도 말자. 그저 내 태도가 비상식적이었기 때문에 일어난 과실이었다.'

훈은 망연히 우울하게 있는 때가 자주 있었다.

16. 내궁이 시종을 불러 얘기하다.

마음이 온화하고 신중한 훈조차도, 이러한 사랑의 일로 괴로워하는 일이 많았다. 더구나 내궁은 마음을 달랠 길도 없이 저 돌아간 부주의 대신으로 언제까지라도 사라지지 않는 슬픔을 터놓고 이야기할 사람도 없었다.

"애달프다."

중의군은 이렇게 말하지만, 부주와 그다지 깊게 사귀지도 않고 돌연히 죽음을 택한 것이었으므로, 슬픔이 그렇게 깊다고는 말할 수 없었다. 그리고 또 궁도, 중의군에게는 그립다거나 애처로워 못 견디겠다고 솔직하게 말하는 것은 체면상 좋지 않았다. 내궁은 결국 우치에서 시중들던 시종을 마중하러 보냈다.

사람들은 다 뿔뿔이 헤어지고, 유모와 시종은 그대로 남아 있었다. 부주가 특별히 돌보아 주었던 것을 잊기 어려워, 시종은 나중에 시중들고 있던 사람이었지만 얘기 상대로 하면서 그럭저럭 지내고 있었다. 사람 사는 마을에서 떨어져 강물소리를 이렇게 듣고 있으면, 반가운 일에 만날 수 있을지도 모른다고 믿기도 했었다. 그러는 동안은 얼버무릴 수도 있었지만, 지금은 물소리가 한심하고 꺼림칙하고 몹시 무섭게만 느껴졌다. 그래서 시종은 최근 경에 나와서 삼조의 숨은 집에 몸을 의지하고 있었다.

"궁살이로 나오도록."

내궁이 시종을 찾아내서 이렇게 배려하여 주시는 것은 참으로 고마운 일이었지만, 사람들이 무어라고 말할까, 그런 관계가 뒤섞인 언저리에서는 듣기 거북한 소문이 날지도 모르는 일이었다. 시종은 내궁의 권유를 사양하고, 중궁에 시중들고 싶다는 의향을 말씀드렸다.

'정말 좋은 일이다. 그렇게 하고 내가 내밀히 만나러 가서 서로 사랑하면 된다.'

허전하고 의지하고 있을 곳도 없는 것을 이것으로 얼버무릴 수도 있다고 생각하여, 연줄을 찾아 중궁에 출사하였다. 그렇게 보기 흉하지 않은 용모여서, 어지간한 하급 하녀로 삼아도 나쁘게 말할 사람은 없었다. 훈도 언제나 여기에 와서, 그녀를 볼 때마다 몹시 슬프게 생각하였다. 아주 신분이 높고 버젓한 집안의 아씨들만 많이 모여 있다는 소문이었지만, 점점 주의해서 잘 살펴보니, 역시 시중들었던 부주 아씨만한 사람은 없다고 생각하면서 나날을 보내고 있었다.

17. 궁의군에게 내궁이 사랑을 구하다.

식부경궁은 전에 자기 딸인 청령(蜻蛉 : 하루살이) 의궁을 훈에게 시집 보내려고 했었는데, 식부경궁이 이 봄에 그만 돌아가셨다. 그 딸을 계모인 본처가 각별히 미워하여, 연령도 아씨와는 안 맞는 자기 오빠에게 시집을 보내려고 했다. 인품도 대단할 것이 없는 마두(馬頭) 였는데, 그가 구애를 해오자, 애처롭다는 생각도 않고 약속해 버린 것이었다. 중궁이 무슨 계제에 그 소식을 들으시고 생각했다.

'가엾게도. 부궁이 퍽 소중하게 여겼던 여군을 쓸모 없게 여겨 처리해 버리려고 한다.'

장본인도 정말 허전하게 여겨 한탄하고 있었다.

"다정하게 이렇게 찾아 주어 말을 걸어 주셔서."

이렇게 오빠의 시종도 말하여서, 중궁은 최근에 떠맡게 되었다. 여일 의궁의 상대로 더 이상 바랄 수 없는 신분으로, 지위도 높고 각별한 사람으로 섬기고 있었다. 그러나 정해진 신분에 따라 궁의군(宮의君)이라고 불렀다.

'이 군쯤이면 그리운 사람과 비길 수 있는 용모일 것이다. 부궁이 팔의궁과 형제간이었으니까.'

병부경궁인 내궁은 이렇게 제 버릇대로 생각하였다. 돌아간 부주 아씨를 그립게 생각하며, 여자를 쫓아다니는 버릇을 버리지 못하고 어떻게 해서라도 이분을 만나보려고 마음먹고 있었다.

'무언가 트집잡고 싶다. 바로 어제 오늘까지는, 동궁에게 드릴까 하고 생각도 하고, 나에게도 그런 의향을 물어보지 않았는가? 이렇게 어이없는 소문이 나는 것이라면, 차라리 부주처럼 물 속에 몸을 던지는 것도 비난할 것이 못 될 것이다.'

훈은 이렇게 다른 사람보다도 이 군에게 동정하였다.

중궁이 육조원에 머무르고 있는 것은 궁중보다 넓고 풍치가 좋고, 살기 좋은 곳으로 여겼기 때문이다. 평소 시중 드는 것도 아닌 사람마저 다 편안히 지내고 있었다. 아득히 먼데까지 이어지는 대옥이나 복도들, 그리고 건물들이 가득한 곳이었다. 석무 좌대신 나리가, 옛적의 위세에 못지않게 매사 극진히 중궁을 돌보아 드리고 있었다. 훌륭하게 번영하고 있는 일족이므로, 화려한 점에서 도리어 선대의 겐지보다도 나은 것처럼 보였다. 내궁은 평소의 버릇대로 이 몇 달 동안 유난히 바람을 피우다가 요즘에는 아주 얌전하게 처신하고 있었다. 옆에서 보기에는, 좋지 않은 버릇이 조금 고쳐졌나 보다고 생각되었다. 그러다가 지금에 와서 다시 본성이 나타나서, 궁의군에게 마음을 두고 여기저기 쏘다니고 있었다.

18. 훈이 하녀들과 희롱하다.

서늘한 계절이 되었다고 하여, 중궁은 궁중으로 돌아가려고 하였다.

"가을이 한창일 때 단풍을 구경하지 않는 것은."

젊은 하녀들은 섭섭하게 여겨, 다들 뜰 앞에 모여 있었다. 연못물과 달빛을 사랑하여, 관현의 놀이가 끊이지 않게 개최되었다. 여느 때보다도 유쾌하게 지내고 있었다. 내궁은 이런 방면의 일에는 각별히 흥을 돋우게 하고 있었다. 아침 저녁으로 보아서 익숙해져 있지만, 마치 지금 처음으로 본 꽃처럼 느껴지는 풍취였다. 훈은 궁처럼 그렇게 끼여들지는 않았지만, 하녀들은 모두 그에게 마음은 쓰고 있었다. 평소처럼 두 사람이 참상하여 중궁 앞에 있을 때에 중궁의 하급 하녀가 된 시종이 그늘에서 살짝 엿보았다.

'이 두 분 어느 쪽에라도 인연을 맺고, 훌륭한 살림살이로 이 세상에 살아 계셨다면 …. 생각도 못했던 어이없고 한심한 일이었다.'

남에게는 그 내막을 들려줄 수도 없어서, 그저 자기의 마음속에서만 한탄할 뿐이었다. 내궁은 궁중에서 일어난 일들을 자세하게 여쭈어 드리고 있었고, 훈은 중궁 앞을 물러나왔다.

'이분의 눈에 띄지 않도록 하자. 복상이 끝나는 것을 잠시 동안 기다리지도 않고 출사한 것을 보고, 천박한 여자라고 생각하실 것이다.'

시종은 이렇게 생각하여 몸을 숨겼다.

동쪽의 건물이 마침 열려 있고, 문 앞에 하녀들이 많이 모여 있었다. 그들이 작은 목소리로 소곤소곤 얘기하는 곳에 왔다.

"당신들은 나 같은 남자를 허물없이 상대하여 주어도 좋지 않습니까? 여자라도 이렇게 마음 편하게 있지는 못할 수도 있습니다. 무어라 해도 그럴듯한 유익한 일을 가르쳐 드릴 수도 있습니다. 차차 알게 될 것 같아 아주 기쁩니다."

훈의 말에 하녀들은 어떻게 대답할지 몰라 곤혹스러워하고 있었다. 이런 일에 익숙한 나이 든 하녀 중에 변이라는 사람이 있었는데, 그녀가 나서서 말하였다.

"남녀간에 친하게 될 이유가 없는 사람이 너무 스스럼없고 허물없는 태도를 보이는 것이 아닙니까? 일은 그렇게 해서 시작되는 겁니다. 반드시 그럴 만한 이유가 있는 것을 확인하고, 그래서 마음을 터놓고 뵙는 것이 아닌데도 그러한 철면피한 것이 몸에 배어 있는 저 같은 여자가 상대역을 맡지 않는다면, 침착하게 있지 못할 것입니다."

"마음을 써야 할 이유는 없는 것이라고, 미리 결정짓고 있는 것이 유감입니다."

이렇게 말하면서 보니, 당의를 벗어 던져 저쪽으로 밀어 놓고, 편하게 장난 삼아 글씨를 쓴 모양이었다. 습자 종이가 벼루 뚜껑에 놓여 있었고, 대수롭지 않은 꽃가지를 꺾어 놓았던 것이었다. 어떤 사람은, 세워 둔 휘장대 뒤에 살짝 숨어 있었고, 어떤 사람은 열려 있는 문 쪽에 등을 돌려 얼굴을 가리고 있었다. 그 머리 모양이 어디를 보아도 아름답다고 생각하여, 벼루를 끌어 당겼다.

"〈마타리가 곱게 피어 있는 들 가운데에 있어도, 나에게는 조금도 염문을 내게 하지는 않을 것입니다. 〉

그것을 절친하게 여기지 않는 것은."

바로 옆에 있는 맹장지에 등을 돌리고 있는 사람에게 보였다. 그녀는 몸을 돌리지도 않고 침착한 태도로 즉석에서 이렇게 썼다.

〈꽃이라면 그 이름도 바람기 있는 것 같지만, 마타리는 대체로 어느 이슬에도 젖어 흐트러지지는 않을 것을. 〉

필적은 흘낏 보기만 하였는데도 풍취가 있었고, 여러모로 무난한 노래였다.

'대체 이것은 누구일까?'

문득 중궁 앞에 가려다가 길이 막혀서 여기에 머무르고 있는 장면을 떠올렸다. 변의 궁녀가 노래했다.

"아주 딱 잘라 늙은이처럼 들리는 말이 밉살스럽습니다.

〈역시 하룻밤 묵으며 시험하여 보십시오. 한창 곱게 피어 있는 마타리
에 마음이 옮겨갈까 않을까를.〉

그 후에 결정하겠습니다."

〈당신이 묵는 집을 빌려 주신다면 하룻밤쯤은 묵으렵니다. 웬만한 꽃
에는 옮기지 않는 나의 마음이지만.〉

이렇게 읊조렸다.

"어째서 우리들을 욕보이려 하십니까? 예사로운 들판의 일을 주제넘게
말씀드린 것뿐입니다."

시시한 것을 조금 말하였는데도, 하녀들은 그 뒤의 말을 듣고 싶다고
생각하였다.

"재치 없는 얘기입니다. 통로를 비켜 주십시오. 그 중에서도 아까 무
엇을 사양하고 있다고 말하였는데, 그 까닭이 반드시 있을 것 같아서."

훈은 이렇게 말하고 나왔다.

"우리들 중 누구라도 이렇게 조심성 없는 사람뿐일 거라고 생각하는
것이 괴롭다."

이렇게 한심해하는 하녀도 있었다.

19. 훈이 중의군을 생각하다.

동쪽의 난간에 기대어, 석양이 그늘지는 대로 꽃이 피어 있는 앞뜰의
풀숲을 보고 있었다.

"특히 애끊는 가을 하늘."[7]

그저 몹시 시름없이 생각하고 있는 훈은 이렇게 아주 작게 읊조리며
앉아 있었다. 아까 이야기를 나누었던 하녀의 옷 스치는 소리가 똑똑히
들려왔다. 안채의 맹장지편에서 저쪽으로 들어가는 것 같았다. 거기에
내궁이 걸어가서, 물었다.

"여기서 저쪽으로 간 것은 누구인가?"

---

7) "大抵四時總心苦, 就中斷腸是秋天,"《백씨문집》(白氏文集) 에서.

"여일의궁의 중장의군입니다."

이렇게 말하는 소리가 들렸다.

'아주 괘씸하구나. 저 여자는 누구인가 하고, 잠시 동안이라도 눈여겨 보는 남자에게, 즉각 손쉽게 그 이름을 밝히는 것은 해도 될 일인가?'

훈은 그 사람이 불쌍하다고 생각했다. 또 이 궁에게는 하녀들이 다 허물없이 마음을 터놓고 있는 것 같아서 불쾌하게 여겼다.

'강인하게 행동하는 남자에게, 여자들은 저렇게 마음이 약해진 것이다. 내편은 이렇게도 유감스럽게, 궁하고의 관계에서는 언제나 분하고 괴로운 것만이 아닌가? 여기 하녀라도 좋으니, 언제나처럼 궁이 정신을 쏟고 있는 사람이 있으면 어떻게든 그 여자를 내 것으로 하고 싶다. 내가 겪은 고통처럼 궁에게 적어도 편안하지 못한 마음이라도 일어나게 하고 싶다. 사실 사려가 깊은 사람이라면, 내 쪽을 좋아하게 되는 것이 당연한 일이다. 그렇지만, 이상하게도 그것은 좀처럼 없는 일이다. 사람의 마음이 다 그렇다고 생각하니, 중의군이 궁의 행동을 분에 맞지 않게 여기며 나와 정말 친한 사이가 된 것은 참 드문 일이다. 그 일로 세상의 의혹을 사는 것을 괴롭게 여기면서도, 역시 뿌리치기 어렵다고 알아주시는 중의군은, 생각하면 흔치 않은 분이라고 생각된다. 그렇게 일을 분별할 줄 아는 사람이, 저 여러 하녀들 속에도 있을 것인가? 깊이 경험하고 있지 않아서 잘은 모르지만, 근심으로 잠이 안 올 때면, 조금은 바람기가 있는 행동을 흉내 내어 볼까?'

훈은 이렇게 생각했지만, 지금은 역시 그럴 마음이 내키지 않았다.

20. 훈이 여일의궁을 골똘히 그리워하다.

훈이 여일의궁을 엿본 서쪽의 집에, 평소와 같이 일부러 건너온 것도 이상한 일이었다. 여일의궁은 밤이 되어 그쪽으로 갔으므로, 하녀들이 달구경을 한다고 이 집에서 긴장을 풀고 잡담을 하는 중이었다. 쟁의금을 심심풀이로 우아하게 타서, 거문고 소리도 재미있게 들려왔다. 훈은 불쑥 옆 가까이에 가서 말했다.

"어떻게 이렇게 사람의 혼을 유혹하는 음색을 내는가?"

다들 놀라는 것 같았지만, 조금 올려져 있는 발을 내려놓지도 않은 채 일어났다.

"닮은 형제라고는 없습니다."

이렇게 대답하는 사람은 중장의군이라는 하녀였다.

"나로 말하면 아씨의 어머니 쪽 숙부인데요."

시시한 얘기를 나누다가, 지나가는 말로 물었다.

"평소처럼 여일의궁은 저쪽에 계시겠지요? 이 친정에 있는 동안 어떤 일을 하고 있는지요?"

"어느 곳에 있어도, 별로 이렇다 할 일을 하지는 않습니다. 언제나 그저 이렇게 거문고를 타고 지내는 것 같습니다."

좋은 신상이라고 생각하니, 까닭 없는 탄식이 문득 새어 나왔다. 이상하다고 수상쩍게 생각하는 사람이 있으면 곤란한 일이라서, 그것을 얼버무리려고 내놓은 화금을 그저 그대로의 가락으로 탔다. 율의 가락은 이상하게도 가을의 계절에 알맞게 들려와서 듣기 싫지도 않은데, 끝까지 타지 않았다.

"어설프게 조금밖에 못 들었는데."

귀기울여 듣고 있던 사람은 몹시도 유감스럽게 여겼다.

'우리 모궁도 이 여일의궁보다 못한 신분일까? 이쪽은 후의 소생이라고 하는 다른 점이 있어도, 각각 아버지 임금이 소중하게 돌보아 주셨던 것은 다름이 없었다. 그런데도 역시 이쪽 분이 각별한 운명이었다는 것은 이상한 일이다. 명석중궁이 태어난 명석의 포구는 깊은 속을 모르는 곳이었다.'

여러 가지로 생각하니, 또 이런 생각이 들었다.

'나의 운세는 아주 대단한 것이었다. 게다가 이 아씨 궁을 나란히 얻는다면.'

이는 정말 있을 수 없는 소원이었다.

21. 훈이 궁의군을 찾다.

고 식부경궁의 딸인 궁의군은, 이 서쪽 대옥에서 기거하고 있었다. 젊은 하녀들이 많이 모여서, 다 같이 달을 감상하고 있었다.

'으흠, 애처로운 일이다. 똑같은 혈통인 사람이다. 부궁이 옛날에 나를 사위로 점찍었었는데.'

훈은 이렇게 생각하며 그 쪽으로 갔다. 두세 명의 여동이 귀여운 잠옷 차림으로 여기저기 걸어다니고 있었다. 훈의 모습을 발견하고 부끄러운 듯이 안으로 들어가는 것이 보였다. 이것이 세상 보통의 것이라고 생각하였다. 남면의 구석 방에 가서 헛기침을 하니, 조금 나이 든 하녀가 나왔다.

"남모르게 마음을 두고 있다고 말하면, 도리어 누구라도 늘상 하는 말을 서투르게 흉내 내는 것 같이 되어 버립니다. 나는 진실하게 '생각한다'는 말보다 더 좋은 표현 방법을 찾지 않으면 안됩니다."

하녀는 궁의군에게 중개하지도 않고 약삭빠르게 말했다.

"정말 생각지도 않으셨던 신세가 되고 보니, 돌아가신 부궁이 사위로 생각하였던 일들이 생각나서. 당신이 이런 말을 때때로 해주시는 것을 궁은 기쁘게 생각하고 있는 것 같습니다."

자기를 보통 사람처럼 다루고 있는 것이, 재치가 모자란다고 불만스럽게 여겼다.

"원래 나를 버리지 못할 인척 관계도 있으니, 더구나 지금은 나를 믿음직하게 생각하시면 기쁘겠습니다. 쌀쌀하게 중개하는 사람을 통해 대하는 것은 도저히 ….."

하녀는 정말 그렇다고 당황해하여, 궁의군을 끌어내려고 재촉했다.

"'소나무도 옛날의'라고만 망연하고 쓸쓸하게 지내 오고 있었지만, 원래라고 말하는 것이 믿을 수 있는 말이라고 생각됩니다."

궁의군은 이렇게 말하였다. 중개하는 사람에게라고 할 것도 없이 둘러대는 말소리도, 정말 젊고 사랑스럽고 정취가 있었다. 그저 이런 곳에서 지내고 있는 여자라고 생각하면 흥미 있는 상대였지만, 이렇게 목소리를 들려주는 것이, 왠지 모르게 마음이 괴로웠다. 얼굴 생김도 정말 부드럽고 아름다울 것이니, 만나고 싶었지만,

'이 사람도 언제나처럼, 내궁이 열중하고 있는 상대일 것이다.'

이런 생각이 들어 홍미가 일어나지 않았다. 또 이렇다 할 사람은 좀처럼 없는 세상이라고 생각하며 앉아 있었다.

22. 훈이 우치의 인연을 회상하다.

'이분이야말로 귀한 부군이 소중하게 양육한 아씨였지만, 그러나 이 정도의 사람이라면 많이 있을 것이다. 성자처럼 하고 있는 팔의궁의 옆에서 산골에서 자란 대군과 중의군이 어디 하나 흠잡을 데 없었던 것은 참 신기한 일이다. 경솔하고 의지할 만하지 못했던 부주도, 이렇게 잠깐 보았을 때는 몹시 훌륭했었다.'

훈은 무슨 일에나 저 일족의 일이 생각나는 것이었다. 이상하게도 한심하게 끝나 버린 약속들을 하나씩 곰곰이 생각하니, 유난히 우울한 마음이었다. 하루살이가 덧없이 뒤섞여 날고 있는 것을 바라보고 있었다.

"〈거기에 있다고 보이면서 손에 잡을 수도 없고, 손에 넣었다고 생각하면 행방도 모르게 사라져 버리는 하루살이여. 〉

있는지 없는지."

훈은 언제나처럼 혼자 읊고 있었다.

53. 습자 (手習*)

대강 줄거리

훈 나이 27세부터 28세.

횡천의 승도 어머니가, 승도의 누이 여승과 초뢰에 참배하고 돌아오다가, 우치 근처에서 갑자기 병이 났다. 산에 두문불출하고 있던 승도도, 어머니 여승의 병환 소식을 듣고 산을 내려와 우치로 왔다. 그는 어머니가 숙박하려던 우치원의 뒤편에서, 제정신이 아닌 채로 울고 있던 젊은 여자를 구조하였다. 누이인 여승은 초뢰에서 영험 있는 꿈을 꾼 후라, 죽은 딸 대신으로 장곡 관음이 주신 것이라 믿고, 극진히 간호하였다. 이 여자가 바로 우치에서 실종된 부주였다.

부주는 소야의 여승님 집으로 옮겨진 뒤에도 좀처럼 제정신이 돌아오지 않았다. 여름이 끝날 무렵에 간청을 받은 승도가 하산하여 가지를 하자, 간신히 의식을 회복하였다. 낯선 사람들 속에서 몽롱한 기억을 더듬어서, 자기가 죽으려다 죽지 못한 것을 기억해 내고는, 여승이 되게 해 달라고 부탁하였다. 승도는 오계만을 주었다. 누이인 여승은 자기 딸이라고 생각하며 돌보아 주고 있는데, 부주는 아무것도 생각이 안 난다고 하며 자신의 신상을 일체 말하려 하지 않았다.

가을이 되어, 여승님들은 달을 감상하고 거문고를 타거나 하였지

---

* 습자(글씨 연습)는 근심이 있는 사람이 하는 일이다. 소야의 산골에서 부주는 남모르게 습자에 시간을 보내고 있었다. 습자라는 말은 본문에 다섯 군데에 나온다. 데나라이(てならい)라 읽는다.

만, 부주는 그 가운데에 끼려고도 하지 않고, 외로움을 혼자서 습자 (글씨 연습)로 달래고 있었다. 그러던 중 누이 여승의 죽은 딸의 남편이었던 중장이 찾아왔다. 그는 부주를 살짝 보고 마음이 움직였다. 여승님들도 흐뭇하게 여기고 이 인연이 맺어지기를 바랐지만, 부주는 싫다는 생각만이 점점 더해 갔다. 누이 여승이 초뢰에 참배하러 간 사이에도 중장이 찾아왔다. 부주는 어머니 여승의 거실로 몸을 피하고, 잠을 못 이루며 불우한 반생을 반성하여 보았다. 다음날, 여일의궁의 기도에 불려 들어갔던 승도가 하산하다가 들렀는데, 그 기회에 부주는 승도에게 간청하여 출가하였다.

승도는 명석중궁의 앞에서 세상 얘기를 하는 계제에, 우치원에서 여자를 발견하여 출가시키기까지의 경위를 말씀드렸다. 그것을 듣고, 중궁과 소 재상의군은 부주의 일 같다고 생각하였다. 출가한 후 부주는 오히려 가벼운 마음으로 불도에 부지런히 힘쓰고 있었다. 다음해 봄 부주는 우연히, 훈이 우치를 방문하였을 때 물가에서 울고 있었다는 얘기를 듣고, 그가 아직 잊지 않고 있다고 생각하였다. 중궁은 소 재상을 중개로 하여, 승도의 이야기를 훈에게 들려주었다. 훈은 내궁에 대한 오기로 주저하고 있었지만, 비예산을 방문할 때 횡천까지 가 보기로 하였다.

1. 횡천 승도의 어머니가 발병하다.

횡천(橫川)[1]에 고귀한 승도 한 분이 살고 있었다. 승도에게는 80을 넘긴 어머니와, 50세쯤의 누이동생이 있었다. 두 사람은 오랜 소원이었던 초뢰(初瀨)[2]에 참배하였다. 마음씨도 잘 알고, 또 소중하게 생각하는 자기 제자 아사리를 일행에 끼게 하여, 불상이나 불경에 봉납공양을 하였다. 많은 일을 하고 돌아오는 도중, 나라고개[奈良坂]를 건너서부터 승도의 어머니의 건강이 나빠졌다.

"이런 모양으로 어떻게 남은 길을 무사하게 돌아갈 수가 있을까?"

다들 크게 떠들며, 우치 근처의 아는 집에서 머물고 있었다. 오늘 하루는 그대로 쉬고 있었지만, 여전히 몹시 괴로워서 횡천의 승도에게 그것을 알렸다. 승도는 산에 있는 뜻이 확고하여, 올해 안에는 산에서 내려가지 않으려고 하였지만, 죽을 때도 멀지 않은 모친이 객지에서 죽는 것은 아닌가 하고 놀라서 급히 달려왔다. 새삼스럽게 아까울 것도 없을 성싶은 노인 때문에, 승도 자신과 영험이 빼어난 자에게 가지를 부탁하느라 떠들고 있었다. 집주인이 듣고, 정말 걱정스러운 얼굴로 말하였다.

"어악정진(御岳精進)[3]을 하고 있었는데, 대단히 나이 든 분이 몹시 앓고 있으니 어찌된 일입니까?"

그리하여, 그것도 지당하고 미안스럽게 생각되었다. 이 집은 아주 비좁아서 불편하기도 했고, 여승님도 조금 나아져서 이제 떠나는 것이 좋을 듯했다. 그러나 방향 나쁜 곳을 방비하는 중신(中神)이 막혀 있어, 평소에 사는 곳은 피하지 않으면 안되었다.

"겐지의 형인 고 주작원의 영지로 우치원(宇治院)이라는 곳이 이 근처일 것이다."

승도는 그 원을 지키는 사람을 알고 있어서, 하루 이틀 자는 곳을 빌

---

1) 비예산(比叡山)은 동탑(東塔), 서탑(西塔), 횡천(橫川)의 삼탑(三塔)으로 성립된다. 횡천(橫川)이 가장 안에 있고, 삼엄초속(森嚴超俗)의 정취가 있다.
2) 初瀨(지명)의 장곡사(長谷寺 : 절 이름).
3) 길야(吉野 : 지명)의 금봉산(金峰山 : 御岳)에 들어앉기 전에 1천일간 정진결제한다.

고 싶다고 사람을 보냈다.

"어제 모두 초뢰에 참배하러 갔습니다."

아주 초라한 집 보는 노인을 불러 같이 왔다.

"건너오시려면 빠른 편이 …. 평소부터 빈 집 같은 원의 침전이어서. 장곡사를 참배하는 분은 으레 묵어 가십니다."

"아주 잘되었다. 황족의 저택이었지만, 사람도 없으니 어렵게 여길 것은 없으니까."

그 상황을 살펴보려고 사람을 보냈다. 이 노인은 평소 이렇게 숙박하는 사람을 돌보는 데에 익숙하여, 대강의 준비를 마치고 왔다.

2. 승도가 우치원에 가서 괴상한 물체를 발견하다.

우선 승도가 건너갔다.

"몹시 황폐해져서 아주 무서운 곳이다. 대덕(大德 : 중)들은 경을 읽어라."

초뢰까지 같이 갔던 아사리와 또다른 한 사람의 중이, 무슨 일인지 하급 법사에게 횃불을 들게 하여, 사람이 가까이 가지 않는 건물의 뒤쪽으로 갔다. 우거진 나무 아래를, 아주 무서운 느낌이 드는 데라고 생각하며 들여다보니, 하얀 물건이 널려진 것이 보였다. 무언가 하고 멈추어서서 횃불을 갖다 대니, 무엇인가가 쭈그리고 있었다.

"여우가 둔갑한 것이다. 괘씸한 놈 같으니라고. 정체를 밝혀 보자."

그러자 또 다른 한 사람이 말했다.

"그건 그만두십시오. 나쁜 요괴일 겁니다."

그런 요물을 퇴치시킬 수 있는 인(印)4)을 맺고, 그들은 가만히 지켜보고 있었다. 머리털이 곤두설 듯이 기분이 오싹했다. 횃불을 들고 있던 중이 겁 없이 가까이로 가서 그 모습을 보니, 길고 부드러운 머리털의 여인이 나무 등걸의 울퉁불퉁한 곳에 몸을 기댄 채 흐느껴 울고 있었다.

---

4) 깨달음이나 서원의 내용을 표시하기 위하여 손가락으로 만드는 형(形). 요물의 퇴치에는 부동(不動)의 인(印)을 맺고 주문을 왼다.

"아주 드문 일이로군. 승도에게 보이자."

"아주 기괴한 일이다."

중 한 사람이 승도의 곁으로 와서, 여인이 있었다고 전하였다.

"여우가 사람으로 둔갑한다는 말은 예로부터 들은 바 있지만, 아직 보지는 못하였다."

승도는 일부러 침전에서 내려왔다.

여승님 일행이 이쪽으로 건너오신다고 하여, 하인들 중 쓸 만한 사람들은 다 주방의 일에 매달려 있었다. 다들 준비에 분주하여 침전 쪽은 조용하였다. 다만 4, 5인이 여기에 있는 괴상한 물건을 보기는 하였지만, 별다른 모양도 아니어서 지나쳤다. 승도는 아무래도 이상해서 시간을 두고 지켜보고 있었다.

'빨리 밤이 새면 좋은데. 이것이 사람인지 무언지 똑똑히 지켜보자.'

마음속으로 적당한 주문을 외고 인을 맺으며, 상황을 보고 있는 사이에 똑똑히 확인되었는지 승도가 문득 말했다.

"이것은 사람이다. 결코 이상한, 정체를 모르는 요물이 아니다. 가까이에 가서 물어보아라. 죽어 버린 사람은 아닌 것 같다. 혹시 죽은 사람을 버렸는데 되살아났는지도 모른다."

"어떻게 그런 사람을 이 황실 소유의 원 안에 버릴 수가 있습니까? 설혹 그것이 사람이었더라도, 여우나 나무의 정령에 홀려 여기에 왔을 겁니다. 정말 괘씸한 일입니다. 부정한 일이 생겨날 듯한 곳이군요."

메아리가 되돌아오는 소리도 아주 무서웠다.

집을 보는 남자가 이상한 꼴을 하고 까마귀 모자[烏帽子]를 손으로 밀어 올리면서 나왔다. 중이 그에게 물었다.

"이 근처에 젊은 여자가 살고 있는가? 너부러져 있는데."

"여우가 하는 짓입니다. 재작년 가을에도, 이 근처에 살고 있던 사람의 두 살쯤 된 아이를 채와서 여기에 둔 일이 있는데, 특별히 보고 놀랄 것도 없었습니다."

"그래 그 아이는 죽기라도 하였는가?"

"살아 있습니다. 여우는 그렇게 해서 사람을 위협하지만, 실속은 없는 놈입니다."

그는 아주 흔히 있는 일처럼 얘기하고 있었다. 밤중에 드릴 식사를 준비하는 곳에 아마 마음을 뺏기고 있었을 것이다.

"그러면 그런 것의 소행인지 어쩐지, 더 잘 보아라."

승도는 이렇게 말하며 저 두려워할 줄 모르는 법사를 가까이 가게 하였다.

"귀신인가, 신인가, 여운가, 나무 정령인가? 이만큼 천하에 영험이 있는 분이 계시면 도저히 정체를 숨기지는 못할 것이다. 무엇인가 바른 대로 대라. 이름을 대어라."

옷을 붙들고 잡아끄니, 얼굴을 옷에 묻고 더욱 울고 있었다.

"저런. 질이 좋지 않은 나무 정령의 귀신이다. 어떻게 정체를 끝까지 숨길 수가 있을까?"

그 얼굴을 보려고 하니, 예전에 살았다던 눈도 코도 없는 여자 귀신이 아닐까 왠지 무서운 느낌이 들었다. 그러나 믿음직스럽고 남자다운 모습을 주위 사람에게 보이려고 옷을 끌어 벗기려고 하니, 엎드려서 소리를 지를 듯이 울었다. 이런 기괴한 일은 세상에는 다시 없을 것이라고 생각하며 다들 정체를 밝히려고 하였다. 누군가가 말했다.

"비가 몹시 올 것 같습니다. 이대로 내버려두면 죽어 버릴 것입니다. 울타리가 있는 곳에 옮겨 놓읍시다."

"정말로 사람의 모양을 하고 있다. 그 목숨이 아직 끊어지지 않은 것을, 눈앞에 보고 있으면서 내버려두는 것은 몹시 무자비한 일이다. 연못 안에서 헤엄치는 물고기나 산에서 우는 사슴조차도 사람에게 붙들려 죽임을 당하려는 것을 보고서 살리려고도 않는 것은 아주 슬픈 일이다. 사람의 목숨은 그렇게 길지 않은 것이라도, 잔명이 설령 하루 이틀이라도 소중하게 하지 않으면 안된다. 귀신이나 신이 들렸다 해도, 혹은 사람에게 쫓겨나거나 속임을 당하였다 해도, 이대로 비명횡사할 수밖에 없는 자일 것이지만, 부처님은 이럴 때에도 반드시 구원해 줄 것이다. 역시 시험 삼아 탕약을 먹이든지 하여 구조할 수 있는지 없는지를 알아보아라. 그래서 어떻게도 구조할 수 없으면, 할 수 없는 일이지만."

승도는 이렇게 대덕에게 명하여, 안아 들이게 하였다.

"당치도 않은 일입니다. 몹시 앓고 있는 어머니 여승님 옆에 질이 좋지 않은 것을 데리고 오면, 반드시 불길한 일이 생길 것입니다."

제자들 중에는 이렇게 이의를 말하는 사람도 있었다. 또 이런 말들을 하기도 했다.

"무엇인가가 둔갑한 것이라 해도, 눈앞에 보고 있으면서 살아 있는 사람을 이런 비에 맞게 하여 죽게 두는 것은 대단히 무자비한 것이다."

아랫것들은 정말 말이 많아 무엇이나 흉하게 말을 퍼뜨려서, 사람 출입이 많지 않는 은밀한 장소에 눕혀 놓았다.

3. 누이 여승이 여자를 맡아 간호하다.

수레에서 내려올 때, 환자인 노 여승은 몹시 괴로워하며 큰 소동을 일으켰다. 그것이 조금 가라앉은 다음 승도는 물었다.

"아까 그 사람은 어떻게 되었는가?"

"축 늘어져서 아무 말도 않고 숨조차 쉬지 않는 것처럼 보입니다. 요괴에게 정신을 빼앗긴 사람 같습니다."

누이 여승이 그 말을 듣고 물어보았다.

"무슨 일입니까?"

"여인을 구해 준 일이 있었다. 60을 넘은 나이가 되어 생각지도 않던 이상한 것을 보게 되었다."

승도가 이렇게 말하는 것을 듣고서, 여승이 울면서 말했다.

"제가 장곡사에서 꾼 꿈이 있습니다. 도대체 어떤 사람입니까? 무엇이 어떻든 간에, 우선 그 모습을 보고 싶습니다."

"바로 이 동쪽 문 앞에 있다. 빨리 가 보아라."

누이가 급히 가서 보니, 곁에는 아무도 없고 내버려둔 채로 있었다. 아주 젊고 정말 귀여운 여자였다. 흰 능직의 옷 한 벌에 분홍 아래옷을 입고, 옷에 향기가 배어들게 하여 매우 좋은 향기를 내고 있었다. 어디까지나 기품이 높게 보였다.

"정말 이 사람은 내가 아끼고 사랑하였던 딸이, 이 세상에 되살아온 것 같다."

누이는 울면서 하녀들을 불러 어떤 경위였는지 모르는 사람을, 무서워하지도 않고 안아서 안으로 옮겼다. 살아 있는 모습이 아니었지만, 그래도 눈을 조금 떴다.

"아무거나 말하여 보십시오. 어떤 신상으로 이런 일이 벌어졌습니까?"

물어보았지만, 아무것도 모르는 모양이었다. 탕약을 가져오게 하여 손수 떠서 먹였지만, 아주 약해져서 지금 곧 숨이 끊어질 것 같았다.

"섣불리 하면 오히려 큰일이 날 것 같습니다. 이 사람은 죽어 버릴 것 같습니다. 가지를 하여 주십시오."

누이는 영험이 있는 아사리에게 부탁하였다.

"거 보시오. 쓸데없이 보살펴 준다."

이렇게는 말하였지만, 신불의 구조를 빌기 위하여 경을 읽고 기도를 올렸다.

승도는 얼굴을 내밀고 말했다.

"용태는 어떠한가? 어떤 자의 짓인가, 불력으로 악을 조복(調伏)하여 알아내어 보아라."

여자는 완전히 쇠약해져서 점점 숨이 넘어갈 듯하였다.

"도저히 살지 못할 것 같습니다."

"생각지도 않은 불길한 것을 건드려서 이런 장소에 들어앉혀 있게 되어 곤란하게 되었다."

"그래도 역시 아주 신분이 높은 분처럼 보입니다. 분명히 죽었다고 해도, 이대로 아무것도 안 하고 내버려둘 수는 없을 겁니다. 곤란한 일입니다."

"아니, 조용히. 사람들에게 들리지 않도록 해라. 귀찮은 일이 생기면 안되니까."

승도는 사람들에게 입막음을 하였다. 누이 여승님은 어머니가 앓고 있는 것보다도 이 사람의 목숨을 살리는 데에 더 열심이었다. 그 사람이 죽어 가는 것이 아까워서, 바싹 그 옆에 붙어 있었다. 모르는 남이라도, 용모가 단정하고 몹시 아름다워서 죽이면 안된다고 생각하였다. 보는 사람들이 누구나 간호하며 소동을 벌이고 있었다. 여인은 약해지기는 했지만, 그래도 때때로 눈을 뜨고는 눈물을 끊임없이 흘렸다.

"참, 한심해라. 매우 소중하게 길렀던 딸 대신으로, 장곡 관음이 소개하신 거라는 생각이 듭니다. 이대로 헛된 일이 되면, 섣불리 만난 것이 도리어 딸과 두 번 사별하는 꼴이 될 것입니다. 다 전세의 인연이기 때문에 이렇게 돌보아 드리고 있는 것입니다. 한마디라도 무엇이나 말씀해 보십시오."

여승은 말을 계속했지만, 여자는 가까스로 가냘픈 소리로 말했다.

"목숨을 건진다 해도, 살아 있을 가치가 없는 하찮은 사람입니다. 사람에게 보이지 않도록 밤 사이에 이 강에 던져 주십시오."

"어쩌다가 무엇인지 말하여 주는 것은 고마운 일인데, 어이구, 하필이면 그렇게 무서운 말을…. 무슨 까닭으로 이런 것을 말하는 겁니까? 어째서 저런 곳에 있게 된 것입니까?"

계속 물어보았지만, 아무 말도 하지 않았다. 몸체에 어떤 상처라도 있지 않나 자세하게 살펴보았지만, 상처 하나 없이 깨끗해서 통탄스럽고 애처롭기도 하였다.

'이것은 정말 사람 마음을 홀리려고 나온 요괴의 짓이 아닌가?'

이런 의심조차 생겼다.

4. 부주의 장례의 이야기를 듣다.

이틀쯤 여기에서 두문불출하는 동안 두 사람의 완쾌를 비는 기도소리가 끊일 새가 없었다. 이 이상한 사건으로 무언가 마음도 침착하지 않았다. 그 근처의 하인들도 승도를 섬기는 사람들이 이렇게 머무르고 있다는 것을 듣고 문안하러 왔다. 그 사람들이 세상 이야기를 하는 것이 들려왔다.

"돌아간 팔의궁의 따님 중에 우대장 훈 나리가 만나러 다니던 분이, 이렇다 할 병도 없이 갑자기 돌아가셨다고 하여 큰 소동입니다. 그 장례의 여러 가지 일들을 보아 드리느라 어저께는 이쪽에는 참상을 못하였습니다."

'그런 사람의 혼을 귀신이 뺏어온 것인가?'

이렇게 생각하니, 확실히 눈앞에 있는데도 현실에 살고 있는 사람이라고는 생각되지가 않았다. 귀신이 데려온 것이라면 언제 사라질지 모른다고, 위태위태하고 두렵게 생각했다. 사람들이 이야기를 계속했다.

"어젯저녁, 저쪽에 보였던 불은 그렇게 성대하게는 안 보였는데."

"일부러 간략하게 하려고 성대하게는 하지 않았습니다."

부정을 탄 사람이 있었다고 하여, 사람들은 뜰 앞에서 선 채로 있다가 돌아갔다.

"대장 나리는 궁의 따님 대궁을 데리고 계셨고, 그분이 돌아가신 후로 3년이나 되었는데, 누구의 일을 말하는 것입니까? 여이의궁을 제쳐놓고, 설마 다른 여자에게 마음이 끌린 것은 아니겠지요?"

이렇게 소문을 내었다.

5. 어머니 여승이 회복하여 소야에 돌아오다.

어머니 여승님이 조금 나아졌다. 방향이 틀리는 것도 없어져서, 이런 싫은 곳에 오래 있는 것이 적합치 않아 돌아가기로 하였다.

"이 사람은 아직 아주 약하게 보입니다. 도중에도 어떻게 될는지 정말 애처롭습니다."

모두 다 이렇게 이야기하고 있었다. 수레 두 채로, 노인이 타는 편에는 옆에서 시중 드는 여승 두 사람, 다음 것에는 이 사람을 눕히고 그 옆에 다른 한 사람을 더 태웠다. 가는 도중에 몸이 좋지 않아서 수레를 세우고 약을 먹이기도 하였다. 그들은 비예산의 초입길 판본(坂本)의, 소야(小野)라는 곳에 살고 있었다. 거기까지는 꽤 먼 길(30 km)이었다.

"중간의 숙소를 준비하여 두었으면 좋았을 것을."

그들은 밤이 이슥해서야 도착하였다. 승도는 어머니를 보살피고, 누이 여승은 이 누군지도 모르는 사람을 친절하게 돌보면서, 각각 안아서 내려놓고 잠깐 쉬었다. 늙은 목숨은 언제까지라고 확실하지 않은 것이지만, 속이 괴로워서일까, 긴 여행 중에 잠깐 좋지 않았다가 점점 나아져서 승도는 횡천으로 올라갔다.

6. 여자가 여전히 의식불명으로 있다.

이런 사람을 데리고 온 것은 법사들 사이에는 온당치 않은 일이므로, 그 장소를 목격하지 않았던 사람에게는 얘기를 들려주지도 않았다. 여승님도 모두에게 입막음을 했지만, 만일 찾아오는 사람이 있지는 않을까 하는 걱정에 마음이 가라앉지 않았다.

'무슨 까닭으로 저런 시골 사람이 사는 근처에 이런 사람이 방황하고 있었던가? 참배하러 가는 중에 몸이 좋지 않았던 것을, 나쁜 계모가 일을 꾸며서 내버려두고 간 것일까?'

여승은 이리저리 추측하여 보았다. '강물에 던져 주십시오'라는 말밖에는 아무 말도 하지 않아서, 애쓴 사람을 불안하게 만들었다. 빨리 보통 사람 정도로 몸을 추스르게 하고 싶다는 마음뿐이었다. 여자는 언제까지나 망연한 채 일어나지도 않고, 그저 정말 납득 못할 모습으로 있었다. 결국은 살아 남을 수 없는 사람일 것이라고 생각하면서도, 그렇다고 이대로 내버려두는 것은 못 견디게 애처로웠다. 여승은 꿈의 가르침을 털어놓고 얘기했다. 처음부터 기도하게 하였던 아사리에게도 내밀히 비법의 하나로 겨자씨를 태우게 하였다.

7. 승도의 가지로 악령이 나타났다가 사라지다.

계속해서 이렇게 간호하고 있는 동안 4월과 5월도 지났다. 정말 어떻게 할 수 없이 곤혹스럽고, 무엇을 하여도 효과가 없어서 여승은 생각다 못해 승도에게 편지를 냈다.

"다시 한번 하산하여 주십시오. 이 사람을 살려 주십시오. 몹시 약해진 채, 그래도 오늘까지 살아 있는 것은 죽지 못할 수명을 가진 사람에게 아주 단단히 붙은 요괴가 떨어지지 않고 있을 것입니다. 제가 믿고 있는 분이시여! 경에 나가는 것이라면 모를까, 여기까지 오시는 것은 아무 지장이 없을 것입니다."

아주 애달프게 늘어놓고, 심부름꾼을 보냈다.

'정말 이상한 일이다. 이렇게까지 목숨을 부지하고 있는 사람을, 혹시 저대로 내버려두었더라면…. 반드시 그럴 만한 인연이 있어서 내가 발견하였을 것이다. 한번 시험 삼아 최후까지 보살펴 주기로 하자. 그래서도 살릴 수 없다면 할 수 없는 정하여진 목숨이라고 생각하기로 하자.'

승도는 산을 내려왔다.

누이 여승은 아주 반가워하며, 몇 달간 계속된 병세를 설명하였다.

"이렇게 오랫동안 앓고 있는 사람이라면 벌써 나쁜 증상이 나타났을 텐데, 정말 조금도 더 나빠지지 않고, 아주 곱고 전혀 변하지 않은 모습입니다. 이미 이것으로 끝인가 하는 모양으로 보이면서도 이렇게 목숨을 부지하고 있는 것입니다."

진지하게 울며불며 얘기하였다.

"처음 발견할 때부터 세상에 드문 사람이었다. 그러면."

하고 들여다보았다.

"아주 뛰어나게 빼어난 미모로군. 정말 전세의 공덕으로 이런 얼굴 생김으로 태어났을 것이다. 어떤 잘못이 있어서 이러한 가혹한 꼴을 당하였는가? 혹시 무슨 얘기를 들은 일은 없었던가?"

"전혀 소문에 들리는 것도 없었습니다. 초뢰의 관음이 주신 사람입니다."

'인연이 있어서야만 만나게 되었을 것이다. 인연이 없었으면 어떻게.'

이상한 일이라고 생각하며 수법을 시작하였다.

조정에서 부르는 것조차 거절하고, 깊이 들어앉아 있던 산을 내려와서, 까닭 없이 이런 사람을 위하여 수법을 하고 떠든다는 소문이 나면 체면이 안 설 것이었다. 제자들의 충고에 따라 누구에게도 알리지 않고 숨기고 있었다.

"중들은 조용히 해라. 나는 부끄러움이 없는 무참(無慚)의 법사로, 지켜야 할 계율 중에 깨뜨린 계율도 많았지만, 여성에 관한 것은 아직 비난을 받은 것도 잘못을 저지른 것도 없다. 60의 나이를 넘어서 새삼스럽게 사람들의 비난을 받는다면, 그것도 그러한 전세의 약속 때문일 것이다."

"남의 험담을 좋아하는 사람이, 괘씸한 쪽으로 말을 퍼뜨리면, 불법에 상처가 될 것입니다."

제자되는 승려가 이렇게 재미없다고 생각하여 말했다.

"수법하는 동안에 만일 효험이 나타나지 않으면."

승도는 비상한 결의로 맹세하여, 밤새 가지(加持)를 하였다. 밝을녘에 악령을 사람에게 지펴 옮기게 하여, 어떤 것이 이렇게 사람을 미혹하게 만들었는지 상황을 말하게 하려고 제자인 아사리가 여러 가지 가지를 하였다. 이 몇 달 조금도 정체를 안 보이던 악령이 조복당하여, 큰소리로 외쳤다.

"나는 예까지 와서, 이렇게 조복당할 처지가 아니다. 옛적에는 수행에 힘쓴 법사였다. 사소한 원한을 이 세상에 남겨서 성불도 못하고 여기저기를 방황하고 있는 동안에, 아름다운 여인이 많이 살고 있는 곳에 붙어 살면서, 그 중에 한 사람 대군을 잡아죽였다. 이 사람 부주는 자기 스스로 세상을 원망하여, 어떻게 해서라도 죽어 버리려고 밤낮으로 말하는 것에 단서를 얻어, 아주 어두운 밤에 혼자 있는 것을 채왔다. 그러나 관음님이 이것저것 감싸 주어서, 이 승도의 법력에 져 버린 것이다. 이제는 물러설 수밖에 없다."

"이러는 너는 누군가?"

신령을 지피기 위한 사람인 빙좌(憑坐)의 기력이 없어서인지, 악령은 똑똑하게 이름도 못 대었다.

8. 부주가 의식을 회복하다.

장본인은 기분이 후련해지고 조금씩 제정신으로 돌아와서 주위를 바라보았다. 누구 하나 아는 사람은 없고, 다 노법사처럼 등이 굽은 늙은 사람들뿐이었다. 모르는 남의 나라에 온 것처럼 느껴져 몹시 슬펐다. 그전 일을 회상하려고 하여도, 어디에 살고 있었는지, 자기가 어떤 이름이었는지도 똑똑히 기억 나지 않았다.

'그저 나는 이것으로 끝난 목숨으로 여기고 투신하였던 사람이다. 대체 어디에 와 있는가?'

열심히 생각하여 보았다.

'정말 몹시 슬퍼서, 사람들이 모두 잠들었을 때에 문을 열고 바깥으로 나왔었다. 바람이 세차게 불고 강물소리도 거칠게 들려와서, 혼자서 왠지 무서워졌다. 앞뒤의 구별도 못하고 툇마루 끝에 발을 내려놓으면서, 이제 어느쪽으로 가는 것이 좋은가도 모르고, 그렇다고 새삼스럽게 방으로 되돌아가기도 어려워 이러지도 저러지도 못하였었다. '이 세상에서 없어지리라고 결심한 바에야, 어리석게도 사람들에게 발견되는 것보다는, 귀신이나 무엇이라도 좋으니 나를 잡아먹어 달라' 라고 말하면서 골똘히 생각하고 있었다. 그때 아름다운 남자가 가까이에 와서, '자아, 갑시다. 내가 있는 곳으로' 라고 말하고 나를 끌어안는 것 같았다. 내궁이 그렇게 한 거라고 생각하였는데, 그때부터 정신을 잃은 것 같다. 어딘지 모르는 곳에 나를 놓아둔 채, 그 남자의 모습은 사라졌다. 드디어 이런 꼴이 되어, 바라던 투신도 이루지 못하고 말았다. 몹시 울었다고 느꼈는데, 그 다음부터는 아무리 생각해 내려고 해도 무엇 하나 생각이 안 난다. 사람들이 말하는 것을 들으면, 저 때 이후 날수도 많이 지난 것 같다. 보지도 알지도 못하는 사람에게 간호받으며, 얼마나 한심한 꼴을 보였을까?'

결국 이렇게 자기가 소생한 것이라고 생각하니, 본의 아니게 여겨져 대단히 슬펐다. 이때까지 몹시 앓고 있던 나날은 제정신도 아닌 채 무언가 조금 먹을 때도 있었는데, 지금은 도리어 약간의 탕약조차 들지 않고 있었다.

9. 부주가 회복되어, 출가하기를 바라다.

"무슨 까닭으로, 언제까지 이렇게 의지 못할 것 같이 있습니까? 오랫동안 열이 있던 것도 지금은 나았고, 개운하게 있는 것 같아 기뻐하였는데."

누이 여승은 이렇게 말하고는 울면서, 방심하지 않고 항상 옆에 붙어서 간호하고 있었다. 여기 있는 사람들도 엄숙한 모습이나 얼굴 생김을 보고는, 이대로 죽게 하기에는 아깝다고 정성껏 간호하고 있었다. 장본인은 마음속으로는 역시 어떻게 해서라도 죽어 버리자고 계속 생각하지만, 저만큼의 중태도 견뎌 낸 목숨이 정말 끈질겨서 차츰 머리를 들고 식사도 하게 되어, 지금은 도리어 점차 부기도 빠져 갔다. 하루가 다르게 좋아져 가는 것을 여승은 기쁘게 생각하고 있었다.

"아무쪼록 저를 여승으로 만들어 주십시오. 그저 그렇게만 하여 주시면, 살아 남을 수 있을 것 같습니다."

"정말 애처롭습니다. 어떻게 그렇게 해 드릴 수가 있겠습니까?"

승도는 정수리의 끝을 자르고, 오계(五戒)만을 주었다. 그것만으로는 만족하지 못하겠지만, 원래 시원시원한 성격이 아니었으므로, 굳이 무리하게 말하지는 못하였다.

"지금은 이런 정도로 하고 병을 고치게 해 드려라."

승도는 이런 말을 남기고 산에 올랐다.

10. 누이 여승이 부주를 아끼다.

"꿈이 계시한 사람을 돌보아 주게 되었다."

누이 여승님은 이렇게 기뻐하며, 무리하게 일으켜 앉혀 놓고는 머리를 직접 빗겨 주었다. 병환중이어서 아무렇게나 묶은 채 그대로 내버려두었는데도 그다지 흐트러지지 않았다. 빗질을 다 하였을 때에는 윤이 나고 빼어나게 예뻤다. 일년이 모자라는 백(白은 百에 一이 모자람) 발의 노녀만이 많이 있는 곳에서, '다케도리이야기'(竹取物語)의 훌륭한 선녀가 눈도 부시게 하늘로부터 내려온 것을 보는 것 같았으나, 언제 승천할지 몰라 불안하게 여겼다.

"이렇게 당신의 일을 걱정하고 있는데, 어째서 한심하게 우리들에게 숨기고 있습니까? 어디에 사는 누구인지, 이런 곳에 대체 무엇하러 왔는지요?"

신원을 밝히려고 묻는 것이 부주는 몹시 부끄러웠다.

"이상하게 의식불명이 되어 있는 동안 모두 잊어버렸는지, 이전에 있었던 일은 전혀 생각이 안 납니다. 단 하나 희미하게 생각나는 것은, 그저 어떻게 해서라도 이 세상에서 살고 싶지 않았다는 것뿐입니다. 저녁 때 마루 끝 가까이에 앉아서 망연히 바깥을 보는 사이, 뜰 앞 근처에 큰 나무가 있었는데, 그 아래에서 사람이 나와서 나를 데려가려는 것 같았습니다. 내 일이지만 그것밖에는…. 내가 누구인지조차도 생각나는 것이 없습니다."

부주는 정말 애처롭게 변명하였다.

"이 세상에 아직 살고 있다는 것을, 아무에게도 알리고 싶지 않습니다. 만일 우연히 들어서 알기라도 하면 정말 곤란한 일입니다."

이렇게 말하고 울었다. 너무 물어보는 것도 불쌍한 것 같아, 그 이상 물어보지도 못하였다. '죽취이야기'의 여주인공 가구야 아씨를 발견하였다는 다케도리(竹取)의 노옹보다도 더 신기하다는 생각이 들어, 어느 사이에라도 사라지지나 않을까 하고 걱정되었다. 5)

11. 부주가 불행한 반생을 회상하다.

이 저택의 주인도 신분이 높은 분이었다. 딸인 여승님은 본래 당상인의 본처였었는데, 그 남편이 죽은 후 오직 하나인 딸을 소중하게 키워서, 가문이 좋은 집의 아들을 사위로 맞아들여 보살펴 주고 있었다. 그

---

5) 《竹取物語》의 줄거리는, 천상에서 죄를 지어 지상에 하강한 선녀가 인간의 구애를 끝까지 거절하고, 드디어 원래의 달나라로 되돌아간다는 이야기다. 가구야 아씨가 지상의 사랑에 상처만을 입은 부주의 경우와 비슷하다.

딸이 죽은 것을 한심스럽고 슬픈 일이라고 골똘히 생각한 끝에 여승이 되어 이러한 산골에서 살게 되었다. 자나깨나 그리워하고 있는 딸의 추억의 실마리로서, 그런 대로 죽은 딸과 비교될 만한 사람을 발견하려고 애쓰면서 한탄하는 중이었다. 그런데 이렇게 생각지도 않게 용모나 태도가 죽은 딸보다도 나은 사람이 손에 들어왔었다. 현실의 일이라고는 생각되지 않고, 이상한 생각이 들면서도 기쁘게 여기고 있었다. 여승님은 나이가 50세쯤이었으나, 아주 깔끔하고 교양이 있고 인품도 훌륭하였다.

옛적의 우치 산골보다는 물소리도 조용하였다. 집의 모양새도 풍치가 있고, 나무들도 재미있게 심어 멋이 있고 풍요로웠다. 점점 가을이 되어 감에 따라, 하늘의 모양도 마음속 깊이 배어들었다. 문 밖의 벼를 베려고, 이 지방 나름으로 남의 흉내를 내는 젊은 여자들이 노래를 부르며 흥겨워하고 있었고, 새를 쫓는 판자를 끌어 울리는 소리도 풍취가 있었다. 옛적에 보았던 동국 지방의 살림살이가 문득 생각이 났다.

낙엽의궁의 모친 어식소가 계셨던 산골보다는 조금 깊숙한 곳에 들어가 있었는데, 한쪽은 산에 붙여, 세워 놓은 건물이었다. 소나무의 그늘이 깊고 바람소리도 정말 쓸쓸하여서, 사람들은 부질없이 그저 근행에 열심이며 언제나 조용하게 살고 있었다.

여승님은 달 밝은 밤에는 거문고 등을 탔다. 이 집에서 시중 드는 하녀인 소장이라는 여승은 비파를 타거나 하면서 흥을 돋우고 있었다.

"이런 것을 타 보셨나요? 할 일 없어 쓸쓸하실 것입니다."

"생각하면 예전에도 보통과는 다른 몸으로, 여유 있게 그런 예능에 관심을 가질 신분도 아니어서, 조금의 풍류로운 취미도 몸에 지니지 못하고 커 버렸습니다."

이렇게 지긋이 나이 든 사람이 울적한 기분을 달래고 있을 때에, 부주는 지나온 일을 생각하였다.

'역시 한심하고 쓸모 없는 몸이었다.'

자기로서도 한심하게 생각되었다.

〈눈물에 젖어 투신한 강의 빠른 여울에, 누가 수책(水柵)6)을 만들어,

나를 걸리게 하여 주었을까?〉

부주는 글씨 연습으로 이렇게 적었다. 의외로 구조받았다는 것이 괴롭고, 앞으로 어떻게 되는지 염려되어 자기 몸에 정나미가 떨어졌다.

달이 밝은 밤마다 노인들은 들뜬 기분으로 노래를 부르며 옛날의 일을 이것저것 회상하지만, 부주는 대답할 말도 없어서 가만히 침묵을 지키고 있었다.

〈내가 이렇게 괴로운 이 세상에 살아 남아 있는데, 경에서는 누가 이 일을 알고 있을까?〉

이제 마지막이라고 최후의 결심을 하였을 때에는, 내궁 등 그립게 생각나는 사람들이 많았지만, 지금은 그렇게 생각나는 사람도 없었다. 어머니는 어떻게 하고 계실까? 유모도 무엇이나 어떻게든 나를 보통 세상에서 하는 대로 살게 해주려고 열심이셨는데, 얼마나 낙심하고 있을까? 지금은 어디에 계실까? 내가 살아 있으리라고는 설마 알 리가 없다. 마음을 알아줄 사람도 곁에 없어서, 무엇이나 탁 터놓고 상의하며 친하게 지냈던 우근의 일도 때로는 생각이 났다.

젊은 여자가 이런 쓸쓸한 산골에서, 이제 그만이라고 세상을 체념하고 두문불출로 있는 것도 어려운 일이었다. 그저 몹시 나이 든 여승 7, 8인이 같이 살고 있을 뿐이었다. 그 사람들의 딸이나 손주들 중에는 궁살이를 하는 등 경에서 생활을 하는 사람들도 있었는데, 때때로 여기에 왔었다.

'이런 사람들이 드나들 경우 예전에 나와 관계가 있었던 분들의 근처에 출입하는 중에, 내가 이 세상에 살아 있는 것이 자연히 누구의 귀에라도 들어가면, 몹시 부끄러운 일이 될 것이다. 어떤 몰골로 방황하고 있었을까 하고, 세상에 다시없는 보기 흉한 꼴로 상상할 것에 틀림없다.'

그렇게 생각하여 이런 사람들 앞에는 나서지도 않았다. 다만 시종과 고모기라는 여승님의 곁에서 시중들게 하고 있는 두 사람만이 특별히 부주의 옆에서 섬기고 있었다. 그 사람도 얼굴 생김이나 성품이 예전에 알

---

6) 급한 물 흐름을 막기 위해 말뚝을 줄 지어 박고 대쪽으로 얽어 놓은 장치.

고 있던 경의 사람과 닮은 점은 없었다.

'이 세상이 아닌 별세계라는 것은 바로 이런 것일까?'

한편으로는 그것도 좋은 일이라고 생각하고 있었다. 그저 이렇게 언제나 사람들이 알지 못하도록 숨어 살고 있었다.

'정말 복잡한 사정이 있는 분일 것이다.'

여승님은 이렇게 생각하여 자세한 것은 여기에 살고 있는 사람에게도 알리지 않았다.

12. 여승의 사위 중장이 찾아오다.

여승님의 옛날 사위는 지금은 중장이 되어 있었다. 그 아우 선사의군(禪師의君)이 승도의 제자가 되어 산에 들어가 있는 것을 문안하기 위하여, 형제의 군들은 늘 산에 오르내리고 있었다. 횡천에 통하는 길목에 있어서, 중장이 여기에 들르게 되었다. 전구의 소리가 나고, 품위 있는 사람이 들어오는 것을 보니, 부주는 예전에 사람들 눈을 피하여 오던 훈의 모습이나 거동이 똑똑히 생각났다. 여기는 정말 허전하고 부질없었지만, 거기에 익숙하게 살고 있는 사람들은 산뜻한 모습으로 살림을 하고 있었다. 울타리에 심어 놓은 패랭이도 홍취 있고, 마타리나 도라지꽃도 곱게 피기 시작하였다. 색깔도 가지가지인 평상복 차림의 젊은 남자들을 많이 데리고, 중장의군은 같은 옷차림으로 왔다. 남면에 청해 들이니, 차분하게 주위를 둘러보며 앉아 있었다. 나이는 27, 8세쯤으로 풍채도 어른스러웠고, 사려 깊은 성싶은 태도가 몸에 배어 있었다.

여승님은, 맹장지 옆에 휘장대를 세워 놓고 대면하였다. 우선 눈물이 흘러나왔다.

"세월이 쌓여 가서, 지나간 옛날이 더욱 멀리 느껴질 뿐인데, 그래도 당신을 이 산골의 빛으로 여기고, 지금도 건너오는 것을 기다리고 있는 것이 한편으로는 이상하게 생각됩니다."

"마음으로는 차분하게 지나간 옛날의 여러 가지 일들을 생각 안 하는 때가 없는데, 외곬으로 이 세상을 버린 것처럼 살아서 무소식으로 지냈습니다. 산에 있는 것도 부러워 늘 방문하고 있습니다. 같은 일이면 하고 동행하여 따라다니는 사람들이 거치적거려 못 왔었습니다. 오늘은 모두 뿌리치고 여기로 온 것입니다."

"산에 늘 있는 것이 부럽다고 말씀하신 것은, 당세의 유행을 흉내 내는 것 같이 들립니다. 그것보다 옛날 일을 잊지 않는다는 마음쓰임이 세상 사람 하는 대로 쏠리지 않는 마음 같아 여간 아니게 감사드립니다."

여승님은 사람들에게 물밥 같은 것을 먹이고, 군에게도 연밥〔蓮實〕을 내었다. 예전에는 다니는 데 익숙한 집이어서, 그러한 일도 사양할 필요는 없다는 생각이 들었다. 때마침 소나기가 와서 만류당하여 중장의군은 차분하게 이야기를 나누었다.

'한탄하고 슬퍼해도 되돌릴 수 없는 죽은 딸의 일보다도, 이 군의 탓할 것 없는 성미를 남처럼 보지 않으면 안된다는 것이 정말 슬픈 일이다. 어째서 적어도 자식이라도 남겨 놓지 않았을까?'

여승님은 마음속에서 그렇게 생각하고 있었다. 뜻하지 않게 이렇게 중장이 찾아온 것이 신기하고 감회가 깊어서 묻지도 않는 이야기를 했다.

부주는 자기 나름으로 생각나는 것이 많아서, 공허하게 바깥을 내다보고 있었는데, 그 모습이 정말 아름답고 귀여워 보였다. 아무 풍치도 없이 딱딱한 흰 홑옷에, 아래옷도 이런 곳에서는 붉은 기가 있는 검정색이 관례인 것일까, 윤기도 없는 거무스레한 것을 입고 있었다.

"이런 옷들도 예전하고 달라서 이상한 느낌이 든다."

뻣뻣하고 촉감이 나쁜 옷을 입고 있는 것이, 도리어 정말 예쁘게 보였다.

"그저 죽은 아씨가 살아 있는 것 같은 생각이 드는데, 중장 나리까지 오셨으니 정말 가슴이 꽉 차는 것 같습니다. 같은 일이면, 중장과 부주가 결혼하여 예전 같이 다니게 하고 싶습니다. 아주 잘 맞는 인연인 것 같습니다."

옆에서 시중들고 있던 사람들이 이렇게 서로 이야기하는 것이 들려왔다. 부주는 생각했다.

'허, 참. 끔찍도 해라. 세상에 살아 남아서, 어떻게 되든 누구에게 시집 가는 것은…. 그것은 반드시 예전 일을 생각나게 할 일에 틀림없다. 그런 일은 일체 생각 말고 잊어버리자.'

여승님이 안에 들어가 있는 동안, 객은 비가 좀처럼 그칠 것 같지 않아 곤혹스러워하고 있었는데, 소장이라는 사람의 목소리를 들은 바 있어서 불러들였다. 중장이 말했다.

"예전에 만났던 사람은 지금도 다 여기에 있을 것인가 하고 늘 생각은 하면서도, 이렇게 들르는 것도 어렵게 되어 버린 것을 박정하다고 누구나 다 그렇게 생각하십니까?"

소장은 예전에 늘 옆에서 돌보아 주던 사람이어서 중장은 차분하게 슬픈 예전의 일들을 이것저것 생각해 내고 있었다. 그 계제에 이렇게 말하였다.

"저 복도의 막다른 곳에 바람이 불 때, 발의 틈새로부터 훌륭한 늘어진 머리 모습이 보였는데, 속세를 버린 사람들의 곁에 대체 이것은 누구일까 놀라지 않을 수 없었습니다."

부주가 끝 가까이에 나와 있는 뒷모습을 본 것이라고 생각하였다.

'더 잘 보이게 하였으면 반드시 마음이 끌렸을 것이다. 돌아가신 사람은 이분하고는 비교도 안될 만큼 용모가 떨어졌었다. 그것조차 아직 잊지 않고 계시고 있는 모양이다.'

소장은 제멋대로 이렇게 생각하였다.

"여승님은 돌아가신 분을 잊기 어려워, 마음을 달랠 길도 없는 것 같았으나, 생각도 않던 사람을 맡아서 자나깨나 상대를 하고 계십니다. 편안한 마음으로 있는 모습을 당신은 어떻게 해서 보았을까요?"

중장은 이런 일이 용케도 있었다고 흥미를 느꼈다.

'대체 어떤 사람일까? 정말 아주 예뻤었다.'

흘끗 보기만 한 사람의 일이 도리어 뚜렷이 회상되었다. 자세하게 물었지만, 소장은 있는 대로 대답하지는 않았다.

"차차 자연히 들으실 것입니다."

갑자기 꼬치꼬치 물어보는 것도 체면상 좋지 않은 일이었다.

"비도 그쳤다. 해도 저물어 간다."

같이 간 사람이 말하는 소리에, 중장은 재촉받는 것처럼 떠났다.

그는 뜰 앞에 있는 마타리꽃을 꺾어서 혼잣말을 하며 서 있었다.

"이러한 승려의 처소에 어울리지 않는 여인이 있는 것이 이상하구나."

"사람들 말에 역시 틈을 주지 않고 반박하는구나."

예스러운 노인들은 다들 이렇게 감동하였다.

"정말 나무랄 데 없이 세련되고, 한층 더 훌륭하게 되었다. 같은 값이면 이런 분을 예전과 같이 돌보아 드리고 싶다."

"현재의 처 등중납언(藤中納言) 댁과는 인연이 끊어지지 않고 있는 것 같지만, 그다지 생각이 있는 것은 아닌 듯합니다. 친어버이의 저택에서 보내는 날이 많다는 소문입니다."

이렇게 여승님도 말하였다. 그리고 아씨에게 말했다.

"한심한 일입니다. 그저 무엇이나 숨기고 있는 것은 정말 괴롭습니다. 이렇게 된 이상은 역시 이것도 정하여진 인연이라고 생각하며, 명랑하게 지내십시오. 이 5, 6년 동안 잠시라도 잊지 않고 그립고도 슬프게 생각하고 있던 딸도, 이렇게 당신을 보살피고 있는 동안에 죄다 잊어버렸습니다. 당신의 일을 걱정하고 있는 분들이 설사 있다고 해도, 지금은 이미 이 세상에 당신이 있지 않을 것이라고 생각하여, 점차 체념해 버릴 것입니다. 무엇이나, 당장의 생각이 언제까지라도 달라지지 않는다고는 말할 수 없는 것이겠지요."

부주는 더욱 눈물에 젖었다.

"숨기고 있는 것은 없습니다만, 소생한 후로는 이상하게도 무엇이나 꿈처럼 불안한 생각이 듭니다. 다른 세상에 다시 태어난 사람이라면, 아마 이런 생각을 하게 될 것 같습니다. 지금으로서는, 나를 알고 있는 사람이 이 세상에 있을까 하는 것도 생각나지 않고, 그저 오로지 당신만을 마음으로부터 의지하고 있습니다."

이렇게 말하는 모습이 아주 순진하고 사랑스럽게 보여서, 여승님은 방

굿 웃으며 가만히 바라보고 있었다.

13. 중장이 아우 선사로부터 부주의 이야기를 듣다.

중장이 산에 도착하니, 송도도 오래간만이라고 반갑게 여기고, 여러 가지 세상 이야기를 하였다. 중장은 그날 밤 거기서 묵으면서, 목소리가 좋은 법사에게 경을 읽게 하고 밤새 관현을 즐겼다. 중장의 아우 선사의 군과 터놓고 이야기를 하는 가운데에 중장이 말했다.

"소야(小野)에 들르니 차분한 생각이 들었다. 저 여승님은 속세를 버리기는 하였지만, 아씨에게 지나치게 마음을 쓰고 계셨다."

그 기회에 그날의 일을 이야기했다.

"바람이 발을 불어 올린 틈 사이로 머리가 아주 길고 아름다운 모습이 엿보였다. 밖에서 보인다고 생각하여서였는지, 안으로 들어가 버렸지만, 그 뒷모습이 보통 사람으로는 보이지 않았다. 그런 곳에 미인을 살게 하여서는 안될 것이다. 자나깨나 보이는 것이라고는 법사뿐이니, 자연히 거기에만 익숙해지다 보면, 그것을 보통의 일로 생각될 것이다. 불쌍한 일이다."

선사의군이 답했다.

"지난 봄 초뢰에 참배했다가 복잡한 경위로 발견한 사람이라고 들었습니다."

그는 자기가 실제로 보지 않은 것이므로, 자세하게는 말을 못하였다.

'가슴에 배어드는 얘기로군. 어떤 사람일까? 세상을 원망할 까닭이 있어 저런 장소에 몸을 의지하고 있을 것이다. 옛이야기처럼 생각된다.'

14. 중장이 부주에게 노래를 주다.

"그냥 지나쳐 버리는 것도 뭣하고."

중장은 다음 날 경에 돌아오는 도중에 이렇게 말하며 소야에 들렀다. 이쪽에서도 그만큼 마음 준비를 하고 있었으므로, 옛날을 생각하고서 접대역을 맡은 소장 여승도, 옷소매의 색은 달라졌지만 정취를 풍기고 있었다. 여승님은 한층 눈물에 젖어 있었다. 여러 이야기 끝에, 중장은 부주에 관해 물었다.

"사람 눈을 피하고 있는 듯이 지내고 있는 분은 누구신가요?"

여승님은 곤란한 일이라고 생각하면서도, 흘끗 보이게 된 것을 일부러 숨기는 것도 마땅치 않다고 여겼다.

"딸의 일을 잊으려고 하여도 잊을 수 없으니 점점 죄가 깊어질 뿐이라고 생각해 왔습니다. 그 위안으로 이 몇 달간 돌보아 드리고 있는 사람입니다. 어떤 사정이 있었는지, 정말 괴로운 일이 많은 모양입니다. 이 세상에 살아 있는 것을 남이 알까 봐 걱정하고 있습니다. 이런 골짜기에서 찾아내거나 소문내는 자가 있을까 하고 생각하며 지내고 있는데, 어째서 저 사람의 일을 알아내려고 합니까?"

중장이 말했다.

"비록 당장의 바람기로 들으신다 해도, 깊은 산길을 찾아온 고생의 푸념만은 말씀드려도 될 것입니다. 더구나 당신이 그 사람을 죽은 사람 대신으로 생각하고 있다는 점에서는, 내게 관계 없는 일이라고 말씀하실 것도 아닙니다. 어떤 일로 세상을 싫어하고 있는 것입니까? 위로해 드리고 싶습니다."

정말 만나보고 싶었다.

일어설 때 회지에, 몇 줄 적었다.

〈다른 남자가 말하는 대로는 따르지 마십시오. 설사 경부터의 길은 멀다지만, 당신은 확실하게 제것으로 하고 싶습니다.〉

그리고서 소장의 여승에 중개를 부탁하였다. 여승님도 보았다.

"이 답장을 쓰십시오. 정말 그윽하고 고상한 점이 있는 분이므로, 걱정은 안 해도 될 것입니다."

"제 글씨는 정말 보기 흉합니다. 어떻게 드릴 수가 있겠습니까?"

부주는 이렇게 말하고는, 붓을 들려고도 안 했다.

"실례가 되는 일입니다."

여승님은 이렇게 말하고 답했다.

"아까 말씀드린 대로, 세상을 떠난 듯이 보통 사람하고는 다르게 살고 있는 사람입니다.

〈저 아름다운 사람을 여기서 맡아 돌보아 주느라고 고생하고 있습니다. 속세를 버린 셈으로 의지하고 있는 초막이기에.〉"

중장은 할 수 없는 일이라고 생각하며 돌아갔다.

15. 중장이 세 번째로 찾아오다.

일부러 편지를 내는 것은 아무래도 부끄러운 일이었지만, 그렇다고 흘 끗 본 자태가 잊혀지지는 않았다. 왠지 괴로워하고 있는 것이 어떤 내막 때문인지는 몰랐지만 자꾸만 마음이 끌려서, 중장은 8월 10일이 지나 작은 매사냥을 핑계로 건너왔다. 언제나처럼 소장 여승을 불러내 말했다.

"첫눈에 본 이래로 마음이 가라앉지 않아서."

부주 아씨가 대답을 할 리 없어서 여승님이, 중개로 전했다.

"누구를 기다리는 것 같이 보입니다."

누이 여승과 대면하여 중장이 말했다.

"딱한 사정이 있다고 하는 분의 일입니다만, 남은 얘기를 듣고 싶습니다. 저도 무엇 하나 마음대로 되지 않는다고 생각하여, 차라리 산에 살까도 생각하였는데, 허락하여 주실 것 같지도 않은 사람들을 생각하면서, 그러지도 못하고 날을 보내고 있습니다. 새로운 처로 맞이한 분은 이 세상에 어떤 거북한 일도 없는 즐거운 여인이어서, 이렇게 우울한 성격인 저와는 잘 맞지 않는다고 생각됩니다. 무언가 걱정이 있는 것 같이 보이는 그런 분에게 내 마음을 알려 드리려는 것입니다."

중장은 아주 진지하게 얘기하였다.

"낙천적인 사람을 희망하신다면, 저 사람은 맞지 않는 것은 아닌 듯하지만, 보통 여자처럼 결혼하지는 않겠다고 결심한 것 같습니다. 정말 한탄스러울 정도로 세상을 원망하고 있습니다. 나처럼 여생이 얼마 안 남은 늙은이까지도 세상에서 사라지는 경우에는 정말 쓸쓸하리라고 생각하는데, 아직 전도가 유망한 한창 젊은 몸으로 나중에 어떻게 될까 걱정입니다."

꼭 어머니처럼 말하였다.

안에 들어가서도 어르고 달래는 말을 하였다.

"동정심이 없는 처삽니다. 역시 명색뿐인 한마디라도 대답을 하십시오. 이런 장소에 살고 있으면, 아주 하찮은 일에라도 정을 아는 것이 인지상정입니다."

"남에게 어떻게 말씀드려야 할지 방법도 모르고, 또 아무 쓸모 없는 사람이어서."

부주는 아주 매정하게 누워 있었다.

"자아, 무슨 일입니까? 참 한심합니다. '가을이 되면'이라는 약속은 나를 속인 것이었군요?"

중장은 이렇게 불평을 말하면서 노래했다.

〈방울벌레 소리를 찾아서 갈대밭 이슬에 젖으며, 나를 기다린다고 여겨 찾아왔는데, 다시금 박정하게 대해 주니 어쩌지도 못하고 있습니다.〉

"아이참, 불쌍해라. 어떻게든 이 답장만이라도."

여승님은 이렇게 재촉하였다. 그런 색정적인 일을 입에 올리는 것도 정말 한심하고, 게다가 일단 서로 말을 하게 되면 앞으로 이런 기회가 있을 때마다 책망을 받을 것이니, 그것도 귀찮다는 생각이 들었다. 대답마저 하지 않아서, 사람들은 너무도 맥이 풀린다고 생각했다. 이 여승님은 전에는 성품이 화려한 사람이었는데, 그 자취가 지금도 남아서일까 이렇게 노래했다.

"〈이슬이 많이 내리는 가을 뜰을 헤치고 오셨기 때문에, 평상복을 적셨을 겁니다. 풀이 우거진 이곳 탓이라고 생각하지 마십시오.〉 이런 일은 귀찮은 일로 생각하고 있는 것 같습니다."

고운발 안의 사람들도 이 아씨가 이런 일로 본의 아니게 이 세상에 아직 살아 있는 것이 알려지기 시작하는 것을 괴롭게 여겼다. 그 마음속도 모르는 채 죽은 딸과 중장을 언제나 그립게 생각하고 있는 옛날식 사람이었으므로, 하녀들은 이렇게 굳이 권하였다.

"이런 우연한 기회에 얘기 상대를 하여 드려도, 양심에 등지는 일을 할 만큼 안심하지 못할 분이라고 보이지는 않으니까. 세상에 흔한 색정적인 일로 치지 말고, 정을 알고 계시는 정도로 대답을 하십시오.”

속세를 버린 여승도, 당세풍으로 화려하게 행동하며 서투른 노래로 곧장 부르려고 하는 모습으로 마치 젊은 여자처럼 하고 있어서는 전혀 안심할 수 없었다.

‘이 이상 없는 한심한 신세였다고 단념했던 목숨이 기가 막히게 살아남아서, 앞으로도 또 이렇게 방황하지 않으면 안되는가? 이미 이 세상에 없는 것처럼, 누구에게 보이지도 들키지도 않고 잊혀진 채로 삶을 끝내고 싶다.’

부주는 이렇게 생각하며 누워 있었다. 중장은 대단한 걱정이 있는 모양이라고 몹시 탄식하고는 가만히 젓대를 불었다.

“사슴이 우는 소리에.”

이렇게 혼잣말을 하는 모습은, 아주 소양이 없는 사람 같지는 않았다.

“지나간 예전의 일이 생각나면 도리어 가슴이 아프고, 또 지금부터 새롭게 내게 마음을 써 주실 분 역시 좀처럼 있을 것 같지 않습니다. 이 세상의 괴로움이 ‘보이지 않는 산길’이라고 해서, 당신을 체념할 수도 없을 겁니다.”

아주 원망스럽게 생각하며 돌아가려 하였다.

“어째서 이 아까운 달밤에 중도에서 그만두고 마는 것일까요?”

여승님은 이렇게 말하며 무릎걸음으로 나왔다.

“천만의 말씀입니다. 저쪽이 어떤 생각인지 알 수 있어서.”

중장은 반은 농담으로 말했다.

“들떠 있는 모습을 보이는 것도 거북합니다. 아주 조금 본 여자의 모습이 눈에 남아 있는 정도입니다. 애처가 죽고, 지금의 처에 정이 들지 않아서 할 일 없는 처지를 달래려고 한 것이었습니다. 너무 쌀쌀하고 속 깊이 웅크리는 태도도 이러한 장소에 안 맞고 흥이 깨지는 느낌입니다.”

이렇게 말하며, 일어서려고 했다. 여승님은 중장의 젓대소리도 못 듣는 것을 섭섭하게 여겼다.

〈야심할 때 달의 풍취에 마음이 끌리지 않는 사람일까요? 산마루 가까이의 이 집에 묵으려고 않는 것은. 당신은 설마 그렇게 마음이 얕은 사람도 아닐 텐데. 〉

어딘지 매끄럽지 않은 노래로, 여승님은 부주의 생각을 무시하고 제 마음대로 대작하였다. '아씨가 이렇게 말하였습니다'라고 아무렇게나 전해서, 중장은 가슴이 두근거렸다.

〈달이 산마루에 들어갈 때까지 바라보겠습니다. 잠자는 방이 판자지붕인 것도, 그 틈새가 보람이 있는지를 시험하여 보려고. 〉

말하는 중에, 어머니 여승이 젓대의 소리를 흘끗 듣고서 아주 감동하여 나왔다.

16. 어머니 여승이 좌중의 흥을 깨다.

어머니 여승은 애기하는 중에 늘 기침을 하고, 듣기가 괴로운 떨리는 목소리로 말하였다. 옛날의 일 같은 것은 전혀 입 밖에도 내지 않았다. 이 사람 중장이 누구였는지 분간도 안되는 모양이었다.

"자아, 그 거문고를 타거라. 젓대는 달이 떠 있을 때라야 정말 재미가 있는 것이다. 어떻게 되었는가? 거문고를 가지고 오너라."

이렇게, 딸인 여승에게 말하는 소리를 듣고 누군지 알 수 있었지만, 대체 여기가 어떤 장소인데 이런 노인이 혼자서 지낼까, 노소부정(老少不定)인 세상이 차분히 가슴에 와 닿는 것이었다. 중장은 반섭조를 아주 재미있게 불었다.

"자아 어떻습니까? 그러면."

"예전에 들었을 때보다도 현저하게 재미있게 들리는 것은, 산바람만을 언제나 들어 익숙해진 귀의 탓일까요? 자아, 잘될까? 틀림없이 아주 가락에 안 맞을 것입니다만."

딸인 여승님도 상당히 취미를 즐기는 사람이었으므로, 이렇게 말하면서 타기 시작했다. 거문고는 이미 세상 사람들이 거의 즐기지 않게 된 때여서 도리어 신기하고 차분한 느낌으로 들려왔다. 솔바람소리도 정말 홍취를 북돋워 주었다. 합주하고 있는 젓대의 음색에, 달도 마음을 합하여 맑게 개어 있었다. 어머니 여승은 더욱 감동하여, 오늘 저녁은 언제나처럼 졸지도 않고 깨어 있었다.

"이 늙은이는 예전에는 화금을 어렵지 않게 타곤 했는데, 요새 세상에는 주법이 바뀌었는지, 우리 집 승도가 '알아듣기 어렵다. 염불 외에는 쓸데없는 일은 하지 말도록' 이라고 꾸지람하였다. '무어 그렇다면' 하고 생각하여 그 동안 타지 않고 있었다. 그래도 사실 좋은 음을 내는 거문고도 있다."

이런 얘기를 계속하는 것으로 보아, 정말 타고 싶어하는 눈치였다. 중장은 가만히 소리 없는 웃음을 띠웠다.

"정말 승도는 이해가 안되는 일을 말씀하시며 말리셨군요. 극락이라 하는 곳에서는 보살도 다 이러한 것을 연주하고, 천인(天人)들이 춤추며 노는 것이 고귀한 일이라고 합니다. 그 때문에 근행이 소홀하게 되거나 죄를 짓는 일이 될까요? 오늘 밤에 꼭 듣고 싶습니다."

이렇게 선동하자, 여승은 정말 기뻐하였다.

"자아, 주전의군[하녀]이여, 화금을 가져오도록."

어머니 여승은, 말하는 동안에 끊임없이 기침을 하였다. 주위의 사람들은 보기 흉하다고 생각하였지만, 승도에 대한 불만을 객에게 호소하는 정도라고 생각하고, 애처로워 굳이 말리지도 않았다. 여승은 화금을 가져오게 하여, 이제 막 불었던 젓대의 소리와 맞추지도 않고, 그저 혼자 좋아서 신나게 타고 있었다. 다른 악기가 조용해진 것이, 자기의 거문고에 감동한 때문이라고 생각하여, '다케후, 지찌리 지찌리, 다리단나' 라고 되풀이하여 빠르게 타고 있었지만, 그 가사의 어느것도 정말 구식이었다.

"정말 재미있고, 당세에서는 들은 일도 없는 노래를 타셨습니다그려."

중장이 이렇게 칭찬하니, 귀가 어두운 여승은 옆 사람에게 무슨 소리냐고 되물었다.

"요즘 젊은 사람은 이런 일에 취미를 붙이지 않는군. 여기에 요새 와

있는 아씨도 얼굴은 아주 곱지만, 이런 사소한 놀이도 전혀 안 하고 혼
자 있기만 하더군."

자기만이 훌륭하다는 듯, 큰소리로 웃으면서 얘기하고 있었다. 딸인
여승님은 옆에서 조마조마하고 있었다. 이 일로 아주 흥도 깨어져 중장
은 돌아갔다. 도중에 산에서 내리 부는 바람을 타고 들려오는 중장의 젓
대소리에, 사람들은 밤이 이슥할 때까지 깨어 있었다.

17. 중장이 누이 여승과 노래를 주고받다.

다음날 아침 일찍 중장으로부터, 이런 편지가 도착했다.

"어젯저녁은 이것저것 생각도 흩어져 있어서 황급히 헤어져 왔습니다.

〈잊을 수 없는 고인의 일에, 또 아씨의 냉담한 처사에, 문득 소리 높
이 울었습니다. 〉

역시 조금은 나의 생각을 알아주도록, 당신께서 뭐라고 말씀드려 주십
시오. 참을 수 있었다면, 이렇게 색정적인 거동을 왜 하겠습니까?"

이전보다도 더 쓸쓸한 생각이 들어, 여승님은 눈물을 억제하지 못하고
답장을 썼다.

"〈당신의 젓대소리에 문득 예전의 일도 생각나서, 돌아가신 후에도
눈물로 소매가 젖었습니다. 〉

저 사람이, 납득 안될 정도로 정을 모르는 듯 걱정스런 모양으로 있었
던 일은, 노인의 혼잣말로도 짐작할 수 있었을 겁니다만."

특별한 것도 없는 편지를 읽은 후에 맥이 풀려, 자기도 모르게 그대로
내버려두었다.

갈대 잎새 바람의 방문에도 지지 않게 자주 편지가 오는 것은 정말 번
거로운 일이었다. 부주는, 사람의 마음이란 무턱대고 한결같다는 것을
깨달았던 때의 일도 조금씩 생각났다.

"역시 저 사람에게 이런 일을 체념하게 할 수 있도록 빨리 나를 여승
의 모습으로 바꾸어 주십시오."

부주는 경을 배워 읽고 마음속에서도 염불을 외고 있었다. 이렇게 모

든 면으로 속세 일을 버리고 있어서, 사람들은 이렇게들 말하고 있었다.

"젊은 여자의 몸이긴 해도, 이렇다 할 재미가 없는 우울한 성미일 것이다."

그러나 얼굴은 아주 예뻐서, 다른 모든 불만은 너그럽게 보아줄 수 있었다. 사람들은 부주를 보면 언제나 눈이 즐겁고 위로가 되었다. 어쩌다가 웃을 때에는 다들 신기하게 고맙다고 기뻐하고 있었다.

18. 누이 여승이 초뢰에 참배하고 부주가 집에 남다.

부주가 실종된 지 반 년이 지난 9월이 되어, 이 여승님은 초뢰에 참배하였다. 오랫동안 아주 허전한 신상으로, 그리운 죽은 딸의 일도 체념하지 못하고 있었는데, 부주로 인해 도저히 생각도 못했던 마음의 위로를 얻었으므로, 초뢰 관음의 공덕을 고맙게 여겨, 소원성취의 답례로 참배하는 것이었다.

"자, 같이 갑시다. 누구에게도 알리지 않겠습니다. 같은 부처님이라도 그러한 곳에 근행하는 것이야말로 영험이 각별하고 행운을 만나는 일도 흔한 것입니다."

이러면서 동행을 권하였는데도, 그냥 이런 한심한 마음으로 있었다.

'예전, 모군이나 유모 등이 권하여서 몇 번 참배하였는데도, 아무 보람도 없었다. 죽으려고 하였던 목숨이 생각대로 되지 않고, 다른 데에도 없을 슬픈 꼴을 당하였으니.'

'모르는 사람과 같이 가서 이리저리 끌려다니는 것은.'

이런 무서운 생각마저 들었다. 그러나 고집이 세게 보이지는 말자고 생각하여 말을 하였다.

"기분이 아주 좋지 않아서, 도중에 어떻게 될 것인지 걱정이 됩니다."

정말 그렇게 세상의 일을 무섭게 여기는 것도 당연한 일이라고 생각하여, 여승은 더 이상 권하지 않았다.

〈의지 못할 모양으로 이 세상을 살고 있는 한심한 저이므로, 일부러 초뢰천의 두 그루 삼(杉)나무를 찾아가지는 않으렵니다.〉

부주가 이렇게 글씨를 쓰다 말고 버린 종이를, 여승님이 발견하고, 농담 삼아 말했다.

"두 그루의 삼나무라고 말한 것은, 꼭 다시 한번 만나고 싶다고 생각하는 분이 있어서일 것이다."

그러나 그것이 사실이어서, 부주는 가슴이 뜨끔하여 얼굴을 붉혔다. 정말 정취를 풍기는 매력이 있고 아주 귀여웠다.

〈당신의 원래 태생은 모르지만, 나는 당신을 죽은 딸이라고 생각하고 있습니다.〉

특별할 것도 없는 대답을 빠른 말씨로 말하였다. 몰래 참배하려고 하였지만, 다들 같이 가려고 해서, 여승님은 이분이 사람이 적은 곳에 남아 있을 것을 걱정하여, 머리가 기민하게 움직이는 소장의 여승과, 좌위문이라고 하는 나이 든 하녀, 그리고 여동을 남겨 놓았다.

일행이 모두 출발하는 것을 망연히 배웅하면서, 한심한 자기 모습을 생각하였다.

'이제 어떻게 될 일도 아니다. 믿을 만한 사람은 누이 여승 한 사람인데, 그 사람이 없으니 정말 허전하다.'

이렇게 부질없는 생각으로 있을 때에 중장의 편지가 왔다.

"펴 보십시오."

사람들이 이렇게 말하는데도, 귀도 기울이지 않았다. 평소보다도 더 사람 그림자가 안 보이는 허전한 때에, 이때까지의 일, 이제부터의 일을 골똘히 생각하고 있었다. 소장의 여승이 말했다.

"옆에 있는 저도 괴로울 지경으로 우울하게 계시는군요. 바둑이라도 두십시다."

"정말 잘 못 둡니다만."

이렇게 말했지만, 두어 볼까 하는 생각도 들어, 바둑판을 가져오게 하였다. 소장은 자기가 상수일 것이라고 생각하고 상대에게 선수로 두게 하였는데, 전혀 문제도 되지 않아, 예상 밖의 결과가 나왔다. 이번에는 이쪽에서 선수로 다시 두었다.

"여승님이 빨리 돌아오시면 좋을 텐데. 바둑 두는 것을 보여 드립시다. 그분은 바둑을 아주 잘 두십니다. 승도의군이 일찍이 매우 즐겨하고, 솜씨도 대단하였습니다. 그래서 정말 기성대덕(棋聖大德)이 되어, '그렇게 잘난 체하고 두는 것은 아니지요. 당신의 바둑에 지지는 않을 것입니다' 라고 여승님께 말하였지요. 그런데, 승도 쪽이 두 번 져 버렸습니다. 그 기성의 바둑보다도 당신이 상수로 보이는군요. 대단히 잘 두십니다."

이렇게 감탄하였다. 상당히 나이가 든 여승의 앞머리도 보기 흉한데, 이런 놀이에 흥을 돋우는 것을 보고, 생각하였다.

'귀찮은 것에 손을 대게 되었다.'

기분이 좋지 않다고 얘기하고 누워 버렸다.

"때때로 기분 전환으로 하십시오. 아까운 젊은 나이입니다. 몹시 우울하게 있는 것이 한심스럽고, 옥에 티라고 생각됩니다."

저녁때 바람소리도 차근히 슬프게 여겨져서, 자연히 회상되는 것도 많았다.

〈내 마음은 가을 저녁 슬픔과 쓸쓸함을 각별히 아는 것은 아니지만, 생각에 잠겨 있는 소매에 눈물이 흐트러져 떨어집니다.〉

19. 중장이 내방하다.

달이 떠서 경치도 아름다운 때에, 낮에 편지를 보냈던 중장이 왔다.

'어이, 저런. 이것은 어떻게 된 일인가?'

부주는 이렇게 생각하고 안쪽 깊숙이 들어가 버렸다. 소장 여승이 말했다.

"그러면 너무한 처사라고 생각됩니다. 저 분도 더욱 차분하게 몸에 스며드는 때일 것입니다. 저 분이 말하는 것을 한마디라도 좀 들어주십시오. 곧 이상한 일이 되어 버릴 것이라고 생각하시는 것은 아무래도 …."

정말 불안한 생각이 들었다. 부재중이라고 말하였는데, 낮에 심부름 온 사람이 아씨 혼자 남아 있는 것을 알고 전한 것일까, 중장은 길다랗게 불만을 토로하였다.

"목소리를 들려 달라고는 안 하겠습니다. 그저 가까이에서 말씀드릴 테니, 우선 들어 두었다가 천천히 판단하여 주십시오."

이것저것 설득하였지만, 그 보람도 없어 아주 난처해졌다.

"정말 한심하다. 이러한 곳에서는 정취를 느끼는 마음도 달라질 것 같은 생각이 되는데, 이것으로는 너무나 ….

이렇게 나무라고, 이어서 말했다.

"〈산골 가을밤이 으슥할 때 그 깊은 정취를, 생각 있는 사람이라면 잘 알고 있을 것입니다.〉

자연히 당신의 마음도 이쪽과 통할 터인데."

"여승님이 안 계셔서 꾸며 대답할 사람도 없고, 이대로는 정말 철부지처럼 보일 것입니다."

이렇게 소장 여승이 재촉하므로, 부주는 혼잣말로 중얼거렸다.

〈내가 얼마나 한심한 몸인지 잘 모르고, 망연하게 지내 오는 저를 당신은 생각이 깊은 사람이라고 잘못 짐작한 것입니다.〉

별 생각 없이 그렇게 말하는 것을, 소장 여승이 듣고서 전하여 드리니 정말 감개무량하였다.

"역시, 아주 조금만 이쪽으로 나와 주십사고 권하여 주십시오."

여기 사람들이 어떻게 하면 좋은가 곤혹스럽게 여길 정도로 불만을 말하였다.

"이상할 만큼 매정하게 보이는군요."

여승이 이렇게 말하며 안에 들어가 보니, 아씨는 평소에는 꿈에도 들여다볼 생각도 않는 노인의 방으로 들어가 버린 뒤였다. 어처구니없는 일이라고 생각하여, 소장은 일의 경과를 말씀드렸다.

"이러한 곳에서 생각에 잠겨 있는 것을 생각하면 가엾기도 하다. 대강 인정을 모르지는 않는 것 같은데. 경우를 모르는 사람 이상으로, 정말 너무도 지독한 처사를 하는 것이 의외이다. 무언가에 덴 일이라도 있었는가? 대체 무슨 까닭이 있어 세상을 이토록 원망하고 있을 것인가?"

중장은 어떤 내막인가 알아내고, 정말 조금이라도 참견하고 싶지만, 소장이 어찌 자세한 것을 말할 수 있겠는가?

"여승님이 알고 계시는 사람이었는데, 오랫동안 소원하게 지내오다가, 초뢰에 참배하고 나서 우연히 만난 분이십니다."

부주는 얘기만 듣고서도 그저 기분 나쁘게 생각했던 노인의 옆에 엎드려 누워서, 잠들지도 못하고 있었다. 노인의 초저녁 잠은 말할 수 없이 몹시 코를 골고 있었다. 그 옆에 나이도 비슷한 여승 둘이 누워서, 질세라 코를 골고 있었다. 부주는 아주 무서워서, 오늘밤 이 사람들에게 잡혀 먹히는 것이 아닌가 생각이 들 정도였다. 새삼 아까운 몸은 아니었지만, 평소 마음이 약한 것이 마치 외나무다리를 두려워하여 되돌아왔다는 사람 같이 안타까웠다. 고모기라는 하녀를 데리고 왔었는데, 이미 혼기가 차 있어서, 좀처럼 없는 남자 손님이 기분 좋게 앉아 있는 곳으로 돌아가 있었다. 이제 올까 하고 기다리고 있었지만, 시중 드는 사람치고는 아주 믿을 수 없는 하녀였다.

중장은 설득한 보람도 없는 것에 질려서 돌아가 버렸다.

"정말 동정심이 없고, 적극성이 없는 분이다. 그 정도의 용모가 아깝다."

이렇게 욕하고 다 같은 장소에서 잤다.

한밤중이 되었을 때에, 늙은 여승님은 기침에 숨이 멎는 것 같아서 일어났다. 등불에 보이는 머리카락은 몹시 하얗고, 머리에 검은 두건을 쓰고 있었다. 여승은 부주가 엎드려 있는 것을 이상히 여겨, 족제비처럼 의심스러운 모습을 하고 이마에 손을 얹었다.

"이상하군. 이것은 누군가?"

휘감기는 듯한 목소리를 내며 가만히 들여다보고 있는 모습은, 지금이라도 잡아먹으려 하고 있는 것 같았다.

'귀신이 채갔던 그때에는 정신을 잃었던 고로, 도리어 그것은 지금보다는 덜 무서웠다. 이제 어떻게 하면 좋은가?'

부주는 기분이 나빠졌다.

'이상한 모양으로 이 세상에 살아 돌아와서, 겨우 보통으로 회복이 되었을 뿐인데, 또다시 예전의 이것저것 괴로웠던 것들을 생각해 내고는 고민하고, 게다가 귀찮고 무서운 것에 마음고생을 하는구나. 그러나 저 때 만일 죽어 버렸다면, 이것보다도 더 무서운 모습을 한 귀신들 가운데에 있었을 것이다.'

이렇게 상상하였다.

뜬눈으로 예전의 일을 평소보다 더 골똘히 생각하고 있으니, 자기 몸이 정말 한심스러웠다.

'아버지란 분은 얼굴도 본 일이 없는 채로, 멀리 떨어진 동국에서 몇 해인가 지내다가, 훈님이 우연히 찾아내어 가깝게 대해 주었지. 기쁘기도 했지만, 의지할 곳이라고 생각하였던 언니와도 생각지 못한 일로 그만 소식불통이 되었다. 어떻게든 나를 마중하여 주려던 분에게 매달려, 차츰 이 시원치 않은 운세도 위로받을 수 있을 거라고 생각하기 직전에, 원망스럽게도 잘못을 저질러 버렸었다. 내궁님을 조금 그리운 분이라고 생각하였던 것이 애초부터 잘못 된 일이었다. 그분과의 인연으로 이렇게 갈 곳 없는 신세가 되었다고 생각하니, 귤의 작은 섬 색깔을 예로 들며 변하지 않겠다고 맹세하였던 것이 어째서 기쁘고 멋진 일이라고 생각하였을까?'

지금은 모두 괴롭다는 생각만 들었다. 처음부터 담백하면서도 평온하게 대해 준 훈편이, 정말 훌륭한 분이었다고 생각되었다. 이렇게 아직 살아 남아 있다는 얘기를 들으면, 다른 누구에게 들키는 것보다도 부끄러움이 더할 것이 틀림없었다. 그렇게 생각하면서도 그래도, 또 이런 생각이 문득 드는 것이다.

'이 세상에서 옛날 모습을, 하다못해 멀리서나마 언젠가 또 뵙게 될 일이 있을 것이다.'

'그러나 역시 잘못된 생각이다. 이미 이런 것조차 생각하면 안되는 몸이다.'

오직 혼자서 마음속으로만 생각을 고치고 있었다.

20. 부주가 간청하여 출가하다.

간신히 닭 우는 소리가 들리는 것도 고맙게 여겨졌다. 어머니의 목소리가 들려온 것이라면, 더욱 얼마나 즐거울 것인가 생각하면서, 새벽을 기다리는데 기분은 아주 우울하였다. 곁에 저쪽으로 따라서 돌아갈 사람도 곧바로는 오지 않아서 그대로 누워 있었다. 어머니 여승 등 코를 골았던 사람들은 아주 이른 아침부터 일어나서, 아무것도 아닌 죽 같은 것을 아주 맛있는 음식처럼 들었다.

"그대도 빨리 들도록."

그들이 가까이에 와서 말하였다. 그러나 옆에서 식사를 시중 드는 사람도 정말 마음에 안 들고, 이런 일은 처음부터 괴롭게만 여겨졌다.

"기분이 나빠서."

슬며시 거절하는 데도 굳이 권하는 것은 재치가 없는 일이었다.

아주 아래 계급으로 보이는 법사들이 많이 와서 떠들고 있었다.

"승도가 오늘 산을 내려올 것입니다."

"어째서 그렇게 갑자기?"

"여일의궁이 약령에 시달려 왔었는데, 산의 좌주가 수법을 하였지만, 역시 승도가 참내하지 않으면 효험이 없다고 해서, 어제 재차 부름이 있었습니다. 석무 우대신 나리 집의 사위(四位) 소장이 어젯밤 늦게 산에 올라와서, 명석중궁의 편지를 드렸기 때문에 오늘 하산을 하시게 된 것입니다."

그들은 정말로 승도에게 명예로운 일이라는 듯 얘기했다.

'거북하고 부끄럽지만, 승도를 만나서 여승으로 만들어 달라고 말하자. 끼여들 사람도 적어서 좋은 기회다.'

이렇게 생각하였다. 부주는 곧 자리에서 일어나서 상의했다.

"기분이 썩 좋지 않아서, 승도가 하산하면 계를 받으려고 생각하니, 그렇게 말씀하여 주십시오."

그러자, 어머니 여승님은 늙어 빠진 모습으로 멍청하게 고개를 끄덕거렸다.

늘 있던 방으로 돌아왔다. 보통 때에는 여승님이 머리를 빗어 주었는데, 다른 사람이 손 대게 하는 것은 싫었지만, 그렇다고 자기 손으로는 도저히 할 수 없어서 그저 조금만 빗어내렸다. 모친에게 다시 한번 이대로의 모습을 보이지 못하게 되었다는 것이, 누구에게 호소할 수도 없이 아주 슬펐다. 중병을 앓은 탓일까 머리카락도 조금 빠진 듯했지만, 그래도 여전히 풍성하였다. 여섯 자 정도나 되는 머리의 아랫단도 아주 아름다웠고, 머릿결도 빈틈없이 고왔다. '걸리더라도…'라고 혼잣말로 읊조리고 있었다.

저녁때 승도가 건너왔다. 남면을 치우고 방을 준비하여, 중들이 왔다 갔다 떠들고 있는 것도, 평소와 다른 분위기가 정말 무서운 느낌을 주었다. 승도는 어머니 여승님의 방에 들어가서 물었다.

"건강은 요새 어떠십니까? 누이 여승은 초뢰 참배에 갔다고요. 여기에 있었던 사람은 아직도 있습니까?"

어머니 여승님이 대답했다.

"그렇습니다. 여기에 남아 있어서, 기분이 좋지 않다고 말하고, 당신에게 계를 받았으면 하고 있습니다."

승도는 거기를 물러나서, 이쪽으로 왔다.

"여기 계십니까?"

승도는 휘장대의 곁에 걸터앉았다. 부주는 부끄럽기는 하였지만, 무릎걸음으로 나와서 응대를 하였다. 승도가 말했다.

"뜻하지 않게 만나뵌 것도, 전세에 그만한 인연이 있는 까닭이라고 생각되어, 기도에도 정성을 들였었습니다. 법사라고 하는 사람은 특별한 일이 없으면 편지를 내거나 받는 것도 꺼려서, 자연히 무소식이 되었습니다. 아주 보기 흉한 모습으로 속세를 버린 사람 옆에서 어떻게 지내고 있습니까?"

"이 세상에 살아 남아 있는 것을 한심하게 느끼고 있었는데, 하나에서 열까지 돌보아 주신 마음쓰임을, 칠칠치 못한 저도 잘 알고 있습니다. 역시 아무래도 보통의 여성으로 생활하려는 생각은 들지 않고, 결국은 이 세상에 살아 남게 되리라는 생각도 안 드니, 제발 저를 여승으로 만들어 주십시오. 세상에 살아 있어도 보통 사람처럼은 살아갈 것 같지 않은 신상7)이어서.”

“아직 정말 전도가 긴 나이인데, 어째서 외곬으로 그렇게 결정하셨습니까? 도리어 죄를 짓는 것입니다. 결심하여 불교에 들어가려고 굳게 생각을 했어도, 세월이 지나서 보면 여자 몸이란 정말 다난한 것입니다.”

“아주 어릴 적부터 언제나 번민만 해야 했던 신세여서, 어버이까지도 여승으로 만들어 버릴까 생각하고 그렇게 말씀도 하셨습니다. 더구나 어느 정도 철이 들었을 때부터는, 세상 사람의 흉내는 내지 말고, 하다못해 후생만이라도 안락하게 지내려는 생각을 깊이 가지고 있었습니다. 죽을 때가 점점 가까워지기 때문인지, 생각이 아주 약하게 되어 버리는 것 같아서, 아무래도 꼭.”

이렇게 부주는 말하고 울며불며 부탁하였다.

“납득이 안됩니다. 이만한 용모이면서 어째서 자신의 몸을 혐오하기 시작한 것일까요? 악령도 그렇게 말하였었는데.”

승도는 이것저것 비교하며 생각하였다.

‘그 나름대로 사정이 있었을 것이다. 이때까지도 살고 싶은 생각이 없었던 분일 것이다. 이미 악령에 홀렸던 것으로도, 이대로는 아주 무섭고 위험한 일이다.’

“사정은 어떻든 간에, 그런 결정은 부처님이 좋은 일이라고 칭찬하시는 것이므로, 법사의 몸으로서 반대하는 것은 아닙니다. 계를 주는 것은 지극히 쉬운 일입니다만, 급한 일로 산에서 내려왔으므로, 오늘밤 안에는 저쪽 궁에 들르지 않으면 안됩니다. 내일부터라도 수법이 시작되는지 모릅니다. 7일간의 수법이 끝나서 퇴출하여 올 때에, 그 일을 맡게 해주십시오.”

승도는, 여승님이 계시면 방해할 것이 틀림 없고, 그렇게 되면 난처하

---

7) 좌근소장과의 알맞은 혼담도 깨지고, 훈과 내궁과도 보통의 결혼생활은 하지 못하게 된 아픈 경험을, 자신의 불운한 숙명으로 확신하게 되었다.

리라고 여겼다.

"전부터 몸이 좋지 않았었는데, 점점 나빠지는 것 같아 정말 괴롭습니다. 이 이상 중하게 되면 계를 받는 효험도 없어질 것입니다. 역시 오늘이 좋은 날이라고 생각됩니다."

몹시 울어서, 승도의 마음에도 역시 불쌍하게 여겨졌다.

"밤도 깊었을 것입니다. 산에서 내려오는 것도 예전에는 아무것도 아닌 듯이 느꼈는데, 나이가 들어 감에 따라 참을 수 없게 되었습니다. 도중에 한번 쉬고 궁중에 참상하려고 들른 것인데, 그렇게 급하게 원하는 일이라면 오늘 중으로 일을 마칩시다."

이렇게 말하는 것을 듣고 아주 기뻤다. 가위를 들고 빗 상자의 뚜껑을 내밀었다.

"자, 자, 대덕들, 이쪽으로."

중들을 불렀다. 맨 처음으로 아씨를 발견한 중 두 사람이 다 같이 와 있었는데, 그들을 불러들였다.

"머리를 잘라 드려라."

'정말 대단한 모양으로 보였던 분이어서, 이 세상 사람으로 살기에는 한심하게 느꼈을 것이다.'

이렇게 이 아사리도 그것을 지당한 일이라고 생각하였지만, 휘장대의 칸막이 틈새로 머리를 모아서 내미는 것이 정말 황송할 정도로 예뻐서, 잠시 가위 든 손을 멈추고 있었다.

이러는 동안 소장의 여승은, 방문한 오빠 아사리를 만나려고 아랫방 쪽에 가 있었다. 좌위문은 자기가 아는 사람을 응대하였다. 이러한 장소에서는 친한 사람들이 가끔 모습을 보이면, 다들 각기 대접을 하느라고 그 쪽에 마음을 빼앗기고 있었다. 하녀 고모기 한 사람만이 곁에 대기하고 있었다.

"아씨가 머리를 잘랐습니다."

소장의 여승에게 이 사실을 알렸다. 당황하여 와보니, 승도가 자신의 겉옷이나 가사 같은 것을 입히고 있었다.

"그저 형식만이라도."

"어버이 계시는 방향에 배례하십시오."[8]

부주는 그것이 어느 방향인지 몰라서 참지 못하고 울었다.

"아이고, 어처구니없는 일을. 어째서 이렇게 어리석은 일을 하는 것입니까? 여승님이 돌아오시면 무어라고 말씀드리겠습니까?"

"일이 여기까지 온 것을 이러니저러니 말하여 장본인의 심기를 어지럽히는 것도 재미없다."

승도가 말려서, 가까이에 가서 방해도 하지 못하였다.

"유전삼계중(流轉三界中 : 체발 때에 외는 게)"

'나는 투신할 때 벌써 은애(恩愛)를 잘라 버렸었다.'

게를 욀 때, 이런 생각이 나서 역시 아주 슬펐다. 아사리는 머리를 끝까지 잘라 내지 못하고 말했다.

"서서히 여승님의 손으로 고쳐 주십시오."

이렇게 말했다. 앞머리는 승도가 잘라 내었다.

"용모를 이렇게 여승 모습으로 고쳤으니, 후회하지 마십시오."

귀한 가르침을 설명하고 있었다.

'그렇게 곧바로 허락받을 것 같지도 않았는데, 누구라도 말리고 타이르던 출가의 일을 해내서 기쁘다.'

이것만은 보람 있는 일이었다고 생각하였다.

사람이 다 나가서 조용하게 되었다.

"허전한 살림도 잠깐 동안의 일입니다. 머지않아 곧 행복하게 되리라고 장래가 기대되었던 몸을 이런 모습으로 바꾸었으니, 이제부터 앞으로의 긴 생애를 대체 어찌하려는 것입니까? 늙어 쇠약한 사람조차 이미 이것으로 끝이라고 체념할 수밖에 없다니, 아주 슬픈 일입니다."

밤 바람 소리에 여기 사람들은 이렇게 타일렀지만, 역시 지금은, 이 일로 가슴이 개이는 것 같았다.

---

8) 체발(剃髮), 착의(着衣) 때에 하는 사은(四恩 : 父母, 國王, 衆生, 三寶)에 절하는 일정한 예식.

'마음이 홀가분해져서 기쁘다. 이것으로 속세에서 살아간다는 것을 생각하지 않아도 되었으니 실로 고마운 일이다.'

21. 부주가 중장에게 답가를 주다.

이튿날 아침이 되었다. 염원을 이루었다고는 하나, 역시 사람들이 허락을 안한 것이니까, 이때까지와 다른 여승의 모습을 보이는 것도 부끄러웠다. 머리의 아래쪽이 갑자기 뿔뿔이 흐트러지고 가지런하지 않게 깎여 있었다. 귀찮은 잔소리를 하지 않고 빗어 정돈하여 주는 사람이 있었으면 좋을 텐데 하고, 무슨 일에나 조심스럽게 여기며 방을 어둡게 하고 있었다. 원래부터 마음속을 남에게 탁 터놓고 얘기하는 성미가 아닌데다, 지금은 더구나 친하게 일의 경위를 해명할 상대도 없었으므로, 궁리하다못해 그저 벼루를 앞에 놓고 파적거리로 노래를 연습 삼아 열심히 쓰고 있었다.

"〈나의 몸도, 또 전에 사랑하였던 사람의 몸도 이 세상에는 없는 것으로 체념하고, 한번 버린 세상을 지금 출가하여 또다시 버린 것이다.〉

지금은 이렇게, 무엇이나 간에 마지막이 되었다."

이렇게 써 놓았지만, 역시 자신으로도 정말 슬프고 애달팠다.

〈전에 이미 마지막이라고 생각한 이 세상을, 또 되풀이하여 버린 것이다.〉

같은 취지의 노래를 이것저것 소일거리로 쓰는 동안에, 중장의 편지가 왔다. 무언가 술렁거려 다들 가만히 있을 때인 만큼, 부주의 출가한 사실을 말하였다. 중장은 매우 낙담하였다.

"이렇게 생각이 깊었던 분이어서, 그때그때의 답장도 처음부터 삼가고 나를 상대하지 않았던 것이구나. 그러나 어이없는 일이었다. 정말 아름다워 보였던 머리카락을 똑똑히 보여 달라고 지난밤에도 설득했는데, '적당한 기회에'라고 대답하시더니."

중장은 정말 한심하여서, 되짚어 적어 보냈다.

"무어라 말할 수 없는 내 마음은,

〈속세에서부터 멀리 떠나 버리고, 피안을 향하여 출가한 당신에게 뒤떨어지지 말자고 서두르고 있습니다. 〉”

부주는 오늘은 신기하게 편지를 손에 쥐고서 읽고 있었다. 차분한 생각에 잠겨 있던 때인 만큼, 이것으로 모두 끝장이 났다고 생각하니 감개무량하였다. 무슨 생각에서였을까, 아주 조그만 종이의 끝에, 장난 삼아 이렇게 쓴 것을 싸서 중장에게 드리기로 하였다.

〈마음만은 싫은 속세를 떠났어도, 앞으로 어떻게 될 것인지, 행방도 모르는 해녀의 뜬 배〔浮舟〕 같은 이 몸입니다. 〉

“하다못해 다시 써서라도 드리십시오.”

사람들은 이렇게 말하였지만, 부주는 거절하여 그대로 보냈다.

“도리어 잘못 쓰게 될지 모릅니다.”

중장은 드문 일이라고 생각하고, 말할 수 없이 슬퍼했다.

22. 누이 여승이 소야에 돌아와 비탄하다.

참배하러 갔던 누이 여승의 일행이 돌아와서, 이 사실을 알고 당황하여 떠들어 대었다.

“이러한 여승의 몸인 나로서는 출가를 권하는 것이 당연한 일이라고 생각하지만, 전도가 양양한 몸을 이제부터 어떻게 하려는 것입니까? 나는 이 세상을 떠날 날이 오늘인가 내일인가도 모르는 몸이어서, 후에 남겨 놓고 가더라도 안심이 되도록 하려고, 여러 가지로 궁리하고 부처님께도 기도 드리고 있었습니다.”

여승님은 이렇게 말하며, 엎드려 뒹굴면서 몹시 울었다. 친어버이가 유해도 없이 어찌할 바를 모르고 있었을 것을 상상하니, 그것이 무엇보다도 정말 슬펐다. 평소대로 대답도 않고 등을 보이고 있는 부주의 모습은, 정말 젊고 가련하였다.

“정말 당신은 믿을 수 없는 분이군요.”

여승님은 울면서 입을 것을 준비하였다. 진한 쥐색 옷을 마름질하는 데에 익숙하였고, 속옷이나 가사 같은 것도 만들었다. 옆 사람들도 이런 색깔의 옷들을 꿰매어 입히고 있었다.

'정말 뜻하지 않게 이 산골을 밝게 비추어 주는 분으로 여기며 자나깨나 즐거운 마음으로 지내고 있었는데, 유감스런 일이다.'

여승님은 아까운 일을 했다고, 승도를 원망도 하고 욕하기도 하였다.

23. 승도가 중궁에게, 부주의 일을 말하다.

여일의궁의 병은, 제자 승이 말한 대로, 승도의 기도의 효험으로 완쾌되었다. 그 때문에 승도를 더욱 귀중한 분이라고 평판이 대단했다. 병후도 안심이 안된다고 수법을 계속하게 하여, 곧 산에 돌아가지도 못하고 사후하고 있었다. 비가 와서 조용한 밤, 명석중궁은 승도를 불러들여, 밤의 숙직을 하도록 하였다. 이즈음 오랫동안의 숙직에 지쳐서 다른 사람들은 다 쉬고 있었으므로, 옆 가까이에는 깨어 있는 사람도 적을 때였다. 중궁은 일품의궁과 같은 침소에 계셨다.

"예전부터 당신에게 의지하고 싶은 생각을 가지고 있었지만, 특별히 이번 일로 한층 더 후생의 일까지 이렇게 도와주십사고 매달리고 싶습니다."

"이 세상의 수명도 짧은 것이라는 부처님의 가르침이 있지만, 그 중에도 이 목숨이 일이 년을 무사히 넘기기 어려울 것 같아, 부처님을 잡념 없이 염원하여 섬기려고 깊은 산에 들어가 있었습니다만, 이러한 말씀이 계셔서 산을 내려온 것입니다."

중궁은 집념이 강한 악령과, 정체를 밝히는 무서운 것들에 관해 말씀하셨다. 그때 승도는 눈으로 본 이것저것들을 말씀드렸다.

"정말 납득이 안되는, 세상에도 드문 일에 마주친 일이 있었습니다. 이 3월에, 나이 든 어머니가 소원이 있어 초뢰에 참배하였습니다. 그 기도의 중간 숙소로 우치원에 묵고 있었는데, 사람이 살고 있지 않은 채 몇 해나 지난 큰 집은 요괴나 여우 같은 좋지 않은 영물이 출입하여 자리 잡고 살기에 안성맞춤이지요. 중병인데 좋지 않은 일이라도 있으면 어쩌나 하고 걱정하였는데, 아니나 다를까 …."

'정말, 이때까지 듣지도 못한 이야기다.'

중궁은 이렇게 생각하여, 무서운 생각이 들어 옆 가까이에 대기하고 있는 사람들이 모두 잠들어 있는 것을 깨웠다. 대장 훈과 친하게 지내고 있는 소 재상의군이 마침 이 이야기를 듣고 있었다. 일어난 하녀들은, 별로 무엇이라고 마음을 쓰지 않았다. 승도는 무서워하고 있는 중궁의 얼굴을 보고, 생각이 모자란 것을 말씀드렸다고 생각하여, 그 동안의 자세한 것은 말하지 않고 있었다. 승도는 다만 이렇게 말하였다.

"그 여인의 일인데, 이번에 산을 내려오는 계제에 소야에 있는 여승들을 찾아보려고 들렀더니, 울면서 출가의 소원을 굳게 가지고 있다는 것을 열심히 호소하여 와서, 머리를 내려 주었습니다. 저의 누이로, 돌아간 위문독의 처로 있던 여승이, 죽은 딸 대신으로 기쁘게 생각하여, 그에 알맞게 소중하게 여겨 왔었는데, 이렇게 출가시킨 것을 원망하고 있는 것입니다. 용모는 아주 잘 생기고 기품 높게 예뻐서, 근행으로 초라하게 되는 것을 애처롭게 생각했습니다. 어떤 사람이었을까요?"

이야기를 잘하는 승도의 일이라 이런저런 이야기를 계속하여 갔다.

"어떻게 그런 장소에 그런 빼어난 사람을 채올 수가 있을까요? 그래도 이제는 어떤 사람인지 자연히 알려지겠지요."

소재상의군이 자꾸 캐물었다.

"글쎄 그것을 모른다는 것입니다. 혹은 이미 그런 것을 털어놓고 이야기하였는지도 모릅니다. 정말 유래가 귀한 집의 자손이라면, 어떻든 세상에 알려지게 되겠지요. 시골 사람의 딸 중에도 저런 정도의 용모는 있을 겁니다. 법화경에 있는 용의 딸이 부처님이 된 예가 있듯이 보통 사람치고는 정말 전세의 죄업이 가벼운 사람인 것 같습니다."

중궁은, 그 무렵에 그 근처에서 사라져 버렸다고 하는 사람의 일을 생각하고 있었다. 그 옆에서 시중들고 있는 사람도 그 누이로부터 전하여 듣고, 불가사의하게 죽은 사람의 일을 알고 있어서, 그 사람이 아닐까 하고 생각하였지만, 그렇다고 확정할 일도 아니었다.

"그 사람은, 이 세상에 살고 있다는 것을 사람에게 알리지 않으려 하더군요. 좋지 않은 원수라도 있는 양 넌지시 말하며 숨어 살고 있지만, 아무래도 사정이 너무나도 이상하게 생각되어 말씀드렸습니다.”

승도는 이렇게, 어쩐지 알리고 싶지 않은 듯한 얼굴이었으므로, 소 재상은 누구에게도 말하지 않았다.

‘혹시 그 사람일지도 모른다. 대장에게 들려주고 싶다.’

중궁은 이렇게 생각했다. 중궁은 소 재상과 훈의 관계를 알고 있어서 소재상에게 말하였지만, 아직은 숨겨 두자고 마음먹고 있었다. 확실하지 않은 채로 마음이 쓰이는 훈에게 털어놓고 말하는 것은, 내궁과의 관계가 있어 꺼려진다고 생각하여 그대로 두었다.

24. 승도가 돌아가는 도중에 부주를 격려하다.

여일의궁이 아주 좋아져서 승도도 산으로 돌아갔다. 도중에 소야에 들르니, 여승의 불만이 대단하였다.

“이러한 모습이 되면 오히려 죄장을 짓는 것이 될지 모르는데, 저에게 상의도 않고서 그렇게 하신 것이 원망스럽습니다. 정말 괘씸합니다.”

그러나 이제 와서는 어떻게 할 수도 없었다.

“이렇게 된 바에는, 오로지 근행을 하십시오. 노소부정인 세상입니다. 덧없다고 단념한 것도 그것이 운명일 것입니다.”

부주는 정말 부끄러웠다.

“법복을 새로 짓도록 하십시오.”

능직물과 나(羅)와 비단 등을 드렸다.

“제가 살아 있는 동안은 돌보아 드리겠습니다. 아무 걱정 마십시오. 현세에 태어나 커 가고, 세상의 영화에 집착하는 한은 누구나 그것에 속박되어 세상을 버리기 어려운 것 같습니다. 그러나 이런 숲 속에서 근행에 열심인 몸에, 무엇 하나 불만이나 부끄럽다고 생각되는 것이 있을까요? 이 세상의 목숨은 초목의 엷은 잎사귀처럼 덧없는 것입니다.”

승도는 부주를 잘 타일렀다.

“송문에 새벽이 와서 달이 배회한다.”9)

승도는 법사이면서도 아주 품위 있게, 상대방의 기가 죽을 정도로 여러 가지를 말하였다.

'소망한 대로 가르쳐 주신다.'

부주는 이렇게 생각하며 듣고 있었다.

25. 중장이 내방하여 부주의 모습을 보다.

오늘은 하루 종일 부는 바람소리도 정말 허전하였다.

"어이구, 산야에 기거하며 수도하는 중들은, 이런 날에는 소리 내어 울고 싶어질 것입니다."

들르는 사람도 이렇게 말하는 것을 듣고 부주는 생각하였다.

'나도 지금은 산에 기거하며 수도하는 사람이 아닌가? 눈물이 그치지 않았던 것도 마땅한 일이었다.'

이러면서, 끝에 다가가서 바깥을 보았다. 추녀 끝 아득히 멀리에서 평상복 차림의 가지가지 색깔들이 언뜻 보였다. 산에 오르는 사람이라도 이쪽 길로는 내왕하는 사람도 별로 없었다. 흑곡(黑谷 : 지명) 인가 하는 방향에서 오는 법사의 모습만이 이따금 보였을 뿐이었다. 속계의 사람 모습을 발견한 것이, 왠지 신기했다. 그는 바로, 원망하고 슬퍼하였던 중장이었다. 새삼스럽게 어떻게 될 일도 아닌데, 원망의 말을 하려고 찾아온 것이었다. 단풍이 아주 아름다워서, 다른 산의 빨간 색보다도 한층 더 진하게 물들어 있었다. 중장은 여기에 들어오자마자 차분하게 감개에 젖었다.

'이러한 곳에서 아무것도 거북해하지 않는 여자를 발견한다면, 반드시 야릇한 기분이 될 것이다.'

이렇게 중장은 생각하며, 말하였다.

"요새 한가하고 심심한 마음으로, 단풍이 얼마나 아름다울까 생각하여 찾아왔습니다. 지금도 역시 예전으로 돌아가서 나그네 잠을 자 보고 싶은 나무그늘입니다."

---

9) "松門到曉月徘徊, 栢城盡日風蕭瑟,"《백씨문집》(白氏文集) 에서.

중장은 밖을 내다보고 있었고, 여승님은 버릇대로 눈물을 흘리며 노래했다.

〈찬바람이 불어 대던 산모퉁이에는, 몸을 숨길 수 있는 나무그늘도 없습니다. 저 이도 여승이 되어, 당신이 묵을 곳도 없어져 버렸습니다. 〉

〈나를 기다리고 있는 사람이 있을 리도 없는 산골의 나무 끝을 보면서도, 역시 이대로 그냥 지나가지 못합니다. 〉

새삼스럽게 무엇을 말하여도 보람이 없는 분의 일을 끝도 없이 애기하고, 중장은 소장의 여승에게 말하였다.

"바뀌어진 그 모습을, 아주 조금이라도 엿보게 하여 주십시오."

"하다못해 그것만이라도, 먼저 약속의 표시로 하여 주십시오."

라고 재촉하였다.

방에 와보니, 일부러라도 사람에게 보이고 싶을 만큼 예쁜 모습으로 있었다. 엷은 쥐색 능직 웃옷 밑에 원추리 색의 안정된 옷을 입고 있었다. 아주 몸집이 작고, 얼굴은 곱고·화려한 모습이었다. 머리는 오중(五重)의 부채를 편 것처럼 하고, 옷단은 번거로울 정도로 풍성해 보였다. 살결이 곱고 귀여운 용모가, 화장을 정성 들여 한 것처럼 아련한 붉은 기운를 띠고 있었다. 염주를 옆 가까이의 휘장대에 걸어 놓고 열심히 경을 읽고 있는 모습은, 그림으로 그리고 싶을 정도였다. 그 모양을 볼 때마다, 누구라도 눈물을 막을 수가 없었다. 더욱이 마음을 두고 있는 남자라면 어떤 생각으로 볼까 하고 생각하여, 소장은 마침 좋은 기회에, 맹장지의 걸림쇠 옆에 나 있는 구멍을 중장에게 가르쳐 주었다. 소장은 방해가 될 만한 휘장도 치워 놓고 있었다.

'정말 이 정도로 아름다운 사람이라고는 생각도 안 했다. 빼어나고 나무랄 데가 없는 분이었는데.'

마치 자기가 잘못을 저지른 것처럼, 아깝고도 유감스럽기도 하여 슬픈 생각을 도저히 참을 수 없어 미친 것처럼 되었다. 그런 기색이 저쪽에 알려질까 걱정스러워 그 자리를 물러났다.

'이 정도로 예쁜 사람을 잃고서도 찾지 않을 사람이 있을까? 누구의 딸이 행방불명이 되어 모습을 숨기고 있다든지, 혹은 남자를 원망하여 세상을 버린 여인이 있다든지, 이런 소문은 자연히 들리는 법인데.'

거듭 이상하게 여겼다.

'설사 여승이라도, 이렇게 아름다운 사람이라면 싫은 생각도 안 날 것이다. 도리어 볼품이 좋은 데다 애처롭기까지 하다. 사람들 눈에 띄지 않게 하여 내 것으로 하여 버리자.'

중장은 아주 진지하게 얘기를 꺼냈다.

"속인으로 계셨을 때에는 마음이 쓰였겠지만, 이러한 모습으로 된 이상 마음 가볍게 얘기할 수 있으리라고 생각합니다. 그렇게 타일러 주십시오. 돌아간 처를 어지간히 잊기 어려워서 이렇게 오게 되는 것이지만, 그 위에 새로운 그리움을 하나 더 보태서."

여승님이 울며 말하였다.

"정말 앞으로의 일들이 걱정되어, 마음을 쓰는 모양입니다. 당신이 진심을 보이고 언제까지나 저 분을 잊지 않고 찾아 주신다면, 아주 기쁘게 생각할 것입니다. 제가 죽은 후에는 불쌍한 처지가 될까 걱정입니다."

'이 여승님도 생판 남은 아닌 것 같다. 대체 어떤 사람일까?'

중장은 납득이 안되었다.

"먼 앞일까지 걱정하는 것은 정해진 목숨도 예측하기 힘들어서 기대하기 어려운 것이지만, 이러한 내 생각은 결코 바뀌지는 않을 것입니다. 저 분을 찾으려고 하는 사람이 진실로 없단 말입니까? 사정을 분명히 알 수 없어서, 그런 일이 걱정되는 것은 아니지만, 역시 출가는 온당하지 못하게 여겨집니다."

"사람들 눈에 띌 것을 바라고 살고 있는 것이라면, 찾아내려는 사람도 있을 것입니다. 지금은 이러한 오로지 이 길만을 가겠다고 결정한 모양입니다. 장본인의 의향도 그렇게밖에는 보이지 않습니다."

중장은 부주 쪽에도 인사하였다.

〈속세를 모두 버리고 출가한 당신이지만, 세상을 싫어하는 것을 핑계 대어 사실은 저를 싫어했다고 생각하면 원망스럽습니다.〉

정중하게 정성껏 말하였다.

"형제라고 생각하십시오. 덧없는 이 세상의 얘기를 나누며 마음을 달래기로 합시다."

중장은 언제까지나 말을 계속하였다. 부주가 답했다.

"아무리 깊이가 있는 얘기를 들어도, 저는 분별하여 듣지도 못하는 것이 정말 한심스럽습니다."

중장의 불평에 대해서는 아무 대답도 하지 않았다.

'생각도 안 했던 한심한 일을 경험한 몸이어서, 정말 모든 것이 싫어진다. 아주 썩은 나무처럼 되어 버려, 그저 누가 내다 버린 것처럼 일생을 마치고 싶다.'

이런 생각대로 부주는 행동하고 있었다. 이러한 형편으로 몇 달이나 쭉 우울하게 생각에 잠겨 있었으나, 이 염원을 이룬 이상 조금은 마음이 개어서, 여승님과 사소한 농담도 하고 바둑도 두며 지내고 있었다. 부처님에게 근행도 아주 열심히 하고, 법화경은 말할 것도 없으며, 그밖의 경문 등도 많이 외었다. 그러나 눈이 많이 쌓여 사람의 왕래도 보이지 않을 때가 되면, 정말 마음을 맑게 할 길도 없었다.

26. 신년에 부주가 지난날을 추억하다.

해도 바뀌었다. 훈은 28세, 부주는 23세가 되었다. 근처에는 봄의 조짐도 보이지 않고, 계곡의 물도 얼어붙어 소리도 들려오지 않았다. '당신에게 현혹되어'라고 말하였던 내궁의 일은 아주 혐오스런 기억으로 남아 있었지만, 그래도 그때의 일들을 역시 잊지 않고 있었다.

〈하늘도 어둡게 들과 산에 내리는 눈발을 바라보니, 지나간 일들이 오늘도 슬프게 생각난다. 〉

부주는 버릇대로 근행의 사이사이에 위로 삼아 글씨를 쓰고 있었다.

'세상으로부터 모습을 감추고 해가 지났지만, 나를 생각할 사람도 꼭 있을 것이다.'

이렇게 생각할 때도 많았다. 어떤 사람이 봄나물을 허술한 바구니에 넣어서 가지고 온 것을 여승님이 보고, 이렇게 썼다.

〈산골의 눈 사이의 봄나물을 칭찬하는 것을 들으니, 역시 당신의 장래 일을 마음으로 의지하고 있습니다. 〉

그리고는 이쪽에 가져왔다. 부주는 답하였다.

〈눈이 많이 오는 들판의 봄나물을, 이제부터는 당신을 위하여 뜯는 것으로 하겠습니다. 나도, 당신을 위하여 해를 거듭하며 오래 살고 있는 것으로 하겠습니다. 〉

'그렇게도 생각할 것이다.'

여승님은 차분하고 애처롭게 생각하였다.

'돌보아 준 보람이 있는 모습이 되어 준다.'

마음속으로 울고 있었다.

깊숙한 거실의 추녀 가까이에 피어 있는 홍매가, 색도 향기도 예전과 다름없이 향기로운 것에 유난히 마음이 끌렸다. '봄이여, 예전의'라고 읊게 되는 것은, 언제까지고 싫증이 안 났던 그분의 향기를 잊기가 어렵기 때문인가? 부주는 야반에서 새벽까지 후야(後夜)의 근행에 알가(閼伽)를 올렸다. 하급 여승 중 조금 나이 어린 사람을 불러내어 그 꽃을 꺾게 하니, 원망의 말을 하는 것처럼 꽃잎이 떨어지고, 한층 더 향기를 냈다.

〈소매를 스치고 향기를 옮긴 분의 모습은 안 보이지만, 꽃의 향기가 혹시 그분인가 하고 생각이 들 정도로 향기를 내는 봄의 해 뜰 무렵입니다. 〉

27. 기이수가 소야에 와서 훈의 동정을 말하다.

어머니 여승님의 손자인 기이수(紀伊守)가 요새 경으로 올라왔다. 나이는 30쯤 되고 용모는 준수하고 긍지가 있어 보였다.

"무어 별다른 것이 있었습니까? 작년, 재작년에."

기이수가 물었지만, 어머니 여승은 정신이 멍청하여 이쪽으로 왔다.

"유난히 늙어 버렸군요. 불쌍합니다. 생애가 얼마 남지 않은 모양인데, 돌보아 드리지도 못하고, 먼 곳에서 세월을 보내고 있군요. 어버이들이 돌아가신 후로는 이 한 분을 어버이 대신으로 알고 있었습니다. 상륙수(常陸守) 본처는, 이쪽에 자주 편지를 보내옵니까?"

기이수는 누이에게 물었다.

"세월이 지나가면, 허전하여 불쌍한 일만이 많아집니다. 상륙수의 본처로부터는 정말 오랫동안 편지가 없었습니다. 임기가 끝나고, 귀경할 날까지 도저히 기다리지 못할 것 같습니다."

부주는 상륙수라는 말을 듣고, 자기의 어버이의 이름이라고 생각하니, 귀기울여 듣게 되었다. 기이수는 말하였다.

"상경 이래 며칠이 지났지만, 공사가 아주 많고 성가신 일뿐이어서, 거기에 얽매여 있었습니다. 어제도 오려고 했는데, 우대장 훈 나리가 우치에 건너가실 때, 그 수행원 노릇을 하느라고 돌아간 팔의궁이 사셨던 집에서 해가 질 무렵까지 있었습니다. 나리는 돌아간 궁의 따님인 대군과 만나고 있었는데, 그분이 연전에 돌아가셨습니다. 그 뒤 대군의 누이인 부주 아씨와 내밀히 같이 살아왔었는데, 작년 봄에 또 돌아가셨습니다. 그 일주기 법회를 한다고, 그 절의 율사인 고 팔의궁의 스승에게 적당한 일을 부탁하셨습니다. 저도 그것 때문에 여자의 옷 한 벌을 조달할 생각인데, 여기서 지을 수 있겠습니까? 옷감은 급히 장만하겠습니다."

이런 말을 들으니, 어찌 감개가 무량하지 않겠는가? 누가 보면 의심스러워할까 봐 안쪽을 보고 앉아 있었다. 여승님이 물었다.

"저 성자연한 친왕의 따님이 두 사람이라고 들었는데, 내궁의 본처 중의군은 어느쪽 분입니까?"

"그 대장 나리와 같이 있던 분은 신분이 낮은 분의 소생일 것입니다. 세상에 알려지게 다루지는 못할 분이지만, 지금에 와서는 몹시 슬퍼하고 계십니다. 처음 분 대군은 참으로 대단한 분이었습니다. 거의 출가하는가 하고 여겨질 정도로 보였습니다."

대장의 옆에서 친히 시중들고 있는 가신인 것 같아 역시 두렵게 생각되었다.

"이상하게도, 똑같이 하필이면 같은 장소에서 돌아가셨으니까요. 어제도 나리는 정말 애처로웠습니다. 강에 가까운 곳에서 강물을 내려다보며 몹시 우셨습니다. 위로 올라와서 기둥에 이런 노래를 써 놓았습니다.

〈예전에 친하게 지낸 사람은 자취도 남아 있지 않은 이 강물 위에, 떨어지는 내 눈물은 한층 더 막아 낼 수도 없다. 〉

말은 적었지만, 그 얼굴은 정말 애처롭게 보였습니다. 여자였다면 누구라도 대단히 훌륭한 분이라고 생각할 것이 틀림없는 분이었습니다. 저도 젊었을 때부터 빼어나게 훌륭한 분으로 뵙고 있어, 당대에 제일인 섭정(攝政)이나 관백(關白)을 아무것도 아니라고 여기고, 다만 이 나리에게 매달려 지내고 있습니다."

특별히 깊은 생각도 없는 것 같은 이 사람조차, 대장의 인품을 잘 알고 있다고 부주는 생각하였다. 여승님이 말했다.

"빛나는 군이라고 말씀 올렸던 돌아간 겐지의 모습에는 도저히 미치지 못하겠지만, 지금 세상에는 이 집만이 찬양받는다고 하더군요. 우대신나리 석무와 …."

"훈 나리는 용모도 정말 훌륭하고 기품도 높고 묵직한 관록이 있어, 다른 사람들과는 각별한 신세였습니다. 그리고 또 병부경궁이 정말 대단한 분이십니다. 여자의 몸으로 태어나서 언제나 옆에서 시중들고 싶다는 생각마저 드는 분입니다."

그는 마치 다른 사람한테 철저히 가르침을 받은 것처럼 말을 계속하였다. 부주는 슬프고도 흥미 있게 듣고 있었다. 자기의 신상에 관한 얘기도 이 세상에 있었던 일이라고는 생각이 되지 않았다. 기이수는 막힘 없이 이야기하고 돌아갔다.

28. 부주가 어머니를 생각하여 눈물짓다.

'나리는 나를 잊지 않고 계시다.'

애달프게 생각하여, 한층 더 어머니의 마음속을 헤아렸지만, 선불리 새삼스럽게 보람없는 모습을 보여주거나 듣게 하는 것은 역시 꺼려지는 것이었다. 저 사람이 부탁하고 간 옷을 바느질하고 물감을 들이는 것을 보고는, 좀처럼 없는 기묘한 일이라고 생각은 하면서도, 그런 것을 함부로 말할 수도 없었다.

"여기를 거들어 주십시오. 당신은 정말 접음질을 잘하니까."

사람들은 부주에게 홑옷의 속옷을 드렸다. 싫다는 생각이 들어, 기분이 나쁘다고 하고는 손도 안 대고 누워 있었다.

"어떤 기분인데요?"

여승님은 급한 일을 제쳐놓고, 걱정하고 있었다. 분홍 홑옷에 벚꽃의 겹옷을 받쳐서, 이렇게 말하는 사람도 있었다.

"이분에게는 이런 것을 입혀 드리고 싶습니다. 그런데 한심한 먹물 들인 옷을 입게 되었습니다."

〈여승의 모습으로 변해 버린 이 몸에, 새삼스럽게 속세에 있을 무렵의 자취로 이 화려한 소매를 걸치고 옛일을 생각하는 일이 있을까?〉

부주는 이렇게 썼다.

불쌍하게도 이 세상에서는 무엇이건 언젠가는 알려지는 법이므로, 내가 죽은 후에 이것저것 문의하여 확인하고, 꺼림칙하게 오직 숨기기만 하였다고 생각할지 모른다.'

이것저것 생각다 못해 부주는 대범하게 말했다.

"과거의 일을 모두 잊어버렸지만, 이런 바느질은 왠지 어둡고 슬픈 생각이 듭니다."

이에 여승님이 말했다.

"그렇더라도, 생각나는 것이 많을 것입니다. 어디까지나 일부러 숨기는 것은 한심한 것입니다. 우리들은 이런 세상 사람이 입는 색깔들은 오랫동안 잊어버려서 잘 지을 수가 없지만, 그래도 죽은 딸이 살아 있었으면 하는 생각이 듭니다. 이렇듯 당신을 돌보아 주시던 어머님이 이 세상에 살아 있는 것이 아닙니까? 나처럼 눈앞에서 똑똑히 죽어 버린 것을 확인한 사람도, 역시 지금은 어디에 있을까, 그것만이라도 알고 싶은데, 당신의 행방을 몰라서 걱정하고 있는 사람들도 있겠지요."

"속세에 있을 때는 한 사람이 있었습니다. 이 몇 달 동안에 돌아가셨는지도 모르겠습니다."

눈물이 떨어지는 것을 감추는 것처럼 하고서 얼버무렸다.

"섣불리 생각해 내는 것도 도리어 싫은 생각이 들어, 새삼 말씀드릴 것도 없습니다. 어째서 숨기려고 하겠습니까?"

29. 훈이 중궁에게 슬픔을 얘기하다.

대장 훈은, 부주의 일주기 법회를 열었다.

"덧없는 인연으로 끝나 버렸구나."

그리고 이렇게 차분하게 슬픔을 달랬다. 부주의 계부 상륙수의 아이들은, 관례가 지난 사람은 장인[6위]으로 하여 주고, 자기 관서 장감으로 임명하는 등 돌보아 주고 있었다. 형제 중에서도 깔끔한 동자는 옆에서 쭉 심부름을 시키려고 생각하고 있었다.

비오는 조용한 밤에 훈은 중궁에 참상하였다. 중궁도 한가하여 여러 이야기를 하는 계제에, 훈이 말하였다.

"시골 산골에 이 몇 해 다니며 돌보는 사람이 있었는데, 남들이 이러쿵저러쿵 비난하였지만, 그것도 전세의 인연이 있었기 때문일 겁니다. 마음을 끄는 일은 바로 이러한 것이라고 생각하고, 때때로 만나고 있었습니다. 우치는 근심과 통합니다. 그 지방의 풍속 때문인지 한심한 생각이 든 후부터는 길도 멀다고 생각하여 오랫동안 가지도 않았습니다. 일전에 우연한 기회에 방문하니, 덧없는 이 세상의 모양을 또 통감하게 되었습니다. 그 중 특별히 불심을 일으키게 하려고 만들어 놓은 것이 성자 팔의궁의 집이었다는 생각이 들었습니다."

중궁은 저 일을 생각해 내고, 정말 애처로운 일이라고 생각하였다.

"거기는 무서운 요괴라도 살고 있는 것입니까? 어떻게 그분은 돌아가셨습니까?"

이렇게 물어보는 말에, 역시 계속해서 두 사람이 죽었다는 것을 중궁은 그렇게 추측으로 하는 말이라고만 생각하였다.

"그러한 것도 있었을 것입니다. 사람이 별로 안 가는 그런 곳에는 나쁜 요괴가 반드시 자리 잡고 살고 있는 법이니까. 돌아간 이유도 실로 불가사의합니다."

자세한 것은 말씀드리지 않았다. 중궁은, 훈이 지금에 와서도 역시 이렇게 숨기려고 하는 것을 이쪽에서 모두 들어서 알고 있었는가 하고 괴로워하는 것 같아 애처롭게 생각하였다. 내궁이 한결같이 우울하게 있었던 그때에도 무슨 병이라도 걸린 것처럼 되었다는 것을 결부시켜 생각하니 정말 불쌍하게 여겼다. 어느쪽이라도 말을 꺼내기 어려운 신상의 사람이라고 생각하여 삼가고 있었다.

중궁은 소재상에게 몰래 말했다.

"대장이 실종한 여인의 일을 정말 감개무량하게 생각하고 있으니, 불쌍하게 생각되어 모두 얘기하여 버릴까도 생각하였지만, 그 사람이 아닌지도 몰라서 그만두었다. 너야말로 처음부터 이것저것 들어서 알고 있겠지. 체면이 서지 않는 것은 숨겨 두고, 그런 일이 있었다고 세상 돌아가는 얘기 끝에, 승도가 했던 말을 들려주어라."

"어전에서도 말씀 못 드린 것을, 어떻게 다른 사람이 말할 수 있을까요?"

"각각 여러 가지 경우에 따르는 법이다. 나에게는 따로 곤란한 사정이 있어서다."

소재상은 그 마음의 속뜻을 알 수 있어서, 흥미 있게 생각하고 있었다.

30. 훈이 소재상의 얘기를 듣고 놀라다.

훈이 이쪽에 들러서 얘기하는 끝에, 소 재상은 이 일을 얘기하였다. 훈은 있을 수 없는 불가사의한 일이라고 몹시 놀랐다.

'중궁이 물어본 것도, 이러한 일을 어렴풋이 알고 난 후의 일일 것이다. 어째서 죄다 이야기하여 주지 않았던가?'

원망스럽게 생각하였다.

"내편에서도 처음부터의 경위를 있는 그대로 말씀드리지도 않았다. 소

재상의 얘기를 듣고 난 다음에 숨김없이 얘기하는 것도 정말 어리석은 일이겠지만, 그 동안 누구에게도 전혀 입 밖에 내지도 않았는데, 도리어 다른 곳에는 무어라고 소문이 퍼져 있을 것이다. 목전에 살고 있는 사람들 사이에서도 숨기고 있는 일을 다들 알고 있는 세상이니까.”

훈은 어쩔 줄 모르고 있었지만, 이 사람에게 사실을 말하기 어려워, 이렇게만 물었다.

“역시, 그 얘기 중의 사람은 내가 불가해하게 생각하고 있던 사람과 꼭 닮은 신상의 여인이로군요. 그럼 그 사람은 지금도 살아 있을까?”

“저 승도가 산에서 내려온 그날에, 여승으로 만들어 버렸답니다. 몹시 앓고 있는 때에도, 옆의 사람이 아까워하여 그렇게 안되도록 애썼는데, 장본인이 워낙 간절히 바라던 일이어서 그렇게 되었다는 것입니다.”

장소도 같은 우치이고, 그 당시의 사정을 결부시켜 생각해 보니, 어긋나는 점이 없었다.

‘찾아내어 진실로 그 사람이라면, 정말 한심한 심정일 것이다. 어떻게 하면 확실한 내막을 들을 수가 있을까? 직접 내가 나서서 찾아 돌아다닌다는 것도, 남들 보기에 어리석은 짓이 될 것이다. 또 저 내궁도, 혹시 이 일을 들어서 알면 반드시 그립게 생각하여, 저 여인이 모처럼 바라던 불도 수행을 방해할 것이다. 궁이 그럴 작정으로 ‘그 일을 말하지 마십시오’라고 중궁에게 말씀드렸기 때문에 그런 생각지 않은 일을 듣고서도 나에게는 말씀을 안 하셨을 것이다. 궁까지도 이 일에 관계하고 있는 것이라면, 아무리 애달프게 그립기는 해도, 죽어 버린 사람이라고 생각하여 체념해 버리자. 이 세상 사람으로 되돌아온 것이면, 먼 장래에 저 세상의 일쯤으로 이야기할 기회도 있을 것이다. 내 것으로 되돌려 놓고 만나자는 생각은 두 번 다시 갖지 말자.’

훈은 이것저것 생각에 잠겼다.

‘역시 아무것도 말을 안 하여 주실 것이다.’

이렇게 생각하였지만, 중궁의 의향을 듣고 싶어서 그럴싸한 기회를 만들어 말씀드렸다.

"한심하게 죽어 버렸다고 생각하였던 사람이, 이 세상에 초라하게 살고 있다는 말을 들었습니다. 어떻게 그럴 수가 있는가고 생각하였지만, 자기 스스로 사람을 들끓게 하여 놓고 세상을 떠나지는 못할 것이라고, 저는 평소에 보고 있었습니다. 그런 성품인 까닭에 사람의 얘기[10]가 그 사람에게는 어울리는 이야기라고 생각되어서 …."

훈은 이때까지보다도 조금 솔직하게 말씀드렸다. 내궁의 일에 대해서는 아주 거북한 것처럼 말하면서, 그래도 원망하는 말은 하지 않았다.

"그 사람의 일이 혹시 궁의 귀에 들어간다면, 저를 반드시 호색적인 남자라고 생각할 것입니다. 그러한 사실을 전혀 모르고 있었던 것처럼 지내려고 합니다."

"승도가 이야기하여 준 것인데, 아주 정말 무서운 이야기여서, 귀에도 잘 들리지 않았습니다. 궁이 들은 일은 없습니다. 들은 바에 의하면, 궁이 무어라고 말할 수 없는 괘씸한 일을 저질렀다지요. 더더욱 들어서 알았다면, 내 마음이 더 괴로웠을 것입니다. 언제나 이런 일에는 아주 경솔하여 곤란한 사람이라고 세상에서 생각하고 있는 모양이어서, 한심합니다."

'중궁은 아주 신중한 분이어서, 탁 터놓고 세상 돌아가는 이야기라도, 사람이 내밀히 말한 것을 입 밖에 내놓는 일은 절대로 없었을 것이다.'

이렇게 생각하였다.

31. 훈이 승도를 찾아가다.

"그녀가 살고 있다는 산골은 어디에 있는 것일까? 어떻게 하면 세상 사람들 눈에도 흉 보이지 않고, 싫지 않게 찾아갈 수가 있을까? 승도를 만나서 확실한 사정을 물어 확인하고서 …."

훈은 그저 이 일만을 자나깨나 생각하고 있었다.

---

10) 마음이 약한 성품으로는 투신은 생각하기 어려우나, 요괴에 유괴되었다고 하면 수긍이 간다. 중궁이 마음 가볍게 여자의 일을 말하여 주시도록, 고의로 담담하게 지금은 미련도 남아 있지 않는 것처럼 말한다.

매월 8일[11]에는 귀중한 공양을 하는 날이어서, 약사여래를 위하여 기부하는 행사에 나오는 기회에 중당(中堂)에 때때로 참배하였다. 훈은 거기서 그대로 횡천에 건너갈 셈으로, 부주의 동생인 동자를 데리고 왔다.

"그 집 사람에게 급히 알릴 필요는 없을 것이다. 그때 되어가는 형편대로 나중에 결정하자."

그것도 갑자기 재회하였을 때, 꿈을 꾸듯 한층 더 감개무량하게 만들려는 속셈이었을까?

'어쩌면 만나보고 그 사람이 분명하더라도, 보기 흉한 여승들 속에서 살고 있어, 싫은 얘기를 듣게 되면 견딜 수가 없는 생각이 들 것이다.'

오는 도중 이것저것 어찌할 바를 모르고 있었다.

---

11) 매월 8일은 육재일(六齋日)의 초일(初日)로, 약사여래(藥師如來)의 연일(緣日)이기도 하다. 육재일(六齋日)이란 8, 15, 23, 29, 30일로, 재가(在家)의 사람이 몸을 깨끗이 하고 계(戒)를 지키는 날로 되어 있다.

54. 꿈속의 다리 (夢浮橋*)

대강 줄거리

　훈 나이 28세.

　훈은 횡천의 승도를 방문하고, 사건의 줄거리를 들었다. 조용한 체하고는 있었으나, 부주에 대한 사랑은 보통이 아니었다. 그 모습에 승도는 부주를 출가시킨 것을 후회조차 하였다. 훈은 승도에게 소야의 마을로 내려가 줄 것을 청했으나, 승도는 훗날을 약속하고 부주에게 보내는 편지만을 부주의 아우인 소군에게 부탁하였다.

　소야에서는, 초여름 밤에 훈의 일행이 줄지어 횃불을 들고 하산하는 것을 보고 있었다. 훈은 사람의 눈을 피하여 들르는 것을 그만두고, 다음날 다시 부주의 아우인 소군을 보냈다. 승도의 편지에는 훈의 사랑의 집념의 죄를 소멸하게 해 달라고 적혀 있었다. 누이 여승은 열심히 소군과 부주의 사이를 수습하느라 애썼으나, 부주는 소군을 대면하려고도 하지 않았다. 마침내는 훈에게서 온 편지도, 사람을 잘못 알고 있는 것 같다는 핑계로 받지 않았다. 헛되이 귀경한 소군으로부터 얘기를 들은 훈의 가슴속에는 엉뚱한 의심마저 싹텄다.

---

* 원 제목은 몽부교(夢浮橋). 본문중에 '夢浮橋'라는 말은 없으나, 꿈이라는 말은 몇 군데 나온다. 악몽 같은 부주의 반생을 상징한다. '浮'는 '憂'를, '橋'는 '宇治'를 암시한다. 유메노우키하시(ゆめのうきはし)라 읽는다.

1. 훈이 승도를 방문하고 소문을 확인하다.

대장 훈은 산으로 와서, 평소처럼 경전이나 불상의 공양을 하고 있었다. 그 다음 날은 횡천에 왔으므로, 승도는 깜짝 놀라 황송해하고 있었다. 몇 해 전서부터 기도 같은 것을 맡겨서 얼굴은 알고 있었지만, 특별히 친한 사이는 아니었다. 이번 여일의궁이 병에 걸렸을 때에 승도가 훌륭한 수험력을 보인 후로는, 매우 존경하여 지금까지보다 좀더 깊은 연을 맺고 싶었다. 중요한 지위에 있는 나리가 이렇게 일부러 나오신 것이므로, 그들은 크게 소동을 일으키며 대접하였다. 이것저것 세상 돌아가는 얘기를 하고, 물에 만 밥을 드렸다. 조금 사람들이 조용해졌을 때 훈이 물었다.

"소야(小野) 근처에 당신의 집이 있습니까?"

"말씀대로입니다. 아주 보잘것없는 주거입니다. 소승의 어미인 늙은 여승이 계십니다. 경에서는 의지할 곳이 없는데다 이렇게 소승이 산에 들어앉아 있어서, 밤중이나 아침 일찍이라도, 언제라도 쉽게 문안을 드릴 수 있게 마련한 곳입니다."

"그 근처에는 얼마 전까지 인가가 많았었는데, 지금은 아주 사람이 적고 쓸쓸해지는 것 같습니다."

조금 더 승도 쪽으로 가까이 가서, 소리를 죽여 말했다.

"정말 두서없다는 생각도 들지만, 물어보고 싶은 것이 있습니다. 대체 어떤 복잡한 사정이 있었는가 하고 확실히 이상하게 생각하실 것 같아, 이것저것 꺼리고 있었습니다. 그 산골에, 내가 돌보아 주어야 할 여자가 몸을 숨기고 있다는 소문을 들은 일이 있습니다. 그것이 사실이라면, 어떤 사정인지 얘길 들으려고 생각하고 있던 차에, 그 사람이 당신의 제자가 되어 계를 받았다 하니, 그것이 정말입니까? 아직 나이도 어리고, 어버이도 살아 있는 사람인데, 내가 죽게 하였다고 트집을 잡는 사람들도 있어서요."

2. 승도가 사정을 훈에게 말하다.

'역시 그러한 일이 있었는가? 보통이 아닌 듯싶었던 그분의 모습이었다. 우대장 나리가 이렇게까지 말씀하시는 것을 보니, 어지간한 분은 아닐 것이다. 내가 법사로, 아무 생각 없이 곧바로 여승 모습으로 바꾸어 버렸다.'

승도는 이런 생각으로 가슴이 미어지는 듯했다. 어떻게 대답하여야 좋을지 몰라 갈팡질팡하고 있었다.

'이미 믿을 만한 곳에서부터 소식을 들었을 것이다. 이렇게 잘 알면서 어떤 일이 있었는가를 물어보는데, 비밀로 하여 둘 수는 없을 것이다. 섣불리 변명하여 숨기려고 하면, 도리어 체면이 안 설 것이다.'

그렇게 생각하였다.

"어떤 것일까요? 이 몇 달 동안 몰래 의심하고 있던 분의 일입니까? 저 집에 있는 여승들이, 초뢰에 소원이 있어서 참배하고 오는 도중에, 우치원이라는 곳에 묵었을 때였습니다. 어머니 여승이 피로 때문에 갑자기 병이 나, 몹시 고통을 받고 있다는 기별이 와서 산을 내려갔었는데, 즉시 기괴한 일이 있었습니다."

목소리를 죽여 가며 얘기했다.

"누이는 죽은 거나 진배없는 어머니를 그대로 버려 두고, 그 사람을 간호하며 걱정하고 있었습니다. 그 사람도 죽은 거나 마찬가지였지만, 그래도 목숨은 붙어 있었습니다. 관 속에 있던 사람이 되살아났다는 옛이야기도 있어서, 그런 일도 신기하다고 생각하여, 제자들 중에 수험력이 있는 사람을 불러들여 교대로 가지를 시켰습니다. 어머님은 아쉬워할 연령도 아니었습니다만, 여행지에서 중병에 걸렸으므로, 소승이 부족함 없이 염불을 해 드리려고 부처님을 깊이 생각하고 있는 때여서, 그 사람의 모습을 자세하게 보지는 못했습니다. 사정을 짐작하니, 천구(天狗)[1] 나 목령(木靈) 같은 것이 사람을 홀려서 데려오지 않았나 싶었습니다.

---

1) 얼굴이 붉고, 코가 높으며 신통력이 있어 하늘을 자유로 날면서 심산에 산다는 상상 속의 괴물. 천구도 사람에 씌어 나쁜 짓을 한다.

살려서 경으로 데려온 후로,[2] 석 달 가량은 죽은 사람과 매한가지였습니다. 소승의 누이는 돌아간 위문독의 본처였는데, 지금은 여승이 되어 있습니다. 하나 있던 딸이 죽어 버린 후 오랜 세월이 흘렀지만, 슬픔을 누를 수가 없어 한탄하고 있었던 차에, 마침 죽은 딸과 같은 연배인 아름다운 여인을 발견한 것입니다. 이것은 관음보살이 주신 분이라고 기뻐하면서, 이 사람을 쉽사리 죽여서는 안된다고 소란스럽게 떠들었습니다. 울면서 꼭 살려 달라고 안타깝게 졸라 대어, 그 후 전 판본(板本 : 지명)으로 소승 자신이 하산하여 호신의 가지를 하였더니, 점점 생기를 되찾게 되었습니다. 그분은 '역시 내게 들러붙었던 것이 몸에서 떨어지지 않았다는 느낌입니다. 이 나쁜 요괴의 방해에서 벗어나서, 후생의 왕생을 찾고 싶습니다' 라고 아주 슬픈 듯이 여러 번 말을 하였습니다. 법사의 체면상 권장할 사항이므로, 그만 출가를 시켰던 것입니다. 사실, 당신의 보살핌을 받는 사람이었다는 것은 아무런 단서도 없어 전연 몰랐습니다. 좀처럼 없는 일이었으므로, 세상에 널리 알려도 좋으리라고 생각하고 있었지만, 혹시 소문이 퍼져 귀찮은 일이라도 생기면 어쩌나 하고 이것저것 걱정하여서, 이 몇 달 동안 말하지 않고 있었습니다.″

우대장 훈은 그 동안 이러이러할 것이라고 언뜻 얘기를 듣기는 했었지만, 이렇게까지 자세히 알고 나니, 아주 죽어 버린 줄 알았던 사람이 정말 살아 있었다는 생각에 꿈을 꾸는 것 같았다. 너무나 의외여서 망연한 채, 꺼려야 할 것도 잊고 문득 눈물을 지었다. 그러나 부끄러울 정도로 말쑥하게 있는 승도 앞에서 이렇게까지 흐트러진 태도를 보이면 안된다고 다시 생각하여, 아무렇지도 않은 척하고 있었다.

'이렇게까지 깊게 생각하고 있는 분인데, 이 세상에서 죽은 사람이라고 잘못 생각하였었구나.'

승도는 자기가 잘못을 저지른 것 같아서, 죄가 깊은 것으로 생각하고 있었다.

---

2) 경(京)에 왔다는 것은 처음 나온다. 경(京)을 지나 소야(小野)에 왔다는 설도 있다. 이 즈음에 원작자의 서술에 모순되는 점이 있다.

"요괴에 붙들려 있었을까, 그것도 그렇게 될 전세의 인연이 있어서일 것입니다. 짐작건대 저 분은 귀한 집에 태어난 듯한데, 어떤 잘못이 있어 이렇게까지 영락하였을까요?"

승도가 물었다.

"웬만한 황족 계통의 혈통입니다. 나도 원래 확실한 처라고 생각한 일은 없었습니다. 우연한 기회에 친한 사이가 되었습니다만, 이렇게까지 영락해도 괜찮은 신분이라고는 생각하지 않았습니다. 그런데 이상하게 흔적도 없이 사라져 버려서, 투신자살을 하지 않았나 하는 의심도 하였습니다. 여러 가지 미심쩍은 점이 많이 있어서, 확실한 것은 지금까지도 알아낼 수 없었습니다. 출가한 몸이 되어 죄장이 가벼워질 수 있다면 나로서는 아주 다행이라고 안심이 됩니다. 그러나 모친 되시는 분이 대단히 슬퍼하고 계시니 이 사실을 알려 드리고 싶습니다. 그러면 몇 달 동안이나 비밀리에 지내고 있었던 본래의 뜻에 어긋나고, 일이 성가시게 될까요? 모녀 사이의 정은 끊을 수 없으니, 모친이 슬픔을 견디지 못하여 찾아올 수도 있겠지요. 아주 귀찮은 안내역이라고 생각하시겠지만, 저 판본까지 산을 내려가 주십시오. 이런 사정을 듣고서도 무책임하게 방치해도 좋을 사람이라고는 생각되지 않습니다. 꿈처럼 생각되니, 하다 못해 여승이 된 지금에라도 만나서 얘기하고 싶습니다."

이렇게 훈은 말하였다. 승도는 정말 차분하게 동정하였다.

'모양을 바꾼 여승이 되어 속세를 버렸지만, 머리나 수염을 깎아 버린 법사조차도 얄궂은 생각을 할 수도 있는 법이다. 더구나 여자의 몸으로는 어떤 생각일까? 불쌍하게, 나 스스로 꼭 죄를 지은 것 같다.'

어떻게 해야 좋을지 갈팡질팡하고 있었다.

"하산하기에는, 오늘 내일은 지장이 있습니다. 달이 바뀐 뒤에 안내해 드리겠습니다."

정말 기다리기 어렵다는 생각이었지만, 그래도 이쪽에서 몸 달아서 너무 조급하게 서두는 것은 보기 흉한 일이므로, 조만간의 일을 기약하고 돌아오려고 했다.

3. 훈이 부주에게 다른 뜻이 없음을 말하다.

훈은 부주의 배다른 아우인 동자를 수행원으로 데리고 왔었다. 다른 형제보다도 얼굴 생김이 깔끔한 이 동자를 불러내어 말했다.

"이 사람은 그분과 가까운 친척이니, 우선 사자로 보내려고 합니다. 편지를 한 장 써 주십시오. 누구라고는 하지 말고, 그저 찾고 있는 분이 있다는 것을 알려 주었으면 합니다."

"소승이 안내를 하면, 반드시 죄장을 짓는 결과가 될 것입니다. 일의 경위는 이미 자세하게 말씀드렸습니다. 이제는 당신 자신이 들러서 좋도록 하시는 것도 나쁘지 않을 것입니다."

승도는 이렇게 거절했다.

"죄장을 짓는 안내라고 생각하신다면 아주 죄송한 일입니다. 내가 재속의 모습으로 오늘까지 지내 오고 있는 것은 정말 우스운 일입니다. 어렸을 때부터 출가하려는 의향이 깊었습니다만, 어머니 여삼의궁이 아주 허전하게 생각하셔서, 의지할 보람도 없는 나 하나를 위안으로 여기는 것이 굴레가 되어, 세상 일에 얽매여 있습니다. 그러는 중 어느새엔가 관위가 높아지고, 처신하는 방도도 내 마음대로도 안되어, 소원을 하면서도 출가를 이루지 못하고 날을 보내는 중입니다. 피하기 어려운 인연도, 이것저것 많아질 뿐입니다. 부득이한 사정이면 몰라도, 모든 일에 부처님이 삼가라고 하시는 일은 비록 조그만 일이라도 어떻게든 어기지 않으려고 삼가고 있습니다. 마음속으로는 성자에게 지지 않게 노력하고 있습니다. 더구나 아주 사소한 일이라도 무거운 죄장을 짓는 것은 어찌 감히 하겠습니까? 정말 있을 수 없는 일입니다. 의심하지 마십시오. 그저, 불쌍한 모친의 한탄을 달래 주려는 것입니다. 사정을 알게 되면 그것만으로도 근심을 덜 수 있을 것입니다."

예전부터 도심이 깊었던 것을 말하였다.

4. 소군이 승도의 소개장을 갖고 귀도에 오르다.

승도도 그럴 것이라고 납득하였다.

"한층 더 기특한 일입니다."

해도 저물었으므로, 도중에 들러서 쉬어 가는 것도 계제가 아주 좋을 것이지만, 사정도 잘 모르는 상황에서 찾아가면 형편이 좋지 않을 것이라고 고민하며 그대로 돌아가기로 했다. 그때 이 아우의 동자가 승도의 눈에 들어 칭찬받았다.

"이 아이에게 전갈하여 우선 넌지시 소식을 전하여 주십시오."

훈이 부탁했다. 승도는 편지를 써서 건네주었다.

"때때로 이 산에 놀러 오너라. 아무 관계도 없는 사람이라고는 생각 안되는 인연도 있다."

이 아이는 무슨 일인지 전혀 몰랐지만, 편지를 받고 수행원으로 따라 왔다. 판본까지 와서, 전구의 사람들과 조금 떨어져 있을 때 훈은 눈에 띄지 않도록 하라고 말하였다.

5. 부주가 훈의 돌아가는 것을 보고 염불로 마음을 달래다.

소야에서 부주는 풀이 무성한 청엽(靑葉)의 산을 향하여, 마음이 흔들리는 일도 없이 지내고, 흐르는 물 위의 반디쯤을 옛 자취로 삼아 생각에 잠겨 있었다. 그때, 추녀 끝에서 멀리 바라다 보이는 골짜기에, 특별히 조심스러운 전구의 소리가 들려왔다. 아주 수많은 횃불들이 어마어마하게 빛나고 있었다. 여승들이 끝에 나와 앉아 있었다.

"누가 지나가는 것입니까? 전구들이 아주 많아 보이는데요."

누이 여승님이 말했다.

"낮에 산에 해초 말린 것을 갖다 드렸더니, 대장님이 오셔서 급히 대접하는 중에 마침 잘되었다고 하더군요."

'대장이라면, 임금의 여이의궁의 남편인 그분일까?'

정말 이 세상으로부터 멀리 떨어져 시골티가 나는 몸이 되어 버렸다. 정말 그럴지도 모른다. 때때로 훈이 여기와 비슷한 산길을 가르고 오셨을 때, 틀림없이 그것이라고 생각되는 수행무관의 소리가, 뜻밖에도 그 중에 섞여서 들려왔다. 세월이 지나감에 따라 잊을 법한 옛날의 일인데도, 이렇듯 잊지 못하는 것이었다. 어떻게 될는지 한심하게 생각되어 아미타불에 마음을 달래며, 평소보다도 더 말없이 앉아 있었다. 횡천에 왕래하는 사람만이, 이 근처의 사람에게는 반가운 사람이었다.

6. 훈이 소군을 내밀한 사자로 파견하다.

훈은 이 아이를 도중에서 그대로 거기에 보내려고 하였는데, 사람 눈이 많아서, 저택에 같이 돌아왔다. 훈은 그 다음날에 다시 그를 보냈다. 속마음을 잘 아는 두세 사람을 조촐하게 소군과 동행시키고, 이전에도 늘 심부름을 시켰던 수행무관이 함께 갔다. 아무도 듣고 있지 않을 때 소군을 가까이로 불렀다.

"그대는 돌아간 누님의 얼굴을 기억하고 있는가? 지금은 이미 이 세상에 없는 사람이라고 체념하고 있었는데, 실지로 아직 살아 있다는 소문이다. 남에게는 들려주고 싶지 않으니까, 네가 가서 살펴보고 오너라. 어머니에게는 지금 당장은 말하지 마라. 섣불리 알리면 오히려 놀라 떠들어 댈 테니까. 그러다 보면 알면 안되는 내궁에게도 알려질 것이다. 그 모친의 한탄하는 것이 애처로워, 이렇게까지 하여 알아보고 있는 것이다."

훈은 미리부터 이렇게 입막음을 하였다. 소군에게는 형제 자매가 몇 사람이나 있었지만, 이 누님의 얼굴 생김과 닮은 사람은 전혀 없다고 마음속으로부터 생각하고 있었다. 부주가 죽어 버렸다는 말을 듣고, 소군은 아주 슬프게 생각하고 있었다. 훈이 이런 말씀을 하시므로, 어린 마음에도 기뻐서 눈물이 떨어지는 것이었다. 그러나 그것을 부끄럽게 여겨, 남자아이답게 알겠다고만 대답하였다.

7. 누이 여승이 부주와 훈의 관계를 알다.

소야에서는 이른 아침에 승도의 편지를 받았다.

"어젯저녁, 대장 나리의 사자로 소군이 갔었습니까? 사정을 들어본즉, 어떻게 해도 곤란한 일이 있습니다. 도리어 자신이 없어지는 것 같다고 부주 아씨에게 전하여 주십시오. 내가 직접 나서서 말씀드려야 할 것이 이것저것 많지만, 오늘 내일이 지나면 찾아뵙겠습니다."

편지에는 이렇게 적혀 있었다.

"대체 이것은 무슨 일인가?"

여승님은 놀라서, 이쪽으로 가지고 와서 보여 드렸다.

"무어라고 소문이 퍼져 있는가?"

금세 얼굴을 붉히고, 아주 곤란해했다.

"숨기고 있었다고 여승님이 얼마나 원망하고 있을까?"

이것저것 생각하고는, 어떻게 대답해야 좋을지를 몰랐다.

"역시 사실대로 들려주십시오. 한심하게 숨기지 말고."

여승님은 몹시 불평하고 있었다. 그러나 사정을 몰라서 허둥지둥하며 걱정하고 있을 때였다.

"산으로부터, 승도의 소개로 온 사람이 있습니다."

이렇게 안내를 청하는 사람이 있었다.

8. 부주가 소군을 보고 어머니를 생각하다.

아무래도 납득이 안되지만, 이번 편지야말로 그런 것을 밝히는 확실한 편지일 것이라고 누이 여승은 생각하였다. '이쪽으로'라고 전하니, 아주 예쁘고 품위가 있는 동자가, 말할 수 없이 훌륭한 옷을 입고 걸어왔다. 짚방석을 발 안에서 내니, 동자는 발 앞에 꿇어앉아서 말했다.

"이런 서먹서먹한 대접을 받을 일은 없다고 승도는 말씀하셨습니다."

이에 여승님이 응대에 나서며, 승도의 편지를 받아서 보았다.

"입도의 아씨께. 산에서부터."

이렇게 씌어 있고, 승도의 이름이 적혀 있었다.

"나에게 온 것은 아니겠지."

라고 하면서 떼를 쓸 수도 없었다. 정말 몸둘 곳도 없다고 생각하고서 더욱 안쪽으로 물러나, 누구와도 얼굴을 마주하지 않으려 했다.

"평소에도 당신은 내성적인 분이지만, 정말 아무튼 한심하다."

승도의 편지를 보았다.

"오늘 아침 여기에 대장 나리가 건너와 당신의 모습을 물어서, 처음부터 자초지종을 상세하게 말씀드렸습니다. 당신을 깊이 사랑하고 있는 사이였는데, 그것을 배반하고 초라한 산사람 가운데서 출가하였다는 것은, 도리어 부처님의 책망을 들을 일이라고 하시더군요. 대장 나리의 그 말을 듣고 나도 놀라고 있습니다. 어떻게도 할 수가 없습니다. 당신의 몸에 배어 있는 전세로부터의 약속에서 벗어나지는 말고, 대장 나리의 집념의 죄를 풀어 드리십시오. 하루라도 출가하였던 공덕은 말할 수 없이 큰 것이므로, 역시 지금까지와 마찬가지로 부처님의 연고에 의지하고 계십시오. 자세하게는 직접 가서 말씀드리겠습니다. 당장은 이 소군이 말씀드릴 것입니다."

혼동될 것도 없이 똑똑히 알 수 있게 적혀 있었지만, 다른 사람에게는 전혀 납득이 안되었다.

"이분은 어떤 사람일까? 역시 참으로 한심스럽다. 지금에 와서까지 이렇게 굳이 감추고 있다니."

여승이 나무라는 말을 듣고, 부주는 조금 밖으로 얼굴을 돌렸다. 그랬더니 이 아이는 마지막이라고 각오하였던 날의 저녁때에도, 정말 그립게 여겨졌던 동생이었다. 한 집에서 얼굴을 맞대고 있을 때에는 심술궂고 괜히 뻐겨서 얄미웠지만, 어머니가 아주 귀여워하여 우치에도 때때로 내려왔었다. 조금 커서는 어린 마음에도 서로 친남매로 생각하였던 것을 생각하니, 꿈과 같이 생각되었다. 무엇보다 먼저, 어머니가 어떻게 계시는지 알고 싶었다. 그밖의 사람들에 관해서는 점점 무심히 아무 생각 없이 들려오는데 어머니의 이야기는 살짝이라도 듣지 못하여, 이 아이를 보니 오히려 정말 슬퍼져서 소리 없이 눈물을 흘렸다.

9. 부주가 소군과의 대면을 꺼리다.

소군은 정말 귀여운 모습이었고, 조금 닮은 데가 있어 보였다.

"남매 같은데요. 당신에게 말씀드릴 것도 있을 겁니다. 안으로 들입시다."

누이 여승은 이렇게 권하였다. 그러나 부주는 잠시 생각하고 있었다.

'무어 그럴 것이. 지금은 내가 이 세상에 살고 있다고도 생각지 않고 있을 텐데, 보기 흉한 여승 모양으로 변한 것을 아무 준비 없이 보이기도 부끄러운 일이다.'

그리고는 조금 사이를 두고 말하였다.

"정말 내가 숨기고 있다고 여기는 것이 괴로워서, 아무 말도 못하겠습니다. 한심한 모습을 하고 있는 내 모양은 틀림없이 세상에도 이상하게 보일 것입니다. 나는 저렇게 제정신도 잃고서 혼백이라는 것도 달라져 버린 것일까요. 이때까지의 일이 전혀 생각나지 않습니다만. 다만 기이수라는 사람이 세상 얘기를 하는 중에, 예전에 살고 있던 곳이라든지, 사소한 것들이 조금 생각나는 것 같았습니다. 그 후 이것저것 계속 생각하여 보았지만, 똑똑히 생각나는 것은 전혀 없습니다. 오직 한 사람 어머니가 계셨는데, 내 일을 어떻게라도 해서 잘되게 하려고 여간 아니게 걱정하고 있는 것 같습니다. 아직 이 세상에 무사히 계실지, 그 일만이 마음에 배어 때때로 슬프다고 생각하는 것이 있습니다. 오늘 보니, 이 동자의 얼굴은 어렸을 때 본 얼굴인 것 같아 견딜 수 없이 반가웠습니다. 그러나 새삼스레 이러한 사람에게도 살아서 이 세상에 있는 것을 알리고 싶지 않습니다. 어머니가 만일 세상에 살아 있다면, 그 한 사람만은 만나고 싶은 생각입니다. 승도가 말씀하신 분에게는, 결코 알리고 싶지 않습니다. 적당한 구실을 붙여 사람을 잘못 보았다고 말씀드려서, 나를 몰래 숨겨 주십시오."

"아주 어려운 일입니다. 승도의 성격은, 성자 중에서도 너무나 고지식한 분이어서, 반드시 무엇이나 전부 말씀드렸을 것입니다. 후에는 모두 다 알려지게 될 것입니다. 대장 나리는 무책임하고 가볍게 다룰 신분도 아니신데 …."

다들 이렇게 떠들어 대었다.

"세상에 둘도 없이 마음이 단단한 분이세요."

의논 끝에 안채에 휘장대를 세우고 소군을 그쪽으로 들였다.

이 아이도 사정을 듣고 있었지만, 아직 나이도 어리고 당돌하게 이쪽에서 말을 거는 것도 멋쩍었다.

"또 하나 있는 편지를 꼭 전하여 드리겠습니다. 승도가 가르쳐 주신 것이 확실한 것인데, 이렇게 미적미적하고 있는 것은…."

소군은 눈을 아래로 깔고 말하였다. 여승님이 말했다.

"정말 귀엽다. 그렇다. 편지를 받으실 분은 여기에 계시다. 다른 사람은 어떻게 되는 일인지 납득 못하고 있으니 더 말을 해 다오. 아직 어린데 이렇게 안내역을 맡고 있는 것에도, 깊은 이유가 있을 것이다."

소군이 대답했다.

"감추고 확실치 않은 처신을 하시는데, 무엇을 말씀드릴 수 있을까요? 나를 아주 쌀쌀하게 대하고 있어서, 더 말씀드릴 것도 없습니다. 그저 이 편지를 직접 전하라고 말씀하셔서 가지고 온 것이니, 꼭 전하여 주십시오."

"정말 그렇다. 역시 이렇게 한심한 일을 하지는 마십시오. 그래도 기분 나쁘게 생각하시는 것 같습니다."

이렇게 설득해서, 부주를 휘장의 옆으로 밀어 내어 놓으니, 꿈인가 싶게 앉아 있었다. 그 모습이 도저히 다른 사람이라고는 생각되지 않아, 곧 옆에 가까이 가서 편지를 드렸다.

"답장을 빨리 받아서 돌아가고 싶습니다."

이렇게 다른 사람처럼 대우하는 것을 한심하게 생각하여, 돌아가기를 서두르고 있었다.

10. 부주가 답장을 거절하다.

여승님은 그 편지를 펴서 보여주었다. 예전 그대로의 필적으로, 종이에 쪼인 향내도 여느 때와 같이 이 세상 것이라고는 생각이 안되게 잘 배어 있었다. 흘끗 보고 곧바로 사물에 감탄하고 싶어하는 사람은, 정말 세상에도 드물게 훌륭하다고 생각하고 있을 것이다.

"무어라고 말씀드릴 수 없을 정도로 여러 가지 중한 죄[3]를 범한 당신의 마음을, 승도의 체면을 보아서 용서하여 드리겠습니다. 지금은 하다 못해 제발 모습을 감출 때의 꿈과 같던 얘기라도 듣고 싶어서 초조한 기분이 되었습니다. 그것은 나로서도 괘씸한 것이라고 생각됩니다. 더더욱, 사람들의 눈에는 어떻게 보였을까요?"

생각을 다 쓰지도 못했다.

"〈승도를 불법의 스승으로 찾아갔던 산길이었는데, 그 산길이 당신에게로 인도하는 길이 되어, 나는 뜻하지 않은 사랑의 산에서 헤매느라 마음을 흩뜨리고 있습니다. 〉

이 사람 소군은, 몰라보았을 것입니다. 나로서는 행방도 모르는 당신을 생각하는 유물로서 옆에 두고 있는 사람입니다."

편지에는 아주 깊은 정이 스며들어 있었다. 이렇게까지 자세하게 적혀 있었으니, 어떻게도 변명할 수가 없었다. 그렇다고 예전의 자기와는 아주 달라진 지금의 모습을 뜻밖에도 발각당한다면, 그때 몸둘 바를 모르는 부끄러움은 얼마나 클까 하고 생각하니 괴롭고, 지금까지의 어두운 마음을 표현할 말도 없었다.

그래도 역시 눈물이 넘쳐 나와, 넙죽 바닥에 엎드려 버렸다.

"정말 세정에 밝지 않은 분이다."

어떻게 다루어야 할지 몰라서, 여승님은 다그쳤다.

"어떻게 답장을 쓰실 겁니까?"

이에 부주는 말했다.

"지금은 기분이 흐트러져 괴로우므로, 잠깐 동안 쉬고서 곧 답장을 쓰기로 하겠습니다. 예전의 일은 생각하려고 해도 전혀 생각나는 것이 없습니다. 이상하게도 어떤 꿈이었을까 하고 생각될 뿐으로, 납득하기 어렵습니다. 조금 마음이 가라앉으면, 이 편지도 납득이 갈는지 모릅니다. 오늘은 역시 도로 가지고 가십시오. 만일 받을 사람이 다르면, 아주 이

---

3) 내궁과 통한 것, 자살하려고 한 것, 살아 있으면서 몸을 숨겨 소재를 알리지 않는 것, 살려 낸 승도나 누이 여승에게도 신상을 밝히지 않은 것, 어머니나 훈에게 알리지 않고 제멋대로 출가한 것, 모두가 당시의 불교윤리, 사회윤리로 보면 죄가 된다.

상한 일이 될 것입니다."

그러면서 편지를 여승님 쪽으로 도로 내밀었다.

"아주 의외의 일을 하는군요. 너무 지나치면, 옆에 있는 사람4)도 죄를 면할 수 없을 겁니다."

이렇게 떠들고 있어서 듣기에도 거북하고 언짢은 생각이 들어, 얼굴도 옷 속에 넣고 누워 있었다.

11. 소군이 헛되이 귀도에 오르다.

주인인 여승님이 대신 소군을 상대로 얘기했다.

"요괴가 한 짓일 겁니다. 제정신으로 있을 때도 없이 늘 앓고 있어서, 모습도 보통이 아닙니다. 찾고 있는 분이 계시면 정말 난처하게 되리라고, 옆에서도 걱정하고 있었습니다. 생각한 대로 이렇게 애처롭고 가슴 아픈 사정이 두 분 사이에 있었다는 것을, 지금에 와서야 듣고 정말 황송하게 생각합니다. 평소도 쭉 앓고 있어서, 이번 일에도 마음이 흐트러진 것일지, 언제나보다 한층 더 분별을 잃고 있는 모양입니다."

장소에 어울리게 맛있는 요리가 나왔지만, 어린 마음에도 왠지 기분이 가라앉지 않았다.

"일부러 나를 보낸 보람으로, 어떤 것을 말씀해야 좋을지를 가르쳐 주십시오. 한마디만이라도 말씀하여 주십시오."

"정말 지당한 말을."

그 말을 그대로 중개하였는데도, 부주는 아무 말도 없었다.

"그저, 본 바와 같이 맑은 정신으로 있지 않은 모양을 말씀드리는 것이 좋을 것입니다. '구름 멀리'라고 할 정도로 멀리 떨어져 있는 곳도 아닌데, 산바람이 불면 또 다시 들러 주실 것이지요?"

여승은 어떻게 할 수도 없어서 이렇게 말했다. 아무 까닭도 없이 여기서 날을 보내는 것도 이상할 것 같아서, 소군은 돌아가려고 하였다. 마

---

4) 부주의 옆에 있는 사람. 승도나 여승님에게 훈이 책임을 물어올 때 그것을 면할 도리가 없을 것이다.

음속으로는 몰래 누나의 모습을 보려고 했었는데, 그러지 못하게 된 것을 어쩐지 불안스럽게 여겨, 풀리지 않는 마음을 품고서 돌아왔다.

12. 훈이 부주의 마음을 헤아리지 못하다.

이제나 저제나 하고 기다리고 있을 때, 이렇게 확실치 않은 채로 돌아왔다. 훈은 섣불리 사자를 보내지 말았으면 좋았을 거라고, 이것저것 생각하며 후회하였다.

'누군가가 사람 눈에 띄지 않게 숨겨 놓은 것이 아닐까?'

자신이 모든 경우를 상상하고서, '예전에 버려 두었던 경험에서 …'라고 원래의 책에 씌어 있었다고. [5]

(大尾)

---

5) 끝막음의 한 형식. 책을 서사한 사람이, '책에 이렇게 씌어 있었다'고 사본의 말미에 붙인 것으로, 가마쿠라시대(鎌倉時代) 이후의 것으로 여겨진다. 끝내는 방법이 미완이냐 완료냐에 관해서는 논란의 여지가 있다. 이 끝내는 방법이 불만스러운 후세의 독자도 있겠지만, 이것이 대미라고 하여서 지장이 있는 것도 아니다. 훈의 속세의 정을 잘라 버리는 정신세계를 나타내고 있다. 부주는 고독을 참아 가며 혼자서 살아가려고 하고 있다. 이 여주인공의 살아가는 방식에, 이 허구의 이야기를 엮어 온 작가의 정신이 도달한 점이 보이기도 한다.

■ 역자 약력

전 용 신

1921년 출생하여 경성사범학교 연습과(갑)와
서울대 문리과대학 심리학과를 졸업하였으며,
고려대 문과대학 심리학과에서 문학박사 학위를 받았다.
1964년부터 고려대 심리학과 교수로 재직하였고
1987년부터는 고려대 명예교수로 있다.
저서로 《韓國古地名辭典》이 있으며,
《日本書記》 완역판을 출간한 바 있다.

源氏物語 전 3권 완역본

겐지이야기 　제 3 권

1999년 1월 15일 발행
2007년 1월 15일 　4쇄

著　者 : 紫　式　部
譯　者 : 田　溶　新
發行人 : 趙　相　浩

발 행 처 : ㈜ 나 남 출 판

413-756　경기도 파주시 교하읍 출판도시 518-4
전화 : (031) 955-4600 (代),　FAX : (031) 955-4555
등록 : 제 1-71호(79.5.12)
http://www.nanam.net
post@nanam.net

ISBN 978-89-300-0558-6　　책값은 뒤표지에 있습니다.
ISBN 978-89-300-0559-3(전 3권)

거짓과 · 비겁함이 넘치는 오늘, 큰 사람을 만나고 싶습니다

조지훈 전집

제①권:詩 · 제②권:詩의 원리 · 제③권:문학론
제④권: 수필의 미학 · 제⑤권:지조론 · 제⑥권:한국민족운동사
제⑦권: 한국문화사서설 · 제⑧권:한국학연구 · 제⑨권:채근담

長江으로 흐르는 글과 사상! 우리의 소심함을 가차없이 내리치는 준열한 꾸중!《조지훈 전집》에는 큰 사람, 큰 글, 큰 사상이 있습니다.

난세라는 느낌마저 드는 요즈음 나는 젊은이들에게 지훈 선생의 인품과 기개, 그리고 도도한 글들로 사상의 바다를 항해하고 마음밭을 가는 일을 시작하면 어떻겠는가, 말해주고 싶다.

— 딸의 서가에 〈조지훈 전집〉을 꽂으며, 韓水山